ISBN : 9782372490887

Fédor Mikhaïlovitch
Dostoïevski

CRIME ET CHÂTIMENT

Édition complète
- roman gros caractères -
- livre gros caractères -

LIMBROGLIO

*

Ce volume contient l'édition complète,
en gros caractères (taille "17")
du roman :

CRIME et CHÂTIMENT

DE

Fédor Mikhaïlovitch
Dostoïevski

Traduit du russe
par
Doussia Ergaz

PREMIÈRE PARTIE

I

Par une soirée extrêmement chaude du début de juillet, un jeune homme sortit de la toute petite chambre qu'il louait dans la ruelle S... et se dirigea d'un pas indécis et lent, vers le pont K...

Il eut la chance de ne pas rencontrer sa propriétaire dans l'escalier.

Sa mansarde se trouvait sous le toit d'une grande maison à cinq étages et ressemblait plutôt à un placard qu'à une pièce. Quant à la logeuse qui lui louait la chambre avec le service et la pension, elle occupait un appartement à l'étage au-dessous, et le jeune homme, lorsqu'il sortait, était obligé, de passer devant la porte de sa cuisine, la plupart du temps grande ouverte sur l'escalier. À chaque fois, il en éprouvait une sensation maladive de vague effroi, qui l'humiliait, et son visage se renfrognait. Il était terriblement endetté auprès de sa logeuse et il redoutait de la rencontrer. Ce n'était point qu'il fût lâche ou abattu par la vie ; au contraire, il se trouvait depuis quelque temps dans un état d'irritation et de tension perpétuelle, voisin de l'hypocondrie. Il avait pris l'habitude de vivre si renfermé en lui-même et si isolé qu'il en était venu à redouter, non seulement la rencontre de sa logeuse, mais tout rapport avec ses semblables. La pauvreté l'écrasait. Ces derniers temps cependant, cette misère même avait cessé de le faire souffrir. Il avait renoncé à toutes ses occupations journalières, à tout travail.

Au fond il se moquait de sa logeuse et de toutes les intentions qu'elle pouvait nourrir contre lui, mais s'arrêter dans l'escalier pour y entendre des sottises, sur tout ce train-train vulgaire, dont il n'avait cure, toutes ces récriminations, ces plaintes, ces menaces, et devoir y répondre par des faux-fuyants, des excuses, mentir... Non, mieux valait se glisser comme un chat, le long de l'escalier et s'éclipser inaperçu.

Ce jour-là, du reste, la crainte qu'il éprouvait à la pensée de rencontrer sa créancière l'étonna lui-même, quand il fut dans la rue.

« Redouter de pareilles niaiseries, quand je projette une affaire si hardie ! » pensa-t-il avec un sourire étrange.

« Hum, oui, toutes les choses sont à la portée de l'homme, et tout lui passe sous le nez, à cause de sa poltronnerie... c'est devenu un axiome... Il serait curieux de savoir ce que les hommes redoutent par-dessus tout. Ce qui les tire de leurs habitudes, voilà ce qui les effraie le plus... Mais je bavarde beaucoup trop, c'est pourquoi je ne fais rien, ou peut-être devrais-je dire que c'est parce que je ne fais rien que je bavarde. Ce mois-ci j'ai pris l'habitude de monologuer, couché pendant des jours entiers dans mon coin, à songer... à des sottises. Par exemple, qu'ai-je besoin de faire cette course ? Suis-je vraiment capable de « cela » ? « Est-ce » seulement sérieux ? Pas le moins du monde, tout simplement un jeu de mon imagination, une fantaisie qui m'amuse. Un jeu ! oui c'est bien cela, un jeu ! »

Une chaleur suffocante régnait dans les rues. L'air étouffant, la foule, la vue des échafaudages, de la chaux, des briques étalées un peu partout, et cette puanteur spéciale bien connue de tous les Pétersbourgeois qui n'ont pas les moyens de louer une maison de campagne, tout cela irritait encore les nerfs déjà bien ébranlés du jeune homme. L'insupportable relent des cabarets, particulièrement nombreux dans ce quartier, et les ivrognes qu'il rencontrait à chaque pas, bien que ce fût jour de semaine, achevaient ce mélancolique et horrible tableau. Une expression d'amer dégoût glissa sur les traits fins du jeune homme. Il était, soit dit en passant, extraordinairement beau, d'une taille au-dessus de la moyenne, mince et bien fait ; il avait de magnifiques yeux sombres et des cheveux châtains. Bientôt il tomba dans une profonde rêverie, une sorte de torpeur plutôt, et il continua son chemin sans rien remarquer ou, plus exactement, sans vouloir rien remarquer de ce qui l'entourait.

De loin en loin cependant, il marmottait quelques mots indistincts, par cette habitude de monologuer, dont il s'avouait tout à l'heure atteint ; il se rendait compte que ses idées se brouillaient parfois dans sa tête, et qu'il était extrêmement faible : il n'avait presque rien mangé depuis deux jours.

Il était si misérablement vêtu, que tout autre, à sa place, même un vieux routier, n'eût point osé se montrer dans la rue en plein jour avec ces loques sur le dos. Il est vrai que le quartier où il habitait en avait vu bien d'autres.

Le voisinage des Halles centrales, les maisons closes fort nombreuses, la population d'ouvriers et d'artisans entassée dans ces ruelles et ces impasses du centre de Pétersbourg coloraient de teintes si cocasses le tableau de la rue, que la silhouette la plus hétéroclite ne pouvait éveiller l'étonnement.

Mais l'âme du jeune homme était pleine d'un si cruel mépris, que malgré sa fierté naturelle et un peu naïve, il n'éprouvait aucune honte à exhiber ses haillons. Il en eût été autrement, s'il avait rencontré quelque personne de sa connaissance, ou un ancien camarade, chose qu'il évitait en général. Néanmoins, il s'arrêta net et porta nerveusement la main à son chapeau, quand un ivrogne, qu'on emmenait dans une charrette vide, on ne sait où ni pourquoi, au trot de deux grands chevaux, le désigna du doigt en criant à tue-tête : « Hé ! toi, chapelier allemand[1] ! » Le chapeau était haut, rond, tout usé, déteint, troué, couvert de taches, sans bords et tout cabossé. Cependant ce n'était pas la honte, mais un autre sentiment, voisin de la terreur, qui avait envahi le jeune homme.

« Je le savais bien, marmottait-il dans son trouble, je le pressentais. Voilà qui est pis que tout. Un rien, une gaffe insignifiante peut gâter toute l'affaire. Oui, ce chapeau attire l'œil... Il se fait remarquer, justement parce qu'il est ridicule... Il faut une casquette pour aller avec mes loques, n'importe laquelle, une vieille galette, mais pas cette horreur. Personne ne se coiffe ainsi, on me remarque à une verste à la ronde, on s'en souviendra... C'est

---

[1] *Allemands* : Étaient baptisés « allemands » les vêtements à l'européenne, par opposition aux vêtements proprement russes, paysans : la touloupe, le cafetan, etc. Ici, Raskolnikov se fait remarquer parce qu'il est dans le quartier des Halles. Le mot « allemand » est souvent employé en russe dans le sens d'« étranger ».

ce qui importe, on y repensera plus tard, et voilà un indice... Alors qu'il s'agit d'attirer l'attention le moins possible. Des riens, ce sont ces riens qui sont l'essentiel. Ils finissent par vous perdre... »

Il n'avait pas loin à aller, il connaissait même le nombre exact de pas qu'il avait à faire de la porte de sa maison, juste sept cent trente. Il les avait comptés un jour que ce rêve s'était emparé de lui. Dans ce temps-là, il ne croyait pas lui-même à sa réalisation. Sa hardiesse chimérique, à la fois séduisante et monstrueuse, ne servait qu'à exciter ses nerfs. Maintenant, un mois s'était écoulé, il commençait à considérer les choses tout autrement et malgré tous ses soliloques énervants sur sa faiblesse, son impuissance et son irrésolution, il s'habituait peu à peu et comme malgré lui, à appeler cette chimère épouvantable, une affaire, qu'il aurait entreprise, tout en continuant à douter de lui-même. En ce moment, il partait pour une *répétition,* et son agitation croissait à chaque pas. Le cœur défaillant, les membres secoués d'un tremblement nerveux, il atteignit enfin une immense bâtisse dont une façade donnait sur le canal et l'autre sur la rue. Cette maison divisée en une foule de petits logements était habitée par de modestes artisans de toute sorte, tailleurs, serruriers, etc. Il y avait là des cuisinières, des Allemandes, des prostituées en chambre, des petits fonctionnaires. C'était un va-et-vient continuel de gens entre les portes et dans les deux cours de la maison. Trois ou quatre concierges y étaient attachés. Le jeune homme fut fort satisfait de n'en rencontrer aucun. Il franchit le seuil et s'engagea dans l'escalier de droite, étroit et sombre comme un véritable escalier de service, mais ces détails, familiers à notre héros, n'étaient pas pour lui déplaire. On n'avait pas à redouter les regards curieux dans cette obscurité.

« Si j'ai si peur maintenant, que serait-ce si j'en venais par hasard à « l'affaire » pour de bon ? » songea-t-il involontairement, en arrivant au quatrième étage. Là, le chemin lui fut barré par d'anciens soldats devenus portefaix, en train de déménager le mobilier d'un appartement occupé, le jeune homme le savait, par un Allemand marié, un fonctionnaire. « Donc cet Allemand déménage et il ne restera, par conséquent, pendant quelque temps, sur ce palier, pas d'autre locataire que la vieille. C'est bien... à tout hasard », pensa-t-il encore, et il sonna chez elle. Le son retentit si faiblement, qu'on eût pu croire que la sonnette était en fer-blanc et non en cuivre. Tous les petits logements de grandes maisons comme celle-ci en ont de pareilles. Mais déjà le jeune homme avait oublié ce détail, et le tintement de la sonnette dut évoquer nettement en lui quelques vieux souvenirs... car il frissonna. Ses nerfs étaient très affaiblis. Au bout d'un instant la porte s'entrebâilla. Par l'étroite ouverture, la maîtresse du logis examinait l'intrus avec une méfiance évidente. On n'apercevait que ses petits yeux brillants dans l'ombre. En voyant du monde sur le palier, elle se rassura et ouvrit la porte. Le jeune homme franchit le seuil d'un vestibule obscur, coupé en deux par une cloison derrière laquelle se trouvait une cuisine minuscule. La vieille se tenait immobile devant lui. C'était une toute petite femme desséchée, âgée d'une soixantaine d'années, au nez pointu, aux yeux pétillants de méchanceté. Elle avait la tête nue et ses cheveux d'un blond fade, qui grisonnaient à peine, étaient abondamment huilés. Un chiffon de flanelle s'enroulait autour de son cou long et décharné comme une patte de poule, et malgré la chaleur, une fourrure pelée et jaunie flottait sur ses épaules. La toux la secouait à chaque instant, elle gémissait. Le jeune homme dut la regarder d'un air singulier, car ses yeux reprirent brusquement leur expression de méfiance.

« Raskolnikov[2], étudiant. Je suis venu chez vous il y a un mois, marmotta-t-il rapidement, en s'inclinant à demi (il s'était dit qu'il devait se montrer plus aimable).

– Je m'en souviens, mon ami, je m'en souviens très bien, articula la vieille, sans cesser de le considérer de son regard soupçonneux.

– Eh bien, voici... Je reviens pour une petite affaire du même genre, reprit Raskolnikov un peu troublé et surpris par cette méfiance.

« Peut-être, après tout, est-elle toujours ainsi, mais l'autre fois je ne l'avais pas remarqué », pensa-t-il désagréablement

----

[2] Raskolnikov tire son nom de celui des Vieux-Croyants (en russe *raskolniki* : schismatiques) qui se séparèrent de l'Église officielle lors du grand schisme provoqué par la réforme liturgique du patriarche Nikon au milieu du XVIIᵉ siècle.

impressionné. La vieille ne répondit rien, elle paraissait réfléchir, puis elle indiqua la porte de la chambre à son visiteur, en s'effaçant pour le laisser passer.

« Entrez, mon ami. »

La petite pièce dans laquelle le jeune homme fut introduit était tapissée de papier jaune ; ses fenêtres avaient des rideaux de mousseline ; des pots de géranium en garnissaient les embrasures ; le soleil couchant l'illuminait à cet instant. « *Ce jour-là,* le soleil l'illuminera aussi sans doute de la même façon », se dit brusquement Raskolnikov, et il embrassa toute la pièce d'un regard rapide pour en graver le moindre détail dans sa mémoire. Mais elle n'offrait rien de particulier. Le mobilier très vieux, en bois clair, était composé d'un divan à l'immense dossier recourbé, d'une table ovale placée devant le divan, d'une table de toilette garnie d'une glace, de chaises adossées aux murs et de deux ou trois gravures sans valeur, qui représentaient des demoiselles allemandes, tenant chacune un oiseau dans les mains, c'était tout. Une veilleuse brûlait dans un coin devant une icône. Tout reluisait de propreté. « C'est l'œuvre de Lisbeth », songea le jeune homme. On n'aurait pas pu découvrir une trace de poussière dans tout l'appartement. « Pareille propreté n'existe que chez de méchantes vieilles veuves », continua à part soi Raskolnikov, et il loucha avec curiosité sur le rideau d'indienne qui masquait la porte de la seconde chambre, minuscule également, où se trouvaient le lit et la commode de la vieille et dans laquelle il n'avait jamais mis les pieds. Le logement se composait de ces deux pièces.

« Que désirez-vous ? fit rudement la femme qui, à peine entrée dans la chambre, était revenue se planter devant lui, pour l'examiner bien en face.

– Je suis venu engager quelque chose, voilà, et il tira de sa poche une vieille montre plate en argent, qui portait un globe terrestre gravé sur l'envers et dont la chaîne était en acier.

– Mais vous ne m'avez pas remboursé la somme que je vous ai déjà prêtée. Le terme est échu depuis trois jours.

– Je vous payerai les intérêts pour un mois encore, patientez.

– Il ne dépend que de moi, mon brave, de patienter ou de la vendre immédiatement.

– Me donnerez-vous un bon prix de la montre, Alena[3] Ivanovna ?

– Mais c'est une misère que vous m'apportez là, mon ami, elle ne vaut rien, cette montre. La dernière fois je vous ai prêté deux beaux billets sur votre bague, quand on pourrait en avoir une neuve chez le bijoutier pour un rouble et demi.

– Donnez-moi quatre roubles, je la rachèterai, elle me vient de mon père. Je dois recevoir de l'argent bientôt.

– Un rouble et demi, l'intérêt pris d'avance.

– Un rouble et demi ! se récria le jeune homme.

– À prendre ou à laisser. »

La vieille lui rendit la montre. Le jeune homme la prit et, dans son irritation, il s'apprêtait à partir, mais il se ravisa aussitôt car la vieille usurière était sa dernière ressource et, d'autre part, il était venu pour tout autre chose.

« Donnez », fit-il grossièrement.

La vieille prit ses clefs dans sa poche et passa dans la pièce voisine. Resté seul le jeune homme se mit à réfléchir, l'oreille aux aguets : il tirait ses conclusions. On entendait ouvrir la commode, « sans doute le tiroir supérieur, se dit-il. Elle tient donc ses clefs dans sa poche droite... Un seul trousseau accroché à un anneau d'acier, il y en a une qui est plus grosse que les autres avec un panneton dentelé, celle-là n'ouvre sûrement pas la commode. C'est donc qu'il existe encore un coffret ou un coffre-fort. Les clefs des coffres-forts ont généralement cette forme... Ah ! tout cela est ignoble. »

La vieille reparut.

« Voilà, mon jeune ami, à dix kopecks[4] par mois pour un rouble, cela fait quinze kopecks pour un rouble et demi, et pour un mois d'avance ; en plus, pour les deux anciens roubles, je dois compter encore vingt kopecks d'avance, ce qui fait en tout trente-

---

[3] *Alena :* Se prononce Aliona : déformation populaire d'Hélène.

[4] Le rouble vaut cent kopecks.

cinq kopecks. Vous avez donc à toucher sur votre montre un rouble quinze kopecks. Tenez !

– Comment ! C'est devenu un rouble quinze à présent ?

– Par-fai-te-ment. »

Le jeune homme ne voulut point discuter et prit l'argent. Il regardait la vieille et ne se pressait pas de partir ; il paraissait désireux de dire ou de faire quelque chose, lui-même sans doute ne savait quoi au juste.

« Il se peut, Alena Ivanovna, que je vous apporte bientôt un autre objet en argent... très beau... un porte-cigarettes... dès qu'un ami, à qui je l'ai prêté, me l'aura rendu... »

Il se troubla et se tut.

« Eh bien, nous en causerons à ce moment-là, mon ami.

– Adieu donc... Et vous êtes toujours seule chez vous, votre sœur n'est jamais là ? demanda-t-il du ton le plus dégagé qu'il put prendre en pénétrant dans le vestibule.

– Mais que vous importe ?

– Oh ! je disais ça comme ça... et vous, tout de suite, vous... Adieu, Alena Ivanovna. »

Raskolnikov sortit, l'âme pleine d'un trouble qui ne faisait que grandir. En descendant l'escalier, il s'arrêta à plusieurs reprises, saisi par une émotion soudaine. Enfin, aussitôt dans la rue, il s'écria :

« Oh ! Seigneur, que tout cela est répugnant ! Se peut-il que moi... non ce sont des bêtises, des absurdités, ajouta-t-il d'un ton résolu. Comment une chose si monstrueuse a-t-elle pu me venir à l'esprit ? De quelle infamie suis-je capable ! Au fond, tout cela est dégoûtant, ignoble, affreux ! Et j'ai pu tout un mois... »

Mais paroles et exclamations étaient impuissantes à traduire son trouble. Le sentiment de profond dégoût qui l'oppressait et l'étouffait déjà quand il se rendait chez la vieille, devenait maintenant absolument insupportable ; il ne savait comment échapper à l'angoisse qui le torturait. Il suivait le trottoir, chancelant comme un homme ivre, se heurtait aux passants et ne voyait personne ; il ne revint à lui qu'en s'engageant dans la seconde rue. Il jeta un coup d'œil autour de lui et s'aperçut qu'il était à la porte d'un cabaret. Un escalier partant du trottoir s'enfonçait vers le sous-sol où se trouvait l'établissement. Deux ivrognes en sortaient au même instant et montaient les marches en s'injuriant, appuyés l'un à l'autre. Raskolnikov y descendit à son tour sans hésiter. Il n'avait jamais mis les pieds dans un cabaret, mais aujourd'hui la tête lui tournait ; une soif ardente le tourmentait. Il éprouvait le désir de boire de la bière fraîche, d'autant plus qu'il attribuait sa brusque faiblesse à la faim. Il s'assit dans un coin sombre et sale, devant une table poisseuse, demanda de la bière et vida un premier verre avec avidité.

Il éprouva aussitôt une grande impression de soulagement ; ses idées parurent s'éclaircir. « Tout ça ce sont des sottises, se dit-il réconforté, et il n'y avait pas là de quoi perdre la tête, tout simplement un malaise physique... Un verre de bière, un bout de biscuit, en voilà assez pour raffermir l'esprit, la pensée s'éclaircit, la volonté revient ! Ah ! que tout cela est misérable ! » Pourtant en dépit de cette conclusion désespérante il semblait gai comme un homme libéré soudain d'un fardeau épouvantable ; il promenait un regard amical sur les personnes qui l'entouraient. Mais tout au fond de lui, il pressentait au même instant que cette animation et ce regain d'espoir étaient maladifs et factices. Le cabaret était presque vide. À la suite des deux ivrognes croisés par Raskolnikov sur l'escalier, sortit toute une bande de cinq personnes au moins, qui emmenaient une fille et un harmonica. Après leur départ la pièce parut vaste et tranquille. Il ne s'y trouvait plus qu'un homme légèrement pris de boisson, un petit bourgeois, selon toute apparence, tranquillement assis devant une bouteille de bière ; son camarade, un grand et gros homme en houppelande et à barbe grise, sommeillait sur le banc, complètement ivre, lui. De temps en temps, il sursautait en plein sommeil, se mettait à claquer des doigts en écartant les bras et en remuant le buste sans se lever de son banc, il chantonnait, en même temps, une chanson inepte dont il s'efforçait de retrouver les mots dans sa mémoire :

Pendant toute une année j'ai caressé ma femme.

Ou bien :

Dans la Podiatcheskaïa[5]

J'ai retrouvé mon ancienne...

Mais personne ne semblait partager sa joie. Son taciturne compagnon considérait ces éclats de gaieté d'un air méfiant et presque hostile. Il restait une troisième personne dans le cabaret, un homme à l'apparence d'un fonctionnaire en retraite, assis à l'écart, devant un verre ; il le portait de temps en temps à ses lèvres, en lançant un coup d'œil autour de lui. Il semblait, lui aussi, en proie à une certaine agitation.

II

Raskolnikov n'avait pas l'habitude de la foule et, comme nous l'avons dit, ces derniers temps surtout, il fuyait la société de ses semblables. Mais à cet instant il se sentit tout à coup attiré vers eux. Une sorte de révolution semblait s'opérer en lui ; il éprouvait le besoin de voir des êtres humains. Il était si las de tout ce mois d'angoisse et de sombre exaltation qu'il venait de vivre dans la solitude, qu'il éprouvait à présent le besoin de se retremper, même une minute, dans un autre monde, n'importe lequel. Aussi s'attardait-il avec plaisir dans ce cabaret malgré la saleté qui y régnait. Le tenancier se tenait dans une autre pièce, mais il faisait de fréquentes apparitions dans la salle. On le voyait descendre les marches ; c'étaient ses bottes, d'élégantes bottes bien cirées à larges revers rouges, qui apparaissaient tout d'abord. Il portait une blouse, un gilet de satin noir tout graisseux, et n'avait pas de cravate. Tout son visage semblait huilé comme un cadenas de fer. Un garçon de quatorze ans était assis au comptoir, un autre plus

---

[5] *Podiatcheskaïa* : Une des rues du centre de Pétersbourg.

jeune servait les clients. Des concombres[6] coupés en morceaux, des biscottes de pain noir et des tranches de poisson étaient exposés en vitrine. Ils exhalaient une odeur infecte. La chaleur était insupportable, l'atmosphère si chargée de vapeurs d'alcool qu'elle risquait de vous griser en cinq minutes.

Il nous arrive parfois de rencontrer des personnes, souvent des inconnus, qui nous inspirent un intérêt subit, à première vue, avant même que nous ayons pu échanger un mot avec elles. Ce fut l'impression que produisit sur Raskolnikov l'individu assis à l'écart, et qui ressemblait à un fonctionnaire en retraite ; plus tard, chaque fois que le jeune homme se rappelait cette première impression, il l'attribuait à une sorte de pressentiment. Il ne le quittait pas des yeux, l'autre non plus ne cessait de le regarder et paraissait fort désireux d'engager la conversation. Quant aux autres personnes qui se trouvaient dans le cabaret (y compris le patron), il les considérait d'un air d'ennui avec une sorte de mépris hautain, comme des êtres d'une classe et d'une éducation trop inférieures pour qu'il daignât leur adresser la parole.

C'était un homme qui avait dépassé la cinquantaine, robuste et de taille moyenne. Ses quelques cheveux grisonnaient. Son visage était bouffi par l'ivrognerie, d'un jaune presque verdâtre ; entre ses paupières gonflées luisaient de tout petits yeux injectés de sang, mais pleins de vivacité. Ce qui étonnait le plus dans ce visage, c'était l'enthousiasme qu'il exprimait – peut-être aussi une certaine finesse et de l'intelligence – mais dans son regard passaient des éclairs de folie. Il portait un vieux frac tout déchiré, qui avait perdu ses boutons, sauf un seul avec lequel il le fermait, dans un désir de correction sans doute. Un gilet de nankin laissait voir un plastron tout fripé et maculé de taches. Comme tous les fonctionnaires, il ne portait pas la barbe mais il ne s'était pas rasé depuis longtemps : un poil rude et bleuâtre commençait à envahir son menton et ses joues. Ses manières avaient une gravité bureaucratique mais il semblait fort agité. Il fourrageait dans ses cheveux, les ébouriffait et se prenait la tête à deux mains d'un air d'angoisse, ses bras aux manches trouées accoudés sur la table

---

[6] *Concombres :* Les Russes les mangent, peu salés, avec les hors-d'œuvre et la vodka.

crasseuse. Enfin il regarda Raskolnikov bien en face et articula d'une voix haute et ferme :

« Oserai-je, monsieur, m'adresser à vous pour engager une conversation des plus convenables ? Car malgré la simplicité de votre mise mon expérience devine en vous un homme instruit et non un pilier de cabaret. Personnellement j'ai toujours respecté l'instruction unie aux qualités du cœur. Je suis d'ailleurs conseiller titulaire[7] : Marmeladov, tel est mon nom, conseiller titulaire. Puis-je vous demander si vous faites partie de l'administration ?

– Non, je fais mes études », répondit le jeune homme un peu surpris par ce langage ampoulé et aussi de se voir adresser directement et à brûle-pourpoint la parole par un étranger. Malgré son récent désir d'une compagnie humaine quelle qu'elle fût, il éprouvait au premier mot qui lui était adressé son sentiment habituel et fort désagréable d'irritation et de répugnance pour tout étranger qui tentait de se mettre en rapport avec lui.

« C'est-à-dire que vous êtes étudiant ou que vous l'avez été, s'écria vivement le fonctionnaire. C'est bien ce que je pensais. Voilà ce que c'est que l'expérience, monsieur, une longue expérience. » Et il porta la main à son front comme pour louer ses facultés cérébrales. « Vous avez fait des études ! Mais permettez... » Il se souleva, chancela, prit son verre et alla s'asseoir près du jeune homme. Quoique ivre il parlait avec aisance et vivacité. De temps en temps seulement ses discours devenaient incohérents et sa langue s'empâtait. À le voir se jeter si avidement sur Raskolnikov, on aurait pu croire que lui aussi n'avait pas ouvert la bouche depuis un mois.

« Monsieur, commença-t-il avec une sorte de solennité, pauvreté n'est pas vice, cela est une vérité absolue. Je sais également que l'ivrognerie n'est pas une vertu et c'est tant pis. Mais la misère, monsieur, la misère est un vice, oui. Dans la pauvreté vous conservez encore la noblesse de vos sentiments innés, dans l'indigence jamais et personne ne le pourrait. L'indigent, ce n'est pas à coups de bâton qu'on le chasse de toute

---

[7] Neuvième grade de la hiérarchie civile russe correspondant au grade de capitaine.

société humaine, on se sert du balai pour l'humilier davantage et cela est juste, car il est prêt à s'outrager lui-même. Voilà d'où vient l'ivrognerie, monsieur. Sachez que le mois dernier ma femme a été battue par M. Lebeziatnikov, et ma femme, monsieur, ce n'est pas du tout la même chose que moi ! Comprenez-vous ? Permettez-moi de vous poser encore une question ! Oh ! par simple curiosité ! Avez-vous jamais passé la nuit sur la Néva, dans les barques à foin ?...

– Non, cela ne m'est jamais arrivé, répondit Raskolnikov.

– Eh bien, moi j'en viens, voilà, c'est ma cinquième nuit. » Il remplit son verre, le vida et devint songeur. En effet des brins de foin s'apercevaient çà et là sur ses habits et même dans ses cheveux. Il ne s'était apparemment pas déshabillé ni lavé depuis cinq jours. Ses grosses mains rouges aux ongles noirs étaient particulièrement sales. Toute la salle semblait l'écouter, assez négligemment du reste. Les garçons se mirent à ricaner derrière leur comptoir. Le patron était descendu, exprès, pour entendre ce drôle de type ; il s'assit un peu à l'écart, en bâillant avec indolence, mais d'un air fort important. Marmeladov paraissait fort bien connu dans la maison. Il devait probablement son bagout à cette habitude des bavardages de cabaret avec des inconnus, qui prend le caractère d'un véritable besoin, surtout chez certains ivrognes quand ils se voient jugés sévèrement chez eux et même maltraités ; aussi essaient-ils toujours de se justifier auprès de leurs compagnons d'orgie et même de gagner leur considération.

« Dis donc, espèce de pantin, dit le patron, d'une voix forte, pourquoi ne travailles-tu pas ? Pourquoi n'es-tu pas dans une administration puisque tu es fonctionnaire ?

– Pourquoi je ne suis pas dans une administration, monsieur ? répéta Marmeladov en s'adressant à Raskolnikov, comme si la question avait été posée par ce dernier. Pourquoi je n'entre pas dans une administration, dites-vous ? Vous croyez que je ne souffre pas de cette déchéance ! Quand M. Lebeziatnikov, le mois dernier, a battu ma femme de ses propres mains et que moi j'étais là ivre mort, croyez-vous que je ne souffrais pas ? Permettez, jeune homme, vous est-il arrivé... hum... eh bien, mettons de solliciter un prêt sans espoir...

– Oui... Mais qu'entendez-vous par cette expression « sans espoir » ?

– Eh bien, sans ombre d'espoir, dis-je, en sachant que vous allez à un échec. Tenez, par exemple, vous savez d'avance et parfaitement que tel monsieur, un citoyen fort bien pensant et des plus utiles à son pays, ne vous prêtera jamais et pour rien au monde de l'argent, car, je vous le demande, pourquoi vous en prêterait-il ? Il sait bien, n'est-ce pas, que je ne le rendrai jamais. Par pitié ? Mais M. Lebeziatnikov, qui est toujours au courant des idées nouvelles, a expliqué l'autre jour qu'à notre époque la pitié est défendue aux hommes par la science elle-même, qu'il en est ainsi en Angleterre où existe l'Économie politique. Pourquoi donc je vous le demande cet homme me prêterait-il de l'argent ? Or, tout en sachant d'avance qu'il ne vous donnera rien, vous vous mettez en route, et...

– Mais pourquoi, dans ce cas... ? interrompit Raskolnikov.

– Et si l'on n'a pas où aller, si l'on n'a personne d'autre à qui s'adresser ? Chaque homme, n'est-ce pas, a besoin de savoir où aller. Car il arrive toujours un moment où l'on sent la nécessité de s'en aller quelque part, n'importe où. Ainsi quand ma fille unique est allée se faire inscrire à la police, pour la première fois, je l'ai accompagnée... (car ma fille est en carte...), ajouta-t-il entre parenthèses en regardant le jeune homme d'un air un peu inquiet. Ce n'est rien, monsieur, ce n'est rien, se hâta-t-il d'ajouter avec un flegme apparent, quand les deux garçons partirent d'un éclat de rire derrière leur comptoir, et que le patron lui-même sourit. Ce n'est rien, non ! Ces hochements de tête désapprobateurs ne sauraient me troubler, car tout cela est connu de tout le monde, et tout mystère finit toujours par se découvrir. Et ce n'est point avec mépris, mais avec résignation que j'envisage ces choses. Soit ! soit donc ! « Ecce homo ». Permettez, jeune homme, pouvez-vous... mais non, il faut trouver une expression plus forte, plus imagée, *pouvez-vous,* dis-je, *oserez-vous* en me regardant dans les yeux, affirmer que je ne suis pas un porc. »

Le jeune homme ne répondit rien.

« Eh bien, voilà ! continua l'orateur et il attendit d'un air posé et plus digne encore la fin des ricanements qui venaient d'éclater de nouveau.

PREMIÈRE PARTIE

« Eh bien, voilà, mettons que je suis un porc et elle est une dame. Je ressemble à une bête et Catherine Ivanovna, mon épouse, est une personne bien élevée, la fille d'un officier supérieur. Soit, mettons que je suis un goujat et elle possède un grand cœur, des sentiments élevés, une éducation parfaite, cependant... ah ! si elle avait eu pitié de moi ! Monsieur, monsieur, mais chaque homme a besoin de se sentir plaint par quelqu'un. Or, Catherine Ivanovna, malgré sa grandeur d'âme, est injuste... et quoique je comprenne moi-même parfaitement que lorsqu'elle me tire les cheveux, c'est assurément par intérêt pour moi, car, je le répète sans honte, elle me tire les cheveux, jeune homme, insista-t-il avec un redoublement de dignité en entendant ricaner encore. Mais, Seigneur, si elle pouvait, une fois seulement... mais non, non tout cela est vain, n'en parlons plus ! Car mon souhait s'est réalisé plus d'une fois, plus d'une fois je me suis vu pris en pitié, mais... tel est mon caractère, je suis une vraie brute !

– Je crois bien », observa le patron en bâillant.

Marmeladov donna un grand coup de poing sur la table.

« Tel est mon caractère ! Savez-vous, monsieur, savez-vous que je lui ai bu jusqu'à ses bas ? Pas les souliers, remarquez bien, car enfin, ce serait plus ou moins dans l'ordre des choses, mais ses bas ; je lui ai bu ses bas, oui. Et j'ai bu aussi sa petite pèlerine en poil de chèvre, un cadeau qu'on lui avait fait avant notre mariage, sa propriété, non la mienne ; nous habitons un trou glacé, un coin ; cet hiver elle a pris froid, elle s'est mise à tousser et à cracher le sang ; nous avons trois petits enfants et Catherine Ivanovna travaille du matin au soir, à gratter, à faire la lessive, à laver les enfants, car elle est habituée à la propreté depuis sa plus tendre enfance. Tout cela avec une poitrine délicate et une prédisposition à la phtisie ; moi je sens tout cela. Est-ce que je ne le sens pas ? Plus je bois, plus je souffre. C'est parce que je cherche à sentir, et à souffrir davantage que je me livre à la boisson. Je bois pour mieux souffrir, plus profondément. »

Il inclina la tête d'un air désespéré.

« Jeune homme, reprit-il en se redressant, je crois déchiffrer sur votre visage l'expression d'une douleur. Vous étiez à peine entré que j'en avais l'impression, voilà pourquoi je vous ai aussitôt adressé la parole. Si je vous raconte l'histoire de ma vie, ce n'est point pour servir de risée à ces oisifs, qui d'ailleurs sont au courant de tout cela, mais parce que je cherche un homme instruit. Sachez donc que mon épouse a été élevée dans un pensionnat aristocratique de province et que le jour de sa sortie elle a dansé avec le châle[8] devant la dame du gouverneur de la province et d'autres personnages de marque ; elle en a été récompensée par une médaille d'or et un diplôme. La médaille !... elle est vendue... depuis longtemps ; quant au diplôme, mon épouse le conserve dans son coffre, elle le montrait dernièrement à la logeuse. Bien qu'elle soit à couteaux tirés avec cette femme, elle éprouvait le besoin de se vanter à quelqu'un de ses succès passés et d'évoquer les temps heureux. Je ne lui en fais pas un crime, non, car elle n'a plus que ces souvenirs, tout le reste s'est évanoui. Oui, c'est une dame ardente, fière, intraitable, elle lave elle-même son plancher et se nourrit de pain noir, mais elle ne souffrirait pas qu'on lui manquât de respect. Voilà pourquoi elle n'a pas toléré la grossièreté de Lebeziatnikov et quand ce dernier, pour se venger d'avoir été remis à sa place, l'a battue, elle s'est mise au lit, non point tant à cause des coups qu'elle avait reçus, mais plutôt pour des raisons sentimentales. Je l'ai épousée veuve avec trois enfants en bas âge ; son premier mariage avait été un mariage d'amour, avec un officier d'infanterie, elle s'était enfuie avec lui de la maison paternelle. Elle adorait son mari, mais il se mit à jouer, il eut maille à partir avec la justice et mourut. Les derniers temps il la battait ; elle ne le lui pardonna point, je le sais de bonne source, et pourtant même maintenant elle ne peut pas l'évoquer sans larmes, elle établit entre lui et moi des comparaisons peu flatteuses pour mon amour-propre, mais j'en suis heureux, car ainsi, elle se figure au moins qu'elle a été heureuse un jour. Elle est restée toute seule après sa mort avec trois petits enfants dans un district lointain et sauvage où je me trouvais alors. Elle vivait dans un si affreux dénuement que moi, qui ai vu des drames de toute sorte, je ne me sens pas capable de le décrire. Ses parents l'avaient tous abandonnée. Elle était fière d'ailleurs, trop fière... C'est alors, monsieur, alors, comme je vous le dis, que moi, veuf également et qui avais de mon premier mariage une fille de quatorze ans, je lui ai offert ma main, car je ne pouvais pas la voir souffrir ainsi. Vous

---

[8] *Châle :* Danse appelée pas de châle.

pouvez juger de sa misère, puisque instruite, cultivée et d'excellente famille comme elle l'était, elle a accepté de m'épouser. Mais elle l'a fait en pleurant, en sanglotant, en se tordant les mains, elle l'a fait pourtant ! Car elle n'avait pas où aller. Comprenez-vous, comprenez-vous bien, monsieur, ce que cela signifie, n'avoir plus où aller ? Non, vous ne pouvez pas encore le comprendre... Et toute une année j'ai rempli mon devoir honnêtement et saintement, sans toucher à cela (il montra du doigt la demi-bouteille posée devant lui) car j'ai des sentiments. Mais je n'arrivais point à la satisfaire : sur ces entrefaites j'ai perdu ma place, sans pourtant qu'il y ait de ma faute, à cause de changements administratifs ; alors je me suis mis à boire !... Voilà un an et demi qu'après mille déboires et toutes nos pérégrinations, nous nous sommes fixés dans cette capitale magnifique et ornée d'innombrables monuments. Ici j'ai pu trouver une place. Je l'ai trouvée et l'ai perdue de nouveau. Comprenez-vous, monsieur ? Cette fois par ma propre faute, à cause de mon penchant qui se manifestait... Nous habitons maintenant un coin chez la logeuse Amalia Fedorovna Lippevechsel, mais comment vivons-nous, avec quoi payons-nous nos dépenses ? Cela, je n'en sais rien. Il y a là bien d'autres locataires à part nous, c'est un véritable enfer, oui, que cette maison. Entre-temps la fille que j'ai eue de ma première femme a grandi et ce qu'elle a pu souffrir de sa belle-mère, cette fille, j'aime mieux le passer sous silence. Car bien qu'elle soit remplie de sentiments magnanimes, Catherine Ivanovna est une dame irascible, incapable de se contenir... Oui, voilà. Mais à quoi bon rappeler tout ça ? Vous imaginez bien que Sonia n'a pas reçu une très bonne éducation. J'ai essayé de lui apprendre, il y a quatre ans, la géographie et l'histoire universelle, mais comme je n'étais pas moi-même bien fort dans ces matières et que de plus nous ne possédions pas de bons manuels, car les livres que nous pouvions avoir... hum, eh bien, nous ne les avons plus, les leçons ont pris fin. Nous nous sommes arrêtés à Cyrus, roi des Perses. Plus tard, elle a lu quelques livres de caractère romanesque et dernièrement encore, Lebeziatnikov lui en a prêté un : *la Physiologie* de Lewis[9].

---

[9] *Lewis :* G. H. Lewis, grand admirateur d'Auguste Comte auquel il consacra plusieurs ouvrages, auteur de *Physiology of Common Life*. Ce livre fut traduit très rapidement en russe.

Vous connaissez cet ouvrage, n'est-ce pas ? Elle l'a trouvé très intéressant, et nous en a même lu plusieurs passages à haute voix, voilà à quoi se borne sa culture intellectuelle. Maintenant je m'adresserai à vous, monsieur, de ma propre initiative pour vous poser une question d'ordre privé. Une jeune fille pauvre, mais honnête, peut-elle gagner convenablement sa vie avec un travail honnête ? Elle ne gagnera pas quinze kopecks par jour, monsieur, si elle est honnête et ne possède aucun talent, cela en travaillant sans répit. Bien plus, le conseiller d'État Klopstock, Ivan Ivanovitch, – vous avez entendu parler de lui ? – non seulement n'a pas payé la demi-douzaine de chemises en toile de Hollande qu'elle lui a faites, mais il l'a encore honteusement chassée en prétendant qu'elle n'avait pas bien pris la mesure du col et qu'il allait tout de travers. Et les gosses affamés..., Catherine Ivanovna qui va et vient dans la chambre en se tordant les mains, les pommettes colorées de taches rouges, comme il arrive toujours dans cette maladie, en criant : « Tu vis chez nous en fainéante, tu manges, tu bois, bien au chaud. » Or qu'y avait-il à manger et à boire, je vous le demande, quand les enfants eux-mêmes passent des trois jours sans voir une croûte de pain !

« Moi j'étais couché à ce moment-là..., autant vous le dire, j'étais ivre et j'entends ma Sonia lui répondre (elle est timide, sa voix est si douce..., toute blonde avec son petit visage toujours pâle, si mince) : « Comment, Catherine Ivanovna, pourrai-je faire une chose pareille ? »

« Daria Frantzovna, une mauvaise femme bien connue de la police, était déjà venue trois fois lui faire des ouvertures par l'entremise de la logeuse.

« – Comment ? répète Catherine Ivanovna en la singeant. Qu'as-tu donc à préserver avec tant de soin ? Voyez-moi ce trésor ? »

« Mais ne l'accusez pas, monsieur, non, ne l'accusez pas. Elle n'avait pas conscience de la portée de ses paroles. Elle était bouleversée, malade, elle entendait les cris des enfants affamés et puis c'était plutôt pour vexer Sonia qu'avec une intention sérieuse. Car Catherine Ivanovna est ainsi faite, dès qu'elle entend pleurer les enfants, même si c'est de faim, elle se met aussitôt à les battre. Tout à coup, il était un peu plus de cinq heures, je vois ma

Sonetchka se lever, mettre un fichu, un châle et sortir du logement ; à huit heures passées elle était de retour. Elle entra, alla droit à Catherine Ivanovna et déposa devant elle sur la table trente roubles, en silence. Elle n'a pas proféré une parole, vous m'entendez, elle n'a pas eu un regard, elle a pris seulement notre grand châle de drap vert (nous possédons un grand châle de drap vert en commun), s'en est couvert la tête et le visage et elle s'est couchée sur le lit, la figure tournée contre le mur ; seuls ses petites épaules et tout son corps étaient agités de tressaillements... Et moi j'étais toujours couché dans le même état. J'ai vu alors, jeune homme, j'ai vu Catherine Ivanovna s'approcher silencieusement, elle aussi, du lit de Sonetchka ; elle a passé toute la nuit à genoux devant elle à lui baiser les pieds sans vouloir se relever. Ensuite elles ont fini toutes deux par s'endormir enlacées... toutes les deux, toutes les deux... Oui... voilà, et moi... j'étais ivre, oui. » Marmeladov se tut comme si la voix lui avait manqué. Puis il se versa brusquement à boire, vida son verre, soupira et continua après un silence.

« Depuis lors, monsieur, par suite d'une circonstance malheureuse et sur la dénonciation de personnes malveillantes (Daria Frantzovna y a pris une grande part ! elle prétendait qu'on lui avait manqué de respect), depuis lors ma fille, Sophie Simionovna, a été mise en carte et elle s'est vue, pour cette raison, obligée de nous quitter. D'ailleurs, d'une part, la logeuse Amalia Feodorovna[10] n'eût point toléré sa présence (alors qu'elle-même avait favorisé les menées de Daria Frantzovna) et de l'autre M. Lebeziatnikov... hum... C'est à cause de Sonia qu'il a eu cette histoire dont je vous ai parlé avec Catherine Ivanovna. Au début il courait lui-même après Sonetchka et puis tout à coup il s'est piqué d'amour-propre. « Comment un homme éclairé comme moi pourrait-il vivre dans la même maison qu'une pareille créature ? » Mais Catherine Ivanovna lui a tenu tête, elle a pris la défense de Sonia... et voilà comment la chose est arrivée... À présent, Sonetchka vient surtout nous voir à la chute du jour. Elle aide Catherine Ivanovna et lui apporte quelque argent... Elle habite chez le tailleur Kapernaoumov, elle y loue un logement. Kapernaoumov est boiteux et bègue, et toute sa nombreuse famille l'est

---

[10] Appelée tantôt Amalia Feodorovna, tantôt Amalia Ivanovna par l'auteur.

également. Sa femme elle aussi est bègue... ils habitent tous dans une seule chambre, mais Sonia a la sienne, séparée de leur logement par une cloison. Hum, voilà... Des gens misérables et affectés de bégaiement... Alors un matin je me suis levé, j'ai revêtu mes haillons, tendu les bras vers le ciel, et je m'en suis allé chez son Excellence Ivan Afanassievitch. Connaissez-vous son Excellence Ivan Afanassievitch ? Non ? Eh bien, c'est que vous ne connaissez pas l'homme de Dieu. C'est de la cire... Une cire devant la face du Seigneur, il fond comme la cire, il a même eu les larmes aux yeux après avoir daigné écouter mon récit jusqu'au bout. « Allons, me dit-il, Marmeladov, tu as déjà trompé une fois la confiance que j'avais mise en toi... Je veux bien te reprendre sous ma responsabilité. » C'est ainsi qu'il s'est exprimé. « Tâche de t'en souvenir, voulait-il dire, tu peux te retirer. » J'ai baisé la poussière de ses bottes, mentalement, car il ne me l'aurait pas permis en réalité, étant un haut fonctionnaire et un homme imbu d'idées modernes et très éclairées. Je suis revenu chez moi et, Seigneur ! qu'est-ce qui s'est passé, lorsque j'ai annoncé que je reprenais du service, et que j'allais recevoir un traitement ! »

Marmeladov s'arrêta encore, tout ému. À ce moment-là le cabaret fut envahi par une bande d'ivrognes déjà pris de boisson, les sons d'un orgue de barbarie retentirent à la porte de l'établissement, une voix frêle et fêlée d'enfant s'éleva, chantant l'air de la « *Petite Ferme*[11] ». La salle s'emplit de bruit. Le patron et ses garçons s'empressaient auprès des nouveaux venus. Marmeladov, lui, continua son récit sans faire attention à eux. Il paraissait très affaibli, mais devenait plus expansif à mesure que croissait son ivresse. Les souvenirs de son dernier succès, cet emploi qu'il avait reçu, semblaient l'avoir ranimé, et mettaient sur son visage une sorte de rayonnement. Raskolnikov l'écoutait attentivement.

« C'était, mon cher monsieur, il y a cinq semaines de cela, oui... Dès qu'elles apprirent toutes les deux, Catherine Ivanovna et Sonetchka, la nouvelle, Seigneur, ce fut comme si j'étais transporté au paradis. Autrefois quand il m'arrivait de rester couché j'étais comme une bête, je n'entendais que des injures. À présent on

---

[11] *La petite Ferme :* Chanson populaire.

marchait sur la pointe des pieds et l'on faisait taire les enfants. « Chut ! Simion Zakharovitch est fatigué de son travail, il faut le laisser reposer, chut ! » On me faisait boire du café avant mon départ pour le bureau et même avec de la crème. Elles se procuraient de la vraie crème, vous entendez ! Où ont-elles pu découvrir onze roubles cinquante kopecks pour remonter ma garde-robe, je ne puis le comprendre. Des bottes, des manchettes en calicot superbes, un uniforme[12], le tout en parfait état pour onze roubles cinquante kopecks. Je rentre le premier jour de mon bureau à midi et qu'est-ce que je vois ? Catherine Ivanovna a préparé deux plats : la soupe et du petit salé avec une sauce, chose dont nous n'avions même pas idée jusqu'à présent. Des robes, il faut dire qu'elle n'en a point, c'est-à-dire pas une, non ; et là, on dirait à la voir qu'elle se prépare à aller en visite, elle s'est arrangée, non pas qu'elle ait de quoi, mais elles savent fabriquer quelque chose avec rien du tout ; c'est la coiffure, un petit col par-ci bien propre, des manchettes, on dirait une autre femme, rajeunie, embellie. Sonetchka, ma colombe, elle ne voulait que nous aider de son argent, mais maintenant, « venir vous voir souvent », nous dit-elle, « je juge que ce n'est pas convenable, ou alors à la nuit tombante, de façon que personne ne puisse me voir ». Entendez-vous, entendez-vous bien ? Je suis allé me coucher après dîner, et, qu'en pensez-vous, Catherine Ivanovna n'a pas pu y tenir. Il y avait à peine une semaine qu'elle s'était querellée à mort avec la logeuse Amalia Ivanovna, et maintenant, elle l'invite à prendre le café. Elles sont restées deux heures à bavarder tout bas. « Simion Zakharovitch, dit-elle, a maintenant un emploi et il reçoit un traitement, il s'est présenté lui-même à son Excellence, et son Excellence est sortie et a ordonné à tout le monde d'attendre et a tendu la main à Simion Zakharovitch et l'a fait passer ainsi devant tout le monde dans son cabinet. Entendez-vous, entendez-vous bien ? » « Je me souviens naturellement, dit-il, Simion Zakharovitch, de vos services et quoique vous persistiez dans votre faiblesse, mais puisque vous nous promettez... et que, d'autre part, tout a mal marché chez nous, en votre absence (entendez-vous, entendez-vous bien ?), je compte, dit-il, maintenant sur votre parole d'honnête homme. »

---

[12] *Un uniforme :* Les fonctionnaires russes portaient un uniforme.

« Je vous dirai que tout cela elle l'inventait purement et simplement et non par légèreté ou pour se vanter. Non, voilà, elle-même y croit, elle se console avec ses propres inventions, ma parole d'honneur ! Je ne le lui reproche pas, non, je ne puis le lui reprocher. Et quand je lui ai rapporté, il y a six jours, le premier argent que j'avais gagné, vingt-trois roubles quarante kopecks, intégralement, elle m'a appelé son petit oiseau. « Eh ! me dit-elle, espèce de petit oiseau » et nous étions en tête-à-tête, comprenez-vous ? Et dites-moi, je vous prie, quel charme puis-je avoir et quel époux puis-je bien être ? Eh bien non, elle m'a pincé la joue, « son petit oiseau », m'a-t-elle dit. »

Marmeladov s'interrompit, tenta de sourire, mais son menton se mit à trembler, il se contint cependant. Ce cabaret, ce visage d'homme déchu, cinq nuits passées dans les barques à foin, cette bouteille enfin et en même temps cette tendresse maladive pour sa femme et sa famille, tout cela rendait son auditeur perplexe. Raskolnikov était suspendu à ses lèvres, mais il éprouvait un sentiment pénible, il regrettait d'être entré dans ce lieu.

« Monsieur, cher monsieur, s'écria Marmeladov, un peu remis, ô monsieur, peut-être trouvez-vous tout cela comique, comme tous les autres, et je ne fais que vous ennuyer avec tous ces petits détails misérables et stupides de ma vie domestique, mais moi je vous assure que je n'ai pas envie de rire, car je sens tout cela... et toute cette journée enchantée de ma vie, tout ce soir-là, je les ai moi-même passés à faire des rêves fantastiques : je rêvais à la manière dont j'organiserais notre vie, dont j'habillerais les gosses, au repos que j'allais lui donner à elle, je comptais enlever ma fille à cette vie honteuse, et la faire rentrer au sein de la famille... Et bien d'autres choses encore ! Tout cela est permis, monsieur. Mais voilà, monsieur (Marmeladov tressaillit soudain, leva la tête et regarda fixement son interlocuteur), voilà : le lendemain même du jour où je caressais tous ces rêves (il y a juste cinq jours de cela), le soir j'ai inventé un mensonge et dérobé, comme un voleur de nuit, la clef du coffre de Catherine Ivanovna et pris le reste de l'argent que j'avais rapporté. Combien y en avait-il ? Je ne m'en souviens plus, mais regardez-moi, tous. Il y a cinq jours que je ne suis pas rentré chez moi et les miens me cherchent et j'ai perdu ma place, laissé mon uniforme au cabaret près du pont d'Égypte en échange de ce costume... tout est fini ! »

Il se donna un coup de poing à la tête, serra les dents, ferma les yeux, et s'accouda lourdement sur la table. Au bout d'un instant, son visage parut transformé ; il regarda Raskolnikov avec une sorte de malice voulue et de cynisme joué, éclata de rire et dit :

« Aujourd'hui j'ai été chez Sonia, je suis allé lui demander de l'argent pour boire. Hé ! hé ! hé !

– Et elle t'en a donné ? cria un des nouveaux venus avec un gros rire.

– Cette demi-bouteille que vous voyez a été payée de son argent, reprit Marmeladov en ne s'adressant qu'à Raskolnikov. Elle m'a remis trente kopecks de ses propres mains, les derniers, tout ce qu'elle avait, je l'ai vu moi-même, elle ne m'a rien dit et s'est bornée à me regarder en silence... Un regard qui n'appartenait pas à la terre mais au ciel, ce n'est que là-haut qu'on peut souffrir ainsi pour les hommes, pleurer sur eux, sans les condamner. Non, on ne les condamne pas ! mais c'est plus dur, quand on ne vous condamne pas ! Trente kopecks, voilà, oui, et cependant elle-même en a besoin, n'est-ce pas ? Qu'en pensez-vous, mon cher monsieur, elle a besoin de se tenir propre à présent. Cette propreté coûte de l'argent, une propreté spéciale, vous comprenez ? Il faut de la pommade, des jupons empesés, des petites bottines un peu élégantes, qui fassent valoir le pied quand on a une flaque à enjamber. Comprenez-vous, comprenez-vous, monsieur, l'importance de cette propreté ? Eh bien voilà, et moi, son propre père, je lui ai arraché ces trente kopecks. Je bois, oui, je les ai déjà bus... Dites-moi, qui donc aura pitié d'un homme comme moi, hein ? Dites, monsieur, avez-vous maintenant pitié de moi, oui ou non ?... Parlez-moi, monsieur, me plaignez-vous, oui ou non ? Ha ! ha, ha ! »

Il voulut se verser à boire, mais la bouteille était vide.

« Pourquoi te plaindre ? » cria le patron qui apparut de nouveau auprès des deux hommes.

Des rires mêlés d'injures éclatèrent dans la pièce. C'étaient les auditeurs du fonctionnaire qui riaient et juraient ainsi ; les autres, qui n'avaient rien entendu, se joignaient à eux rien qu'à voir sa figure.

« Me plaindre ? Et pourquoi me plaindrait-on ? hurla soudain Marmeladov en se levant, le bras tendu avec exaltation, comme s'il n'avait attendu que ces paroles. Pourquoi me plaindre, dis-tu ? Oui, il n'y a pas lieu de me plaindre, il faut me crucifier, me mettre en croix et non pas me plaindre. Crucifie-moi donc, juge, fais-le, et en me crucifiant aie pitié du supplicié ; j'irai alors moi-même au-devant du supplice, car ce n'est point de joie que j'ai soif, mais de douleur et de larmes... Crois-tu donc, marchand, que ta demi-bouteille m'a procuré du plaisir ? C'est la douleur, la douleur que je cherchais au fond de ce flacon, la douleur et les larmes ; je les y ai trouvées et savourées. Mais nous ne serons pris en pitié que par Celui qui a eu pitié de tous les hommes. Celui qui a tout compris, l'Unique et notre seul Juge, Il viendra au jour du Jugement et demandera : « Où est la fille qui s'est sacrifiée pour une marâtre cruelle et phtisique, pour des petits enfants qui ne sont point ses frères ? Où est la fille qui a eu pitié de son père terrestre et ne s'est point détournée avec horreur de ce crapuleux ivrogne ? » Il lui dira : « Viens ! Je t'ai déjà pardonné une fois... pardonné une fois... et maintenant que tous tes péchés te soient remis, car tu as beaucoup aimé... » Et il pardonnera à ma Sonia, Il lui pardonnera, je sais qu'il lui pardonnera... Je l'ai senti dans mon cœur tantôt, quand j'étais chez elle ! Tous seront jugés par Lui, les bons et les méchants, et nous entendrons Son Verbe : « Approchez, dira-t-il, approchez, vous aussi les ivrognes, approchez, les faibles créatures éhontées ! » Nous avancerons tous sans crainte et nous nous arrêterons devant Lui et Il dira : « Vous êtes des porcs, vous avez l'aspect de la bête et vous portez son signe, mais venez aussi. » Et alors vers Lui se tourneront les sages et se tourneront les intelligents et ils s'écrieront : « Seigneur ! Pourquoi reçois-tu ceux-là ? » et Lui dira : « Je les reçois, ô sages, je les reçois, ô vous intelligents, parce qu'aucun d'eux ne s'est jamais cru digne de cette faveur. » Et Il nous tendra Ses bras divins et nous nous y précipiterons... et nous fondrons en larmes... et nous comprendrons tout... alors nous comprendrons tout... et tous comprendront... Catherine Ivanovna elle aussi comprendra... Seigneur, que Ton règne arrive ! »

Il se laissa tomber sur le banc, épuisé, sans regarder personne, comme s'il avait oublié tous ceux qui l'entouraient dans la profonde rêverie qui l'absorbait. Ces paroles produisirent une certaine impression, le silence régna un moment, puis les rires reprirent de plus belle, mêlés aux invectives.

« C'est du propre !

– Radoteur !

– Bureaucrate !

etc.

– Allons-nous-en, monsieur, s'écria soudain Marmeladov en levant la tête et en s'adressant à Raskolnikov, ramenez-moi, maison Kosel, dans la cour. Il est temps de retourner chez Catherine Ivanovna... »

Raskolnikov songeait depuis longtemps à s'en aller et il avait bien pensé à lui offrir son soutien dans la rue. Marmeladov avait les jambes moins fermes que la voix et s'appuyait lourdement sur le jeune homme. Il y avait deux ou trois cents pas environ à faire. Le trouble et la frayeur de l'ivrogne croissaient à mesure qu'il approchait de son logis.

« Ce n'est pas Catherine Ivanovna que je redoute à présent, balbutiait-il dans son émoi, ce n'est pas la perspective de me voir tirer les cheveux qui me fait peur. Qu'est-ce que les cheveux ? Mais absolument rien du tout... C'est bien ce que je dis ! Il vaut même mieux qu'elle se mette à les tirer, ce n'est pas ce que je crains... Je... ce sont ses yeux qui me font peur... *oui...* ses yeux, les taches rouges de ses pommettes, je les redoute aussi ; son souffle... As-tu remarqué comment on respire dans ces maladies-là, quand on est en proie à une émotion violente ? Je crains aussi les pleurs des enfants, car, si Sonia ne leur a pas donné à manger... je ne sais plus comment... ils ont pu... je ne sais plus ! Mais les coups ne me font pas peur ! Sachez bien, monsieur, que ces coups-là non seulement ne me font pas souffrir, mais me procurent une jouissance... Je ne pourrais pas m'en passer. Cela vaut mieux... Il faut qu'elle me batte, cela la soulagera... cela vaut mieux... Voici la maison, la maison de Kosel... un serrurier allemand, riche... Conduis-moi ! »

Ils traversèrent la cour et montèrent au quatrième étage. L'escalier devenait de plus en plus sombre. Il était presque onze heures et quoique, à cette époque de l'année, il n'y eût point, à proprement parler, de nuit à Pétersbourg, le haut de l'escalier était pourtant plongé dans l'obscurité.

La petite porte enfumée, qui donnait sur le dernier palier, était ouverte. Un bout de chandelle éclairait une pièce des plus misérables, longue à peine de dix pas, qu'on pouvait du vestibule embrasser tout entière d'un coup d'œil. Elle était dans le plus grand désordre, tout y traînait de tous côtés, surtout des langes d'enfant ; un drap troué masquait l'un des coins les plus éloignés de la porte, il devait dissimuler un lit. Dans la pièce elle-même, il n'y avait que deux chaises et un antique divan recouvert d'une toile cirée qui s'en allait en lambeaux ; une vieille table de cuisine nue en bois blanc lui faisait face.

Là, sur un chandelier de fer, achevait de brûler un bout de chandelle. Marmeladov avait donc sa chambre à lui, et non pas un simple coin[13] ; mais elle donnait sur les autres pièces et était, en fait, un couloir. La porte qui ouvrait sur les chambres, ou plutôt les cages, dont se composait l'appartement d'Amalia Lippevechsel, était entrouverte. On entendait du bruit, des cris. Des rires éclataient. Par là on devait jouer aux cartes et prendre le thé. Des bribes de phrases grossières arrivaient parfois jusqu'au logement des Marmeladov.

Raskolnikov reconnut à première vue Catherine Ivanovna. C'était une femme horriblement amaigrie, fine, assez grande et svelte, avec des cheveux châtains encore très beaux ; comme l'avait dit Marmeladov, des taches rouges brûlaient à ses pommettes. Les lèvres desséchées, la respiration courte et irrégulière, elle arpentait la petite chambre de long en large, les mains convulsivement pressées contre la poitrine. Ses yeux brillaient d'un éclat fiévreux, mais le regard en était fixe et dur et ce visage bouleversé de poitrinaire produisait une impression pénible à la lumière mourante du bout de chandelle presque consumé, dont la lueur tremblotante tombait sur lui. Raskolnikov jugea qu'elle devait avoir trente ans et que Marmeladov ne lui convenait pas du tout en effet. Elle ne remarquait pas la présence des deux hommes ; elle semblait plongée dans une sorte d'hébétement, qui la rendait incapable de voir et d'entendre. Il faisait étouffant dans la pièce,

---

[13] *Un simple coin :* Avoir une chambre à soi était considéré comme un luxe chez les gens pauvres. Dans les habitations à bon marché, on louait les coins d'une pièce. On y installait plusieurs locataires.

mais elle n'ouvrait pas la fenêtre ; de l'escalier arrivaient des odeurs infectes ; pourtant elle ne songeait pas à fermer la porte du carré ; enfin, la porte intérieure, simplement entrebâillée, laissait passer des vagues épaisses de fumée de tabac qui la faisaient tousser sans qu'elle songeât à pousser cette porte. L'enfant la plus jeune, une fillette de six ans, dormait assise par terre, le corps à demi tordu et la tête appuyée au divan. Le garçonnet, d'un an plus âgé, tremblait de tout son corps dans un coin et pleurait. Il venait probablement d'être battu. L'aînée, une fillette de neuf ans, longue et mince comme une allumette, portait une chemise toute trouée. Sur ses épaules nues était jeté un vieux manteau de drap, fait pour elle deux ans auparavant sans doute, car il lui venait à peine aux genoux ; elle se tenait près de son petit frère et lui entourait le cou de son bras desséché. Elle devait essayer de le calmer et lui murmurait quelque chose pour le faire taire ; elle suivait en même temps sa mère d'un regard craintif de ses immenses yeux sombres qui semblaient plus grands encore dans ce petit visage amaigri.

Marmeladov n'entra point dans la pièce ; il s'agenouilla devant la porte et poussa Raskolnikov en avant. La femme, voyant cet étranger, s'arrêta distraitement devant lui et, revenue à elle, – momentanément, – sembla se demander : « Que fait-il là, celui-là ? » Mais elle dut s'imaginer aussitôt qu'il traversait leur chambre pour aller dans une autre pièce. S'étant dit cela, elle se dirigea vers la porte d'entrée pour la fermer et poussa soudain un cri, en apercevant son mari agenouillé sur le seuil.

« Ah ! cria-t-elle, prise de fureur. Te voilà revenu, scélérat, monstre, et où est l'argent ? Qu'as-tu dans ta poche ? Monstre ! Ce ne sont pas tes vêtements ! Où sont les tiens ? Où est l'argent ? Parle ! » Elle se mit à le fouiller précipitamment ; Marmeladov aussitôt écarta docilement les bras pour faciliter la visite de ses poches. Il n'avait pas un kopeck sur lui.

« Où est l'argent ? criait-elle. Oh ! Seigneur ! se peut-il qu'il ait tout bu. Il restait pourtant douze roubles dans le coffre. » Prise d'un accès de rage, elle saisit son mari par les cheveux et l'attira dans la chambre. Marmeladov, lui, essayait d'adoucir son effort et la suivait humblement en se traînant sur les genoux. « C'est une jouissance pour moi ! non une douleur, mais une jou-i-ssance-cher-monsieur ! » criait-il, tandis qu'il était ainsi secoué par les cheveux. Son front même vint heurter le plancher. L'enfant qui dormait par terre s'éveilla et se mit à pleurer. Le garçonnet debout dans son coin ne put supporter cette scène ; il se reprit à trembler, à hurler, et se jeta dans les bras de sa sœur, en proie à une terrible épouvante, presque dans une crise convulsive. La fille aînée, elle, frissonnait comme une feuille.

« Il a tout, tout bu, criait la pauvre femme dans son désespoir ; ce ne sont pas ses vêtements. Ils sont affamés ! Ils sont affamés ! (Elle désignait les enfants en se tordant les bras.) Ô vie trois fois maudite ! Et vous, vous n'avez pas honte ? » Elle prenait à partie Raskolnikov. « Vous n'avez pas honte de venir du cabaret ? Tu as bu avec lui, toi aussi ! tu as bu avec lui ! Va-t'en d'ici ! »

Le jeune homme se hâta de sortir sans dire un mot. La porte intérieure, au surplus, venait de s'entrouvrir et plusieurs curieux y apparaissaient, allongeant des figures effrontées et moqueuses, la calotte sur la tête, la cigarette ou la pipe aux lèvres. On les voyait, les uns en robes de chambre, d'autres en costumes d'été légers jusqu'à l'indécence, quelques-uns avaient même les cartes en main. Ils se mirent surtout à rire de bon cœur, lorsqu'ils entendirent Marmeladov crier qu'il éprouvait une jouissance à être tiré par les cheveux. Certains pénétraient dans la pièce. Enfin, on entendit une voix sifflante de mauvais augure ; c'était Amalia Lippevechsel elle-même qui se frayait un passage à travers la foule pour rétablir l'ordre à sa manière et effrayer, pour la centième fois, la malheureuse femme en lui donnant au milieu d'injures l'ordre brutal d'avoir à vider les lieux dès le lendemain. En sortant, Raskolnikov eut le temps de mettre la main dans sa poche, d'y prendre ce qui lui restait de monnaie sur le rouble qu'il venait de changer au cabaret et de la déposer, sans être vu, dans l'embrasure de la fenêtre. Puis, quand il fut dans l'escalier, il se repentit de cette générosité et il fut sur le point de remonter.

« Quelle sottise ai-je faite là ! songea-t-il, – eux, ils ont Sonia tandis que moi je suis dans le besoin. » Mais, s'étant dit qu'il ne pouvait retourner reprendre l'argent et que, de toute façon, il ne l'aurait pas fait, il se décida à rentrer chez lui. « Sonia, elle, a besoin de crème, – continua-t-il en avançant dans la rue, avec un rire sardonique ; cette propreté-là coûte de l'argent. Hum ! Sonetchka peut se trouver sans le sou aujourd'hui, car cette chasse-là, c'est comme la chasse au fauve, une affaire de chance.

Sans mon argent ils se serreraient tous le ventre. Eh ! cette Sonia tout de même ! Ils ont trouvé une vraie mine d'argent. Et ils en profitent ! car enfin ils en profitent ! Ils en ont pris l'habitude, pleurniché d'abord, puis pris l'habitude ; crapule humaine, qui s'habitue à tout ! »

Il devint songeur. « Et si c'est faux, – s'écria-t-il soudain involontairement, – si l'homme n'est pas réellement une crapule, c'est-à-dire s'il ne l'est pas en général ? Eh bien, c'est que tout le reste, ce sont des préjugés, des craintes vaines et l'on ne doit jamais s'arrêter devant quoi que ce soit. Agir, voilà ce qu'il faut ! »

III

Il s'éveilla tard le lendemain, après un sommeil agité qui ne l'avait point reposé. Il s'éveilla sombre, de très méchante humeur et regarda sa mansarde avec dégoût. C'était un tout petit réduit qui n'avait pas plus de six pas de longueur et présentait l'aspect le plus pitoyable avec son papier jaunâtre, poudreux et qui se décollait par plaques, si bas de plafond qu'un homme à peine au-dessus de la moyenne devait s'y sentir mal à l'aise et craindre sans cesse de s'y cogner. L'ameublement était en rapport avec le local : il se composait de trois vieilles chaises, plus ou moins boiteuses, d'une table peinte placée dans un coin, sur laquelle traînaient quelques cahiers et des livres si empoussiérés qu'on pouvait deviner, rien qu'à les voir, qu'ils n'avaient pas été touchés depuis longtemps ; enfin, d'un grand divan biscornu qui occupait presque toute la longueur et la moitié de la largeur de la pièce et était recouvert d'une indienne qui s'en allait en lambeaux. Il servait de lit à Raskolnikov. Celui-ci y couchait souvent tout habillé, sans draps, en se couvrant de son vieux manteau usé d'étudiant. Il se faisait un oreiller d'un tout petit coussin, derrière lequel il fourrait, pour l'exhausser un peu, tout ce qu'il avait de linge, propre et sale. Devant le divan se trouvait une petite table.

Il était difficile d'imaginer plus grand dénuement, plus de laisser-aller, mais dans son état d'esprit actuel Raskolnikov en était heureux. Il s'était écarté de tout le monde et vivait retiré comme une tortue dans sa carapace. La vue même de la servante, chargée d'assurer son service et qui jetait parfois un coup d'œil dans sa chambre, l'exaspérait et le mettait en fureur. C'est ce qui arrive à certains maniaques absorbés par une idée fixe.

Il y avait quinze jours que sa logeuse avait cessé de lui envoyer à manger et il n'avait pas encore songé à aller s'expliquer avec elle, quoiqu'il restât sans dîner. Nastassia, la cuisinière et l'unique servante de la maison, elle, était plutôt satisfaite de ces dispositions du locataire ; elle avait cessé de balayer et de nettoyer sa chambre. De temps en temps seulement, une fois par hasard dans la semaine, il lui arrivait de donner un coup de balai chez lui. Ce fut elle qui le réveilla ce jour-là.

« Lève-toi ; qu'as-tu à dormir ? lui cria-t-elle. Il est plus de neuf heures. Je t'ai apporté du thé. En veux-tu une tasse ? Tu as une mine de déterré ! »

Le locataire ouvrit les yeux, tressaillit et reconnut Nastassia.

« C'est la logeuse qui m'envoie ce thé ? demanda-t-il en se soulevant sur son divan avec un effort pénible.

– Pas de danger que ce soit elle. »

Elle posa devant lui sa propre théière fêlée où il restait encore du thé, et deux morceaux de sucre jaunâtre.

« Voilà, Nastassia, prends ceci, je te prie, dit-il en fouillant dans sa poche d'où il tira une poignée de menue monnaie. (Il s'était cette fois encore couché tout habillé.) Va m'acheter un petit pain blanc et prends aussi chez le charcutier un peu de saucisson, du moins cher.

– Le petit pain blanc, je te l'apporterai tout de suite, mais ne veux-tu pas, au lieu de saucisson, des chtchis[14]. Elle est d'hier et elle est très bonne. Je t'en avais gardé, mais tu es rentré trop tard. Elle est très bonne, je t'assure. »

_____

[14] *Chtchis* : soupe aux choux russe.

PREMIÈRE PARTIE

Quand elle eut apporté la soupe et que Raskolnikov se fut mis à manger, Nastassia s'installa sur le divan à ses côtés et se mit à bavarder. C'était une paysanne très loquace, venue de son village.

« Prascovia Pavlovna veut porter plainte à la police contre toi », dit-elle.

Il fronça les sourcils d'un air sombre.

« À la police ? Pourquoi ?

– Tu ne payes pas ton loyer et tu ne t'en vas pas, on sait bien ce qu'elle veut.

– Diable ! Il ne manquait plus que cela, marmotta-t-il en grinçant des dents. Non, cela viendrait maintenant fort mal à propos pour moi... Elle est sotte, ajouta-t-il à haute voix. J'irai la voir aujourd'hui et je lui parlerai.

– Sotte, pour ça oui elle l'est, tout comme moi, mais toi alors, puisque tu es si intelligent, qu'est-ce que tu fais là couché comme un sac ? Et on ne voit jamais la couleur de ton argent. Tu dis qu'avant tu donnais des leçons aux enfants ; pourquoi, à présent, ne fais-tu plus rien ?

– Je fais quelque chose, répondit Raskolnikov, sèchement et comme malgré lui.

– Quoi ?

– Un travail.

– Quel travail ?

– Je réfléchis », répondit-il gravement, après un silence.

Pour le coup, Nastassia se tordit. Elle était d'un naturel fort gai et, quand on la faisait rire, elle se tordait silencieusement, tout le corps secoué, jusqu'au moment où elle n'en pouvait plus.

« Elles t'ont rapporté beaucoup d'argent, tes réflexions ? fit-elle, lorsqu'elle put enfin parler.

– On ne peut pas donner des leçons quand on n'a plus de bottes. D'ailleurs, je crache sur ces leçons.

– Prends garde que ton crachat ne retombe sur toi !

– Pour ce que c'est payé les leçons ! quelques kopecks ! Qu'en ferais-je ? continua-t-il, toujours malgré lui comme s'il répondait à ses propres pensées.

– Alors, toi, il faut que tu gagnes une fortune d'un seul coup ? »

Il la regarda d'un air étrange.

« Oui, une fortune, répondit-il fermement, après un silence.

– Dis donc ! Va doucement ; sans cela tu peux nous faire peur ; c'est que tu as l'air terrible. Et ton pain blanc ? Faut-il aller te le chercher ou non ?

– Fais comme tu veux !

– Ah ! mais j'oubliais. Il est venu une lettre pour toi, quand tu étais sorti.

– Une lettre pour moi ? de qui ?

– De qui, cela je n'en sais rien. J'ai donné de ma poche trois kopecks au facteur, tu me les rendras au moins ?

– Mais apporte-la, pour l'amour de Dieu, apporte-la, s'écria Raskolnikov, très agité. Ah ! Seigneur ! »

Une minute plus tard, la lettre était là. C'était bien ce qu'il pensait ; elle venait de sa mère, de la province de R... Il pâlit même en la prenant. Il y avait longtemps qu'il n'avait pas reçu de lettre, mais, à ce moment-là, l'émotion qui lui serrait le cœur redoublait pour une autre raison.

« Nastassia, va-t'en, pour l'amour de Dieu ! Tiens, voilà tes trois kopecks, mais va-t'en, je t'en supplie, au plus vite. »

La lettre tremblait dans ses mains ; il ne voulait pas la décacheter en présence de la servante. Il désirait rester seul pour l'ouvrir. Quand Nastassia fut sortie, il approcha vivement l'enveloppe de ses lèvres et la baisa, puis il resta encore longtemps à en contempler l'adresse et à en considérer l'écriture, cette fine écriture un peu penchée, si chère et familière, celle de sa mère qui lui avait autrefois appris à lire et à écrire. Il tardait à l'ouvrir et semblait même éprouver une certaine crainte. Enfin, il rompit le cachet. La lettre était longue, rédigée d'une écriture serrée ; elle remplissait deux grandes feuilles de papier à lettres, des deux côtés.

« Mon cher Rodia – écrivait sa mère –, voilà déjà plus de deux mois que je ne me suis pas entretenue avec toi par écrit, ce dont j'ai souffert moi-même au point d'en perdre souvent le sommeil. Mais j'espère que tu me pardonneras ce silence involontaire. Tu sais combien je t'aime. Nous n'avons que toi, Dounia et moi ; tu es tout pour nous, tout notre espoir, toute notre confiance en l'avenir. Le Seigneur sait ce que j'ai éprouvé quand j'ai appris que tu avais dû abandonner l'Université depuis plusieurs mois, parce que tu ne pouvais plus subvenir à ton entretien et que tu avais perdu tes leçons et tout autre moyen d'existence. Comment pouvais-je t'aider avec mes cent vingt roubles de pension annuelle ? Les quinze roubles que je t'ai envoyés, il y a quatre mois, je les avais empruntés, comme tu sais, sur le compte de cette pension à un marchand de notre ville, Vassili[15] Ivanovitch Vakhrouchine. C'est un brave homme et il a été l'ami de ton père, mais, lui ayant donné procuration de toucher à ma place, je devais attendre qu'il fût remboursé et il vient à peine de l'être ; je ne pouvais donc rien t'envoyer pendant tout ce temps.

« Mais, maintenant, je crois que je pourrai, grâce à Dieu, t'expédier quelque chose. Du reste, nous pouvons, il me semble, remercier le sort à présent, ce dont je m'empresse de te faire part. Tout d'abord, tu ne te doutes probablement pas, cher Rodia, qu'il y a déjà six semaines que ta sœur habite avec moi et que nous pensons ne plus nous séparer. Ses tortures ont pris fin, Dieu en soit loué ! Mais procédons par ordre afin que tu saches comment tout s'est passé et ce que nous t'avons dissimulé jusqu'ici.

« Quand tu m'écrivais, il y a deux mois, que tu avais entendu dire que Dounia était malheureuse chez les Svidrigaïlov qui la traitaient grossièrement, et que tu me réclamais des éclaircissements à ce sujet, que pouvais-je te répondre ? Si je t'avais avoué toute la vérité, tu aurais tout quitté pour venir nous retrouver, te fallût-il faire le chemin à pied, car je connais bien ton caractère et tes sentiments et tu n'aurais jamais laissé insulter ta sœur.

---

[15] Appelé plus loin Athanase Ivanovitch Vakhrouchine.

« Moi-même, j'étais dans le désespoir, mais, que pouvais-je faire ? Je ne connaissais d'ailleurs pas toute la vérité en ce temps-là. Le pis était que Dounetchka[16], entrée l'année dernière dans la maison comme gouvernante, avait pris d'avance la grosse somme de cent roubles, qu'elle s'engageait à rembourser sur ses honoraires ; elle ne pouvait donc quitter sa place avant d'avoir éteint sa dette. Or, cette somme (je puis maintenant te l'expliquer, mon Rodia adoré), elle l'avait empruntée surtout pour pouvoir t'envoyer les soixante roubles dont tu avais un si pressant besoin à ce moment-là et que nous t'avons envoyés en effet l'année dernière. Nous t'avons trompé alors, en t'écrivant que cet argent provenait d'anciennes économies faites par Dounetchka ; ce n'était pas vrai, je puis maintenant t'avouer toute la vérité, car premièrement notre chance a soudain tourné par la volonté de Dieu et aussi pour que tu saches combien Dounia t'aime et quel cœur d'or elle possède.

« En fait, M. Svidrigaïlov a commencé par se montrer très grossier envers elle ; il lui faisait toutes sortes d'impolitesses à table et se moquait d'elle continuellement... Mais je ne veux pas m'étendre sur ces pénibles détails, qui ne feraient que t'irriter inutilement, maintenant que tout est terminé. Bref, Dounetchka souffrait beaucoup, quoiqu'elle fût traitée avec beaucoup d'égards et de bonté par Marfa Petrovna, la femme de M. Svidrigaïlov et toutes les autres personnes de la maison. Sa situation était surtout pénible quand il obéissait à une vieille habitude, prise au régiment, de sacrifier à Bacchus. Or, qu'avons-nous appris par la suite ? Figure-toi que cet insensé s'était depuis longtemps pris pour Dounia d'une passion qu'il cachait sous des airs de grossièreté et de mépris. Peut-être en avait-il honte lui-même et était-il épouvanté à l'idée de nourrir, lui un homme déjà mûr, un père de famille, ces espoirs licencieux et s'en prenait-il involontairement à Dounia ; ou encore ne pensait-il qu'à cacher la vérité aux autres par sa conduite grossière et ses sarcasmes. Finalement, il n'y tint plus et osa faire à Dounia des propositions déshonorantes et parfaitement claires. Il lui promettait toutes sortes de choses et même d'abandonner les siens et de partir avec elle pour un autre

---

[16] *Dounetchka* : Diminutif affectueux de Dounia qui est déjà un diminutif d'Avdotia : Eudoxie.

district ou peut-être pour l'étranger. Tu peux imaginer ce qu'elle souffrait ! Il lui était impossible de quitter sa place, non seulement à cause de la dette qu'elle avait contractée, mais aussi par pitié pour Marfa Petrovna qui en eût peut-être conçu des soupçons, ce qui aurait introduit la discorde dans la famille. Pour elle-même, d'ailleurs, le scandale eût été affreux et les choses n'auraient pas été faciles à arranger.

« Il y avait encore bien d'autres raisons qui faisaient que Dounia ne pouvait espérer s'échapper de cette horrible maison avant six semaines. Naturellement tu connais Dounia, l'énergie de son caractère ; tu sais comme elle est intelligente. Elle peut supporter bien des choses et, dans les cas les plus tragiques, trouver en elle-même assez de force d'âme pour garder toute sa fermeté. Elle ne me parla même pas de toute cette histoire, afin de ne pas me peiner, et cependant nous correspondions souvent. Le dénouement survint à l'improviste. Marfa Petrovna surprit un jour, par hasard, au jardin, son mari en train de harceler Dounetchka de ses supplications, et, comprenant la situation tout de travers, elle attribua tous les torts à ta sœur et la jugea seule coupable. Une scène terrible s'ensuivit, dans le jardin même ; Marfa Petrovna alla même jusqu'à frapper Dounetchka : elle ne voulait rien entendre, et elle a crié pendant une heure au moins. Enfin, elle l'a fait ramener chez moi en ville, dans une simple charrette de paysan où tous ses effets, ses robes, son linge, avaient été jetés pêle-mêle ; on ne lui avait même pas laissé le temps de les emballer. Une pluie diluvienne se mit à tomber à ce moment-là et Dounia, cruellement offensée et déshonorée, dut parcourir, en compagnie de ce paysan, dix-sept longues verstes[17] dans une charrette sans bâche. Dis-moi maintenant, que pouvais-je répondre à ta lettre que j'ai reçue et que te raconter sur cette histoire ?

« Moi-même, j'étais désespérée ; je n'osais pas t'écrire la vérité ; elle t'eût rendu très malheureux et t'aurait mis en fureur. Et d'ailleurs que pouvais-tu faire ? Te perdre toi-même, voilà tout. Du reste, Dounetchka me l'avait défendu. Quant à remplir ma lettre de phrases insignifiantes, alors que mon âme était pleine d'une si affreuse douleur, je m'en sentais incapable.

---

[17] La verste fait un peu plus d'un kilomètre.

« À la suite de cette histoire, nous fûmes pendant tout un mois la fable de la ville, au point que nous n'osions même plus, Dounia et moi, aller à l'église, à cause de tous ces chuchotements, de ces regards méprisants et même des remarques à haute voix faites en notre présence. Tous nos amis s'étaient écartés de nous ; on avait cessé de nous saluer ; j'ai appris même, de bonne source, que certains petits commis et des employés avaient l'intention de nous insulter gravement en barbouillant de goudron[18] notre porte cochère, si bien que notre propriétaire exigea notre départ de sa maison. Tout cela à cause de Marfa Petrovna qui avait déjà eu le temps de diffamer et de salir Dounia un peu partout. Elle connaît tout le monde dans notre ville, et, ce mois-ci, elle y venait presque chaque jour ; comme elle est un peu bavarde, qu'elle aime raconter des histoires de famille et surtout se plaindre de son mari à tout venant, ce que je blâme beaucoup, elle eut tôt fait de répandre l'histoire, non seulement en ville, mais dans tout le district. Je tombai malade. Quant à Dounetchka, elle se montra plus forte que moi. Si tu avais vu comment elle supportait ce malheur et essayait encore de me consoler et de me rendre le courage ! C'est un ange. Mais la miséricorde divine a permis que nos malheurs prissent fin.

« M. Svidrigaïlov rentra en lui-même ; il fut pris de remords et, apitoyé sans doute par le sort de Dounia, il présenta à Marfa Petrovna les preuves les plus convaincantes de son innocence : une lettre que Dounia, avant le jour où ils avaient été surpris au jardin par Marfa Petrovna, s'était vue obligée de lui écrire pour décliner toute explication de vive voix et toute promesse de rendez-vous ; dans cette lettre, restée après le départ de Dounetchka entre les mains de M. Svidrigaïlov, elle lui reprochait, de la façon la plus vive, et avec une grande indignation, la bassesse de sa conduite envers Marfa Petrovna, lui rappelait qu'il était marié, père de famille, et quelle vilenie il commettait en persécutant une jeune fille malheureuse et sans défense. Bref, cher Rodia, cette lettre respire une telle noblesse, les termes en sont si émouvants que j'ai sangloté en la lisant et maintenant encore je ne puis la relire sans larmes. En outre, Dounia eut encore pour elle, finalement, le

---

[18] *En barbouillant de goudron :* Signe d'infamie, lorsque l'inconduite d'une jeune fille était notoire, on badigeonnait de goudron le portail de la maison de ses parents.

témoignage des domestiques qui en savaient bien plus que ne le supposait M. Svidrigaïlov lui-même.

« Marfa Petrovna fut donc tout à fait stupéfaite, « frappée de la foudre » comme elle dit, pour la seconde fois, mais elle ne garda aucun doute sur l'innocence de Dounetchka et le lendemain même, un dimanche, elle se rendit tout d'abord à l'église, y supplia la Sainte Vierge de lui donner la force de supporter cette nouvelle épreuve et d'accomplir son devoir. Ensuite, elle vint directement chez nous et nous raconta toute l'histoire, en pleurant amèrement. Pleine de remords, elle se jeta dans les bras de Dounia, en la suppliant de lui pardonner. Puis, sans perdre un instant, elle alla de chez nous dans toutes les maisons de la ville et partout, en versant des pleurs, y rendit hommage, dans les termes les plus flatteurs, à l'innocence, à la noblesse des sentiments et de la conduite de Dounia. Non contente de ces paroles, elle montrait à tout le monde et lisait elle-même la lettre autographe écrite par Dounetchka à M. Svidrigaïlov ; elle laissait même en prendre copie (ce qui me paraît exagéré). Elle eut ainsi à faire la tournée de toutes ses relations, ce qui dura plusieurs jours, car certaines personnes de sa connaissance commençaient à s'offenser de se voir préférer les autres ou se plaignaient de passe-droit, et l'on en vint même à déterminer strictement le tour de chacun, si bien que chaque famille put connaître d'avance le jour où elle devait attendre sa visite. Toute la ville savait où elle lisait la lettre à tel moment et tous prirent l'habitude de s'y réunir pour l'entendre, même ceux auxquels elle en avait déjà fait la lecture dans leur propre maison et chez tous leurs amis à tour de rôle (quant à moi, je pense qu'il y avait dans tout cela beaucoup d'exagération, mais tel est le caractère de Marfa Petrovna, elle a du moins entièrement réhabilité Dounetchka) et toute la vilenie de cette histoire retombe sur son mari qu'elle marque d'une honte ineffaçable en tant que principal coupable, si bien que j'ai même pitié de lui. On est par trop sévère, à mon avis, pour cet insensé.

« Dounia s'est aussitôt vu offrir des leçons dans plusieurs maisons, mais elle a refusé. Tout le monde s'est mis à lui témoigner une grande considération. C'est à tout cela, je pense, qu'il faut attribuer surtout l'événement inattendu qui change, si je puis dire, toute notre vie. Sache, cher Rodia, que Dounia a été demandée en mariage et qu'elle a déjà donné son consentement, ce dont je m'empresse de te faire part. Et, bien que tout se soit fait sans te consulter, j'espère que tu n'en voudras ni à ta sœur ni à moi-même, car tu comprendras que nous ne pouvions laisser traîner les choses jusqu'à ta réponse. D'ailleurs, toi-même, tu n'aurais pu juger convenablement les faits de loin.

« Voici comment tout s'est passé. Il est conseiller à la Cour et s'appelle Piotr Petrovitch Loujine ; c'est un parent éloigné de Marfa Petrovna, qui a agi puissamment dans cette circonstance. Il a commencé par nous transmettre, par son intermédiaire, son désir de faire notre connaissance. Nous l'avons convenablement reçu, il a pris le café, et, le lendemain même, nous a envoyé une lettre dans laquelle il faisait fort poliment sa demande et sollicitait une réponse décisive et prompte. C'est un homme actif et fort occupé ; il a hâte de se rendre à Pétersbourg, si bien qu'il n'a pas une minute à perdre.

« Nous fûmes d'abord stupéfaites, tu le comprends, tant la chose était inattendue et rapide et nous passâmes, ta sœur et moi, toute la journée à examiner la question et à réfléchir. C'est un homme honorable et qui a une belle situation ; il est fonctionnaire dans deux administrations et possède déjà un certain capital. Il est vrai qu'il a quarante-cinq ans, mais son visage est assez agréable et peut encore plaire aux femmes. Il paraît fort posé et très convenable, seulement un peu sombre, je dirais hautain. Mais il est possible que ce ne soit qu'une apparence trompeuse.

« Je dois encore te prévenir, cher Rodia, ne te hâte pas, quand tu le verras bientôt à Pétersbourg, ce qui ne saurait tarder, de le condamner trop vite et trop durement, comme tu en as l'habitude, si quelque chose en lui te déplaît. Je te dis cela à tout hasard, quoique je sois bien sûre qu'il produira sur toi une impression favorable. Du reste, pour prétendre connaître quelqu'un, il faut le voir et l'observer longtemps et avec soin, sous peine d'éprouver des préventions et de commettre des erreurs qu'il est bien difficile de réparer plus tard.

« En ce qui concerne Piotr Petrovitch, tout porte à croire que c'est un homme fort respectable. Il nous a déclaré, à sa première visite, qu'il a l'esprit positif, mais qu'il partage, comme il dit lui-même, sur bien des points, l'opinion de nos nouvelles générations et qu'il est l'ennemi de tous les préjugés. Il a encore dit bien des choses, car il semble un peu vaniteux et aime se faire écouter, mais ce n'est pas un crime. Je n'ai naturellement pas compris grand-chose à ce qu'il disait, mais Dounia m'a expliqué que, bien qu'il soit médiocrement instruit, il paraît intelligent et bon. Tu connais ta sœur, Rodia, c'est une jeune fille énergique, raisonnable, patiente et généreuse, bien qu'elle possède un cœur ardent, ainsi que j'ai pu m'en convaincre. Assurément, il n'est question, ni pour l'un ni pour l'autre, d'un grand amour, mais Dounia n'est pas seulement intelligente ; c'est encore un être plein de noblesse, un véritable ange et elle se fera un devoir de rendre heureux son mari qui, à son tour, s'appliquera à faire son bonheur, chose dont nous n'avons, jusqu'à présent, aucune raison de douter, quoique le mariage se soit arrangé bien vite, il faut l'avouer. Du reste, il est très intelligent et avisé et comprendra certainement que son propre bonheur conjugal dépendra de celui qu'il donnera à Dounetchka.

« Pour ce qui est de certaines inégalités d'humeur, d'anciennes habitudes, d'une divergence d'opinions... (ce qui se rencontre dans les ménages les plus heureux), Dounetchka m'a dit elle-même qu'elle compte sur elle pour arranger tout cela, qu'il ne faut pas s'inquiéter là-dessus, car elle se sent capable de supporter bien des choses à la condition que leurs rapports soient sincères et justes. L'apparence, du reste, est souvent trompeuse. Ainsi, lui m'a paru d'abord un peu brusque, tranchant, mais cela peut provenir de sa droiture précisément, et rien que de cela. Ainsi, à sa seconde visite, quand il était déjà agréé, il nous a dit en causant qu'il était décidé, avant de connaître Dounia, à n'épouser qu'une jeune fille honnête et pauvre qui eût déjà fait l'expérience d'une vie difficile, car, comme il nous l'a expliqué, un mari ne doit rien devoir à sa femme ; il est bon, au contraire, qu'elle le considère comme son bienfaiteur. J'ajouterai qu'il s'est exprimé d'une façon plus aimable et plus délicate que je ne l'écris, car je ne me souviens plus des termes dont il s'est servi ; je n'ai retenu que l'idée. Il a d'ailleurs parlé sans aucune préméditation ; ses paroles lui auront simplement échappé dans le feu de la conversation, si bien qu'il a même essayé de se reprendre et d'en atténuer la portée. Je les ai cependant trouvées un peu dures et m'en suis ensuite ouverte à Dounia, mais elle m'a répondu, avec une certaine irritation, que les mots ne sont pas des actes, ce en quoi elle a certainement raison.

Dounetchka n'a pas pu fermer l'œil la nuit qui a précédé sa réponse et, me croyant endormie, elle s'est même levée de son lit et a passé des heures à arpenter la pièce**19**. Enfin, elle s'est agenouillée, a prié longtemps avec ferveur devant l'icône et, au matin, elle m'a déclaré qu'elle avait pris sa décision.

« Je t'ai déjà dit que Piotr Petrovitch va se rendre incessamment à Pétersbourg ; des intérêts fort importants l'y appellent et il veut s'y établir avocat. Il s'occupe depuis longtemps de procédure et vient de gagner une cause importante. Son voyage à Pétersbourg est motivé par une affaire considérable qu'il doit suivre au Sénat. Dans ces conditions, cher Rodia, il peut t'être fort utile en toutes choses et nous avons décidé, Dounia et moi, que tu peux, dès à présent, commencer ta carrière et considérer ton sort comme réglé. Oh ! si cela pouvait se réaliser ! Ce serait un si grand bonheur qu'on ne pourrait l'attribuer qu'à une faveur spéciale de la Providence. Dounia ne songe qu'à cela. Nous nous sommes déjà permis de toucher un mot de la chose à Piotr Petrovitch ; il s'est tenu sur la réserve et a répondu que, ne pouvant se passer de secrétaire, il préférait naturellement confier cet emploi à un parent plutôt qu'à un étranger, pourvu qu'il fût capable de le remplir (il ne manquerait plus que cela que tu en fusses incapable). Pourtant, il exprima en même temps la crainte que tes études ne te laissent pas le temps de travailler dans son bureau. Nous en sommes restées là pour cette fois, mais Dounia n'a plus que cette idée en tête. Elle vit depuis quelques jours dans une véritable fièvre et elle a déjà échafaudé un plan d'avenir ; elle t'imagine travaillant avec Piotr Petrovitch et même devenu son associé, d'autant plus que tu fais des études de droit. Je suis, Rodia, tout à fait d'accord avec elle et partage tous ses projets et ses espoirs, car je les trouve parfaitement réalisables malgré la réponse évasive de Piotr Petrovitch, qui s'explique très bien, car il ne te connaît pas encore.

« Dounia est fermement convaincue qu'elle arrivera à son but grâce à son heureuse influence sur son futur époux. Cette influence, elle est sûre de l'acquérir. Nous n'avons eu garde de

---

19 *Arpenter la pièce :* Trait que Dostoïevski prête à nombre de ses héros. Lui-même avait cette habitude lorsqu'il réfléchissait ou bavardait avec quelqu'un.

trahir devant Piotr Petrovitch quoi que ce soit de nos rêves et surtout cet espoir de te voir un jour son associé. C'est un homme pratique et qui aurait pu accueillir fort mal ce qui ne lui eût paru qu'une vaine rêverie. De même, Dounia, pas plus que moi, ne lui a touché jusqu'ici un seul mot de notre ferme espoir de le voir t'aider matériellement tant que tu te trouveras à l'Université, et cela premièrement parce que la chose se fera d'elle-même par la suite et lui-même la proposera tout simplement, sans phrases ; il ne manquerait plus qu'il opposât un refus à Dounetchka sur cette question d'autant plus que tu peux bientôt devenir son collaborateur, son bras droit pour ainsi dire et recevoir ce secours, non comme une aumône, mais en appointements bien mérités par tes services. C'est ainsi que Dounetchka veut organiser la chose et je partage entièrement son avis.

« La seconde raison pour laquelle nous avons jugé préférable de nous taire sur ce sujet, c'est que je désire particulièrement te voir sur un pied d'égalité avec lui à votre prochaine entrevue. Quand Dounia lui a parlé de toi avec enthousiasme, il a répondu qu'il faut toujours examiner un homme soi-même avant de pouvoir le juger et qu'il ne se formera une opinion sur toi qu'après avoir fait ta connaissance. Veux-tu que je te dise une chose, mon Rodia chéri ? Il me semble que, pour certaines raisons (qui d'ailleurs ne se rapportent nullement à Piotr Petrovitch, et qui ne sont peut-être que des caprices de vieille bonne femme), il me semble, dis-je, que je ferais mieux, après le mariage, de continuer à habiter seule au lieu de m'installer avec eux. Je suis parfaitement sûre qu'il sera assez noble et assez délicat pour m'inviter à ne plus me séparer de ma fille, et, s'il n'en a encore rien dit, c'est naturellement parce que la chose va de soi, mais je refuserai. J'ai remarqué plus d'une fois que les gendres ne portent généralement pas leurs belles-mères dans leur cœur et je ne veux pas non seulement être à charge à personne, si peu que ce soit, mais je tiens encore à me sentir parfaitement libre, tant qu'il me reste quelques sous et des enfants tels que toi et Dounetchka. Je me fixerai, si la chose est possible, près de vous deux, car, Rodia, j'ai gardé la nouvelle la plus agréable pour la fin de ma lettre : apprends donc, cher enfant, qu'il se peut que nous nous revoyions bientôt tous les trois, et que nous puissions nous embrasser, après une séparation de près de trois ans. Il est *tout à fait décidé* que Dounia et moi allons nous rendre bientôt à Pétersbourg ; je ne connais pas la date exacte de notre départ, mais elle sera très prochaine ; il se peut même que nous partions dans huit jours. Tout dépend de Piotr Petrovitch qui nous préviendra dès qu'il se sera un peu installé. Il désire, pour certaines raisons, hâter la cérémonie du mariage et faire la noce avant la fin des jours gras, s'il est possible, ou au plus tard, si l'on n'a pas assez de temps jusque-là, aussitôt après le carême de l'Assomption[20].

« Oh ! avec quel bonheur, je te presserai sur mon cœur ! Dounia est toute bouleversée de joie à l'idée de te revoir, et elle m'a dit une fois, en plaisantant, que cela seul suffirait à lui faire épouser Piotr Petrovitch. C'est un ange.

« Elle n'ajoute rien à ma lettre, mais me demande de te dire qu'elle a tant, tant à causer avec toi, qu'elle ne se sent même pas le désir de prendre la plume, car il est impossible de rien raconter en quelques lignes, qui ne serviraient qu'à énerver tout simplement. Elle me charge de mille et mille caresses pour toi. Cependant, bien que nous soyons à la veille d'être tous réunis, je compte t'envoyer, ces jours-ci, un peu d'argent, le plus que je pourrai. Maintenant qu'on sait par ici que Dounetchka va épouser Piotr Petrovitch, mon crédit s'est relevé tout à coup et je sais, de source sûre, qu'Athanase Ivanovitch est prêt à m'avancer jusqu'à soixante-quinze roubles, remboursables sur ma pension. Je pourrai ainsi t'en expédier vingt-cinq ou même trente. Je t'en enverrais davantage si je ne craignais de me trouver à court d'argent pour le voyage et, quoique Piotr Petrovitch ait la bonté de prendre à sa charge une partie de nos frais de déplacement (il se charge de notre bagage et de la grande malle, il va les envoyer par des amis, je crois), nous n'en devons pas moins penser à notre arrivée à

---

[20] *Le carême de l'Assomption :* Il y a quatre carêmes dans le calendrier orthodoxe :

Le grand carême.

Le carême de la Saint-Pierre.

Le carême de l'Assomption, du 1er au 15 août.

L'Avent ou carême de la Saint-Philippe, du 15 novembre au 24 décembre.

Pétersbourg où nous ne pouvons débarquer sans un sou pour subvenir à nos besoins, pendant les premiers jours tout au moins.

« Nous avons du reste tout calculé déjà, Dounia et moi, à un sou près ; le voyage ne nous coûtera pas cher. Il n'y a que quatre-vingt-dix verstes de chez nous au chemin de fer et nous nous sommes déjà entendues avec un paysan de notre connaissance qui est voiturier. Ensuite, nous voyagerons le mieux du monde, Dounetchka et moi, en troisième classe. Ainsi, tout compte fait, je me débrouillerai pour t'envoyer, non pas vingt-cinq, mais sûrement trente roubles.

« Mais, en voilà assez ; j'ai déjà rempli deux pages et il ne me reste plus de place. C'est toute notre histoire que je t'ai racontée, et que d'événements s'étaient amassés ! Et maintenant mon bien-aimé Rodia, je t'embrasse en attendant notre prochaine réunion et t'envoie ma bénédiction maternelle. Aime Dounia, aime ta sœur, Rodia, aime-la comme elle t'aime et sache que sa tendresse est infinie, elle t'aime plus qu'elle-même ; c'est un ange, et toi, Rodia, tu es toute notre vie, notre espoir et notre foi en l'avenir. Sois seulement heureux et nous le serons aussi. Continues-tu à prier Dieu, Rodia, crois-tu en la miséricorde de notre Créateur et de notre Sauveur ? Je redoute en mon cœur que tu n'aies été atteint de cette maladie à la mode, l'athéisme. S'il en est ainsi, sache que je prie pour toi, souviens-toi, chéri, comment dans ton enfance, quand ton père vivait encore, tu balbutiais tes prières, assis sur mes genoux et comme nous étions tous heureux alors.

« *À bientôt,* je t'embrasse mille et mille fois.

« À toi jusqu'au tombeau.

« Pulchérie Raskolnikova. »

À la lecture de cette lettre, Raskolnikov sentit plus d'une fois son visage mouillé de larmes, mais, quand il eut fini, il était pâle, les traits convulsés et un lourd, amer et cruel sourire se jouait sur ses lèvres. Il appuya sa tête sur son oreiller maigre et malpropre et resta longtemps, longtemps à songer. Son cœur battait très fort, son esprit se troublait. Enfin, il se sentit étouffer dans cette étroite cellule jaune pareille à une malle ou à un placard. Ses yeux, son cerveau réclamaient l'espace. Il prit son chapeau et sortit, mais sans redouter cette fois aucune rencontre sur l'escalier. Il avait oublié toutes ces choses. Il se dirigea vers Vassilievski Ostrov[21] par le boulevard V... Sa démarche était rapide comme celle d'un homme poussé par une affaire urgente. Il allait, selon son habitude, sans rien voir autour de lui, en marmottant des bribes de mots indistincts et les passants se retournaient. On le prenait souvent pour un ivrogne.

IV

La lettre de sa mère l'avait bouleversé, mais il n'avait pas eu une minute d'hésitation quant à la question primordiale, même au moment où il la lisait. Sa décision était prise sur ce sujet et définitivement. « Ce mariage n'aura pas lieu tant que je serai vivant ; au diable ce monsieur Loujine ! »

« La chose est claire, marmottait-il en ricanant et en triomphant d'avance avec méchanceté, comme s'il avait été sûr de réussir. Non, maman, non, Dounia, vous n'arriverez pas à me tromper. Et elles s'excusent encore de ne m'avoir pas demandé conseil et d'avoir décidé la chose à elles deux. Je crois bien ! Elles pensent qu'il est trop tard pour rompre ; nous verrons bien si on le peut ou non ! Le beau prétexte qu'elles allèguent ! Piotr Petrovitch est, paraît-il, un homme si occupé qu'il ne peut même pas se marier autrement qu'à toute vapeur, en chemin de fer, quoi ! Non, Dounetchka, je vois tout et je sais de quelle nature sont toutes ces choses que tu as à me dire et je sais aussi à quoi tu pensais en arpentant la pièce toute une nuit, et ce que tu confiais agenouillée à la Vierge de Kazan[22], dont l'image se trouve dans la chambre de

---

[21] *Vassilievski Ostrov :* La plus grande des îles de l'embouchure de la Néva.

[22] *La Vierge de Kazan :* Un des cultes les plus populaires en Russie. La cathédrale de Kazan, à Pétersbourg, contenait une image miraculeuse de la Vierge apportée de Kazan à Moscou en 1579, puis à Pétersbourg en 1721.

maman. Le chemin du Golgotha est dur à monter, hum... Ainsi vous dites que c'est définitivement réglé ; vous avez décidé, Avdotia Romanovna, d'épouser un homme d'affaires, un homme pratique qui possède un certain capital (qui a amassé déjà un certain capital, cela sonne mieux et en impose davantage). Il travaille dans deux administrations et partage les idées des nouvelles générations (comme dit maman) et il *paraît* bon, ainsi que le fait remarquer Dounetchka elle-même. Ce « paraît » est le plus beau ! Et Dounetchka se marie sur la foi de cette apparence ! Merveilleux ! Merveilleux !

« ... Je serais curieux de savoir pourquoi maman me parle des nouvelles générations ? Serait-ce simplement pour caractériser le personnage ou avec une arrière-pensée, celle de concilier mes sympathies à M. Loujine ? Oh ! les rusées ! J'aimerais bien éclaircir une autre circonstance encore. Jusqu'à quel point ont-elles été *franches* l'une envers l'autre, ce fameux jour, cette nuit-là et depuis ? Ont-elles parlé clairement ou compris toutes deux qu'elles n'avaient l'une et l'autre qu'une seule idée, un seul sentiment, que toutes paroles étaient inutiles et qu'elles risquaient d'en trop dire ? Je pencherais plutôt vers cette dernière hypothèse ; on peut le deviner d'après la lettre.

« Il a paru *un peu* brutal à maman, et la pauvre femme, dans sa naïveté, a couru faire part de ses observations à Dounia. Et l'autre naturellement de se fâcher et de répondre brusquement. – Je crois bien ! Comment ne pas se mettre en fureur quand la chose est claire sans toutes ces questions naïves, et quand on a décidé qu'il n'y a plus à y revenir ? Et pourquoi m'écrit-elle : « Aime Dounia, Rodia, car elle t'aime plus que sa propre vie ? » Ne serait-ce pas le remords qui la torture en secret d'avoir sacrifié sa fille à son fils ? « Tu es notre foi en l'avenir, toute notre vie. » Oh ! maman ! »

Son irritation croissait d'instant en instant et, s'il avait rencontré à cet instant M. Loujine, il l'aurait sans doute tué.

Elle était couverte d'ornements et de joyaux d'un très grand prix et constamment entourée de fidèles.

« Hum, c'est vrai, continua-t-il en saisissant au vol les pensées qui tourbillonnaient dans sa tête, c'est bien vrai qu'il faut, pour connaître un homme, l'étudier longtemps, l'approcher de près, mais M. Loujine, lui, est facile à déchiffrer. Ce que j'aime surtout, c'est cette expression d'un « homme d'affaires » et qui *paraît* bon. Je pense bien ! Prendre les bagages à son compte, payer les frais de transport de la grande malle ! Quelle bonté ! Et elles, la *fiancée* et sa mère, elles s'entendent avec un voiturier et elles voyageront dans une charrette couverte d'une bâche (moi-même j'ai voyagé ainsi). Qu'importe ! Ce trajet jusqu'à la gare n'est que de quatre-vingt-dix verstes ! « Ensuite, nous voyagerons le mieux du monde en troisième » un millier de verstes. Sage résolution en effet. On taille son manteau d'après le drap qu'on a, mais vous, monsieur Loujine, dites-moi, à quoi pensez-vous donc ? C'est pourtant votre fiancée, voyons. Et vous ne pouviez pourtant pas savoir que la mère empruntait sur sa pension pour couvrir les frais de voyage. Sans doute vous avez considéré cela comme une affaire commerciale entreprise de compte à demi où, par conséquent, chaque associé doit fournir sa quote-part ; comme dit le proverbe : « le pain et le sel moitié moitié, et pour les petits profits chacun pour soi » ; mais l'homme d'affaires les a quelque peu roulées, les frais de transport d'une malle coûtent moins que le voyage de deux femmes, et encore il se peut qu'il n'ait rien à payer. Ne voient-elles donc pas tout cela, par hasard, ou font-elles exprès de fermer les yeux sur tout ? Et elles se disent contentes ! Contentes, quand on pense que ce ne sont que les fleurs de l'arbre et que les fruits sont encore à mûrir, car enfin, ce qui est grave en tout cela, ce n'est pas la lésinerie, l'avarice, que ce procédé dénote, mais le *caractère* général de la chose ! Il donne une idée de ce que sera le mari, il est prophétique... Et maman, qu'a-t-elle à jeter l'argent par les fenêtres ? Avec quoi arrivera-t-elle à Pétersbourg ? Avec trois roubles ou « deux petits billets », comme dit l'autre, la vieille... Hum ! comment compte-t-elle vivre ensuite à Pétersbourg ? Car enfin, elle comprend déjà à certains indices qu'il lui sera « impossible » d'habiter avec Dounia après le mariage, même les premiers temps ! Le charmant homme aura laissé « *échapper* » un mot qui a dû éclairer maman, quoiqu'elle s'en défende de toutes ses forces. « Moi-même, dit-elle, je n'y consentirais pas. » Sur qui compte-t-elle donc ? Pense-t-elle vivre avec les cent vingt roubles de sa pension, amputés de la somme due à Athanase Ivanovitch ?

Là, dans notre petite ville, elle use ses pauvres yeux à tricoter des capelines de laine et à broder des manchettes. Mais ces capelines n'ajoutent pas plus de vingt roubles par an aux cent vingt de sa pension, cela je le sais. C'est donc, malgré tout, sur les sentiments généreux de M. Loujine qu'elles établissent tout leur espoir. Elles pensent que lui-même offrira ses services, qu'il les suppliera de les accepter. Ah ! bien ouiche ! C'est ce qui arrive toujours à ces belles âmes romantiques : elles vous parent jusqu'à la dernière minute un homme des plumes du paon et ne veulent croire qu'au bien, jamais au mal, bien qu'elles pressentent l'envers de la médaille ; elles ne veulent jamais appeler d'avance les choses par leur nom ; l'idée seule leur en paraît insupportable. La vérité, elles la repoussent de toutes leurs forces jusqu'au moment où l'homme, ainsi embelli par elles-mêmes, leur colle son poing sur la figure. Je serais curieux de savoir si M. Loujine est décoré ; je jurerais que la croix de Sainte-Anne[23] brille à sa boutonnière et qu'il s'en pare aux dîners offerts par les entrepreneurs ou les gros marchands. Il le fera pour la noce sans doute. Au reste, qu'il s'en aille au diable !

« Enfin, passe encore pour maman, elle est faite ainsi, mais Dounia, à quoi pense-t-elle ? Ma chère Dounetchka, c'est que je vous connais bien, vous aviez presque vingt ans quand je vous ai vue pour la dernière fois et j'ai parfaitement compris votre caractère. Maman écrit : « Dounetchka a assez de force pour supporter bien des choses. » Cela, je le savais depuis deux ans et demi, et depuis deux ans et demi, je pensais qu'en effet Dounetchka est capable de supporter bien des choses. Si elle a pu supporter M. Svidrigaïlov, avec toutes ses conséquences, c'est qu'elle a beaucoup de résistance en effet. Et maintenant, elle s'est imaginé, avec maman, qu'elle était assez énergique pour supporter également M. Loujine qui formule cette théorie de la supériorité des femmes prises dans la misère et dont le mari est le bienfaiteur, et encore n'oublions pas qu'il l'énonce à la première entrevue. Oui, mettons que ces paroles lui ont « échappé » quoique ce soit un homme « raisonnable » (et il se peut qu'elles ne lui aient pas le moins du monde échappé, mais qu'il ait tenu à s'expliquer au plus vite), mais Dounia, elle, Dounia, à quoi pense-t-elle ? Elle, elle a

---

[23] *La croix de Sainte-Anne :* Une des principales décorations russes qui comportait elle-même plusieurs classes.

compris cet homme et il lui faudra partager sa vie ! Or elle est prête à vivre de pain sec et d'eau claire plutôt que de vendre son âme et sa liberté morale ; elle ne la donnerait pas pour le confort ; elle ne l'échangerait pas contre tout l'or du monde, à plus forte raison contre M. Loujine. Non, la Dounia que j'ai connue était tout autre, et... elle n'a certainement pas changé ! Certes, la vie est pénible chez les Svidrigaïlov ! Il est dur de passer sa vie à servir de gouvernante pour deux cents roubles, mais je sais cependant que ma sœur préférerait être le nègre d'un planteur ou un pauvre Letton en service chez un Allemand de la Baltique que de s'avilir et de perdre sa dignité en enchaînant sa vie à celle d'un homme qu'elle n'estime pas et avec lequel elle n'a rien de commun, et cela à jamais, pour des raisons d'intérêt personnel. M. Loujine pourrait être fait d'un pur ou d'un seul brillant qu'elle ne consentirait pas à devenir sa concubine légitime. Pourquoi donc s'y résout-elle à présent ?

« Quel est ce mystère ? Où est le mot de l'énigme ? La chose est claire, elle ne se vendrait jamais pour elle-même, pour son confort, même pour échapper à la mort. Mais elle le fait pour un autre ; elle se vend pour un être aimé, chéri. Voilà tout le mystère expliqué : pour son frère, pour sa mère, elle est prête à se vendre, à se vendre en entier. Oh ! quand on en vient à cela, on fait violence même à tout sentiment moral. On porte au marché sa liberté, son repos, sa conscience. Périsse notre vie, pourvu que les créatures aimées soient heureuses. Bien plus, nous nous mettons à l'école des jésuites, nous nous fabriquons une casuistique subtile. Nous arrivons ainsi à nous persuader nous-même, un moment, que tout est bien ainsi, que la chose était nécessaire, que l'excellence du but justifie notre conduite. Voilà comment nous sommes ; la chose est claire comme le jour.

« Il est évident qu'il ne s'agit que de Rodion Romanovitch Raskolnikov, de lui seul, et le voilà au premier plan. Comment donc peut-on faire son bonheur, lui permettre de continuer ses études à l'Université, en faire un associé, assurer son avenir ? Plus tard il sera peut-être un richard, un homme respecté, honoré, il finira peut-être sa vie dans la célébrité. Et la mère ? Mais il s'agit de Rodia, l'incomparable Rodia, le premier-né ! Comment ne pas sacrifier à un premier-né la fille, fût-elle une Dounia ? Ô chers cœurs pleins d'injustice ! Quoi, elles accepteraient sans doute même le sort de Sonetchka, Sonetchka Marmeladova, l'éternelle Sonetchka, qui durera autant que le monde. Mais le sacrifice, le sacrifice, en avez-vous bien mesuré l'étendue toutes les deux ? Le connaissez-vous bien ? N'est-il pas trop lourd pour vous ? Est-il utile ? raisonnable ? Savez-vous bien, Dounetchka, que le sort de Sonetchka n'est pas plus terrible que la vie avec M. Loujine ? « Il ne peut être question d'amour », écrit maman. Et que direz-vous si, en plus de l'amour, l'estime est également impossible et si, bien au contraire, il existe déjà du dégoût, de l'horreur, du mépris, oui, qu'en direz-vous ? C'est donc qu'il faudra encore, comme disait l'autre, « garder la propreté ». C'est bien ça ! Comprenez-vous bien, non, mais comprenez-vous la signification de cette « propreté-là » ? Comprenez-vous que cette propreté, pour Loujine, ne diffère en rien de celle de Sonetchka ? Peut-être même est-elle pire, car, malgré tout, chez vous, Dounetchka, il y a un certain espoir de confort, de superflu, un calcul en somme, tandis que là il ne s'agissait purement et simplement que de ne pas mourir de faim. Elle coûte cher, bien cher, Dounetchka, cette propreté-là. Et qu'arrivera-t-il si la chose se trouve au-dessus de vos forces, si vous vous repentez de votre acte ? Que de douleurs alors, de malédictions, de larmes secrètement versées, car, enfin, vous n'êtes pas une Marfa Petrovna, vous ! Que deviendra maman alors ? Pense, elle est déjà inquiète et tourmentée. Que sera-ce quand elle verra les choses clairement ? Et moi, que deviendrai-je ? Pourquoi donc, au fait, n'avez-vous pas pensé à moi ? Je ne veux pas de votre sacrifice, Dounetchka, *je n'en veux pas,* maman ! Ce mariage n'aura pas lieu tant que je vivrai, il n'aura pas lieu, non ! je m'y refuse ! »

Tout à coup, il rentra en lui-même et s'arrêta.

« Il n'aura pas lieu, mais que feras-tu donc pour l'empêcher ? Tu t'y opposeras ? de quel droit ? Tu leur consacreras toute ta vie, tout ton avenir quand tu « auras fini tes études et trouvé une situation ». Nous connaissons cela : ce sont des châteaux en Espagne ; mais tout de suite, maintenant, que feras-tu ? Car c'est tout de suite qu'il faut agir, comprends-tu ? Or, toi, que fais-tu ? Tu les gruges ; cet argent, c'est en empruntant sur une pension de cent roubles et en demandant une avance d'honoraires à des Svidrigaïlov qu'elles te les procurent. Comment leur épargneras-tu les Athanase Ivanovitch Vakhrouchine et les Svidrigaïlov, espèce de futur millionnaire, de Zeus qui t'arroges le droit de disposer de leur destin ? En dix ans, ta mère aura eu le temps de perdre la vue en tricotant toutes ces capelines et à force de pleurer ; elle aura perdu la santé à force de privations ; et ta sœur ? Allons, imagine un peu ce qu'elle sera devenue d'ici dix ans ou pendant ces dix ans. Tu as compris ? »

C'est ainsi qu'il se torturait en se posant toutes ces questions ; il en éprouvait même une sorte de jouissance. Elles n'étaient d'ailleurs pas neuves pour lui et n'avaient rien pour le surprendre ; c'étaient de vieilles questions familières qui l'avaient déjà tant fait souffrir que son cœur en était tout déchiré. Il y avait longtemps que cette angoisse qui le tourmentait était née ; elle avait grandi en son cœur, s'était amassée, développée et, ces derniers temps, semblait épanouie sous la forme d'une épouvantable, fantastique et sauvage interrogation qui le torturait sans relâche, en exigeant impérieusement une réponse.

À présent, la lettre de sa mère venait de le frapper comme un coup de foudre. Il était clair que le temps des lamentations, des souffrances stériles était passé. Ce n'était plus le moment de raisonner sur son impuissance, mais il devait agir immédiatement, au plus vite. Il fallait prendre une résolution coûte que coûte, n'importe laquelle, ou bien... « Ou renoncer à la vie, s'écria-t-il, dans une sorte de délire, accepter le destin d'une âme résignée, l'accepter tel quel, une fois pour toutes, et étouffer toutes ses aspirations en abdiquant définitivement tout droit d'agir, de vivre et d'aimer ! »

« Comprenez-vous, mais comprenez-vous bien, mon cher monsieur, ce que signifie n'avoir plus où aller ? » C'étaient les paroles que Marmeladov avait prononcées la veille et dont Raskolnikov se souvenait soudain « car chaque homme doit avoir un endroit où aller »...

Brusquement, il tressaillit, une idée qu'il avait eue la veille venait de se présenter encore à son esprit, mais ce n'était pas le retour de cette pensée qui le faisait frissonner. Il savait bien qu'elle allait revenir, il en avait le pressentiment, il l'attendait, elle n'était d'ailleurs pas exactement la même que la veille, cette pensée ! La différence était celle-ci : qu'un mois auparavant et hier encore, elle n'était qu'un rêve, tandis que maintenant... maintenant, elle se présentait à lui sous une forme nouvelle, menaçante et tout à fait mystérieuse, lui-même en avait conscience... Il subit un choc à la tête ; un nuage brouilla ses yeux.

Il jeta un regard rapide autour de lui, comme s'il cherchait quelque chose ; il éprouvait le besoin de s'asseoir ; ses yeux erraient en quête d'un banc. Il se trouvait à ce moment sur le boulevard K... et le banc s'offrit à sa vue, à cent pas environ de distance. Il hâta le pas autant qu'il le put, mais il lui arriva en chemin une petite aventure qui, pendant quelques minutes, absorba toute son attention. Tandis qu'il regardait son banc de loin, il remarqua, à vingt pas environ devant lui, une femme, à laquelle il commença par ne prêter pas plus d'attention qu'à tous les objets qu'il avait pu rencontrer jusqu'ici sur sa route. Bien des fois, il était rentré chez lui sans se rappeler par quelles rues il était passé. Il avait même pris l'habitude de cheminer ainsi sans rien voir. Mais cette femme avait quelque chose de bizarre qui frappait à première vue et, peu à peu, elle attira l'attention de Raskolnikov. Au début, c'était malgré lui, il y mettait même de la mauvaise humeur, mais bientôt l'impulsion qui le poussait devint de plus en plus forte. Un désir le prit soudain de saisir ce qui rendait cette femme si bizarre.

Tout d'abord, ce devait être une jeune fille, selon toute apparence une adolescente ; elle avançait tête nue, en plein soleil, sans ombrelle ni gants, et balançait les bras en marchant, d'une allure comique. Elle portait une robe de soie légère, curieusement ajustée sur elle, mal agrafée, déchirée en haut de la jupe à la taille ; un lambeau d'étoffe traînait et ondulait derrière elle. Elle avait à son cou un petit fichu posé de travers. Elle marchait d'un pas mal assuré et chancelait continuellement sur ses jambes.

Cette rencontre finit par éveiller toute l'attention de Raskolnikov. Il rejoignit la jeune fille à la hauteur du banc ; elle s'y jeta plutôt qu'elle ne s'assit, renversa la tête en arrière et ferma les yeux comme une personne rompue de fatigue. Il devina, en l'examinant, qu'elle était complètement ivre. La chose semblait si étrange qu'il se demanda même au premier abord s'il ne s'était pas trompé. Il avait devant lui un tout petit visage, presque enfantin, qui n'accusait pas plus de seize, ou peut-être même quinze ans, un visage blond, joli, mais échauffé et un peu enflé. La jeune fille semblait tout à fait inconsciente ; elle avait croisé les jambes dans une attitude assez inconvenante et, selon toute apparence, ne se rendait pas compte qu'elle se trouvait dans la rue.

Raskolnikov ne s'assit point, mais il ne voulait pas s'en aller non plus et il restait debout devant elle, indécis. Habituellement peu fréquenté, le boulevard à cette heure torride (il était une heure après midi environ) se trouvait tout à fait désert. Cependant, à quelques pas de là, au bord de la chaussée et un peu à l'écart, se tenait un homme qui semblait, pour une raison quelconque, fort désireux de s'approcher également de la jeune fille. Il avait dû lui aussi la remarquer de loin et la suivre, mais Raskolnikov l'avait dérangé. Il lui jetait des regards furieux, à la dérobée, il est vrai, et de manière que l'autre ne les vît point et il attendait avec impatience le moment où cet ennuyeux va-nu-pieds lui céderait la place.

La chose était claire. Le monsieur était un homme d'une trentaine d'années, fort et gras, au teint vermeil, aux petites lèvres roses surmontées d'une jolie moustache et tiré à quatre épingles. Raskolnikov entra dans une violente colère ; il éprouva soudain le besoin d'insulter ce gros fat. Il quitta la jeune fille et s'approcha de lui.

« Dites donc, Svidrigaïlov, que cherchez-vous ici ? cria-t-il, en serrant les poings avec un mauvais rire.

– Qu'est-ce que cela signifie ? » demanda l'autre d'un ton rogue, en fronçant les sourcils ; son visage prit une expression d'étonnement plein de morgue.

« Décampez, voilà ce que cela signifie.

– Comment oses-tu, canaille ? »

Il brandit sa cravache. Raskolnikov se jeta sur lui, les poings fermés, sans même songer que ce dernier aurait facilement raison de deux hommes comme lui. Mais, à ce moment-là, quelqu'un le saisit par-derrière avec force. Un sergent de ville se dressa entre les deux adversaires.

« Arrêtez, messieurs, on ne se bat pas dans les endroits publics. Que voulez-vous ? Quel est votre nom ? » demanda-t-il sévèrement à Raskolnikov, dont il venait de remarquer les vêtements en loques.

Celui-ci l'examina attentivement. Le sergent de ville avait une honnête figure de soldat à moustaches grises et à grands favoris ; son regard semblait plein d'intelligence.

« C'est précisément de vous que j'ai besoin, cria-t-il, en le prenant par le bras. Je suis un ancien étudiant, Raskolnikov... C'est pour vous aussi que je le dis, – il s'adressait au monsieur. – Quant à vous, venez, j'ai à vous montrer quelque chose... »

Et, tenant toujours le sergent de ville par le bras, il l'entraîna vers le banc.

« Venez, regardez, elle est complètement ivre ; elle se promenait tout à l'heure sur le boulevard ; Dieu sait ce qu'elle est, mais elle n'a pas l'air d'une fille, enfin d'une professionnelle. Ce que je crois, c'est qu'on l'a fait boire et l'on en a profité pour abuser d'elle, la première fois... Comprenez-vous ? Et puis on l'a laissée aller dans cet état. Regardez comme sa robe est déchirée et comme elle est mise. Elle ne s'est pas habillée elle-même, on l'a habillée ; ce sont des mains maladroites, des mains d'homme qui l'ont fait ; cela se voit. Et maintenant, regardez par ici. Ce beau monsieur avec lequel je voulais me battre tout à l'heure, il m'est inconnu ; je le vois pour la première fois. Mais il l'a remarquée lui aussi tout à l'heure, sur son chemin, devant lui ; il a vu qu'elle était ivre, inconsciente et il a terriblement envie de s'approcher d'elle, de l'emmener dans cet état, Dieu sait où... Je suis sûr de ne pas me tromper ; croyez bien que je ne me trompe pas. J'ai vu moi-même comment il l'épiait, mais j'ai dérangé ses projets ; il n'attend maintenant que mon départ. Voyez, il s'est retiré un peu à l'écart et il fait semblant de rouler une cigarette... Comment lui arracher cette jeune fille et la ramener chez elle ? Pensez-y. »

Le sergent comprit immédiatement la situation et se mit à réfléchir. Le dessein du gros monsieur n'était pas difficile à comprendre ; restait la fillette. Il se pencha sur elle pour l'examiner de plus près et son visage exprima une compassion sincère.

« Quelle pitié ! s'écria-t-il, en hochant la tête ; c'est une enfant. On l'a attirée dans un piège, c'est bien cela ! Écoutez, mademoiselle, où demeurez-vous ? »

La jeune fille souleva ses paupières pesantes, regarda d'un air hébété les hommes qui l'interrogeaient et fit un geste comme pour repousser toute question.

« Écoutez, fit Raskolnikov, voilà (il fouilla dans ses poches et en tira vingt kopecks), voilà de l'argent, prenez une voiture et faites-la reconduire chez elle. Si nous pouvions seulement nous procurer son adresse.

– Mademoiselle, dites, mademoiselle, recommença le sergent de ville en prenant l'argent, je vais arrêter une voiture et je vous accompagnerai moi-même. Où faut-il vous conduire ? Où habitez-vous ?

– Allez-vous-en ! Quels crampons ! » fit la jeune fille et elle refit le même geste d'écarter quelqu'un.

« Ah ! que c'est mal ! quelle honte ! » Il hocha de nouveau la tête, d'un air plein de reproche, de pitié et d'indignation. « Là est la difficulté, fit-il à Raskolnikov, en le toisant, pour la seconde fois, d'un bref coup d'œil. Il devait lui paraître étrange, ce loqueteux vêtu de telles guenilles qui donnait de l'argent.

« Vous l'avez rencontrée loin d'ici ? lui demanda-t-il.

– Je vous le répète : elle marchait devant moi sur ce boulevard, elle chancelait. À peine arrivée au banc, elle s'y est affalée.

– Ah, quelles hontes maintenant dans ce monde, Seigneur ! Une jeunesse pareille et déjà ivre ! On l'a trompée, ça c'est sûr. Tenez, sa petite robe est toute déchirée... Ah ! que de vice on rencontre aujourd'hui. C'est peut-être une fille noble après tout, ruinée. On en voit beaucoup à présent. On la prendrait pour une demoiselle de bonne famille », et de nouveau il se pencha sur elle. Peut-être lui-même était-il père de jeunes filles bien élevées qu'on aurait pu prendre pour des demoiselles de bonne famille, habituées aux belles manières.

« L'essentiel, faisait Raskolnikov tout agité, l'essentiel, c'est de ne pas la laisser tomber aux mains de ce drôle. Il l'outragerait encore, ce qu'il veut est clair comme de l'eau de roche. Voyez-vous le coquin, il ne s'en va pas ! »

Il parlait à haute voix et indiquait le monsieur du doigt. L'autre entendit et parut prêt à se fâcher encore, mais il se ravisa et se contenta de lui jeter un regard méprisant. Puis, il s'éloigna lentement d'une dizaine de pas et s'arrêta de nouveau.

« Ne pas la laisser tomber entre ses mains ? Ça, ça se peut, oui, répondit le sous-officier d'un air pensif. Voilà, si elle nous donnait son adresse au moins, sans quoi... Mademoiselle, dites donc, mademoiselle », et il se pencha encore vers elle.

Soudain, elle ouvrit les yeux tout grands, regarda les deux hommes attentivement comme si une lumière subite se faisait dans son esprit, se leva de son banc et reprit en sens inverse le chemin par où elle était venue. « Fi ! les insolents, ils s'accrochent à moi », murmura-t-elle, en agitant de nouveau les bras comme pour écarter quelque chose. Elle allait d'un pas rapide, toujours mal assuré. L'élégant promeneur se mit à la suivre, mais il avait pris l'allée parallèle sans la perdre de vue.

« Ne vous inquiétez pas, il ne l'aura pas », dit résolument le sergent de ville, en leur emboîtant le pas.

« Ah ! que de vice on voit maintenant ! » répéta-t-il à haute voix avec un soupir.

À ce moment-là, Raskolnikov se sentit mordu par un sentiment obscur. Un revirement complet se produisit en lui.

« Écoutez, dites donc ! » cria-t-il au brave moustachu.

L'autre se retourna.

« Laissez, que vous importe ! Laissez-le s'amuser (il montrait le gandin). Que vous importe ? »

Le sergent de ville ne comprenait pas et le regardait avec de grands yeux.

Raskolnikov éclata de rire.

« Ah, ah ! » fit le sergent avec un geste agacé de la main ; il continua de suivre le beau monsieur et la jeune fille. Il devait prendre Raskolnikov pour un fou ou quelque chose de pire.

« Il emporte mes vingt kopecks, fit avec colère le jeune homme resté seul. Allons, soit, il se fera payer par l'autre aussi et il lui laissera la jeune fille ; c'est ainsi que la chose finira... Qu'est-ce que j'avais à vouloir venir à son secours, moi ? Ah ! bien, oui, secourir, est-ce à moi de le faire ? Ils n'ont qu'à se dévorer les uns les autres tout vifs, que m'importe à moi ? Et comment ai-je osé donner ces vingt kopecks ? Est-ce qu'ils m'appartenaient ? »

Malgré ces paroles étranges, il avait le cœur très gros. Il s'assit sur le banc abandonné. Ses pensées roulaient, incohérentes. Il lui était d'ailleurs pénible de penser à quoi que ce fût en ce moment. Il aurait voulu tout oublier, s'endormir, puis se réveiller et commencer une vie nouvelle.

« Pauvre fillette, dit-il en regardant le coin du banc où elle s'était assise. Elle reviendra à elle, pleurera, puis la mère l'apprendra. D'abord, elle la battra, puis elle lui donnera le fouet cruellement, honteusement, et ensuite elle la chassera peut-être. Lors même qu'elle ne le ferait pas, une Daria Frantzovna quelconque finira bien par avoir vent de la chose et voilà ma fillette à rouler de-ci de-là... puis ce sera l'hôpital (cela arrive toujours à celles qui habitent chez des mères honnêtes et sont obligées de faire leurs farces à la douce) et après... et après... l'hôpital encore... le vin... les boîtes de nuit, et encore toujours l'hôpital... En deux ou trois ans de cette vie, la voilà infirme, à dix-huit ou dix-neuf ans, oui... Combien en ai-je vu comme ça et comment en arrivaient-elles là ? Eh bien, voilà, elles commençaient toutes comme celle-ci... Bah ! que m'importe, on dit qu'il en faut. Un certain pourcentage doit finir ainsi chaque année... et disparaître Dieu sait où... au diable sans doute, pour garantir le repos des autres. Un pourcentage ! Ils ont de jolis petits mots ! rassurants, techniques... On dit un pourcentage. Il n'y a donc pas de raison de s'inquiéter... Voilà, si c'était un autre mot, ce serait autre chose... On s'en préoccuperait peut-être alors ? et que sera-ce si Dounetchka est un jour englobée dans ce pourcentage ? Sinon cette année, du moins l'année prochaine ?

« Mais où vais-je donc ? pensa-t-il soudain. Étrange ! J'avais un but en sortant. À peine avais-je lu la lettre que je suis sorti... J'allais chez Rasoumikhine dans Vassilievski Ostrov. Voilà, maintenant je m'en souviens. Mais pourquoi cependant ? Et pourquoi la pensée d'aller chez Rasoumikhine m'est-elle venue à présent ? C'est extraordinaire ! »

Il ne se comprenait pas lui-même. Rasoumikhine était un de ses anciens amis de l'Université. Chose à noter, Raskolnikov, qui avait été étudiant, ne s'était jamais lié avec ses camarades ; il vivait isolé, n'allait chez aucun de ses condisciples et n'aimait pas recevoir leur visite. Eux, du reste, n'avaient pas tardé à se détourner tous de lui. Il ne prenait part ni aux réunions, ni aux discussions, ni aux plaisirs d'étudiants. Il travaillait avec une ardeur implacable qui lui avait valu l'estime générale, mais nul ne l'aimait. Il était très pauvre, fier, hautain et renfermé comme s'il avait un secret à cacher. Certains de ses camarades trouvaient qu'il semblait les considérer comme des enfants qu'il aurait dépassés par sa culture, ses connaissances et dont il jugeait les idées et les intérêts bien inférieurs aux siens.

Cependant, il s'était lié avec Rasoumikhine. Du moins se montrait-il plus communicatif avec lui qu'avec les autres, plus franc. Il était d'ailleurs impossible de se comporter autrement avec Rasoumikhine. C'était un garçon extrêmement gai, expansif et d'une bonté qui touchait à la naïveté. Cette naïveté cependant n'excluait pas les sentiments profonds et une grande dignité. Ses meilleurs amis le savaient bien, tous l'aimaient. Il était loin d'être bête quoiqu'il se montrât réellement un peu naïf parfois. Il avait une tête expressive ; il était mince, grand, mal rasé, ses cheveux étaient noirs. Il faisait la mauvaise tête à ses heures et passait pour un hercule. Une nuit qu'il courait les rues en compagnie de camarades, il avait terrassé, d'un seul coup de poing, un gardien de la paix qui ne mesurait pas moins d'un mètre quatre-vingt-dix. Il pouvait se livrer aux pires excès de boisson et observer aussi bien la sobriété la plus stricte. S'il lui arrivait de commettre d'impardonnables folies, il se montrait, en d'autres temps, d'une sagesse exemplaire.

Rasoumikhine était encore remarquable par cette particularité qu'aucun insuccès ne pouvait le troubler et que nul revers n'arrivait à l'abattre. Il aurait pu loger sur un toit, endurer une faim atroce et des froids terribles. Il était extrêmement pauvre, devait se tirer d'affaire tout seul, mais trouvait le moyen de gagner sa vie. Il connaissait une foule d'endroits où il pouvait se procurer de l'argent, par son travail naturellement.

On l'avait vu passer tout un hiver sans feu ; il assurait que cela lui était agréable car on dort mieux quand on a froid. En ce

DOSTOÏEVSKI - CRIME ET CHATIMENT

moment, il avait dû lui aussi quitter l'Université faute de ressources, mais il comptait bien reprendre ses études le plus tôt possible et mettait tous ses efforts à améliorer sa situation pécuniaire. Il y avait quatre mois que Raskolnikov n'était allé chez lui ; Rasoumikhine ne connaissait même pas son adresse. Ils s'étaient rencontrés dans la rue, un jour, quelque deux mois auparavant, mais Raskolnikov s'était détourné aussitôt et avait même changé de trottoir ; Rasoumikhine, quoiqu'il eût fort bien reconnu son ami, avait feint de ne pas le voir afin de ne pas lui faire honte.

V

« Je me proposais, en effet, il n'y a pas bien longtemps, de demander à Rasoumikhine de me procurer du travail, des leçons ou autre chose... songeait Raskolnikov. Mais, à présent, que peut-il pour moi ? Mettons qu'il me trouve des leçons et même qu'il partage son dernier kopeck avec moi, s'il en a un... de telle sorte que je puisse m'acheter des chaussures, réparer mes habits afin de pouvoir aller donner mes leçons, hum ! Bon, et après ? Que ferai-je de ces kopecks ? Est-ce ce dont j'ai besoin à présent ? Je suis vraiment ridicule d'aller chez Rasoumikhine. » La question de savoir pour quelle raison il se rendait maintenant chez Rasoumikhine le tourmentait plus qu'il ne se l'avouait à lui-même. Il cherchait fiévreusement un sens sinistre, pour lui, à cette démarche, en apparence si anodine.

« Quoi donc, se peut-il que j'aie pensé arranger toute l'affaire grâce au seul Rasoumikhine ? trouver la solution à toutes ces graves questions en lui ? » se demandait-il avec surprise.

Il réfléchissait, se frottait le front, et, chose bizarre, tout à coup, après qu'il se fut mis longtemps l'esprit à la torture, une idée extraordinaire lui vint brusquement.

« Hum ! j'irai chez Rasoumikhine, fit-il soudain du ton le plus calme, comme s'il avait pris une décision définitive. J'irai chez

Rasoumikhine, cela est certain... mais pas maintenant... j'irai chez lui... le lendemain, après la chose, quand la « chose » sera finie et quand tout aura changé... »

Tout à coup, Raskolnikov revint à lui.

« Après la chose, s'écria-t-il en sursautant, mais *cette chose* aura-t-elle lieu, aura-t-elle vraiment lieu ? »

Il quitta le banc et s'éloigna d'un pas rapide ; il courait presque, avec l'intention de retourner en arrière, de rentrer, mais, à cette idée, le dégoût s'empara de lui. C'était chez lui, là, dans un coin de cet horrible placard qu'était sa chambre, qu'avait mûri la « chose », il y avait déjà plus d'un mois, et il se mit à marcher droit devant lui, à l'aventure.

Son tremblement nerveux avait pris un caractère fébrile ; il se sentait frissonner ; il avait froid malgré la chaleur accablante. Cédant à une sorte de nécessité intérieure et presque inconsciente, il s'efforça péniblement de fixer son attention sur les divers objets qu'il rencontrait, afin de se distraire de ses pensées, mais ses efforts étaient vains ; il retombait à chaque instant dans sa rêverie. Au bout d'un moment, il tressaillait encore, relevait la tête, jetait un regard autour de lui et ne pouvait plus se rappeler à quoi il pensait tout à l'heure. Il ne reconnaissait même pas les rues qu'il parcourait. Il traversa ainsi tout Vassilievski Ostrov, déboucha devant la petite Néva, passa le pont et arriva aux îles[24]. La verdure et la fraîcheur du paysage réjouirent d'abord ses yeux las, habitués à la poussière des rues, à la chaux, aux immenses maisons écrasantes. L'air ici n'était plus étouffant, ni puant ; on n'y voyait point de cabaret. Mais bientôt ces sensations nouvelles perdirent leur charme ; un agacement maladif le reprit.

Il s'arrêtait par moments devant une villa coquettement nichée dans la verdure ; il regardait par la grille et voyait au loin des femmes élégantes sur les balcons et les terrasses ; des enfants couraient dans les jardins. Il s'intéressait surtout aux fleurs ; c'étaient elles qui attiraient particulièrement ses regards. De temps

---

[24] *Aux îles :* Les îles étaient la résidence d'été des Pétersbourgeois aisés. Ils y habitaient des villas dispersées dans la verdure. À la pointe de Vassilievski Ostrov le fleuve se divise en grande et en petite Néva.

en temps, il voyait passer des cavaliers, des amazones et de belles voitures ; il les suivait d'un œil curieux et les oubliait avant qu'ils eussent disparu.

Une fois, il s'arrêta et compta son argent ; il lui restait trente kopecks : « vingt au sergent de ville, trois à Nastassia pour la lettre, j'en ai donc donné hier à Marmeladov quarante-sept ou cinquante », se dit-il. Il devait avoir une raison de calculer ainsi, mais il l'oublia en tirant l'argent de sa poche et ne s'en souvint qu'un peu plus tard en passant devant un marchand de comestibles, une sorte de gargote plutôt ; il sentit alors qu'il avait faim.

Il entra dans la gargote, y avala un verre de vodka et mangea quelques bouchées d'un petit pâté qu'il emporta et acheva en se promenant. Il y avait très longtemps qu'il n'avait bu de vodka ; le petit verre qu'il venait d'avaler agit sur lui d'une façon foudroyante. Ses jambes s'appesantirent ; il éprouva une forte envie de dormir. Il voulut retourner chez lui, mais, arrivé à l'île de Petrovsky[25], il dut s'arrêter, complètement épuisé.

Quittant donc la grande route, il entra dans les taillis, se laissa tomber sur l'herbe et s'endormit aussitôt.

Les songes d'un homme malade prennent très souvent un relief extraordinaire et rappellent la réalité à s'y méprendre. Le tableau qui se déroule ainsi est parfois monstrueux, mais les décors où il évolue, tout le cours de la représentation sont si vraisemblables, pleins de détails si imprévus, si ingénieux et d'un choix si heureux, que le dormeur serait assurément incapable de les inventer à l'état de veille, fût-il un artiste aussi grand que Pouchkine ou Tourgueniev. Ces rêves – nous parlons toujours de rêves maladifs – ne s'oublient pas facilement ; ils produisent une vive impression sur l'organisme délabré et en proie à une excitation nerveuse.

---

[25] *L'île Petrovsky :* Cette île tient son nom de Pierre le Grand qui y créa un parc.

PREMIÈRE PARTIE

Raskolnikov fait un rêve effrayant. Il se revoit enfant dans la petite ville qu'il habitait alors avec sa famille[26]. Il a sept ans et se promène un soir de fête avec son père, aux portes de la ville, en pleine campagne. Le temps est gris, l'air étouffant, les lieux exactement pareils au souvenir qu'il en a gardé. Au contraire, il retrouve en songe plus d'un détail qui s'était effacé de sa mémoire. La petite ville apparaît tout entière, à découvert. Pas un seul arbre, pas même un saule blanc, aux environs ; au loin seulement, à l'horizon, aux confins du ciel, dirait-on, un petit bois fait une tache sombre.

À quelques pas du dernier jardin de la ville s'élève un cabaret, un grand cabaret, qui impressionnait toujours désagréablement l'enfant et l'effrayait même quand il passait par là en se promenant avec son père. Il était toujours plein d'une foule de gens qui braillaient, ricanaient, s'injuriaient et chantaient d'une façon si horrible avec des voix éraillées et se battaient si souvent. Autour du cabaret erraient toujours des ivrognes aux figures affreuses. Quand le garçonnet les rencontrait, il se serrait convulsivement contre son père et tremblait tout entier. Près du cabaret, un chemin de traverse toujours poussiéreux, et dont la poussière semblait si noire ! Il était sinueux ; à trois cents pas environ du cabaret, il obliquait à droite et contournait le cimetière.

Au milieu du cimetière s'élève une église de pierre à la coupole verte. L'enfant y allait deux fois par an avec son père et sa mère entendre célébrer la messe pour le repos de l'âme de sa grand-mère morte depuis longtemps et qu'il n'avait pas connue. À ces occasions, ils emportaient toujours sur un plat enveloppé d'une serviette le gâteau des morts[27] où la croix était figurée par des raisins secs. Il aimait cette église, ses vieilles images saintes presque toutes sans cadres et aussi son vieux prêtre à la tête branlante. Près de la pierre tombale de sa grand-mère se trouvait

---

[26] *Il se revoit enfant... :* Le rêve de Raskolnikov est entremêlé de souvenirs des vacances que Dostoïevski passait, enfant, dans le domaine de ses parents à Darovoïé à 150 kilomètres de Moscou dans la province de Toula.

[27] *Le gâteau des morts :* Plat de riz ou bouillie de froment garni de raisins secs et de fruits confits qu'on sert au repas des funérailles et qu'on apporte à l'église lors d'un service de commémoration.

une toute petite tombe, celle de son frère cadet, mort à six mois, qu'il n'avait pas connu non plus et dont il ne pouvait pas se souvenir. On lui avait seulement dit qu'il avait eu un petit frère et, chaque fois qu'il venait au cimetière, il se signait pieusement devant la petite tombe, puis s'inclinait avec respect et la baisait.

Voici maintenant son rêve. Il suit avec son père le chemin qui mène au cimetière ; ils passent devant le cabaret. Il tient son père par la main et y jette un regard effrayé. Or, un fait particulier attire son attention : il semble qu'il s'y passe une fête aujourd'hui. On y voit une foule de bourgeoises endimanchées, de paysannes avec leurs maris, puis tout un ramassis d'individus louches. Tous sont ivres et chantent des chansons ; devant la porte stationne une charrette des plus bizarres, une de ces énormes charrettes attelées généralement de lourds chevaux de trait et qui servent à transporter des marchandises et des fûts de vin. Raskolnikov aimait toujours contempler ces grandes bêtes à la longue crinière, aux jarrets épais, qui avancent d'un pas mesuré et tranquille et traînent sans fatigue de véritables montagnes (on dirait même au contraire qu'elles marchent mieux attelées à des chargements que libres). Mais, à présent, chose étrange, à cette lourde charrette est attelé un petit cheval rouan d'une maigreur pitoyable, une de ces rosses qu'il avait vues bien souvent tirer avec peine une haute charretée de bois ou de foin, que les paysans accablent de coups, allant jusqu'à les frapper en plein museau et sur les yeux quand les pauvres bêtes s'épuisent vainement à essayer de dégager le véhicule embourbé. Ce spectacle lui faisait toujours venir les larmes aux yeux quand il était enfant, et sa maman alors se hâtait de l'éloigner de la fenêtre.

Soudain, un grand tapage s'élève dans le cabaret. Il en sort, avec des cris, des chants, un tas de grands moujiks avinés, en chemises bleues et rouges, la balalaïka à la main, la souquenille jetée négligemment sur l'épaule. « Montez, montez tous, crie un homme encore jeune, au cou épais, à la face charnue d'un rouge carotte. Je vous emmène tous, montez. » Ces paroles provoquent des exclamations et des rires.

« Une rosse pareille faire le chemin ?

– Mais il faut que tu aies perdu l'esprit, Mikolka, pour atteler une pauvre bête comme ça à cette charrette !

– Dites donc, les amis, elle a au moins vingt ans cette jument rouanne !

– Montez, j'emmène tout le monde ! » se remet à crier Mikolka, en sautant le premier dans la charrette.

Il saisit les rênes et se dresse de toute sa taille sur le siège.

« Le cheval bai est parti tantôt avec Mathieu, crie-t-il de sa place, et cette jument-là, les amis, est un vrai crève-cœur pour moi. J'ai envie de l'abattre, parole d'honneur, elle n'est même pas capable de gagner sa nourriture. Montez, vous dis-je. Je la ferai bien galoper ; je vous dis que je la ferai galoper. »

Il prend son fouet et se prépare avec délice à fouetter la jument rouanne.

« Mais montez donc, voyons, ricane-t-on dans la foule, puisqu'on vous dit qu'elle va galoper !

– Il y a au moins dix ans qu'elle n'a pas galopé !

– Oh ! elle vous ira bon train !

– Ne la ménagez pas, les amis, prenez chacun un fouet ; allez-y. C'est cela. Fouettez-la. »

Tous grimpent dans la charrette de Mikolka avec des rires et des plaisanteries. Ils s'y sont fourrés à six et il reste encore de la place. Ils prennent avec eux une grosse paysanne à la face rubiconde, vêtue d'une saraphane[28], la coiffure garnie de verroterie ; elle croque des noisettes et ricane.

La foule qui entoure l'équipage rit aussi et, en vérité, comment ne pas rire à l'idée qu'une pareille rosse devra emporter au galop tout ce monde ! Deux gars qui se trouvent dans la charrette prennent aussitôt des fouets pour aider Mikolka. On crie : « Allez ! » Le cheval tire de toutes ses forces, il est non seulement incapable de galoper, mais c'est à peine s'il réussit à marcher au pas. Il piétine, gémit, plie le dos sous les coups que tous les fouets font pleuvoir sur lui dru comme grêle. Les rires redoublent dans la charrette et parmi la foule ; mais Mikolka se

---

[28] *Saraphane* : Costume des paysannes russes, sorte de robe brodée qu'elles passent sur leur jupe.

fâche et, dans sa colère, frappe de plus belle la petite jument comme s'il espérait la faire galoper.

« Frères, laissez-moi monter moi aussi, fait un gars alléché par ce joyeux tintamarre.

– Monte ! Montez tous, crie Mikolka ; elle nous emmènera tous ; je la ferai bien marcher à force de coups. » Et de fouetter, de fouetter la bête. Dans sa fureur, il ne sait même plus avec quoi la frapper pour la faire souffrir davantage.

« Papa, petit père, crie Rodia, petit père, que font-ils ? Ils battent le pauvre petit cheval.

– Allons, viens, viens, dit le père. Ce sont des ivrognes, ils s'amusent, les imbéciles. Allons-nous-en, ne regarde pas. »

Il veut l'emmener, mais l'enfant lui échappe et se précipite hors de lui vers la pauvre bête. Le malheureux animal est déjà à bout de forces. Il s'arrête tout haletant, puis se remet à tirer ; peu s'en faut qu'il ne s'abatte.

« Fouettez-la, qu'elle en crève, hurle Mikolka. Il n'y a que ça ; je vais m'y mettre.

– Pour sûr, tu n'es pas un chrétien, espèce de démon, crie un vieillard dans la foule.

– A-t-on jamais vu une petite jument comme celle-là traîner une charge pareille ? ajoute un autre.

– Tu la feras crever, crie un troisième.

– Ne m'embêtez pas, elle est à moi, j'en fais ce que je veux. Venez, montez tous ! Je veux absolument qu'elle galope... »

Soudain, une bordée d'éclats de rire retentit dans la foule et couvre la voix de Mikolka. La jument, accablée de coups redoublés, avait perdu patience et s'était mise à ruer malgré sa faiblesse. Le vieux n'y peut tenir et partage l'hilarité générale. Il y avait de quoi rire en effet : un cheval qui tient à peine sur ses pattes et qui rue !

Deux gars se détachent de la foule, s'arment de fouets et courent cingler la bête des deux côtés, l'un à droite, l'autre à gauche.

« Fouettez-la sur le museau, dans les yeux, en plein dans les yeux, vocifère Mikolka.

– Frères, une chanson », crie quelqu'un dans la charrette, et tous de reprendre le refrain ; la chanson grossière retentit, le tambourin résonne, on siffle la ritournelle ; la paysanne croque ses noisettes et ricane.

Rodia s'approche du petit cheval ; il s'avance devant lui ; il le voit frappé sur les yeux, oui sur les yeux ! Il pleure. Son cœur se gonfle ; ses larmes coulent. L'un des bourreaux lui effleure le visage de son fouet ; il ne le sent pas, il se tord les mains, il crie, il se précipite vers le vieillard à la barbe blanche qui hoche la tête et semble condamner cette scène. Une femme le prend par la main et veut l'emmener ; il lui échappe et court au cheval, qui à bout de forces tente encore de ruer.

« Le diable t'emporte, maudit ! » vocifère Mikolka dans sa fureur. Il jette le fouet, se penche, tire du fond de la carriole un long et lourd brancard et, le tenant à deux mains par un bout, il le brandit péniblement au-dessus de la jument rouanne.

« Il va l'assommer, crie-t-on autour de lui.

– La tuer.

– Elle est à moi », hurle Mikolka ; il frappe la bête à bras raccourcis. On entend un fracas sec.

« Fouette-la, fouette-la, pourquoi t'arrêtes-tu ? crient des voix dans la foule. Mikolka soulève encore le brancard, un second coup s'abat sur l'échine de la pauvre haridelle. Elle se tasse ; son arrière-train semble s'aplatir sous la violence du coup, puis elle sursaute et se met à tirer avec tout ce qui lui reste de forces, afin de démarrer, mais elle ne rencontre de tous côtés que les six fouets de ses persécuteurs ; le brancard se lève de nouveau, retombe pour la troisième fois, puis pour la quatrième, d'une façon régulière. Mikolka est furieux de ne pouvoir l'achever d'un seul coup.

« Elle a la vie dure, crie-t-on autour de lui.

– Elle va tomber, vous verrez, les amis, sa dernière heure est venue, observe un amateur, dans la foule.

– Prends une hache, il faut en finir d'un coup, suggère quelqu'un.

– Qu'avez-vous à bayer aux corneilles ? place ! » hurle Mikolka. Il jette le brancard, se penche, fouille de nouveau dans la charrette et en retire cette fois un levier de fer.

« Gare », crie-t-il ; il assène de toutes ses forces un grand coup à la pauvre bête. La jument chancelle, s'affaisse, tente un dernier effort pour tirer, mais le levier lui retombe de nouveau pesamment sur l'échine ; elle s'abat sur le sol, comme si on lui avait tranché les quatre pattes d'un seul coup.

« Achevons-la », hurle Mikolka ; il bondit, pris d'une sorte de folie, hors de la charrette. Quelques gars, aussi ivres et cramoisis que lui, saisissent ce qui leur tombe sous la main : des fouets, des bâtons, ou un brancard, et ils courent sur la petite jument expirante. Mikolka, debout près d'elle, continue à frapper de son levier, sans relâche. La pauvre haridelle allonge la tête, pousse un profond soupir et crève.

« Il l'a achevée ! crie-t-on dans la foule.

– Et pourquoi ne voulait-elle pas galoper ?

– Elle est à moi », crie Mikolka, son levier à la main. Il a les yeux injectés de sang et semble regretter de n'avoir plus personne à frapper.

« Eh bien, vrai, tu es un mécréant », crient plusieurs assistants dans la foule.

Mais le pauvre garçonnet est hors de lui. Il se fraye un chemin, avec un grand cri, et s'approche de la jument rouanne. Il enlace son museau immobile et sanglant, l'embrasse ; il embrasse ses yeux, ses lèvres, puis il bondit soudain et se précipite, les poings en avant, sur Mikolka. Au même instant, son père qui le cherchait depuis un moment, le découvre enfin, l'emporte hors de la foule...

« Allons, allons, lui dit-il, allons-nous-en à la maison.

– Petit père, pourquoi ont-ils tué... le pauvre petit cheval ? » sanglote l'enfant. Mais il a la respiration coupée et les mots s'échappent de sa gorge contractée en cris rauques.

« Ce sont des ivrognes, ils s'amusent ; ce n'est pas notre affaire, viens ! » dit le père. Rodion l'entoure de ses bras, mais sa poitrine est serrée dans un étau de feu ; il essaie de reprendre son souffle, de crier – et s'éveille.

PREMIÈRE PARTIE

Raskolnikov s'éveilla, le corps moite, les cheveux trempés de sueur, tout haletant et se souleva plein d'épouvante.

« Dieu soit loué ; ce n'était qu'un rêve », dit-il en s'asseyant sous un arbre ; il respira profondément.

« Mais qu'est-ce donc ? Une mauvaise fièvre qui commence ? Ce songe affreux me le ferait croire ! »

Il sentait tout son corps moulu ; son âme était sombre et troublée. Appuyant les coudes sur ses genoux, il laissa tomber sa tête dans ses mains.

« Seigneur, s'exclama-t-il, se peut-il, mais se peut-il vraiment que je prenne une hache pour la frapper et lui fracasser le crâne ? Se peut-il que je glisse sur le sang tiède et gluant, que j'aille forcer la serrure, voler, trembler, et me cacher tout ensanglanté... avec ma hache ?... Seigneur, cela est-il possible ?... »

Il tremblait comme une feuille en parlant ainsi.

« À quoi vais-je penser ? continua-t-il d'un ton de profonde surprise. Je savais bien que je n'en serais pas capable. Pourquoi me tourmenter ainsi ?... Car, enfin, hier encore, quand je suis allé faire cette... *répétition,* j'ai parfaitement compris que c'était au-dessus de mes forces... Pourquoi recommencer maintenant ? me tâter encore ? Hier, en descendant cet escalier, je me disais que c'était lâche, horrible, odieux, odieux. La seule pensée de la chose me soulevait le cœur et me terrifiait. Non, je n'en aurai pas le courage ; je ne l'aurais pas, lors même que mes calculs seraient parfaitement justes, que tout mon plan forgé ce mois-ci serait clair comme le jour et exact comme l'arithmétique. Seigneur ! je n'en aurai pas le courage, jamais... jamais... Qu'ai-je donc à continuer encore... »

Il se leva, lança un regard étonné autour de lui comme s'il eût été surpris de se trouver là et s'engagea sur le pont. Il était pâle, ses yeux brillaient ; ses membres étaient douloureux, mais il commençait à respirer avec moins de peine. Il sentait qu'il avait déjà rejeté ce fardeau effrayant qui, si longtemps, l'avait écrasé de son poids ; son âme lui semblait allégée et paisible. « Seigneur, pria-t-il, indique-moi ma route et je renoncerai à ce rêve... maudit ! »

En traversant le pont, il regardait la Néva et le flamboyant coucher d'un soleil magnifique. Malgré sa faiblesse, il n'éprouvait pas de fatigue. On eût dit que l'abcès qui, tout ce mois, s'était peu à peu formé dans son cœur, venait de crever soudain. Libre ! Il était libre ! Le charme était rompu, les maléfices insidieux avaient cessé d'agir.

Plus tard, quand Raskolnikov évoquait cette période de sa vie et tout ce qui lui était arrivé pendant ce temps, minute par minute, point par point, une chose le frappait toujours d'un étonnement presque superstitieux, quoiqu'elle n'eût après tout rien d'extraordinaire, mais elle lui semblait avoir eu une influence décisive sur son destin.

Voici le fait qui resta toujours pour lui une énigme : Pourquoi, alors qu'il se sentait fatigué, harassé, qu'il aurait dû rentrer chez lui par le chemin le plus court, le plus direct, pourquoi était-il retourné par la place des Halles centrales[29] où il n'avait rien à faire ? Sans doute ce détour n'allongeait pas beaucoup son chemin, mais il était tout à fait inutile. Il lui était certes arrivé des dizaines de fois de rentrer sans savoir par quelles rues il avait passé. Mais, pourquoi, se demandait-il, pourquoi cette rencontre si importante, si décisive pour lui, et en même temps si fortuite sur la place des Halles (où il n'avait rien à faire), s'était-elle produite à présent, à cette heure, à cette minute de sa vie et dans des conditions telles qu'elle devait avoir, et elle seule, sur sa destinée, l'influence la plus grave, la plus décisive ? Il était tenté de la croire préparée par le destin.

Il était près de neuf heures quand le jeune homme arriva sur la place des Halles centrales. Tous les marchands en plein vent, les colporteurs, les boutiquiers et les gros commerçants se préparaient à fermer leurs magasins ; ils débarrassaient leurs éventaires, vidaient leurs étalages, serraient leurs marchandises et rentraient chez eux, ainsi que leurs clients. Devant les gargotes, qui occupaient les caves des maisons sales et nauséabondes de la place, et surtout à la porte des cabarets grouillait une foule de petits trafiquants et de loqueteux.

---

[29] *La place des Halles :* Ancien marché au foin, où s'étaient installées les Halles, quartier très animé surtout au moment des grandes fêtes.

PREMIÈRE PARTIE

Raskolnikov fréquentait volontiers cet endroit et les ruelles avoisinantes quand il sortait de chez lui sans but précis. Ses propres haillons n'y attiraient le dédain de personne et l'on pouvait s'y montrer accoutré n'importe comment sans risquer de soulever le scandale. Au coin de la ruelle K..., un marchand et sa femme vendaient des articles de mercerie étalés sur deux tables : du fil, du coton, des cordons, des mouchoirs d'indienne, etc. Ils se préparaient à s'en aller eux aussi ; ils s'étaient simplement attardés à causer avec une personne qu'ils connaissaient et qui venait de s'approcher. C'était Elisabeth Ivanovna, ou comme on avait coutume de l'appeler, Lisbeth, la sœur cadette de cette même vieille Alena Ivanovna, la veuve du contrôleur, l'usurière chez laquelle Raskolnikov avait été la veille engager sa montre et tenter une *répétition...* Il y avait longtemps qu'il était renseigné sur le compte de cette Lisbeth ; elle aussi le connaissait un peu. C'était une grande fille de trente-cinq ans, gauche, timide et douce, presque une idiote ; elle tremblait devant sa sœur qui la traitait en esclave, la faisait travailler jour et nuit et allait même jusqu'à la battre.

Debout, un paquet à la main devant le marchand et sa femme, elle les écoutait attentivement et semblait indécise. Eux lui expliquaient quelque chose d'un air fort animé. Quand Raskolnikov aperçut Lisbeth, il éprouva un sentiment étrange qui ressemblait à une sorte d'étonnement profond, quoique cette rencontre n'eût rien de surprenant à la vérité.

« Vous devriez, Lisbeth Ivanovna, prendre toute seule votre décision, faisait le marchand à haute voix. Venez, par exemple, demain vers les sept heures ; eux viendront de leur côté.

- Demain, fit Lisbeth d'une voix traînante et l'air pensif, comme si elle avait peine à se décider...

- Elle a su vous en inspirer, une peur, Alena Ivanovna ! s'écria la marchande, qui était une gaillarde, d'une voix aiguë. Quand je vous regarde comme ça, il me semble que vous n'êtes qu'un petit enfant. Après tout, elle n'est que votre demi-sœur, et voyez comme elle vous domine.

- Pour cette fois, je vous le conseille, vous devriez ne rien dire à Alena Ivanovna, interrompit le mari. Bien sûr. Venez chez nous sans demander la permission. Il s'agit d'une bonne affaire. Votre sœur pourra elle-même s'en convaincre.

– Oui... Si je venais tout de même ?

– Entre six et sept. Les vendeurs enverront quelqu'un eux aussi, et vous déciderez vous-même, voilà !

– Et nous vous offrirons du thé, ajouta la femme.

– Bien, je viendrai », proféra Lisbeth qui semblait continuer à hésiter ; elle se mit à prendre congé de sa façon traînante.

Raskolnikov avait déjà dépassé le groupe et n'en entendit pas davantage. Il avait ralenti le pas insensiblement et s'était arrangé de façon à ne pas perdre un mot de la conversation. À la surprise du premier moment avait succédé peu à peu une horreur qui faisait passer un frisson entre ses omoplates. Il venait d'apprendre, brusquement et d'une façon imprévue, que le lendemain, à sept heures précises, Lisbeth, la sœur de la vieille et son unique compagne, serait absente de la maison et que, par conséquent, demain soir à sept heures précises, la vieille *se trouverait seule chez elle !*

Le jeune homme n'était plus qu'à quelques pas de son logement. Il entra chez lui comme un condamné à mort. Il n'essayait même pas de raisonner, il en était d'ailleurs incapable, mais il sentit soudain de tout son être qu'il n'avait plus de libre arbitre, plus de volonté et que tout venait d'être définitivement décidé.

Certes, il aurait pu attendre des années entières une occasion favorable, essayer même de la faire naître, sans en trouver une meilleure et offrant plus de chance de succès que celle qui venait de se présenter à lui. En tout cas, il lui aurait été difficile d'apprendre la veille de façon sûre, et cela sans courir le moindre risque et n'avoir à poser aucune question dangereuse, que le lendemain, à telle heure, certaine vieille femme contre laquelle se préparait un attentat serait toute seule chez elle.

VI

Raskolnikov apprit plus tard, par hasard, pourquoi le marchand et sa femme avaient invité Lisbeth à venir chez eux. L'affaire était très simple et fort claire. Une famille étrangère, tombée dans la gêne, voulait se défaire de différents vêtements de femme. Comme ils ne trouvaient pas de profit à les vendre au marché, ils cherchaient une revendeuse à la toilette. Or, Lisbeth exerçait ce métier. Elle avait une nombreuse clientèle, car elle était fort honnête, et donnait toujours le meilleur prix ; avec elle, il n'y avait pas à marchander. En général, elle parlait peu et, comme nous le disions, elle était humble et craintive...

Mais, depuis quelque temps, Raskolnikov était devenu superstitieux. On put même par la suite découvrir des traces indélébiles de cette faiblesse en lui. Et, dans cette affaire, il inclina toujours à voir l'action de coïncidences bizarres, de forces étranges et mystérieuses. L'hiver précédent, un étudiant qu'il connaissait, Pokorev, sur le point de se rendre à Kharkov, lui avait donné en bavardant l'adresse de la vieille Alena Ivanovna, pour le cas où il voudrait emprunter sur gages. Il fut longtemps sans aller chez elle, car il avait des leçons et réussissait à vivoter tant bien que mal. Or, il y avait six semaines environ de cela, il s'était souvenu de cette adresse. Il possédait deux objets sur lesquels on pouvait lui prêter quelque argent : la vieille montre d'argent de son père et une petite bague, ornée de trois petites pierres rouges, que sa sœur lui avait donnée comme souvenir quand ils s'étaient quittés. Il décida de porter cette bague en gage. Ayant trouvé Alena Ivanovna, il éprouva, dès qu'il la vit, et sans rien savoir d'elle, une répugnance invincible pour sa personne.

Après avoir reçu d'elle deux « petits billets », il entra dans une mauvaise taverne qu'il trouva en chemin. Il demanda du thé, s'assit et se mit à réfléchir. Une idée, étrange, encore à l'état embryonnaire dans son esprit comme le poulet dans son œuf, venait de lui venir et l'intéressait extrêmement.

Une table presque voisine de la sienne était occupée par un étudiant qu'il ne se souvenait pas d'avoir jamais vu et un jeune officier. Ils venaient de jouer au billard et maintenant prenaient le thé. Tout à coup, Raskolnikov entendit l'étudiant parler à l'officier de l'usurière Alena Ivanovna et lui donner son adresse. Cette seule particularité suffit à lui paraître étrange : il venait à peine de chez elle et il entendait aussitôt parler d'elle. Ce n'était sans doute qu'une coïncidence, mais il était justement en train d'essayer de chasser une impression obsédante, et voilà qu'on semblait vouloir la fortifier ; l'étudiant se mit en effet à communiquer à son ami divers détails sur Alena Ivanovna.

« C'est une brave femme, disait-il. On peut toujours se procurer de l'argent chez elle. Elle est riche comme un juif et pourrait prêter cinq mille roubles d'un coup ; cependant elle ne fait pas fi des gages qui ne valent pas plus d'un rouble. Presque tous les nôtres y vont, mais quelle horrible mégère ! »

Et il se mit à raconter comme elle était méchante, capricieuse : ainsi il suffisait de laisser passer l'échéance d'un jour seulement pour perdre son gage. « Elle prête sur un objet le quart de sa valeur et prend cinq et même six pour cent d'intérêt par mois, etc. » L'étudiant, en veine de bavardage, raconta, en outre, que l'usurière avait une sœur, Lisbeth, que cette affreuse et toute petite vieille battait comme plâtre. Elle la gardait en esclavage, la traitait comme un tout petit enfant, alors que cette Lisbeth avait au moins deux archines huit verchoks[30] de haut...

« Tu parles d'un phénomène ! » s'écria l'étudiant, et il éclata de rire.

Ils se mirent à causer de Lisbeth. L'étudiant parlait d'elle avec une sorte de plaisir particulier et toujours en riant ; l'officier, lui, l'écoutait avec un vif intérêt ; il le pria de lui envoyer cette Lisbeth pour raccommoder son linge. Raskolnikov ne perdit pas un mot de cette histoire et apprit ainsi une foule de choses : Lisbeth était la cadette et la demi-sœur d'Alena (elles étaient de mère différente) ; elle avait trente-cinq ans. Sa sœur la faisait travailler nuit et jour ;

---

[30] *Deux archines huit verchoks :* Une archine : 0,71 m ; un verchok : environ 4,4 cm.

outre qu'elle cumulait dans la maison les fonctions de cuisinière et de blanchisseuse, elle faisait des travaux de couture, allait laver les planchers au-dehors, et tout ce qu'elle gagnait elle le remettait à sa sœur. Elle n'osait accepter aucune commande, aucun travail, sans l'autorisation de la vieille. Or, celle-ci, Lisbeth le savait, avait déjà fait son testament, aux termes duquel sa sœur n'héritait que des meubles ; elle ne lui laissait pas un sou ; tout l'argent devait revenir à un monastère de la province de N... et servir à payer des prières perpétuelles pour le repos de son âme. Lisbeth appartenait à la petite bourgeoisie et non au tchin[31]. C'était une fille dégingandée, d'une taille démesurée, aux longues jambes torses, aux pieds immenses toujours chaussés de souliers avachis, mais fort propre de sa personne. Ce qui étonnait surtout et amusait l'étudiant, c'est que Lisbeth était continuellement enceinte.

« Mais tu disais qu'elle est affreuse ? observa l'officier.

– Elle est noiraude, c'est vrai, on la prendrait pour un soudard déguisé en femme, mais pas laide, tu sais. Elle a une bonne figure, de bons yeux, oui vraiment. La preuve, c'est qu'elle plaît beaucoup. Elle est si douce, si humble, si résignée ; elle consent toujours, elle consent à tout. Et son sourire ! Il est même fort agréable.

– Mais je vois qu'elle te plaît à toi aussi, fit l'officier en riant.

– Pour sa bizarrerie. Non, voilà ce que je voulais dire. Cette maudite vieille, je la tuerais et la volerais sans aucun remords, je t'assure », ajouta l'étudiant avec feu.

L'officier partit d'un nouvel éclat de rire et Raskolnikov tressaillit. Que tout cela était bizarre !

« Un instant ; je veux te poser une question sérieuse, fit l'étudiant, de plus en plus échauffé. Je viens de plaisanter, naturellement, mais songe : d'un côté, tu as une vieille femme, imbécile, méchante, mesquine, malade, un être qui n'est utile à personne, au contraire, elle est malfaisante, elle-même ne sait pas pourquoi elle vit, et demain elle mourra de sa mort naturelle. Tu me suis ? Tu comprends ?

---

[31] *Tchin :* Fonctionnaires de l'État.

– Mais oui, fit l'officier en examinant attentivement son camarade qui s'emballait ainsi.

– Je continue. D'autre part, tu as des forces fraîches, jeunes, qui se perdent, faute de soutien, et par milliers encore, de toutes parts ! Cent, mille œuvres utiles, des débuts courageux, qu'on pourrait soutenir et améliorer grâce à l'argent de la vieille destiné à un monastère ! Des centaines, peut-être des milliers d'existences aiguillées sur le bon chemin, des dizaines de familles sauvées de la misère, du vice, de la pourriture, de la mort, des hôpitaux pour maladies vénériennes... et tout cela avec l'argent de cette femme. Si on la tuait et qu'on prenne son argent avec l'intention de le faire servir au bien de l'humanité, crois-tu que le crime, ce tout petit crime insignifiant, ne serait pas compensé par des milliers de bonnes actions ? Pour une seule vie, des milliers d'existences sauvées de la pourriture. Une mort contre cent vies. Mais c'est de l'arithmétique ! D'ailleurs, que pèse dans les balances sociales la vie d'une petite vieille cacochyme, stupide et mauvaise ? Pas plus que celle d'un pou ou d'un cafard. Je dirais même moins, car la vieille est nuisible. Elle sape la vie de ses semblables, elle est cruelle ; dernièrement, elle a mordu, dans sa méchanceté, le doigt de Lisbeth et peu s'en est fallu qu'elle ne le lui ait arraché !

– Sans doute, elle est indigne de vivre, fit l'officier, mais il faut compter avec la nature.

– Eh, frère ! La nature, on la corrige, on la redresse, sans cela on serait submergé par les préjugés ! Nous n'aurions pas un seul grand homme. On parle de devoir, de conscience, je n'en veux point médire, mais comment les comprenons-nous ? Attends, j'ai encore une question à te poser. Écoute !

– Non, permets, c'est mon tour ; j'ai aussi une question.

– Vas-y.

– Eh bien, voilà ; tu es là à pérorer avec éloquence, mais, dis-moi, cette vieille, tu la tuerais *toi-même ?*

– Naturellement que non. Je parle au nom de la justice... Il ne s'agit pas de moi.

– À mon avis, si tu ne te décides pas toi-même à tenter la chose, eh bien, il ne faut plus parler de justice. Allons jouer encore une partie. »

PREMIÈRE PARTIE

Raskolnikov était en proie à une agitation extraordinaire. Certes, c'étaient là des idées, une conversation des plus ordinaires entre jeunes gens ; il lui était arrivé plus d'une fois d'écouter des discours analogues avec quelques variantes et sur des thèmes différents seulement. Mais pourquoi lui fallait-il entendre exprimer ces pensées au moment même où elles venaient de naître dans son cerveau, ces mêmes pensées ? Et pourquoi, quand il sortait de chez la vieille avec cet embryon d'idée qui se formait dans son esprit, tombait-il sur des gens qui parlaient d'elle ?...

Cette coïncidence devait toujours lui paraître étrange. Cette insignifiante conversation de café exerça une influence extraordinaire sur lui dans toute cette affaire : il semblait en effet qu'il y eût là une prédestination... le doigt du destin...

....

Revenu des Halles, il se jeta sur son divan et y resta immobile toute une heure. Entre-temps, l'obscurité avait envahi la pièce ; il n'avait pas de bougie ; d'ailleurs, l'idée d'allumer ne lui venait même pas. Il ne put jamais se rappeler plus tard s'il avait pensé à quelque chose pendant ce temps-là. Finalement, le frisson fiévreux de tantôt le reprit et il songea avec satisfaction qu'il pouvait aussi bien se coucher tout habillé sur le divan. Bientôt, un sommeil de plomb s'empara de lui et l'écrasa.

Il dormit fort longtemps, presque sans rêve. Nastassia, quand elle entra chez lui le lendemain à dix heures, eut grand-peine à le réveiller. Elle lui avait apporté du pain, et du thé de la veille, toujours dans sa théière.

« Hé ! pas levé encore ! s'écria-t-elle avec indignation. Il ne fait que dormir ! » Raskolnikov se souleva avec effort. Il avait mal à la tête. Il se leva, fit un tour dans sa cellule, puis retomba sur son divan.

« Encore à dormir ! s'écria Nastassia. Mais tu es donc malade ? »

Il ne répondit pas.

« Tu veux du thé ?

– Plus tard », articula-t-il péniblement. Puis, il referma les yeux et se tourna vers le mur.

Nastassia resta un moment à le contempler.

« Il est peut-être vraiment malade », fit-elle en se retirant.

À deux heures elle revint, avec de la soupe. Il était toujours couché et n'avait pas touché au thé. Nastassia en fut même offensée et se mit à le secouer avec colère.

« Qu'as-tu à roupiller ainsi ? » grommela-t-elle, en le regardant avec mépris. Il se souleva, s'assit, mais ne répondit pas un mot et garda les yeux fixés à terre.

« Es-tu malade ou non ? » demanda Nastassia ; cette seconde question n'obtint pas plus de réponse que la première.

« Tu devrais sortir, fit-elle après un silence, prendre un peu l'air, cela te ferait du bien. Tu vas manger, n'est-ce pas ?

– Plus tard, marmotta-t-il faiblement ; va-t'en », et il la congédia du geste.

Elle resta un moment encore, le considéra avec pitié, puis sortit.

Au bout de quelques minutes, il leva les yeux, contempla longuement la soupe et le thé, puis prit la cuiller et se mit à manger. Il avala trois ou quatre cuillerées sans appétit, presque machinalement. Son mal de tête s'était un peu calmé. Quand il eut fini, il s'allongea de nouveau sur son divan, mais il ne put s'endormir et il resta immobile à plat ventre, la tête enfoncée dans l'oreiller. Il rêvait ; sa rêverie était bizarre. Il se figurait le plus souvent en Afrique ou en Égypte, dans une oasis. La caravane y faisait halte, les chameaux étaient tranquillement allongés, les palmiers autour d'eux balançaient leurs bouquets touffus ; on était en train de dîner. Mais lui, Raskolnikov, ne faisait que boire de l'eau qu'il puisait au ruisseau qui coulait là, tout près de lui, en gazouillant. L'air était délicieusement frais ; l'eau merveilleuse, si bleue, si froide, courait sur les pierres multicolores et sur le sable blanc aux reflets d'or...

Soudain, une horloge tinta distinctement à son oreille. Il tressaillit et, rendu au sentiment de la réalité, il souleva la tête, regarda vers la fenêtre, calcula l'heure qu'il pouvait être et, revenu complètement à lui, bondit précipitamment comme si on l'arrachait de son divan. Il s'approcha de la porte sur la pointe des pieds, l'entrouvrit tout doucement et prêta l'oreille à ce qui se passait sur l'escalier.

Son cœur battait avec violence ; tout était tranquille dans la cage de l'escalier comme si la maison entière dormait... L'idée qu'il avait pu dormir depuis la veille de ce sommeil presque léthargique et n'avoir rien fait, rien préparé, lui paraissait extravagante et incompréhensible. Pourtant, c'étaient sans doute six heures qui venaient de sonner... Soudain, une activité extraordinaire, à la fois fébrile et éperdue, succéda à sa torpeur et à son inertie. Les préparatifs étaient simples d'ailleurs ; ils ne demandaient pas beaucoup de temps. Il s'efforçait de penser à tout, de ne rien oublier. Son cœur cependant continuait à battre avec tant de violence que sa respiration en était gênée. Il fallait avant tout préparer un nœud coulant, le coudre au pardessus, affaire d'une minute. Il mit la main sous son oreiller, chercha dans le linge qu'il y avait fourré, une vieille chemise en loques et toute sale. Puis, il coupa dans ces lambeaux un cordon large d'un verchok et long de huit verchoks. Il le plia en deux, retira son pardessus d'été fait d'une épaisse et solide étoffe de coton (le seul pardessus qu'il possédât) et se mit à fixer les deux extrémités du cordon sous l'aisselle gauche du vêtement. Ses mains tremblaient tandis qu'il accomplissait ce travail ; cependant, il en vint à bout si bien que, quand il eut remis son paletot, aucune trace de couture n'y apparaissait extérieurement. Le fil et l'aiguille, il se les était procurés depuis longtemps ; ils reposaient enveloppés de papier dans le tiroir de sa table. Quant au nœud coulant destiné à assujettir la hache, c'était un truc fort ingénieux qu'il avait inventé. Car il était impossible de se montrer dans la rue avec une hache dans la main. D'autre part, s'il avait caché l'arme sous son pardessus, il aurait dû tenir continuellement la main dessus ; cette attitude aurait attiré l'attention. Or, grâce à ce nœud coulant, il suffisait d'y introduire le fer de la hache et celle-ci restait suspendue sous son aisselle, tout le long de la route, sans risquer de tomber. En mettant sa main dans la poche de son pardessus, il pouvait même maintenir l'extrémité du manche de la hache et l'empêcher d'être ballottée. Vu l'ampleur du vêtement, un vrai sac, la manœuvre de la main à travers la poche ne risquait point d'être remarquée du dehors.

Cette besogne achevée, Raskolnikov introduisit les doigts dans une petite fente entre le divan turc et le plancher et en retira un *gage* qu'il y avait caché depuis longtemps. À vrai dire, ce gage n'en était pas un. C'était tout bonnement une petite planchette de bois poli juste de la grandeur qu'aurait pu avoir un porte-cigarettes d'argent. Il l'avait trouvée par hasard pendant une de ses promenades, dans une cour attenant à un atelier. Il y joignit plus tard une petite plaque de fer très mince et polie, mais de dimensions moindres et qu'il avait également ramassée dans la rue le même jour. Après avoir serré l'un contre l'autre les deux objets, il les attacha solidement à l'aide d'un fil, puis les enveloppa dans un papier blanc et il en fit un petit paquet, auquel il essaya de donner un aspect aussi élégant que possible, et tel que les liens en fussent difficiles à défaire. C'était un moyen de détourner un instant l'attention de la vieille. Pendant qu'elle s'escrimerait sur le nœud, le visiteur pourrait saisir l'instant propice. Quant à la plaque de fer, elle était destinée à donner plus de poids au prétendu gage, afin que l'usurière, au premier instant tout au moins, ne pût se douter que c'était un simple morceau de bois. Tous ces objets, il les avait cachés, pour le moment où il en aurait besoin, sous son divan.

Il venait à peine de les en tirer qu'il entendit crier dans la cour.

« Six heures passées déjà !

– Depuis longtemps, mon Dieu ! »

Il se précipita sur la porte, prêta l'oreille, saisit son chapeau et se mit à descendre ses treize marches avec précaution, d'un pas feutré de chat. Il lui restait à accomplir la besogne la plus importante ! Voler la hache de la cuisine. Pour ce qui est du choix de la hache comme instrument, il y avait longtemps que sa décision était prise. Il possédait, il est vrai, une sorte de sécateur, mais l'instrument ne lui inspirait pas confiance et surtout il se défiait de ses forces. Voilà pourquoi il avait définitivement arrêté son choix sur la hache.

PREMIÈRE PARTIE

Notons, à propos de ces résolutions, une particularité étrange : à mesure qu'elles s'affirmaient, elles lui semblaient de plus en plus monstrueuses et absurdes. Malgré la lutte effroyable qui se livrait en son âme, il ne pouvait admettre, un seul instant, que ses projets fussent réalisables.

Bien plus, s'il était arrivé un jour que ces questions fussent tranchées, tous les doutes levés, les difficultés aplanies, il aurait probablement renoncé immédiatement à son dessein comme à une chose absurde, monstrueuse et impossible. Mais il restait encore une foule de points à élucider et tout un monde de problèmes à résoudre. Quant à se procurer la hache, c'était un détail infime qui ne l'inquiétait pas le moins du monde, car rien n'était plus facile. Le fait est que Nastassia, le soir surtout, était continuellement sortie : tantôt elle allait chez les voisins ou bien elle descendait chez les boutiquiers et elle laissait toujours la porte ouverte. Les querelles que lui faisait sa maîtresse n'avaient pas d'autre cause. Ainsi, il suffirait donc d'entrer tout doucement dans la cuisine, le moment venu, et de prendre la hache, puis une heure plus tard, quand tout serait fini, de la remettre à sa place. Mais cela n'irait peut-être pas tout seul. Il pouvait arriver, par exemple, qu'au bout d'une heure, quand il viendrait pour remettre la hache à sa place, Nastassia fût rentrée. Naturellement, il devrait alors monter dans sa chambre et attendre une nouvelle occasion. Mais si, par hasard, elle remarquait pendant ce temps-là l'absence de la hache et se mettait à la chercher, puis à crier ? Voilà comment naît le soupçon, ou tout au moins, comment il peut naître.

Toutefois, ce n'étaient que des détails auxquels il ne voulait point songer. Il n'en avait d'ailleurs pas le temps. Il réfléchissait à la partie essentielle de la chose et remettait les points secondaires jusqu'au moment où *il aurait pris son parti.* Or c'est cela qui lui paraissait absolument impossible. Il ne pouvait, par exemple, s'imaginer qu'il allait mettre fin à ses réflexions et se lever pour se diriger tout simplement là-bas. Même sa récente *répétition* (c'est-à-dire la visite qu'il avait faite à la vieille avec l'intention d'examiner définitivement les lieux), il s'en était fallu de beaucoup qu'elle fût sérieuse. Il s'était dit : « Allons voir et essayons au lieu de rêvasser ainsi », mais il n'avait pu soutenir son rôle ; il s'était enfui, furieux contre lui-même. Pourtant, il semblait qu'au point de vue moral on pût considérer la question comme résolue. Sa casuistique aiguisée comme un rasoir avait eu raison de toutes les objections. Cependant, n'en rencontrant plus dans son esprit, il en cherchait avec un entêtement d'esclave, en dehors de lui, comme s'il eût voulu s'accrocher, se retenir. Les événements si imprévus de la veille, qui avaient décidé de la chose, agissaient sur lui d'une façon presque automatique, comme si quelqu'un l'eût entraîné par la main avec une force aveugle, irrésistible et surhumaine, qu'un pan de son habit eût été pris dans une roue d'engrenage, et qu'il se sentît happé lui-même peu à peu par la machine.

Au début, il y avait d'ailleurs bien longtemps de cela, une question le préoccupait entre toutes : pourquoi tous les crimes sont-ils si facilement découverts et retrouve-t-on si aisément la trace des coupables ? Il arriva peu à peu à différentes conclusions fort curieuses. Selon lui, la principale raison de ce fait provenait moins de l'impossibilité matérielle de cacher le crime que de la personnalité du criminel.

Ce dernier était frappé, au moment du crime, d'une diminution de la volonté et de la raison ; ces qualités étaient remplacées, au contraire, par une sorte de légèreté enfantine et vraiment phénoménale, à l'instant où la prudence et la circonspection étaient le plus nécessaires. Il assimilait cette éclipse du jugement et cette perte de la volonté à une maladie qui se développerait lentement, atteindrait son maximum d'intensité peu de temps avant la perpétration du crime et subsisterait dans cet état stationnaire au moment de celui-ci et quelque temps après (la période dépendant de l'individu) pour se terminer ensuite comme finissent toutes les maladies. Une question se posait : la maladie détermine-t-elle le crime ou celui-ci est-il fatalement, par nature, accompagné de phénomènes qui rappellent la maladie ? Mais le jeune homme ne se sentait pas encore capable de résoudre ce problème.

Arrivé à ces conclusions, il se persuada que lui, personnellement, était à l'abri de ces bouleversements morbides, qu'il conserverait la plénitude de son intelligence et de sa volonté pendant toute la durée de son entreprise, pour cette seule raison que ce projet « n'était pas un crime »... Nous ne rapporterons pas la série de réflexions qui l'amenèrent à cette certitude... Ajoutons seulement que les difficultés purement matérielles, le côté pratique le préoccupaient fort peu.

« Il suffit, songeait-il, que je garde toute ma force de volonté et ma lucidité pour en venir facilement à bout quand il me faudra agir et étudier l'affaire dans ses détails les plus infimes... » Mais il ne se mettait pas à l'œuvre. La chose à laquelle il croyait moins qu'à tout le reste était sa capacité de prendre la décision définitive, et quand l'heure d'agir sonna, tout lui parut extraordinaire, dû au hasard et presque imprévu.

Une circonstance insignifiante le dérouta avant même qu'il fût au bas de l'escalier. Arrivé sur le palier où se trouvait la cuisine de sa logeuse, dont la porte était grande ouverte comme d'habitude, il jeta un coup d'œil furtif dans la pièce : la logeuse elle-même n'était-elle pas là en l'absence de Nastassia ? Et si elle n'y était pas, avait-elle bien fermé la porte de sa chambre ? Elle pouvait l'apercevoir quand il prendrait la hache ! Or, quel ne fut pas son étonnement, en voyant que Nastassia était non seulement là, dans sa cuisine, mais qu'encore elle était occupée à une besogne ! Elle tirait du linge d'un panier et l'étendait sur des cordes. À l'apparition du jeune homme, elle s'arrêta, se tourna vers lui et le suivit des yeux jusqu'à ce qu'il se fût éloigné. Il se détourna et passa en faisant semblant de n'avoir rien remarqué. Mais c'était une affaire finie. Il n'avait pas de hache ! Cette déconvenue lui porta un coup terrible.

« Où avais-je pris, – se demandait-il en descendant les dernières marches, – où avais-je pris que, juste à ce moment-là, Nastassia serait infailliblement sortie ? Pourquoi, pourquoi avais-je décidé cela ? » Il était anéanti ; il se sentait humilié même. Dans sa fureur, il éprouvait un désir de se moquer de soi...

... Une colère sauvage, sourde, bouillonnait en lui.

Sous la porte cochère il s'arrêta, indécis. L'idée de sortir, d'aller se promener sans but lui répugnait ; celle de rentrer, encore davantage. « Dire que j'ai perdu pour toujours une pareille occasion ! » marmotta-t-il toujours arrêté, indécis, devant la loge obscure du concierge dont la porte était également ouverte. Tout à coup, il tressaillit. Dans la loge, à deux pas de lui, un objet brillait sous un banc, à gauche... Le jeune homme eut un regard autour de lui ; personne. Il s'approcha de la loge sur la pointe des pieds, descendit les deux marches et appela le concierge d'une voix faible. « Allons ! il n'est pas chez lui ; du reste il ne doit pas être loin pour avoir laissé sa porte grande ouverte. » Il se précipita sur la hache (c'en était une), la tira de dessous le banc où elle reposait entre deux bûches, passa l'arme immédiatement dans le nœud coulant, mit ses mains dans ses poches et sortit de la loge ; personne ne l'avait vu ! « Ce n'est pas l'intelligence qui m'a aidé, mais le diable », pensa-t-il avec un ricanement étrange.

Cette chance l'enhardit d'une façon extraordinaire. Une fois dans la rue, il se mit à marcher tranquillement *sans se hâter* de peur d'éveiller les soupçons. Il ne regardait guère les passants et s'efforçait même de ne fixer les yeux sur personne et d'attirer l'attention le moins possible. Soudain l'idée lui revint de son chapeau. « Seigneur ! dire qu'avant-hier j'avais de l'argent et que j'aurais pu l'échanger contre une casquette ! » Une imprécation jaillit du fond de son cœur.

Un coup d'œil jeté par hasard dans une boutique lui apprit qu'il était déjà sept heures dix. Il n'avait pas de temps à perdre ; pourtant il ne pouvait éviter de faire un détour, afin de contourner la maison et d'entrer du côté opposé... Lorsqu'il lui arrivait, naguère, de se représenter d'avance la situation où il se trouvait à présent, il pensait parfois qu'il se sentirait fort effrayé à cet instant. Mais il vit qu'il s'était trompé ; au contraire, il n'avait pas peur du tout. Des pensées qui ne se rapportaient nullement à son entreprise occupaient son esprit, mais elles étaient brèves et fuyantes. Quand il passa devant le jardin Ioussoupov[32], il pensa qu'on ferait bien d'établir des fontaines monumentales sur les places, pour rafraîchir l'atmosphère, puis il en vint à se persuader peu à peu que, si le jardin d'Été s'étendait jusqu'au Champ-de-Mars et allait même rejoindre le jardin Michel[33], la ville y trouverait grand profit assurément. Brusquement il se posa une

---

[32] *Le jardin Ioussoupov :* Dostoïevski habita près de ce jardin au retour du long séjour à l'étranger qu'il fit avec sa seconde femme, Anna Grigorievna.

[33] *Le jardin Michel :* Ce qui n'aurait fait qu'un vaste jardin de tout un quartier de Pétersbourg. Le palais Michel fut construit par Paul Ier dans le style de la Renaissance. Il y vécut la dernière année de sa vie et y fut assassiné en 1801. En 1819, le palais désaffecté fut attribué à l'École du Génie militaire et devint l'« Institut des Ingénieurs ». Dostoïevski y fit ses études et y resta six ans.

question fort intéressante : pourquoi les habitants de toutes les grandes villes ont-ils tendance, même quand ils n'y sont point poussés par la nécessité, à s'installer dans les quartiers privés de jardins et de fontaines, où règnent la saleté, les odeurs puantes, qu'emplissent les immondices ? Il se souvint, à ce moment-là, de ses propres promenades sur la place des Halles et revint momentanément à la réalité. « Quelles absurdités ! songea-t-il. Non, il vaut mieux ne penser à rien ! »

« C'est ainsi sans doute que les condamnés qu'on mène au supplice[34] s'accrochent mentalement à tous les objets qu'ils rencontrent en chemin », pensa-t-il dans un éclair, mais il chassa bien vite cette idée. Cependant, il approchait déjà, il apercevait la maison devant lui, la voici et voici la porte cochère. Soudain une horloge sonna un coup. « Comment, serait-il sept heures et demie ? Impossible, elle doit avancer. »

Cette fois encore, la chance lui fut clémente ; comme par un fait exprès, au moment même où il arrivait devant la maison, une énorme charrette de foin entrait par la porte cochère et le masquait complètement tandis qu'il franchissait le seuil ; quand elle pénétra dans la cour, le jeune homme se glissa prestement jusqu'à l'aile droite. De l'autre côté de la charrette, des gens se disputaient, il entendait des cris ; nul ne le remarqua, et il ne rencontra personne. Plusieurs des fenêtres qui donnaient sur cette immense cour carrée étaient ouvertes mais il ne leva pas la tête – il n'en avait pas la force – ; l'escalier qui menait chez la vieille se trouvait tout près de la porte cochère, dans l'aile droite. Il le gagna... Puis il reprit haleine, la main appuyée sur son cœur, pour en comprimer les battements ; il se mit à monter, l'oreille tendue, à petits pas prudents, après avoir rajusté sa hache dans le nœud coulant. L'escalier était désert, toutes les portes closes, et il ne rencontra personne ; au second étage, les portes d'un appartement inhabité étaient grandes ouvertes, des peintres y travaillaient, mais

---

[34] *Les condamnés qu'on mène au supplice...* : Dostoïevski compromis dans le complot de Petrachevski, fut condamné à mort et conduit avec ses camarades sur le lieu de l'exécution. Là leur peine fut commuée en travaux forcés. Dans plusieurs de ses œuvres, il fait allusion à cet épisode tragique et retrace les impressions d'un homme qui croit vivre ses derniers instants.

ils ne regardèrent même pas Raskolnikov. Il s'arrêta un instant, réfléchit et continua son ascension. « Certes il serait préférable qu'ils ne fussent pas là, mais il y a encore deux étages au-dessus d'eux. »

Il arriva au quatrième, voici la porte et puis l'appartement d'en face, vide celui-là, selon toute apparence ; l'appartement du troisième, qui se trouvait au-dessous de celui de la vieille, l'était également, la carte de visite clouée sur la porte avait été enlevée – les locataires avaient dû déménager...

Raskolnikov étouffait, il hésita une seconde. « Ne ferais-je pas mieux de m'en retourner ? » Mais il ne s'arrêta pas à cette question et se mit aux écoutes. Un silence de mort régnait dans l'appartement de la vieille. Le jeune homme tourna son attention vers l'escalier, il resta un moment immobile et attentif au moindre bruit.

Enfin, il jeta un dernier coup d'œil autour de lui et tâta de nouveau sa hache. « Ne suis-je pas pâle ?... très pâle, se demanda-t-il, et trop ému ? Elle est méfiante, peut-être faudrait-il attendre... que... mon cœur s'apaise ?... » Mais ses battements précipités ne se calmaient pas, au contraire, ils devenaient de plus en plus violents... Il n'y put tenir davantage ; avançant lentement la main vers le cordon de la sonnette, il le tira. Au bout d'une demi-minute il recommença et cette fois plus fort.

Pas de réponse. Carillonner en vain ne rimait à rien, c'eût été une maladresse. La vieille était certainement chez elle, mais elle était soupçonneuse et devait se trouver seule. Il commençait à connaître ses habitudes ;... il appliqua de nouveau l'oreille contre la porte. Ses sens étaient-ils particulièrement aiguisés (ce qui est difficile à admettre) ou le bruit aisément perceptible ? Toujours est-il qu'il entendit distinctement une main se poser, avec précaution, sur le bouton de la porte et un frôlement de robe contre le battant ; quelqu'un se livrait à l'intérieur exactement au même manège que lui sur le palier.

Le jeune homme remua exprès et marmotta quelque chose à mi-voix pour n'avoir pas l'air de se cacher, puis il sonna pour la troisième fois, doucement, posément, sans que son coup de sonnette trahît la moindre impatience ; cette minute devait lui laisser un souvenir ineffaçable ; quand plus tard il l'évoquait avec une netteté incroyable, il ne pouvait comprendre comment il avait pu déployer tant de ruse, d'autant plus que son intelligence paraissait s'éteindre par moments et que son corps était presque paralysé... Une minute plus tard il entendait tirer le verrou.

VII

Comme à sa précédente visite, il vit la porte s'entrebâiller et par l'étroite ouverture deux yeux perçants, apparus dans l'ombre, le fixer avec méfiance.

À ce moment le sang-froid l'abandonna et il commit une faute qui faillit tout gâter.

Craignant que la vieille ne fût prise de peur à l'idée de se trouver seule avec un visiteur dont l'aspect n'était pas pour la rassurer, il saisit la porte et la tira à lui pour que la vieille ne s'avisât pas de la refermer. L'usurière voyant cela ne fit pas un geste, mais elle ne lâcha pas non plus le bouton de la serrure, si bien qu'elle faillit être projetée sur le palier. Comme elle s'obstinait à rester debout sur le seuil et ne voulait point lui livrer passage, il marcha droit sur elle ; effrayée elle fit un saut en arrière et voulut parler, mais elle ne put prononcer un seul mot et continua à regarder le jeune homme avec de grands yeux.

« Bonjour, Alena Ivanovna », commença-t-il, du ton le plus dégagé qu'il put prendre. Mais ses efforts étaient vains, sa voix était entrecoupée, ses mains tremblaient. « Je vous... ai apporté... un objet... entrons plutôt pour en juger... il faut l'examiner à la lumière... »

Sans attendre qu'on l'invitât à entrer, il pénétra dans la pièce. La vieille courut derrière lui, sa langue s'était déliée.

« Seigneur, mais que voulez-vous ?... Qui êtes-vous ? Que vous faut-il ?

– Voyons, Alena Ivanovna... vous me connaissez bien... Raskolnikov... Tenez, je vous apporte le gage dont je vous ai parlé l'autre jour. » Il lui tendait l'objet.

La vieille jeta un coup d'œil sur le paquet puis parut se raviser ; elle releva les yeux et fixa l'intrus. Elle le considérait d'un regard perçant, irrité, soupçonneux. Une minute passa. Raskolnikov crut même remarquer une lueur de moquerie dans ses yeux, comme si elle avait tout deviné.

Il sentait qu'il perdait la tête, qu'il avait presque peur, si peur même que si cette inquisition muette se prolongeait une demi-minute de plus, il prendrait la fuite.

« Mais qu'avez-vous à me regarder comme si vous ne me reconnaissiez pas ? s'écria-t-il tout à coup, en se fâchant à son tour. Si vous voulez cet objet, prenez-le, s'il ne vous convient pas, c'est bien, je m'adresserai ailleurs, je n'ai pas de temps à perdre. »

Ces paroles lui échappaient malgré lui, mais ce langage résolu sembla tirer la vieille de son inquiétude.

« Mais aussi, mon ami, tu viens à l'improviste... Qu'est-ce que tu as là ? demanda-t-elle en regardant le gage.

– Un porte-cigarettes en argent, je vous en ai parlé la dernière fois. » Elle tendit la main.

« Mais pourquoi êtes-vous si pâle ? Vos mains tremblent, vous êtes malade, mon petit ?

– C'est la fièvre, fit-il, la voix entrecoupée ; comment ne pas être pâle quand on n'a rien à manger ? » ajouta-t-il, non sans peine.

Ses forces l'abandonnaient de nouveau ; mais sa réponse parut vraisemblable, la vieille lui prit le gage des mains.

« Qu'est-ce que c'est ? » demanda-t-elle en soupesant l'objet ; elle le fixait encore d'un long regard perçant.

« Un objet... un porte-cigarettes... en argent... regardez.

– Tiens, mais on dirait que ce n'est pas de l'argent... Oh ! comme il l'a ficelé ! »

Elle s'approchait de la lumière (toutes ses fenêtres étaient closes malgré la chaleur étouffante) et pendant qu'elle s'efforçait de défaire le paquet, elle lui tourna le dos, et cessa un instant de s'occuper de lui.

Il déboutonna alors son pardessus, dégagea la hache du nœud coulant, mais sans la retirer entièrement ; il se borna à la retenir de sa main droite, sous son vêtement. Une faiblesse terrible envahissait ses mains ; il les sentait d'instant en instant s'engourdir davantage. Il craignait de laisser échapper la hache... Soudain, la tête commença à lui tourner.

« Mais comment a-t-il ficelé cela ? – c'est tout emmêlé », fit la vieille agacée, en faisant un mouvement dans la direction de Raskolnikov.

Il n'y avait plus une seconde à perdre ; il retira la hache de dessous son pardessus, l'éleva à deux mains et d'un geste mou, presque machinal, la laissa retomber sur la tête de la vieille.

Il lui semblait n'avoir plus de forces ; elles lui revinrent dès qu'il eut frappé une fois.

La vieille était tête nue, selon son habitude ; ses cheveux clairs, grisonnants et rares, abondamment frottés d'huile, étaient tressés en une petite queue de rat, retenue sur la nuque par un fragment de peigne en corne ; comme elle était de petite taille, le coup l'atteignit à la tempe. Elle poussa un faible cri et soudain s'affaissa par terre après avoir cependant eu le temps de porter les mains à sa tête. L'une tenait encore le gage. Alors Raskolnikov la frappa de toutes ses forces deux fois, l'une après l'autre, à la tempe. Le sang jaillit à flot comme d'un verre renversé ; le corps s'abattit. Il recula pour le laisser tomber, puis se pencha sur son visage. Elle était déjà morte. Les yeux grands ouverts semblaient prêts à sortir de leurs orbites, le front et toute la figure étaient ridés et défigurés par les dernières convulsions.

Il déposa la hache sur le plancher près du cadavre et se mit immédiatement à fouiller, en prenant bien soin d'éviter les taches de sang, cette même poche droite d'où il lui avait vu tirer ses clefs la dernière fois. Il avait toute sa présence d'esprit, et n'éprouvait plus ni étourdissements, ni vertiges. Seules ses mains continuaient à trembler. Plus tard il se souvint d'avoir été très attentif, très prudent et même capable d'appliquer tous ses soins à ne pas se tacher... Il trouva très rapidement les clefs. Elles formaient comme la dernière fois un seul trousseau, fixé à un anneau d'acier.

Il courut ensuite, ces clefs à la main, vers la chambre à coucher. C'était une pièce de grandeur médiocre ; on voyait d'un côté une immense vitrine pleine d'images pieuses, de l'autre, un grand lit fort propre, couvert d'une courtepointe ouatinée, cousue de petits morceaux de soie dépareillés. Le troisième mur était occupé par une commode ; chose étrange, à peine eut-il entrepris d'ouvrir ce meuble et commencé à essayer les clefs, qu'une sorte de frisson le parcourut tout entier.

Un désir le reprit soudain de lâcher tout et de s'en aller, mais cette velléité ne dura qu'une seconde. Il était trop tard pour renoncer ; il sourit même d'avoir pu y songer quand une autre pensée, une pensée inquiétante, s'empara de lui.

Il lui sembla brusquement que la vieille n'était peut-être pas morte, qu'elle pouvait revenir à elle. Laissant là la commode et les clefs, il courut vivement auprès du corps, saisit la hache et la brandit encore, mais l'arme ne retomba point. Il ne pouvait y avoir de doute, la vieille était morte. En se penchant sur elle pour l'examiner de plus près, il constata que le crâne était fracassé.

Il se préparait à le toucher du doigt, mais il se ravisa ; il n'avait pas besoin de cette preuve. Une mare de sang s'était formée sur le parquet. Tout à coup, il remarqua un cordon au cou de la vieille et le tira, mais il était solide et ne se rompit pas ; au surplus, le sang l'engluait. Alors il essaya de l'enlever en le remontant, mais il rencontra un obstacle ; dans son impatience, il allait avoir encore recours à la hache pour trancher le lacet et en frapper le cadavre, mais il n'osa pas se résoudre à cette brutalité ! Enfin, après deux minutes d'efforts, il parvint à couper le cordon, en se rougissant les mains, mais sans toucher le corps ; puis il l'enleva.

Ainsi qu'il l'avait supposé, c'était une bourse que la vieille portait au cou ; il y avait encore, suspendues au cordon, une petite médaille émaillée et deux croix, l'une en bois de cyprès, l'autre en cuivre. La bourse crasseuse, en peau de chamois, était bourrée d'argent ; Raskolnikov la fourra dans sa poche sans l'ouvrir ; il jeta les croix sur la poitrine de la vieille et prenant cette fois la hache avec lui, il rentra précipitamment dans la chambre à coucher.

PREMIÈRE PARTIE

Il procéda avec une hâte fébrile, saisit les clefs et se remit à la besogne. Mais ses tentatives pour ouvrir les tiroirs demeuraient infructueuses. Non point tant à cause du tremblement de ses mains, que de ses méprises continuelles ; il vit par exemple que telle clef n'allait pas à une serrure et s'obstina cependant à vouloir l'y introduire. Soudain, il se dit que cette grosse clef dentelée qui faisait partie du trousseau avec les autres plus petites, ne devait pas appartenir à la commode (il se souvint qu'il l'avait déjà pensé la dernière fois), mais à quelque cassette où la vieille serrait peut-être toutes ses richesses.

Il abandonna donc la commode et se jeta sous le lit, sachant que les vieilles femmes ont l'habitude d'y cacher leurs coffres. Il y trouva en effet une assez grande caisse, longue de plus d'un mètre, couverte de maroquin rouge et cloutée d'acier ; la clef dentelée s'adaptait parfaitement à la serrure. Quand il l'eut ouverte, Raskolnikov aperçut sous le drap blanc qui la recouvrait, une pelisse de lièvre blanc garnie de rouge ; sous la fourrure, il y avait une robe de soie, puis un châle ; le fond ne semblait contenir que des chiffons. Il commença par essuyer ses mains ensanglantées à la garniture rouge. « C'est rouge, le sang doit se voir moins sur le rouge », pensa-t-il et soudain il se ravisa ; « Seigneur ! est-ce que je deviendrais fou ? » pensa-t-il tout effrayé.

Mais à peine avait-il remué ces hardes que de dessous la fourrure glissait une montre en or. Il se mit alors à retourner de fond en comble le contenu du coffre. Parmi les chiffons se trouvaient en effet des bijoux, des gages probablement qui n'avaient pas encore été retirés : des bracelets, des chaînes, des boucles d'oreilles, des épingles de cravate, etc. Les uns étaient enfermés dans des écrins, les autres simplement mais fort soigneusement enveloppés dans des journaux plies en deux et noués de faveurs. Il n'hésita pas un instant, fit main basse sur le tout et se mit à en bourrer les poches de son pantalon et de son pardessus, au hasard, sans ouvrir les paquets ni les écrins.

Mais il fut bientôt interrompu dans sa besogne. Il lui sembla entendre un bruit de pas dans la chambre de la vieille. Il s'arrêta, glacé de terreur. Non, tout était calme, il devait s'être trompé. Soudain, il perçut distinctement un léger cri, ou plutôt un faible gémissement entrecoupé qui se tut aussitôt, et de nouveau un silence de mort régna une ou deux minutes ; Raskolnikov accroupi sur les talons, devant le coffre, attendait, respirant à peine. Tout à coup, il bondit, saisit la hache et s'élança hors de la chambre à coucher.

Au milieu de cette pièce, Lisbeth, un grand paquet dans les mains, contemplait d'un air hébété le cadavre de sa sœur. Elle était pâle comme un linge et semblait n'avoir pas la force de crier. En le voyant apparaître, elle se mit à trembler comme une feuille, son visage se convulsa. Elle essaya de lever le bras, d'ouvrir la bouche, mais elle ne put proférer un son et se mit à reculer lentement vers le coin opposé, en le fixant toujours en silence, comme si le souffle lui manquait pour crier. Il se jeta sur elle, sa hache à la main ; les lèvres de la malheureuse se tordirent en une de ces grimaces qu'on remarque chez les tout petits enfants quand un objet les effraie et que, les yeux fixés sur lui, ils s'apprêtent à crier.

Elle était si naïve, cette malheureuse Lisbeth, si hébétée et si terrorisée qu'elle n'esquissa même pas le geste machinal de lever le bras pour protéger son visage ; elle souleva seulement son bras gauche et le tendit vers l'assassin, comme pour l'écarter. La hache pénétra droit dans le crâne, fendit la partie supérieure de l'os frontal et atteignit presque l'occiput. Elle tomba tout d'une pièce ; Raskolnikov perdit complètement la tête, s'empara de son paquet, puis l'abandonna et se précipita dans le vestibule.

Il était de plus en plus terrifié, surtout depuis le second meurtre qu'il n'avait point prémédité et il se pressait de fuir. S'il avait été à cet instant capable de mieux réfléchir, de comprendre les difficultés de sa situation sans issue, son horreur, toute son absurdité, d'autre part d'imaginer combien d'obstacles il lui restait à surmonter et de crimes à commettre pour s'arracher de cette maison et rentrer chez lui, peut-être aurait-il abandonné la lutte et serait-il allé se livrer, non par pusillanimité sans doute, mais par horreur de ce qu'il avait fait. C'était le dégoût surtout qui augmentait en lui de minute en minute. Il n'aurait pour rien au monde consenti désormais à s'approcher de la caisse ni même à rentrer dans l'appartement.

Cependant son esprit se laissait peu à peu distraire par d'autres pensées ; il tomba même dans une sorte de rêverie ; par moments il semblait s'oublier ou plutôt oublier les choses essentielles pour s'attacher à des vétilles. Cependant, ayant jeté un regard dans la cuisine et découvert, sur un banc, un seau à moitié plein d'eau, il eut l'idée de nettoyer ses mains et sa hache. Ses mains étaient ensanglantées, gluantes ; il plongea d'abord le tranchant de la hache dans le seau, puis prit un morceau de savon qui se trouvait dans une assiette fêlée sur l'appui de la fenêtre et il se lava.

Ensuite, il tira la hache du seau, nettoya le fer de son arme puis passa au moins trois minutes à en frotter le bois qui avait également reçu des éclaboussures de sang. Enfin il essuya le tout à un linge qui séchait sur une corde tendue à travers la cuisine et il se mit à examiner attentivement la hache devant la fenêtre. Les traces accusatrices avaient disparu, mais le bois était encore humide. Il la remit soigneusement dans le nœud coulant, sous son pardessus. Après quoi, il inspecta son pantalon, son paletot, ses chaussures, aussi minutieusement que le lui permettait la pénombre où était plongée la cuisine.

À première vue, ses vêtements n'offraient rien de suspect ; les bottes seulement étaient souillées de sang ; il trempa un chiffon dans l'eau et les essuya. Il savait du reste qu'il y voyait mal et qu'il pouvait ne pas remarquer des taches fort visibles. Il restait indécis au milieu de la pièce, en proie à une pensée angoissante ; il se disait qu'il était peut-être devenu fou, hors d'état de réfléchir et de se défendre, occupé à des choses qui le menaient à sa perte...

« Seigneur, mon Dieu ! Il faut fuir, fuir », marmotta t-il et il se précipita dans le vestibule ; il devait y éprouver une terreur telle qu'il n'en avait jamais connue jusqu'ici. Un moment, il demeura immobile, n'osant en croire ses yeux ; la porte de l'appartement, la porte extérieure du vestibule qui donnait sur le palier, celle-là même à laquelle il sonnait tout à l'heure et par où il était entré, cette porte était entrouverte ; pas un tour de clef, pas de verrou, ouverte tout le temps ; pendant tout ce temps, ouverte ! La vieille avait négligé de la fermer derrière lui, peut-être par précaution, mais, Seigneur ! il avait pourtant bien vu Lisbeth, et comment avait-il pu ne pas deviner qu'elle était entrée par la porte ? Elle ne pouvait pas avoir traversé la muraille, tout de même !

Il se précipita sur la porte et la verrouilla.

« Mais non, encore une sottise, il faut fuir, fuir. »

Il tira le verrou, ouvrit la porte et se mit aux écoutes. Longtemps il prêta l'oreille. On entendait des cris lointains, ils devaient venir d'en bas, de la porte cochère ; deux voix fortes échangeaient des injures.

« Qu'est-ce que ces gens font là ? » Il attendit patiemment ; enfin le bruit cessa, coupé net, eût-on dit ; les hommes étaient partis. Il se préparait à sortir, quand, à l'étage au-dessous, la porte de l'appartement s'ouvrit avec fracas et quelqu'un se mit à descendre en fredonnant. « Mais qu'est-ce qu'ils ont donc tous à faire tant de bruit ? » pensa-t-il ; il referma de nouveau la porte sur lui et attendit.

Finalement le silence régna ; pas une âme. Mais au moment où il s'apprêtait à descendre, son oreille perçut un nouveau bruit de pas. Ils étaient fort éloignés et semblaient résonner sur les premières marches de l'escalier ; Raskolnikov se souvint parfaitement plus tard avoir pressenti, dès qu'il les entendit, qu'ils se dirigeaient vers le quatrième. À coup sûr, l'homme allait chez la vieille ; d'où lui venait ce pressentiment ? Le bruit de ces pas était-il particulièrement significatif ? Ils étaient lourds, réguliers et lents.

L'homme parvenait au palier du premier étage ; le voilà qui montait encore, les pas devenaient de plus en plus distincts ! on entendait maintenant le souffle asthmatique de l'homme. Il atteignait le troisième étage... « Ici ! Il vient ici ! » Raskolnikov se sentit soudain paralysé, il croyait vivre un de ces cauchemars où l'on se voit poursuivi par des ennemis, sur le point d'être atteint et assassiné, sans pouvoir remuer un membre pour se défendre, comme si l'on était cloué au sol.

L'autre commençait à monter l'escalier qui menait au quatrième étage, quand Raskolnikov put enfin secouer la torpeur qui l'avait envahi, se glisser d'un mouvement vif et adroit dans l'appartement, puis en refermer la porte ; ensuite il tira le verrou en ayant soin de ne pas faire de bruit. Son instinct le guidait ; quand il eut pris ces précautions, il se blottit contre la porte en retenant son souffle. Le visiteur inconnu était déjà sur le palier. Il se trouvait maintenant vis-à-vis de Raskolnikov, à l'endroit d'où celui-ci avait épié les bruits de l'appartement tout à l'heure, quand seule la porte le séparait de la vieille.

PREMIÈRE PARTIE

L'homme souffla profondément à plusieurs reprises. « Il doit être grand et gros », pensa Raskolnikov en serrant sa hache dans ses mains. Tout cela ressemblait à un rêve, en effet. L'autre tira violemment le cordon de la sonnette.

Quand retentit le son métallique, il lui sembla entendre remuer dans l'appartement et pendant quelques secondes il écouta attentivement ; puis l'homme sonna encore, attendit un peu et, soudain pris d'impatience, se mit à secouer de toutes ses forces le bouton de la porte. Raskolnikov regardait, horrifié, le verrou trembler dans son ferrement et il s'attendait à le voir sauter d'un moment à l'autre ; une morne épouvante s'était emparée de lui.

La chose était possible, en effet, sous la violence des secousses imprimées à la porte. Un moment, il eut l'idée de maintenir le verrou d'une main, mais l'autre pouvait deviner le manège. Il perdait tout sang-froid ; la tête recommençait à lui tourner. « Je vais tomber », pensa-t-il ; à cet instant l'inconnu se mit à parler et Raskolnikov retrouva sa présence d'esprit.

« Mais est-ce qu'elles roupillent par hasard ou les a-t-on étranglées, créatures trois fois maudites ! rugit-il d'une voix de basse ; hé ! Alena Ivanovna ! vieille sorcière ! Lisbeth Ivanovna ! ma beauté ! – Ouvrez ! hou ! filles trois fois maudites. Dorment-elles ? »

Exaspéré, il sonna encore au moins dix fois le plus fort qu'il put. On voyait bien que c'était un homme impérieux et qu'il avait ses habitudes dans la maison.

Au même instant, des pas légers, rapides et assez proches retentirent dans l'escalier ; c'était encore quelqu'un qui montait au quatrième. Raskolnikov n'avait pas entendu arriver ce nouveau visiteur.

« Il est impossible qu'il n'y ait personne ! fit le nouvel arrivé d'une voix joyeuse et sonore en s'adressant au premier visiteur qui continuait à tirer la sonnette. – Bonsoir, Koch. »

« Un tout jeune homme, à en juger par sa voix », pensa tout à coup Raskolnikov.

« Le diable le sait ; un peu plus je brisais la serrure, répondit Koch. Et vous, comment me connaissez-vous ?

– En voilà une question ! Je vous ai gagné trois parties l'une après l'autre au billard avant-hier, chez Gambrinus.

– Ah !...

– Alors elles ne sont pas chez elles ! Étrange ! Je dirai même que c'est idiot ; où a-t-elle pu aller, la vieille ? J'ai à lui parler.

– Moi aussi, mon vieux, j'ai à lui parler.

– Que faire ? Il n'y a plus qu'à s'en retourner. Et moi qui pensais me procurer de l'argent ! s'écria le jeune homme.

– Naturellement qu'il faut s'en retourner ; mais aussi pourquoi fixer un rendez-vous ? C'est la vieille elle-même qui m'a indiqué l'heure. Il y a un bout de chemin d'ici chez moi. Où diable peut-elle traîner ? Je n'y comprends rien ; cette vieille sorcière ne bouge pas de toute l'année ; elle moisit sur place, ses jambes sont malades et voilà que tout d'un coup elle s'en va se balader !

– Si l'on interrogeait le concierge ?

– Pourquoi ?

– Mais pour savoir où elle est et quand elle reviendra.

– Hum, peste !... interroger... Mais elle ne sort jamais. » Il secoua encore une fois le bouton de la porte. « Ah ! diable, rien à faire, il faut s'en aller.

– Attendez ! s'écria tout à coup le jeune homme, regardez : voyez-vous comme la porte cède quand on tire ?

– Et alors ?

– Cela signifie qu'elle n'est pas fermée à clef, mais au crochet ; entendez-vous hocher le verrou ?

– Et alors ?

– Comment, vous ne comprenez pas ? C'est la preuve que l'une d'elles est à la maison. Si elles étaient sorties toutes les deux elles auraient fermé la porte à clef de l'extérieur et n'auraient pas mis le crochet à l'intérieur. Écoutez, entendez-vous le verrou qui hoche ? Or, pour mettre le verrou, il faut être chez soi, comprenez-vous ? C'est donc qu'elles sont chez elles et ne veulent pas ouvrir.

– Bah ! mais oui, au fait ! s'écria Koch tout stupéfait. Mais alors, qu'est-ce qu'elles font ? » Il se mit à secouer furieusement la porte.

« Arrêtez, reprit le jeune homme, ne tirez pas comme cela, il y a quelque chose de louche là-dessous... Vous avez sonné, tiré sur la porte et elles n'ouvrent pas, cela veut dire qu'elles sont toutes les deux évanouies, ou alors...

– Quoi ?

– Oui ! Allons chercher le concierge pour qu'il les réveille lui-même.

– C'est une idée. »

Tous deux se mirent en devoir de descendre.

– Attendez. Restez ici, moi j'irai chercher le concierge.

– Et pourquoi resterais-je ?

– Qui sait ce qui peut arriver ?

– Soit...

– Voyez-vous, je fais mes études pour être juge d'instruction. Il y a quelque chose qui n'est pas clair ici, c'est évident, é-vi-dent », fit le jeune homme avec chaleur ; et il se mit à descendre l'escalier quatre à quatre.

Koch, resté seul, sonna encore une fois tout doucement, puis il se mit à tourmenter d'un air songeur le bouton de la porte, le tirant à lui, puis le laissant aller, pour mieux se convaincre qu'elle n'était fermée qu'au verrou. Ensuite il se baissa en soufflant et voulut regarder par le trou de la serrure, mais on avait laissé la clef dedans, de sorte qu'il était impossible de rien voir.

Debout, devant la porte, Raskolnikov serrait la hache dans ses mains. Il semblait en proie au délire. Il était même prêt à se battre avec ces hommes quand ils pénétreraient dans l'appartement. En les entendant cogner et se concerter entre eux il avait été plus d'une fois prêt à en finir d'un coup et à les interpeller à travers la porte. Parfois il éprouvait l'envie de les injurier et de les narguer, jusqu'à ce qu'ils ouvrent. Il songea même : « Ah ! qu'ils en finissent au plus vite ! »

« Qu'est-ce qu'il fait donc, diable ?... »

Le temps passait, une minute, une autre et personne ne venait. Koch commençait à s'énerver.

« Mais, qu'est-ce qu'il fait, diable ?... » gronda-t-il soudain ; à bout de patience, il abandonna la faction et se mit à descendre d'un pas pesant en faisant sonner lourdement ses bottes sur l'escalier.

« Seigneur ! que faire ? »

Raskolnikov tira le verrou, entrebâilla la porte ; on n'entendait pas un bruit, il sortit sans plus réfléchir, ferma la porte du mieux qu'il put et s'engagea dans l'escalier.

Il avait déjà descendu trois marches quand il entendit un grand vacarme à l'étage en dessous. Où se fourrer ? Nulle part où se cacher ; il remonta rapidement.

« Hé, maudit, que le diable... Arrêtez-le. »

Celui qui poussait ces cris venait de surgir d'un appartement du dessous et s'engageait dans l'escalier non pas au galop, mais comme une trombe en criant à tue-tête :

« Mitka, Mitka, Mitka, Mitka, Mitka, le diable l'emporte, le fou ! »

Les cris s'étouffaient ; les derniers venaient déjà de la cour ; puis tout retomba dans le silence. Mais au même instant plusieurs individus qui s'entretenaient bruyamment entre eux se mirent à monter tumultueusement l'escalier ; ils étaient trois ou quatre. Raskolnikov distingua la voix sourde du jeune homme de tout à l'heure. « C'est eux ! » pensa-t-il.

N'espérant plus leur échapper, il alla carrément à leur rencontre.

« Arrive que pourra ! S'ils m'arrêtent tout est perdu ; mais s'ils me laissent passer aussi, car ils se souviendront de moi. » La rencontre paraissait inévitable ; un étage à peine les séparait, quand soudain ! - le salut : à quelques marches de lui, sur sa droite, un appartement vide avait sa porte grande ouverte. Ce même logement du deuxième étage où travaillaient les peintres tout à l'heure - et qu'ils venaient de quitter comme par un fait exprès. C'étaient eux probablement qui étaient sortis en poussant les cris. Les planchers étaient fraîchement repeints ; au milieu de la chambre traînaient encore un cuveau, une boîte de peinture et un pinceau. Raskolnikov se glissa dans le logement et se dissimula contre la muraille ; il était temps ; les hommes étaient déjà sur le palier mais ils ne s'y arrêtèrent pas et continuèrent à monter vers le quatrième, en causant toujours bruyamment. Il attendit un instant, puis sortit sur la pointe des pieds et descendit précipitamment.

Personne dans l'escalier ; personne sous la porte cochère ; il en franchit rapidement le seuil et tourna à gauche.

Il savait fort bien, il savait parfaitement que les hommes étaient en ce moment dans le logis de la vieille, qu'ils étaient fort surpris de trouver ouverte la porte tout à l'heure close, qu'ils examinaient les cadavres et qu'il ne leur faudrait pas plus d'une minute pour deviner que le meurtrier était à l'instant encore dans l'appartement et qu'il venait à peine de fuir ; peut-être devineraient-ils aussi qu'il s'était caché dans l'appartement vide pendant qu'ils montaient.

Pourtant, il n'osait pas hâter le pas, bien qu'il lui restât cent pas à faire jusqu'au premier coin de rue.

« Si je me glissais sous une porte cochère, pensa-t-il, et si j'attendais un moment dans l'escalier d'une autre maison ? Non, c'est mauvais. Jeter ma hache ? prendre une voiture ? Ah, malheur ! malheur ! »

Ses pensées s'embrouillaient ; enfin une ruelle s'offrit à lui, il s'y engagea plus mort que vif ; il était à moitié sauvé – il le comprenait –, il risquait déjà moins d'être soupçonné et, d'autre part, la ruelle était pleine de passants, il s'y perdait comme un grain de sable.

Mais toutes ces angoisses l'avaient tellement affaibli qu'il avait peine à marcher. De grosses gouttes de sueur coulaient sur son visage ; son cou était tout trempé.

« Encore un qui a son compte ! » lui cria quelqu'un comme il débouchait devant le canal.

Il n'avait plus sa tête à lui ; plus il allait, plus son esprit se troublait. Toutefois, en arrivant sur le quai, il s'effraya de le voir presque vide ; de crainte d'être remarqué, il regagna la ruelle.

Quoique prêt à tomber d'épuisement, il fit un détour pour rentrer chez lui.

Quand il franchit la porte de sa maison, il n'avait pas encore retrouvé ses esprits. Il était dans l'escalier lorsqu'il se souvint de la hache.

Il lui restait à mener à bien une opération des plus importantes : la remettre à sa place sans attirer l'attention. Naturellement il n'était plus en état de comprendre qu'il valait mieux ne pas rapporter la hache à l'endroit où il l'avait prise, mais s'en débarrasser en la jetant, par exemple, dans la cour d'une autre maison.

Pourtant, tout se passa le mieux du monde. La porte de la loge était fermée, mais pas à clef : le concierge, probablement, était chez lui. Mais Raskolnikov avait si bien perdu toute faculté de raisonner, qu'il s'approcha de la loge et ouvrit la porte.

Si l'autre avait surgi à cet instant pour lui demander : « Que voulez-vous ? » peut-être lui aurait-il tout bonnement tendu la hache. Mais cette fois encore la loge se trouvait vide et cette circonstance permit au jeune homme de replacer la hache sous le banc, à l'endroit où il l'avait trouvée ; il la recouvrit même d'une bûche, comme elle était tantôt.

Ensuite il monta jusqu'à sa chambre, sans rencontrer personne ; la porte de l'appartement de la logeuse était close.

Rentré chez lui, il se jeta sur son divan tout habillé et tomba dans une sorte d'inconscience qui n'était pas le sommeil. Si quelqu'un était entré dans sa chambre pendant ce temps, il aurait sans doute bondi et poussé un cri. Sa tête fourmillait de bribes d'idées, mais il avait beau faire, il n'en pouvait suivre, ni même saisir aucune...

DEUXIÈME PARTIE

I

Raskolnikov resta ainsi couché fort longtemps ; parfois il semblait s'éveiller ; il remarquait alors que la nuit était déjà avancée, mais l'idée de se lever ne lui venait pas. Enfin, il s'aperçut que le jour commençait à poindre. Étendu à plat ventre sur son divan il n'avait pas encore secoué l'espèce de léthargie qui s'était emparée de lui.

Des cris terribles, d'affreux hurlements lui arrivaient de la rue ; il avait du reste l'habitude de les entendre toutes les nuits sous ses fenêtres vers les deux heures. Cette fois, ce vacarme le réveilla. « Voilà déjà les ivrognes qui sortent des cabarets, pensa-t-il, il est donc plus de deux heures », et il sursauta comme si l'on venait de l'arracher de son divan. « Comment ! déjà deux heures ! »

Il s'assit et soudain se rappela tout ce qui s'était passé.

Au premier moment, il crut devenir fou. Un froid de glace s'était emparé de lui, mais cette sensation provenait de la fièvre dont il avait été repris pendant son sommeil ; il grelottait si fort que toutes ses dents claquaient comme si elles allaient se briser ; un horrible vertige l'envahit. Il ouvrit la porte et prêta l'oreille ; tout dormait dans la maison. Il promena un regard étonné sur lui-même et tout ce qui l'entourait ; il y avait une chose qu'il ne comprenait pas : comment avait-il pu la veille négliger de mettre le crochet à sa porte et se jeter sur son divan, non seulement tout habillé, mais sans même enlever son chapeau qui avait roulé par terre, là sur le parquet, à côté de l'oreiller.

« Si quelqu'un entrait ici, que penserait-il ? Que je suis ivre, mais... » Il se précipita vers la fenêtre. Il faisait assez clair et le jeune homme s'examina soigneusement de la tête aux pieds ; il inspecta ses habits. Ne portaient-ils pas de traces ? Mais non, ce n'était pas ainsi qu'il fallait procéder ; il se déshabilla, tout frissonnant de fièvre, et examina de nouveau ses habits avec le plus grand soin ; il retournait chaque pièce, n'étant pas sûr de n'avoir rien laissé échapper, recommençait l'inspection ; il en vint à retourner le moindre chiffon jusqu'à trois fois.

Mais il ne découvrit rien, pas une trace, sauf quelques gouttes de sang coagulé, au bas du pantalon dont les bords s'effrangeaient. Il saisit un grand canif et coupa cette frange. C'était tout ce qu'il y avait à faire, semblait-il. Tout à coup, il se rappela que la bourse et les objets qu'il avait pris dans le coffre de la vieille étaient toujours dans ses poches. Il n'avait même pas songé, tout à l'heure, à les en retirer pour les cacher. Bien plus, il n'y avait même pas pensé en examinant ses habits.

Mais enfin, qu'est-ce que cela voulait dire ? En un clin d'œil il vida ses poches, en déposa le contenu sur la table, puis, après les avoir retournées pour s'assurer qu'il n'y restait rien, il porta le tout dans un coin de la pièce. À cet endroit, la tapisserie, toute déchirée, se détachait du mur et il se mit à fourrer toutes ses affaires dans le trou qui s'y trouvait. « Voilà, ni vu ni connu », pensa-t-il avec joie en se relevant et en regardant d'un air hébété le coin où le trou béant bâillait encore davantage.

Soudain, il tressaillit tout entier d'épouvante. « Seigneur, mon Dieu ! murmura-t-il désespérément, que fais-je là, que m'arrive-t-il ? Est-ce là une cachette ? Est-ce ainsi qu'on cache les choses ? »

Il faut dire, à la vérité, qu'il n'avait pas compté sur des objets ; il pensait n'emporter que de l'argent et voilà pourquoi il n'avait pas songé à préparer une cachette. « Mais maintenant qu'ai-je à me réjouir ? songea-t-il, est-ce ainsi qu'on cache les choses ? Non, la raison m'abandonne pour de bon. » À bout de forces il s'assit sur le divan ; il sentait le frisson de la fièvre le reprendre. Il tira machinalement à lui son vieux pardessus d'étudiant, chaud mais tout en loques, laissé là sur une chaise voisine et il s'en couvrit ; puis il s'abandonna aussitôt à un sommeil troublé de délire.

Il perdit conscience ; mais au bout de cinq minutes il s'éveilla en sursaut et se précipita fou d'angoisse sur ses vêtements. « Comment ai-je pu me rendormir quand rien n'est encore fait ? Parfaitement, parfaitement, je le disais bien, le nœud coulant est toujours à la place où je l'ai fixé. Oublier une chose pareille ! Une telle pièce à conviction ! » Il l'arracha, le déchiqueta et le fourra parmi son linge, sous son oreiller. « Des lambeaux de toile ne risquent pas d'éveiller les soupçons à ce qu'il me semble, c'est du moins ce qu'il me semble », répéta-t-il debout au milieu de la pièce ; puis avec une attention douloureuse, à force d'être tendue, il se mit à regarder autour de lui, pour s'assurer qu'il n'avait rien omis. Il commençait à se sentir torturé par la conviction que tout l'abandonnait, depuis la mémoire jusqu'à la plus simple faculté de raisonner.

« Est-ce donc le commencement, le commencement du supplice ? Voilà ! voilà ! en effet. »

Effectivement, les franges qu'il avait coupées au bas de son pantalon traînaient encore par terre, au milieu de la pièce, exposées au regard du premier venu. « Mais que m'arrive-t-il ? » s'écria-t-il d'un air éperdu.

Alors, une pensée étrange lui vint à l'esprit : il pensa que ses vêtements étaient peut-être tout couverts de sang et que seul l'affaiblissement de ses facultés l'empêchait de s'en rendre compte... Tout à coup, il se rappela que la bourse était tachée, elle aussi. « Bah ! il doit donc y avoir du sang sur ma poche également, puisque la bourse était encore humide quand je l'y ai mise. » Aussitôt, il retourna la poche et trouva, en effet, des taches sur la doublure. « La raison ne m'a donc pas abandonné tout à fait ; je n'ai donc pas perdu la mémoire, ni la faculté de réfléchir, puisque j'ai songé tout seul à ce détail », pensa-t-il tout triomphant, tandis qu'un profond soupir de soulagement sortait du fond de sa poitrine.

« Ce n'était qu'un moment de faiblesse dû à la fièvre, un accès de délire », et il arracha toute la doublure de la poche gauche de son pardessus. À ce moment-là, un rayon de soleil tomba sur sa botte gauche, il lui sembla apercevoir sur la chaussette qui dépassait par un trou, des taches révélatrices. Il enleva sa chaussure ; c'étaient, en effet, des traces de sang : tout le bout de la chaussette était taché de sang... « Mais que faire à présent ? Où jeter les chaussettes, la frange, la doublure ? »...

Debout au milieu de la chambre, il tenait toutes ces pièces à conviction dans ses mains et se demandait : « Vais-je les jeter, les jeter dans le poêle ? C'est toujours par là qu'on commence les perquisitions ; si je les brûlais ? Mais comment faire ? Je n'ai même pas d'allumette. Non, il vaut mieux sortir et m'en débarrasser quelque part, oui, m'en débarrasser, répétait-il en se rasseyant sur son divan, et tout de suite, immédiatement, sans perdre une seconde »... mais au lieu d'exécuter cette résolution, il laissa retomber sa tête sur l'oreiller ; le frisson glacé le reprenait ; transi de froid, il s'enveloppa de nouveau dans son manteau.

Longtemps, plusieurs heures durant, il resta ainsi gisant à penser de temps en temps : « Oui, il faut y aller tout de suite, et tout jeter pour n'y plus songer, oui, oui, au plus vite. » À plusieurs reprises il s'agita sur son divan et voulut se lever, mais il n'y put réussir. À la fin, un coup violent frappé à la porte le tira de son engourdissement.

« Mais ouvre donc, si tu n'es pas mort ; il est toujours à roupiller, criait Nastassia en frappant la porte du poing. Il passe tous les jours que Dieu fait à roupiller comme un chien, c'est un vrai chien ! Ouvre, te dis-je, il est dix heures passées.

– Il n'est peut-être pas chez lui », fit une voix masculine.

« Tiens ! songea Raskolnikov, la voix du concierge ! Que me veut-il ? »

Il sursauta et s'assit sur son divan ; son cœur battait à lui faire mal.

« Et qui donc aurait fermé la porte au crochet ? fit observer Nastassia. Voyez-vous, ce monsieur s'enferme à présent, il a peur qu'on l'emporte. – Ouvre, espèce d'idiot, lève-toi. »

« Que veulent-ils et pourquoi le concierge ? Tout est découvert ! Faut-il résister ou bien ouvrir ? La peste soit d'eux. »

Il se souleva, se pencha en avant et retira le crochet. Sa chambre était si petite qu'il pouvait ouvrir la porte sans quitter son divan.

Il ne s'était pas trompé ; c'étaient Nastassia et le concierge.

La servante lui jeta un regard étrange ; lui, cependant, regardait le concierge avec une hardiesse désespérée. Cet homme lui tendait silencieusement une feuille grise pliée en deux et cachetée de cire grossière.

« Une assignation qui vient du commissariat, fit-il ensuite.

– De quel commissariat ?

– De la police, du commissariat de police naturellement. C'est clair. Quel commissariat !

– La police, et pourquoi ?...

– Comment le saurais-je, moi ? on te convoque, vas-y. »

Il examina attentivement le jeune homme, jeta un coup d'œil sur la pièce autour de lui et se prépara à se retirer.

« Tu m'as l'air tout à fait malade », observa Nastassia qui ne quittait pas Raskolnikov des yeux. À ces mots, le concierge tourna la tête. « Il a la fièvre depuis hier », ajouta-t-elle.

Raskolnikov ne répondait rien ; il tenait toujours la feuille dans ses mains sans la décacheter.

« Reste couché, poursuivit la servante prise de pitié en le voyant faire mine de poser un pied par terre. Si tu es malade, n'y va pas. Rien ne presse.

– Qu'est-ce que tu as là dans les mains ? »

Il suivit son regard ; il serrait dans sa main droite les franges de son pantalon, sa chaussette et la doublure de sa poche.

Il avait dormi ainsi ; plus tard il se souvint que dans les vagues réveils qui coupaient ce sommeil fiévreux, il étreignait de toutes ses forces ces objets dans sa main et se rendormait sans desserrer les doigts.

« Voyez-moi ces loques qu'il a ramassées ; il dort avec, comme si c'était un trésor... » Nastassia partit de son rire hystérique. Raskolnikov fourra précipitamment sous son manteau tout ce qu'il tenait dans la main et fixa sur la servante un regard méfiant.

Bien qu'il fût, à cet instant, presque incapable de raisonner, il sentait qu'on ne traite pas ainsi un homme qu'on vient arrêter. Mais... pourquoi la police ?

« Tu devrais prendre un peu de thé ! En veux-tu ? je t'en apporterai, il en reste.

– Non... je vais y aller, j'y vais tout de suite, balbutia-t-il.

– Mais pourras-tu seulement descendre l'escalier ?

– J'y vais...

– À ton aise. »

Elle sortit derrière le concierge ; lui se précipita aussitôt vers la fenêtre, afin d'y examiner au jour la chaussette et la frange. « Les taches y sont toujours, mais pas trop visibles. La boue et le frottement en ont pâli la couleur. Quelqu'un qui ne serait pas prévenu ne les verrait point. Nastassia n'a donc rien pu remarquer de loin, grâce à Dieu ! »

Alors il décacheta le pli d'une main tremblante, le lut et le relut longtemps avant d'y rien comprendre. C'était une convocation rédigée dans la forme ordinaire et qui lui enjoignait de se rendre, le même jour, à neuf heures et demie, au commissariat de police du quartier.

« En voilà une histoire ! je n'ai personnellement rien à voir avec la police. Et pourquoi aujourd'hui justement ? se demandait-il avec une douloureuse anxiété. Seigneur ! ah ! que cela finisse au plus vite. »

Il allait s'agenouiller pour prier, quand il partit d'un éclat de rire. Ce n'était pas de la prière qu'il riait, mais de lui-même. Il commença à s'habiller rapidement. « Si je dois périr, eh bien, tant pis, je périrai. Il faut mettre la chaussette, pensa-t-il soudain ; après tout, avec la poussière de la route, les traces se verront de moins en moins. » Mais à peine l'eut-il enfilée qu'il l'arracha, pris d'horreur et de dégoût.

Enfin, se rappelant qu'il n'en avait pas d'autre, il la remit avec un nouveau rire. « Ce sont des préjugés, tout est relatif, des habitudes, des apparences, tout simplement », pensa-t-il rapidement ; cependant, il tremblait de tout son corps. « Voilà, je l'ai bien mise enfin ! j'ai bien fini par la mettre. »

Son hilarité, du reste, avait déjà fait place au désespoir. « Non, c'est au-dessus de mes forces »... ses jambes fléchissaient. « De peur ? » marmotta-t-il ; la tête lui tournait, la fièvre lui donnait la migraine. « C'est une ruse ! Ils veulent m'attirer par la ruse, me prendre par surprise », continuait-il en approchant de l'escalier.

« Le pis, c'est que j'ai le délire... je risque de lâcher une sottise. »

Dans l'escalier, il songea que les objets volés étaient restés dans le trou, derrière la tapisserie. « Peut-être vont-ils profiter de mon absence pour perquisitionner chez moi ? » Il s'arrêta un moment à cette pensée, mais il était envahi d'un profond désespoir, d'une sorte de désespoir cynique, si profond, qu'il fit seulement un geste d'impuissance et continua sa route.

« Pourvu qu'on en finisse vite ! »

La chaleur était de nouveau intolérable. Pas une goutte d'eau n'était tombée tous ces jours-là. Toujours la poussière, la ville encombrée de briques, de chaux, le relent des boutiques sales, des cabarets, les rues pleines d'ivrognes, de colporteurs et de fiacres.

Le soleil éclatant l'aveugla, et lui donna le vertige.

Ses yeux lui faisaient si mal qu'il ne pouvait pas les ouvrir (sensation qu'éprouvent toujours les fiévreux par un jour ensoleillé).

Arrivé au coin de la rue qu'il avait prise la veille, il jeta furtivement un regard angoissé dans la direction de la maison... et détourna aussitôt les yeux.

« S'ils m'interrogent j'avouerai peut-être », pensa-t-il, comme il approchait du commissariat.

Le commissariat venait d'être transféré au quatrième étage d'une maison neuve située à deux ou trois cents mètres de chez lui. Le jeune homme s'était rendu une fois à l'ancien local occupé par la police, mais il y avait fort longtemps de cela.

En pénétrant sous la porte cochère, il aperçut à droite un escalier qu'un homme tenant un livret à la main était en train de descendre. « Ce doit être un concierge, c'est par conséquent là que se trouve le commissariat. » Et il monta à tout hasard. Il ne voulait demander aucun renseignement.

« J'entrerai, je me mettrai à genoux, et je raconterai tout »... pensa-t-il en montant au quatrième étage.

L'escalier était droit et raide, tout couvert de détritus. Toutes les cuisines des quatre étages donnaient dessus et leurs portes restaient presque tout le jour grandes ouvertes. Aussi, la chaleur était-elle suffocante. On voyait monter et descendre des concierges, leurs livrets sous le bras, des agents, et toutes sortes d'individus des deux sexes qui avaient affaire au commissariat. La porte du bureau était également ouverte, il entra et s'arrêta dans l'antichambre où attendaient des moujiks. La chaleur y était aussi étouffante que dans l'escalier ; de plus le local fraîchement peint exhalait une odeur qui donnait la nausée.

Après avoir attendu un moment, le jeune homme se décida à passer dans la pièce suivante. Toutes les chambres étaient minuscules et fort basses de plafond. Une terrible impatience le poussait à avancer, sans attendre. Personne ne faisait attention à lui. Dans la seconde pièce travaillaient des scribes à peine mieux vêtus que lui. Tous ces gens avaient l'air étrange ; il s'adressa à l'un d'eux.

« Que veux-tu ? »

Il montra la convocation.

« Vous êtes étudiant ? demanda l'autre après avoir jeté les yeux sur le papier.

– Oui, ancien étudiant. »

Le scribe l'examina, sans aucune curiosité du reste. C'était un homme aux cheveux ébouriffés, au regard vague occupé d'une idée fixe.

« Rien à apprendre de lui, pensa Raskolnikov, tout lui est égal. »

« Adressez-vous au secrétaire », dit le scribe en indiquant la dernière pièce du doigt.

Raskolnikov y entra : cette pièce, la quatrième, était fort étroite et regorgeait de monde. Les gens qui s'y trouvaient étaient un peu plus proprement vêtus que ceux qu'il venait de voir. Il y avait deux dames parmi eux. L'une était en deuil, pauvrement vêtue, assise en face du secrétaire ; elle écrivait quelque chose sous sa dictée. Quant à l'autre, aux formes opulentes, au visage fort rouge, à la toilette très riche, elle portait à son corsage une broche de la grandeur d'une soucoupe. Elle se tenait à l'écart et paraissait attendre quelque chose. Raskolnikov remit son papier au secrétaire ; l'autre y jeta un rapide coup d'œil et dit « attendez » ; puis il continua à s'occuper de la dame en deuil.

Le jeune homme respirait plus librement. « Ce n'est sûrement pas cela », songea-t-il. Il reprenait courage peu à peu.

« La moindre sottise, la moindre imprudence suffirait à me perdre... hum ! Dommage qu'il n'y ait pas d'air ici. On étouffe, la tête me tourne davantage et mon esprit se trouble... »

Il éprouvait un terrible malaise et craignait de ne pouvoir se dominer. Il cherchait à fixer ses pensées sur un sujet indifférent, mais il n'y réussissait pas. Le secrétaire l'intéressait beaucoup du reste. Il s'ingéniait à déchiffrer son visage. C'était un jeune homme d'environ vingt-deux ans, dont la figure basanée et mobile portait plus que son âge ; il était vêtu à la dernière mode comme un petit-maître. Une raie artistique partageait ses cheveux bien pommadés ; ses doigts blancs et soignés étaient surchargés de bagues ; plusieurs chaînes d'or pendaient à son gilet. Il échangea même avec un étranger qui se trouvait là quelques mots en français et s'en tira d'une façon très satisfaisante.

« Asseyez-vous donc, Louisa Ivanovna », dit-il à la grosse dame rouge en grande toilette qui restait toujours debout, comme si elle n'osait pas s'asseoir, quoiqu'elle eût une chaise près d'elle.

« *Ich danke*[35] », répondit-elle à voix basse ; elle s'assit dans un froufrou de soie. Sa robe bleu pâle garnie de dentelles blanches se gonfla autour d'elle comme un ballon et occupa la moitié de la pièce. Un parfum se répandit. Mais la dame semblait honteuse de tenir tant de place et de sentir si bon ; elle souriait, d'un air à la fois peureux et effronté, et semblait inquiète.

Enfin la dame en deuil eut terminé son affaire et elle se leva. À ce moment, un officier entra bruyamment, l'air crâne, il remuait les épaules à chaque pas, jeta sur la table sa casquette ornée d'une cocarde et s'assit dans un fauteuil. La dame richement vêtue se leva précipitamment de son siège dès qu'elle l'aperçut et se mit à saluer avec une ardeur, un empressement extraordinaires. Mais il ne lui prêta aucune attention et elle n'osa se rasseoir en sa présence. Ce personnage était l'adjoint du commissaire de police ; il avait de longues moustaches roussâtres tendues horizontalement des deux côtés de son visage et des traits extrêmement fins, qui n'exprimaient qu'une certaine impudence.

---

[35] *Ich danke* : Merci (en allemand dans le texte).

Il regarda Raskolnikov de travers et même avec une sorte d'indignation : sa mise était par trop misérable et sa contenance, si modeste qu'elle fût, jurait avec cette tenue. Raskolnikov eut l'impudence de soutenir si hardiment le regard de ce fonctionnaire que l'autre en fut blessé.

« Qu'est-ce que tu veux, toi ? cria-t-il, étonné sans doute qu'un pareil va-nu-pieds ne baissât pas les yeux devant son regard fulgurant.

– On m'a fait venir, j'ai été convoqué, balbutia Raskolnikov.

– C'est l'étudiant auquel on réclame de l'argent, se hâta de dire le secrétaire en s'arrachant à ses papiers. – Voilà, et il tendit un cahier à Raskolnikov en désignant un certain endroit, – lisez. »

« De l'argent ? Quel argent ? pensait Raskolnikov, ainsi, ce n'est sûrement pas cela » ; il en tressaillit de joie. Il éprouvait soudain un soulagement immense, inexprimable, un allégement extraordinaire.

« Mais à quelle heure vous a-t-on demandé de venir, monsieur ? cria le lieutenant dont la mauvaise humeur ne faisait que croître. On vous écrit neuf heures et il est déjà onze heures passées.

– On m'a apporté ce papier il y a un quart d'heure, répliqua Raskolnikov d'une voix non moins haute ; il était pris, lui aussi, d'une colère subite et s'y abandonnait avec un certain plaisir. – Je suis bien bon d'être venu, malade, avec la fièvre.

– Ne criez pas !

– Je ne crie pas, je parle même très posément, c'est vous qui criez, je suis étudiant et je ne permets pas qu'on le prenne avec moi sur ce ton. »

Cette réponse irrita à tel point l'officier qu'au premier moment il ne put répondre ; des sons inarticulés s'échappaient de ses lèvres écumantes. Il bondit de son siège.

« Taisez-vous ! Vous êtes à l'audience, ne faites pas l'insolent, monsieur.

– Mais vous aussi vous êtes à l'audience ! s'écria Raskolnikov, et non content de crier, vous fumez devant nous, c'est donc vous qui nous manquez de respect. »

Il prononça ces mots avec une joie indicible.

Le secrétaire contemplait cette scène avec un sourire ; le fougueux lieutenant parut hésiter un moment.

« Cela ne vous regarde pas, cria-t-il enfin en affectant de parler très haut. Prenez plutôt la peine de faire la déclaration qu'on vous demande. Montrez-lui, Alexandre Grigorevitch. On porte plainte contre vous. Vous ne payez pas vos dettes ! En voilà un oiseau !... »

Mais Raskolnikov ne l'écoutait plus, il s'était avidement emparé de la feuille dans son impatience de trouver le mot de cette énigme. Il la lut une fois, la relut, mais ne put comprendre.

« Qu'est-ce ? demanda-t-il au chef de la Chancellerie.

— C'est un billet dont on vous réclame le paiement ; vous devez en verser le montant avec tous les frais, amende, etc., ou déclarer par écrit à quelle date vous paierez et en même temps vous engager à ne pas quitter la capitale et à ne pas vendre ou engager tout ce que vous possédez avant de vous être acquitté de votre dette. Quant à votre créancier, il est libre de vendre vos biens et de demander l'application de la loi.

— Mais... je ne dois rien à personne.

— Cela ne nous regarde pas ; il a été remis entre nos mains un effet protesté de cent quinze roubles, souscrit par vous il y a neuf mois à la dame Zarnitzine, veuve d'un assesseur collégial, et que la veuve Zarnitzine a remis en paiement au conseiller à la cour Tchebarov ; nous vous avons donc convoqué, afin de recevoir votre déclaration.

— Mais c'est ma logeuse !

— Et qu'importe que ce soit votre logeuse ? »

Le chef de la Chancellerie le considérait avec un sourire de pitié indulgente et solennelle en même temps, comme un novice qui commençait à apprendre à ses dépens ce que c'est que d'être débiteur. Il avait l'air de dire : « Hein ! qu'en penses-tu à présent ? »

Mais qu'importaient, qu'importaient maintenant à Raskolnikov le billet et les réclamations de sa logeuse ? Cela valait-il la peine qu'il s'en inquiétât ou même qu'il y prêtât la moindre attention ?

Il était là à lire, à écouter, à répondre, à poser même des questions, mais tout cela se faisait machinalement. Le bonheur de se sentir sain et sauf, d'avoir échappé au danger récent, voilà ce qui remplissait tout son être à cette minute. Tout souci d'avenir, toute préoccupation, toute analyse, étaient pour l'instant chassés. Ce fut un moment de joie absolue, animale. Mais au même instant, une tempête éclata dans le bureau. Le lieutenant encore tout bouleversé de l'affront qui venait de lui être infligé et désireux de prendre une revanche, se mit tout à coup à malmener la dame aux beaux atours, qui depuis qu'il était entré ne cessait de le regarder avec un sourire stupide.

« Et toi, drôlesse, cria-t-il à pleins poumons (la dame en deuil était déjà sortie), que s'est-il passé chez toi la nuit dernière ? Hein ? Te voilà encore à causer du scandale dans toute la rue ; toujours des rixes, des scènes d'ivresse. Tu veux donc être envoyée dans un pénitencier ? Voyons, je te l'ai bien dit, je t'ai prévenue dix fois qu'à la onzième fois je perdrais patience. Et tu recommences ! tu es incorrigible, catin ! »

Raskolnikov fut si stupéfait de voir traiter ainsi la dame aux beaux atours qu'il en laissa même tomber le papier qu'il tenait dans les mains. Toutefois, il ne tarda pas à comprendre de quoi il retournait et l'histoire lui parut fort amusante. Il écoutait avec plaisir et éprouvait une violente envie de rire aux éclats... Tous ses nerfs lui semblaient agités d'impatience.

« Ilia Petrovitch... », fit le secrétaire, mais il reconnut aussitôt que son intervention serait inopportune ; il savait par expérience qu'il n'y avait pas moyen d'arrêter le bouillant officier une fois qu'il était lancé.

Quant à la belle dame, l'orage déchaîné sur elle l'avait d'abord fait trembler, mais, chose étrange, à mesure que les invectives pleuvaient sur elle, son visage devenait de plus en plus aimable et plus charmant le sourire qu'elle adressait au lieutenant. Elle multipliait les révérences et attendait avec impatience qu'il lui laissât placer son mot.

« Il n'y a eu chez moi ni tapage ni rixe, monsieur le capitaine, s'écria-t-elle précipitamment dès qu'on lui eut permis de le faire (elle parlait le russe couramment, avec un fort accent allemand), aucun, aucun scandale (elle disait « schkandale »). Cet homme est arrivé ivre et je vais vous raconter tout, monsieur le capitaine, moi je ne suis pas coupable... Ma maison est une maison convenable, mes manières sont très convenables, monsieur le capitaine, et moi-même je ne voulais aucun schkandale.

« Et lui, il est venu tout à fait ivre, et il a demandé trois bouteilles (elle disait « pouteilles »), puis il a levé les jambes et commencé à jouer du piano avec son pied et cela, cela ne convient pas du tout à une maison convenable, et il a cassé tout le piano, et ce n'est pas une manière de se conduire ; je le lui ai fait observer, alors il a pris la bouteille et s'est mis à repousser tout le monde avec. Alors moi j'ai aussitôt appelé le concierge et Karl est venu, alors il a pris Karl et lui a poché un œil et à Henriette aussi, et moi, il m'a donné cinq gifles ; ce sont des manières si peu délicates, pour une maison convenable, monsieur le capitaine, alors moi je criais. Alors lui a ouvert la fenêtre qui donne sur le canal et il s'est mis à pousser des cris comme un petit cochon. Et comment peut-on pousser des cris comme un petit cochon à la fenêtre ? Fi ! Fi ! Fi ! Et Karl le tirait par-derrière par les pans de son habit pour l'éloigner de la fenêtre et il lui a, je ne le nie pas, monsieur le capitaine, arraché une des basques de son habit. Alors il a crié *man muss*[36] lui payer quinze roubles d'indemnité. Moi, monsieur le capitaine, je lui ai payé cinq roubles *sein Rock*[37] et je dois vous dire que ce n'est pas un client convenable, monsieur le capitaine, c'est lui qui a fait tout le scandale et il m'a dit qu'il peut raconter toute cette histoire sur moi dans les journaux.

– C'est donc un écrivain ?

– Oui, monsieur le capitaine, et quel client peu honorable, monsieur le capitaine, qui se permet dans une maison honorable...

– Allons, allons, assez ; je t'ai déjà dit, je te l'ai déjà dit...

– Ilia Petrovitch... » répéta le secrétaire d'un air significatif.

---

[36] *Man muss :* On doit (en allemand dans le texte).

[37] *Sein Rock :* Son habit (également en allemand dans le texte).

Le lieutenant lui jeta un rapide coup d'œil et le vit hocher légèrement la tête.

« Eh bien voici, en ce qui te concerne, mon dernier mot, respectable Louisa Ivanovna, continua le lieutenant. S'il se produit encore un seul scandale dans ton honorable maison, je te fais coffrer, comme tu dis en style noble. Tu as entendu ? Ainsi l'écrivain, le littérateur a accepté cinq roubles pour sa basque dans une « honorable maison ». Les voilà bien les écrivains ! il foudroya Raskolnikov d'un regard méprisant. – Il y a deux jours, à la taverne, autre histoire : Monsieur le littérateur a dîné et prétend ne pas payer. « Moi, dit-il, pour la peine, je vous réserverai un rôle dans ma satire. » Et l'autre jour, sur un bateau, un autre écrivaillon s'est permis d'insulter fort grossièrement la très respectable famille d'un conseiller d'État, sa femme et sa fille. Dernièrement on en a chassé un à coups de pied d'une pâtisserie : voilà comment ils sont tous ces littérateurs, ces écrivaillons, ces étudiants, tous ces bavards... Fi ! Toi, tu peux t'en aller, mais j'aurai l'œil sur toi,... prends garde. As-tu entendu ? »

Louisa Ivanovna se mit à saluer de tous côtés, de l'air le plus empressé, et se dirigea ainsi vers la sortie, à reculons, en continuant ses révérences.

Devant la porte, elle se heurta à un bel officier à la figure fraîche et ouverte encadrée de superbes favoris blonds, fort épais. C'était le commissaire, Nicodème Fomitch, en personne. Louisa Ivanovna, en l'apercevant, se hâta de s'incliner une dernière fois jusqu'à terre et se précipita hors du bureau à petits pas sautillants.

« Encore la foudre, le tonnerre, les éclairs, la trombe, l'ouragan, fit Nicodème Fomitch en s'adressant amicalement à son adjoint ; on t'a encore échauffé la bile et tu t'es emporté. Je t'ai entendu de l'escalier.

– Comment ! proféra négligemment Ilia Petrovitch en transportant ses papiers à une autre table avec ce même balancement des épaules qui lui était familier, voilà, jugez-en vous-même : Monsieur l'écrivain, ou plutôt l'étudiant, c'est-à-dire ancien étudiant, qui ne paye pas ses dettes, signe des billets, refuse de quitter son logement. On porte continuellement plainte contre lui et c'est ce monsieur qui se formalise parce que j'allume une cigarette en sa présence ! quand lui-même fait des bassesses ; tenez, regardez, le voilà, dans son aspect le plus attrayant... oui !

– Pauvreté n'est pas vice, mon ami, mais quoi, on sait bien que tu es comme la poudre, prompt à t'enflammer. Quelque chose dans sa manière d'être vous aura froissé et vous n'aurez pas su vous contenir vous aussi, poursuivit Nicodème Fomitch en s'adressant aimablement à Raskolnikov. Mais vous avez eu tort : C'est un homme ex-cel-lent, je vous assure, mais vif comme la poudre, une vraie poudre : il s'échauffe, prend feu, brûle et tout est passé, au demeurant un cœur d'or. Au régiment on l'avait surnommé le lieutenant Poudre...

– Et quel régiment c'était ! » s'écria Ilia Petrovitch, très sensible aux délicates flatteries de son chef, mais continuant cependant à bouder. Raskolnikov éprouva soudain le désir de leur dire à tous quelque chose d'extraordinairement agréable.

« Mais voyez-vous, capitaine, commença-t-il du ton le plus dégagé en s'adressant à Nicodème Fomitch, mettez-vous à ma place... Je suis prêt à lui adresser des excuses, pour peu que j'aie des torts envers lui ; je suis un étudiant malade et pauvre, accablé par la misère (ce furent ses propres paroles : accablé !), j'ai quitté l'Université, car je ne puis subvenir à mes besoins, mais je dois recevoir de l'argent... ma mère et ma sœur habitent la province de... elles m'en enverront et je paierai. Ma logeuse est une brave femme ; mais elle est si fâchée de voir que j'ai perdu mes leçons et que je ne la paie plus depuis quatre mois qu'elle refuse même de m'envoyer mon dîner... Je ne comprends rien à ce billet, elle exige que je la paye maintenant, le puis-je ? Jugez-en vous-même !...

– Mais cela ne nous regarde pas... observa de nouveau le secrétaire.

– Permettez, permettez, je suis tout à fait de votre avis, mais permettez-moi de vous expliquer, reprit Raskolnikov en s'adressant toujours à Nicodème Fomitch et non au secrétaire ; il cherchait aussi à attirer l'attention d'Ilia Petrovitch, bien que ce dernier affectât dédaigneusement de ne pas l'écouter et d'être tout à ses paperasses. Laissez-moi vous expliquer qu'il y a trois ans que je loge chez elle, depuis mon arrivée de province et qu'au début... au début, après tout, pourquoi ne pas l'avouer, je lui avais promis au début d'épouser sa fille ; c'était une promesse verbale, tout simplement... Cette jeune fille... elle me plaisait d'ailleurs... bien que je ne fusse pas amoureux d'elle... en un mot j'étais jeune, je veux dire que ma logeuse m'a ouvert alors un large crédit et j'ai mené une vie... j'ai été fort léger.

– On ne vous demande pas ces détails intimes, monsieur, et nous n'avons d'ailleurs pas le temps de les entendre », interrompit grossièrement Ilia Petrovitch dont la voix décelait un triomphe secret ; mais Raskolnikov poursuivit avec feu, bien qu'il lui fût soudain devenu extrêmement pénible de parler.

« Mais permettez... permettez-moi de vous raconter un peu comment tout s'est passé, quoique... je le reconnais avec vous, ce soit inutile. Il y a un an la jeune fille est morte de la fièvre typhoïde ; je suis resté locataire de Mme Zarnitzine et quand ma logeuse est allée demeurer dans la maison où elle habite aujourd'hui, elle m'a dit amicalement... qu'elle avait toute confiance en moi... mais que néanmoins, elle serait bien aise si je lui signais un billet de cent quinze roubles, somme à laquelle elle évaluait le montant de mes dettes. Permettez... Elle m'a positivement assuré qu'une fois en possession de ce papier elle continuerait à me faire crédit autant que je voudrais et que jamais, jamais, ce sont ses propres paroles, elle ne mettrait ce billet en circulation... Et voilà que maintenant que j'ai perdu mes leçons, et que je n'ai pas de quoi manger, elle exige le paiement de ce billet. Que voulez-vous que je dise ?

– Tous ces détails pathétiques ne nous regardent pas, monsieur, expliqua Ilia Petrovitch d'un ton insolent, vous devez nous donner la déclaration et l'engagement qu'on vous a demandés ; quant à l'histoire de vos amours et toutes ces tragédies et ces lieux communs, nous n'en avons que faire.

– Oh ! tu es trop dur... » marmotta Nicodème Fomitch en s'installant devant la table et en se mettant à signer lui aussi des papiers. Il semblait un peu honteux.

« Écrivez donc, dit le secrétaire à Raskolnikov.

– Qu'écrire ? demanda celui-ci d'un ton particulièrement brutal.

– Je vais vous dicter. »

DEUXIÈME PARTIE

Raskolnikov crut s'apercevoir que le secrétaire se montrait plus dédaigneux avec lui depuis sa confession, mais chose étrange, il se sentait soudain plein d'indifférence pour l'opinion qu'on pouvait avoir de lui et ce changement s'était opéré brusquement en un clin d'œil. S'il avait voulu réfléchir, ne fût-ce qu'une minute, il se serait sans doute étonné d'avoir pu causer ainsi avec ces fonctionnaires et même les forcer à entendre ces confidences. D'où lui était venu soudain cet état d'esprit ? Maintenant, au contraire, si la chambre au lieu de se trouver pleine de policiers avait été remplie de ses amis les plus intimes, il n'eût sans doute pas trouvé une parole amicale ou sincère à leur dire dans le vide où sombrait son cœur. Une lugubre impression d'isolement infini et terrible l'envahissait. Ce n'était ni l'humiliation de s'être livré à ces épanchements devant Ilia Petrovitch, ni celle de le voir triompher insolemment qui avait produit cette révolution en lui. Oh ! que lui importait maintenant sa propre bassesse ? Que lui importait ces airs hautains, ces lieutenants, ces Allemandes, ces poursuites, ces commissariats ? etc. Il n'aurait pas bronché même en se voyant condamné à cet instant à être brûlé vif ; bien plus : à peine eût-il écouté sans doute le jugement. Quelque chose de tout nouveau s'accomplissait en lui qu'il n'aurait su définir et qu'il n'avait jamais éprouvé. Il comprenait, ou plutôt sentait de tout son être, qu'il ne pourrait s'abandonner à des confessions sentimentales, ni à la plus simple conversation, non seulement avec tous ces gens du commissariat, mais encore avec ses parents les plus proches ; sa mère, sa sœur, il ne pourrait jamais plus s'adresser à elles en aucun cas de sa vie. Jamais encore il n'avait éprouvé de sensation si étrange et si cruelle et ses souffrances redoublaient du fait qu'il avait conscience que c'était bien là une sensation plutôt qu'un sentiment raisonné, une sensation épouvantable, la plus torturante qu'il eût connue dans sa vie.

Le secrétaire se mit à lui dicter une formule de déclaration usitée en pareil cas : « Je ne puis payer et promets de m'acquitter à telle date ; je m'engage à ne pas quitter la ville, à ne pas vendre mes biens ni à en faire don », etc.

« Mais vous n'êtes pas en état d'écrire, la plume vous tombe des mains, fit remarquer le secrétaire en examinant Raskolnikov avec curiosité. Vous êtes malade ?

– Oui... un vertige... continuez.

– C'est tout, signez. »

Le secrétaire lui prit la feuille des mains et se tourna vers les autres solliciteurs.

Raskolnikov rendit la plume mais au lieu de se lever pour partir, il appuya les coudes sur la table et se prit la tête entre les mains. Il lui semblait qu'on lui enfonçait un clou dans le crâne. Une pensée bizarre lui vint tout à coup : se lever, s'approcher de Nicodème Fomitch et lui conter l'affaire de la veille jusqu'au moindre détail, ensuite s'en aller avec lui dans son logement et lui montrer les objets cachés dans le trou derrière la tapisserie.

L'impulsion qui le poussait à agir ainsi était si forte, qu'il se levait déjà pour la mettre à exécution lorsqu'il pensa (soudain) : « Ne ferais-je pas mieux de réfléchir au moins une minute ? – Non, il vaut mieux ne penser à rien et secouer au plus vite ce fardeau. » Mais soudain, il s'arrêta net, cloué sur place, eût-on dit. Nicodème Fomitch parlait avec feu à Ilia Petrovitch ; des phrases arrivaient jusqu'à lui.

« Impossible, on les relâchera tous les deux ! D'abord tout contredit cette accusation, jugez-en. Pourquoi auraient-ils appelé le concierge s'ils avaient commis la chose ? Pour se dénoncer eux-mêmes ? Par ruse ? Non, la ruse serait forte et enfin l'étudiant Pestriakov a été aperçu par les deux concierges et par une bourgeoise, devant la porte, juste au moment où il entrait ; il était accompagné de trois amis qui l'ont quitté devant la maison et il a demandé en leur présence l'adresse de la vieille au concierge. Non, mais dites-moi, aurait-il posé cette question s'il était venu avec ce dessein ? Quant à Koch, celui-ci a passé une demi-heure chez l'orfèvre du rez-de-chaussée avant de monter chez la vieille. Il était juste huit heures moins le quart quand il est monté. Maintenant réfléchissez...

– Mais permettez, comment expliquer ces contradictions dans leurs dires ? Ils affirment eux-mêmes qu'ils ont sonné, que la porte était fermée, et trois minutes après, quand ils sont revenus avec le concierge, elle était déjà ouverte ?

– Là est toute l'affaire. Il est hors de doute que l'assassin se trouvait dans l'appartement et qu'il s'y était enfermé au verrou. Ils l'auraient infailliblement pincé si Koch n'avait commis la sottise d'aller lui-même chercher le concierge et c'est pendant ce temps-là que le meurtrier a réussi à se faufiler dans l'escalier et à leur glisser sous le nez. Koch se signe à tour de bras ; si j'étais resté à mon poste, dit-il, il aurait sauté sur moi et m'aurait tué avec sa hache. Il veut faire célébrer un *Te Deum,* ha ! ha !

– Et personne n'a aperçu le meurtrier ?

– Comment l'aurait-on aperçu ? La maison est une vraie arche de Noé, fit remarquer le secrétaire, qui de sa place prêtait l'oreille à la conversation.

– L'affaire est claire, l'affaire est claire ! répéta Nicodème Fomitch avec feu.

– Non, elle est fort obscure », soutenait Ilia Petrovitch.

Raskolnikov prit son chapeau et se dirigea vers la sortie, mais il n'arriva pas jusqu'à la porte...

Quand il revint à lui il se vit assis sur une chaise ; quelqu'un le soutenait à droite ; à gauche, un autre lui tendait un verre jaunâtre plein d'eau de la même couleur. Nicodème Fomitch, debout en face de lui, le regardait fixement ; il se leva.

« Eh bien, qu'y a-t-il, vous êtes malade ? demanda le commissaire d'un ton assez sec.

– Il pouvait à peine tenir la plume tout à l'heure quand il écrivait sa déclaration, fit remarquer le secrétaire en se rasseyant devant son bureau et en se remettant à ses paperasses.

– Et il y a longtemps que vous êtes malade ? » cria Ilia Petrovitch de sa place en feuilletant, lui aussi, des papiers. Il s'était naturellement approché comme les autres de Raskolnikov et l'avait examiné pendant son évanouissement ; mais, en le voyant revenir à lui, il avait aussitôt regagné sa place.

« Depuis hier, marmotta Raskolnikov.

– Et hier, vous êtes sorti ?

– Oui.

– Malade ?

– Oui.

– À quelle heure ?

– Entre sept et huit heures.

– Permettez-moi de vous demander : où êtes-vous allé ?

– Dans la rue.

– Réponse brève et nette ! »

Raskolnikov avait fait ces réponses d'une voix dure, entrecoupée ; il était pâle comme un linge et ses grands yeux noirs enflammés ne s'abaissaient point devant le regard d'Ilia Petrovitch.

« Il peut à peine se tenir sur ses jambes et toi…, voulut faire observer Nicodème Fomitch.

– N'importe », répondit Ilia Petrovitch d'un air énigmatique.

Nicodème Fomitch se préparait à ajouter quelque chose, mais jetant les yeux sur le secrétaire, il rencontra le regard que ce fonctionnaire fixait sur lui et garda le silence. Tous se turent brusquement d'une façon bizarre.

« Allons, c'est bien, finit par dire Ilia Petrovitch ; nous ne vous retenons pas. »

Raskolnikov se retira ; il n'était pas encore sorti que la conversation reprenait vivement entre les policiers ; la voix de Nicodème Fomitch s'élevait au-dessus des autres, elle semblait interroger…

Dans la rue, le jeune homme reprit tout son sang-froid.

« Une perquisition, ils vont immédiatement perquisitionner, se répétait-il en se dirigeant rapidement vers sa demeure. Les bandits ! Ils ont des soupçons ! » La frayeur qu'il avait éprouvée tantôt le ressaisissait tout entier.

II

« Et si la perquisition avait déjà eu lieu ? Je peux aussi bien les rencontrer chez moi... »

Mais voici sa chambre, tout y est en ordre, on n'y voit personne ; Nastassia elle-même n'a touché à rien.

Seigneur, comment avait-il pu laisser toutes ces affaires dans ce trou ?

Il se précipita vers le coin et, introduisant sa main sous la tapisserie, il les retira et en remplit ses poches. Il y avait huit pièces en tout : deux petites boîtes contenant des boucles d'oreilles ou quelque chose d'approchant. Il ne s'arrêta pas à les examiner. Puis, quatre petits écrins en maroquin. Une chaîne de montre était simplement enveloppée dans un journal, un autre objet qui semblait devoir être une décoration également. Raskolnikov mit le tout dans ses poches, dans celles de son pantalon et dans la seule qui restât à son pardessus, la droite, en faisant tout son possible pour qu'elles ne parussent pas trop gonflées. Il prit la bourse aussi et sortit de la pièce en laissant la porte grande ouverte, cette fois.

Il marchait d'un pas rapide et ferme ; il se sentait lucide quoique brisé. Il redoutait les poursuites et craignait que, dans une demi-heure, un quart d'heure peut-être, on n'eût déjà décidé de le faire suivre. Il fallait par conséquent se hâter de faire disparaître les pièces à conviction. Il devait s'acquitter de cette tâche tant qu'il lui restait un semblant de forces et quelque sang-froid... Mais où aller ?... Cette question était résolue depuis longtemps. « Je jetterai les objets dans le canal et toute l'affaire en tombera à l'eau, ni vu ni connu. » Voilà ce qu'il avait décidé dès la nuit précédente, dans son délire, et il avait alors, à plusieurs reprises, tenté de se lever pour aller tout jeter au plus vite. Pourtant, l'exécution de ce plan présentait de graves difficultés.

Pendant plus d'une demi-heure, il se contenta d'errer sur le quai du canal Catherine, en examinant au fur et à mesure tous les escaliers qui conduisaient au bord de l'eau. Mais il ne pouvait pas songer à réaliser son dessein. Ici, c'était un lavoir où des blanchisseuses travaillaient ; plus loin des barques amarrées à la berge et le quai fourmillait de passants ; il risquait d'être vu, remarqué de toutes parts : on trouverait étrange de voir un homme descendre exprès, s'arrêter et jeter quelque chose ; et si les écrins surnageaient au lieu de disparaître ? Ce qui ne manquerait pas d'arriver... Chacun pourrait les voir. Surtout que déjà les gens le regardaient d'un air singulier en le croisant, comme s'ils n'avaient à se préoccuper que de lui. « Pourquoi me regardent-ils ainsi, songeait-il, ou est-ce un effet de mon imagination ? »

Enfin, il pensa qu'il ferait peut-être mieux de se diriger vers la Néva. Il y avait en effet moins de monde sur les quais du fleuve. Il risquait moins d'être remarqué ; puis il était plus commode d'y jeter les objets ; surtout il serait plus loin de son quartier. Et soudain, il se demanda avec étonnement pourquoi il avait passé une demi-heure au moins à errer si anxieusement dans des lieux dangereux au lieu de trouver cette solution. Il avait perdu une demi-heure, toute une demi-heure, à vouloir accomplir un projet insensé, uniquement parce qu'il en avait formé le plan dans son délire. Il devenait à la vérité extrêmement distrait, sa mémoire sombrait et il s'en rendait compte. Décidément, il fallait faire vite !

Il se dirigea vers la Néva par la perspective V..., mais chemin faisant, une autre idée lui vint. Pourquoi la Néva. Pourquoi jeter les objets à l'eau ? Ne valait-il pas mieux s'en aller quelque part au loin, dans les îles par exemple, et là, chercher un endroit solitaire, dans un bois, y enfouir le paquet au pied d'un arbre, en prenant soin cependant de noter l'endroit ? Bien qu'il se rendît compte qu'il était incapable, à cette minute, de raisonner logiquement, cette pensée lui parut fort pratique.

Mais il était dit qu'il ne parviendrait pas non plus jusqu'aux îles. Comme il débouchait de la perspective V... sur la place, il aperçut tout à coup sur sa gauche l'entrée d'une cour entourée d'immenses murailles ; à droite en entrant, un mur, qui semblait ne jamais avoir été peint, celui d'une haute maison voisine ; à gauche, parallèle à ce mur, une clôture de bois qui s'enfonçait de vingt pas environ dans la cour, puis tournait à gauche ; elle délimitait un espace de terrain isolé et couvert de matériaux. Plus loin, tout au fond de la cour, on apercevait un hangar dont le toit dépassait la palissade. Il devait y avoir là un atelier de sellerie, de menuiserie ou quelque chose d'approchant. Tout le terrain était noirci d'une poussière de charbon qui s'étalait partout. « Voilà un endroit où jeter les objets, puis s'en aller », pensa-t-il. Ne voyant personne autour de lui, il se faufila dans la cour et aperçut tout près de la porte, contre la palissade, une gouttière (comme on en voit souvent dans les bâtiments qui abritent des ateliers). Au-dessus de la gouttière on avait inscrit à la craie, sur la clôture, comme il convient, en pareil cas : « Défense du riné ». C'était déjà un avantage qu'il ne risquât pas d'éveiller les soupçons en s'y arrêtant. Il songea : « Je pourrais tout jeter ici quelque part et m'en aller. »

Il promena un dernier regard autour de lui et mit la main à sa poche. Mais, à ce moment-là, il remarqua tout à coup près du mur extérieur, entre la porte et la gouttière, une énorme pierre non équarrie qui devait peser une cinquantaine de kilos au moins. De l'autre côté du mur, dans la rue, on entendait le bruit des passants, toujours assez nombreux à cet endroit. Du dehors, personne ne pouvait l'apercevoir ; il aurait fallu pour cela que quelqu'un se penchât dans la cour, ce qui pouvait arriver du reste. Il fallait donc se hâter.

Il se baissa vers la pierre, la saisit à deux mains par son sommet, et, réunissant toutes ses forces, parvint à la renverser. Le sol à l'endroit qu'elle avait occupé, formait un petit creux ; il y jeta aussitôt tout ce qu'il avait dans ses poches. La bourse par-dessus les bijoux. Néanmoins la cavité n'était pas encore entièrement comblée. Il releva d'un seul mouvement la pierre et parvint à la replacer à l'endroit où elle se trouvait auparavant ; tout au plus semblait-elle un peu exhaussée. Mais il tassa avec son pied un peu de terre contre les bords. Il n'y paraissait plus.

Alors il sortit et se dirigea vers la place. De nouveau, une joie intense, presque insupportable, s'empara momentanément de lui. Ni vu ni connu. « Et qui songerait, non, mais qui pourrait songer à fouiller sous cette pierre ? Elle est peut-être là depuis qu'on a bâti la maison, Dieu sait combien de temps elle y restera encore. Et même si on trouvait les objets ? Qui songera à moi ? Tout est fini. Plus de preuves ! » Il se mit à rire, oui, il se souvint plus tard d'avoir ri d'un petit rire nerveux, muet, interminable. Il riait encore en traversant la place, mais, quand il arriva sur le boulevard où il avait l'autre jour fait la rencontre de la jeune fille, son hilarité cessa brusquement.

D'autres pensées lui étaient venues. L'idée de passer devant le banc, où il était resté à réfléchir, après le départ de la fillette, lui paraissait épouvantable, effroyable également celle de rencontrer ce gendarme « moustachu » auquel il avait donné vingt kopecks. « Le diable l'emporte ! »

Il continuait à marcher en jetant autour de lui des regards furieux et distraits. Toutes ses pensées tournaient maintenant autour d'un seul point dont il s'avouait lui-même toute l'importance. Il sentait, que pour la première fois depuis deux mois, il se trouvait seul en face de cette question, en tête à tête avec elle.

« Ah ! le diable emporte tout cela ! pensa-t-il tout à coup dans un accès de violente colère. Le vin est tiré, il faut le boire, que le diable l'emporte et la nouvelle vie aussi ! Que tout cela est bête, Seigneur ! Que de mensonges j'ai débités, combien j'ai commis de bassesses aujourd'hui ! Quelles misérables platitudes pour me concilier la bienveillance de l'exécrable Ilia Petrovitch. Bah ! qu'importe ! Je me moque pas mal de tous ces gens et des turpitudes que j'ai pu commettre ! Ce n'est pas du tout de cela qu'il s'agit. Pas le moins du monde... »

Et soudain, il s'arrêta net ; une question nouvelle, inattendue, infiniment simple, venait de se poser à lui et le frappait d'étonnement : « Si tu as agi dans toute cette histoire en homme intelligent et non en imbécile, si tu as poursuivi un but précis, comment se fait-il que tu n'aies pas jeté un coup d'œil dans la bourse et comment en es-tu à ignorer ce que t'a rapporté l'acte dont tu n'as pas craint d'assumer les dangers, l'horreur et l'infamie ? N'étais-tu pas prêt tout à l'heure à jeter à l'eau cette bourse, ces bijoux que tu n'as même pas regardés ?... Enfin, à quoi cela rime-t-il ? »

Oui, toutes ces réflexions étaient parfaitement fondées. Il le savait bien avant de se les formuler. La nuit où il avait résolu de tout jeter à l'eau, il avait pris cette décision sans hésiter, comme s'il lui eût été impossible d'agir autrement... Oui, il savait toutes ces choses et se souvenait du moindre détail ; il savait que tout devait se passer ainsi ; il le savait depuis le moment où il avait tiré les écrins du coffre sur lequel il était penché... Oui, parfaitement...

« C'est parce que je suis très malade, décida-t-il enfin, d'un air sombre. Je me torture et me déchire moi-même ; je suis incapable de contrôler mes actions... Hier, avant-hier et tous ces jours-ci, je ne fais que me martyriser... Quand je serai guéri, je ne le ferai plus... Mais si je ne guéris jamais ? Seigneur ! Comme je suis las de toute cette histoire ! »

Il continuait à marcher, tout en réfléchissant ainsi. Il avait terriblement envie d'échapper à ces pensées, mais ne savait comment s'y prendre. Une sensation nouvelle s'emparait irrésistiblement de lui et croissait d'instant en instant. C'était un dégoût presque physique, un dégoût opiniâtre, haineux pour tout ce qu'il rencontrait, toutes les choses et les gens qui l'entouraient. Il avait horreur de tous les passants, horreur de leurs visages, de leur démarche, de leurs moindres mouvements. Il aurait aimé leur cracher à la face, il était prêt à mordre quiconque lui adresserait la parole...

Arrivé sur le quai de la Petite-Néva, dans Vassilievski Ostrov, il s'arrêta soudain brusquement près du pont. « C'est là qu'il habite, ici, dans cette maison, pensa-t-il. Mais qu'est-ce que cela veut dire ? Mes jambes m'ont machinalement porté jusqu'au logis de Rasoumikhine, la même histoire que l'autre jour. C'est tout de même très curieux ; suis-je venu exprès ou bien ai-je été amené ici par le hasard ? N'importe, j'ai bien dit l'autre jour que j'irais chez Rasoumikhine *le lendemain*. Eh bien ! voilà, je suis venu ! Est-ce que je ne pourrais plus lui rendre visite par hasard ? »

Il monta au cinquième étage où habitait son ami.

Ce dernier était chez lui en train d'écrire dans sa chambre ; il vint lui ouvrir lui-même. Ils ne s'étaient pas vus depuis quatre mois. Il portait une robe de chambre toute usée, presque en lambeaux ; il avait les pieds nus dans des pantoufles, les cheveux ébouriffés ; il n'était ni rasé, ni lavé. Il parut étonné en voyant Raskolnikov.

« Que t'arrive-t-il ? » s'écria-t-il en l'examinant des pieds à la tête, puis il se tut et laissa échapper un sifflement. « Les affaires vont donc si mal ? Le fait est, frère, que tu arrives à nous dépasser tous en fait d'élégance, ajouta-t-il en examinant les haillons de son camarade. Assieds-toi donc, tu dois être fatigué. » Et quand Raskolnikov se laissa tomber sur le divan turc tendu de toile usée (un divan pire, entre parenthèses, que le sien), Rasoumikhine remarqua soudain que son hôte paraissait souffrant.

« Mais tu es sérieusement malade, le sais-tu au moins ? » Il voulut tâter le pouls. Raskolnikov lui arracha sa main.

« Non, fit-il, inutile, je suis venu... voilà, je n'ai plus de leçons... je voulais... non, je n'ai nul besoin de leçons...

– Veux-tu que je te dise une chose ? Tu as le délire, fit observer Rasoumikhine qui le considérait attentivement.

– Non, je ne l'ai pas... », répondit Raskolnikov en se levant.

Il n'avait pas prévu, en montant chez Rasoumikhine, qu'il allait se trouver face à face avec son ami. Or, il comprit à cet instant qu'un tête-à-tête avec quiconque était la chose au monde qui lui répugnait le plus. Le seuil de Rasoumikhine à peine franchi, il avait failli étouffer de colère contre lui-même.

« Adieu, fit-il en se dirigeant vers la porte.

– Mais attends, attends donc, espèce de fou.

– Inutile, répéta l'autre en retirant brusquement la main que son ami avait saisie.

– Mais alors, pourquoi diable es-tu venu ? Tu as perdu la boussole, enfin... C'est presque une offense que tu me fais. Je ne te laisserai pas partir comme ça.

– Eh bien, écoute. Je suis venu chez toi, car je ne connais que toi qui puisses m'aider à commencer... parce que tu es meilleur qu'eux tous, c'est-à-dire plus intelligent et tu peux juger... Maintenant, je vois que je n'ai besoin de rien, entends-tu, de rien du tout... Je me passe des services et de la sympathie des autres... Je suis seul et me suffis à moi-même... Puis, en voilà assez. Laissez-moi tranquille.

– Mais attends une minute, espèce de pantin ! Il est fou, ma parole ! Tu peux en faire à ta guise, tu sais. Moi non plus, je n'ai pas de leçons et je m'en moque. J'ai au marché un libraire Kherouvimov qui vaut bien une leçon en son genre. Je ne l'échangerai pas contre cinq leçons dans des familles de marchands. Il publie des petits livres sur les sciences naturelles ;

cela s'enlève comme du pain. Les titres à eux seuls sont des trouvailles ! Voilà, tu m'as toujours traité d'imbécile ; eh bien vrai, je te donne ma parole qu'il y a des gens plus bêtes que moi. Mon éditeur, qui ne sait ni *a* ni *b,* veut suivre le mouvement, et moi, naturellement, je l'encourage. Tiens, tu as ici deux feuilles et demie de texte allemand, du pur charlatanisme selon moi ; en un mot, l'auteur se préoccupe de savoir si la femme est un être humain. Naturellement, il tient pour l'affirmative et il s'attache à le démontrer solennellement. Kherouvimov juge cette brochure d'actualité en ce moment où le féminisme est à la mode ; je la lui traduis donc. Il tirera bien six feuilles de ces deux feuilles et demie de texte allemand. Nous les ferons précéder d'un titre ronflant qui remplira bien une demi-page et nous vendrons cela cinquante kopecks le volume. Cela marchera ! On me paye ma traduction à raison de six roubles la feuille, ce qui fait quinze roubles pour le tout ; j'en ai touché six d'avance. Quand nous aurons fini, nous traduirons un livre sur les baleines ; puis nous avons choisi quelques menus cancans dans *les Confessions,* et nous les traduirons aussi. Quelqu'un a dit à Kherouvimov que Rousseau est une sorte de Radichtchev[38]. Naturellement, je ne proteste pas, le diable les emporte. Eh bien, veux-tu traduire la seconde feuille de la brochure : *La femme est-elle un être humain ?* Si tu veux, prends immédiatement le texte, des plumes, du papier, tout cela est aux frais de l'éditeur, et voilà trois roubles ; puisque j'en ai reçu six d'avance pour toute la traduction, cela fait donc trois qui te reviennent pour ta part. Quand tu auras traduit ta feuille, tu en recevras encore trois. Surtout, ne va pas te figurer que tu me dois de la reconnaissance ; au contraire, dès que tu es entré, j'ai pensé à t'utiliser. Tout d'abord, je ne suis pas fort en orthographe et ensuite mes connaissances en allemand sont vraiment pitoyables, si bien que je suis souvent obligé d'inventer ; je m'en console en pensant que l'ouvrage ne peut qu'y gagner. Mais après tout, peut-être ai-je tort ?... Alors, c'est dit, tu acceptes ? »

Raskolnikov prit en silence les feuilles du texte allemand et les trois roubles, et sortit sans dire un mot, Rasoumikhine le suivit

---

[38] *Radichtchev :* Écrivain de la fin du XVIIIème siècle. Auteur du célèbre *Voyage de Pétersbourg à Moscou* où il s'élève violemment contre les abus du servage et du système judiciaire russe. Exilé en Sibérie par Catherine II.

d'un regard étonné. Mais, arrivé au premier coin de rue, Raskolnikov revint brusquement sur ses pas et remonta chez son ami ; il déposa sur la table les feuilles et les trois roubles, puis ressortit, toujours en silence.

« Mais tu deviens fou, vociféra Rasoumikhine, pris enfin de fureur. Quelle est cette comédie que tu joues là ? Tu m'as fait perdre la tête, parole d'honneur. Pourquoi es-tu venu dans ce cas, mille diables ?

– Je n'ai pas besoin de traductions, marmotta Raskolnikov, en continuant à descendre.

– Mais alors de quoi diable as-tu besoin ? » lui cria Rasoumikhine, du haut de son palier.

L'autre descendait toujours en silence.

« Hé, dis donc, où habites-tu ? »

Pas de réponse.

« Eh bien, alors, le d-d-diable t'emporte ! »

Mais Raskolnikov était déjà dans la rue ; il traversait le pont Nicolas quand une aventure désagréable le fit encore revenir momentanément à lui. Un cocher, dont les chevaux avaient failli le renverser, lui donna un grand coup de fouet dans le dos après lui avoir crié de se garer au moins trois ou quatre fois. Ce coup de fouet le mit dans une telle fureur qu'il bondit jusqu'au parapet (Dieu sait pourquoi il avait marché au milieu de la chaussée jusqu'ici) en grinçant des dents. Tout le monde naturellement s'était mis à rire autour de lui.

« C'est bien fait !

– Encore un voyou, pour sûr.

– On connaît cela, il fait l'ivrogne, il se fourre exprès sous les roues, et ensuite c'est moi qui suis responsable.

– Il y en a qui vivent de cela, naturellement. »

Il était encore là, appuyé au garde-fou, en se frottant le dos, à suivre des yeux, le cœur plein de fureur, la voiture qui s'éloignait, quand il sentit que quelqu'un lui glissait une pièce d'argent dans les mains. Il tourna la tête et vit une vieille marchande en bonnet, chaussée de bottines en peau de chèvre, accompagnée d'une jeune fille en chapeau, qui tenait une ombrelle verte, sa fille sans doute.

« Prends cela, mon ami, au nom du Christ ! »

Il prit l'argent. Elles continuèrent leur chemin. C'était une pièce de vingt kopecks. Elles avaient très bien pu le prendre, à sa mine et à son costume, pour un véritable mendiant des rues ; quant à cette offrande généreuse de vingt kopecks, il en était sans doute redevable au coup de fouet qui avait apitoyé les deux femmes.

Il serra la pièce dans sa main, fit une vingtaine de pas et se tourna vers le fleuve, dans la direction du Palais d'Hiver. Le ciel était sans un nuage et l'eau de la Néva, par extraordinaire, presque bleue. La coupole de la cathédrale de Saint-Isaac[39] (c'était précisément l'endroit de la ville où elle apparaissait le mieux) rayonnait et l'on pouvait, dans l'air transparent, distinguer jusqu'au moindre ornement de la façade. La brûlure occasionnée par le coup de fouet s'apaisait. Raskolnikov oubliait son humiliation ; une pensée inquiète et un peu vague le préoccupait ; il restait là immobile, le regard fixé sur l'horizon. L'endroit où il se trouvait lui était particulièrement familier. Quand il fréquentait encore l'Université, il avait l'habitude, surtout au retour, de s'y arrêter (il l'avait fait plus de cent fois) et de contempler ce panorama vraiment merveilleux. Il s'étonnait toujours d'une impression confuse et vague qui l'envahissait à cet instant ! Ce tableau splendide lui semblait inexplicablement glacial, comme privé d'esprit et de résonance... Il se sentait surpris chaque fois de cette impression mystérieuse et sombre mais il ne s'arrêtait pas à l'analyser et il remettait toujours à plus tard l'espoir d'en trouver l'explication. Il se souvenait maintenant de ces incertitudes, de ces sensations vagues... et non pas pur hasard, croyait-il. Le seul fait de s'être arrêté au même endroit qu'autrefois, comme s'il avait imaginé pouvoir retrouver les mêmes pensées, s'intéresser aux mêmes spectacles qu'alors... que tout dernièrement encore, lui paraissait bizarre, extravagant, un peu comique même, bien qu'il

---

[39] *La cathédrale Saint-Isaac :* La plus grande église de Saint-Pétersbourg, bâtie par Montferrand, surmontée d'un dôme majestueux qui rappelle ceux de Saint-Pierre de Rome et du Panthéon.

en eût le cœur douloureusement serré ; tout ce passé, enfin, ses anciennes pensées, ses intentions, les buts qu'il avait poursuivis, ce paysage bien connu et lumineux, tout, tout cela lui paraissait enfoui dans un trou profond et presque invisible sous ses pieds... Il lui semblait s'envoler dans l'espace et voir disparaître toutes ces choses... Il fit un geste machinal et sentit la pièce de vingt kopecks toujours serrée dans sa main fermée. Alors il l'ouvrit, regarda fixement l'argent, leva le bras et jeta la pièce dans le fleuve. Ensuite, il se détourna et rentra chez lui. Il lui semblait, à cet instant, avoir tranché lui-même, aussi sûrement qu'avec des ciseaux, le lien qui le retenait à l'humanité, à la vie en général.

Le soir tombait quand il arriva dans son logis ; il avait donc marché six heures au moins, mais il ne put se souvenir par quelles rues il avait passé. Il se déshabilla en tremblant tout entier comme un cheval fourbu, s'étendit sur son divan, se couvrit de son vieux pardessus et s'endormit aussitôt...

L'obscurité était complète quand il fut réveillé par un cri affreux. Quel cri, Seigneur ! Il n'avait jamais entendu pareils gémissements, pareils hurlements, pareils grincements de dents, pareils sanglots, pareils coups. Il n'aurait pu imaginer une fureur aussi bestiale.

Il se souleva épouvanté, et s'assit sur son lit, torturé par l'horreur et la crainte. Mais les coups, les plaintes, les invectives croissaient d'instant en instant. Et soudain, il reconnut, à son profond étonnement, la voix de la logeuse. Elle geignait, hurlait. Les mots sortaient de sa bouche si pressés, si rapides, qu'il était impossible de comprendre ce qu'elle disait, mais elle devait supplier qu'on cessât de la frapper, car on la battait impitoyablement dans l'escalier. La voix de son bourreau n'était plus qu'un râle furieux, mais lui aussi parlait avec la même hâte et ses paroles pressées, étouffées, étaient également inintelligibles.

Raskolnikov se mit soudain à trembler comme une feuille : il venait de reconnaître cette voix ; c'était celle d'Ilia Petrovitch. Ilia Petrovitch était ici et il battait la logeuse. Il la battait avec les pieds, il lui frappait la tête contre les marches ; on l'entendait distinctement, on pouvait en juger aux cris de la victime, au bruit des coups.

DEUXIÈME PARTIE

Mais était-ce le monde renversé ? Les gens, accourant au bruit, se rassemblaient sur l'escalier. Il en venait de tous les étages, on entendait des exclamations, des bruits de pas qui montaient ou descendaient ; les portes claquaient. « Mais pourquoi la bat-il ? pourquoi ? et peut-on admettre une chose pareille ? » se demandait Raskolnikov, persuadé qu'il devenait fou. Mais, non, il percevait trop distinctement tous ces bruits... Ainsi, on allait bientôt venir chez lui aussi, puisque... « car assurément, c'est pour la chose d'hier... Seigneur... ! »

Il voulut verrouiller sa porte, mais il n'eut pas la force de lever le bras ; d'ailleurs à quoi bon ? La frayeur glaçait son âme, le paralysait tout entier... Enfin ce vacarme, qui avait duré dix bonnes minutes, s'éteignit peu à peu. La logeuse gémissait doucement. Ilia Petrovitch continuait à jurer et à menacer, puis lui aussi se tut ; on ne l'entendait plus. « Seigneur ! il est donc parti ! Oui, il s'en va et la logeuse aussi, tout en larmes, gémissante... »

La porte a claqué. Les locataires quittent l'escalier, tous regagnent leurs appartements, ils poussent des exclamations, discutent, s'interpellent d'abord à grands cris, puis à voix basse en murmurant. Ils devaient être fort nombreux, toute la maison avait dû accourir. « Seigneur, tout cela est-il possible ? Et lui, pourquoi, au nom du Ciel, est-il venu ? »

Raskolnikov retomba, à bout de forces, sur son divan, mais il n'arriva plus à fermer l'œil de la nuit ; une demi-heure passa ; il était en proie à une épouvante, à une horreur qu'il n'avait jamais éprouvées. Tout à coup, une vive lumière illumina sa chambre. Nastassia était entrée, une bougie et une assiette de soupe à la main. La servante le regarda attentivement et, s'étant assurée qu'il ne dormait pas, elle déposa la bougie sur la table, puis disposa tout ce qu'elle avait apporté : le pain, le sel, la cuiller, l'assiette.

« Tu n'as sûrement pas mangé depuis hier. Tu as traîné toute la journée sur le pavé avec la fièvre dans le corps !

– Nastassia, pourquoi a-t-on battu la patronne ? »

Elle le regarda fixement.

« Qui a battu la patronne ?

– Tout à l'heure, il y a une demi-heure. Ilia Petrovitch, l'adjoint du commissaire de police, sur l'escalier... pourquoi l'a-t-il battue ainsi... et que venait-il faire ? »

Nastassia avait froncé les sourcils ; un long moment elle l'examina en silence ; son regard inquisiteur troublait Raskolnikov ; il finit même par l'effrayer.

« Nastassia, pourquoi ne réponds-tu pas ? demanda-t-il enfin d'une voix faible et timide.

– C'est le sang, murmura-t-elle enfin, comme si elle se parlait à elle-même.

– Le sang ?... quel sang ? » balbutia-t-il, en pâlissant et il recula vers la muraille.

Nastassia cependant continuait à le regarder.

« Personne n'a battu la patronne », fit-elle enfin d'une voix ferme et sévère. Il la considérait, respirant à peine.

« Mais j'ai entendu moi-même... je ne dormais pas... j'étais assis, fit-il d'une voix plus timide encore. J'ai longtemps écouté... L'adjoint du commissaire est venu... Tout le monde est accouru de tous les logements, dans l'escalier...

– Personne n'est venu ; c'est le sang qui crie en toi. Quand il ne tourne plus, il forme des caillots dans le foie et on a la berlue... Vas-tu manger ou non ? »

Il ne répondit pas. Nastassia toujours penchée sur lui continuait à le regarder attentivement et ne s'en allait point.

« Donne-moi à boire, Nastassiouchka[40]. »

Elle descendit et revint deux minutes plus tard, rapportant de l'eau dans une petite cruche de terre ; mais là s'arrêtaient les souvenirs de Raskolnikov. Plus tard, il se souvint seulement avoir lampé une gorgée d'eau fraîche et laissé tomber un filet d'eau sur sa poitrine. Ensuite il perdit connaissance.

———————

[40] Forme caressante de « Nastassia » – Anastasie.

DEUXIÈME PARTIE

III

Il ne demeura pourtant point tout à fait inconscient, pendant toute la durée de sa maladie ; c'était un état fiévreux et à demi lucide entremêlé de délire. Plus tard, il se rappela bien des détails de cette période. Tantôt, il lui semblait voir plusieurs individus réunis autour de lui et qui voulaient l'emporter. Ils discutaient à son sujet, se querellaient bruyamment. Puis il était seul, tout le monde l'avait quitté, il inspirait l'effroi. À peine, de temps en temps, osait-on entrouvrir la porte pour le regarder et le menacer ; on complotait contre lui, on riait, on le narguait... Il reconnaissait souvent Nastassia et encore une autre personne qu'il savait connaître parfaitement, mais sans pouvoir l'identifier, ce qui le remplissait d'angoisse et surtout le faisait pleurer. Parfois, il lui semblait être alité depuis un mois ; d'autres fois, c'était une seule journée qui achevait de s'écouler. Mais le *fait,* il l'avait complètement oublié. Il est vrai qu'il se disait, à tout instant, qu'il avait oublié une chose essentielle, dont il aurait dû se souvenir, et il se tourmentait, faisait de pénibles efforts de mémoire. Il était pris d'accès de rage, puis de terreur affreuse. Alors, il se dressait sur son lit, tentait de s'enfuir, mais quelqu'un était toujours là pour le maintenir de force, et il retombait épuisé, inconscient. Enfin, il revint à lui.

Il était dix heures du matin. Quand il faisait beau, le soleil entrait dans sa chambre à cette heure, y formait une longue raie lumineuse sur le mur de droite et éclairait le coin voisin de la porte. Nastassia était à son chevet ; près d'elle, un individu qu'il ne connaissait pas et qui l'examinait curieusement. C'était un jeune homme en blouse qui ressemblait à un garçon de recette. La logeuse jetait un coup d'œil dans la pièce par la porte entrebâillée. Raskolnikov se souleva.

« Qui est-ce, Nastassia ? demanda-il, en désignant le jeune homme.

– Tiens, il est revenu à lui, fit la servante.

– Oui, il est revenu à lui », reprit le commis.

À ces mots, la logeuse ferma la porte et s'éclipsa. Sa timidité lui rendait pénibles les entretiens et les explications. Elle avait une quarantaine d'années, était forte et grasse, avec des yeux bruns, des sourcils noirs, au demeurant assez agréable et bonne de cette bonté qui vient de la paresse et de l'embonpoint ; elle était en outre d'une pudibonderie quelque peu exagérée.

« Qui êtes-vous ? » continua Raskolnikov, en s'adressant, cette fois, au garçon de recette.

Mais, à ce moment, la porte se rouvrit toute grande et livra passage à Rasoumikhine qui entra dans la pièce en se baissant un peu, à cause de sa haute taille.

« Hé ! une vraie cabine de bateau, s'écria-t-il ; je me cogne toujours la tête contre ce plafond ; on appelle cela un logement. Eh bien, frère, tu es enfin revenu à toi, à ce que vient de m'apprendre Pachenka ?

– Il vient de reprendre ses sens, dit la servante.

– Il vient de reprendre ses sens, reprit en écho le commis avec un sourire.

– Mais vous, qui êtes-vous ? lui demanda brusquement Rasoumikhine. Moi, je m'appelle Vrasoumikhine (non pas Rasoumikhine comme tout le monde m'appelle). Je suis étudiant, fils de gentilhomme, et monsieur est mon ami. Et vous, qui êtes-vous ?

– Moi, je suis employé chez le marchand Chélopaïev et je viens ici pour affaire.

– Asseyez-vous donc sur cette chaise. » Ce disant, Rasoumikhine prit une autre chaise et s'assit de l'autre côté de la table. Il continua :

« Tu as bien fait de revenir à toi, frère. Voilà le quatrième jour que tu ne prends rien, sauf un peu de thé à la cuiller. Je t'ai amené Zossimov deux fois. Tu te souviens de Zossimov ? Il t'a examiné attentivement et il a déclaré que tu n'avais rien de grave, un simple ébranlement nerveux, résultat d'une mauvaise alimentation ; manque de soupe, a-t-il dit ; voilà la cause de la maladie, tout s'arrangera ! Un fameux gaillard, ce Zossimov ! C'est déjà un excellent médecin. Allons, je ne veux pas abuser de votre temps, fit-il en s'adressant de nouveau au garçon de recette. Veuillez me faire connaître le motif de votre visite. Remarque bien, Rodia, que c'est la seconde fois que l'on vient de chez eux. Seulement, la dernière fois, c'en était un autre. Qui est-ce qui est venu ici avant vous ?

– Vous voulez sans doute parler de celui qui est venu avant-hier ? C'est Alexis Simionovitch. Il est également employé chez nous.

– Celui-là avait la langue mieux pendue que vous, hein ? Qu'en pensez-vous ?

– Oui, oui ! On peut dire que c'est un homme plus capable.

– Modestie digne d'éloges ; eh bien, continuez.

– Voici. À la demande de votre maman, Athanase Ivanovitch Vakhrouchine, dont vous avez sans doute entendu parler plus d'une fois, vous a envoyé de l'argent que notre bureau est chargé de vous remettre, fit l'homme en s'adressant directement à Raskolnikov. Si vous avez votre pleine connaissance, veuillez recevoir ces trente-cinq roubles que Simion Simionovitch a reçu d'Athanase Ivanovitch, sur la demande de votre maman. On a dû vous informer de cet envoi.

– Oui... je me souviens... Vakhrouchine, fit Raskolnikov, d'un air pensif.

– Vous entendez ? Il connaît le marchand Vakhrouchine, s'exclama Rasoumikhine. Comment serait-il inconscient ? Je remarque d'ailleurs que vous aussi vous êtes un homme capable. Continuez, on a plaisir à écouter les paroles sensées...

– Oui, c'est ce même Vakhrouchine Athanase Ivanovitch, et sur la demande de votre maman, qui vous a déjà envoyé de l'argent de cette façon. Athanase Ivanovitch n'a pas refusé de lui rendre ce service et il en a informé Simion Simionovitch, en le priant de vous transmettre trente-cinq roubles ; les voilà, en attendant mieux.

– Hé, cette phrase : « en attendant mieux », est particulièrement réussie. J'aime aussi « votre maman ». Mais, d'après vous, a-t-il sa pleine connaissance ou non, dites ?

– D'après moi ? Qu'est-ce que ça peut me faire ? Seulement, il y a une signature à donner, voilà !

– Il vous griffonnera cela. Vous avez un registre ?

– Un registre, tenez.

– Donnez. Allons, Rodia, un petit effort ! Soulève-toi ; je vais te soutenir, prends la plume et signe ton nom ; l'argent de nos jours est plus doux que le miel.

– Inutile, fit Raskolnikov, en repoussant la plume.

– Qu'est-ce qui est inutile ?

– Je ne veux pas signer.

– Ah ! diable, on ne peut pas se passer de signature, pourtant.

– Je n'ai pas... besoin d'argent !

– Pas besoin d'argent, toi ? Allons, frère, en voilà un joli mensonge. J'en suis témoin. Ne vous inquiétez pas, je vous prie, ce n'est rien ; il recommence à divaguer ; il faut dire que cela lui arrive même quand il se porte bien... Vous êtes un homme de bon sens et nous allons le guider, c'est-à-dire tout simplement diriger sa main et il signera. Allons-y.

– Mais, du reste, je puis repasser.

– Non, non, pourquoi vous déranger ainsi ? Vous êtes un homme de bon sens... Allons, Rodia, ne retiens pas ce monsieur ; tu vois bien qu'il attend. » Il s'apprêtait fort sérieusement à diriger la main de son ami...

« Laisse, je le ferai tout seul... », fit l'autre ; il prit la plume et signa sur le registre. Le garçon de recette compta l'argent et s'en alla.

« Bravo, et maintenant, frère, veux-tu manger ?

– Je veux bien, répondit Raskolnikov.

– Vous avez de la soupe ?

– Il en reste d'hier, répondit Nastassia.

– De la soupe au riz et aux pommes de terre ?

– Oui.

– J'en étais sûr. Apporte-nous-en et du thé aussi.

– Bon. »

Raskolnikov contemplait cette scène avec une profonde surprise et une sorte de frayeur hébétée. Il décida de garder le silence dans l'attente des événements. « Il me semble que je ne délire pas, songeait-il, tout cela m'a l'air d'être bien réel... »

Deux minutes plus tard, Nastassia revenait avec la soupe et annonçait qu'on allait avoir le thé dans un instant. Elle avait monté avec la soupe deux cuillers, deux assiettes et, chose qui ne s'était vue depuis longtemps, tout le couvert, le sel, le poivre, la moutarde pour manger avec le bœuf, etc. La nappe même était propre.

« Nastassiouchka, Prascovia Pavlovna ne ferait pas mal de nous envoyer deux petites bouteilles de bière. Nous en viendrons bien à bout.

– Tu te soignes bien, toi », marmotta la servante, en partant faire la commission.

Raskolnikov continuait à observer ce qui se passait autour de lui de toute son attention inquiète et tendue. Cependant, Rasoumikhine était venu s'installer à ses côtés sur le divan ; il lui avait entouré le cou de son bras gauche avec une maladresse d'ours et, bien que l'autre pût parfaitement soulever la tête, s'était mis à lui porter à la bouche, de la main droite, des cuillerées de soupe, après avoir soufflé dessus pour éviter de le brûler. Mais le potage était à peine tiède. Raskolnikov absorba avidement une cuillerée puis une seconde, une troisième. Rasoumikhine s'arrêtant brusquement déclara que, pour la suite, il lui fallait consulter Zossimov.

Sur ces entrefaites, Nastassia apporta les deux bouteilles de bière.

« Veux-tu du thé ?

– Oui.

– Va vite chercher le thé, Nastassia, car, en ce qui concerne ce breuvage, m'est avis que nous pouvons nous passer des ordonnances de la Faculté ! Ah ! voilà la bière. » Il alla se rasseoir sur sa chaise, approcha la soupière et le plat de bœuf et se mit à dévorer avec autant d'appétit que s'il n'avait pas mangé depuis trois jours.

« Maintenant, ami Rodia, je dîne ainsi chez vous tous les jours, marmotta-t-il la bouche pleine. C'est Pachenka, ton aimable logeuse, qui me traite. Moi, naturellement, je la laisse faire sans protester. Mais voilà Nastassia qui arrive avec le thé ; en voilà une fille leste. – Nastenka, veux-tu un petit verre de bière ?

– Tu te moques de moi !

– Et du thé ?

– Du thé, je ne dis pas...

– Sers-toi, ou plutôt, attends, je vais te servir moi-même, mets-toi à table. »

Il entra aussitôt dans son rôle d'amphitryon, lui versa une tasse de thé, puis une seconde. Ensuite, il laissa là son déjeuner et alla se rasseoir sur le divan. Il entoura de nouveau la tête du malade de son bras, le souleva et se mit à lui faire boire du thé au moyen d'une petite cuiller, après avoir soufflé dessus aussi soigneusement que si c'était là le point essentiel et miraculeusement salutaire de tout le traitement.

Raskolnikov se laissait faire en silence, quoiqu'il se sentît assez fort pour se soulever, s'asseoir sur le divan sans le secours de personne, tenir la cuiller, la tasse et même marcher ; mais, par une sorte de ruse, étrange et instinctive, l'idée lui était venue de feindre momentanément la faiblesse et de simuler même une sorte d'hébétement, tout en ayant l'œil et l'oreille aux aguets. Du reste, il ne put contenir son dégoût ; après avoir avalé une dizaine de cuillerées de thé, il dégagea sa tête d'un brusque mouvement, repoussa capricieusement la cuiller et se laissa retomber sur son oreiller (il dormait en effet maintenant sur de vrais oreillers bourrés de duvet et garnis de taies bien blanches). Il nota ce détail et en fut intrigué.

« Il faut que Pachenka nous envoie aujourd'hui même de la confiture de framboises pour lui en faire un sirop, dit Rasoumikhine, en reprenant sa place, et en se remettant à son repas interrompu.

- Et où prendra-t-elle des framboises ? » demanda Nastassia, qui tenait sa soucoupe dans sa main entre ses doigts écartés et buvait son thé en le faisant filtrer goutte à goutte à travers le morceau de sucre qu'elle avait mis dans sa bouche.

« Elle en prendra, ma chère, à la boutique, tout simplement. Vois-tu, Rodia, il s'est passé ici toute une histoire pendant ta maladie. Lorsque tu t'es sauvé de chez moi, comme un voleur, sans me donner ton adresse, j'ai été pris d'une telle colère que j'ai résolu de te retrouver pour me venger de toi. Je me suis mis aussitôt en campagne. Ce que j'ai pu courir, questionner ! Ton adresse actuelle, je l'avais oubliée, ou plutôt je crois que je ne l'avais jamais sue. Quant à ton ancien logement, je me souvenais seulement qu'il était situé aux Cinq-Coins dans la maison Kharlamov. Ce que j'ai pu chercher ! Or, en fin de compte, ce n'était pas du tout la maison Kharlamov, mais la maison Buch. Voilà comment on s'embrouille parfois avec les noms ! J'étais furieux. Le lendemain, je m'en vais à tout hasard au bureau des adresses et figure-toi qu'au bout de deux minutes on me donnait la tienne. Tu y es inscrit.

- Moi, inscrit ?

- Je crois bien, et cependant ils n'ont pas pu donner l'adresse du général Kobelev qu'on leur a demandée pendant que j'y étais. Alors, voilà, j'abrège. À peine suis-je arrivé ici que j'ai été initié à toutes tes affaires, oui, mon ami, à toutes. Je sais tout, Nastassia peut te le dire : j'ai fait la connaissance de Nicodème Fomitch ; on m'a montré Ilia Petrovitch ; je suis entré en rapport avec le concierge, avec M. Zamiotov, Alexandre Grigorevitch, le secrétaire, et enfin avec Pachenka : cela, c'est le bouquet, tu peux demander à Nastassia.

- Tu l'as enjôlée, murmura la servante avec un sourire malin.

- Vous devriez plutôt sucrer votre thé que de le boire ainsi, Nastassia Nikiphorovna[41].

---

[41] *Nastassia Nikiphorovna :* En Russie, c'est une impolitesse de ne pas savoir le nom du père de la personne à qui on s'adresse et de se tromper en déclinant ses prénoms et patronyme. Nikiphore : Nicéphore, Nicétas.

– Hé, toi, malappris ! cria soudain Nastassia, et elle partit d'un éclat de rire ; je m'appelle Petrovna et non Nikiphorovna, ajouta-t-elle quand elle se fut calmée.

– Nous en prendrons bonne note ; donc, eh bien, voilà, frère, pour être bref, je voulais user de grands moyens pour anéantir d'un seul coup tous ces préjugés, les couper à la racine, mais Pachenka a eu raison de mes velléités. Je ne m'attendais pas, je te l'avoue, mon ami, à la trouver si... avenante... tu dis ? Qu'en penses-tu ? »

Raskolnikov ne répondait pas, mais continuait à le fixer de son regard angoissé.

« Oui, elle l'est même extrêmement, continua Rasoumikhine sans paraître troublé de ce silence et comme s'il acquiesçait à la réponse de son ami ; elle est même fort bien sous tous les rapports.

– Voyez-vous cet animal, cria encore Nastassia que tout ce monologue paraissait plonger dans une jubilation extraordinaire.

– Le malheur, mon cher, c'est que tu t'y es mal pris dès le début. Ce n'est pas ainsi qu'il fallait procéder avec elle. Elle a, comment dire, un caractère plein d'imprévu. Du reste, nous y reviendrons plus tard. Mais, comment, par exemple, as-tu pu l'amener à te couper les vivres ? Et ce billet ! Il faut que tu aies perdu la raison pour l'avoir signé, ou encore ce projet de mariage du vivant de Nathalie Egorovna. Je suis au courant de tout. Je vois d'ailleurs que je touche là un point délicat : je ne suis qu'un âne, excuse-moi. Mais, à propos de sottise, ne trouves-tu pas Prascovia Pavlovna beaucoup moins bête qu'elle ne le paraît à première vue ?

– Oui », fit Raskolnikov entre ses dents, en détournant les yeux. Il avait compris qu'il était plus sage de paraître soutenir la conversation.

« N'est-ce pas ? s'écria Rasoumikhine, heureux de voir que l'autre consentait à répondre, mais elle n'est pas très intelligente non plus, hein ? Un caractère des plus imprévus. Je m'y perds presque, mon cher, je t'assure ; elle doit avoir quarante ans sonnés et n'en avoue que trente-six, mais son aspect l'y autorise. Du reste, je te jure que je ne puis la juger que d'une façon intellectuelle, purement métaphysique, quoi ! Car nos relations sont ce qu'il y a de plus singulier au monde. Je n'y comprends rien ; mais, pour en revenir à nos moutons, quand elle a vu que tu avais quitté l'Université, que tu étais privé de leçons, sans vêtements convenables, et, d'autre part, comme elle n'avait plus, depuis la mort de sa fille, à te considérer comme un membre de sa famille, l'inquiétude l'a prise ; toi, de ton côté, tu t'étais mis à vivre retiré dans ton coin. Alors, elle a pensé te faire partir de chez elle ; elle y songeait depuis longtemps, mais tu lui avais donné ce billet et tu lui assurais que ta maman paierait...

– Cela, c'était une bassesse de ma part... Ma mère en est réduite elle-même presque à la mendicité... et moi je mentais pour que l'on continuât à me loger... et à me nourrir, déclara Raskolnikov d'une voix claire et vibrante.

– Oui, et tu avais raison. Ce qui a tout gâté, c'est l'intervention de M. Tchebarov, conseiller à la Cour et homme d'affaires. Sans lui, Pachenka n'aurait rien entrepris contre toi : elle est bien trop timide pour cela ; mais l'homme d'affaires, lui, ne l'est pas et il a tout d'abord posé la question : « Le signataire de l'effet est-il solvable ? » ; et voici la réponse : « Oui, car il a une maman qui, avec sa pension de cent vingt roubles, tirera son Rodenka d'affaire, lui fallût-il se priver de manger pour cela, et il a encore une sœur qui se vendrait comme esclave pour son frère. » M. Tchebarov s'est donc basé là-dessus... Qu'est-ce que tu as à t'agiter ? Je connais toute l'histoire. Ce n'est pas pour rien que tu t'es épanché dans le sein de Prascovia Pavlovna au temps où tu voyais en elle une future parente, mais maintenant je te le dis amicalement... C'est là qu'est tout le secret de l'affaire : l'homme honnête et sensible se laisse aller aux confidences et l'homme d'affaires les recueille pour en faire son profit. Bref, elle a repassé son billet à Tchebarov et l'autre ne s'est pas gêné pour mener l'affaire rondement. Lorsque j'ai appris tout cela, je voulais, par acquit de conscience, l'arranger un peu à ma façon... mais, sur ces entrefaites, l'harmonie s'est établie entre Pachenka et moi et j'ai fait interrompre l'affaire, en la prenant à sa racine pour ainsi dire, c'est-à-dire en répondant de ta dette. Tu m'entends : on a fait venir Tchebarov ; on lui a fermé la gueule avec une pièce de dix roubles et l'on a repris le papier. Le voici, j'ai l'honneur de vous le présenter. Maintenant, tu n'es qu'un débiteur sur parole ; tiens, prends-le, je l'ai déchiré moi-même. »

Rasoumikhine posa le papier sur la table. Raskolnikov y jeta un coup d'œil, et se détourna sans rien dire. Rasoumikhine en fut même froissé.

« Je vois, mon cher, que tu recommences ta comédie. Je pensais te distraire et t'amuser par mon bavardage, mais je ne fais que t'irriter, il me semble ?

- C'est toi que je n'arrivais pas à reconnaître dans mon délire ? demanda Raskolnikov, après un moment de silence et sans tourner la tête.

- Oui, ma présence te mettait même dans des états affreux, surtout le jour où j'ai amené Zamiotov.

- Zamiotov, le secrétaire ? et pourquoi ? »

Raskolnikov, en posant ces questions, s'était vivement tourné vers Rasoumikhine et le regardait fixement.

« Mais qu'est-ce que tu as ? Comme te voilà troublé ! Il désirait faire ta connaissance, parce que nous avions beaucoup parlé de toi... Autrement, où aurais-je appris tant de choses sur ton compte ? C'est un excellent garçon, mon cher, il est même merveilleux... dans son genre naturellement. Nous sommes des amis maintenant ; on se voit presque tous les jours. Je viens en effet de m'installer dans ce quartier. Tu ne le savais pas ? Je viens d'emménager. Tu te souviens de Louisa Ivanovna ?

- J'ai parlé dans mon délire ?

- Je crois bien, tu battais la campagne.

- Et qu'est-ce que je disais ?

- Ce que tu disais ? Oh là là ! On sait bien ce que peut dire qui n'a plus sa tête... Allons, mon vieux, il s'agit de ne plus perdre de temps ; occupons-nous de nos affaires. »

Il se leva et prit sa casquette.

« Qu'est-ce que je disais ?

- Ce qu'il peut être entêté ! Tu as peur d'avoir laissé échapper un secret ? Sois tranquille, tu n'as pas soufflé mot de la comtesse. Mais tu as beaucoup parlé d'un bouledogue, de boucles d'oreilles, de chaînes de montre, de l'île Krestovsky, d'un concierge ; Nicodème Fomitch et Ilia Petrovitch revenaient souvent aussi dans tes propos. De plus, vous sembliez, cher ami, fort préoccupé d'une de vos chaussettes, mais là très sérieusement. Vous ne cessiez de répéter d'un ton larmoyant : « Donnez-la-moi, je la veux. » Zamiotov l'a cherchée lui-même dans tous les coins et n'a pas craint de t'apporter, de ses propres mains blanches, parfumées et ornées de bagues, cette vieille saleté. Ce n'est qu'en la recevant que tu t'es calmé et tu as gardé cette ordure dans les mains pendant vingt-quatre heures ; impossible de te l'arracher ; elle doit traîner encore quelque part sous la couverture. Et puis, tu réclamais encore les franges d'un pantalon et sur quel ton larmoyant ! il fallait entendre cela ! Nous avons tout fait pour savoir de quelle frange il s'agissait, impossible de rien comprendre... Allons, maintenant à notre affaire ! Voici trente-cinq roubles ; j'en prends dix et, dans deux petites heures, je viendrai te rendre compte de l'emploi que j'en aurai fait. Entre-temps, je passerai chez Zossimov ; il devrait d'ailleurs être ici depuis longtemps... Il est déjà onze heures passées. Et vous, Nastenka, n'oubliez pas de monter souvent en mon absence et veillez à ce qu'il ait à boire et, en général, qu'il ne manque de rien... Quant à Pachenka, je lui donnerai mes instructions en passant. Au revoir.

– Il l'appelle Pachenka. Ah ! le scélérat », fit la servante quand il eut tourné les talons ; ensuite, elle ouvrit la porte et se mit aux écoutes ; mais, au bout d'un instant, elle n'y put tenir et descendit en toute hâte. Elle était trop curieuse de savoir ce que Rasoumikhine pouvait avoir à dire à sa patronne. L'étudiant semblait du reste l'avoir fascinée.

À peine avait-elle refermé la porte en s'en allant que le malade rejetait sa couverture et sautait à bas du lit comme un fou. Il avait attendu avec une impatience angoissée, presque convulsive, le moment où il serait seul pour se mettre à la besogne. Mais quelle était cette besogne à entreprendre ? Il ne pouvait plus s'en souvenir. « Seigneur ! fais-moi connaître une seule chose. Savent-ils tout ou ignorent-ils encore l'affaire ? Peut-être en sont-ils instruits déjà et ne font-ils semblant de rien parce que je suis malade ? Ils se réservent d'entrer un jour me dire que tout leur est connu depuis longtemps et qu'ils ne se taisaient que... Mais qu'ai-je à faire ? Voilà que je l'ai oublié comme par un fait exprès, oublié brusquement quand j'y pensais il y a à peine une minute... » Il restait debout au milieu de la pièce et regardait autour de lui avec angoisse, puis il s'approcha de la porte, l'entrouvrit, prêta l'oreille ; non ce n'était pas cela. Tout à coup, la mémoire parut lui revenir ; il se précipita vers le coin où la tapisserie était déchirée, introduisit sa main dans le trou, y fouilla ; mais ce n'était pas cela non plus. Il se dirigea vers le poêle, l'ouvrit et chercha parmi les cendres : les lambeaux du pantalon effrangé, les petits chiffons provenant de la doublure de sa poche s'y trouvaient toujours ; personne n'avait donc regardé dans le poêle. Il se souvint alors de la chaussette dont Rasoumikhine venait de lui parler. Il est vrai qu'elle traînait sur le divan, à peine cachée par la couverture, mais elle était si usée, si boueuse que Zamiotov n'avait sans doute pu rien remarquer.

« Bah ! Zamiotov... le commissariat... Et pourquoi me convoque-t-on à ce commissariat ? Où est la citation ? Bah... je confonds ; c'est l'autre jour qu'on m'a fait venir ; ce jour-là, j'ai également examiné ma chaussette... Et pourquoi Zamiotov est-il venu ? Pourquoi Rasoumikhine l'a-t-il amené ? marmottait-il, tout épuisé, en se rasseyant sur son divan. Mais que se passe-t-il ? Ai-je toujours le délire ou est-ce la réalité ? La réalité, il me semble... Ah ! oui, je me souviens. Fuir, il faut fuir, fuir au plus vite. Oui... mais où aller ? et où sont mes vêtements ? Je n'ai plus de bottes. On me les a prises, cachées, je comprends ! et voilà mon pardessus. Il a échappé à leurs investigations et voilà l'argent sur la table, grâce à Dieu ; tiens, le billet... Je vais prendre l'argent, m'en aller et louer un autre logement ; ils ne me trouveront pas... Mais le bureau des adresses ? Ils me découvriront. Rasoumikhine me trouvera, lui ! Il vaut mieux fuir, quitter le pays, m'en aller très loin, en Amérique. Là je me moquerai d'eux. Et prendre le billet... il me servira là-bas. Que prendrai-je encore ? Ils me croient malade. Ils pensent que je ne suis pas en état de marcher, hé, hé, hé ! J'ai vu à leurs yeux qu'ils savent tout. Il n'y a que la descente de cet escalier qui m'effraie. Mais si la maison est gardée, si je trouve des agents de police en bas, hein ? Qu'est-ce qu'il y a là ? Du thé, tiens, et voilà de la bière qui est restée, toute une demi-bouteille, et fraîche. »

Il saisit la bouteille qui contenait encore un bon verre de bière et la vida d'un trait avec délice, car sa poitrine était en feu. Mais une minute n'était pas passée que la boisson lui montait à la tête ; un frisson léger, agréable même, lui courut dans le dos. Il s'étendit, tira la couverture sur lui. Ses pensées déjà troublées et incohérentes se brouillaient de plus en plus ; bientôt un sommeil délicieux s'empara de lui. Il posa voluptueusement la tête sur l'oreiller, s'enveloppa dans la moelleuse couverture ouatée qui avait remplacé son vieux manteau déchiré, poussa un faible soupir et s'endormit d'un sommeil profond et salutaire.

Il fut réveillé par un bruit de pas, ouvrit les yeux et aperçut Rasoumikhine qui avait ouvert la porte, mais hésitait sur le seuil. Raskolnikov se souleva vivement et le regarda comme s'il cherchait à retrouver un souvenir.

« Ah ! tu ne dors plus. Eh bien, me voilà ! Nastassia, monte ici le paquet, cria Rasoumikhine penché sur l'escalier. Je vais te rendre mes comptes...

– Quelle heure est-il ? demanda Raskolnikov, en promenant autour de lui un regard inquiet.

– Oui, on peut dire que tu as fait un bon somme, mon ami, le soir tombe, il doit être six heures. Tu as dormi plus de six heures...

– Seigneur, comment ai-je pu ?...

– Et que vois-tu de mal à ça ? Cela fait du bien. Quelle était cette affaire pressante que tu as manquée, dis-moi ? Un rendez-vous ? Tu as tout le temps. Il y a au moins trois heures que j'attends ton réveil. Je suis passé deux fois chez toi ; tu dormais toujours. Je suis allé également deux fois chez Zossimov ; il était absent, toujours absent, et voilà... Mais n'importe, il viendra... J'ai eu, en outre, à m'occuper de mes petites affaires : je déménage aujourd'hui en emmenant mon oncle, car j'ai maintenant mon oncle chez moi... Allons, assez causé, à notre affaire maintenant. Nastenka, passe-nous le paquet, nous allons... Mais comment te sens-tu, mon vieux ?

– Je me porte bien, je ne suis pas malade... Rasoumikhine, il y a longtemps que tu es là ?

– Je te dis qu'il y a trois heures que j'attends ton réveil.

– Non, mais avant ?

– Quoi, avant ?

– Depuis quand viens-tu ici ?

– Mais, voyons, je te l'ai dit tantôt. L'aurais-tu oublié ? »

Raskolnikov parut songer. Les incidents de la journée lui apparaissaient comme dans un rêve. Ses efforts de mémoire restant infructueux, il interrogea du regard Rasoumikhine.

« Hum, fit l'autre. Tu as oublié... J'avais bien cru remarquer tout à l'heure que tu n'étais pas dans ton assiette. Mais le sommeil t'a fait du bien... Non, vrai, tu as bien meilleure mine. Bravo ! Mais ce n'est pas de cela qu'il s'agit. La mémoire te reviendra tout à l'heure, tu verras. En attendant, jette un coup d'œil par ici, mon brave homme ! »

Il se mit à défaire le paquet qui semblait le préoccuper fort.

« Cela, frère, était, si tu veux m'en croire, la question qui me tenait le plus à cœur. Car enfin, il faut bien faire un homme de toi. Commençons par le haut. Tu vois cette casquette ? fit-il en tirant du paquet une casquette assez jolie, quoique ordinaire, et qui ne devait pas valoir cher. Je me permets de te l'essayer ?

– Pas maintenant, plus tard, proféra Raskolnikov en repoussant son ami avec un geste d'impatience.

– Non, ami Rodia, tu dois te laisser faire, plus tard il sera trop tard. Pense, je ne pourrais pas en dormir de la nuit, d'inquiétude, j'ai acheté au jugé. Elle va parfaitement, s'écria-t-il, triomphant après l'avoir essayée, parfaitement ; on jurerait qu'elle a été faite sur mesure. La coiffure, mon ami, c'est la chose essentielle dans le costume ; cela vaut une lettre de recommandation... Mon ami Tolstakov enlève toujours son couvre-chef en entrant dans un lieu public où tous gardent leurs chapeaux et leurs casquettes. Tout le monde attribue ce geste à des sentiments serviles, quand lui a tout simplement honte de son nid à poussière, de son chapeau, quoi ! Que veux-tu, c'est un homme si timide ! Eh bien, Nastenka, vous avez là deux couvre-chefs : lequel préférez-vous, ce palmerston (il tira d'un coin le chapeau tout déformé de Raskolnikov qu'il appelait palmerston pour quelque raison connue de lui seul), ou ce petit bijou ? Devine un peu ce que je l'ai payée, Rodia ? Qu'en penses-tu, Nastassiouchka ? ajouta-t-il, voyant que son ami ne répondait rien.

– Oh ! vingt kopecks, sans doute, répondit Nastassia.

– Vingt kopecks, sotte que tu es ! cria Rasoumikhine vexé ; à présent on ne pourrait même pas t'acheter, toi, pour vingt kopecks. Quatre-vingts kopecks ! Je l'ai achetée à une condition, il est vrai. Quand celle-ci sera usée, tu en auras une gratuitement l'année prochaine ; je t'en donne ma parole d'honneur ! Bon, passons maintenant aux États-Unis, comme nous appelions cette pièce de l'habillement au collège. Je dois te prévenir que je suis très fier du pantalon ! – et il étala devant Raskolnikov un pantalon gris d'une légère étoffe d'été. – Pas une tache, pas un trou et très convenable quoiqu'il ait été porté ; le gilet est assorti comme l'exige la mode. Du reste, on ne peut que se féliciter que ces effets ne soient pas neufs ; ils n'en sont que plus moelleux, plus souples... Vois-tu, Rodia, il suffit, d'après moi, pour faire son chemin dans le monde, de savoir observer les saisons. Si l'on ne demande pas d'asperges en janvier, on garde quelques roubles de plus dans son porte-monnaie, il en est de même pour ces emplettes. Nous sommes au milieu de l'été ; j'ai donc acheté des vêtements d'été. Vienne l'automne, tu auras besoin d'étoffes plus chaudes. Tu devras donc abandonner ces habits... ils seront d'ailleurs réduits en lambeaux sinon parce que la fortune sera venue te visiter, du moins par suite de difficultés d'ordre intérieur, pour ainsi dire. Allons, devine ce qu'ils ont coûté. Combien d'après toi ? Deux roubles vingt-cinq kopecks ! Et, encore une fois, souviens-toi, à la même condition que la casquette : ils seront remplacés l'année prochaine gratuitement ! Le fripier Fediaev ne vend pas autrement ; qui y vient une fois n'y retourne plus, disons-le, car il en a pour toute la vie. Maintenant venons-en aux bottes ! Comment les trouves-tu ? On voit bien qu'elles ont été portées, mais elles tiendront bien deux mois encore ; elles ont été confectionnées à l'étranger ; un secrétaire de l'ambassade d'Angleterre s'en est défait la semaine dernière au marché. Il ne les avait portées que six jours, mais il a eu besoin d'argent. Je les ai payées un rouble cinquante, ce n'est pas cher, hein ?

– Mais si elles ne vont pas à son pied ? fit observer Nastassia.

– Pas aller, ces bottes ? et cela, qu'est-ce que c'est ? fit Rasoumikhine en tirant de sa poche la vieille botte tout éculée et maculée de boue de Raskolnikov. J'avais pris mes précautions ; ils ont relevé la mesure de cette saleté. Tout cela a été mené consciencieusement. Quant au linge, je me suis entendu avec la logeuse. Voilà, tout d'abord, trois chemises de coton, mais avec plastron à la mode... Bon. Et maintenant récapitulons : quatre-vingts kopecks pour la casquette, deux roubles vingt-cinq le reste du costume, total trois roubles cinq kopecks ; un rouble cinquante pour les bottes, cinq roubles pour le linge – il m'a fait un prix d'ensemble –, total neuf roubles cinquante-cinq kopecks ; cela fait que je dois te remettre quarante-cinq kopecks, et te voilà retapé à neuf, Rodia, car, pour ton pardessus, je te dirai que, non seulement il peut encore servir, mais il garde un cachet particulier. Voilà ce que c'est que de s'habiller chez Charmer[42] ! Pour ce qui est des chaussettes, je t'ai laissé le soin de les acheter toi-même ; il nous reste vingt-cinq bons petits roubles. Quant à Pachenka et à ton loyer, ne t'en inquiète pas. Je t'ai dit : crédit illimité ! À présent, frère, laisse-nous te changer de linge, c'est indispensable, car ta chemise a peut-être gardé le microbe de la maladie.

– Laisse, je ne veux pas », fit Raskolnikov, en le repoussant ; son visage était resté morne et il avait écouté avec une sorte de répugnance le récit enjoué de Rasoumikhine...

« Il le faut, mon ami, sans cela, pourquoi aurais-je usé mes semelles ? insista Rasoumikhine. Nastassiouchka, ne faites pas la prude et venez nous aider. » Là – et malgré la résistance de Raskolnikov, il réussit à le changer de linge.

Le malade retomba sur son oreiller et, pendant deux minutes au moins, garda le silence... « Est-ce qu'ils ne vont pas me ficher la paix ? » pensait-il.

« Avec quel argent a-t-on acheté tout cela ? demanda-t-il enfin en fixant le mur.

– Quel argent ? Ah bien ! en voilà une question ! Mais avec ton propre argent : un garçon de recette de Vakhrouchine est venu te l'apporter tout à l'heure ; c'est ta maman qui te l'envoie ; tu l'as déjà oublié ?

– Maintenant, je me souviens... », fit Raskolnikov, après un long moment de silence méditatif et morose. Rasoumikhine s'était assombri et le considérait avec inquiétude.

---

[42] *Charmer* : Grand tailleur de Pétersbourg à cette époque.

La porte s'ouvrit ; un homme de haute taille et d'assez forte corpulence entra dans la pièce. Ses façons d'être à cet instant indiquaient qu'il était, lui aussi, un familier de Raskolnikov.

« Zossimov, enfin ! » s'écria Rasoumikhine.

IV

Zossimov était, comme nous l'avons dit, un homme de vingt-sept ans, grand et gros, au visage blême, bouffi et soigneusement rasé, aux cheveux plats. Il portait des lunettes et, à son doigt gonflé de graisse, un anneau d'or. Il était vêtu d'un ample et élégant pardessus de drap léger et d'un pantalon d'été. Toutes les pièces de son costume paraissaient d'ailleurs élégantes, cossues et commodes. Son linge était d'une blancheur irréprochable, sa chaîne de montre massive. Il avait dans son allure quelque chose de lent et de flegmatique bien qu'il affectât un air dégagé. Du reste, malgré la surveillance opiniâtre qu'il semblait exercer sur lui-même, sa prétention perçait à chaque instant... Ceux qui le connaissaient le jugeaient généralement un homme difficile à vivre, mais rendaient justice à sa science médicale.

« J'ai passé deux fois chez toi, cher ami... Tu vois, il a repris ses sens, s'écria Rasoumikhine.

– Je vois, je vois ; eh bien, comment allons-nous, aujourd'hui, hein ? » demanda Zossimov à Raskolnikov, en le regardant attentivement ; puis il s'assit à ses pieds sur le divan, ou plutôt il s'y étendit à l'aise.

« Toujours la mélancolie, continua Rasoumikhine ; il a presque pleuré tout à l'heure parce que nous le changions de linge.

– La chose se comprend ; on pouvait attendre pour le linge, si cela le contrariait. Le pouls est excellent ; toujours un peu mal à la tête, hein ?

– Je me porte bien, je me porte parfaitement bien », dit Raskolnikov avec irritation.

En prononçant ces mots, il s'était brusquement soulevé sur son divan et ses yeux lançaient des éclairs ; mais bientôt il retomba sur son oreiller et se tourna du côté du mur. Zossimov le considérait attentivement.

« Très bien... tout va bien, déclara-t-il négligemment. A-t-il mangé quelque chose ? »

On lui expliqua le repas fait par le malade et on lui demanda ce qu'on pouvait lui donner.

« Mais n'importe quoi... Du thé, de la soupe, pas de champignons ou de concombres, naturellement... ni de viande de bœuf, et il échangea un regard avec Rasoumikhine. Mais c'est là un bavardage superflu ; plus de potion, plus de médicaments. Je verrai demain... on aurait pu aujourd'hui... Allons, c'est bien !...

– Demain soir, je l'emmène promener, décida Rasoumikhine. Nous irons au jardin Ioussoupov, puis au Palais de Cristal.

– Demain serait un peu tôt... quoique... ou alors un petit tour, enfin on verra cela...

– Ce qui me vexe, c'est qu'aujourd'hui je pends la crémaillère à deux pas d'ici... je voudrais qu'il fût des nôtres, quand on devrait le coucher sur un divan. Toi, au moins, tu viendras ? fit-il brusquement à Zossimov. N'oublie pas, tu me l'as promis !

– Peut-être, mais je ne pourrai venir qu'assez tard. Tu as organisé une réception ?

– Mais non, j'aurai simplement du thé, des harengs, de la vodka, un pâté. C'est une petite réunion d'intimes.

– Qui doit venir ?

– Des camarades, des jeunes gens, de nouvelles connaissances pour la plupart, et il y aura encore un vieil oncle à moi, venu pour affaires à Pétersbourg. Nous nous voyons une fois tous les cinq ans.

– Qu'est-ce qu'il fait ?

– Il a végété toute sa vie comme maître de poste dans un district ; il touche une petite pension et il a soixante-cinq ans ; pas la peine d'en parler, quoique je l'aime à vrai dire. Porphyre

Simionovitch[43] viendra aussi ; c'est le juge d'instruction... un juriste. Mais tu le connais...

– Lui aussi est ton parent ?

– Oh ! très, très éloigné. Mais, qu'as-tu ? Tu as l'air mécontent ; tu es capable de ne pas venir parce que vous vous êtes chamaillés une fois...

– Ah ! je me moque pas mal de lui...

– Eh bien, tant mieux ! j'aurai encore des étudiants, un professeur, un fonctionnaire, un musicien, un officier, Zamiotov...

– Dis-moi, je te prie, ce que toi ou lui (il indiqua Raskolnikov d'un signe de tête) vous pouvez avoir de commun avec un Zamiotov ?

– Ah ! là, là, ces vieux grognons ! Des principes... Tu es assis sur tes principes comme sur des ressorts et tu n'oses pas faire un mouvement ; moi, je vais te dire : tout dépend de ce qu'est l'homme, voilà mon principe et je me moque pas mal de tout le reste. Zamiotov est un excellent homme.

– Pas trop scrupuleux quant aux moyens de s'enrichir, hein ?

– Soit, admettons-le, je m'en moque. Qu'est-ce que cela peut bien faire ? cria tout à coup Rasoumikhine, avec une sorte d'irritation affectée. T'ai-je jamais vanté ce trait-là en lui ? J'ai seulement prétendu que c'était un brave homme en son genre. Et, après tout, si l'on voulait considérer les gens en leur appliquant les règles générales, en resterait-il beaucoup de vraiment bons ? Je parierais bien que si l'on se montrait si exigeant envers moi, on trouverait que je ne vaux pas plus d'un oignon, et encore, en y ajoutant ta propre personne.

– Ce n'est guère. Moi, j'en donnerais bien deux pour toi.

– Et moi je trouve que tu n'en vaux qu'un ! Continue ! Zamiotov n'est qu'un gamin et je lui tire encore les oreilles. Voilà pourquoi il vaut mieux l'attirer que le repousser. En repoussant un homme, tu ne le forceras pas à s'amender, d'autant plus qu'il s'agit

---

[43] *Porphyre Simionovitch :* Il s'agit de celui que l'auteur appelle plus loin Porphyre Petrovitch.

d'un gamin. On doit se montrer doublement prudent avec ces enfants... C'est vous, stupides progressistes, qui ne comprenez rien. Vous méprisez les gens et vous vous faites tort à vous-mêmes aussi... Et si tu veux savoir la vérité, nous avons, lui et moi, une affaire ensemble.

– Je serais curieux de savoir laquelle.

– Mais toujours à propos du peintre, du peintre en bâtiments. Nous finirons bien par le tirer de là ; d'ailleurs à présent cela ira tout seul. La chose est parfaitement claire, nous n'aurons qu'à presser un peu le dénouement.

– Qui est ce peintre en bâtiments encore ?

– Comment, je ne t'ai pas raconté l'histoire ? Ah ! c'est vrai ; je ne t'en ai parlé qu'au commencement... Il s'agit du meurtre de la vieille usurière. Eh bien, un peintre en bâtiments a été mêlé à l'histoire...

– Oui, j'avais entendu parler de cet assassinat avant ton récit et l'affaire m'intéresse même... jusqu'à un certain point. J'ai eu raison ; j'ai lu la chose dans les journaux. Eh bien ?...

– Lisbeth a été tuée, elle aussi, fit tout à coup Nastassia, en s'adressant à Raskolnikov. (Elle était restée dans la pièce collée contre le mur, à écouter.)

– Lisbeth ? marmotta Raskolnikov, d'une voix presque inintelligible.

– Lisbeth, tu ne connais pas Lisbeth, la marchande à la toilette ? Elle venait dans la maison, en bas. Elle t'a même raccommodé une chemise. »

Raskolnikov se tourna vers le mur ; il choisit sur la tapisserie d'un jaune sale une des fleurettes auréolées de petits traits bruns qui la semaient, et se mit à l'examiner attentivement ; il étudiait les pétales : combien y en avait-il ? et les traits, jusqu'aux moindres dentelures de la corolle. Il sentait ses membres s'engourdir, mais n'essayait pas de remuer ; son regard restait obstinément attaché à la petite fleur.

« Eh bien, quoi, ce peintre en bâtiments ? fit Zossimov, interrompant avec une impatience marquée le bavardage de Nastassia qui soupira et se tut.

- Eh bien, il a été soupçonné du meurtre, lui aussi, reprit Rasoumikhine avec feu.

- On a relevé des charges contre lui ?

- Ah bien, oui, des charges ! quoiqu'il ait été arrêté pour une charge qui pesait sur lui. Mais, en fait, cette charge n'en est pas une et voilà ce qu'il nous faut démontrer. La police fait fausse route comme elle s'est trompée au début au sujet de ces deux... comment s'appellent-ils déjà ? Koch et Pestriakov ! Fi, si désintéressé qu'on soit dans la question, on se sent révolté en voyant une enquête si sottement conduite. Pestriakov va peut-être passer chez moi tantôt... À propos, Rodia, tu connais cette histoire ; elle est arrivée avant ta maladie, juste la veille du jour où tu t'es évanoui au bureau de police au moment où on la racontait. »

Zossimov regarda curieusement Raskolnikov qui ne bougea pas.

« Eh ! veux-tu que je te dise, Rasoumikhine ? Je t'observais tout à l'heure ; ce que tu peux t'agiter, c'est inimaginable, fit Zossimov.

- Qu'importe ! Nous ne l'en tirerons pas moins de là, cria Rasoumikhine, en donnant un coup de poing sur la table. En fin de compte, qu'est-ce qui vous irrite le plus dans toute cette histoire ? Pas les bévues de tous ces gens-là ; on peut toujours se tromper ; l'erreur mène à la vérité. Non, ce qui me met hors de moi, c'est que, tout en se trompant, ils continuent à se croire infaillibles. J'estime Porphyre, mais... Tiens, sais-tu, par exemple, ce qui les a déroutés tout d'abord ? C'est que la porte était fermée. Or, quand Koch et Pestriakov sont revenus avec le concierge, ils l'ont trouvée ouverte. Ils en ont donc conclu que c'est Koch et Pestriakov qui ont tué la vieille. Voilà leur raisonnement.

- Ne t'échauffe donc pas ; on les a seulement arrêtés... On ne peut pourtant... À propos de ce Koch, j'ai eu l'occasion de le rencontrer ; il achetait, paraît-il, à la vieille les objets non dégagés, hein ?

- Oui, c'est un personnage louche ; il rachète les billets aussi. Le diable l'emporte ! Comprends-tu ce qui m'irrite ? C'est leur routine, leur vieille et ignoble routine... C'était l'occasion ici d'y renoncer, de suivre une voie nouvelle. Les seules données psychologiques suffiraient à mener sur une nouvelle piste. Et eux, ils vous disent : « Nous avons des faits. » Mais les faits ne sont pas tout. La manière de les interpréter est pour moitié au moins dans le succès d'une instruction.

– Et toi, tu sais interpréter les faits ?

– Vois-tu, il est impossible de se taire quand on a l'intime conviction qu'on pourrait aider à la découverte de la vérité... Tu connais les détails de l'affaire ?

– Mais j'attends toujours l'histoire du peintre en bâtiments.

– Ah ! oui... Eh bien, écoute. Le surlendemain du crime, au matin, tandis qu'à la police ils étaient encore à s'occuper de Koch et de Pestriakov – pourtant ceux-ci avaient fourni des explications parfaites sur chacun de leurs pas, et c'était criant de vérité –,... voilà que surgit tout à coup un incident des plus inattendus. Un certain paysan, Douchkine, tenancier d'un cabaret en face de la maison du crime, se présente au commissariat et y apporte un écrin contenant une paire de boucles d'oreilles en or et raconte à ce propos toute une histoire : « Avant-hier soir un peu après huit heures, dit-il – remarque la coïncidence –, Mikolaï, un ouvrier peintre qui est mon client, est venu m'apporter cette boîte avec les bijoux, en me demandant de lui prêter deux roubles dessus. « Où as-tu pris cela ? » lui dis-je ; il me déclare qu'il l'a ramassé sur le trottoir. Je ne lui en ai pas demandé davantage – c'est Douchkine qui parle – et je lui ai donné un billet, c'est-à-dire un rouble, car je pensais si je ne prenais pas l'objet, un autre le ferait à ma place ; l'homme boirait l'argent de toute façon et il valait mieux que l'écrin fût entre mes mains. Si j'apprends qu'il a été volé, me dis-je, ou qu'on vienne me le réclamer je le porterai à la police. » Naturellement, c'était un conte à dormir debout ; il mentait effrontément, car ce Douchkine, je le connais, c'est un receleur, et quand il a pris à Mikolaï ses boucles qui valent trente roubles, ce n'était nullement pour les remettre à la police. Il a tout simplement eu peur. Mais, au diable tout cela ! donc, il continue : « Ce paysan, Mikolaï Dementiev, je le connais depuis mon enfance ; il est, comme moi, du gouvernement de Riazan, du district de Zaraïsk. Ce n'est pas un ivrogne, mais il aime boire parfois. Je savais qu'il faisait des travaux de peinture dans cette même maison, avec Mitri, qui est son pays. À peine eut-il touché son rouble qu'il le dépensait ; il but deux petits verres, empocha la monnaie et partit. Quant à Mitri, il n'était pas avec lui à ce moment-là. Le lendemain, nous apprîmes qu'Alena Ivanovna et sa sœur Lisbeth Ivanovna avaient été assassinées à coups de hache. Nous les connaissions bien et un doute m'est venu au sujet des boucles d'oreilles, car nous savions que la victime prêtait de l'argent sur des objets de cette sorte. Je me rendis donc dans la maison et me livrai à une enquête tout doucement, sans faire semblant de rien. Je demandai tout d'abord : « Mikolaï est ici ? » et Mitri me dit que Mikolaï faisait la noce ; il était rentré chez lui à l'aube, ivre, y était resté pas plus de dix minutes et était reparti. Mitri ne l'avait plus revu et il terminait le travail tout seul. Or, ils travaillaient dans un logement qui donne sur le même escalier que celui des victimes, au deuxième. Ayant appris tout cela, nous n'en avons soufflé mot à personne (c'est toujours Douchkine qui parle), puis nous avons recueilli le plus de renseignements possible sur l'assassinat et nous sommes rentré chez nous en proie au même doute. Or, ce matin, – donc le surlendemain du crime, tu comprends –, continue-t-il, je vois entrer Mikolaï chez moi ; il avait bu mais il n'était pas trop ivre et il pouvait comprendre ce qu'on lui disait. Il s'assied sur un banc et ne dit rien ; il n'y avait à ce moment dans le cabaret qu'un seul client en train de dormir sur un autre banc ; je ne parle pas de mes deux garçons. « As-tu vu Mitri ? demandai-je à Mikolaï. – Non, qu'il me répond, je ne l'ai pas vu. – Et tu n'es pas revenu ici ? – Non, dit-il, pas depuis avant-hier. – Et cette nuit, où as-tu couché ? – Aux Sables44, chez les Kolomensky. – Et où, dis-je, as-tu pris les boucles d'oreilles ce jour-là ? – Je les ai trouvées sur le trottoir, fait-il d'un air tout drôle, en évitant de me regarder. – Et as-tu entendu dire qu'il s'est passé telle ou telle chose le même soir à telle heure dans le corps de bâtiment où tu travaillais ? – Non, fait-il, je n'en savais rien. » Il m'écoutait les yeux écarquillés. Tout à coup, il devient blanc comme un linge, il prend son bonnet, se lève et moi alors j'ai voulu le retenir. « Attends, Mikolaï, lui dis-je, tu ne veux pas prendre quelque chose ? » Et je fais signe à mon garçon de se placer devant

---

44 *Sables :* Pétersbourg fut bâtie dans une région de sables et de marais. Certains noms de lieu en font foi.

la porte, pendant que je quitte mon comptoir ; mais lui, devinant mes intentions, ne fait qu'un bond jusqu'à la rue, prend sa course et disparaît au tournant. Depuis, je n'ai plus de doute sur sa culpabilité... »

– Je crois bien, dit Zossimov.

– Attends, écoute la fin. Naturellement, la police s'est mise à rechercher Mikolaï de tous côtés. On a arrêté Douchkine, perquisitionné chez lui. On s'est assuré de Mitri, on a tout mis sens dessus dessous chez les Kolomensky aussi ; enfin, avant-hier, on amène Mikolaï lui-même, qu'on avait arrêté dans une auberge près de la barrière. Il était venu là, avait retiré sa croix d'argent, l'avait remise au patron et réclamé de la vodka en échange. On lui en donne. Quelques minutes plus tard, une paysanne vient traire les vaches et, en regardant par une fente dans la remise voisine, elle voit l'homme en train de se pendre. Il avait fait un nœud coulant à sa ceinture, attaché celle-ci au plafond et, monté sur une bille de bois, il essayait de passer la tête dans le nœud coulant. La femme se met à hurler de toutes ses forces, les gens accourent. « Ainsi, voilà à quoi tu passes ton temps ! – Conduisez-moi, dit-il, au commissariat ; je ferai ma confession. » On fait donc droit à sa demande et on l'amène avec tous les honneurs dus à son rang au commissariat indiqué, c'est-à-dire au nôtre. Là commence l'interrogatoire d'usage. « Qui es-tu, quel âge as-tu ? – Vingt-deux ans, etc. » Question : « Quand vous travailliez dans la maison avec Mitri, n'avez-vous vu personne dans l'escalier, à telle et telle heure ? » Réponse : « Bien des gens ont passé, mais nous n'avons remarqué personne. – Et n'avez-vous pas entendu de bruit ? – Nous n'avons rien entendu de particulier. – Et savais-tu, toi, Mikolaï, que ce jour-là, à telle heure, on a tué et dévalisé telle veuve et sa sœur ? – Je n'en savais absolument rien ; j'en ai eu les premières nouvelles par Athanase Pavlovitch avant-hier au cabaret. – Et où as-tu pris les boucles d'oreilles ? – Je les ai trouvées sur le trottoir. – Pourquoi n'es-tu pas venu travailler avec Mitri le lendemain ? – Parce que j'ai fait la noce. – Et où as-tu fait la noce ? – Ici et là. – Pourquoi t'es-tu sauvé de chez Douchkine ? – Parce que j'avais peur. – De quoi avais-tu peur ? – D'être condamné. – Pourquoi crains-tu cela si tu te sens la conscience tranquille ?... » Eh bien, le crois-tu, Zossimov, cette question a été posée textuellement, en ces propres termes, je le sais de source sûre... Qu'en dis-tu ? non, mais qu'en dis-tu ?

– Mais, enfin, les preuves sont là !...

– Je ne te parle pas de preuves, mais de la question qu'ils lui ont posée, de leur façon de comprendre leur devoir, à ces gens de la police... Mais laissons cela, que diable... En fin de compte, ils l'ont si bien pressé, torturé, qu'il a fini par avouer. « Ce n'est pas sur le trottoir que j'ai ramassé les boucles d'oreilles, mais dans l'appartement où je travaillais avec Mitri. – Comment les as-tu trouvées ? – Eh bien, de la manière suivante : nous avions peint toute la journée jusqu'à huit heures avec Mitri et nous allions partir quand Mitri prit le pinceau et me le passa, tout plein de couleur, sur la figure ; puis, il se sauva après m'avoir ainsi barbouillé ; moi je me mis à courir derrière lui et à descendre l'escalier quatre à quatre en jurant des « nom de Dieu ». Au moment où j'arrive sous la voûte, je bouscule le concierge et des messieurs qui se trouvaient là ; je ne me souviens plus combien ils étaient. Là-dessus, le concierge m'engueule et le second concierge aussi, puis la femme du premier sort de la loge et elle aussi se met à nous dire des injures. Enfin, un monsieur, qui entrait dans la maison avec une dame, nous apostrophe à son tour, parce que nous barrions le chemin. Moi, je saisis Mitka par les cheveux, je le jette par terre et je le bats ; lui alors, qui était couché sous moi, m'attrape par les cheveux également et se met à me rendre les coups, mais nous faisions tout cela sans méchanceté, histoire de rire. Ensuite, Mitka réussit à se dégager et file dans la rue, moi je le poursuis, mais je n'ai pas pu le rattraper et je m'en suis retourné tout seul dans l'appartement, parce que j'avais mes affaires à mettre en ordre. Tout en les rangeant, j'attendais Mitka ; je pensais qu'il allait revenir d'un moment à l'autre. Tout à coup, voilà qu'au coin du vestibule, près de la porte, je marche sur une boîte. Je regarde, elle était enveloppée dans un papier. J'enlève le papier et je vois l'écrin et dans l'écrin des boucles d'oreilles... »

– Derrière la porte ? tu dis derrière la porte ?... derrière la porte ! » s'écria soudain Raskolnikov, en fixant Rasoumikhine d'un regard troublé et plein d'effroi ; il se souleva avec effort sur son divan et s'appuya sur son coude.

« Oui, et alors ? qu'est-ce qui te prend ? que t'arrive-t-il ? fit Rasoumikhine en se levant lui aussi de son siège.

– Ce n'est rien », balbutia Raskolnikov à grand-peine, en retombant sur son oreiller et en se tournant de nouveau du côté du mur.

Un moment, le silence régna.

« Il était à moitié endormi, sans doute », fit Rasoumikhine, en jetant à Zossimov un regard interrogateur. Celui-ci fit un petit signe négatif de la tête.

« Eh bien, continue, dit Zossimov. Après ?

– Quoi après ? À peine vit-il les boucles qu'il oublia sa besogne et Mitka ; il prit son bonnet et courut chez Douchkine. Il se fit donner, comme nous le savons, un rouble, mais il mentit en lui disant qu'il avait trouvé la boîte sur le trottoir, et ensuite, il partit faire la noce. En ce qui concerne le meurtre, il maintient ses premières déclarations. « Je ne sais rien de rien, répète-t-il ; je n'ai appris la chose que le surlendemain. – Et pourquoi as-tu disparu ? – De peur. – Et pourquoi voulais-tu te pendre ? – À cause d'une pensée. – Quelle pensée ? – Qu'ils me condamneraient. » Et voilà toute l'histoire. Quelle conclusion crois-tu qu'ils en ont tirée ?

– Que veux-tu que je pense ? Il y a une présomption ; peut-être douteuse, mais enfin réelle. C'est un fait. Tu ne peux tout de même pas exiger qu'ils le mettent en liberté, ton peintre en bâtiment.

– Mais c'est qu'ils l'ont inculpé d'assassinat. Il ne leur reste aucun doute...

– Voyons, tu te trompes. Ne t'échauffe donc pas. Et les boucles d'oreilles ? Conviens que si le jour même, à l'heure du meurtre, des boucles qui se trouvaient dans le coffre de la victime sont tombées entre les mains de Nicolas[45], eh bien, on peut se demander de quelle façon il se les est procurées. La chose a une certaine importance pour l'instruction.

– Comment se les est-il procurées ? Comment il se les est procurées ? s'écria Rasoumikhine ; se peut-il que, toi, docteur, obligé plus que quiconque à étudier l'homme, et qui as l'occasion d'approfondir la nature humaine, se peut-il que toutes ces données ne suffisent pas à t'expliquer la nature de Mikolaï ? Comment ne

---

[45] Mikolaï est un diminutif de Nicolas.

sens-tu pas, avant toutes choses, que ses déclarations au cours des interrogatoires qu'il a subis sont la vérité pure et simple ? Les boucles lui sont parvenues exactement comme il le prétend ; il a marché sur l'écrin et il l'a ramassé !

– La vérité toute pure ! Cependant, il reconnaît lui-même avoir menti la première fois !

– Écoute-moi, écoute-moi bien attentivement : le concierge, Koch, Pestriakov, le second concierge, la femme du premier, la femme qui se trouvait à ce moment-là avec elle dans la loge et le conseiller à la cour Krukov, qui venait de descendre de voiture et entrait dans la maison, une dame à son bras, tous, c'est-à-dire huit ou dix témoins, affirment d'un commun accord que Nicolas a jeté Dmitri par terre, l'a maintenu sous lui en le bourrant de coup, tandis que Dmitri a pris son camarade aux cheveux et lui a rendu la pareille. Ils sont étendus devant la porte et barrent le passage ; on les injurie de tous côtés et eux « comme des gamins » (expression textuelle des témoins) crient, se disputent, poussent des éclats de rire, se font des grimaces et se poursuivent dans la rue comme de vrais gamins, tu entends ? À présent, remarque bien qu'en haut gisent deux cadavres encore chauds, entends-tu ? chauds, c'est qu'ils n'étaient pas encore refroidis quand on les a trouvés... Supposons que ce crime a été commis par les deux ouvriers, ou par Nicolas tout seul et qu'ils ont volé en forçant les serrures des coffres, ou simplement participé au vol, eh bien, dans ce cas, permets-moi de te poser une question : imagine-t-on une telle insouciance, une telle liberté d'esprit, c'est-à-dire ces cris, ces rires, cette querelle enfantine devant la porte, chez des gens qui viennent de commettre un crime, et tout cela est-il compatible avec la hache, le sang, la ruse criminelle, la prudence nécessités par cet acte ? Quoi, cinq ou dix minutes après avoir tué, car il faut bien qu'il en soit ainsi, quand les corps ne sont pas encore refroidis... tout abandonner là, laisser la porte de l'appartement grande ouverte et, sachant que des gens montent chez la vieille, se mettre à batifoler sous la porte cochère au lieu de fuir au plus vite ! rire, attirer l'attention générale, ainsi que dix témoins sont là pour le déclarer !

– Sans doute, c'est étrange, certes cela paraît impossible, mais...

– Non, mon ami, pas de mais. Je reconnais que les boucles d'oreilles trouvées entre les mains de Nikolaï peu d'instants après le crime constituent contre lui une charge sérieuse ; elle est cependant expliquée d'une façon fort plausible par ses déclarations et par conséquent *discutable* ; encore faut-il prendre en considération les faits qui sont en sa faveur, d'autant plus que ceux-ci sont *hors de doute.* Qu'en penses-tu ? Étant donné le caractère de notre jurisprudence, les juges sont-ils capables de considérer un tel fait, établi uniquement sur une impossibilité psychologique, sur un état d'âme pour ainsi dire, comme un fait indiscutable et suffisant à détruire toutes les charges matérielles quelles qu'elles soient ? Non, ils ne l'admettront jamais, jamais, parce qu'ils ont trouvé l'écrin et que l'homme voulait se pendre, ce qui ne se serait jamais produit s'il ne s'était pas senti coupable. Voilà la question capitale ; voilà pourquoi je m'emporte ; tu comprends ?

– Oui, je le vois bien que tu t'emportes. Attends, j'ai oublié de te demander : qu'est-ce qui prouve que l'écrin renfermant les boucles d'oreilles a été pris chez la vieille ?

– Cela est prouvé, répondit Rasoumikhine de mauvaise grâce et en fronçant les sourcils. Koch a reconnu l'objet, il a désigné celui qui l'avait engagé et l'autre a prouvé que l'écrin lui appartenait.

– Tant pis. Encore une question : n'y a-t-il personne qui ait vu Nicolas pendant que Koch et Pestriakov montaient au quatrième et son alibi ne peut-il être établi ?

– Voilà justement le malheur ; c'est que personne ne l'a vu, répondit Rasoumikhine d'un air ennuyé. Koch et Pestriakov eux-mêmes n'ont pas aperçu les ouvriers en montant ; il est vrai qu'à présent leur témoignage ne signifierait pas grand-chose. « Nous avons vu, disent-ils, que l'appartement était ouvert et qu'on devait y travailler, mais nous n'y avons prêté aucune attention et ne saurions dire si les ouvriers s'y trouvaient à ce moment-là. »

– Hum ! Ainsi, toute la justification de Nikolaï repose sur les rires et les coups de poing qu'il échangeait avec son camarade... Mettons que ce soit une preuve importante en sa faveur, mais... Permets-moi maintenant encore une question : comment expliques-tu la trouvaille des boucles d'oreilles, si tu admets que l'accusé dit vrai en prétendant les avoir trouvées là où il dit ?

– Comment je l'explique ? Mais qu'ai-je à expliquer ? La chose est claire ! ou du moins la route à suivre pour arriver à la vérité est clairement indiquée, et par l'écrin précisément. Le vrai coupable a laissé tomber ces boucles d'oreilles. Il était en haut enfermé dans l'appartement, pendant que Koch et Pestriakov frappaient à la porte. Koch a fait la sottise de descendre, lui aussi ; alors l'assassin a bondi hors de l'appartement et est descendu à son tour, car il n'avait pas d'autre moyen de s'échapper. Dans l'escalier, il a dû, pour éviter Koch, Pestriakov et le concierge, se réfugier dans l'appartement vide, à l'instant où Nicolas et Dmitri le quittaient ; il y est resté derrière la porte pendant que les autres montaient chez la vieille et, quand le bruit de leurs pas s'est éloigné, il en est sorti ; il est descendu tout tranquillement au moment où Dmitri et Nicolas se précipitaient dans la rue. Tout le monde s'était entre-temps dispersé et il ne restait personne devant la porte. Il se peut même qu'on l'ait vu, mais nul ne l'a remarqué. Tant de monde entre et sort ! Quant à l'écrin, il l'a laissé tomber de sa poche pendant qu'il était derrière la porte et il ne s'en est pas aperçu, car il avait d'autres chats à fouetter à ce moment-là. Cet écrin prouve qu'il s'est dissimulé à cet endroit. Voilà tout le mystère expliqué !

– Ingénieux, mon ami. Diablement ingénieux, trop ingénieux même.

– Mais pourquoi, pourquoi ?

– Mais parce que tout cela est trop bien agencé... tous ces détails s'emboîtent ; on se croirait au théâtre. »

Rasoumikhine ouvrait la bouche pour protester, quand la porte s'ouvrit et les jeunes gens virent entrer un visiteur qu'aucun d'eux ne connaissait.

V

C'était un monsieur d'un certain âge, au maintien compassé, à la physionomie réservée et sévère. Il s'arrêta tout d'abord sur le seuil, en promenant ses yeux autour de lui avec une surprise qu'il ne cherchait pas à dissimuler et qui n'en était que plus désobligeante. « Où me suis-je fourvoyé ? » avait-il l'air de se demander. Il contemplait la pièce étroite et basse, une vraie cabine de bateau, avec défiance, et une sorte de frayeur affectée.

Son regard conserva la même expression d'étonnement, en se portant ensuite sur Raskolnikov qui était couché sur son misérable divan, dans une tenue fort négligée et qui, lui aussi, le regardait. Puis, le visiteur considéra avec la même attention la barbe inculte, les cheveux ébouriffés et toute la personne débraillée de Rasoumikhine qui, à son tour, le dévisageait avec une curiosité impertinente, sans bouger de sa place. Un silence pénible régna pendant une minute au moins et, enfin la scène changea comme il fallait d'ailleurs s'y attendre.

Comprenant, sans doute, à des signes fort explicites que ses grands airs n'en imposaient à personne dans cette espèce de « cabine de paquebot », le monsieur daigna s'humaniser un peu et s'adressa poliment, quoique avec une certaine raideur, à Zossimov :

« Rodion Romanovitch Raskolnikov, étudiant ou ancien étudiant ? » fit-il en articulant nettement chaque mot.

Zossimov eut un geste lent, et s'apprêtait peut-être à répondre quand Rasoumikhine, auquel la question ne s'adressait nullement, s'empressa :

« Le voilà, sur le divan ; et vous, que voulez-vous ? »

Cette question familière sembla abattre le monsieur important. Il ébaucha même un mouvement du côté de Rasoumikhine, mais se retint à temps et se tourna vivement vers Zossimov :

DEUXIÈME PARTIE

« Voici Raskolnikov », marmotta le docteur, en montrant le malade d'un signe de tête, puis il bâilla à se décrocher la mâchoire ; ensuite il tira lentement de son gousset une énorme montre bombée en or, la regarda et la remit dans sa poche avec la même lenteur.

Quant à Raskolnikov, toujours couché sur le dos, il ne quittait pas le nouveau venu des yeux, et ne disait mot. Son visage, maintenant qu'il s'était arraché à la contemplation de la petite fleur si curieuse de la tapisserie, apparaissait pâle et exprimait une souffrance extraordinaire, comme s'il venait de subir une opération ou de se voir infliger de terribles tortures... Le visiteur inconnu semblait cependant lui inspirer un intérêt croissant : ce fut d'abord une certaine surprise, bientôt de la méfiance, et finalement une sorte de crainte.

Quand Zossimov dit, en le désignant : « Voici Raskolnikov », il se souleva si brusquement qu'on eût dit qu'il bondissait sur son lit, et prononça d'une voix faible et entrecoupée, mais presque agressive :

« Oui, je suis Raskolnikov. Que désirez-vous ? »

Le visiteur l'examina attentivement et répondit d'un ton plein de dignité.

« Piotr Petrovitch Loujine. J'ai lieu d'espérer que mon nom ne vous est plus entièrement inconnu.

Mais Raskolnikov, qui s'attendait à tout autre chose, se contenta de regarder son interlocuteur d'un air pensif et presque hébété, sans lui répondre, comme s'il eût entendu ce nom pour la première fois de sa vie.

« Comment se peut-il que vous n'ayez pas encore entendu parler de moi ? » demanda Piotr Petrovitch, un peu déconcerté.

Pour toute réponse, Raskolnikov se laissa lentement retomber sur son oreiller ; il mit ses mains derrière sa tête et fixa les yeux au plafond. Loujine parut inquiet. Zossimov et Rasoumikhine l'observaient avec une curiosité de plus en plus grande qui acheva de le décontenancer.

« Je présumais... je comptais, balbutia-t-il, qu'une lettre... mise à la poste il y a dix... ou même quinze jours...

– Écoutez, pourquoi restez-vous ainsi à la porte ? interrompit Rasoumikhine ; si vous avez quelque chose à dire, en bien, asseyez-vous, mais Nastassia et vous, vous ne pouvez pas tenir tous les deux sur le seuil. Nastassiouchka, range-toi, laisse passer monsieur. Entrez, voici une chaise, faufilez-vous par ici. »

Il écarta les chaises de la table, laissa un petit espace libre entre celle-ci et ses genoux et attendit dans cette position assez incommode, que le visiteur se glissât dans le passage. Il n'y avait pas moyen de refuser. Loujine parvint donc non sans peine jusqu'au siège qu'on lui offrait et, quand il fut assis, fixa sur Rasoumikhine un regard inquiet.

« D'ailleurs, ne vous gênez pas, lança l'autre d'une voix forte. Voilà le cinquième jour que Rodia est malade ; il a même eu le délire pendant trois jours. Maintenant, il a repris connaissance et il mange avec appétit. Voilà son médecin qui vient de l'examiner ; moi, je suis son camarade, un ancien étudiant comme lui et en ce moment je lui sers de garde-malade. Ainsi, ne faites pas attention à nous et continuez votre entretien comme si nous n'étions pas là !

– Je vous remercie, mais ma présence et ma conversation ne risqueront-elles pas de fatiguer le malade ? demanda Piotr Petrovitch, en s'adressant à Zossimov.

– N... non, marmotta Zossimov, au contraire, ce sera une distraction pour lui. Il se remit à bâiller.

– Oh ! il y a longtemps qu'il est revenu à lui ; depuis ce matin, fit Rasoumikhine, dont la familiarité respirait une bonhomie si franche que Piotr Petrovitch commença à se sentir plus à l'aise. N'oublions pas que cet homme impertinent et vêtu presque de haillons s'était présenté comme un étudiant.

– Votre maman... commença Loujine.

– Hum ! fit bruyamment Rasoumikhine ; Loujine le regarda d'un air interrogateur.

– Non, ce n'est rien ; continuez... »

Loujine haussa les épaules.

« Votre maman avait commencé une lettre pour vous avant mon départ. Arrivé ici, j'ai différé exprès ma visite de quelques jours, pour être bien sûr que vous seriez au courant de tout, mais maintenant je vois avec surprise que...

– Je sais, je sais, répliqua tout à coup Raskolnikov, dont le visage exprima la plus violente irritation. C'est vous le fiancé ? eh bien, je le sais... en voilà assez. »

Ce langage toucha Piotr Petrovitch au vif, mais il n'en laissa rien voir. Il se demandait ce que tout cela voulait dire. Pendant une minute au moins, le silence régna. Cependant, Raskolnikov, qui pour lui répondre s'était légèrement tourné de son côté, se remit soudain à l'examiner fixement avec une sorte de curiosité, comme s'il n'avait pas eu le temps de bien le voir tout à l'heure ou qu'il eût soudain découvert sur sa personne quelque détail qui le frappait. Il se souleva même sur son divan pour le considérer plus à l'aise.

Le fait est que l'aspect de Piotr Petrovitch présentait quelque chose de particulier qui semblait justifier l'appellation de « fiancé » qui venait de lui être si cavalièrement appliquée. Tout d'abord, on voyait bien, et même un peu trop, que Piotr Petrovitch s'était empressé de mettre à profit ces quelques journées de séjour dans la capitale pour se faire beau en prévision de l'arrivée de sa fiancée, ce qui était fort innocent et bien permis. La satisfaction, peut-être un peu excessive, qu'il éprouvait de son heureuse transformation pouvait, à la rigueur, lui être pardonnée en raison de cette circonstance. Le costume de M. Loujine venait à peine de sortir de chez le tailleur ; il était parfaitement élégant et ne donnait prise à la critique que sur un point : il était trop neuf ! Tout, dans sa tenue, dénonçait le plan arrêté, depuis l'élégant chapeau tout flambant neuf, qu'il entourait d'égards et tenait avec mille précautions dans ses mains, jusqu'aux merveilleux gants Jouvin de couleur lilas, qu'il n'avait pas enfilés, se contentant de les tenir à la main. Dans son costume dominaient les tons tendres et clairs. Il portait un léger et coquet veston havane et un pantalon clair avec un gilet assorti, du linge fin qu'il venait d'acheter et la plus charmante des petites cravates de batiste à raies roses. La chose la plus étonnante était que cette élégance lui seyait fort bien. Son visage, très frais et même assez beau, ne portait pas ses quarante-cinq ans ; des favoris bruns en côtelette l'encadraient agréablement et s'épaississaient fort élégamment des deux côtés du menton soigneusement rasé et d'une blancheur éclatante. Ses cheveux grisonnaient à peine et son coiffeur avait réussi à le friser sans lui faire, comme il arrive presque toujours en pareil cas, la tête ridicule d'un marié allemand. Ce que cette physionomie sérieuse et assez belle pouvait présenter de vraiment déplaisant et d'antipathique tenait à d'autres raisons.

Après avoir ainsi dévisagé Loujine avec impertinence, Raskolnikov eut un sourire fielleux, se laissa retomber sur son oreiller et se remit à contempler le plafond.

Mais M. Loujine semblait résolu à prendre patience et ne paraissait remarquer momentanément aucune de ces bizarreries.

« Je regrette infiniment de vous trouver en cet état, fit-il pour renouer la conversation. Si je vous avais su souffrant, je serais venu vous voir plus tôt. Mais vous savez les mille tracas qu'on a ! J'ai, de plus, un procès très important à suivre au Sénat, sans parler des soucis que vous pouvez deviner. J'attends votre famille, c'est-à-dire votre mère et votre sœur, d'un moment à l'autre... »

Raskolnikov fit un mouvement et parut vouloir dire quelque chose. Son visage exprima une certaine agitation. Piotr Petrovitch s'arrêta, attendit un moment puis, voyant que le jeune homme restait silencieux, il continua :

« D'un moment à l'autre, oui... je leur ai trouvé un logement provisoire.

– Où cela ? fit Raskolnikov, d'une voix faible.

– Tout près d'ici, dans la maison Bakaleev.

– Sur le boulevard Vosnessenski, interrompit Rasoumikhine. Le marchand Iouchine y loue deux étages en garni... j'y suis allé...

– Oui, ce sont des logements meublés...

– C'est un taudis épouvantable, sale, puant, et, par-dessus le marché, un endroit louche ; il s'y est passé de vilaines histoires. Le diable sait quels gens y vivent... Moi-même j'y suis allé, amené par un scandale. Du reste, les logements y sont bon marché.

– Je ne pouvais naturellement pas me procurer tous ces renseignements, vu que j'arrive de province, fit Piotr Petrovitch d'un air piqué, mais, quoi qu'il en soit, les deux pièces que j'ai retenues sont très, très propres, et comme tout cela est provisoire... J'ai déjà arrêté notre véritable, c'est-à-dire notre futur logement, fit-il en se tournant vers Raskolnikov ; on est en train de le mettre en état. Moi-même, je loge en garni et bien à l'étroit ; c'est à deux pas d'ici, chez Mme Lippevechsel. J'habite avec un jeune ami à moi, André Simionovitch Lebeziatnikov : c'est lui précisément qui m'a indiqué la maison Bakaleev.

– Lebeziatnikov ? fit Raskolnikov, d'un air songeur, comme si ce nom lui eût rappelé quelque chose.

– Oui, André Simionovitch Lebeziatnikov, employé dans un ministère. Vous le connaissez ?

– Mais... non ! répondit Raskolnikov.

– Excusez-moi ; votre question m'a fait supposer qu'il ne vous était pas inconnu. J'ai été autrefois son tuteur... c'est un charmant jeune homme... et au courant de toutes les idées... Quant à moi, je suis heureux de fréquenter les jeunes gens ; on apprend par eux ce que le monde offre de nouveau. »

En achevant ces paroles, Piotr Petrovitch regarda ses auditeurs avec l'espoir de saisir sur leurs visages une marque d'approbation.

« À quel point de vue ? demanda Rasoumikhine.

– Au point de vue le plus sérieux, je veux dire essentiel, fit Piotr Petrovitch, qui semblait enchanté de cette question. Moi, voyez-vous, il y a dix ans que je ne suis pas venu à Pétersbourg. Toutes ces réformes, ces idées nouvelles, ont bien pénétré chez nous en province, mais, pour bien se rendre compte des choses, pour tout voir, il faut se trouver à Pétersbourg. Et voilà, selon moi, c'est en observant nos jeunes générations qu'on se renseigne le mieux, et, je vous avouerai, j'ai été charmé...

– Pourquoi ?

– C'est une question bien complexe. Je puis me tromper, mais je crois avoir remarqué des vues plus nettes, un esprit pour ainsi dire plus critique, une activité plus raisonnée.

– C'est vrai, fit Zossimov entre ses dents.

– Tu dis des sottises ; il n'y a aucune activité raisonnée, interrompit Rasoumikhine. Le sens des affaires s'acquiert difficilement et ne vous tombe pas du ciel. Et nous, voici deux cents ans que nous sommes déshabitués de toute activité... Pour les idées, on peut dire qu'elles flottent par-ci par-là, fit-il, en s'adressant à Piotr Petrovitch. Nous avons aussi un certain amour du bien, quoique assez enfantin, il faut le dire ; on trouverait également de l'honnêteté, bien que nous soyons encombrés, depuis quelque temps, de bandits ; mais d'activité, point !

– Je ne suis pas d'accord avec vous, fit Loujine, visiblement enchanté ; certes on s'emballe, on commet des erreurs, mais il faut se montrer indulgent. Les entraînements, les fautes, sont la preuve de l'ardeur avec laquelle on se met à la besogne et encore des conditions défavorables mais purement matérielles où l'on se trouve. Si les résultats sont modestes, n'oublions pas que les efforts tentés sont tout récents. Je ne parle pas des moyens dont on a pu disposer. D'après moi, cependant, un résultat a déjà été acquis ; on a répandu des idées nouvelles et excellentes, des œuvres inconnues et fort utiles remplacent les anciennes productions romanesques et sentimentales. La littérature prend un caractère de maturité ; des préjugés fort nuisibles ont été tournés en ridicule, tués... En un mot, nous nous sommes définitivement séparés du passé et je trouve que c'est déjà un succès...

– Bon, il a mis la machine en marche ; tout ça pour se faire valoir, grogna tout à coup Raskolnikov.

– Quoi ? » fit Loujine, qui n'avait pas entendu. Mais l'autre ne lui répondit rien.

« Tout cela est très juste, se hâta d'intervenir Zossimov.

– Oui, n'est-ce pas ? continua Piotr Petrovitch, en lançant au docteur un regard aimable. Vous conviendrez, fit-il en s'adressant à Rasoumikhine, mais avec un air de triomphe et de supériorité (il faillit même l'appeler jeune homme), qu'il y a perfectionnement, ou, si vous préférez, progrès, au moins dans le domaine scientifique ou économique...

– C'est un lieu commun !

– Non, ce n'est pas un lieu commun. Par exemple, on nous a enseigné jusqu'ici : « aime ton prochain » ; si je mets ce précepte en pratique, qu'en résulte-t-il ? continua Piotr Petrovitch avec une précipitation peut-être un peu trop visible. Il en résulte que je coupe mon manteau en deux, que j'en donne la moitié à mon prochain et que nous sommes tous les deux à moitié nus. Selon le proverbe russe, « à courir plusieurs lièvres à la fois, on n'en attrape aucun ». Or, la science m'ordonne d'aimer ma propre personne par-dessus tout, car tout repose ici-bas sur l'intérêt personnel[46]. Si tu t'aimes toi-même, tu feras tes affaires convenablement et tu garderas ton manteau entier. L'économie politique ajoute que, plus il s'élève de fortunes privées dans une société ou, en d'autres termes, plus il se fabrique de manteaux « entiers », plus elle est solidement assise sur ses bases et heureusement organisée. Donc, en ne travaillant que pour moi seul, je travaille, par le fait, pour tout le monde et je contribue à ce que mon prochain reçoive un peu plus de la moitié du manteau troué et cela non pas grâce à des libéralités privées et individuelles, mais par suite du progrès général. L'idée est simple ; elle a malheureusement mis du temps à faire son chemin et elle a été longtemps étouffée par l'esprit chimérique et rêveur. Cependant, il semble qu'il ne faut pas beaucoup, beaucoup d'intelligence pour se rendre compte...

– Pardon, j'appartiens moi aussi à la catégorie des imbéciles, interrompit Rasoumikhine ; laissons là ce sujet. J'avais une intention en vous adressant la parole. Quant à ce bavardage, à toutes ces banalités, ces lieux communs, j'en ai les oreilles tellement rebattues depuis trois ans que je rougis, non seulement d'en parler, mais d'en entendre parler devant moi. Vous vous êtes naturellement empressé de faire parade devant nous de vos théories et je ne veux pas vous en blâmer ; moi je ne désirerais que savoir qui vous êtes, car, ces derniers temps, tant de faiseurs louches se sont accrochés aux affaires publiques et ils ont si bien sali tout ce à quoi ils ont touché qu'il en est résulté un véritable gâchis. Et puis en voilà assez !

– Monsieur, reprit Loujine piqué au vif et sur un ton fort digne, est-ce une façon de me dire que moi aussi...

– Oh ! mais jamais de la vie, comment aurais-je pu ? En voilà assez tout simplement », trancha Rasoumikhine, et il renoua brusquement avec Zossimov l'entretien qu'avait interrompu l'entrée de Piotr Petrovitch.

---

[46] *L'intérêt personnel* : Dostoïevski raille ici la morale utilitaire prônée par Pissarev, Tchernychovski et leurs disciples.

Celui-ci eut le bon esprit d'accepter l'explication de l'étudiant, avec l'intention bien arrêtée de s'en aller au bout de deux minutes.

« J'espère que maintenant que nous avons fait connaissance, dit-il à Raskolnikov, nos relations deviendront, après votre guérison, plus intimes, grâce aux circonstances que vous connaissez... Je vous souhaite un prompt rétablissement... »

Raskolnikov n'eut même pas l'air d'avoir entendu et Piotr Petrovitch se leva.

« C'est assurément un de ses débiteurs qui l'a tuée, affirma Zossimov.

– Assurément, répéta Rasoumikhine... Porphyre ne dit pas ce qu'il pense, mais il n'en interroge pas moins ceux qui avaient déposé des objets en gage chez la vieille...

– Il les interroge ? demanda Raskolnikov d'une voix forte.

– Oui, pourquoi ?

– Rien.

– Comment arrive-t-il à les connaître ? demande Zossimov.

– Koch en a désigné quelques-uns ; les noms des autres étaient inscrits sur les papiers qui enveloppaient les objets, d'autres sont venus tout seuls dès qu'ils ont appris...

– Ah ! ce doit être un gaillard adroit et expérimenté. Quelle décision ! Quelle audace !

– Eh bien, c'est justement ce qui te trompe, interrompit Rasoumikhine et ce qui induit tout le monde en erreur. Moi, je soutiens qu'il est maladroit, que c'est un novice dont ce crime était le début. Imagine un plan bien établi et un scélérat expérimenté : rien ne s'explique. Suppose-le novice et admets que le hasard seul lui a permis de s'échapper. Que ne fait le hasard ! Car enfin, il n'a peut-être prévu aucun obstacle ! Et comment mène-t-il son affaire ? Il prend des objets qui ne valent pas plus de vingt à trente roubles, en bourre ses poches et fouille dans le coffre où la femme mettait ses chiffons. Dans le tiroir supérieur de la commode, on a trouvé, dans une cassette, plus de quinze cents roubles en espèces, sans parler des billets. Il n'a même pas su voler ; il n'a pu que tuer. Un début, te dis-je, un début ! Il a perdu la tête et s'il n'a pas été pris, il ne le doit qu'au hasard et non à son adresse.

– Il s'agit de l'assassinat commis sur la personne de cette vieille ? » intervint Loujine, en s'adressant à Zossimov. Son chapeau à la main, il s'apprêtait à prendre congé, mais il voulait prononcer encore quelques paroles profondes. Il tenait à laisser une impression flatteuse ; sa vanité l'emportait sur la raison.

« Oui, vous en avez entendu parler ?

– Comment donc ! Cela s'est passé dans le voisinage...

– Vous connaissez les détails ?

– Pas précisément, mais cette affaire m'intéresse, surtout par la question générale qu'elle soulève. Je ne parle même plus de l'augmentation croissante des crimes dans les basses classes durant ces cinq dernières années, ni de la succession ininterrompue de pillages et d'incendies. Ce qui m'étonne, c'est que la criminalité croît de façon parallèle pour ainsi dire dans les classes supérieures. Ici, on apprend qu'un ancien étudiant a volé la poste sur la grand-route. Là, que des hommes que leur situation place au premier plan, fabriquent de la fausse monnaie. À Moscou encore, on découvre une compagnie de faussaires qui contrefaisaient des billets de loterie et dont un des chefs était un professeur d'histoire universelle. Ailleurs on tue un secrétaire d'ambassade pour une mystérieuse raison d'argent... Et si cette usurière a été assassinée par un homme de la classe moyenne, car les gens du peuple n'ont pas l'habitude d'engager des bijoux, comment expliquerons-nous ce relâchement des mœurs dans la partie la plus civilisée de notre société ?

– Transformations dans les phénomènes économiques..., commença Zossimov.

– Comment l'expliquer ? intervint Rasoumikhine. Eh bien, justement par ce manque d'activité raisonnée...

– Que voulez-vous dire ?

– Et qu'a répondu votre professeur faussaire quand on l'interrogeait ?

– « Tout le monde s'enrichit de différentes manières ; eh bien, j'ai voulu, moi aussi, m'enrichir au plus vite. » Je ne me souviens plus de l'expression qu'il a employée, mais il voulait dire : gagner au plus vite, sans effort... On s'habitue à ne pas se donner de peine, à marcher en lisières et à n'avaler que de la nourriture toute mâchée. L'heure a sonné où chacun se montre tel qu'il est...

– Mais, cependant, la morale ? Et les lois pour ainsi dire...

– Mais de quoi vous inquiétez-vous donc ? fit tout à coup Raskolnikov ; tout cela est l'application de votre propre théorie !

– Comment de ma propre théorie ?

– Oui ; la conclusion logique du principe que vous posiez tout à l'heure, c'est qu'on peut assassiner...

– Permettez,... s'écria Loujine.

– Non, c'est faux », fit Zossimov.

Raskolnikov était pâle et respirait avec peine ; sa lèvre supérieure tremblait convulsivement.

« Il y a une mesure à tout, poursuivit Loujine d'un air hautain, une idée économique n'est pas encore, que je sache, une provocation à l'assassinat, et si l'on suppose...

– Et est-il vrai, l'interrompit Raskolnikov d'une voix tremblante de colère, mais pleine d'une joie hostile en même temps, est-il vrai que vous avez dit à votre fiancée... à l'heure où elle venait d'agréer votre demande, que ce qui vous rendait le plus heureux... c'était qu'elle était pauvre, car il vaut mieux épouser une femme pauvre pour pouvoir la dominer ensuite et lui reprocher les bienfaits dont on l'a comblée ?...

– Monsieur, s'écria furieusement Loujine, éperdu de colère, monsieur, dénaturer ainsi ma pensée ! Excusez-moi, mais je dois vous déclarer que les bruits parvenus jusqu'à vous ou plutôt portés à votre connaissance ne présentent pas une ombre de fondement et je... soupçonne d'où... cette flèche... En un mot, votre maman... elle m'a d'ailleurs semblé, malgré toutes ses excellentes qualités, avoir l'esprit un peu... un peu exalté et romanesque, mais j'étais cependant à mille lieues de supposer qu'elle pût se méprendre à ce point sur le sens de mes paroles et les citer en les altérant ainsi... et enfin... enfin...

– Savez-vous une chose ? vociféra le jeune homme, en se soulevant sur son oreiller et en le fixant d'un regard enflammé, savez-vous une chose ?

– Laquelle ? »

Sur ce mot, Loujine s'arrêta et attendit d'un air de défi. Le silence dura quelques secondes.

« Eh bien ! si vous vous permettez encore une fois... de dire un seul mot au sujet de ma mère... je vous jette en bas de l'escalier.

– Mais que te prend-il ? cria Rasoumikhine.

– Ah ! c'est comme cela ? bien. » Loujine avait pâli et se mordait la lèvre.

« Écoutez-moi donc, monsieur, commença-t-il lentement et tendant tous ses nerfs pour se dominer. L'accueil que vous m'avez fait ne m'a guère laissé de doutes sur votre inimitié et je n'ai prolongé ma visite que pour être mieux édifié là-dessus. J'aurais pardonné bien des choses à un malade, à un parent, mais maintenant, jamais... voyez-vous.

– Je ne suis pas malade, cria Raskolnikov.

– D'autant plus...

– Allez-vous-en au diable ! »

Mais Loujine n'avait pas attendu cette invitation ; il se faufilait entre la chaise et la table. Rasoumikhine cette fois se leva pour le laisser passer. Loujine ne le regarda pas et sortit sans même saluer Zossimov qui, depuis un moment, lui faisait signe de laisser le malade tranquille. À le voir s'en aller, le dos voûté, on devinait qu'il n'oublierait pas l'offense terrible qu'il avait reçue.

« Peut-on se conduire ainsi, non, mais peut-on se conduire ainsi ? faisait Rasoumikhine en hochant la tête d'un air préoccupé.

– Laissez-moi, laissez-moi tous ! vociféra Raskolnikov dans un transport de fureur. Mais allez-vous me laisser, bourreaux que vous êtes ! Je ne vous crains pas. À présent, je ne crains plus personne, personne. Allez-vous-en ; je veux être seul, seul, seul !

– Partons, fit Zossimov, en faisant un signe à Rasoumikhine.

– Mais, voyons, peut-on le laisser ainsi ?

– Partons », insista le docteur.

Rasoumikhine parut réfléchir, puis s'en alla le rejoindre.

« Cela aurait pu tourner plus mal si nous avions refusé de lui obéir, fit Zossimov dans l'escalier. Il ne faut pas l'irriter.

– Qu'a-t-il ?

– Une secousse qui l'arracherait à ses préoccupations lui ferait le plus grand bien. Tout à l'heure, il était capable... Tu sais, il a quelque préoccupation, un souci qui le ronge, le tracasse...

– C'est ce qui m'inquiète beaucoup !

– Ce monsieur Piotr Petrovitch y est peut-être pour quelque chose. D'après leur conversation, il apparaît que l'autre épouse sa sœur et que Rodia en a reçu la nouvelle peu de temps avant sa maladie...

– Oui, c'est vraiment le diable qui l'a amené ici, car sa visite a peut-être gâté toute l'affaire ? Et as-tu remarqué qu'il semble indifférent à tout, qu'un sujet seul est capable de le faire sortir de son mutisme : ce meurtre ?

« Aussitôt qu'on en parle, le voilà hors de lui...

– Oui, oui, approuva Rasoumikhine ; je l'ai parfaitement remarqué. Il devient attentif alors et paraît inquiet. C'est le jour où il est tombé malade qu'ils lui ont fait peur avec cette histoire à la police ; il s'est même évanoui.

– Tu me raconteras l'histoire dans tous ses détails ce soir et moi, à mon tour, je te dirai quelque chose. Il m'intéresse infiniment. Je reviendrai le voir dans une demi-heure... La fièvre cérébrale n'est pas à redouter du reste...

– Je te remercie. Moi, je vais passer un moment chez Pachenka et je le ferai surveiller par Nastassia. »

Raskolnikov, resté seul, eut un regard d'impatience angoissée vers Nastassia, mais elle ne mettait pas de hâte à s'en aller.

« Tu boiras peut-être ton thé, maintenant ? demanda-t-elle.

– Plus tard ; je veux dormir, laisse-moi... »

Il se tourna d'un geste convulsif du côté du mur et Nastassia quitta la pièce.

VI

À peine était-elle sortie qu'il se levait, mettait le crochet à la porte, dénouait le paquet de vêtements apportés tout à l'heure par Rasoumikhine et se mettait à les revêtir. Fait bizarre, il semblait apaisé tout à coup. La frénésie qui s'était emparée de lui et la terreur panique de ces derniers jours l'avaient abandonné. C'était sa première minute de calme, d'un calme brusque, étrange. Ses gestes étaient sûrs et précis : ils exprimaient une forte volonté. « Aujourd'hui, aujourd'hui même », marmottait-il. Il se rendait compte cependant de son état de faiblesse, mais l'extrême tension morale à laquelle il devait son sang-froid lui donnait de l'assurance et semblait lui insuffler des forces. Du reste il espérait ne pas tomber dans la rue. Quand il fut vêtu de neuf de la tête aux pieds, il contempla un moment l'argent resté sur la table, parut réfléchir et le mit dans sa poche. La somme se montait à vingt-cinq roubles. Il prit aussi la menue monnaie rapportée par Rasoumikhine sur les dix roubles destinés à l'achat des vêtements, puis retira doucement le crochet, sortit de la chambre, descendit l'escalier et jeta un coup d'œil dans la cuisine dont la porte était grande ouverte ; Nastassia lui tournait le dos, tout occupée à souffler sur le samovar ; elle n'entendit rien. D'ailleurs, qui aurait pu prévoir cette fugue ?

Un instant plus tard, il se trouvait dans la rue. Il était environ huit heures et le soleil s'était couché. Quoique l'atmosphère fût toujours étouffante, il aspirait avidement l'air poussiéreux, empoisonné par les exhalaisons pestilentielles de la ville. Il éprouvait un léger vertige ; ses yeux enflammés, son visage amaigri et livide exprimaient soudain une énergie sauvage. Il ne savait où aller et ne s'en occupait même pas. Il ne pensait qu'à une chose, c'est qu'il fallait mettre fin à tout cela, aujourd'hui, d'un coup, à l'instant même, que sinon il ne rentrerait point chez lui, car il ne voulait pas *continuer à vivre ainsi*. Mais comment allait-il faire ? De quelle façon « en finir », comme il disait, il n'en avait pas la moindre idée. Il s'efforçait de n'y point songer ! Bien plus, cette pensée, il la repoussait, car elle le torturait. Il n'éprouvait qu'un sentiment, il ne pensait qu'à une chose, qu'il fallait que tout changeât d'une façon ou d'une autre, « coûte que coûte », répétait-il avec une assurance désespérée et une fermeté indomptable.

Poussé par une vieille habitude, il prit machinalement le chemin de ses promenades ordinaires et se dirigea vers les Halles. À mi-chemin, il rencontra, devant la porte d'une boutique, sur la chaussée, un jeune joueur d'orgue en train de moudre une mélodie sentimentale. Il accompagnait sur son instrument une jeune fille d'une quinzaine d'années, debout près de lui sur le trottoir, vêtue comme une demoiselle. Elle portait une crinoline, des gants, un chapeau de paille à plume d'un rouge feu et une mantille. Tout cela était vieux et fripé. Elle chantait sa romance d'une voix fêlée, mais assez forte et agréable, dans l'espoir de se voir jeter de la boutique une pièce de deux kopecks. Raskolnikov s'arrêta près de deux ou trois badauds, écouta un moment, puis il tira de sa poche une pièce de cinq kopecks et la fourra dans la main de la jeune fille. Celle-ci s'interrompit sur la note la plus haute et la plus pathétique comme si on lui avait brisé la voix.

« Assez », cria-t-elle brusquement à son compagnon, et tous deux s'acheminèrent vers la boutique suivante.

« Vous aimez les chansons des rues ? » demanda tout à coup Raskolnikov à un passant d'un certain âge qui avait écouté près de lui les musiciens ambulants et semblait être un flâneur.

L'autre le regarda avec étonnement.

« Moi, continua Raskolnikov – mais on eût cru à l'entendre qu'il parlait de toute autre chose que de chansons –, j'aime entendre chanter au son de l'orgue, par une froide, sombre et humide soirée automnale, humide surtout, de ces soirées où tous les passants ont le visage verdâtre et défait, ou, mieux encore, quand il tombe une neige mouillée et toute droite que le vent ne chasse pas, vous savez ? Les becs de gaz brillent au travers.

– Je ne sais pas, excusez-moi », balbutia le monsieur, effrayé à la fois par la question et l'air étrange de Raskolnikov. Il se hâta ensuite de changer de trottoir.

Le jeune homme continua son chemin et déboucha enfin sur la place des Halles, à l'endroit où, l'autre jour, le marchand et sa femme causaient avec Lisbeth, mais ils n'y étaient plus.

Reconnaissant le lieu, il s'arrêta, jeta un coup d'œil autour de lui et se tourna vers un jeune gars en chemise rouge qui bâillait à l'entrée d'un magasin de farine.

« Il y a un marchand qui s'installe là dans ce coin, avec une paysanne, sa femme, hein ?

– Il en vient de toutes sortes, des marchands, répondit le gars en toisant Raskolnikov avec dédain.

– Quel est son nom ?

– Celui qu'il a reçu à son baptême.

– N'es-tu pas de Zaraïsk, par hasard ? De quelle province viens-tu ? »

Le gars jeta encore un coup d'œil sur Raskolnikov.

« Altesse, chez nous ce n'est pas une province, mais un district et, comme c'est mon frère qui a voyagé, et que moi je suis resté à la maison, je ne sais rien. Votre Altesse, daignez miséricordieusement me pardonner !

– C'est une gargote qu'il y a là-haut ?

– Une taverne ; il y a même un billard et l'on y trouve des princesses... C'est chic ! »

Raskolnikov traversa la place ; une foule compacte de moujiks y stationnait dans un coin. Il se glissa au plus épais du rassemblement, examinant longuement chacun. Il avait envie d'adresser la parole à tout le monde. Mais les paysans ne faisaient aucune attention à lui. Ils étaient tous à crier, répartis en petits groupes.

Il resta là un moment à réfléchir, puis continua son chemin dans la direction du boulevard V... Bientôt, il quittait la place et s'engageait dans une ruelle. Cette ruelle, qui fait un coude et mène de la place à la Sadovaïa[47], il l'avait suivie bien des fois. Depuis quelque temps une force obscure le poussait à flâner dans ces parages, quand il se sentait pris par son humeur noire pour s'y abandonner encore davantage. À cet instant, il s'y engageait inconsciemment. Il s'y trouve une grande bâtisse occupée par des

---

[47] *Sadovaïa :* Ou rue des Jardins.

débits de boisson et des gargotes. Des femmes en cheveux et négligemment vêtues (comme quand on ne va pas loin de chez soi) en sortaient, à chaque instant. Elles formaient des groupes çà et là sur le trottoir, surtout au pied des escaliers qui menaient aux bouges mal famés du sous-sol.

Dans l'un de ceux-ci régnait justement un vacarme assourdissant. On pinçait de la guitare ; on chantait et l'on semblait s'amuser beaucoup. Un groupe nombreux de femmes se pressait devant l'entrée. Les unes étaient assises sur les marches, d'autres sur le trottoir, les dernières enfin parlaient debout devant la porte. Un soldat ivre, la cigarette à la bouche, errait autour d'elles sur la chaussée et jurait. On eût dit qu'il ne se souvenait plus du but de sa course. Deux individus déguenillés échangeaient des injures ; enfin, un ivrogne était là, étalé de tout son long en travers de la rue.

Raskolnikov s'arrêta près du principal groupe de femmes. En robes d'indienne, chaussures de chevreau, têtes nues, elles bavardaient d'une voix éraillée. Plusieurs avaient dépassé la quarantaine ; d'autres paraissaient dix-sept ans à peine ; presque toutes avaient les yeux pochés.

Le chant et tout ce bruit qui montait du sous-sol captivèrent Raskolnikov. Du milieu des éclats de rire et des clameurs joyeuses montait une mince voix de fausset qui chantait un air entraînant, tandis que quelqu'un dansait furieusement aux sons d'une guitare, en battant la mesure avec ses talons. Le jeune homme, penché vers l'entrée du bouge, écoutait sombre et rêveur.

Mon beau petit homme,

Ne me bats pas sans raison

chantait la voix aiguë. Il avait passionnément envie de saisir le moindre mot de cette chanson, comme si la chose eût été pour lui de la plus haute importance.

« Si j'entrais ? pensa-t-il. Ils rient, c'est l'ivresse. Et si je m'enivrais, moi aussi ! »

DEUXIÈME PARTIE

« Vous n'entrez pas, gentil monsieur ? » demanda une des femmes d'une voix assez claire et fraîche encore. Elle paraissait jeune et c'était la seule de tout le groupe qui ne fût pas repoussante.

« Oh ! la jolie fille », fit-il en relevant la tête et la regardant. Elle sourit. Le compliment lui avait beaucoup plu.

« Vous aussi, vous êtes très joli garçon, dit-elle.

– Ce qu'il est maigre, remarqua une autre d'une voix caverneuse. Vous sortez de l'hôpital, pour sûr.

– Paraît que c'est des dames de la haute, mais ça ne les empêche pas d'avoir le nez camus, fit brusquement un homme en goguette qui passait, le sarrau déboutonné, la face élargie par un rire narquois.

– Voyez-vous cette gaieté ? reprit-il.

– Entre, puisque tu es là !

– J'entre, ma beauté. » Et il dégringola jusqu'en bas.

Raskolnikov continua son chemin.

« Écoutez, monsieur, cria la jeune fille comme il tournait les talons.

– Quoi ? »

Elle se troubla.

« Je serai, mon gentil monsieur, toujours heureuse de passer quelques heures avec vous. Mais, maintenant, je me sens gênée en votre présence. Donnez-moi six kopecks pour boire un verre, aimable cavalier. »

Raskolnikov fouilla dans sa poche et en tira tout ce qu'il trouva : trois pièces de cinq kopecks.

« Ah ! quel généreux prince !

– Comment t'appelles-tu ?

– Vous demanderez Douklida.

– Eh bien, cela alors, ça dépasse les bornes, fit l'une des femmes du groupe, en hochant la tête d'un air désapprobateur. Je ne comprends pas qu'on puisse mendier ainsi ; moi, je mourrais de honte à la seule pensée... »

Raskolnikov regarda curieusement la femme qui parlait ainsi. C'était une fille grêlée, d'une trentaine d'années, toute couverte d'ecchymoses, à la lèvre supérieure un peu enflée. Elle avait formulé son blâme d'un air calme et sérieux.

« Où ai-je lu, pensa Raskolnikov en s'éloignant, qu'un condamné à mort disait, une heure avant son supplice, que s'il lui fallait vivre sur quelque cime, sur une roche escarpée, où il n'aurait qu'une étroite plate-forme, juste assez large pour y poser les pieds, une plate-forme entourée de précipices, perdue au milieu d'océans infinis dans les ténèbres éternelles, dans une perpétuelle solitude, exposé aux tempêtes incessantes, et s'il devait rester là, sur ce lambeau, sur ce mètre d'espace, y rester toute sa vie, mille ans, toute l'éternité, il préférerait encore cette vie à la mort ? Vivre, vivre seulement, vivre n'importe comment, mais vivre... Que c'est donc vrai, Seigneur, que c'est donc vrai ! L'homme est un lâche... et lâche est celui qui lui reproche cette lâcheté », ajouta-t-il au bout d'un moment.

Il déboucha dans une autre rue. « Tiens ! le Palais de Cristal. Rasoumikhine en a parlé tantôt, mais qu'est-ce donc que j'avais l'intention de faire ? Ah ! oui ! lire. Zossimov a dit qu'il avait lu dans les journaux... »

« Vous avez les journaux ? » demanda-t-il, en entrant dans un établissement spacieux et même assez proprement tenu, à peu près vide d'ailleurs.

Il n'y avait là que deux ou trois consommateurs en train de prendre du thé et, dans une pièce éloignée, un groupe de quatre personnes qui buvaient du champagne. Raskolnikov crut reconnaître Zamiotov parmi eux ; il est vrai que la distance ne lui permettait pas de bien voir.

« Qu'importe », pensa-t-il.

« Voulez-vous de la vodka ? demanda le garçon.

– Donne-moi du thé et apporte-moi les journaux, les anciens, ceux des cinq derniers jours ; tu auras un pourboire.

– Bien, monsieur. Voici ceux d'aujourd'hui. Vous voulez de la vodka aussi ? »

On lui apporta les journaux et le thé. Raskolnikov s'assit et se mit à chercher : « Izler, Izler... Les Aztèques, Izler, Bartola, Massimo... Les Aztèques... Izler. Merci. Ah ! voilà les faits divers : tombée dans l'escalier – un marchand ivre brûlé vif – un incendie dans le quartier des Sables – un incendie dans le quartier neuf de Pétersbourg – encore un au même endroit – Izler – Izler – Izler... Massimo. Ah ! voilà ! » Il finit par découvrir ce qu'il cherchait et se mit à lire ; les lignes dansaient devant ses yeux. Il lut cependant la colonne des faits divers jusqu'au bout et se mit à en chercher la suite dans les numéros suivants. Ses mains tremblaient d'impatience convulsive en tournant les pages. Tout à coup, quelqu'un s'assit à côté de lui à sa table. Il jeta un coup d'œil au nouveau venu. C'était Zamiotov, Zamiotov en personne, dans le même costume qu'au commissariat.

Il avait toujours ses bagues, ses chaînes, ses cheveux noirs frisés, pommadés, partagés par une belle raie, son gilet merveilleux, son veston quelque peu usé et son linge légèrement défraîchi. Il semblait d'excellente humeur, c'est-à-dire qu'il souriait avec gaieté et bonhomie. Le champagne avait rougi sa figure basanée.

« Comment ? vous ici ? commença-t-il d'un air étonné et du ton qu'il aurait pris pour aborder un vieux camarade ; mais Rasoumikhine me disait, pas plus tard qu'hier, que vous aviez toujours le délire ! Voilà qui est étrange ! Moi, je suis passé chez vous... »

Raskolnikov avait pressenti que le secrétaire s'approcherait de lui. Il déposa ses journaux et se tourna vers Zamiotov. Il avait sur les lèvres un sourire ironique, qui laissait percer une irritation toute nouvelle.

« Je sais bien que vous êtes venu, répondit-il ; on me l'a appris, oui... Vous avez cherché ma botte... Et, savez-vous, Rasoumikhine est absolument fou de vous ; il prétend que vous avez été avec lui chez Louisa Ivanovna, celle dont vous essayiez de prendre la défense l'autre jour ; vous savez bien, vous faisiez des signes au lieutenant Poudre et il ne voyait rien ; vous rappelez-vous ? Pourtant, il ne fallait pas être très malin pour comprendre ; la chose est claire... hein ?

– Il est joliment tapageur !

– Poudre ?

– Non, votre ami Rasoumikhine.

– Et vous aussi, vous vous la coulez douce, monsieur Zamiotov, vous avez vos entrées gratuites dans des lieux enchanteurs ! Qui est-ce qui vous régalait de champagne tout à l'heure ?

– Heu... nous avons bu... Pourquoi voulez-vous qu'on m'ait régalé ?

– À titre d'honoraires ! Vous tirez profit de tout ! » Raskolnikov se mit à rire. « Ne vous fâchez pas, cher et excellent garçon. Ne vous fâchez pas, ajouta-t-il en lui donnant une tape sur l'épaule. Ce que je vous en dis, c'est sans méchanceté, mais amicalement, « histoire de rire », comme disait, à propos des coups de poing qu'il donnait à Mitka, l'ouvrier que vous avez arrêté dans l'histoire de la vieille.

– Et vous, comment le savez-vous ?

– Mais... j'en sais peut-être plus que vous-même là-dessus.

– Que vous êtes étrange !... Vous êtes sans doute fort malade encore. Vous avez eu tort de sortir.

– Je vous parais étrange ?

– Oui. Qu'est-ce que vous lisez là ?

– Les journaux.

– Il est souvent question d'incendies...

– Non, je ne m'occupe pas des incendies », et il regarda Zamiotov d'un air singulier ; le même sourire ironique tordit ses lèvres. « Non, reprit-il, je ne parle pas des incendies, – il cligna des yeux. – Avouez, cher ami, que vous brûlez d'envie de savoir ce que je lisais ?

– Pas du tout ! Je vous demandais cela pour dire quelque chose. Comme si l'on ne pouvait pas demander... Mais qu'avez-vous tout le temps !...

– Écoutez ! Vous êtes un homme instruit, vous comprenez la littérature, n'est-ce pas ?

– J'ai fait six classes de lycée, répondit Zamiotov avec un certain orgueil.

– Six classes ! Ah ! le cher ami ! Et il a une belle raie, des bagues, un homme riche, quoi ! Seigneur, est-il assez mignon ! » Raskolnikov éclata de rire au nez de son interlocuteur. L'autre recula, pas précisément blessé, mais fort surpris.

« Que vous êtes étrange ! répéta sérieusement Zamiotov ; mon avis est que vous avez encore le délire.

– Le délire ? Tu te trompes, mon petit. Ainsi, je vous parais bizarre ? et je vous intrigue, hein, je vous intrigue ?

– Oui.

– Alors, vous désirez savoir ce que je lisais, ce que je cherchais ? Voyez combien de numéros je me suis fait apporter. Cela paraît suspect, hein ?

– Allons, dites.

– Vous croyez avoir trouvé la pie au nid ?

– Quelle pie ?

– Je vous le dirai plus tard, et maintenant, mon très cher, je vous déclare, ou plutôt j'avoue... non ce n'est pas cela... je fais une déposition et vous la notez, voilà... Ainsi, je dépose que j'ai lu, cherché... recherché... (Raskolnikov cligna des yeux et fit une pause) que je suis venu chercher ici les détails relatifs au meurtre de la vieille usurière », acheva-t-il dans un murmure, en rapprochant son visage jusqu'à toucher celui de Zamiotov.

Ce dernier le fixait sans bouger et sans écarter la tête ; ce qui, plus tard, parut le plus étrange au secrétaire fut de penser qu'ils s'étaient contemplés pendant une minute ainsi, sans échanger un mot.

« Que m'importe ce que vous avez lu ? s'écria-t-il tout à coup, impatienté et désorienté par ces manières. Qu'est-ce que vous voulez que cela me fasse, et qu'y voyez-vous d'extraordinaire ?

– Il s'agit de cette même vieille, continuait Raskolnikov, toujours à voix basse et sans prendre garde à l'exclamation de

Zamiotov, cette vieille dont vous parliez au commissariat, vous vous en souvenez ? quand je me suis évanoui... Eh bien, comprenez-vous maintenant ?

– Mais quoi, enfin !... Qu'y a-t-il à... comprendre ? » fit Zamiotov presque épouvanté.

Le visage immobile et grave de Raskolnikov changea instantanément d'expression et il éclata de nouveau du même rire nerveux et irrésistible que tout à l'heure. Soudain, il lui sembla revivre avec une intensité singulière les sensations éprouvées le jour du meurtre : il se tenait derrière la porte, la hache à la main ; le verrou tremblait ; de l'autre côté, les hommes juraient et essayaient de forcer la porte et lui se sentait pris du désir de crier des injures, de leur tirer la langue, de les narguer et de rire, rire aux éclats, rire, rire sans fin.

« Vous êtes fou, ou bien... » commença Zamiotov. Puis, il s'interrompit comme s'il était frappé d'une idée subite...

« Ou bien quoi ? Allons, quoi... dites-le donc !

– Rien, répondit vivement Zamiotov, tout cela ce sont des absurdités. »

Tous les deux se turent. Raskolnikov, après son brusque accès d'hilarité, était devenu triste et songeur. Il s'accouda à la table et se mit la tête dans les mains. Il semblait avoir oublié la présence de Zamiotov. Le silence dura un bon moment.

« Pourquoi ne buvez-vous pas votre thé ? Il va refroidir, dit Zamiotov.

– Hein ? quoi ? mon thé ?... Soit... » Raskolnikov but une gorgée, avala une bouchée de pain, jeta les yeux sur Zamiotov et parut secouer ses préoccupations. Son visage reprit l'expression moqueuse qu'il avait eue tout à l'heure, puis il continua à prendre son thé.

« Ces crimes se multiplient à présent, dit Zamiotov. J'ai lu dernièrement, dans les *Nouvelles de Moscou* qu'on a arrêté à Moscou toute une bande de faux monnayeurs. C'était une redoutable organisation. Ils fabriquaient des billets de banque.

« Oh ! cela, c'est une vieille histoire. Il y a au moins un mois que j'ai lu cela, répondit tranquillement Raskolnikov. Alors, ce sont des bandits, d'après vous ?

– Comment ne le seraient-ils pas ?

– Eux ? Ce sont des enfants, des blancs-becs, non des bandits ; ils se mettent à cinquante pour une affaire... Est-ce possible ? S'ils n'étaient que trois ce serait encore trop, et encore faudrait-il que chacun fût plus sûr de ses associés que de lui-même. Il suffirait que l'un d'eux eût la langue trop bien pendue dans un moment d'ivresse, pour que tout fût gâché. Des blancs-becs, vous dis-je ! Ils chargent n'importe qui de changer leurs billets dans les banques. Confier une affaire de cette importance au premier venu ! Et puis, mettons que la chose ait réussi aux blancs-becs et qu'ils s'en soient tirés avec un million chacun, bon ! Ensuite, toute la vie durant, dépendre l'un de l'autre ? Mieux vaut se pendre ! Et eux, ils n'ont même pas su écouler les billets ; l'un s'avise de changer l'argent à la banque ; il touche cinq mille roubles et voilà que ses mains se mettent à trembler. Il compte quatre billets ; quant au cinquième, il le prend sans le vérifier, au hasard, rien que pour le fourrer au plus vite dans sa poche tant il est pressé de s'enfuir. C'est ainsi qu'il a éveillé la méfiance. Toute l'affaire a été fichue par la faute d'un imbécile. Non, vraiment, peut-on concevoir une chose pareille ?

– Quoi ? que ses mains aient tremblé ! reprit Zamiotov, eh bien, mais cela se comprend très bien ; je trouve même la chose très naturelle ; on n'est pas toujours maître de soi ; c'est parfois au-dessus des forces humaines.

– Quoi, cette chose-là ?

– Vous, vous vous croyez capable de la supporter ? Eh bien, moi, je ne le serais pas. Pour cent roubles, en arriver là ! Aller changer son billet faux, et où, s'il vous plaît ? À une banque où l'on s'entend à dépister les moindres trucs ! Non, moi j'aurais perdu la tête. Vous pas ? »

Raskolnikov eut encore envie de tirer la langue au chef de la Chancellerie. Une sorte de frisson lui passait par moments entre les épaules.

« Moi, je n'aurais pas agi ainsi, fit-il. Voici comment je m'y serais pris pour changer l'argent : j'aurais compté les premiers mille roubles au moins quatre fois en examinant les billets de tous côtés, puis, la seconde liasse, j'en aurais compté la moitié. À ce moment-là, j'aurais tiré du tas un billet de cinquante roubles pour le mirer au jour puis, l'ayant retourné, je l'aurais encore étudié de près. Ne serait-il pas faux par hasard ? Et je me serais mis à raconter une histoire : « J'ai peur, vous comprenez, une parente à moi a perdu comme cela dernièrement un billet de vingt-cinq roubles. » Une fois au troisième millier de roubles : « Non, permettez, dis-je, dans la seconde liasse il me semble avoir mal vérifié la septième centaine. » Je suis pris de doutes ; là-dessus, le désir me prend de recompter la seconde liasse, puis la troisième et ainsi de suite jusqu'à la fin. À ce moment-là, j'aurais tiré de la seconde liasse de mille roubles, puis de la cinquième, par exemple, un billet, en demandant : « Échangez-le-moi, s'il vous plaît. » J'aurais littéralement affolé l'employé, si bien qu'il n'aurait plus pensé qu'à se débarrasser de moi. Enfin, l'affaire terminée, je me serais dirigé vers la sortie, puis, en ouvrant la porte : « Ah pardon, excusez-moi », je serais encore revenu sur mes pas pour demander un renseignement. Voilà comment j'aurais agi !

– Mais vous êtes terrible, fit Zamiotov en riant. Heureusement, ce ne sont que des mots ; en réalité, vous auriez flanché ! Je vais vous dire : non seulement vous ni moi, mais même un vieux routier, un hardi luron au courage à toute épreuve n'aurait pas pu répondre de lui en l'occurrence. Et pourquoi chercher si loin ? Tenez, un exemple : la vieille qu'on a tuée dans notre quartier, l'assassin semble avoir été un coquin résolu, pour n'avoir pas hésité à commettre son crime en plein jour, et c'est miracle qu'il n'ait pas été pris. Eh bien ! ses mains n'en ont pas moins tremblé. Il n'a pas pu la voler. Le sang-froid l'a abandonné, les faits le prouvent... »

Raskolnikov parut froissé.

« Ah ! ils le prouvent, dites-vous ? Eh bien, essayez de l'attraper, cria-t-il, en narguant méchamment Zamiotov.

– Soyez sans crainte ; on le trouvera.

– Qui ? vous ? Vous, le découvrir ? Allons donc ! Vous pouvez courir. L'essentiel pour vous est de savoir si un homme se livre à des dépenses ; un tel, par exemple, n'avait pas le sou, et voilà qu'il se met tout à coup à jeter l'argent par les fenêtres. Comment ne serait-il pas le coupable ? En se réglant là-dessus, un enfant vous tromperait pour peu qu'il le voulût.

– Le fait est que c'est ce qu'ils font tous, répondit Zamiotov. Après avoir souvent fait preuve d'une grande adresse et de beaucoup de ruse dans l'assassinat, ils se font pincer au cabaret. Tous ne sont pas malins comme vous. Vous naturellement, vous n'iriez pas au cabaret. »

Raskolnikov fronça les sourcils et regarda fixement son interlocuteur.

« Ah ! ah ! vous devenez bien gourmand, il me semble ; vous voulez savoir maintenant comment j'aurais agi en pareil cas, fit-il d'un ton de mauvaise humeur.

– Oui », répondit l'autre d'un air ferme et grave. Toute son attitude était devenue depuis un moment trop sérieuse.

« Vous le désirez beaucoup ?

– Beaucoup.

– Bon ! Voici comment j'aurais agi, commença Raskolnikov en rapprochant de nouveau son visage de celui de Zamiotov, qu'il s'était remis à regarder si fixement que, cette fois, l'autre ne put s'empêcher de tressaillir. Voici comment j'aurais fait. J'aurais pris les objets et l'argent et, à peine sorti de la maison, je me serais rendu dans quelque endroit écarté, clos de murs et désert, un potager par exemple ou quelque chose d'approchant. J'aurais repéré d'avance une pierre d'une quarantaine de livres au moins, une de ces pierres qui restent après la construction d'une maison, peut-être dans un coin contre le mur. J'aurais soulevé la pierre ; il y aurait un creux au-dessous et, dans ce creux, j'aurais déposé les objets, l'argent. Je les aurais déposés, j'aurais remis la pierre à sa place et tassé de la terre avec le pied tout autour, puis je m'en serais allé et, pendant un an, deux ans, trois ans, je n'y aurais pas touché. Cherchez alors le coupable !

– Vous êtes fou », répondit brusquement Zamiotov à voix basse lui aussi, et il s'écarta de Raskolnikov. Les yeux de celui-ci étincelèrent et il pâlit affreusement. Sa lèvre supérieure frémit convulsivement. Il se rapprocha le plus qu'il put de Zamiotov et se mit à remuer les lèvres sans parler. Trente secondes se passèrent ainsi ; il se rendait parfaitement compte de ce qu'il faisait, mais il ne pouvait se dominer. L'épouvantable aveu tremblait sur ses lèvres, comme l'autre jour le verrou sur la porte, et il était prêt à lui échapper.

« Et si j'étais l'assassin de la vieille et de Lisbeth ? » dit-il. Tout à coup il revint à lui.

Zamiotov le regarda avec des yeux fous et devint blanc comme un linge. Il grimaça un sourire.

« Mais, est-ce possible ? » fit-il d'une voix à peine perceptible.

Raskolnikov lui jeta un regard venimeux.

« Avouez que vous l'avez cru ? fit-il enfin d'un air froid et moqueur. Oui ? n'est-ce pas, avouez-le !

– Pas du tout. Je ne le crois pas du tout, et maintenant moins que jamais, fit vivement Zamiotov.

– Vous vous êtes coupé ; vous voilà pris, mon gaillard. C'est donc que vous l'avez cru, puisque vous le pensez maintenant « *moins que jamais*[48] ».

– Mais pas le moins du monde ! s'exclama Zamiotov, visiblement confus. C'est vous, n'est-ce pas, qui ne m'avez effrayé que pour m'amener à cette idée.

– Ainsi, vous ne le croyez pas ? Et de quoi vous êtes-vous mis à parler l'autre jour, quand je suis sorti du bureau ? Et pourquoi le lieutenant Poudre m'a-t-il interrogé après mon évanouissement ? – Eh ! dis donc, cria-t-il au garçon, en se levant et prenant sa casquette. Combien dois-je ?

– Trente kopecks en tout, fit l'autre, en accourant rapidement.

– Tiens, et encore vingt kopecks de pourboire. Voyez un peu, que d'argent ! poursuivit-il en tendant à Zamiotov sa main tremblante, pleine de billets. Des billets rouges, des billets bleus, des billets de vingt-cinq roubles : d'où viennent-ils ? Et ces habits neufs, où les ai-je pris ? Vous savez pourtant que je n'avais pas un sou, car je suis bien sûr que vous avez interrogé la logeuse,

---

[48] En français dans le texte.

hein ?... Mais, en voilà assez. Assez causé ! Au revoir... Au plaisir !... »

Il sortit, tout secoué par une sensation nerveuse et bizarre, mêlée d'une sorte de jouissance exaspérée. Il était sombre d'ailleurs et terriblement las. Son visage semblait convulsé par une crise récente. La fatigue l'accablait de plus en plus. À présent, il retrouvait rapidement ses forces sous le coup d'une excitation vive, mais les perdait aussitôt ce stimulant factice évanoui.

Cependant Zamiotov resté seul demeura longtemps assis à la même place, à songer. Raskolnikov avait inopinément bouleversé toutes ses idées sur un certain point et fixé définitivement son opinion.

« Ilia Petrovitch est un imbécile », décida-t-il enfin.

À peine Raskolnikov avait-il ouvert la porte de la rue qu'il se heurtait nez à nez avec Rasoumikhine qui entrait. Ils étaient à un pas de distance l'un de l'autre qu'ils ne s'étaient pas encore vus, si bien qu'ils faillirent se cogner. Ils se mesurèrent un instant du regard. Rasoumikhine était stupéfait, mais tout à coup la fureur, une véritable fureur, étincela dans ses yeux.

« Ah ! voilà où tu étais ! cria-t-il d'une voix tonnante. Il s'est échappé de son lit, et moi qui l'ai cherché jusque sous le divan ! On a même été au grenier ! J'ai manqué battre Nastassia à cause de toi... Et lui, voilà où il était ! Rodia ! Qu'est-ce que cela veut dire ? Dis la vérité. Avoue ! tu m'entends ?

– Cela veut dire que vous m'avez tous mortellement ennuyé et que je désire être seul, répondit tranquillement Raskolnikov.

– Seul, quand tu es encore incapable de marcher et que tu as la gueule blanche comme un linge, quand tu respires à peine... Idiot, que fais-tu au Palais de Cristal ? Avoue immédiatement.

– Laisse-moi », fit Raskolnikov, et il voulut passer outre. Ce geste mit Rasoumikhine hors de lui ; il s'agrippa à l'épaule de son ami.

« Laisse-moi ? tu oses dire « laisse » après ce que tu as fait ? Mais sais-tu ce que je vais faire, moi ? Je vais t'empoigner sous le bras et t'emporter comme un paquet pour t'enfermer.

– Écoute, Rasoumikhine, commença Raskolnikov à voix basse et d'un air parfaitement tranquille. Comment ne vois-tu pas que tes bienfaits me pèsent ? Et quel plaisir trouves-tu à faire la charité à ceux qui... s'en moquent, ceux qui en souffrent, enfin. Dis, pourquoi m'as-tu cherché au début de ma maladie ? J'aurais peut-être été très heureux de mourir. Non, mais enfin, ne t'ai-je pas montré suffisamment que tu me tortures, que... j'en ai assez ? Quel plaisir trouve-t-on à martyriser les gens ? Je t'assure que tout cela nuit à ma guérison, car je suis continuellement irrité. Tantôt, Zossimov est bien parti pour éviter de me déranger. Laisse-moi donc, toi aussi, pour l'amour de Dieu. De quel droit prétends-tu me retenir de force ? Ne vois-tu pas que j'ai retrouvé toute ma connaissance ? Enfin, apprends-moi, apprends-moi en quels termes je dois te supplier de me laisser tranquille, de ne plus me faire la charité, pour arriver à me faire entendre ! Traitez-moi d'ingrat, d'homme vil, mais laissez-moi tranquille, laissez-moi tranquille, pour l'amour de Dieu ! »

Il avait prononcé les premiers mots d'une voix calme, tout heureux à la pensée de tout le venin qu'il s'apprêtait à déverser sur son ami, mais il acheva dans une sorte de délire ; il étouffait comme pendant la scène avec Loujine.

Rasoumikhine resta un moment songeur, puis il lâcha le bras de son ami.

« Va-t'en au diable », fit-il d'un air pensif ; sa colère tomba. Mais, au premier pas que fit Raskolnikov, il cria avec un emportement soudain :

« Arrête, écoute-moi. Je te déclare que vous êtes tous, du premier au dernier, des fanfarons ! et des bavards. Quand il vous arrive un malheur, un chagrin, vous le couvez comme la poule ses œufs et même, dans ce cas-là, vous êtes incapables d'être vous-mêmes. On ne trouve pas un atome de vie, de vie personnelle, originale en vous. C'est du petit-lait et non du sang qui coule en vos veines... Aucun de vous ne m'inspire confiance. Votre premier souci, en toutes circonstances, c'est de ne ressembler à aucun autre être humain. A-rrê-te, hurla-t-il, avec une fureur décuplée en voyant Raskolnikov prêt à tourner les talons. Écoute jusqu'au bout. Tu sais que je pends la crémaillère aujourd'hui et mes invités sont peut-être déjà chez moi, mais j'y ai laissé mon oncle ; il est venu exprès pour les recevoir. Eh bien, si tu n'es pas un imbécile, un triste imbécile, un phénoménal idiot, une simple copie d'étranger[49] – vois-tu, Rodia, je reconnais que tu es intelligent, mais idiot quand même –, eh bien, voilà, si tu n'étais pas idiot, tu viendrais passer la soirée chez moi, au lieu d'user stupidement tes bottes à déambuler dans les rues. Puisque tu es déjà sorti, tant pis, continue. Je te roulerai un bon fauteuil moelleux, ma logeuse en a... Un bon petit thé... la compagnie... Si tu préfères, je te ferai coucher sur le divan ; tu n'en seras pas moins parmi nous. Zossimov y sera aussi ; tu viendras ?

– Non.

– Ce n'est pas vrai, cria Rasoumikhine d'un air impatienté. Comment le sais-tu ? Tu ne peux répondre de toi et tu n'y comprends rien d'ailleurs... Moi-même, j'ai mille fois craché ainsi sur la société et, ensuite, je n'avais rien de plus pressé que d'y revenir... Tu auras honte de ces sentiments et tu retourneras à tes semblables. Souviens-toi donc, la maison de Potchinkov, au troisième...

– Mais si vous continuez ainsi, vous vous laisserez battre un jour, monsieur Rasoumikhine, par pure charité !

– Qui donc ? Moi ? Mais je couperais les oreilles à celui qui en manifesterait seulement l'intention. Maison Potchinkov n° 47, logement du fonctionnaire Babouchkine...

– Je ne viendrai pas, Rasoumikhine. » Raskolnikov se détourna et s'en alla.

« Je suis prêt à parier que tu viendras, lui cria son ami, ou je ne te connais plus... Attends, dis-moi, Zamiotov est là ?

– Oui.

– Et tu lui as parlé ?

– Oui.

---

[49] *Copie d'étranger :* Poètes anglais, techniciens et philosophes allemands, socialistes français avaient si fortement influencé les classes cultivées, surtout après les guerres de Napoléon, que les jeunes Russes des années 1820, puis 1840, puis 1860 se demandaient avec inquiétude où résidait leur propre essence dans cet amalgame d'éléments hétérogènes.

– De quoi ? Allons, soit, va au diable, ne dis rien. Potchinkov, 47, Babouchkine, n'oublie pas. »

Raskolnikov arriva dans la Sadovaïa ; il tourna le coin de la rue et disparut. Rasoumikhine l'avait suivi des yeux d'un air songeur. Enfin, il haussa les épaules, entra dans la maison et s'arrêta au milieu de l'escalier.

« Le diable l'emporte, continua-t-il presque à haute voix. Il parle comme un homme sain d'esprit, et cependant... Quel imbécile je fais ! Les fous ne parlent-ils pas d'une façon raisonnable ? C'est précisément ce que redoute Zossimov à ce qu'il me semble (et il se frappa le front du doigt). Et qu'arrivera-t-il si... comment le laisser seul ? Il est capable d'aller se noyer... Eh ! j'ai fait une sottise. Impossible de le laisser dans cet état-là ! » Il se mit à la poursuite de Raskolnikov. Mais l'autre semblait s'être évanoui sans laisser de traces. Force lui fut de revenir à grands pas au Palais de Cristal pour interroger au plus vite Zamiotov.

Raskolnikov était allé droit au pont ...ski. Arrivé sur le milieu du pont il s'accouda au parapet et se mit à regarder au loin. Sa faiblesse était si grande qu'il avait eu peine à se traîner jusque-là. Il avait envie de s'asseoir ou de s'étendre en pleine rue. Penché sur l'eau, il fixait machinalement les reflets roses du couchant, les rangées de maisons obscurcies par les ombres crépusculaires et une lointaine lucarne de mansarde sur la rive gauche du fleuve, incendiée semblait-il par les feux d'un dernier rayon de soleil qui l'avait prise pour cible. Ensuite, il reportait ses regards sur l'eau noire du canal et demeurait fixé dans une contemplation attentive. Enfin des cercles rouges se mirent à danser devant ses yeux, les maisons, les passants, les quais commencèrent à tourner et à danser autour de lui. Soudain, il tressaillit. Une vision extravagante, affreuse, lui apparaissait et lui évita de s'évanouir. Il sentit que quelqu'un venait de s'arrêter tout près de lui, à sa droite. Il se tourna et vit une femme coiffée d'un fichu ; elle avait le visage jaune, allongé, mais bouffi par l'ivresse. Ses yeux caves le regardaient fixement, mais semblaient ne pas le voir, non plus que ce qui l'entourait. Tout à coup, elle s'appuya au parapet de son bras droit, souleva la jambe droite, enjamba la grille et se jeta dans le canal. L'eau sale bouillonna et recouvrit un moment la noyée, mais bientôt elle surnagea et fut doucement emportée par le courant ; sa tête et ses jambes étaient sous l'eau et, seul, son dos flottait avec sa jupe gonflée dessus comme un oreiller.

« Elle s'est noyée, noyée ! » criaient des dizaines de voix.

Les badauds se rassemblaient ; les deux rives se garnissaient de spectateurs ; la foule grandissait sur le pont autour de Raskolnikov et le pressait par-derrière.

« Seigneur, mais c'est Afrossiniouchka, fit tout à coup une voix plaintive. Seigneur ! sauvez-la. Bonnes gens, frères, tirez-la de là.

– Une barque, une barque ! » criait-on dans la foule.

Mais il n'en était plus besoin : un commissaire de police avait descendu en courant les marches qui menaient au canal, enlevé son uniforme, ses bottes, et il se jetait à l'eau. Sa tâche n'était pas difficile, car la noyée était emportée par le courant à deux pas du ponton. Il l'attrapa par ses habits de la main droite en s'agrippant, de la gauche, à un bâton que lui tendait un camarade. La victime fut aussitôt retirée de l'eau. On la déposa sur les marches de pierre. Elle revint rapidement à elle, se souleva et se mit à éternuer, en épongeant sa robe d'un air stupide, sans rien dire.

« Elle s'est mise à boire, petit père, à boire, larmoyait la même voix, tout près d'Afrossiniouchka cette fois. Dernièrement, elle voulait se pendre ; on l'a décrochée. Aujourd'hui, je m'en vais faire mes courses en laissant ma fille pour la surveiller, et voilà comment le malheur s'est produit. C'est notre voisine, voyez-vous, notre voisine, elle habite la deuxième maison après le coin, ici, tenez... »

La foule se dispersait peu à peu ; les agents continuaient à s'occuper de la noyée ; quelqu'un parla du commissariat... Raskolnikov contemplait la scène avec une étrange sensation d'indifférence et une sorte d'hébétement. Il se sentait dégoûté. « Non, marmottait-il, c'est répugnant ; l'eau, pas la peine... Il ne se passera rien, ajouta-t-il ; rien à attendre... quant au commissariat... Pourquoi Zamiotov n'est-il pas au commissariat ? Il est ouvert jusqu'à dix heures. » Il se détourna, s'appuya au parapet, jeta un coup d'œil autour de lui.

« Allons, soit ! » dit-il, et, quittant le pont, il se dirigea vers le commissariat. Son cœur lui semblait vide et il ne voulait pas réfléchir. Il n'éprouvait même plus d'angoisse ; une apathie avait remplacé l'exaltation qui l'avait envahi quand il était sorti de la maison en se disant qu'il fallait en finir.

« Eh bien, quoi ! c'est une solution, se disait-il, en suivant nonchalamment le quai. Je n'en finirai pas moins parce que je le veux. Mais est-ce vraiment une solution ? Ah ! n'importe, un mètre d'espace... Hé ! mais quelle fin cependant ! Se peut-il que ce soit la fin ? Leur raconter ou non ? Eh... diable ! Que je suis fatigué tout de même. Si je pouvais m'asseoir ou m'étendre au plus vite... Ce qui me fait honte, c'est la stupidité de la chose. Ah ! je m'en moque pas mal. Quelles sottises peuvent venir à l'esprit !... »

Pour se rendre au commissariat, il devait marcher droit devant lui, puis prendre la seconde rue à gauche ; on trouvait aussitôt le commissariat ; mais, arrivé au premier tournant, il s'arrêta, réfléchit un moment, puis s'engagea dans la ruelle ; ensuite il erra dans deux autres rues, peut-être sans but précis, dans le désir inconscient de gagner une minute. Il allait, les yeux fixés à terre. Tout à coup, ce fut comme si quelqu'un lui eût chuchoté quelque chose à l'oreille. Il releva la tête et s'aperçut qu'il était devant la porte de la fameuse maison. Il n'y était pas venu depuis l'*autre* soir.

Un désir aussi mystérieux qu'irrésistible s'empara de lui. Il franchit la voûte, entra dans le premier corps de bâtiment à droite et se mit en devoir de monter au quatrième étage. L'escalier était étroit et raide ; il y faisait très sombre. Il s'arrêtait à chaque palier et jetait des regards curieux autour de lui. Une vitre manquait à une fenêtre sur le carré du premier étage. « Voilà qui n'existait pas alors, pensa-t-il, et voici l'appartement du second où travaillaient Nikolachka et Mitka ; il est fermé, la porte est repeinte ; c'est donc qu'il est à louer » ; puis le troisième... le quatrième... « Ici ! » À ce moment-là, il éprouva une vive stupéfaction : la porte du logement était grande ouverte ; des gens s'y trouvaient dont on entendait les voix ; c'était bien la dernière chose à laquelle il pût s'attendre. Il hésita un moment, puis acheva de monter les dernières marches et pénétra dans l'appartement.

On était en train de le remettre à neuf, également ; les ouvriers y travaillaient, ce qui parut surprendre Raskolnikov. Il s'imaginait, on ne saurait dire pourquoi, retrouver toutes choses dans l'état où il les avait laissées ; peut-être même se figurait-il revoir les cadavres gisant sur le parquet. Au lieu qu'à présent il voyait des murs nus, des pièces vides, sans meubles, tout cela lui paraissait bizarre. Il traversa la pièce et s'assit sur l'appui de la fenêtre.

Il n'y avait que deux ouvriers en tout, deux jeunes gars dont l'un paraissait plus âgé que l'autre. Ils étaient en train de coller aux murs des papiers neufs, blancs à petites fleurettes mauves, pour remplacer la vieille tapisserie jaune toute souillée qui s'en allait en lambeaux. La chose déplut souverainement à Raskolnikov. Il regardait ces papiers neufs d'un air hostile, comme si tous ces changements l'eussent contrarié. Les ouvriers semblaient s'être attardés ; aussi se hâtaient-ils d'empaqueter leurs restes de papier pour rentrer chez eux. Ils firent à peine attention à l'apparition de Raskolnikov et continuèrent à causer entre eux. Il croisa les bras et se mit à les écouter.

« Elle vient chez moi à l'aube, disait le plus âgé à l'autre, il faisait à peine jour, quoi ! toute endimanchée. « Qu'as-tu, lui dis-je, à faire devant moi la douce et la sucrée ? – Je veux, me dit-elle, Tite Vassilitch, être dès à présent soumise à votre volonté. » Voilà ! Et ce qu'elle était bien attifée, une vraie gravure de journal de mode !

– Et qu'est-ce qu'un journal de mode, vieux ? » demanda le plus jeune. Il semblait s'instruire auprès de son « ancien ».

« Un journal, c'est, mon petit, des images peintes. On les envoie, chaque semaine, de l'étranger à nos tailleurs ; elles viennent par la poste et c'est pour apprendre comment il faut s'habiller aux personnes du sexe masculin, aussi bien que du sexe féminin. Enfin, ce sont des dessins, quoi !

– Seigneur ! Quelles choses on peut voir dans ce Piter[50] ! cria le plus jeune avec enthousiasme ; excepté Dieu, on y trouve tout.

– Tout, excepté ça, mon vieux », trancha l'aîné d'un ton sentencieux.

Raskolnikov se leva et s'en alla dans la pièce voisine qui avait contenu le coffre, le lit et la commode. Elle lui parut terriblement

[50] *Piter :* Diminutif de Pétersbourg.

petite sans meubles ; la tapisserie n'avait pas été changée ; on pouvait reconnaître dans un coin la place occupée auparavant par les images saintes. Il regarda un moment, puis retourna à la fenêtre. Le plus âgé des deux ouvriers l'observait en dessous.

« Que voulez-vous ? » demanda-t-il tout à coup.

Au lieu de répondre, Raskolnikov se leva, passa dans le vestibule et se mit à tirer le cordon. C'était toujours la même sonnette, le même son de fer-blanc. Il sonna une seconde, une troisième fois, prêtant l'oreille et rappelant ses souvenirs. L'atroce et effroyable impression ressentie l'autre jour lui revenait de plus en plus forte. Il tressaillait à chaque coup et y prenait un plaisir de plus en plus violent.

« Mais que veux-tu ? Qui es-tu ? » cria l'ouvrier en se dirigeant vers lui. Raskolnikov rentra dans le logement.

« Je veux louer l'appartement et je le visite, fit-il.

– Ce n'est pas la nuit qu'on visite les appartements, et d'ailleurs vous auriez dû venir accompagné du concierge.

– On a lavé le parquet ; va-t-on le peindre encore ? continua Raskolnikov. Il ne reste pas de sang ?

– Quel sang ?

– Eh bien, la vieille qu'on a tuée avec sa sœur. Il y avait là toute une mare de sang.

– Mais, quel homme es-tu donc ? cria l'ouvrier, pris d'inquiétude.

– Moi ?

– Oui.

– Tu as envie de le savoir ? Allons ensemble au bureau de police, là je le dirai. »

Les ouvriers le regardèrent d'un air interloqué.

« Il est temps de nous en aller. Nous sommes en retard. Allons, Aliochka, il faut fermer, fit l'aîné des ouvriers.

– Allons, répondit Raskolnikov, d'un air indifférent, et il sortit le premier, puis se mit à descendre lentement l'escalier.

– Holà, concierge », cria-t-il en arrivant sous la voûte.

DEUXIÈME PARTIE

Plusieurs personnes se tenaient devant la porte et regardaient les passants. Il y avait là les deux concierges, une bonne femme, un bourgeois en robe de chambre et quelques autres individus. Raskolnikov alla droit à eux.

« Que voulez-vous ? demanda l'un des concierges.

– Tu as été au commissariat ?

– J'en viens. Qu'est-ce que vous voulez ?

– Ils sont encore là ?

– Oui.

– Et l'adjoint du commissaire y est encore ?

– Il y était tout à l'heure. Qu'est-ce qu'il vous faut ? »

Raskolnikov ne répondit pas ; il restait là, pensif à leurs côtés.

« Il est venu visiter le logement, fit l'aîné des ouvriers en s'approchant.

– Quel logement ?

– Celui où nous travaillons. « Pourquoi a-t-on lavé le sang ? On a commis un meurtre ici, a-t-il fait, et je suis venu pour louer l'appartement. » Il a manqué casser le cordon de la sonnette à force de sonner. « Allons au commissariat, a-t-il fait, j'y raconterai tout. » Il s'est collé à nous. »

Le concierge examinait Raskolnikov d'un air intrigué et soupçonneux.

« Mais enfin, qui êtes-vous ? dit-il en élevant la voix d'un ton menaçant.

– Je suis Rodion Romanovitch Raskolnikov, ancien étudiant, et j'habite dans la ruelle voisine, maison Schill, logement 14. Renseigne-toi chez le concierge, il me connaît. »

Raskolnikov parlait d'un air nonchalant et pensif. Il fixait obstinément la rue obscurcie et ne se détourna pas une fois vers son interlocuteur.

« Mais qu'êtes-vous venu faire dans ce logement ?

– Le visiter.

– Qu'y avait-il à visiter ?

– Ne faudrait-il pas le prendre et l'emmener au commissariat ? » proposa soudain le bourgeois.

Raskolnikov lui jeta un regard oblique par-dessus l'épaule, le regarda attentivement et dit, d'un air toujours tranquille et nonchalant.

« Allons.

– Oui, il faut l'emmener, continua le bourgeois enhardi. Pourquoi est-il allé *là-haut* ? Il faut qu'il ait quelque chose sur la conscience.

– Il est peut-être ivre, après tout, murmura l'ouvrier.

– Mais que voulez-vous ? cria de nouveau le concierge, qui commençait à se fâcher sérieusement. Pourquoi viens-tu nous ennuyer ?

– Tu as peur d'aller chez le commissaire ? fit Raskolnikov d'un air moqueur.

– Pourquoi peur ? Qu'est-ce que tu as à nous ennuyer ?

– C'est un vagabond, cria la femme.

– Mais qu'avez-vous à discuter avec lui ? fit l'autre concierge, un énorme bonhomme au sarrau déboutonné et qui portait un trousseau de clefs pendu à sa ceinture. Hors d'ici !... C'est un vagabond... Décampe, te dis-je ! »

Et saisissant Raskolnikov par l'épaule, il le jeta dehors. L'autre chancela, mais ne tomba pas. Quand il eut repris son équilibre, il regarda silencieusement tous les assistants et continua son chemin.

« Un drôle de type ! fit l'ouvrier.

– Les gens sont devenus drôles à présent, dit la paysanne.

– Il aurait tout de même fallu le conduire au commissariat.

– Ce n'est pas la peine de s'en mêler, décida le grand concierge. Un vagabond pour sûr. Cela a l'air de vous pousser à la chose et puis, une fois qu'on s'est laissé entortiller par des types pareils, on ne s'en sort plus... Connu ! »

DEUXIÈME PARTIE

« Irai-je ou n'irai-je pas ? » pensa Raskolnikov, en s'arrêtant au milieu de la chaussée, à un carrefour, et en jetant un coup d'œil autour de lui comme s'il attendait un conseil.

Rien ne vint troubler le silence profond : la ville semblait morte comme les pierres qu'il foulait, mais morte pour lui seul, lui seul... Soudain, il distingua au loin, à deux cents pas environ, au bout d'une rue, un rassemblement d'où partaient des cris ; une voiture stationnait au milieu de la foule ; une lumière brillait faiblement : « Qu'est-ce donc ? » Il tourna à droite et se dirigea vers le rassemblement. Il semblait s'agripper au moindre incident et sourit froidement en s'en rendant compte, car son parti était bien pris : dans un instant, il en aurait fini avec tout cela.

VII

Au milieu de la rue était arrêtée une élégante calèche de maître attelée de deux fringants pur-sang gris. La voiture était vide et le cocher lui-même, descendu de son siège, se trouvait debout près de l'équipage, tenant ses bêtes par le mors. Une foule épaisse, contenue par des agents de police, se pressait autour de la voiture. L'un des policiers tenait une petite lanterne allumée et la baissait pour éclairer quelque chose sur le pavé devant les roues. Tous parlaient à la fois ; on criait, on soupirait. Le cocher semblait ahuri et ne faisait que répéter : « Quel péché ! Seigneur, quel malheur ! »

Raskolnikov se fraya un passage et finit par apercevoir la cause du vacarme et de la curiosité. Sur la chaussée gisait un homme ensanglanté et évanoui qui venait d'être écrasé par les chevaux. Quoiqu'il fût misérablement vêtu, ses habits étaient ceux d'un bourgeois. Le sang lui coulait de la tête et du visage, qui était tout tuméfié, déchiré et couvert d'ecchymoses. L'accident était visiblement sérieux. « Seigneur, se lamentait le cocher. Comment aurais-je pu empêcher ce malheur ! Si encore j'étais allé trop vite ou sans crier gare... Mais non, j'allais lentement, d'un pas bien régulier. Tout le monde l'a vu. Mais un homme ivre ne voit rien ; c'est connu. Je le vois qui traverse en titubant ; il semble tout prêt à tomber ; je crie une fois, deux fois, trois fois, puis je retiens les chevaux et lui il leur tombe en plein sous leurs sabots. L'a-t-il fait exprès ou était-il bien ivre ?... Les chevaux sont jeunes, ombrageux ; ils se sont élancés ; lui s'est mis à crier, eux à courir encore plus fort... voilà comment le malheur est arrivé. »

« C'est bien vrai qu'il a crié gare, fit une autre voix.

– Parfaitement, trois fois, tout le monde a pu l'entendre », ajouta une troisième.

Le cocher, du reste, ne semblait pas inquiet des conséquences de l'accident. La voiture devait appartenir à un homme important et riche qui l'attendait sans doute quelque part. Cette circonstance avait éveillé la sollicitude des agents. Il fallait transporter le blessé à l'hôpital, mais personne ne savait son nom.

Raskolnikov, cependant, avait réussi à se pousser au premier rang. Il se pencha davantage. Soudain, une raie de lumière éclaira le visage du malheureux : il le reconnut.

« Je le connais, je le connais, cria-t-il en jouant des coudes pour passer devant les autres. C'est un ancien fonctionnaire, le conseiller titulaire Marmeladov. Il habite tout près d'ici dans la maison Kosel... Appelez vite un médecin. Je paierai. Voilà ! » Il tira de l'argent de sa poche et le montra à un agent. Il était en proie à une agitation extraordinaire.

Les agents furent bien aises d'apprendre l'identité de la victime. Raskolnikov se nomma également ; il donna son adresse et insista ardemment pour qu'on transportât au plus vite le blessé chez lui. Il n'eût pas montré plus de zèle s'il se fût agi de son propre père.

« C'est ici, à trois maisons, disait-il, la maison de Kosel, un riche Allemand. Il devait essayer de rentrer chez lui, étant saoul. C'est un ivrogne... Il a une famille, une femme, des enfants. L'amener à l'hôpital, c'est toute une histoire ; il y a sûrement un médecin dans la maison. Je paierai, je paierai ! Chez lui on le soignera, tandis que si on ne le secourt pas immédiatement, il mourra avant d'arriver à l'hôpital... »

Il glissa même à la dérobée quelque argent dans la main d'un agent. Ce qu'il demandait était du reste parfaitement légitime et s'expliquait fort bien. De toute façon, c'était aller au plus rapide.

On releva l'homme et des gens de bonne volonté s'offrirent pour le transporter. La maison Kosel était à trente pas de l'endroit où s'était produit l'accident. Raskolnikov fermait la marche et indiquait le chemin à suivre, tout en soutenant avec précaution la tête du blessé.

« Ici, par ici, il faut faire bien attention à lui soulever la tête dans l'escalier. Tournez-vous... là. Je paierai, je ne serai pas ingrat », marmottait-il.

Ils trouvèrent Catherine Ivanovna, fidèle à l'habitude qu'elle avait prise dès qu'elle disposait d'un moment, en train d'arpenter sa petite chambre, les bras croisés sur la poitrine, toussant et se parlant à haute voix.

Depuis quelque temps, elle s'entretenait de plus en plus volontiers avec sa fille aînée Polenka, une enfant de dix ans, qui, encore incapable toutefois de comprendre bien des choses, se rendait parfaitement compte que sa mère avait le plus grand besoin d'elle. Aussi ses grands yeux intelligents étaient-ils toujours fixés sur Catherine Ivanovna et faisait-elle tout son possible pour avoir l'air de tout comprendre.

Elle était à cet instant occupée à déshabiller, pour le coucher, son petit frère qui avait été souffrant toute la journée. Le petit était assis sur une chaise, la mine sérieuse, en attendant qu'on lui ôtât sa chemise pour la laver pendant la nuit. Silencieux et immobile, il avait allongé ses petites jambes serrées l'une contre l'autre, les talons levés vers le public, et écoutait ce que disaient sa mère et sa sœur, les lèvres gonflées dans une moue attentive, avec de grands yeux, sans bouger, comme font les petits garçons sages pendant qu'on les déshabille pour les coucher. Une fillette plus jeune que lui et couverte de véritables guenilles attendait son tour, debout près du paravent. La porte donnant sur le palier était ouverte pour laisser sortir la fumée de tabac qui arrivait des chambres voisines et provoquait à chaque instant les longs et pénibles accès de toux de la pauvre poitrinaire. Catherine Ivanovna semblait avoir encore maigri cette semaine et les sinistres taches rouges de ses joues brûlaient d'un éclat plus vif.

« Tu ne me croiras pas, mais tu ne saurais t'imaginer, Polenka, disait-elle, en arpentant la pièce, quelle existence luxueuse et brillante on menait chez papa et combien cet ivrogne m'a rendue misérable. Il vous perdra vous aussi, comme moi. Papa avait dans le service civil un grade qui correspondait à celui de colonel ; il était presque gouverneur ; il n'avait plus qu'un pas à faire pour y parvenir, si bien que tout le monde lui disait : « Nous vous considérons déjà, Ivan Mikhaïlovitch, comme notre gouverneur. » Quand je... han !... Quand je... han... han... han... Oh ! vie trois fois maudite ! s'écria-t-elle en crachant et en crispant ses mains sur sa poitrine. Quand je... ah !... quand au dernier bal... chez le maréchal de la noblesse, la princesse Bezemelny m'a aperçue – c'est elle qui m'a bénie plus tard à mon mariage avec ton papa, Polia –, eh bien, elle a demandé : « N'est-ce pas la charmante jeune fille qui a dansé la danse du châle à la fête de clôture de l'Institut51 ? » (Il faut coudre cette étoffe, regarde ce trou, tu aurais dû prendre l'aiguille et faire le raccommodage, comme je t'ai appris, car si l'on remet à demain... han... demain ! han... han... han... le trou s'agrandira, cria-t-elle à bout de souffle.) Le page, prince Chtchegolskoï, venait d'arriver de Pétersbourg... Il avait dansé la mazurka avec moi et le lendemain il se préparait à demander ma main. Mais je le remerciai en termes flatteurs et lui dis que mon cœur appartenait depuis longtemps à un autre. Cet autre était ton père, Polia. Papa était furieux... Tu es prête ? Allons, donne la chemise ; et les bas ?... Lida, fit-elle, s'adressant à la petite fille, pour cette nuit, tu coucheras sans chemise, on s'arrangera... Mets les bas avec, on lavera tout à la fois. Et pourquoi ce va-nu-pieds, cet ivrogne, ne rentre-t-il pas ? Il a sali sa chemise, il en a fait une loque... Mieux vaudrait que je lave le reste tout de suite pour ne pas me fatiguer deux nuits de suite. Seigneur ! han ! han !... Encore ! qu'est-ce que c'est ? cria-t-elle, en voyant le vestibule plein de monde et des gens pénétrer dans sa chambre en portant un fardeau. Qu'est-ce que c'est ? Qu'apporte-t-on là ? Seigneur !

– Où faut-il le mettre ? demanda l'agent, en jetant un coup d'œil autour de lui, quand on eut introduit dans la pièce Marmeladov tout sanglant et inanimé.

– Sur le divan, étendez-le sur le divan ; voilà, ainsi, la tête de ce côté, indiquait Raskolnikov.

———————————

51 *L'Institut :* Institut de jeunes filles nobles.

DEUXIÈME PARTIE

– Il s'est fait écraser ; il était ivre », cria quelqu'un dans la foule.

Catherine Ivanovna était toute pâle ; elle avait peine à respirer. La petite Lidotchka poussa un cri, se jeta dans les bras de Polenka et se serra convulsivement contre elle, en tremblant de tous ses membres.

Après avoir couché Marmeladov, Raskolnikov courut à Catherine Ivanovna.

« Pour l'amour de Dieu, calmez-vous, ne vous effrayez pas, fit-il vivement. Il traversait la rue et une voiture l'a renversé. Ne vous inquiétez pas, il va revenir à lui, je l'ai fait porter ici ; c'est moi qui suis venu chez vous... si vous vous en souvenez... il reviendra à lui ; je paierai !

– Cela devait lui arriver », s'écria Catherine Ivanovna d'un air désespéré et elle s'élança vers son mari.

Raskolnikov s'aperçut bientôt que cette femme n'était pas de celles qui, en toutes choses, commencent par s'évanouir. En un clin d'œil, un oreiller se trouva placé sous la tête du malheureux, ce à quoi personne n'avait pensé. Catherine Ivanovna se mit à le déshabiller, à examiner ses plaies ; elle était tout affairée, mais gardait son sang-froid et s'oubliait elle-même ; elle mordait ses lèvres qui tremblaient pour arrêter les cris prêts à lui échapper.

Pendant ce temps, Raskolnikov décidait quelqu'un à aller chercher le docteur. On apprit qu'il y en avait un dans une maison voisine.

« J'ai envoyé chercher le docteur, répétait-il à Catherine Ivanovna ; ne vous inquiétez pas. Je paierai. N'avez-vous pas d'eau ? Donnez une serviette, un essuie-mains, enfin quelque chose au plus vite. On ne peut pas juger de la gravité des blessures... Il est blessé, mais pas mort, croyez-moi... Nous verrons ce que dira le docteur. »

Catherine Ivanovna se précipita vers la fenêtre ; une grande cuvette de terre, pleine d'eau, y était posée sur une mauvaise chaise. Elle l'avait préparée pour laver pendant la nuit le linge de son mari et de ses enfants. Cette lessive nocturne, Catherine Ivanovna la faisait elle-même au moins deux fois par semaine, parfois plus souvent, car la famille était tombée à un tel degré de misère qu'aucun de ses membres n'avait de linge de rechange. Or, Catherine Ivanovna ne pouvait souffrir la saleté et préférait, plutôt que de la voir régner chez elle, travailler au-delà de ses forces, quand tout le monde dormait la nuit, pour arriver le matin à donner aux siens le linge propre qu'elle avait fait sécher sur des cordes.

Elle voulut prendre la cuvette et l'apporter à Raskolnikov, mais ses forces la trahirent et peu s'en fallut qu'elle ne tombât. Le jeune homme était parvenu à trouver une serviette et, l'ayant trempée dans l'eau, il en lava le visage ensanglanté de Marmeladov. Catherine Ivanovna, debout à ses côtés, avait peine à respirer ; ses mains se crispaient sur sa poitrine. Elle avait elle-même grand besoin de soins. Raskolnikov commençait à se dire qu'il avait peut-être eu tort de faire transporter le blessé chez lui.

« Polia, s'écria Catherine Ivanovna, cours chez Sonia, vite, dis-lui que son père a été écrasé par une voiture, qu'elle vienne ici, immédiatement. Si tu ne la trouves pas chez elle, tu diras aux Kapernaoumov de lui faire la commission dès qu'elle sera rentrée. Dépêche-toi, tiens, mets ce fichu sur la tête. » La pièce, entre-temps, s'était remplie si bien qu'une épingle n'aurait pu y tomber. Les agents étaient partis, sauf un seul qui essayait de refouler le public sur le palier, mais, tandis qu'il s'y efforçait, tous les locataires de Mme Lippevechsel au grand complet, ou peu s'en fallait, quittaient leurs pièces respectives et se pressaient sur le seuil de la porte ; puis bientôt ils se précipitèrent en masse dans la pièce même...

Catherine Ivanovna entra en fureur :

« On ne laisse même pas les gens mourir en paix, cria-t-elle à la foule. Vous croyez avoir trouvé un spectacle, n'est-ce pas ? et vous y venez, la cigarette à la bouche... Han... han... han ! Il ne nous manque plus que de vous voir entrer en chapeau. Et encore, en voilà un qui a gardé le sien. Ayez au moins le respect de la mort. »

La toux l'étouffa, mais cette semonce fit son effet ; on semblait la craindre dans la maison. Les locataires repassèrent la porte, l'un après l'autre, avec cet étrange sentiment de satisfaction intime que l'homme le plus compatissant ne peut s'empêcher d'éprouver à la vue du malheur d'autrui, fût-ce celui d'un ami cher.

DEUXIÈME PARTIE

Du reste, quand ils furent sortis, quelques-uns d'entre eux firent remarquer, derrière la porte, qu'il y avait l'hôpital pour ces cas-là et qu'il était inconvenant de troubler la paix de la maison.

« Il est inconvenant de mourir », cria Catherine Ivanovna et elle se précipita pour ouvrir la porte et les foudroyer de sa colère, mais elle se heurta sur le seuil à la logeuse elle-même, Mme Lippevechsel, qui venait d'apprendre le malheur et accourait rétablir l'ordre dans l'appartement. C'était une Allemande, extrêmement brouillonne et tracassière.

« Ah ! Seigneur mon Dieu ! fit-elle en frappant ses mains l'une contre l'autre. Votre mari ivre – par le cheval écrasé. Il faut l'emmener hôpital ! Moi, je suis propriétaire.

– Amalia Ludwigovna ! Je vous prie de penser à ce que vous dites, commença Catherine Ivanovna d'un air hautain (elle lui parlait toujours sur ce ton, afin de l'obliger à « ne pas oublier son rang » et elle ne put, même à pareil moment, se refuser ce plaisir), Amalia Ludwigovna...

– Je vous ai déjà dit, une fois pour toutes, de ne jamais m'appeler Amalia Ludwigovna. Je suis Amal Ivan.

– Vous n'êtes pas Amal Ivan, mais Amalia Ludwigovna et, comme je ne fais pas partie du groupe de vos vils flatteurs, tels que M. Lebeziatnikov, qui rit en ce moment derrière la porte (on entendit en effet ricaner derrière la porte et crier : « Les voilà qui s'empoignent ! »), je continuerai à vous appeler Amalia Ludwigovna, quoique je ne puisse décidément comprendre en quoi ce nom vous déplaît. Vous voyez vous-même ce qui est arrivé à Simion Zakharovitch : il agonise. Je vous prie de fermer au plus vite cette porte et de ne laisser entrer personne. Laissez-le au moins mourir tranquillement, sinon je vous assure que le gouverneur général sera, dès demain, instruit de votre conduite. Le prince m'a connue jeune fille ; il se souvient parfaitement de Simion Zakharovitch auquel il a rendu service bien des fois. Tout le monde sait que Simion Zakharovitch a eu beaucoup d'amis et de protecteurs. Lui-même, conscient de sa faiblesse, a cessé de les voir par un sentiment de noble fierté, mais maintenant (elle désigna Raskolnikov) nous avons trouvé un appui dans ce magnanime jeune homme qui possède argent et relations et que

Simion Zakharovitch connaît depuis son enfance, et soyez sûre, Amalia Ludwigovna...

Tout ce discours fut débité avec une rapidité croissante, mais un accès de toux vint bientôt mettre fin à l'éloquence de Catherine Ivanovna. À ce moment, le mourant reprit ses sens et poussa un gémissement. Elle courut à lui ; il avait ouvert les yeux et regardait, d'un air inconscient, Raskolnikov qui était penché sur lui. Sa respiration était rare et pénible ; du sang apparaissait aux commissures des lèvres et son front se couvrait de sueur. Il ne reconnut pas le jeune homme et ses yeux commencèrent à errer fiévreusement autour de la pièce. Catherine Ivanovna le considérait d'un regard triste et sévère, des larmes lui coulaient des yeux.

« Seigneur ! Il a la poitrine défoncée. Que de sang ! Que de sang ! fit-elle d'un air désespéré. Il faut lui enlever ses habits. Tourne-toi un peu, Simion Zakharovitch, si tu le peux », lui cria-t-elle.

Marmeladov la reconnut.

« Un prêtre ! » proféra-t-il d'une voix rauque. Catherine Ivanovna s'en alla vers la fenêtre ; elle appuya son front à la vitre et s'écria avec désespoir :

« Ô vie trois fois maudite !

– Un prêtre ! répétait le mourant, après un bref silence.

– Ch-chut", cria Catherine Ivanovna. Il obéit et se tut. Ses yeux cherchaient sa femme avec une expression timide et anxieuse. Elle était revenue vers lui et se tenait à son chevet. Il se calma, mais momentanément. Bientôt ses yeux s'arrêtèrent sur la petite Lidotchka, sa préférée, qui tremblait dans son coin comme si elle eût été prise de convulsions et le regardait de ses grands yeux étonnés et fixes.

« A-a, fit-il en la désignant d'un air inquiet. On voyait qu'il voulait dire quelque chose.

– Quoi encore ? cria Catherine Ivanovna.

– Nu-pieds, elle est nu-pieds, murmura-t-il en fixant son regard presque inconscient sur les petits pieds nus de l'enfant.

– Tais-toi, cria Catherine Ivanovna d'un air irrité. Tu sais parfaitement pourquoi elle a les pieds nus.

– Dieu soit béni, voilà le docteur ! » s'écria joyeusement Raskolnikov.

Le docteur, un petit vieillard propret, entra ; c'était un Allemand qui jetait autour de lui des regards méfiants. Il s'approcha du malade, lui tâta le pouls, examina attentivement sa tête, puis, avec l'aide de Catherine Ivanovna, il déboutonna sa chemise trempée de sang et mit à nu la poitrine du patient. Elle était toute broyée, toute déchirée ; à droite plusieurs côtes étaient brisées ; à gauche, à l'endroit du cœur, se voyait une large tache d'un jaune noirâtre et d'une apparence sinistre ; c'était la trace d'un violent coup de pied de cheval. Le docteur s'assombrit ; l'agent de police lui avait raconté que l'homme avait été happé par une roue et traîné sur une trentaine de pas.

« Il est étonnant qu'il ne soit pas mort sur le coup, confia tout bas le docteur à Raskolnikov.

– Que pensez-vous de lui ? demanda celui-ci.

– Il va mourir dans un instant.

– Quoi, n'y a-t-il aucun espoir ?

– Pas le moindre. C'est son dernier soupir. Il est, au surplus, très gravement blessé à la tête... Hum... On peut tenter une saignée... mais ce sera inutile ; il mourra dans cinq ou dix minutes au plus tard.

– Eh bien, essayez au moins la saignée.

– Soit... mais je vous préviens que cela ne servira à rien, absolument. »

Sur ces entrefaites, un nouveau bruit de pas se fit entendre ; la foule qui encombrait le vestibule s'écarta et un prêtre à cheveux blancs apparut. Il venait donner l'extrême-onction au moribond. Un agent le suivait. Le docteur lui céda la place après avoir échangé avec lui un regard significatif. Raskolnikov pria le médecin de rester encore un moment. L'autre y consentit avec un haussement d'épaules.

Tout le monde s'était écarté. La confession fut brève. Le mourant n'était guère en état de rien comprendre ; il ne pouvait qu'émettre des sons vagues et inarticulés.

Catherine Ivanovna saisit Lidotchka, elle cueillit le petit garçon sur sa chaise et alla s'agenouiller avec les enfants dans le coin, près du poêle. La fillette ne faisait que trembler. Le petit garçon, lui, bien tranquille sur ses petits genoux nus, levait sa menotte et faisait de grands signes de croix et des saluts jusqu'à terre ; il semblait éprouver un grand plaisir à donner du front contre le parquet. Catherine Ivanovna se mordait les lèvres et retenait ses larmes. Elle aussi priait, en rajustant de temps en temps la chemise du bébé ; puis elle recouvrit les épaules nues de la fillette d'un fichu qu'elle tira de la commode sans bouger de sa place. Cependant, les portes de communication avaient de nouveau été ouvertes par les curieux. Des spectateurs se pressaient, de plus en plus nombreux, dans le vestibule. Tous les habitants de la maison se trouvaient là, mais ils ne franchissaient pas le seuil de la porte. Cette scène n'était éclairée que par un morceau de bougie.

À ce moment, Polenka, qui était allée chercher sa sœur, se fraya vivement un passage à travers la foule. Elle entra tout essoufflée de sa course, enleva son fichu, chercha sa mère des yeux, s'approcha d'elle et dit : « Elle vient, je l'ai rencontrée dans la rue. » La mère la fit agenouiller à côté d'elle. Alors une jeune fille se glissa timidement et sans bruit à travers la foule et son apparition dans cette pièce, parmi la misère, les haillons, la mort et le désespoir, parut bien étrange. Elle était vêtue pauvrement, mais sa toilette de pacotille avait le chic tapageur particulier à un monde spécial, et qui révèle, à première vue, sa destination.

Sonia s'arrêta sur le seuil sans le franchir, en jetant dans la pièce des regards éperdus ; elle semblait ne rien comprendre, elle oubliait que sa robe de soie achetée à un revendeur était déplacée ici, avec sa traîne démesurée, son immense crinoline qui occupait toute la largeur de la porte, et sa couleur criarde ; elle oubliait ses bottines claires, son ombrelle inutile la nuit, mais qu'elle avait prise cependant, et son ridicule chapeau de paille garni d'une plume d'un rouge vif. Sous ce chapeau, crânement posé de côté, on apercevait un petit visage pâle, maladif et effrayé, à la bouche entrouverte, aux yeux figés d'épouvante. Sonia avait dix-huit ans ;

elle était petite, maigre, mais assez jolie, blonde avec de merveilleux yeux bleus. Elle regardait fixement le lit et le prêtre, tout essoufflée, elle aussi, par la rapidité de sa course. Enfin, quelques mots chuchotés dans la foule durent lui parvenir. Elle baissa les yeux, franchit le seuil de la pièce et s'arrêta tout près de la porte.

Le moribond venait de recevoir l'extrême-onction. Catherine Ivanovna se rapprocha du lit de son mari. Le prêtre s'écarta et, avant de se retirer, crut devoir adresser quelques mots de consolation à Catherine Ivanovna.

« Et que ferai-je d'eux ? l'interrompit-elle brusquement d'un air irrité, en montrant ses enfants.

– Dieu est miséricordieux ; ayez foi dans le secours du Très-Haut, commença l'ecclésiastique.

– E-Eh ! miséricordieux, oui, mais pas pour nous !

– C'est un péché, madame, un péché, fit le pope en hochant la tête.

– Et cela, n'est-ce pas un péché ? cria Catherine Ivanovna, en désignant l'agonisant.

– Peut-être ceux qui ont été la cause involontaire de l'accident voudront-ils vous offrir une indemnité pour réparer au moins le préjudice matériel causé par la perte de votre soutien...

– Vous ne me comprenez pas, cria Catherine Ivanovna d'un ton irrité et avec un geste découragé. Pourquoi m'indemniseraient-ils ? C'est lui-même qui s'est fourré, ivre, sous les sabots des chevaux. De quel soutien s'agit-il ? Il n'était pas un soutien, mais une torture. Car il buvait tout, l'ivrogne. Il nous volait, nous, pour aller dissiper au cabaret l'argent du ménage et il a sucé notre sang. Sa mort est un bonheur pour nous, une économie.

– Il faudrait pardonner à un mourant ! De tels sentiments sont un péché, madame, un grand péché ! »

Catherine Ivanovna, tout en parlant avec le pope, ne cessait de s'occuper de son mari. Elle épongeait le sang et la sueur qui lui coulaient de la tête, arrangeait les oreillers, lui donnait à boire, sans même se tourner vers son interlocuteur ; mais cette dernière phrase du prêtre la rendit furieuse.

« Hé ! mon père, ce sont des mots, rien que des mots ! Pardonner ! Voilà, il serait rentré ce soir, ivre, s'il n'avait été écrasé, avec son unique chemise sur le dos, une chemise usée, en lambeaux, et il se serait jeté sur le lit tel quel pour roupiller et moi j'aurais trimé, les mains dans l'eau jusqu'au matin, à laver ses loques et celles des enfants, puis il aurait fallu les sécher à la fenêtre, puis, dès que le jour aurait point, j'aurais dû me mettre à les raccommoder, et voilà ma nuit ! Alors, à quoi bon parler de pardon ? D'ailleurs, je lui ai pardonné ! »

Un violent accès de toux l'interrompit. Elle cracha dans son mouchoir, puis fourra celui-ci sous le nez du prêtre, en serrant convulsivement sa poitrine de son autre main. Le mouchoir était tout taché de sang...

Le pope baissa la tête et ne répondit rien.

Marmeladov agonisait ; il ne détournait pas les yeux de Catherine Ivanovna qui s'était de nouveau penchée sur lui. Il avait toujours envie de lui dire quelque chose et essayait de remuer la langue, mais ne parvenait à proférer que des sons inarticulés. Catherine Ivanovna, comprenant qu'il voulait lui demander pardon, lui cria d'un ton impérieux :

« Tais-toi. Inutile. Je sais ce que tu veux dire. » Et le malade se tut, mais, au même instant, son regard errant tomba sur la porte et il aperçut Sonia... Il n'avait pas encore remarqué sa présence, car elle était agenouillée dans un coin obscur.

« Qui est-ce ? Qui est-ce ? » fit-il anxieusement, d'une voix étouffée et rauque, en indiquant des yeux, avec une sorte d'horreur, la porte où se tenait sa fille, et en essayant de se soulever.

« Reste couché ! res-te cou-ché ! » cria Catherine Ivanovna ; mais, par un effort surhumain, il parvint à se soulever sur les mains un long moment, et il regarda sa fille d'un air hagard, avec de grands yeux fixes. Il semblait ne point la reconnaître. Il ne l'avait d'ailleurs jamais vue dans ce costume. Elle était là simple, désespérée, honteuse sous ses oripeaux, attendant humblement son tour de recevoir l'adieu de son père expirant. Soudain le visage de Marmeladov exprima une douleur infinie !

« Sonia, ma fille, pardonne-moi », cria-t-il ; il voulut tendre les bras vers elle, mais, perdant son point d'appui, il roula lourdement sur le plancher, la face contre terre. On se précipita pour le relever et on le remit sur son divan, mais c'était la fin. Sonia poussa un faible cri ; elle l'enlaça, puis demeura figée, le corps entre ses bras. Il mourut ainsi.

« Cela devait lui arriver, cria Catherine Ivanovna, en voyant le cadavre de son mari. Que faire maintenant ? Comment l'enterrer ? Et eux, comment les nourrirai-je demain ? »

Raskolnikov s'approcha de Catherine Ivanovna.

« Catherine Ivanovna, fit-il, la semaine dernière votre défunt mari m'a conté l'histoire de sa vie et toutes les circonstances... Soyez certaine qu'il parlait de vous avec la vénération la plus enthousiaste. À partir de ce soir-là, quand j'appris combien il vous était attaché à tous, malgré sa faiblesse, et surtout comme il vous respectait et vous aimait, vous, Catherine Ivanovna, je devins son ami... Permettez-moi donc maintenant... d'aider à rendre les derniers devoirs à mon ami défunt. Voilà... vingt roubles, si cette somme peut vous être utile, eh bien... je... bref, je reviendrai ; je reviendrai sûrement dès demain... Au revoir. »

Et il sortit rapidement de la pièce, se fraya vivement un passage à travers la foule qui encombrait le palier ; là, il se heurta soudain à Nicodème Fomitch, qui avait été informé de l'accident et venait prendre lui-même les dispositions d'usage. Ils ne s'étaient pas vus depuis la scène qui avait eu lieu au commissariat, mais Nicodème Fomitch le reconnut instantanément.

« Ah ! c'est vous ? demanda-t-il.

– Moi, répondit Raskolnikov. Le docteur est venu et un prêtre également. Rien ne lui a manqué ! N'ennuyez pas trop la pauvre femme, elle est déjà poitrinaire. Réconfortez-la si vous le pouvez... car vous êtes bon, je le sais... ajouta-t-il en le fixant ironiquement.

– Mais vous êtes tout trempé de sang, fit Nicodème Fomitch qui, à la lumière d'un bec de gaz, remarquait quelques taches fraîches sur le gilet de Raskolnikov.

– Oui, il en a coulé sur moi. Je suis tout couvert de sang, dit le jeune homme d'un air un peu étrange », puis il sourit, salua, et se mit à descendre l'escalier.

Il allait doucement, sans se hâter, inconscient de la fièvre qui le brûlait, plein d'une seule et infinie sensation de vie nouvelle et puissante qui affluait en lui. Elle ne pouvait être comparée qu'à ce qu'éprouve un condamné a mort qui reçoit inopinément sa grâce.

Au milieu de l'escalier, il fut rejoint par le pope qui rentrait chez lui. Raskolnikov se rangea pour le laisser passer. Les deux hommes échangèrent un salut silencieux. Il descendait les dernières marches quand il entendit un pas pressé derrière lui. Quelqu'un essayait de le rattraper. C'était Polenka. Elle courait derrière lui et l'appelait :

« Écoutez, écoutez ! »

Il se tourna vers elle. L'enfant descendit encore et s'arrêta à une marche au-dessus de lui. Un rayon de lumière blafarde venait de la cour. Raskolnikov examina le visage maigre mais joli de la fillette qui lui souriait et le regardait avec une gaieté enfantine. Elle était chargée d'une commission qui semblait lui plaire beaucoup.

« Écoutez. Comment vous appelez-vous ? ah ! encore, où habitez-vous ? » demanda-t-elle précipitamment d'une voix entrecoupée.

Il lui appuya les deux mains sur les épaules et se mit à la regarder avec une sorte de bonheur. Il ne savait pas lui-même pourquoi il éprouvait tant de plaisir à la contempler ainsi.

« Et qui vous envoie ?

– C'est ma sœur Sonia qui m'a envoyée, répondit la fillette en souriant plus gaiement encore.

– Je le savais bien que c'était votre sœur Sonia qui vous avait envoyée.

– Maman aussi m'a envoyée. Quand ma sœur Sonia m'a envoyée vers vous, maman s'est approchée et a dit, elle aussi : « Cours vite, Polenka ! »

– Vous aimez votre sœur Sonia ?

– Je l'aime plus que tout, déclara Polenka, d'un ton particulièrement ferme, et son sourire devint plus sérieux.

– Et moi, vous m'aimerez ? »

Au lieu de répondre, la fillette rapprocha son visage et il vit qu'elle tendait ses petites lèvres gonflées, prête à l'embrasser. Soudain, ses bras maigres comme des allumettes l'enlacèrent fort, bien fort, sa tête enfantine se pencha sur son épaule et la fillette se mit à pleurer tout en se serrant contre lui de plus en plus.

« Pauvre papa, fit-elle au bout d'un instant en relevant son visage trempé de larmes, qu'elle essuya avec sa main. On ne voit plus que des malheurs pareils, ajouta-t-elle, inopinément, de cet air particulièrement grave que prennent les enfants quand ils veulent parler comme les grandes personnes.

– Et votre papa vous aimait ?

– Il aimait Lidotchka, surtout, continua-t-elle avec la même gravité et sans sourire, parce qu'elle était petite et toujours malade et il lui apportait des cadeaux et nous, il nous apprenait à lire et à moi il m'enseignait la grammaire et le catéchisme, ajouta-t-elle avec dignité, et petite mère ne disait rien, mais nous savions qu'elle aimait cela, et papa aussi le savait, et petite mère veut m'apprendre le français parce qu'il est temps de commencer mon éducation.

– Et vous savez dire vos prières ?

– Oh ! comment donc, il y a longtemps. Moi, comme je suis déjà grande, je prie tout bas toute seule et Kolia et Lidotchka disent leurs prières tout haut avec maman. Ils récitent d'abord la prière à la Sainte Vierge, puis encore une autre : « Seigneur, pardonne à notre sœur Sonia et bénis-la » et encore « Pardonne à notre autre papa et bénis-le » parce que notre premier papa est déjà mort et celui-ci est le second, et nous prions pour lui aussi.

– Poletchka, je m'appelle Rodion ; nommez-moi parfois dans vos prières, « et aussi à ton serviteur Rodion », c'est tout.

– Toute ma vie, je prierai pour vous », répondit chaleureusement la fillette ; soudain elle se remit à rire, se jeta vers lui et l'enlaça de nouveau.

Raskolnikov lui dit son nom et son adresse, et promit de revenir le lendemain. La fillette le quitta folle de lui. Il était dix heures passées quand il sortit de la maison. Cinq minutes plus tard, il se trouvait sur le pont, à l'endroit même d'où la femme s'était tantôt précipitée dans l'eau.

« Assez, fit-il d'un ton énergique et solennel. Arrière les mirages, les vaines frayeurs, les spectres... La vie est là ! N'ai-je pas vécu tout à l'heure ? Ma vie n'est pas morte avec la vieille ! Pour elle, le règne des cieux et – c'est bon ! La mère, il était temps qu'elle se repose ! C'est maintenant le règne de la raison, de la clarté et... de la volonté, de l'énergie... Nous allons bien voir ! À nous deux », ajouta-t-il orgueilleusement, comme s'il jetait un défi à quelque puissance occulte et maléfique.

« Dire que j'étais prêt à me contenter de la plate-forme rocheuse entourée d'abîmes.

« ... Je suis très faible... Voilà, mais je me sens guéri. Je savais bien qu'il en serait ainsi quand je suis sorti tantôt. À propos, la maison Potchinkov est à deux pas d'ici. J'irai chez Rasoumikhine, c'est sûr ; j'y serais allé même s'il fallait marcher davantage... Laissons-le gagner son pari... et s'amuser, n'importe... Ah ! il faut des forces, des forces. On ne peut rien sans forces et ces forces, il faut les gagner par la force. Voilà ce qu'ils ignorent », ajouta-t-il avec fierté en traînant péniblement les pieds. Cette fierté grandissait en lui de minute en minute. Un véritable changement à vue s'opérait au fond de lui-même. Mais qu'était-il arrivé d'extraordinaire qui avait pu le transformer ainsi, à son insu d'ailleurs ? Il était comme le noyé qui s'agrippe au moindre rameau flottant ; il se persuadait que « lui aussi pouvait vivre, que sa vie n'avait pas péri avec la vieille ». Sa conclusion était peut-être prématurée, mais il ne s'en rendait point compte. « J'ai pourtant demandé de nommer ton serviteur Rodion, se rappela-t-il tout à coup ; oui, cela c'est... une précaution à tout hasard... » Et il se mit à rire de cet enfantillage. Il était d'une humeur excellente.

Il trouva sans peine la demeure de Rasoumikhine, car on connaissait déjà le nouveau locataire dans la maison Potchinkov et le concierge lui indiqua immédiatement le logement. Il était à peine arrivé au milieu de l'escalier qu'il entendit le bruit d'une réunion nombreuse et animée. La porte de l'appartement était ouverte, des éclats de voix et tout le bruit d'une discussion parvenaient à Raskolnikov. La chambre de Rasoumikhine était assez grande ; une quinzaine de personnes s'y trouvaient réunies ; Raskolnikov s'arrêta dans le vestibule, derrière la cloison. Deux servantes de la logeuse s'affairaient près de deux grands samovars entourés de bouteilles, d'assiettes et de plats pleins de hors-d'œuvre et de pâtés, apportés de chez la propriétaire. Raskolnikov fit appeler Rasoumikhine. L'autre accourut transporté de joie. On pouvait voir au premier coup d'œil qu'il avait bu énormément et quoiqu'il lui fût d'ordinaire presque impossible de s'enivrer, il semblait visiblement gris cette fois-là.

« Écoute, fit vivement Raskolnikov, je suis venu te dire que tu as gagné ton pari et qu'en effet personne ne peut prévoir ce qui lui arrivera. Quant à entrer, je ne le puis : je suis si faible que je me sens prêt à tomber ; donc, bonsoir et adieu, et viens me voir demain...

– Sais-tu ce que je vais faire ? T'accompagner chez toi. Car si tu avoues, toi, te sentir faible, c'est que...

– Et tes invités ? Qui est ce frisé qui vient de jeter un coup d'œil par ici ?

– Celui-ci ? Le diable le sait ! Un ami de mon oncle, sans doute, ou peut-être est-il venu sans invitation... Je leur laisserai mon oncle ; c'est un homme extraordinaire : quel dommage que tu ne puisses pas faire sa connaissance. Et du reste le diable les emporte tous ! Ils se fichent bien maintenant de moi. J'ai besoin de me rafraîchir. Car tu es venu à temps, frère, deux minutes de plus, et je me battais, parole d'honneur. Ils disent de telles extravagances... tu ne saurais t'imaginer de quelles inventions un homme est capable. Du reste comment ne te l'imaginerais-tu pas ? ne mentons-nous pas nous-mêmes ? Laissons-les mentir : ils ne le feront pas toujours. Attends une minute, je vais t'amener Zossimov. » Zossimov se précipita sur Raskolnikov avec une sorte d'avidité ; son visage exprimait une grande curiosité, mais il ne tarda pas à s'éclairer.

« Il faut aller vous coucher tout de suite, décida-t-il après avoir examiné son patient, et vous devriez prendre pour la nuit encore un de ces cachets que j'ai préparés pour vous. Vous voulez bien ?

– Même deux. »

Le cachet fut avalé séance tenante.

« Tu fais très bien de l'accompagner, fit Zossimov à Rasoumikhine. Nous verrons bien comment cela ira demain – mais pour aujourd'hui je ne suis pas mécontent. Je constate une grande amélioration depuis tantôt. Cela prouve qu'on apprend toujours à mesure qu'on vit...

– Sais-tu ce que Zossimov m'a murmuré comme nous sortions, tout à l'heure, laissa échapper Rasoumikhine dès qu'ils furent dans la rue. Je ne te dirai pas tout, frère, car ce sont des imbéciles. Zossimov m'a dit de bavarder avec toi en chemin et de te faire parler, puis de tout lui conter, car il a idée... que tu... que tu es fou ou à peu près. Imagine ça ! D'abord tu es trois fois plus intelligent que lui, ensuite si tu n'es pas fou tu te moques pas mal de cette idée extravagante qu'il a dans la tête, et troisièmement ce paquet de viande, qui est chirurgien par-dessus le marché, n'a plus en tête, depuis quelque temps, que les maladies mentales ; mais ce qui a décidément modifié ses idées sur ton compte c'est la conversation que tu as eue avec Zamiotov.

– Zamiotov t'a tout raconté ?

– Tout, et il a très bien fait. Cela m'a fait comprendre toute l'histoire, et à Zamiotov aussi... Oui, en un mot, Rodia... le fait est... Il faut dire que je suis un peu gris... mais ce n'est rien... le fait est que... Cette pensée, comprends-tu ?... leur venait en effet à l'esprit... tu comprends ? C'est-à-dire qu'aucun d'eux n'osait la formuler, parce qu'elle était trop absurde et surtout quand on a arrêté ce peintre en bâtiment tout cela s'est définitivement évanoui. Mais pourquoi sont-ils si stupides ? J'ai quelque peu sonné Zamiotov ce jour-là... mais je te le dis entre nous, frère, ne laisse pas soupçonner que tu en sais quelque chose ; j'ai remarqué qu'il est susceptible ; cela se passait chez Louisa, mais aujourd'hui, aujourd'hui tout s'explique. C'était surtout cet Ilia Petrovitch ! Il exploitait ton évanouissement au commissariat, mais lui-même a eu honte ensuite de cette supposition, car je sais... »

Raskolnikov écoutait avidement. Rasoumikhine en disait trop sous l'influence de l'ivresse qui l'avait envahi.

« Je me suis évanoui ce jour-là à cause de la chaleur étouffante et de l'odeur de peinture qui régnait dans le commissariat, fit Raskolnikov.

– Il va encore chercher des explications ! Et pas seulement la peinture, tu couvais ta fièvre depuis tout un mois, Zossimov en peut témoigner. Non, mais tu ne peux pas imaginer la confusion de ce blanc-bec de Zamiotov. « Je ne vaux pas, dit-il, le petit doigt de cet homme », c'est-à-dire le tien. Tu sais, frère, il fait preuve parfois de bons sentiments. Mais la leçon qu'il a reçue aujourd'hui au Palais de Cristal était le comble de la perfection ! Car tu as commencé par lui faire peur, mais peur alors, jusqu'à lui donner des convulsions... Tu l'as presque amené à admettre de nouveau cette monstrueuse sottise et puis tout à coup tu lui tires la langue, « tiens, attrape ! » La perfection, te dis-je. Il est écrasé, pulvérisé maintenant. Tu es un maître, parole d'honneur, et ils n'ont que ce qu'ils méritent. Quel dommage que je n'aie pas été là ! Il t'attendait maintenant chez moi avec une impatience folle. Porphyre désire lui aussi faire ta connaissance.

– Ah... celui-ci aussi... Et dis-moi pourquoi m'a-t-on cru fou ?

– Pas précisément fou. Je crois, frère, que j'ai trop bavardé... Il a été, vois-tu, frappé de voir que tu ne l'intéressais qu'à ce point... maintenant il s'explique les raisons de cet intérêt... quand on connaît les circonstances... et comme tout cela t'a irrité alors ; et joint à ce début de maladie... Je suis, frère, un peu gris, mais le diable sait qu'il a une idée derrière la tête... Je te le répète, il ne rêve que de maladies mentales... Ne fais pas attention à tout cela... »

Tous deux restèrent silencieux pendant quelques secondes.

« Écoute, Rasoumikhine, reprit Raskolnikov. Je veux te parler franchement. Je viens de chez un mort ; le défunt était un fonctionnaire... j'ai donné tout mon argent... en outre j'ai été embrassé par une créature qui lors même que j'aurais tué quelqu'un... en un mot, j'ai vu encore une autre créature à la plume d'un rouge feu... mais je divague, je suis très faible, soutiens-moi... nous arrivons...

– Qu'as-tu ? Mais qu'as-tu donc ? demandait Rasoumikhine d'un air inquiet.

– La tête me tourne un peu, mais ce n'est pas de cela qu'il s'agit, je me sens triste, si triste ! comme une femme... vrai... Regarde : qu'est-ce ? regarde ! regarde !

– Qu'est-ce donc ?

– Mais tu ne vois pas ? De la lumière dans ma chambre, vois-tu par la fente ! » Ils étaient sur l'avant-dernier palier devant la porte de la logeuse et l'on pouvait en effet remarquer que la chambre de Raskolnikov était éclairée.

« C'est bizarre ! Peut-être est-ce Nastassia ? fit observer Rasoumikhine.

– Elle ne monte jamais à cette heure-là, et puis il y a longtemps qu'elle dort... mais je m'en moque. Bonsoir.

– Qu'est-ce qui te prend ? Je vais t'accompagner jusqu'au bout, nous entrerons ensemble.

– Je sais que nous entrerons ensemble, mais j'ai envie de te serrer ici la main et de te dire adieu. Allons, donne-moi la main, adieu.

– Mais qu'est-ce qui te prend, Rodia ?

– Rien... Allons, tu seras témoin... »

Ils se mirent à monter les dernières marches et l'idée vint à Rasoumikhine que Zossimov avait peut-être raison. « Et si je l'ai troublé avec mon bavardage ? » se demanda-t-il. Soudain, comme ils approchaient de la porte ils entendirent des voix dans la chambre.

« Mais que se passe-t-il ? » cria Rasoumikhine.

Raskolnikov saisit le premier la poignée de la porte et l'ouvrit toute grande ; il ouvrit et s'arrêta sur le seuil, pétrifié. Sa mère et sa sœur étaient assises sur son divan. Elles l'attendaient depuis une heure et demie. Pourquoi était-ce la dernière chose à laquelle il eût songé, quand on lui avait cependant annoncé, pour la seconde fois dans la journée, leur arrivée prochaine, imminente à Pétersbourg ? Pendant cette heure et demie, les deux femmes avaient à qui mieux mieux interrogé Nastassia qui se trouvait encore là devant elles et leur avait donné tous les détails possibles sur Raskolnikov. Elles étaient affolées de terreur pour avoir appris qu'il « était parti aujourd'hui », malade, et vraisemblablement en proie au délire. « Seigneur, qu'a-t-il... ? » Elles pleuraient toutes deux ; elles avaient souffert d'indicibles tourments pendant cette heure et demie d'attente. Un cri de joie salua l'apparition de Raskolnikov. Les deux femmes se précipitèrent sur lui. Mais il restait immobile, glacé, comme si on l'eût privé de vie tout à coup ; une pensée brusque et insupportable l'avait foudroyé. Et ses bras ne pouvaient se tendre pour les enlacer, « non, impossible ». Sa mère et sa sœur l'étreignaient, l'embrassaient, riaient, pleuraient... Il fit un pas en avant, chancela, et roula par terre, évanoui.

Alarme, cris d'effroi, gémissements... Rasoumikhine resté sur le seuil se précipita dans la pièce, saisit le malade dans ses bras vigoureux et en un clin d'œil l'étendit sur son divan. « Ce n'est rien, ce n'est rien, criait-il à la mère et à la sœur. C'est un évanouissement, rien du tout. Le docteur vient de dire qu'il va beaucoup mieux, qu'il est tout à fait guéri. De l'eau ! Allons, le voilà qui reprend ses sens !... »

Et saisissant la main de Dounetchka avec tant de force qu'il manqua la briser, il la força à se pencher pour constater qu'en effet son frère revenait à lui. La mère et la sœur regardaient Rasoumikhine avec une reconnaissance attendrie, comme une véritable Providence. Elles avaient appris par Nastassia ce qu'avait été pour Rodia, pendant tout le temps de sa maladie, « ce jeune homme déluré », comme l'appela le même soir, dans une conversation intime avec Dounia, Pulchérie Alexandrovna Raskolnikova elle-même.

TROISIÈME PARTIE

I

Raskolnikov se souleva et s'assit sur son divan. Il invita par un léger signe Rasoumikhine à suspendre le cours de son éloquence désordonnée et les consolations qu'il adressait à sa mère et à sa sœur, puis prenant les deux femmes par la main, il les examina alternativement en silence, pendant deux minutes au moins. La mère fut effrayée par ce regard. Il révélait une sensibilité si puissante qu'elle en devenait douloureuse ; mais il était en même temps fixe et presque insensé ; Pulchérie Alexandrovna se mit à pleurer. Avdotia Romanovna était pâle, sa main tremblait dans celle de son frère.

« Rentrez chez vous... avec lui, fit Raskolnikov d'une voix entrecoupée en désignant Rasoumikhine. À demain. Demain nous causerons... Il y a longtemps que vous êtes arrivées ?

– Ce soir, Rodia, répondit Pulchérie Alexandrovna. Le train a eu beaucoup de retard. Mais, Rodia, je ne te quitterai pour rien au monde. Je passerai la nuit ici près de...

– Ne me tourmentez pas, fit-il avec un geste d'irritation.

– Je resterai avec lui, fit vivement Rasoumikhine ; je ne le quitterai pas une seconde. Au diable tous mes invités ; qu'ils se fâchent si ça leur chante. Mon oncle préside la réunion.

– Comment, comment vous remercierai-je ? » commença Pulchérie Alexandrovna en serrant de nouveau les mains de Rasoumikhine.

Mais son fils l'interrompit :

« Je ne puis, je ne puis, répétait-il d'un air énervé. Ne me torturez pas. Allez-vous-en, je n'en puis plus.

– Allons-nous-en, maman, sortons au moins pour une minute de la pièce, murmura Dounia tout effrayée, il est évident que notre présence l'accable.

– Il ne me sera pas donné de le contempler après trois ans de séparation, gémit Pulchérie Alexandrovna tout en larmes.

– Attendez un peu, fit-il, vous m'interrompez toujours et je perds le fil de mes idées. Avez-vous vu Loujine ?

– Non, Rodia, mais il est prévenu de notre arrivée. Nous avons appris, Rodia, que Piotr Petrovitch a été assez bon pour venir te voir aujourd'hui, ajouta Pulchérie Alexandrovna, avec une certaine timidité.

– Oui... assez bon... Dounia, j'ai menacé tantôt Loujine de le jeter en bas de l'escalier et je l'ai envoyé au diable...

– Rodia, mais qu'est-ce qui te prend ? Tu es sûrement... tu ne veux pas dire que... » commença Pulchérie Alexandrovna épouvantée. Mais un regard jeté sur Dounia la décida à s'interrompre. Avdotia Romanovna regardait fixement son frère et attendait qu'il s'expliquât. Les deux femmes étaient informées de la querelle par Nastassia, qui la leur avait contée à sa façon, et elles étaient en proie à une cruelle perplexité.

« Dounia, continua Raskolnikov avec effort, je ne veux pas de ce mariage. Tu dois donc dès demain rompre avec Loujine et qu'il ne soit plus question de lui.

– Seigneur, mon Dieu ! s'écria Pulchérie Alexandrovna.

– Rodia, pense un peu à ce que tu dis, observa Avdotia Romanovna avec colère, mais elle se contint. Tu n'es peut-être pas en état de... tu es fatigué, ajouta-t-elle doucement.

– En proie au délire, veux-tu dire ? Non... Tu épouses Loujine « pour moi ». Et moi je n'accepte pas ce sacrifice. Donc, écris une lettre... de refus... donne-la-moi à lire demain et tout sera dit.

– Je ne puis faire une chose pareille, s'écria la jeune fille outrée. De quel droit...

– Dounetchka, tu t'emportes, toi aussi. Assez, à demain... ne vois-tu pas ?... fit la mère tout effrayée en s'élançant vers sa fille. Ah, allons-nous-en plutôt !

– Il bat la campagne, cria Rasoumikhine d'une voix qui trahissait l'ivresse, sans ça comment aurait-il osé ? Demain cette folie lui aura passé... Mais aujourd'hui il est bien vrai qu'il l'a chassé. L'autre s'est fâché, naturellement... Il pérorait ici et étalait sa science et il est parti la queue basse...

– Ainsi c'est donc vrai ? s'écria Pulchérie Alexandrovna.

– À demain, fit Dounia avec pitié, viens, maman... bonsoir, Rodia.

– Tu entends, ma sœur, répéta-t-il en rassemblant ses dernières forces, je n'ai pas le délire, ce mariage est une vilenie. Je puis être infâme, mais toi tu ne dois pas... C'est assez d'un – si infâme que je sois, je te renierais pour ma sœur... Moi ou Loujine. Allez...

– Mais tu es fou. Tu es un despote ! » hurla Rasoumikhine.

Raskolnikov ne lui répondit pas, peut-être parce qu'il n'en avait plus la force.

Il s'était étendu sur son divan et tourné du côté du mur, tout à fait épuisé. Avdotia Romanovna regarda curieusement Rasoumikhine. Ses yeux noirs étincelèrent et Rasoumikhine tressaillit sous ce regard. Pulchérie Alexandrovna semblait frappée de stupeur. « Je ne puis partir, marmottait-elle à Rasoumikhine avec une sorte de désespoir. Je resterai ici, n'importe où ; reconduisez Dounia.

– Et vous gâcherez toute l'affaire, répondit sur le même ton le jeune homme, hors de lui. Sortons sur le palier, au moins. Nastassia, éclaire-nous. Je vous jure, continua-t-il à mi-voix, quand ils furent dehors, qu'il a failli tantôt nous battre, le docteur et moi, comprenez-vous ? Le docteur lui-même. Et l'autre a cédé pour ne pas l'irriter ; il est sorti, et moi je suis resté en bas afin de le surveiller. Lui, il s'est habillé, m'a glissé entre les doigts et maintenant, si vous continuez à l'irriter, il s'en ira également, ou bien il tentera de se suicider.

– Ah ! Que dites-vous là ?

– D'ailleurs Avdotia Romanovna ne peut pas rester seule dans ce garni. Pensez à l'endroit où vous êtes descendues. Est-ce que ce coquin de Piotr Petrovitch n'aurait pu vous trouver un logement plus convenable ?... Du reste, je suis un peu gris, vous comprenez, voilà pourquoi... mes expressions sont un peu vives. Ne faites pas attention...

– Mais j'irai voir la logeuse, s'écria Pulchérie Alexandrovna, et je la supplierai de nous donner, à Dounia et à moi, un coin pour cette nuit. Je ne puis le laisser ainsi, je ne le puis. »

Ils causaient ainsi sur le palier, devant la porte même de la logeuse. Nastassia se tenait sur la dernière marche et les éclairait. Rasoumikhine était extraordinairement agité. Une demi-heure auparavant, en reconduisant Raskolnikov, il se sentait, quoique d'humeur fort bavarde (il en avait conscience d'ailleurs), parfaitement frais et dispos malgré l'abus qu'il avait fait de la boisson. Maintenant, il était plongé dans une sorte d'extase et le vin qu'il avait bu semblait agir de nouveau et doublement sur lui. Il avait pris les deux femmes par la main et les haranguait avec une désinvolture extraordinaire ; presque à chaque mot, pour les mieux convaincre sans doute, il leur serrait la main à leur faire mal et dévorait Avdotia Romanovna des yeux, de la façon la plus impudente. Parfois, vaincues par la douleur, elles arrachaient leurs doigts à l'étreinte de cette énorme main osseuse ; mais lui, non seulement ne s'en rendait pas compte, mais il continuait de plus belle. Elles auraient pu lui demander de se précipiter, pour leur rendre service, la tête la première au bas de l'escalier qu'il l'aurait fait sans discuter ni hésiter. Pulchérie Alexandrovna, bouleversée à la pensée de son Rodia et quoiqu'elle se rendît compte que Rasoumikhine était fort excentrique et lui serrait trop énergiquement la main, se refusait à prêter attention à ces façons bizarres du jeune homme, qui avait été une véritable providence pour elle.

Mais Avdotia Romanovna, tout en partageant les inquiétudes de sa mère, et bien qu'elle ne fût point d'une nature craintive, se sentait surprise et même effrayée en voyant se fixer sur elle les regards enflammés de l'ami de son frère, et seule la confiance sans bornes que lui avaient inspirée les récits de Nastassia à l'égard de cet homme lui permettait de résister à la tentation de fuir en entraînant sa mère avec elle.

Elle devait d'ailleurs comprendre qu'elles ne pouvaient plus le faire à présent. La jeune fille fut du reste rassurée au bout d'une dizaine de minutes. Rasoumikhine, dans quelque disposition d'esprit qu'il se trouvât, se révélait toujours tout entier à première vue, si bien que l'on savait aussitôt à qui l'on avait affaire !

« Il est impossible d'aller chez la logeuse, c'est le comble de l'absurdité, cria-t-il vivement à Pulchérie Alexandrovna. Vous avez beau être sa mère, vous allez l'exaspérer en restant et Dieu sait ce qui en résultera. Écoutez, voici ce que je vais faire : Nastassia va maintenant rester un moment près de lui, pendant que je vous ramènerai toutes deux chez vous, car vous ne pouvez pas traverser seules les rues. Chez nous, à Pétersbourg, sous ce rapport... Ah ! et puis on s'en moque... ensuite je retourne ici en courant et au bout d'un quart d'heure, je vous en donne ma parole d'honneur la plus sacrée, je viens vous faire mon rapport, vous dire comment il va, s'il dort, etc. Puis, écoutez bien ; de chez vous je suis en un clin d'œil chez moi ; j'y ai laissé des invités, tous ivres. Je prends Zossimov, c'est le docteur qui soigne Rodia, il est chez moi maintenant. Mais lui n'est pas gris, pas gris, non, il ne l'est jamais, celui-là. Je le traîne chez Rodia et de là immédiatement chez vous. Ainsi, vous recevrez des nouvelles deux fois en l'espace d'une heure. Par moi d'abord, et puis par le docteur lui-même : c'est autre chose que moi, hein ? Si ça va mal, je vous jure de vous ramener moi-même ici. S'il va bien, vous vous couchez et vous dormez.

« Moi, je passe toute la nuit ici dans le vestibule, il ne s'en doutera pas et je ferai coucher Zossimov chez la logeuse pour l'avoir sous la main. Mais de qui, dites-moi, a-t-il le plus besoin maintenant ? De vous ou du docteur ? Le docteur lui est plus utile, bien plus utile. Donc, rentrez chez vous. Quant à coucher chez la logeuse, impossible ; moi, je le peux, et vous non : elle ne vous le permettrait pas parce que... parce qu'elle est une sotte. Elle serait jalouse, rapport à moi, d'Avdotia Romanovna, si vous voulez le savoir, et de vous aussi sans doute... Mais d'Avdotia Romanovna, sûrement. C'est un caractère extrêmement bizarre. Du reste, moi aussi, je suis un sot... Je m'en moque. Allons. Me croyez-vous ? Non, mais me croyez-vous, oui ou non ?

– Allons, maman, dit Avdotia Romanovna, il fera ce qu'il dit. Il a déjà ressuscité Rodia, et s'il est vrai que le docteur a promis de coucher ici cette nuit, que désirer de mieux ?

– Voilà, vous, au moins, vous me comprenez, parce que vous êtes... un ange, s'écria Rasoumikhine dans un élan d'enthousiasme. – Allons ! Nastassia, saute dans sa chambre et reste auprès de lui avec de la lumière ; je reviens dans un quart d'heure. »

Pulchérie Alexandrovna, sans être entièrement convaincue, ne fit plus d'objection. Rasoumikhine leur prit le bras à chacune et leur fit descendre l'escalier. Pourtant, la mère de Rodia n'était pas sans inquiétude au sujet de ses promesses. « Il est assurément leste et bon. Mais est-il capable de tenir parole ? Il est dans un tel état !...

– Je comprends, vous me croyez pris de boisson, fit le jeune homme qui avait deviné ses pensées, tandis qu'il arpentait le trottoir à grandes enjambées, si bien que les dames avaient peine à le suivre, ce qu'il ne remarquait pas du reste. – Absurde... C'est-à-dire que je suis ivre comme une brute, mais ce n'est pas de cela qu'il s'agit. Je suis ivre, mais pas de vin. C'est votre apparition qui m'a donné comme un coup sur la tête... Mais il s'agit bien de moi ! Ne faites pas attention, je suis indigne de vous... Je suis totalement indigne de vous... Et dès que je vous aurai ramenées, j'irai au canal, je me verserai deux seaux d'eau sur la tête et il n'y paraîtra plus... Si vous saviez comme je vous aime toutes les deux... Ne riez pas et ne vous offensez point... Vous pouvez vous fâcher avec tout le monde sauf avec moi. Je suis son ami et par conséquent le vôtre. Je le veux... j'ai pressenti qu'il en serait ainsi... L'année dernière, j'en ai eu un moment le pressentiment... Au reste, je me trompe ; je n'ai pu le pressentir puisque j'ai eu l'impression que vous me tombiez du ciel. Et moi, je ne dormirai sans doute pas de la nuit... Ce Zossimov redoutait déjà tantôt de lui voir perdre la raison... Voilà pourquoi il ne faut pas le contrarier...

– Mais que dites-vous là ! s'écria la mère.

– Se peut-il que le docteur lui-même ait dit cela ? fit Avdotia Romanovna tout effrayée.

– Il l'a dit, mais ce n'est pas cela, pas du tout. Il lui a même donné un médicament, un cachet, je l'ai vu ; vous êtes arrivées sur ces entrefaites... Eh ! Vous auriez mieux fait de venir demain. Nous avons eu raison de partir. Et dans une heure, Zossimov lui-même vous fera son rapport. Ah ! il n'est pas gris celui-là ! Et moi, je ne le serai pas non plus... Et pourquoi ai-je tant bu ? Parce qu'ils m'ont forcé à discuter, les maudits. J'avais pourtant juré de ne jamais prendre part à des discussions... Ils disent de telles absurdités. J'ai failli me battre. J'ai laissé mon oncle présider à ma place... Non, mais le croirez-vous, ils réclament l'impersonnalité. Il ne faut surtout jamais être soi-même ; c'est ce qu'ils appellent le comble du progrès. Et si les absurdités qu'ils disent étaient au moins originales... mais non...

– Écoutez, fit timidement Pulchérie Alexandrovna. Mais cette interruption ne fit qu'échauffer Rasoumikhine.

– Non, mais qu'en pensez-vous ? cria-t-il en élevant encore la voix, vous pensez que je leur en veux parce qu'ils disent des absurdités ? Non ! J'aime cela, qu'on se trompe !... C'est la seule supériorité de l'homme sur les autres organismes. C'est ainsi qu'on arrive à la vérité ! Je suis un homme, et c'est parce que je me trompe que je suis un homme. On n'est jamais arrivé à aucune vérité sans s'être trompé au moins quatorze fois ou peut-être même cent quatorze et c'est peut-être un honneur en son genre. Mais nous ne savons même pas nous tromper de façon personnelle. Une erreur originale vaut peut-être mieux qu'une vérité banale. La vérité se retrouve toujours, tandis que la vie peut être enterrée à jamais ; on en a vu des exemples. Nous, maintenant, que faisons-nous ? Tous, tous sans exception vous dis-je, nous nous trouvons, en ce qui concerne la science, la culture, la pensée, les inventions, l'idéal, les désirs, le libéralisme, la raison, l'expérience, et le reste, dans une classe préparatoire de lycée, et nous nous contentons de vivre avec l'esprit des autres. Ai-je raison ? Non, mais ai-je raison ? criait Rasoumikhine en secouant et en serrant la main des deux femmes.

– Oh, mon Dieu, je ne sais pas ! fit la pauvre Pulchérie Alexandrovna.

– Oui, c'est vrai, quoique je ne sois pas d'accord avec vous sur tous les points, ajouta Avdotia Romanovna, d'un air sérieux. À peine venait-elle de prononcer ces mots qu'un cri de douleur lui échappait, provoqué par un serrement de main trop énergique.

– Oui ? Vous dites oui. Eh bien, après cela, vous... vous, cria-t-il au comble de l'enthousiasme, vous êtes une source de bonté, de raison, de pureté et... de perfection. Donnez-moi votre main, donnez-la... vous aussi, donnez la vôtre, je veux les embrasser, là tout de suite, à genoux. »

Et il s'agenouilla au milieu du trottoir, heureusement désert à cet instant.

« Assez, je vous en prie, que faites-vous ? cria Pulchérie Alexandrovna au comble de l'effroi.

– Levez-vous, levez-vous, criait Dounia, amusée et inquiète à la fois.

– Pour rien au monde avant que vous ne m'ayez donné vos mains. Là, maintenant cela suffit, je me lève et nous continuons notre chemin. Je suis un malheureux idiot, indigne de vous, ivre et honteux... Je suis indigne de vous, mais s'incliner devant vous constitue le devoir de tout homme qui n'est pas tout à fait une brute ! Je me suis donc incliné... Et voilà votre garni ; ne serait-ce que pour cette raison, Rodion eût déjà bien fait de mettre votre Piotr Petrovitch à la porte. Comment a-t-il osé vous réserver un logement pareil ? C'est un scandale ! Savez-vous quels sont les gens qu'on y admet ? Et pourtant vous êtes sa fiancée. Sa fiancée, n'est-ce pas ? Eh bien, je vous dirai qu'après cela votre fiancé est un goujat !

– Écoutez, monsieur Rasoumikhine, vous oubliez... commença Pulchérie Alexandrovna.

– Oui, oui, vous avez raison, je me suis oublié et j'en rougis, s'excusa l'étudiant, mais... mais... vous ne pouvez pas m'en vouloir de parler ainsi, car je suis franc, et non, hum... non, ce serait lâche, en un mot ce n'est pas ce que vous... hum... allons, je ne dirai pas la chose, je n'ose pas. Et nous avons tous compris tantôt, dès l'entrée de l'homme, qu'il n'était pas de notre monde. Non point parce qu'il s'était fait friser chez le coiffeur, ou qu'il se dépêchait de faire parade de ses connaissances, mais parce qu'il est un espion et un profiteur, parce qu'il est avare comme un Juif et faux. Vous le croyez intelligent ? Non, il est bête, bête ! Est-ce un mari pour vous ? Oh, mon Dieu ! voyez-vous, mesdames, fit-il en s'arrêtant tout à coup, comme ils montaient l'escalier, bien que tous, là-bas, chez moi soient ivres, ils n'en sont pas moins d'honnêtes gens, et malgré toutes les absurdités que nous disions (j'en dis aussi), nous arriverons un jour à la vérité, car le chemin que nous suivons est noble, tandis que Piotr Petrovitch... lui, son chemin est différent. J'ai pu les injurier tout à l'heure, mais je les estime, tous, même Zamiotov. Lui, si je ne l'estime point, j'ai de l'affection pour lui ; c'est un gosse. Même cette brute de Zossimov, car il est honnête et connaît son métier. Mais assez là-dessus, tout est dit et pardonné. Est-ce pardonné ? Oui ? Allons. Je connais ce corridor, j'y suis venu. Il y a eu un jour un scandale, là au numéro trois... Où vous a-t-on logées ? au numéro huit ? Enfermez-vous et n'ouvrez à personne. Je reviens dans un quart d'heure avec des nouvelles et dans une demi-heure avec Zossimov, vous verrez. Bonsoir, je me sauve.

– Mon Dieu, Dounetchka, qu'est-il donc arrivé ? fit Pulchérie Alexandrovna, anxieusement, à sa fille.

– Calmez-vous, maman, répondit Dounia en retirant sa mantille et son chapeau. C'est Dieu lui-même qui nous envoie cet homme, quoiqu'il sorte évidemment d'une orgie. On peut compter sur lui, je vous assure. Et tout ce qu'il a déjà fait pour mon frère...

– Ah ! Dounetchka ! Dieu sait s'il viendra. Comment ai-je pu accepter d'abandonner Rodia... Jamais, jamais je n'aurais pensé le trouver dans cet état. Il était si sombre, on eût dit qu'il n'était pas heureux de nous voir... »

Des larmes perlèrent à ses yeux.

« Non, ce n'est pas cela, maman. Vous ne l'avez pas bien regardé, vous ne faisiez que pleurer. Il est très éprouvé par une grave maladie. Voilà la raison de sa conduite.

– Ah ! cette maladie ! Qu'arrivera-t-il de tout cela, mon Dieu, mon Dieu. Et sur quel ton il t'a parlé, Dounetchka ! fit la mère, en cherchant timidement le regard de sa fille pour déchiffrer sa pensée, et un peu consolée à l'idée que puisque Dounia défendait son frère, c'est qu'elle lui avait pardonné. Je suis sûre que demain il sera revenu à d'autres sentiments, ajouta-t-elle pour voir ce que la jeune fille allait dire.

– Et moi, je sais bien que demain il répétera la même chose », trancha Avdotia Romanovna. La question était si délicate, que Pulchérie Alexandrovna n'osa continuer l'entretien. Dounia s'approcha de sa mère et l'embrassa. L'autre l'étreignit passionnément. Puis elle s'assit et se mit à attendre fiévreusement le retour de Rasoumikhine en observant silencieusement sa fille, qui, pensive et les bras croisés, s'était mise à arpenter la pièce, de long en large. C'était une habitude qu'elle avait d'aller ainsi d'un coin à l'autre quand quelque chose la préoccupait, et sa mère n'avait garde de troubler sa méditation.

Rasoumikhine s'était assurément rendu ridicule par cette passion brusque d'ivrogne qui l'avait saisi à l'apparition de la jeune fille, mais ceux qui auraient vu celle-ci aller d'un pas machinal, les bras croisés, triste et songeuse, auraient sans peine excusé le jeune homme. Avdotia Romanovna était extraordinairement belle, grande, très svelte, mais forte cependant. Chacun de ses gestes trahissait une assurance qui ne nuisait en rien à la grâce de la jeune fille. Son visage ressemblait à celui de son frère. Elle avait les cheveux châtains, un peu plus clairs, le teint pâle, mais non point d'une pâleur maladive, au contraire ; sa figure rayonnait de jeunesse et de fraîcheur, sa bouche pouvait sembler trop petite avec une lèvre inférieure d'un rouge vif un peu saillante ainsi que le menton, seul défaut de ce merveilleux visage, mais qui lui donnait une expression originale de fermeté et de hauteur. Sa physionomie était généralement plus grave qu'enjouée, mais en revanche, de quel charme la parait le sourire ou le rire, ce rire insouciant, jeune, joyeux...

Rien d'étonnant que l'ardent, l'honnête, le simple Rasoumikhine, robuste comme un géant et gris par-dessus le marché, eût perdu la tête au premier coup d'œil, lui qui n'avait jamais rien vu de pareil en sa vie. De plus, le hasard voulut qu'il aperçût Dounia pour la première fois dans un moment où la détresse et la joie de revoir son frère la transfiguraient. Il vit ensuite sa lèvre frémir d'indignation aux objurgations de Rodia, et n'y put tenir.

Il avait dit vrai du reste, en laissant entendre tout à l'heure, parmi ses propos extravagants d'ivrogne, que la logeuse de Raskolnikov, Prascovia Pavlovna, serait jalouse, non seulement d'Avdotia Romanovna, mais encore de Pulchérie Alexandrovna elle-même, peut-être. Car malgré ses quarante-trois ans, le visage de celle-ci gardait des traces de beauté ; elle paraissait d'ailleurs bien plus jeune que son âge, ce qui arrive souvent aux femmes qui ont su garder jusqu'aux approches de la vieillesse, leur fraîcheur d'âme, leur esprit lucide et un cœur innocent et chaleureux. Ajoutons, entre parenthèses, que c'est là le seul moyen de conserver sa beauté jusqu'à un âge avancé. Ses cheveux commençaient à blanchir et à devenir rares. Des éventails de rides entouraient depuis longtemps ses yeux, ses joues se creusaient, desséchées par les soucis et les douleurs, mais son visage n'en était pas moins d'une grande beauté. C'était la copie de celui de Dounia avec vingt années de plus, sauf la saillie de la lèvre inférieure. Pulchérie Alexandrovna avait l'âme tendre, mais sa sensibilité n'était point de la sensiblerie. Naturellement timide et disposée à céder, mais jusqu'à un certain point, elle pouvait admettre bien des choses, en accepter bien d'autres, opposées à ses convictions. Mais il y avait un point d'honneur et des principes avec lesquels nulle circonstance au monde ne pouvait la faire transiger.

Vingt minutes après le départ de Rasoumikhine, deux coups légers et rapides furent frappés à la porte : c'était lui qui était de retour.

« Je n'entre pas, le temps presse, se hâta-t-il de dire, quand on lui eut ouvert. Il dort de tout son cœur et à merveille, parfaitement calme. Dieu fasse qu'il dorme une dizaine d'heures. Nastassia est auprès de lui ; je lui ai ordonné de ne pas s'en aller avant mon retour ; maintenant je vais vous amener Zossimov, il vous fera son rapport et puis vous vous coucherez vous aussi, je vois que vous êtes épuisées... »

Il reprit sa course le long du corridor.

« Quel jeune homme déluré et... dévoué, s'écria Pulchérie Alexandrovna, toute réjouie.

– Je crois que c'est un excellent homme », répondit Avdotia Romanovna avec une certaine chaleur en se reprenant à arpenter la pièce. Environ une heure plus tard des pas retentirent encore dans le corridor et l'on frappa une seconde fois à la porte. Cette fois les deux femmes avaient attendu avec confiance ; elles ne mettaient plus en doute la parole de Rasoumikhine, et c'était lui en effet : il amenait Zossimov. Celui-ci n'avait pas hésité à abandonner la fête pour aller examiner Raskolnikov. Mais son ami Rasoumikhine avait eu quelque peine à le décider à se rendre chez les dames. Il se méfiait des idées de Rasoumikhine qu'il voyait complètement ivre. Mais bientôt il fut rassuré et même flatté dans son amour-propre. Il comprit qu'il était effectivement attendu comme un oracle. Pendant les dix minutes que dura sa visite, il réussit à rendre confiance à Pulchérie Alexandrovna. Il marquait un grand intérêt au malade, mais parlait d'un ton réservé et extrêmement sérieux, comme il sied à un médecin de vingt-sept ans appelé à une consultation d'une extrême gravité. Il ne se permit pas la moindre digression et ne manifesta aucun désir d'entrer en relations plus intimes et plus amicales avec les deux dames. Ayant remarqué, à peine entré, la beauté éclatante d'Avdotia Romanovna, il s'efforçait de ne faire aucune attention à elle et de ne s'adresser qu'à Pulchérie Alexandrovna. Tout cela lui procurait un indicible contentement. Quant au malade, il déclara l'avoir trouvé dans un état fort satisfaisant. Selon ses observations, la maladie était due non seulement aux conditions matérielles dans lesquelles son patient avait vécu depuis plusieurs mois, mais à d'autres causes encore, d'ordre moral ; c'était, pour ainsi dire, le résultat complexe de plusieurs influences : inquiétudes, soucis, idées, etc. S'étant aperçu, sans en avoir l'air, qu'Avdotia Romanovna l'écoutait très attentivement, Zossimov développa ce thème avec complaisance. Comme Pulchérie Alexandrovna lui demandait, avec inquiétude, ce qu'il pensait de « certains symptômes de folie », il répondit avec un sourire calme et franc qu'on avait exagéré la portée de ses paroles. Sans doute, on pouvait constater chez le malade une idée fixe, quelque chose comme une monomanie. Lui, Zossimov, étudiait maintenant d'une façon toute spéciale cette branche de la médecine. « Mais, ajouta-t-il, il ne faut pas oublier que le malade a été jusqu'à ce jour en proie au délire et... assurément l'arrivée de sa famille exercera une influence salutaire, pourvu qu'on lui évite de nouvelles émotions », acheva-t-il d'un air significatif. Puis il se leva, salua d'une façon sérieuse et cordiale et se retira, accompagné d'actions de grâces, de bénédictions, d'effusions reconnaissantes. Avdotia Romanovna lui tendit même sa petite main sans qu'il l'eût cherchée et il sortit, enchanté de sa visite et encore plus de lui-même.

« Demain, nous causerons ; maintenant couchez-vous tout de suite, ordonna Rasoumikhine en s'en allant avec Zossimov. Demain, à la première heure, je viendrai vous donner des nouvelles.

– Quelle ravissante jeune fille tout de même que cette Avdotia Romanovna, observa chaleureusement Zossimov, quand ils furent dans la rue.

– Ravissante ? Tu as dit ravissante, hurla Rasoumikhine, et il se jeta brusquement sur Zossimov et le prit à la gorge. Si jamais tu oses... tu comprends ? Comprends-tu ? criait-il en le secouant par le collet et en le poussant contre le mur. Tu as entendu ?

– Mais laisse-moi, diable d'ivrogne », fit Zossimov en se débattant.

Puis quand l'autre l'eut laissé aller, il le regarda fixement et partit d'un éclat de rire. Rasoumikhine se tenait devant lui, les bras ballants, la figure sombre et pensive.

« Naturellement, je suis un âne, fit-il d'un air tragique, mais... toi, tu en es un également.

– Ah ! çà non, mon vieux, moi, je n'en suis pas un. Je ne rêve pas à des sottises, moi. »

Ils continuèrent leur chemin en silence et ils approchaient déjà de la demeure de Raskolnikov, quand Rasoumikhine, très préoccupé, rompit le silence.

« Écoute, dit-il à Zossimov, tu es un brave garçon, mais outre ta jolie collection de défauts tu es encore un coureur et par-dessus le marché un coureur crapuleux. Tu es faiblard, nerveux, sensuel, tu te laisses engraisser et ne sais rien te refuser. Je trouve ça dégoûtant, car cela mène à la boue. Tu es si efféminé et si amolli que j'avoue ne pas comprendre comment tu as pu rester un bon médecin et même un médecin dévoué. Dormir sur la plume (un docteur, s'il vous plaît), et te lever la nuit pour aller voir un malade !... Dans deux ou trois ans tu ne consentiras plus à te déranger ainsi... Allons, diable, ce n'est pas de cela qu'il s'agit, voici la chose. Tu coucheras ce soir dans l'appartement de la logeuse (j'ai eu de la peine à obtenir son consentement !) et moi dans la cuisine. Voilà une occasion de lier plus intimement connaissance avec elle. Non, ce n'est pas ce que tu penses, pas l'ombre de cela, mon vieux...

– Mais je ne pense rien.

– C'est, mon ami, la pudeur personnifiée, les longs silences, la timidité, une invincible chasteté et en même temps des soupirs ; sensible avec cela, elle fond comme la cire. Débarrasse-moi d'elle, au nom de tous les diables ! Elle est des plus avenantes... Je saurai te remercier de ce service, je te jure que je le saurai. »

Zossimov se remit à rire de plus belle.

« Quelle ardeur ! mais que ferai-je d'elle ?

– Je t'assure qu'elle ne te donnera pas de soucis ! Tu n'as qu'à bavarder sur n'importe quel sujet, assieds-toi seulement à côté d'elle et parle. De plus tu es médecin, commence par la soigner, pour une maladie quelconque. Je te jure que tu ne t'en repentiras pas. Elle a un clavecin. Tu sais que je fais un peu de musique, je connais une petite chanson russe : « Je verse des larmes amères »... Elle aime les chansons sentimentales et c'est ainsi que cela a commencé et toi tu es un maître du clavier, un Rubinstein... Je t'assure que tu ne t'en repentiras pas...

– Mais lui aurais-tu fait une promesse par hasard ? signé un papier ? Offert le mariage peut-être ?...

– Rien, rien de tout cela ! Mais elle n'est pas ce que tu penses ; ainsi Tchebarov a essayé...

– Alors plante-la là tout simplement.

– Mais c'est impossible !

– Pourquoi donc ?

– Tout simplement parce que c'est impossible, voilà ; on se sent engagé, tu comprends.

– Mais pourquoi as-tu tenté de l'entraîner ?

– Je ne l'ai pas tenté le moins du monde, c'est peut-être moi qui ai été entraîné, grâce à ma stupidité, et elle se moque pas mal que ce soit toi ou moi pourvu qu'elle ait quelque soupirant auprès d'elle. Ça, mon ami, ça... non, je ne puis m'exprimer ; tu connais bien les mathématiques, je le sais, eh bien, parle-lui du calcul intégral ; je te donne ma parole que je ne plaisante pas, je te jure qu'elle s'en fiche ! Elle se contentera de te regarder toute l'année durant et de soupirer. Moi, je lui ai, entre autres, parlé très longuement, deux jours au moins, du parlement prussien, car enfin, de quoi peut-on l'entretenir ? Et elle ne faisait que soupirer et transpirer. Seulement, garde-toi de parler d'amour : elle serait capable de piquer une crise de timidité, mais fais-lui croire que tu ne te sens pas la force de la quitter. Et cela suffira. Tu seras tout à fait comme chez toi : lis, étends-toi, écris. Tu peux même risquer un baiser... prudent !...

– Mais que veux-tu que j'en fasse ?

– Eh ! Il paraît que je n'arrive pas à me faire comprendre ! Vois-tu, vous vous convenez parfaitement tous les deux. J'avais déjà pensé à toi... Car enfin, tu dois finir ainsi. Qu'importe, par conséquent, que ce soit plus tôt ou plus tard ? Ici, c'est une vie comme sur la plume, une vie qui vous prend et vous happe, c'est la fin du monde, l'ancre, le port, le nombril du monde, le paradis ! Des crêpes succulentes[52], de savoureux pâtés de poisson, le samovar du soir, de tendres soupirs, de tièdes robes de chambre et des bassinoires bien chaudes. C'est comme si tu étais mort, quoi, et en même temps vivant ; double avantage. Allons, mon ami, je deviens absurde, il est temps de dormir. Écoute, j'ai l'habitude de me réveiller parfois la nuit et j'irai voir comment va Rodion. Ne t'inquiète donc pas trop en m'entendant monter, mais si le cœur t'en dit, tu peux aller le voir une petite fois. Si tu remarquais quelque chose d'insolite, délire ou fièvre, il faudrait m'éveiller. Du reste c'est impossible... »

II

Le lendemain il était plus de sept heures quand Rasoumikhine s'éveilla, grave et préoccupé comme il ne l'avait été de sa vie. Il se sentait extrêmement perplexe, tout à coup. Il n'avait jamais pu imaginer jusqu'ici qu'il s'éveillerait un jour de cette humeur. Il se souvenait des moindres incidents de la soirée et comprenait qu'il lui était arrivé quelque chose d'extraordinaire, et qu'il avait éprouvé une impression bien différente de celles qui lui étaient familières. En même temps il sentait que le rêve qu'il avait formé était parfaitement irréalisable, à tel point qu'il eut honte d'avoir pu le concevoir et il se hâta de le chasser de sa pensée et de passer aux autres questions, aux soucis plus raisonnables que lui avait, si l'on peut dire, légués la journée « trois fois maudite » de la veille.

---

[52] *Des crêpes succulentes :* Mets très populaire en Russie. Ce sont des crêpes épaisses qu'on mange avec du caviar, du beurre fondu, de la crème, des petits anchois, des champignons, le tout arrosé de vodka.

Ce qui le désolait le plus, c'était de se rappeler à quel point il s'était montré vil et bas ; non seulement il était ivre, mais il avait encore profité de la situation de la jeune fille pour critiquer devant elle, par un sentiment de sotte et brusque jalousie, l'homme qui était son fiancé, sans même connaître les relations qui existaient entre eux et sans rien savoir de cet homme après tout ; d'ailleurs de quel droit se permettait-il de le juger si légèrement et qui lui avait demandé de s'ériger en juge ? Une créature telle qu'Avdotia Romanovna est-elle capable de se donner à un homme indigne, pour de l'argent ? C'est donc qu'il a des qualités. Le garni ? Mais comment aurait-il pu savoir quel genre de garni c'est ? Car enfin, il lui cherche un appartement !... Oh ! que tout cela est misérable et quelle mauvaise raison il invoque, son ivresse ! Cette sotte excuse ne fait que l'avilir. La vérité est dans le vin et voilà que sous l'influence du vin il a révélé toute la bassesse de son cœur grossier et jaloux. Et un tel rêve est-il permis à un homme comme lui, Rasoumikhine ? Qui est-il en comparaison d'une pareille jeune fille ? Lui, l'ivrogne hâbleur, vantard et brutal d'hier. Peut-on imaginer un rapprochement plus cynique et plus comique à la fois ?

Rasoumikhine rougit affreusement à cette pensée. Et, tout à coup, comme par un fait exprès, il se rappela avoir dit la veille, dans l'escalier, que la logeuse serait jalouse d'Avdotia Romanovna... Cette pensée lui parut intolérable. C'en était trop. Il abattit son poing sur le poêle de la cuisine, se fit mal à la main et cassa une brique.

« Certes, marmottait-il à mi-voix une minute plus tard, avec un sentiment d'humiliation, certes, impossible d'effacer ou de réparer ces turpitudes. Il est donc inutile de songer à tout cela... il faut donc me présenter en silence... remplir tous mes devoirs... en silence également et... et m'excuser, ne rien dire... et, naturellement, tout est perdu à présent. »

Il apporta toutefois un soin particulier à sa toilette ; il examina son costume ; il n'en avait qu'un seul, il l'aurait conservé sans doute, lors même qu'il en eût possédé un autre, « oui, conservé exprès ». Mais étaler une malpropreté cynique eût été du plus mauvais goût ; il n'avait pas le droit de choquer les autres, d'autant plus qu'ils avaient besoin de lui et l'avaient prié de venir les voir.

TROISIÈME PARTIE

Il brossa soigneusement ses habits. Quant à son linge il était toujours convenable (Rasoumikhine était extrêmement méticuleux sur la propreté de son linge). Il procéda aussi très consciencieusement à ses ablutions. Il se procura du savon chez Nastassia, se lava la tête, le cou et surtout les mains. Mais quand vint le moment de décider s'il devait se raser (Prascovia Pavlovna possédait d'excellents rasoirs hérités de son défunt mari, M. Zarnitsine), il résolut la question négativement et y mit même une sorte d'âpreté. « Non, je resterai comme je suis, elles se figureraient peut-être que je me suis rasé pour... Oui, elles ne manqueraient pas de le penser. Non, pour rien au monde. Et... surtout quand je me sais si grossier, si sale, si mal élevé et... Mettons, ce qui est un peu vrai, que je me considère tout de même comme un honnête homme, ou à peu près, dois-je m'en enorgueillir ? Honnête, tout le monde doit l'être et plus que cela... Et, enfin (oh ! je m'en souviens bien), j'ai eu de ces petites affaires... pas malhonnêtes, mais enfin... et quelles pensées ont pu me venir parfois à l'esprit... hum ! À côté de tout cela placer Avdotia Romanovna ! Ah ! diable ! Tout m'est égal. Je ferai exprès de me montrer aussi mal élevé, aussi dégoûtant que je le pourrai, et je me moque pas mal de ce qu'on pourra penser. »

Zossimov le trouva en train de monologuer ainsi. Il avait passé la nuit dans le salon de Prascovia Pavlovna et se préparait à rentrer chez lui. Rasoumikhine lui apprit que Raskolnikov dormait comme une marmotte. Zossimov ordonna de ne pas le réveiller et promit de revenir vers les onze heures.

« Il faut encore espérer que je le retrouverai, ajouta-t-il. Ah ! diable ! Ne pas arriver à se faire obéir de son malade ! Faites le médecin avec cela ! Tu ne sais pas s'il ira chez elles ou si elles viendront ici ?

– Elles préféreraient venir ici, je pense, répondit Rasoumikhine qui avait compris le but de la question. Ils auront sans doute à s'entretenir de leurs affaires de famille. Moi, je m'en irai. Toi, naturellement, en qualité de médecin, tu as plus de droits que moi.

– Je ne suis pas un confesseur, je viendrai pour un moment, j'ai autre chose à faire qu'à m'occuper d'eux.

– Un point m'inquiète, l'interrompit Rasoumikhine tout rembruni ; hier, comme j'étais ivre, je n'ai pas pu retenir ma langue et je lui ai dit mille sottises... Entre autres que tu crains de le voir... de le voir présenter des symptômes précurseurs... de la folie.

– Tu as dit la même chose à sa mère et à sa sœur.

– Je sais bien que c'est idiot, je mérite d'être battu ! Et entre nous, l'as-tu sérieusement pensé ?

– Mais je te dis que ce sont des absurdités. Sérieusement pensé ! Tu me l'as décrit toi-même comme un maniaque quand tu m'as mené chez lui... Et nous lui avons encore troublé l'esprit hier, avec toutes nos histoires... sur le peintre en bâtiments. Voilà une belle conversation à tenir à un homme dont la folie a été peut-être causée par cette affaire... Si j'avais su ce qui s'était exactement passé l'autre jour au commissariat et qu'une canaille l'avait blessé par ses soupçons... hum ! je n'aurais pas permis cette conversation hier. Car ces maniaques font d'une seule goutte un océan et les billevesées qu'ils imaginent leur paraissent réelles... La moitié de la chose m'est maintenant expliquée par le récit que nous a fait Zamiotov à ta soirée. Bien sûr ! J'ai connu le cas d'un homme de quarante ans, atteint d'hypocondrie, qui n'a pas pu supporter les taquineries quotidiennes d'un garçonnet de huit ans et l'a égorgé ! Et ici, tu as un homme réduit à la misère, obligé de subir les insolences d'un policier ; ajoute à cela la maladie qu'il couvait, et un pareil soupçon ! Pense donc : un sujet atteint d'hypocondrie au dernier degré, et doué d'un orgueil fou, d'un orgueil extraordinaire, c'est peut-être là qu'est le centre du mal. Enfin diable ! Ah ! à propos, ce Zamiotov est vraiment un gentil garçon ; seulement, hum !... il a eu tort de raconter tout cela. C'est un terrible bavard.

– Mais à qui l'a-t-il raconté ? À toi et à moi.

– Et à Porphyre.

– Eh bien, qu'importe qu'il l'ait dit à Porphyre.

– À propos, as-tu quelque influence sur sa mère et sa sœur ? Il faudrait leur recommander d'être prudentes avec lui aujourd'hui.

– Bah ! Ils s'arrangeront bien, fit Rasoumikhine d'un air contrarié.

– Et qu'est-ce qui l'a pris d'attaquer ainsi ce Loujine ? C'est un homme aisé et qui ne paraît pas leur déplaire... Eux n'ont pas le rond, je crois, hein ?

– Mais en voilà un interrogatoire ! s'écria Rasoumikhine d'un air furieux. Comment saurais-je ce qu'ils possèdent ? Demande-le-leur, peut-être te le diront-elles...

– Seigneur, ce que tu peux être bête parfois ! C'est ton ivresse qui n'a pas encore passé. Adieu ! Remercie de ma part Prascovia Pavlovna pour son hospitalité. Elle s'est enfermée et n'a pas voulu répondre à mon bonjour ; elle s'est levée ce matin à sept heures et s'est fait apporter le samovar dans sa chambre. Je n'ai pas eu l'honneur de jeter les yeux sur elle. »

À neuf heures précises, Rasoumikhine arrivait à la maison meublée de Bakaleev. Les deux dames l'attendaient depuis longtemps avec une impatience fiévreuse. Elles s'étaient levées avant sept heures. Il entra, sombre comme la nuit, salua gauchement et s'en voulut aussitôt amèrement de cette timidité. Mais il avait compté sans son hôtesse : Pulchérie Alexandrovna se précipita sur lui, lui prit les deux mains et, pour un peu, les aurait baisées. Le jeune homme eut un regard timide vers Avdotia Romanovna. Mais cet orgueilleux visage exprimait à cet instant une si vive reconnaissance et tant d'affectueuse sympathie et d'estime (au lieu des regards moqueurs pleins d'un mépris mal dissimulé qu'il s'attendait à rencontrer), que sa confusion ne connut plus de bornes. Il eût certes été moins gêné si on l'avait accueilli avec des reproches. Il avait par bonheur un sujet de conversation et il se hâta de l'aborder.

Pulchérie Alexandrovna, quand elle apprit que son fils continuait à dormir, mais que tout allait pour le mieux, déclara que c'était parfait, car elle avait le besoin le plus urgent de conférer auparavant avec Rasoumikhine. On demanda ensuite au visiteur s'il avait pris son thé, et sur sa réponse négative, la mère et la fille l'invitèrent à partager le leur avec elles, car elles l'avaient attendu pour déjeuner ; Avdotia Romanovna sonna. Un garçon déguenillé répondit à l'appel. On commanda le thé et il fut enfin servi, mais de façon si peu convenable que les dames se sentirent toutes honteuses. Rasoumikhine fut sur le point de maudire une pareille boîte, mais il se souvint de Loujine, rougit et ne dit rien. Il fut même fort heureux quand les questions de Pulchérie Alexandrovna se mirent à pleuvoir dru comme grêle. Interrogé ainsi et interrompu à tout instant, il mit trois quarts d'heure pour arriver au bout de ses explications ; il raconta tout ce qu'il savait sur la vie de Rodion Romanovitch pendant cette dernière année et termina par un récit circonstancié de la maladie de son ami. Il passa d'ailleurs sous silence bien des choses qu'il fallait taire, entre autres la scène du commissariat avec toutes ses conséquences. Les dames l'écoutaient avidement, mais lorsqu'il crut avoir donné tous les détails capables de les intéresser et terminé sa mission, il comprit qu'elles ne l'entendaient pas ainsi et que tout ce qu'il avait pu dire n'avait été pour elles qu'un préambule.

« Dites-moi, que pensez-vous... Oh ! excusez-moi, je ne connais pas encore votre nom, fit vivement Pulchérie Alexandrovna.

– Dmitri Prokofitch.

– Ah bien ! Dmitri Prokofitch. J'aurais... beaucoup voulu savoir... Quelles sont maintenant ses opinions... ses idées... C'est-à-dire, comprenez-moi, comment vous dire ? Eh bien, pour mieux me faire comprendre, ce qu'il aime et n'aime pas. S'il est toujours aussi irritable. Quels sont ses désirs ou plutôt ses rêves, sous quelle influence il se trouve en ce moment. En un mot, je désirerais...

– Ah ! maman, comment peut-on répondre à toutes ces questions, à brûle-pourpoint ? fit remarquer Dounia.

– Oh ! mon Dieu, mais je m'attendais si peu à le trouver ainsi, Dmitri Prokofitch.

– C'est cependant très naturel, répondit Dmitri Prokofitch. Je n'ai point de mère, mais mon oncle vient chaque année me voir ; eh bien, il a toujours peine à me reconnaître même physiquement, et c'est un homme intelligent. Or, bien des choses se sont passées durant ces trois années qu'a duré votre séparation. Que vous dirai-je ? Il y a un an et demi que je connais Rodion ; il a toujours été sombre, morose, fier et hautain ; et ces derniers temps (ou peut-être cela a-t-il commencé plus tôt qu'on ne pense) il est devenu soupçonneux et neurasthénique. Il n'aime pas révéler ses sentiments et préfère blesser les gens par sa cruauté que se montrer expansif. Parfois, il est tout simplement froid et insensible au point d'en sembler inhumain, comme s'il avait deux caractères opposés qui se manifestent en lui tour à tour. À certains moments il est terriblement taciturne. On le croirait toujours pressé et tout le monde le dérange et cependant il reste couché à ne rien faire. Il n'aime pas l'ironie, non que son esprit manque de causticité, mais comme s'il n'avait pas de temps à perdre en frivolités pareilles. Jamais ce qui intéresse les autres n'excite sa curiosité. Il a une très haute opinion de lui-même et non sans raison, je crois. Quoi encore ?... Je crois que votre arrivée aura la plus salutaire influence sur lui.

– Ah ! Dieu le veuille ! » s'écria Pulchérie Alexandrovna, consternée par ces révélations sur le caractère de son Rodia.

À la fin Rasoumikhine osa regarder plus hardiment Avdotia Romanovna. Il lui avait souvent jeté des coups d'œil à la dérobée, en parlant, mais il détournait aussitôt les yeux. Tantôt elle s'asseyait devant la table et l'écoutait attentivement et tantôt elle se levait et se prenait à arpenter la pièce selon son habitude, les bras croisés, les lèvres serrées, songeuse, posant de temps en temps une question, sans s'arrêter de marcher. Elle aussi avait l'habitude de ne pas écouter son interlocuteur jusqu'au bout. Elle était vêtue d'une petite robe d'étoffe légère, garnie au cou d'un fichu blanc. Rasoumikhine comprit, à divers indices, que les deux femmes devaient être extrêmement pauvres. Si Avdotia Romanovna avait été habillée comme une reine, il est fort probable qu'elle ne l'eût pas intimidé le moins du monde. Maintenant, peut-être même parce qu'elle était mal vêtue, et qu'il imaginait leur vie de privations, il se sentait gagné par la peur, et il surveillait chacune de ses expressions, ses moindres gestes, ce qui ajoutait encore à sa gêne d'homme méfiant de lui-même.

« Vous avez donné bien des détails curieux sur le caractère de mon frère et... cela d'une façon impartiale. C'est bien. Je pensais que vous étiez en admiration devant lui, fit remarquer Avdotia Romanovna avec un sourire. Je crois que vous avez raison de dire qu'il faut une femme auprès de lui, ajouta-t-elle songeuse.

– Je n'ai pas dit cela, mais il se peut que vous ayez raison, seulement...

– Quoi ?

– C'est qu'il n'aime personne, et peut-être n'aimera-t-il jamais, trancha Rasoumikhine.

– Vous voulez dire qu'il est incapable d'aimer ?

– Mais, savez-vous, Avdotia Romanovna, que vous-même ressemblez terriblement, et je dirais même sous tous les rapports, à votre frère », lâcha étourdiment le jeune homme. Mais il se rappela aussitôt le jugement qu'il venait de porter sur ce frère et devint rouge comme une écrevisse. La jeune fille ne put s'empêcher de rire en le regardant.

« Au sujet de Rodia, il se peut que vous vous trompiez tous deux, fit Pulchérie Alexandrovna quelque peu choquée. Je ne parle pas du présent, Dounetchka. Ce qu'écrit Piotr Petrovitch dans cette lettre... et ce que nous avons supposé toi et moi, peut n'être pas vrai, mais vous ne pouvez pas vous imaginer, Dmitri Prokofitch, combien il est fantasque et capricieux. Je n'ai jamais pu être tranquille avec lui, même quand il n'avait que quinze ans. Je suis sûre qu'il est encore capable d'un coup de tête qui ne viendrait à l'idée de personne... Sans aller plus loin, savez-vous qu'il y a un an et demi, il m'a bouleversée et presque tuée en s'avisant de vouloir épouser la fille de cette... comment l'appelez-vous, Zarnitzine, sa logeuse ?

– Vous connaissez les détails de cette histoire ? demanda Avdotia Romanovna.

– Vous pensez, continua Pulchérie Alexandrovna avec feu, qu'il aurait été arrêté par mes larmes, mes prières, ma maladie, ma mort, notre misère enfin ? Il aurait le plus tranquillement du monde passé par-dessus tous les obstacles.

– Il ne m'a jamais touché mot de cette histoire, fit prudemment Rasoumikhine, mais j'en ai appris quelque chose par Mme Zarnitzine, qui, elle non plus, n'est pas des plus bavardes. Ce qu'elle m'a raconté peut paraître étrange.

– Et qu'avez-vous appris ? firent les deux femmes à la fois.

– Oh ! rien de particulièrement intéressant, à vrai dire. J'ai appris que ce mariage, parfaitement décidé et qui n'a été empêché que par la mort de la fiancée, déplaisait fort à Mme Zarnitzine elle-même. On affirme au surplus que la fiancée était loin d'être belle, elle était même laide et maladive... une fille bizarre... mais douée de certaines qualités. Elle devait en avoir d'ailleurs, sinon on n'aurait pu comprendre... Pas de dot au surplus. D'ailleurs il ne se serait pas marié pour la dot... Il est difficile de juger en pareille matière.

– Je suis sûre que la jeune fille avait du mérite, observa laconiquement Avdotia Romanovna.

– Que Dieu me le pardonne, mais j'ai été si heureuse de sa mort, quoique je ne sache pas auquel des deux ce mariage aurait été le plus funeste », conclut Pulchérie Alexandrovna. Ensuite, timidement, avec force hésitations et regards furtifs sur Dounia, qui semblait très mécontente de ce manège, elle se mit à interroger le jeune homme sur la scène qui s'était passée la veille entre Rodia et Loujine. Cet incident semblait l'inquiéter par-dessus tout, la remplir d'épouvante même. Rasoumikhine refit le récit détaillé de l'altercation, mais y ajouta cette fois ses propres commentaires : il accusa ouvertement Raskolnikov d'avoir insulté Piotr Petrovitch de propos délibéré et n'invoqua plus la maladie comme excuse à la conduite de son ami.

« Il avait prémédité tout ça avant sa maladie, conclut-il.

– Je le pense aussi », dit Pulchérie Alexandrovna d'un air désespéré, mais elle fut extraordinairement surprise de voir que, ce matin, Rasoumikhine s'exprimait sur le compte de Piotr Petrovitch avec la plus grande circonspection et même une sorte de respect. Avdotia Romanovna parut également étonnée par ce fait. Pulchérie Alexandrovna n'y put tenir.

« Ainsi, voilà votre opinion sur Piotr Petrovitch ?

– Je ne puis en avoir d'autre sur le futur époux de votre fille, répondit Rasoumikhine d'un ton ferme et chaleureux, et ce n'est pas une politesse banale qui me fait parler ainsi... mais... mais pour qu'Avdotia Romanovna, elle-même, ait daigné choisir cet homme... Si je me suis exprimé hier en termes injurieux sur son compte, c'est que j'étais ignoblement ivre et... fou, oui fou, absolument hors de moi, et aujourd'hui j'en ai honte. »

Il rougit et se tut. Avdotia Romanovna rougit aussi, mais ne dit rien. Elle n'avait pas prononcé un mot depuis qu'on s'était mis à parler de Loujine.

Pulchérie Alexandrovna, cependant, semblait tout embarrassée sans le secours de sa fille. Enfin elle avoua, en hésitant et en se tournant à tout moment vers elle, qu'il y avait une circonstance qui la troublait fort.

« Voyez-vous, Dmitri Prokofitch, commença-t-elle... Je serai tout à fait franche avec Dmitri Prokofitch, n'est-ce pas, Dounetchka ?

– Certainement, maman, fit sérieusement Avdotia Romanovna.

– Voilà ce dont il s'agit, fit vivement l'autre, comme si on lui eût ôté une montagne de dessus la poitrine en l'autorisant à faire part de sa douleur. Nous avons reçu ce matin dès la première heure un billet de Piotr Petrovitch en réponse à notre lettre lui annonçant notre arrivée. Voyez-vous, il devait venir hier au-devant de nous à la gare, comme il nous l'avait promis. Mais il en fut empêché et envoya une espèce de laquais qui nous donna l'adresse de ce garni et nous y conduisit ; Piotr Petrovitch lui avait ordonné de nous dire qu'il viendrait nous voir ce matin. Or, voici qu'au lieu de venir, il nous a adressé ce billet... Vous ferez mieux de le lire. Il y a là un point qui m'inquiète beaucoup... Vous verrez vous-même de quoi je veux parler, et vous me direz sincèrement votre opinion, Dmitri Prokofitch. Vous connaissez mieux que nous le caractère de Rodia et vous pourrez nous conseiller. Je vous préviens que Dounetchka a tranché la question du premier coup, mais moi... je ne sais encore que faire et... je vous attendais. »

Rasoumikhine déplia la lettre datée de la veille et lut ce qui suit : « Madame, j'ai l'honneur de vous informer que des empêchements imprévus ne m'ont point permis d'aller au-devant de vous à la gare. C'est pourquoi je me suis fait remplacer par un homme fort débrouillard. Les affaires qui nécessitent ma présence au Sénat me priveront de l'honneur de vous voir demain matin également ; je ne veux d'ailleurs pas gêner votre entrevue avec votre fils et celle d'Avdotia Romanovna avec son frère. Je n'aurai donc l'honneur de vous saluer chez vous que demain soir à huit heures précises et je vous prie instamment de m'épargner, durant cette entrevue, la présence de Rodion Romanovitch, qui m'a insulté de la façon la plus grossière lors de la visite que je lui ai faite hier, tandis qu'il était malade. Indépendamment de cela, je tiens à avoir avec vous une explication indispensable et sérieuse sur un certain point et connaître votre opinion personnelle là-dessus. J'ai l'honneur de vous prévenir d'avance que si, malgré cette prière, je trouve Rodion Romanovitch chez vous, je serai obligé de m'éloigner sur-le-champ, et vous ne pourrez vous en prendre qu'à vous-même. Si je vous écris ceci, c'est que j'ai lieu de supposer que Rodion Romanovitch, qui semblait si malade lors de ma visite, a soudain recouvré la santé deux heures plus tard, et qu'il peut vous rendre visite puisqu'il est apparemment en état de sortir. J'ai pu me convaincre de ce fait de mes propres yeux, car je l'ai vu dans le logement d'un ivrogne qui venait d'être écrasé par une voiture et en est mort ; il a remis vingt-cinq roubles à la fille du défunt, jeune personne d'une inconduite notoire, sous prétexte de funérailles. Cela m'a fort étonné, car je sais quelle peine vous avez eue à vous procurer cette somme. Sur ce, je vous prie de transmettre mes hommages empressés à l'honorée Avdotia Romanovna, et d'agréer l'expression des sentiments les plus respectueusement dévoués de votre fidèle serviteur. Loujine. »

« Que dois-je faire maintenant, Dmitri Prokofitch ? fit Pulchérie Alexandrovna qui avait presque les larmes aux yeux. Comment demanderai-je à Rodia de ne pas venir ? Il a si énergiquement insisté pour que nous rompions avec Piotr Petrovitch, et voilà que c'est lui qu'il m'est défendu de voir... Mais il est capable de venir exprès si je le lui dis, et... qu'arrivera-t-il alors ?

– Suivez l'avis d'Avdotia Romanovna, répondit Rasoumikhine tranquillement et sans hésiter le moins du monde.

– Ah ! mon Dieu... elle dit, Dieu sait ce qu'elle dit et sans m'expliquer le but qu'elle poursuit. Elle dit qu'il vaut mieux, ou... c'est-à-dire, non pas qu'il vaut mieux, mais qu'il est indispensable que Rodia vienne à huit heures lui aussi et qu'il se rencontre ici avec Piotr Petrovitch... Et moi qui voulais ne pas lui montrer la lettre et m'arranger adroitement grâce à votre entremise pour l'empêcher de venir... car il est si irritable... Et puis je ne comprends pas quel est cet ivrogne qui est mort et de quelle fille il s'agit et comment il a pu donner à cette fille le dernier argent... qui...

– Qui représente tant de sacrifices pour vous, maman, ajouta Avdotia Romanovna.

– Il n'était pas dans un état normal hier, fit Rasoumikhine d'un air songeur. Si vous saviez tout ce qu'il a pu faire hier au cabaret, c'est assez piquant, mais... hum ! Il m'a bien parlé d'un mort et d'une jeune fille hier pendant que je le reconduisais, mais je n'y ai pas compris un seul mot. Du reste moi-même hier...

– Le mieux, maman, c'est d'aller chez lui et là nous verrons, nous-mêmes, comment il faut agir. Il est temps du reste. Seigneur, plus de dix heures, s'écria-t-elle après avoir jeté un coup d'œil sur la merveilleuse montre d'or garnie d'émail qui était suspendue à son cou par une menue chaîne d'un travail vénitien et jurait étrangement avec le reste de son costume. « Un cadeau du fiancé », pensa Rasoumikhine.

« Ah ! il est temps !... Dounetchka, il est temps de partir, fit Pulchérie Alexandrovna d'un air éperdu. Il pourrait nous croire fâchées pour la scène d'hier, en ne nous voyant pas venir. Ah ! mon Dieu ! »

Et tout en parlant elle mettait avec une hâte fébrile, sa mantille, son chapeau. Dounetchka s'habilla elle aussi. Ses gants étaient non seulement usés mais tout troués, comme le remarqua Rasoumikhine, et cependant cette pauvreté trop visible de leur mise donnait aux deux dames un air de dignité particulière, comme il arrive ordinairement à ceux qui savent porter d'humbles vêtements. Rasoumikhine contemplait Dounetchka avec vénération et se sentait fier à l'idée de l'accompagner. La reine qui raccommodait ses bas dans sa prison, pensait-il, devait avoir plus de majesté à ce moment-là qu'au milieu des fêtes et des parades les plus magnifiques.

« Mon Dieu, s'exclama Pulchérie Alexandrovna, aurais-je jamais pu penser qu'un jour je redouterais une entrevue avec mon fils, avec mon cher, cher Rodia, car je la redoute, Dmitri Prokofitch, ajouta-t-elle en lui jetant un regard timide.

– Il ne faut pas, maman, dit Dounia en l'embrassant. Ayez plutôt confiance en lui, comme moi.

– Ah ! mon Dieu, moi aussi j'ai confiance, mais je n'en ai pas dormi de la nuit », s'écria la pauvre femme.

Ils sortirent de la maison.

TROISIÈME PARTIE

« Sais-tu, Dounetchka, je m'étais à peine assoupie au matin que la défunte Marfa Petrovna m'apparaissait en rêve... toute vêtue de blanc... elle s'approcha de moi me prit par la main en hochant la tête d'un air si sévère comme si elle voulait me faire honte... N'est-ce pas un mauvais présage ? Ah ! mon Dieu, Dmitri Prokofitch vous ne savez pas encore que Marfa Petrovna est morte ?

– Non, je ne le savais pas. De quelle Marfa Petrovna parlez-vous ?

– Elle est morte subitement. Et imaginez-vous...

– Plus tard, maman, intervint Dounia, il ne sait pas encore qui est Marfa Petrovna.

– Ah ! vous ne le savez pas ? Et moi je pensais que vous étiez au courant de tout. Excusez-moi, Dmitri Prokofitch, j'ai tout simplement perdu la tête ces jours-ci. Je vous considère comme notre Providence, et voilà pourquoi je vous croyais informé de tout ce qui nous concerne. Vous êtes comme un parent pour moi... Ne m'en veuillez pas de vous parler ainsi. Ah ! mon Dieu, qu'avez-vous à la main droite ? Vous vous êtes blessé !

– Oui, marmotta Rasoumikhine tout heureux.

– Je suis trop expansive parfois, si bien que Dounia doit m'arrêter ; mais, mon Dieu, dans quel trou il vit ! Est-il réveillé ? Et cette femme, sa logeuse, considère ça comme une pièce ? Écoutez, vous dites qu'il n'aime pas les expansions ? Il se peut donc que je l'ennuie avec... mes faiblesses. Ne me donneriez-vous pas quelques conseils, Dmitri Prokofitch ? Comment dois-je me comporter avec lui ? Vous savez, je suis toute désorientée.

– Ne l'interrogez pas trop, si vous le voyez se rembrunir, et surtout, évitez les questions sur sa santé, il n'aime pas cela.

– Ah ! Dmitri Prokofitch, qu'il est dur parfois d'être mère ! Et voici l'escalier... qu'il est affreux !

– Maman, vous êtes toute pâle, calmez-vous, chérie, dit Dounia en caressant sa mère. Vous vous tourmentez, quand il devrait s'estimer heureux de vous voir, fit-elle avec un éclair dans les yeux.

– Attendez, je vous précède pour m'assurer qu'il est réveillé. »

Les dames montèrent doucement derrière Rasoumikhine. Arrivées au quatrième étage, elles remarquèrent que la porte de la logeuse était entrebâillée et qu'à travers la fente deux yeux noirs et fuyants les observaient dans l'ombre. Quand leurs regards se rencontrèrent, la porte claqua avec tant de bruit que Pulchérie Alexandrovna faillit pousser un cri d'effroi.

III

« Il va bien. Il va bien », leur cria Zossimov en les voyant entrer. Zossimov se trouvait là depuis dix minutes et occupait la même place que la veille, au coin du divan. Raskolnikov était assis dans l'autre coin, tout habillé ; il avait même pris la peine de se débarbouiller et de se coiffer, chose qu'il ne faisait plus depuis longtemps déjà. La pièce était si petite qu'elle parut pleine dès que les visiteurs furent entrés ; ce qui n'empêcha pas Nastassia de se glisser derrière eux et d'écouter.

Raskolnikov allait vraiment bien, surtout en comparaison de la veille ; seulement, il était fort pâle et plongé dans une sombre rêverie. Son aspect rappelait celui d'un blessé ou d'un homme qui aurait éprouvé à l'instant même une forte douleur physique : ses sourcils étaient froncés, ses lèvres serrées, ses yeux enflammés. Il parlait peu et de mauvais gré, comme par devoir, et ses gestes exprimaient par moments une sorte d'inquiétude fiévreuse. Il ne lui manquait qu'un bandage pour ressembler en tous points à un blessé...

Toutefois ce sombre et blême visage fut momentanément illuminé à l'entrée de sa mère et de sa sœur, mais bientôt la lumière s'éteignit et la douleur resta ; Zossimov, qui observait son malade avec toute l'ardeur d'un débutant, remarqua avec étonnement que depuis l'entrée des deux femmes, le visage du jeune homme exprimait non la joie, mais une sorte de stoïcisme résigné. Raskolnikov semblait faire appel à toute son énergie pour supporter, pendant une heure ou deux, une torture qu'il ne pouvait éviter. Chaque mot de la conversation qui suivit paraissait mettre à vif une plaie toujours saignante dans son âme. Mais en même temps Zossimov s'étonnait de son sang-froid ; le fou furieux de la veille paraissait maître de lui et capable de dissimuler ses sentiments.

« Oui, je me rends compte que je suis presque guéri, fit Raskolnikov en embrassant cordialement sa mère et sa sœur, ce qui fit rayonner Pulchérie Alexandrovna, et je ne dis plus cela comme hier, fit-il à Rasoumikhine en lui serrant affectueusement la main.

– Il m'a même étonné, commença Zossimov d'un air tout heureux, car dix minutes avaient suffi pour lui faire perdre le fil de son entretien avec son malade. Dans trois ou quatre jours si tout continue ainsi, il sera guéri tout à fait et revenu à son état normal, ou plutôt, comme il était il y a un mois... ou même deux ou trois. Car la maladie couvait depuis longtemps... n'est-ce pas ? Avouez-le ! Et avouez que vous y étiez pour quelque chose, ajouta-t-il avec un sourire prudent, comme s'il craignait de l'irriter encore.

– C'est bien possible, répondit froidement Raskolnikov.

– Je dis ça, ajouta Zossimov enhardi, parce que votre guérison dépend de vous, en grande partie. Maintenant qu'on peut causer avec vous, je voudrais vous faire bien comprendre qu'il est indispensable d'écarter, pour ainsi dire, les causes primordiales de votre maladie ; ce n'est qu'à cette condition que vous pourrez guérir ; dans le cas contraire, tout ira de mal en pis. Ces causes, je les ignore, mais vous, vous devez les connaître. Vous êtes un homme intelligent et vous avez pu vous observer. Il me semble que le début de votre mal coïncide avec votre départ de l'Université. Il est mauvais pour vous de rester sans occupation : voilà pourquoi le travail et un dessein fermement poursuivi vous seraient nécessaires.

– Oui... oui... Vous avez parfaitement raison... Voilà, je vais m'inscrire au plus vite à l'Université et tout ira comme... sur des roulettes. »

Zossimov, dont les sages conseils avaient été dictés par le désir d'éblouir ces dames, fut fort désappointé lorsqu'il jeta les yeux sur son malade, à la fin de son discours, et constata que le visage de celui-ci n'exprimait qu'une franche moquerie. Cela ne dura qu'une minute. Pulchérie Alexandrovna se mit à accabler le docteur de remerciements, surtout pour la visite nocturne qu'il leur avait rendue.

« Comment, il a été chez vous la nuit ? demanda Raskolnikov tout agité. Vous n'avez donc pas dormi, vous non plus, cette nuit, après le voyage ?

– Ah ! Rodia, mais cela n'a duré que jusqu'à deux heures ; chez nous, Dounia et moi, nous ne nous couchons jamais plus tôt.

– Moi aussi, je ne sais comment le remercier, continua Raskolnikov soudain rembruni et en baissant les yeux. Sans parler d'honoraires, excusez-moi d'y faire allusion (fit-il à Zossimov), je ne sais ce qui m'a valu l'intérêt tout particulier que vous m'avez témoigné. Je ne le comprends vraiment pas... et... voilà pourquoi votre bonté me pèse : vous voyez que je suis franc.

– Mais ne vous irritez pas, fit Zossimov en affectant de rire ; supposez que vous êtes mon premier malade ; nous autres médecins, quand nous débutons, nos premiers malades nous deviennent chers, comme s'ils étaient nos propres enfants. Certains d'entre nous en sont presque amoureux. Or, moi je n'ai pas encore une clientèle bien nombreuse.

– Je ne parle pas de lui, continua Raskolnikov en désignant Rasoumikhine. Il n'a reçu de moi que des injures et des soucis.

– Eh ! ce qu'il peut dire de bêtises est inimaginable ! Tu es, paraît-il, en veine de sentimentalité aujourd'hui », cria Rasoumikhine.

S'il avait été plus perspicace il se serait rendu compte que loin d'être d'humeur sentimentale, son ami se trouvait au contraire dans des dispositions toutes différentes. En revanche, Avdotia Romanovna, elle, s'en aperçut parfaitement. Elle observait son frère avec une attention fiévreuse.

« De vous, maman, je n'ose même pas parler, continua-t-il du ton dont il aurait récité une leçon apprise depuis le matin. Ce n'est qu'aujourd'hui que j'ai pu me rendre compte de ce que vous avez dû souffrir hier, en m'attendant ici. »

À ces mots il sourit et tendit brusquement la main à sa sœur sans rien dire. Mais cette fois ce sourire exprimait un sentiment profond et vrai.

Dounia, toute joyeuse et reconnaissante, saisit aussitôt la main qui lui était tendue, et la pressa tendrement. C'était la première marque d'attention qu'il lui donnait depuis leur querelle de la veille. Le visage de la mère s'illumina de bonheur à la vue de cette réconciliation muette, mais définitive, du frère et de la sœur.

« Voilà pourquoi je l'aime ! s'écria Rasoumikhine toujours enclin à exagérer. Il a de ces gestes !... »

« Il a l'art de bien faire les choses, pensa la mère. Et de si nobles élans ! et comme il a simplement et délicatement mis fin à ce malentendu avec sa sœur, rien qu'en lui tendant la main à une minute comme celle-ci et en la regardant affectueusement... Et quels yeux il a, tout son visage est magnifique... Il est même plus beau que Dounetchka... Mais, mon Dieu, comme il est misérablement vêtu ! Le commis d'Athanase Ivanovitch, Vasska, est mieux mis que lui ! Ah ! comme j'aimerais me précipiter vers lui, l'enlacer... et pleurer ! Mais il me fait peur, peur. Il est si bizarre... Mon Dieu, ainsi maintenant il parle gentiment, et moi, je me sens toujours effrayée. Mais enfin, de quoi ai-je peur ? »

« Ah ! Rodia, dit-elle, s'empressant de répondre à l'observation de son fils, tu ne saurais croire combien Dounia et moi, nous avons été malheureuses hier. Maintenant que tout est terminé et le bonheur revenu, je puis le dire. Figure-toi, nous accourons ici, presque au sortir du wagon, pour te voir, t'embrasser, et cette femme, ah ! la voilà justement, bonjour Nastassia, eh bien, elle nous raconte que tu étais au lit avec une forte fièvre, que tu viens de t'enfuir tout délirant et qu'on est parti à ta recherche. Tu ne peux t'imaginer dans quel état nous étions. Je me suis rappelé la mort tragique du lieutenant Potantchikov, un ami de ton père, tu ne l'as pas connu, Rodia. Il s'était enfui comme toi dans un accès de fièvre chaude et était tombé dans le puits de la cour ; on n'a pu le retirer que le lendemain. Et nous nous exagérions encore le danger que tu courais. Nous étions prêtes à nous précipiter chez Piotr Petrovitch pour lui demander secours... car nous étions seules, tout à fait seules », finit-elle d'une voix plaintive. Elle s'était interrompue, en se rappelant qu'il était encore dangereux de parler de Piotr Petrovitch, bien que le bonheur fût tout à fait revenu.

« Oui, oui... tout cela est certainement fort ennuyeux », fit Raskolnikov d'un air si distrait et si indifférent que Dounetchka le regarda toute surprise.

« Qu'est-ce que j'avais encore à vous dire ? continua-t-il, en s'efforçant de rappeler ses souvenirs. Ah ! oui, ne croyez pas, je vous prie, maman, et toi, Dounetchka, que je ne voulais pas venir vous voir et que j'attendais votre visite.

– Mais que t'arrive-t-il, Rodia ? » s'écria Pulchérie Alexandrovna, étonnée à son tour.

« On dirait qu'il nous répond par simple politesse, pensait Dounetchka, il fait la paix, présente ses excuses comme s'il s'acquittait d'une pure formalité ou récitait une leçon. »

« Je viens de m'éveiller et je me préparais à aller chez vous, mais mon costume m'en a empêché. J'ai oublié de lui recommander hier... c'est-à-dire à Nastassia... de laver ce sang... Et je viens seulement de m'habiller.

– Du sang ! Quel sang ? fit Pulchérie Alexandrovna tout effrayée.

– Ce n'est rien, ne vous inquiétez pas, maman. Hier pendant que j'avais le délire, je me suis heurté à un homme qui venait d'être écrasé... un employé... C'est comme cela que mes habits ont été ensanglantés.

– Pendant que tu avais le délire, dis-tu ? Mais tu te souviens de tout, l'interrompit Rasoumikhine.

– C'est vrai, répondit Raskolnikov d'un air particulièrement soucieux, que je me souviens de tout jusqu'aux moindres détails, mais je ne parviens pas à m'expliquer ce qui m'a fait aller à tel endroit, agir ou parler de certaine façon...

– Le phénomène est bien connu, fit observer Zossimov, l'acte est parfois accompli avec une adresse, une habileté extraordinaires, mais le principe dont il émane est altéré et dépend de différentes impressions maladives. C'est comme un songe. »

« Après tout, je dois me féliciter d'être pris pour un fou », pensa Raskolnikov.

« Mais les gens bien portants sont dans le même cas, fit observer Dounetchka en regardant Zossimov avec inquiétude.

– La remarque est assez juste, répondit l'autre, nous sommes tous, sous ce rapport, et assez souvent, pareils à des aliénés, avec cette seule différence que les vrais malades le sont un peu plus que nous. Voilà pourquoi nous devons faire une différence. Quant à des hommes parfaitement sains, harmonieux si vous voulez, il est vrai qu'il n'en existe presque pas et qu'on n'en peut trouver plus d'un sur des centaines de milliers d'individus, et encore celui-ci est-il d'un modèle assez imparfait. »

Le mot aliéné, imprudemment échappé à Zossimov parti sur son sujet favori, répandit un froid dans la pièce. Raskolnikov paraissait rêveur et distrait. Un étrange sourire courait sur ses lèvres pâles. Il continuait, semblait-il, à réfléchir sur le même sujet qui le rendait perplexe.

« Eh bien, cet homme écrasé ? Je t'ai interrompu tout à l'heure, fit précipitamment Rasoumikhine.

– Quoi ? répondit l'autre en sursautant comme si on l'éveillait brusquement... ah ! oui... eh bien, je me suis taché de sang en aidant à le transporter chez lui... À propos, maman, j'ai commis une action impardonnable hier. J'étais tout simplement fou. J'ai donné tout l'argent que vous m'aviez envoyé... à sa femme... pour l'enterrement. Elle est veuve, phtisique... une malheureuse... trois petits orphelins... affamés... la maison vide, et il y a encore une fille... Peut-être, vous-même auriez-vous donné cet argent si vous les aviez vus... Je n'avais aucun droit d'agir ainsi, je le reconnais, surtout sachant combien vous avez eu de peine à vous le procurer pour moi. Secourir les gens, c'est fort bien, encore faut-il en avoir le droit, sinon : « *Crevez, chiens, si vous n'êtes pas contents*[53]. » Il éclata de rire. Est-ce vrai, Dounia ?

– Non, répondit fermement Dounia.

– Bah ! toi aussi, tu es pleine de bonnes intentions... marmotta-t-il sur un ton presque haineux avec un sourire moqueur. J'aurais dû le comprendre... D'ailleurs, c'est très beau, cela vaut peut-être mieux... Si tu arrives à un point que tu n'oses franchir, tu seras malheureuse, et si tu le franchis, plus malheureuse encore peut-être... Mais, tout cela, ce sont des

---

[53] En français dans le texte.

balivernes, ajouta-t-il, mécontent de s'être involontairement emporté. Je ne voulais que m'excuser auprès de vous, maman, conclut-il, la voix entrecoupée et d'un air tranchant.

– Laisse, Rodia, je suis sûre que tout ce que tu fais est très bien, fit la mère toute réjouie.

– N'en soyez pas si convaincue », répondit-il en grimaçant un sourire.

Un silence suivit. Toute cette conversation, avec ses silences, le pardon accordé, la réconciliation, avait eu quelque chose de tendu et les assistants le sentaient bien.

« On dirait qu'elles ont peur de moi », songeait Raskolnikov lui-même en regardant sa mère et sa sœur à la dérobée.

Pulchérie Alexandrovna, en effet, semblait de plus en plus intimidée à mesure que se prolongeait le silence.

« Dire que de loin, je croyais tant les aimer », songea-t-il brusquement.

« Tu sais, Rodia, Marfa Petrovna est morte, plaça tout à coup Pulchérie Alexandrovna.

– Quelle Marfa Petrovna ?

– Ah ! mon Dieu, mais Marfa Petrovna Svidrigaïlova. Je t'ai tant parlé d'elle dans mes lettres.

– A-a-ah. Oui, je m'en souviens… Ainsi, elle est morte ? Ah vraiment, fit-il en revenant à lui comme s'il s'éveillait. Morte, vraiment ? Et comment ?

– Figure-toi qu'elle a été enlevée tout d'un coup, fit vivement Pulchérie Alexandrovna, encouragée par cette curiosité, le jour même où je t'envoyais cette lettre. Imagine-toi que cet homme horrible a sans doute été la cause de sa mort. On prétend qu'il l'avait terriblement battue.

– Il se passait de pareilles scènes dans leur ménage ? demanda le jeune homme en s'adressant à sa sœur.

– Non, au contraire. Il se montrait très patient à son égard, très poli même. Il était trop indulgent dans bien des cas, et cela a duré sept ans… La patience a dû lui manquer tout à coup…

– C'est donc qu'il n'était pas si terrible puisqu'il a pu patienter pendant sept ans. Il me semble que tu as l'air de l'excuser, Dounetchka ?

– Non, non, c'est un homme horrible. Je ne puis rien imaginer de plus affreux », répondit la jeune fille presque frissonnante. Puis elle fronça les sourcils et parut songeuse.

« La scène se passa un matin, continua précipitamment Pulchérie Alexandrovna. Après cela, elle donna ordre d'atteler, car elle voulait se rendre en ville aussitôt après le déjeuner, comme elle avait coutume de le faire en ces occasions. Elle déjeuna, dit-on, d'un excellent appétit...

– Toute rouée de coups ?

– ... Elle en avait... pris l'habitude ; et, à peine le déjeuner achevé, elle se hâta d'aller se baigner, afin d'être plus tôt prête à partir... Elle se traitait par l'hydrothérapie ; ils ont dans leur propriété une source froide et elle s'y plongeait tous les jours régulièrement ; à peine entrée dans l'eau, elle a eu une attaque d'apoplexie.

– Je crois bien, fit observer Zossimov.

– Et elle avait été sérieusement battue ?

– Qu'importe ! fit Avdotia Romanovna.

– Hum... Et du reste, maman, je ne vois pas le besoin que vous avez de raconter toutes ces sottises, dit Raskolnikov avec une brusque irritation.

– Ah ! mon petit, c'est que je ne savais pas de quoi parler, laissa échapper Pulchérie Alexandrovna.

– Mais enfin quoi ! Auriez-vous tous peur de moi ? demanda-t-il en grimaçant un sourire.

– Oui, c'est vrai, nous avons peur de toi, fit Dounia en regardant son frère droit dans les yeux d'un air sévère. Maman s'est même signée de peur en montant l'escalier. »

Le visage de Raskolnikov s'altéra au point de paraître convulsé.

« Que dis-tu, Dounia ? Ne te fâche pas, Rodia, je t'en prie. Ah ! comment peux-tu parler ainsi, Dounia ? fit Pulchérie Alexandrovna toute confuse. Il est vrai que je n'ai cessé de rêver en route au bonheur de te revoir et de m'entretenir avec toi... Je m'en faisais même une telle fête que je ne me suis pas aperçue de la longueur du trajet. Mais qu'est-ce que je dis là ? Je suis toujours heureuse. Tu as eu tort, Dounia. Je suis heureuse, ne serait-ce que parce que je te vois, Rodia...

– Assez, maman, fit-il tout gêné en lui serrant la main sans la regarder. Nous aurons tout le temps de bavarder notre content. »

En prononçant ces mots, il se troubla et pâlit ; il se sentait envahi par un froid mortel en évoquant une impression toute récente. De nouveau, il devait s'avouer qu'il venait de faire un affreux mensonge, car il savait que non seulement il ne parlerait plus à cœur ouvert avec sa mère et sa sœur, mais qu'il ne prononcerait plus un mot *spontané* devant personne. L'impression causée par cette affreuse pensée fut si violente qu'il en perdit presque la conscience pendant un moment. Il se leva et se dirigea vers la porte sans jeter même un coup d'œil sur ses hôtes.

« Qu'est-ce qui te prend ? » cria Rasoumikhine en le saisissant par le bras.

Il se rassit et regarda silencieusement autour de lui ; tous le contemplaient d'un air perplexe.

« Mais qu'avez-vous à être mornes tous ? cria-t-il brusquement. Dites donc quelque chose ! Allons-nous rester comme ça ? Voyons, parlez. Mettons-nous à causer... Ce n'est pas pour nous taire que nous nous sommes réunis !... Allons, causons.

– Dieu soit loué, je craignais que l'accès d'hier ne le reprît, fit Pulchérie Alexandrovna en se signant.

– Qu'as-tu, Rodia ? demanda Avdotia Romanovna d'un air méfiant.

– Rien, je me suis rappelé une bêtise, répondit-il, et il se mit à rire.

– Ah ! si c'est une bêtise, eh bien, tant mieux, car moi-même j'ai craint un moment... marmotta Zossimov en se levant. Je dois m'en aller... je reviendrai plus tard... si je vous trouve... »

Il salua et sortit.

« Quel excellent homme ! fit remarquer Pulchérie Alexandrovna.

– Oui, excellent, parfait, instruit, fit tout à coup Raskolnikov avec une précipitation extraordinaire et une animation soudaine. Je ne me souviens plus où j'ai pu le rencontrer avant ma maladie... Pourtant j'ai dû le rencontrer... Et voilà encore un excellent homme, fit-il en désignant Rasoumikhine. Il te plaît, Dounia ? demanda-t-il brusquement, et il se mit à rire sans raison.

– Beaucoup, répondit Dounia.

– Fi ! quel imbécile tu fais », dit Rasoumikhine tout rouge de confusion, et il se leva de sa chaise.

Pulchérie Alexandrovna eut un léger sourire et Raskolnikov partit d'un bruyant éclat de rire.

« Mais où vas-tu ?

– Moi aussi, je suis pris.

– Tu n'es pas pris du tout, reste. Zossimov est parti, voilà pourquoi tu veux t'en aller aussi. Non, reste... Et quelle heure est-il ? Quelle jolie montre tu as, Dounia ! Mais pourquoi vous taisez-vous encore ? Il n'y a que moi qui parle.

– C'est un cadeau de Marfa Petrovna, répondit Dounia.

– Et elle a coûté très cher, ajouta Pulchérie Alexandrovna.

– Ti-ens ! Elle est très grosse, presque une montre d'homme.

– C'est ce qui me plaît », dit Dounia.

« Ce n'est donc pas un présent du fiancé », pensa Rasoumikhine tout réjoui.

« Et moi, je croyais que c'était un cadeau de Loujine, remarqua Raskolnikov.

– Non, il n'a encore rien offert à Dounetchka.

– Ti-ens ! Et vous rappelez-vous, maman, que j'ai été amoureux et que j'ai voulu me marier ? dit-il tout à coup en regardant sa mère toute surprise de la tournure imprévue qu'il donnait à la conversation et du ton qu'il avait pris.

– Ah ! oui, c'est vrai, et Pulchérie Alexandrovna échangea un regard avec Dounia, puis avec Rasoumikhine.

– Hum ! Oui ! Et que vous en dirai-je ? J'ai presque tout oublié. C'était une fillette maladive, ajouta-t-il tout songeur en baissant les yeux, et même très souffreteuse. Elle aimait faire la charité et rêvait toujours d'entrer au couvent. Un jour même, elle fondit en larmes en m'en parlant. Oui, oui, je m'en souviens... je m'en souviens même parfaitement... Elle était laide... Je ne sais vraiment pas pourquoi je m'étais attaché à elle... il me semble que si elle avait été bossue ou boiteuse, je l'aurais aimée encore davantage... (Il eut un sourire pensif.) Cela n'avait pas d'importance... C'était une folie de printemps...

– Non, ce n'était pas seulement une folie de printemps », fit Dounetchka avec conviction.

Il regarda sa sœur très attentivement, mais ne parut pas comprendre ses paroles. Peut-être ne les avait-il même pas entendues. Puis il se leva, toujours plongé dans sa rêverie, alla embrasser sa mère et revint s'asseoir à sa place.

« Tu l'aimes toujours ? fit Pulchérie Alexandrovna tout attendrie.

– Elle ? Maintenant ? Ah ! oui... Vous parliez d'elle ? Non. Il me semble que tout s'est passé dans un autre monde... Il y a si longtemps de cela ! J'ai d'ailleurs la même impression pour tout ce qui m'entoure... »

Et il les considéra encore avec attention.

« Voilà, vous par exemple... Je crois vous voir à une distance de mille verstes... Ah ! le diable sait pourquoi nous parlons de tout ça... Et qu'avez-vous à m'interroger ? » ajouta-t-il avec irritation. Puis il commença à se ronger les ongles en silence et retomba dans sa rêverie.

« Quel vilain logement tu as, Rodia, on dirait un cercueil, fit brusquement Pulchérie Alexandrovna pour rompre un silence pénible. Je suis sûre que cette chambre est au moins pour moitié dans ta neurasthénie.

– Cette chambre ? répondit-il d'un air distrait, oui... elle y a beaucoup contribué... J'y ai bien réfléchi. Mais si vous saviez, maman, quelle étrange pensée vous venez d'exprimer », ajouta-t-il avec un sourire bizarre.

TROISIÈME PARTIE

Il sentait que cette société, cette mère, cette sœur qu'il revoyait après trois ans de séparation, ce ton familier, intime de la conversation quand il était, lui, incapable de dire quoi que ce fût, étaient sur le point de lui devenir absolument insupportables. Toutefois, il y avait une question dont la discussion ne souffrait pas de retard ; il avait décidé en se levant tout à l'heure qu'elle devait être résolue aujourd'hui même d'une façon ou d'une autre ; et il avait éprouvé alors une sorte de satisfaction en y voyant un moyen de sortir d'embarras.

« Voici ce que j'ai à te dire, Dounia, fit-il d'un air sérieux et sur un ton sec. Je te prie naturellement de m'excuser pour la scène d'hier, mais je considère qu'il est de mon devoir de te rappeler que je maintiens les termes de mon dilemme : Loujine ou moi. Je puis être infâme, mais toi, tu ne le seras pas. C'est assez d'un misérable. Donc, si tu épouses Loujine, je cesse de te considérer comme ma sœur.

– Rodia ! Rodia ! Te voilà encore à parler comme hier, s'exclama Pulchérie Alexandrovna avec amertume. Pourquoi te traites-tu d'infâme ? Je ne puis le supporter. Hier encore ça a été la même chose...

– Frère, répondit fermement Dounetchka d'un ton aussi sec que celui qu'il venait de prendre, le malentendu qui nous divise provient d'une erreur initiale de ta part. J'ai bien réfléchi cette nuit et cette erreur, je l'ai trouvée. Tout vient de ce que tu supposes que je me sacrifie pour quelqu'un. C'est ce qui te trompe. Je me marie pour moi, parce que la vie me paraît trop difficile. Je serai certainement très heureuse de pouvoir être utile à mes proches, mais ce n'est pas là la raison principale de ma décision... »

« Elle ment, pensa Raskolnikov en se mordant les lèvres de fureur. L'orgueilleuse ! Elle ne veut pas avouer son désir d'être ma bienfaitrice. Oh ! les vils caractères ! Leur amour même ressemble à de la haine... Oh ! comme je les hais tous ! »

« En un mot, j'épouse Piotr Petrovitch, continua Dounia, parce que de deux maux je choisis le moindre. J'ai l'intention d'accomplir loyalement tout ce qu'il attend de moi et je ne le trompe donc pas... Pourquoi souris-tu ainsi ? »

Elle rougit et un éclair de colère brilla dans ses yeux.

« Tu accompliras tout ? demanda-t-il avec un mauvais sourire.

– Jusqu'à une certaine limite. À la manière dont Piotr Petrovitch a demandé ma main, j'ai compris aussitôt tout ce qu'il attendait de moi. Il a certes très bonne opinion de lui, trop peut-être, mais j'espère qu'il saura m'apprécier également... Pourquoi ris-tu encore ?

– Et toi, pourquoi rougis-tu ? Tu mens, ma sœur, tu mens exprès, par entêtement féminin, pour ne pas paraître me céder... Tu ne peux pas estimer Loujine. Je l'ai vu et j'ai causé avec lui. C'est donc que tu te vends par intérêt ; de quelque façon qu'on le considère, ton acte apparaît vil et je suis bien aise de voir que tu es encore capable de rougir.

– Ce n'est pas vrai, je ne mens pas, s'écria Dounetchka qui perdait tout sang-froid. Je ne l'épouserai pas sans être convaincue qu'il m'apprécie et qu'il fait cas de moi ; je ne l'épouserai pas sans être sûre qu'il est digne d'estime. J'ai heureusement le moyen de m'en assurer de façon péremptoire, et même pas plus tard qu'aujourd'hui. Un tel mariage n'est pas une bassesse, comme tu dis. Et si tu avais raison, si je m'étais décidée à commettre une bassesse, ta conduite ne serait-elle pas cruelle envers moi ? Comment peux-tu exiger de moi un héroïsme dont tu n'es toi-même pas capable peut-être ? C'est du despotisme, de la tyrannie. Si je cause la perte de quelqu'un, ce ne sera que la mienne... Je n'ai encore tué personne... Qu'as-tu à me regarder ? et pourquoi pâlis-tu ainsi ? Rodia, que t'arrive-t-il ? Rodia chéri...

– Seigneur, il s'évanouit par ta faute, s'écria Pulchérie Alexandrovna.

– Non... non... ce sont des sottises, ce n'est rien... la tête m'a un peu tourné. Ce n'est pas un évanouissement... Vous ne pensez qu'à ça, vous... Hum ! oui, qu'est-ce que je voulais dire ? Ah oui ! Ainsi tu penses te convaincre aujourd'hui qu'il est digne d'estime et qu'il... t'apprécie... C'est ça hein ? C'est bien ce que tu as dit ? Tu as, je crois, dit que c'est pour aujourd'hui, ou ai-je mal entendu ?

– Maman, montrez donc à mon frère la lettre de Piotr Petrovitch », dit Dounetchka.

Pulchérie Alexandrovna tendit la lettre d'une main tremblante... Raskolnikov s'en empara d'un air fort curieux. Mais avant de l'ouvrir, il jeta à sa sœur un regard étonné et proféra lentement, comme s'il était frappé d'une pensée subite :

« Mais qu'est-ce que j'ai à m'agiter ? Pourquoi toute cette histoire, épouse qui tu veux. »

Il semblait s'adresser à lui-même, mais il avait élevé la voix et examinait sa sœur d'un air préoccupé. Enfin il déplia la lettre sans perdre son expression de stupéfaction, puis il la lut attentivement, deux fois de suite. Pulchérie Alexandrovna semblait particulièrement inquiète. Mais tous s'attendaient à quelque éclat.

« Je n'y comprends rien, fit-il tout songeur, en rendant la lettre à sa mère, mais sans s'adresser à personne en particulier. Il plaide, c'est un avocat, il vise même au beau langage dans sa conversation. Mais voyez, il écrit comme un illettré, un ignorant. »

Ses paroles causèrent une stupéfaction générale ; ce n'était pas du tout ce qu'on attendait.

« Tous les gens de sa sorte écrivent ainsi, fit Rasoumikhine d'une voix entrecoupée.

– As-tu lu la lettre ?

– Oui.

– Nous nous sommes informées, Rodia, nous avons pris l'avis de certaines personnes, fit Pulchérie Alexandrovna toute confuse.

– C'est le jargon des gribouilleurs de lois, fit Rasoumikhine, tous les papiers judiciaires sont écrits dans le même style.

– Judiciaires, dis-tu ? Oui, justement, ce style est celui des hommes de loi, des hommes d'affaires... non pas illettré, si tu veux, ni très littéraire : un style d'affaires.

– Piotr Petrovitch ne pense pas à cacher qu'il a reçu peu d'instruction et il s'enorgueillit même d'être le fils de ses œuvres, fit remarquer Avdotia Romanovna, blessée par le ton que venait de prendre son frère.

– Eh bien, c'est qu'il a de quoi s'enorgueillir, je ne dis pas le contraire. Tu parais fâchée, ma sœur, de voir que je n'ai trouvé à faire qu'une observation frivole au sujet de cette lettre. Et tu penses que j'insiste exprès sur de telles niaiseries pour me moquer de toi. Il m'est venu au contraire, au sujet de ce style, une idée qui me paraît d'une certaine importance, dans le cas présent. Il y a là une expression : « ne vous en prenez qu'à vous-même », assez significative par elle-même, il me semble, et qui, en outre, contient une menace : Loujine a décidé de s'en aller si je venais. Cette menace veut dire qu'il est prêt à vous abandonner toutes les deux après vous avoir fait venir à Pétersbourg, si vous ne vous montrez pas obéissantes. Eh bien, qu'en penses-tu ? Ces mots peuvent-ils t'offenser, venant de Loujine, comme si c'était lui (il indiquait Rasoumikhine), Zossimov, ou enfin l'un de nous qui les avait écrits ?

– N-non, fit Dounetchka, en s'animant. J'ai très bien compris qu'il s'exprimait trop naïvement et qu'il n'est peut-être pas très habile à se servir de sa plume. Ta remarque est très judicieuse, mon frère, je ne m'attendais même pas...

– Étant donné qu'il s'exprime comme un homme de loi, il ne pouvait écrire autrement et il s'est peut-être montré plus grossier qu'il ne l'aurait voulu. Cependant, je dois te faire déchanter. Il y a dans cette lettre une phrase qui est une calomnie à mon adresse, et une calomnie assez vile. J'ai donné hier de l'argent à cette veuve phtisique et désespérée, non « sous prétexte de payer les funérailles », comme il dit, mais bien pour les funérailles, et je l'ai remis, non à la fille, – « jeune personne d'une inconduite notoire », toujours selon ses paroles (et que j'ai vue hier pour la première fois de ma vie), – mais à la veuve elle-même.

« Je ne découvre en tout cela que le désir trop vif de me noircir à vos yeux et de me brouiller avec vous... Ce passage est également écrit en jargon de procédure, c'est-à-dire qu'il révèle trop clairement le but poursuivi et traduit une hâte un peu naïve. C'est un homme intelligent, mais il ne suffit pas de l'être pour se conduire avec sagesse, et... je ne pense pas qu'il sache t'apprécier. Cela dit pour t'édifier, car je te souhaite sincèrement du bien. »

Dounetchka ne répondit pas ; sa décision était prise depuis longtemps, elle n'attendait que le soir.

« Que décides-tu, Rodia ? demanda Pulchérie Alexandrovna, encore inquiète du ton posé et sérieux que venait de prendre son fils.

– Que voulez-vous dire par « décider » ?

– Eh bien, Piotr Petrovitch a écrit qu'il ne veut pas te voir chez nous ce soir et qu'il s'en ira si... s'il te trouve là. Alors, viendras-tu ?

– Ce n'est pas à moi de décider cela, mais c'est tout d'abord à vous de savoir si cette exigence de Piotr Petrovitch ne vous paraît pas insultante, et ensuite, c'est à Dounia de se demander si elle ne l'offense pas. Moi, je ferai comme il vous plaira, ajouta-t-il sèchement.

– Dounetchka a déjà résolu la question et je suis entièrement de son avis, répondit vivement Pulchérie Alexandrovna.

– J'ai décidé de te prier, Rodia, de te prier instamment d'assister à cette entrevue, dit Dounia. Viendras-tu ?

– Je viendrai.

– Je vous prie de venir aussi à huit heures, continua Dounia en se tournant vers Rasoumikhine. Maman, j'invite aussi Dmitri Prokofitch.

– Et tu as raison, Dounetchka. Allons, qu'il en soit fait selon votre désir, ajouta-t-elle. C'est d'ailleurs un soulagement pour moi ; je déteste feindre et mentir ; mieux vaut s'expliquer franchement... Piotr Petrovitch n'a qu'à se fâcher si bon lui semble. »

IV

À ce moment, la porte s'ouvrit sans bruit et une jeune fille entra, en promenant des regards effarouchés autour de la pièce. Tous les yeux se fixèrent sur elle avec une surprise pleine de curiosité. Raskolnikov ne la reconnut pas tout d'abord. C'était Sophie Simionovna Marmeladova. Il l'avait vue la veille pour la première fois, mais en des circonstances et avec une toilette qui lui avaient laissé d'elle une tout autre image dans l'esprit. Elle était maintenant fort modestement et même pauvrement vêtue et paraissait très jeune, presque une fillette, aux manières décentes et réservées, au visage pur et un peu craintif. Elle portait une petite robe fort simple et un vieux chapeau démodé ; elle tenait à la main son ombrelle, seul vestige de sa toilette de la veille. Sa confusion fut extrême en voyant la pièce pleine de monde ; elle perdit même complètement la tête, comme un petit enfant, et fit mine de se retirer.

« Ah !... c'est vous ? » dit Raskolnikov au comble de l'étonnement, et tout à coup il se troubla lui aussi.

Il se rappelait que sa mère et sa sœur avaient lu dans la lettre de Loujine cette allusion à une jeune personne d'une inconduite notoire. Il venait à peine de protester contre la calomnie de Loujine et de rappeler qu'il l'avait vue pour la première fois la veille, et voilà qu'elle-même arrivait chez lui ! Il se souvint également qu'il n'avait pas protesté le moins du monde contre l'expression « d'une inconduite notoire ». Toutes ces pensées traversèrent son esprit confusément et avec la rapidité de l'éclair. Mais en regardant plus attentivement la jeune fille, il s'aperçut que ce pauvre être humilié semblait si honteux qu'il en eut pitié. Pourtant, quand elle fit le geste de s'enfuir de peur, il éprouva soudain une sorte de bouleversement.

« Je ne vous attendais pas du tout, fit-il vivement, en l'arrêtant d'un regard. Faites-moi le plaisir de vous asseoir. Vous venez sans doute de la part de Catherine Ivanovna. Permettez, pas là, tenez, asseyez-vous ici. »

À l'entrée de Sonia, Rasoumikhine, qui occupait une des trois chaises de la pièce, s'était soulevé pour la laisser passer. Le premier mouvement de Raskolnikov avait été d'indiquer à la jeune fille le coin du divan où Zossimov s'était tout à l'heure assis ; mais, se souvenant du caractère intime de ce meuble qui lui servait de lit, il se ravisa et désigna à Sonia la chaise de Rasoumikhine.

« Et toi, mets-toi là », dit-il en l'installant dans le coin qu'avait occupé Zossimov.

Sonia s'assit presque tremblante de frayeur et jeta un regard timide aux deux dames. On voyait qu'elle-même ne comprenait pas d'où lui était venue l'audace de s'asseoir auprès d'elles. Cette pensée la plongea dans un si grand émoi qu'elle se releva brusquement, et, tout éperdue, s'adressa à Raskolnikov :

« Je... je... suis entrée pour une seconde. Excusez-moi de vous avoir dérangé, balbutia-t-elle d'une voix entrecoupée. Je viens de la part de Catherine Ivanovna ; elle n'avait personne à vous envoyer. Catherine Ivanovna vous prie instamment de vouloir bien assister demain matin au service funéraire... à Saint-Mitrophane et ensuite de venir chez nous... chez elle, pour le repas... lui faire cet honneur, elle vous en prie... »

Elle perdit tout à fait contenance et se tut.

« Je ferai tout mon possible... je n'y manquerai pas, répondit Raskolnikov en se soulevant et en bégayant lui aussi. Faites-moi le plaisir de vous asseoir, dit-il tout à coup. J'ai à vous parler, s'il vous plaît. Vous êtes peut-être pressée, mais, de grâce, accordez-moi deux minutes... »

Et il lui avança la chaise. Sonia se rassit, porta de nouveau un regard timide et éperdu sur les deux dames, puis baissa vivement les yeux. Le pâle visage de Raskolnikov s'était empourpré ; ses traits se contractaient et ses yeux lançaient des flammes.

« Maman, fit-il d'une voix ferme et vibrante, c'est Sophie Simionovna Marmeladova, la fille de ce malheureux monsieur Marmeladov qui a été écrasé hier par des chevaux, sous mes yeux, je vous ai déjà raconté... »

Pulchérie Alexandrovna regarda Sonia et cligna légèrement des yeux. Elle ne put, malgré la crainte que lui inspirait le regard fixe et provocant de son fils, se refuser cette satisfaction. Dounetchka, elle, se tourna vers la pauvre jeune fille et se mit à l'examiner d'un air sérieux et étonné.

En s'entendant présenter par Raskolnikov, Sonia releva les yeux, mais sa confusion ne fit que s'accroître.

« Je voulais vous demander, fit précipitamment le jeune homme, comment les choses se sont passées aujourd'hui chez vous. On ne vous a pas trop ennuyées ? La police, par exemple...

– Non, tout est arrangé. La cause de la mort n'était d'ailleurs que trop évidente. On nous a laissées tranquilles, il n'y a que les locataires qui ne sont pas contents.

– Pourquoi ?

- Parce que le corps reste trop longtemps dans la maison. Il fait chaud maintenant et l'odeur... de sorte qu'on le transportera aujourd'hui, à l'heure des vêpres, dans la chapelle du cimetière. Catherine Ivanovna ne voulait pas tout d'abord, mais elle a fini par comprendre qu'on ne pouvait faire autrement...

- Ainsi, c'est pour aujourd'hui ?

- Catherine Ivanovna vous prie de nous faire l'honneur d'assister demain aux obsèques et de venir ensuite chez elle, prendre part au repas de funérailles.

- Elle donne un repas de funérailles ?

- Oui, une collation. Elle m'a chargée de vous remercier d'être venu à notre secours hier. Sans vous, nous n'aurions pas eu de quoi l'enterrer. »

Ses lèvres et son menton se mirent à trembler, tout à coup, mais elle se contint et fixa de nouveau le plancher.

Tout en causant avec elle, Raskolnikov l'examinait attentivement. Elle avait une petite figure maigre, vraiment très maigre et très pâle, assez irrégulière, un peu anguleuse, avec un petit nez et un menton pointus. On ne pouvait pas dire qu'elle fût jolie. En revanche, ses yeux bleus étaient si limpides et lui donnaient en s'animant une telle expression de bonté et de candeur qu'on se sentait involontairement attiré vers elle. Autre particularité caractéristique de son visage et de toute sa personne : elle paraissait beaucoup plus jeune que son âge, une enfant malgré ses dix-huit ans, et cette extrême jeunesse était trahie par certains gestes, d'une façon presque comique.

« Mais se peut-il que Catherine Ivanovna arrive à se tirer d'affaire avec de si faibles ressources et qu'elle pense donner encore une collation ? demanda Raskolnikov, décidé à continuer la conversation.

- Le cercueil est très modeste... toute la cérémonie sera très simple... de sorte que cela ne coûtera pas cher... Nous avons tout calculé tantôt avec Catherine Ivanovna ; tous frais payés, il restera de quoi donner un repas de funérailles. Catherine Ivanovna tient beaucoup à ce qu'il y en ait un... On ne peut pas la contrarier... C'est une consolation pour elle... elle est si... vous savez bien...

– Je comprends... je comprends... certes... Vous regardez ma chambre ; maman prétend aussi qu'elle ressemble à un tombeau.

– Vous vous êtes complètement dépouillé hier pour nous », fit tout à coup Sonetchka, d'une voix basse et rapide, en baissant de nouveau les yeux. Son menton et ses lèvres se remirent à trembler. Elle avait été frappée, dès son entrée, par la pauvreté qui régnait dans le logement de Raskolnikov et ces mots lui avaient échappé involontairement.

Un silence suivit. Le regard de Dounetchka s'éclaircit et Pulchérie Alexandrovna se tourna vers Sonia d'un air affable.

« Rodia, dit-elle en se levant, nous dînons tous ensemble naturellement. Dounetchka, viens. Et toi, Rodia, tu ferais bien d'aller te promener un peu, puis de te reposer avant de venir nous rejoindre... le plus tôt possible. Je crains que nous ne t'ayons fatigué...

– Oui, oui, je viendrai, s'empressa-t-il de répondre en se levant... J'ai d'ailleurs quelque chose à faire...

– Voyons, vous n'allez pas dîner séparément ? cria Rasoumikhine, en regardant Raskolnikov avec étonnement. Enfin, qu'est-ce qui te prend ?

– Oui, je viendrai certainement, certainement. Et toi, reste ici un moment... Car vous n'avez pas tout de suite besoin de lui, maman ? Je ne vous en prive pas ?...

– Oh ! mon Dieu non, non. Et vous, Dmitri Prokofitch, nous ferez-vous le plaisir de venir dîner avec nous ?

– Oui, oui, venez, je vous en prie », ajouta Dounia.

Rasoumikhine salua tout rayonnant. Un moment, tous parurent envahis d'une gêne étrange.

« Adieu Rodia, c'est-à-dire au revoir ; je n'aime pas dire adieu. Adieu, Nastassia... Ah ! j'ai encore répété adieu !... »

Pulchérie Alexandrovna avait l'intention de saluer Sonia, mais elle ne sut comment s'y prendre et sortit précipitamment.

Mais Avdotia Romanovna, qui semblait avoir attendu son tour, en passant devant Sonia à la suite de sa mère, lui fit un grand salut aimable et poli. Sonetchka perdit contenance, s'inclina avec un empressement craintif. Une expression douloureuse passa sur son visage, comme si la politesse et l'affabilité d'Avdotia Romanovna l'avaient péniblement affectée.

« Dounia, adieu ! fit Raskolnikov dans le vestibule. Donne-moi donc la main !

– Mais je te l'ai déjà donnée ! L'as-tu oublié ? dit-elle, en se tournant vers lui dans un geste gauche et affectueux.

– Eh bien, donne-la une seconde fois ! »

Et il lui serra énergiquement les doigts. Dounetchka lui sourit, rougit, dégagea vivement sa main et suivit sa mère, tout heureuse, elle aussi.

« Allons, voilà qui est parfait », dit le jeune homme en revenant auprès de Sonia restée dans la pièce, et en la regardant d'un air serein. « Que le Seigneur donne la paix aux morts et laisse vivre les vivants. N'est-ce pas, n'est-ce pas cela ? Dites, c'est bien cela ? »

Sonia remarqua avec surprise que le visage de Raskolnikov s'éclairait brusquement. Il l'examina un moment, avec attention, en silence... Tout ce que son père défunt lui avait raconté sur elle lui revenait soudain à l'esprit...

« Mon Dieu, Dounetchka, dit Pulchérie Alexandrovna dès qu'elles furent dans la rue, voilà que je me sens heureuse d'être partie. Je respire mieux... Aurai-je pu penser, dans le wagon, que je serais heureuse de quitter mon fils ?

– Je vous répète, maman, qu'il est très souffrant. Vous ne le voyez donc pas ? Il s'est peut-être rendu malade à force de souffrir pour nous. Il faut être indulgent et je vous assure qu'on peut lui pardonner bien, bien des choses...

– Eh bien, tu n'as pourtant pas été indulgente, interrompit Pulchérie Alexandrovna, avec amertume. Sais-tu, Dounia ? Je vous regardais tout à l'heure tous les deux ; tu lui ressembles comme deux gouttes d'eau et non pas tant physiquement que moralement ; vous êtes tous les deux mélancoliques, sombres et emportés, orgueilleux tous les deux et nobles... car il ne peut être un égoïste, n'est-ce pas, Dounetchka ? Quand je songe à ce qui peut se passer ce soir, chez nous, mon cœur se glace.

– Ne vous inquiétez pas, maman ; il n'arrivera que ce qui doit arriver.

– Dounetchka, pense donc dans quelle situation nous nous trouvons. Mais qu'arrivera-t-il si Piotr Petrovitch renonce à ce mariage ? fit-elle remarquer imprudemment.

– Quel homme est-ce donc, s'il en est capable ? répondit brusquement Dounetchka avec mépris.

– Nous avons bien fait de partir maintenant, répliqua vivement Pulchérie Alexandrovna. Il était pressé de partir pour un rendez-vous d'affaires... Cela lui fera du bien de se promener et de prendre l'air. On étouffe chez lui. Et où trouver de l'air respirable dans cette ville ? Les rues mêmes sont comme des chambres sans fenêtres. Seigneur, quelle ville ! Attention, écarte-toi ; ils vont t'écraser... Mais c'est un piano qu'on porte... Comme les gens se poussent ! Cette fille me fait peur, elle aussi !

– Quelle fille, maman ?

– Mais cette Sophie Simionovna, qui est venue tout à l'heure.

– Et quoi ?

– J'ai un pressentiment, Dounia. Me croiras-tu si je te dis qu'elle était à peine entrée que je sentais que là se trouvait la cause principale de tout...

– Pas le moins du monde, s'écria Dounia, avec irritation. Vous êtes extraordinaire avec vos pressentiments, maman. Il l'a vue hier pour la première fois et il n'a même pas pu la reconnaître.

– Eh bien ! tu verras... elle m'inquiète ; tu verras bien ; et quelle peur elle m'a faite là, à me regarder avec des yeux si bizarres ! J'ai eu peine à ne pas m'enfuir ; tu as remarqué comment il nous l'a présentée ? Cela me paraît étrange. Piotr Petrovitch en parle d'une telle façon dans sa lettre et Rodia, lui, nous la présente et à toi encore ! Il l'aime sans doute.

– Qu'importe ce que Loujine écrit ! On a parlé de nous aussi et écrit bien des choses sur notre compte. L'as-tu oublié ? Et moi je suis sûre qu'elle... est très noble et que tous ces racontars sont des sottises.

– Je le souhaite.

- Quant à Piotr Petrovitch, c'est un méchant cancanier », fit tout à coup Dounia.

Pulchérie Alexandrovna se contracta et la conversation s'arrêta là.

« Voici l'affaire dont j'ai à te parler, fit Raskolnikov en attirant Rasoumikhine dans l'embrasure de la fenêtre.

- Je dirai donc à Catherine Ivanovna que vous viendrez, fit précipitamment Sonia pressée de prendre congé.

- Un moment, Sophie Simionovna ; nous n'avons pas de secrets et vous ne nous gênez pas du tout... J'ai encore deux mots à vous dire, et, s'interrompant soudain, il s'adressa à Rasoumikhine. - Tu connais, ce... ah, enfin, comment s'appelle-t-il donc ?... oui, Porphyre Petrovitch ?

- Je crois bien, nous sommes parents. Et quoi ? continua-t-il fort intrigué.

- Eh bien, cette affaire... cette affaire d'assassinat dont vous parliez hier... c'est lui qui l'instruit ?

- Oui... et alors ? fit Rasoumikhine en ouvrant de grands yeux.

- Il a interrogé les gens qui avaient engagé des objets chez la vieille. J'en avais quelques-uns moi aussi, oh ! presque rien, la bague de ma sœur, qu'elle m'a donnée à mon départ pour Pétersbourg, et la montre en argent de mon père. Le tout ne vaut pas plus de cinq à six roubles, mais j'y tiens en tant que souvenir. Que dois-je faire ? Je ne voudrais pas les perdre, surtout la montre. Je tremblais tantôt que ma mère ne demandât à la voir, surtout quand on a parlé de celle de Dounetchka. C'est la seule chose qui nous soit restée de mon père. Et maman en fera une maladie si elle est perdue. Les femmes, que veux-tu ? Ainsi, dis-moi comment je dois m'y prendre. Je sais que je dois faire ma déclaration au commissariat. Mais ne vaudrait-il pas mieux m'adresser directement à Porphyre lui-même, hein ? Qu'en dis-tu ? L'affaire en serait plus vite arrangée ! Tu verras que nous n'aurons pas eu le temps de nous mettre à table que maman m'en aura déjà parlé !...

– Il ne faut certainement pas t'adresser à la police, mais à Porphyre, s'écria Rasoumikhine avec une émotion extraordinaire. Que je suis donc heureux ! Mais à quoi bon attendre ? Nous pouvons y aller tout de suite ; c'est à deux pas d'ici. Nous sommes sûrs de le trouver.

– Soit, allons-y.

– Il sera positivement enchanté de faire ta connaissance. Je lui ai beaucoup parlé de toi, à différentes reprises... Et hier encore. Tu connaissais donc la vieille ? C'est donc cela ! Tout cela se rencontre ad-mi-ra-ble-ment... Ah ! oui, Sophie Ivanovna...

– Sophie Simionovna, rectifia Raskolnikov. Sophie Simionovna, voilà mon ami Rasoumikhine, un brave homme...

– Si vous avez à sortir... commença Sonia, dont cette présentation avait augmenté la confusion et sans oser lever les yeux sur Rasoumikhine.

– Allons ! décida Raskolnikov ; je passerai chez vous aujourd'hui même, Sophie Simionovna ; donnez-moi seulement votre adresse. »

Il prononça ces paroles d'un air pas précisément embarrassé, mais avec une sorte de précipitation et sans la regarder. Sonia donna son adresse non sans rougir et ils sortirent tous les trois.

« Tu ne fermes pas ta porte ? demanda Rasoumikhine, tandis qu'ils descendaient l'escalier.

– Jamais... Voilà deux ans du reste que je m'apprête à acheter une serrure, ajouta-t-il négligemment. Heureux, n'est-ce pas, ceux qui n'ont rien à enfermer sous clef ? » fit-il en riant et en s'adressant à Sonia.

Ils s'arrêtèrent devant la porte cochère.

« Vous allez à droite, Sophie Simionovna ? ah, à propos, comment m'avez-vous trouvé ? » demanda-t-il de l'air de dire tout autre chose que ce qu'il aurait voulu. Il avait sans cesse envie de regarder ses yeux calmes et purs, mais il n'y parvenait point...

– Mais vous avez donné hier votre adresse à Poletchka.

– Polia ? Ah oui... Poletchka ! C'est... la petite. C'est votre sœur. Vous dites que je lui ai donné mon adresse ?

- L'avez-vous oublié ?

- Non, je m'en souviens.

- Et moi, j'avais déjà entendu parler de vous par le défunt, mais sans connaître votre nom. Je crois que lui-même l'ignorait. Et maintenant, je suis venue... ayant appris votre nom hier... j'ai demandé aujourd'hui où habite M. Raskolnikov. Je ne savais pas que, vous aussi, vous logiez en garni. Adieu. Je dirai à Catherine Ivanovna... »

Elle était fort contente de pouvoir s'en aller. Elle s'éloigna rapidement et les yeux baissés, pressée d'atteindre au plus vite le premier coin de rue, pour échapper à la vue des deux jeunes gens, se trouver enfin seule et pouvoir marcher lentement et réfléchir, les yeux au loin, au moindre incident de cette visite, à chaque mot qui avait été prononcé. Elle n'avait jamais rien éprouvé de semblable. Tout un monde ignoré surgissait confusément en son âme. Elle se souvint tout à coup que Raskolnikov avait manifesté l'intention d'aller la voir aujourd'hui ; il viendrait peut-être le matin même.

« S'il pouvait seulement ne pas venir aujourd'hui... non, pas aujourd'hui, marmotta-t-elle, le cœur battant, de l'air de supplier quelqu'un comme un enfant épouvanté. Seigneur ! chez moi, dans cette chambre... Il verra, oh ! mon Dieu ! »

Et elle était trop préoccupée pour remarquer que, depuis sa sortie de la maison, elle était suivie pas à pas par un inconnu.

Au moment où Raskolnikov, Rasoumikhine et Sonia s'étaient arrêtés pour échanger quelques mots sur le trottoir, ce monsieur, qui passait près d'eux, avait tressailli en saisissant au vol et par hasard ces paroles prononcées par Sonia : « Et j'ai demandé où habite M. Raskolnikov. » Il jeta aux trois interlocuteurs, et surtout à Raskolnikov, auquel s'adressait la jeune fille, un regard rapide mais attentif, puis il examina la maison et en nota le numéro. Tout cela fut fait en un clin d'œil et de façon à ne pas attirer l'attention, puis le passant s'éloigna en ralentissant le pas avec l'air d'attendre. Il avait vu Sonia prendre congé des deux jeunes gens et devinait qu'elle allait s'acheminer vers son logis.

« Où demeure-t-elle ? J'ai vu cette figure quelque part, pensait-il. Il faut rappeler mes souvenirs. »

TROISIÈME PARTIE

Quand il arriva au coin de la rue, il passa sur le trottoir opposé et, s'étant détourné, il s'aperçut que la jeune fille suivait la même direction, mais sans rien remarquer. Quand elle fut arrivée au tournant, elle s'engagea dans la même rue que lui. Il se mit à la suivre, du trottoir opposé, sans la quitter des yeux. Au bout de cinquante pas, il traversa la chaussée, rattrapa la jeune fille et marcha derrière elle à une distance de cinq pas environ.

C'était un homme corpulent, d'une cinquantaine d'années et d'une taille au-dessus de la moyenne ; ses larges épaules massives le faisaient paraître un peu voûté. Il était vêtu d'une façon aussi élégante que commode et tout dans son allure décelait un gentilhomme. Il portait une jolie canne qu'il faisait résonner à chaque pas sur le pavé, et des gants neufs ; son visage large, aux pommettes saillantes, paraissait assez agréable et son teint frais n'était pas celui d'un citadin. Ses cheveux fort épais, d'un blond clair, grisonnaient à peine ; sa large barbe fourchue, plus claire encore que la chevelure, ses yeux bleus au regard fixe et pensif, ses lèvres vermeilles, en faisaient, au demeurant, un homme fort bien conservé et bien plus jeune, en apparence, que son âge.

Quand Sonia déboucha sur le quai, ils se trouvèrent seuls sur le trottoir. Il avait eu le temps de remarquer, en la filant, qu'elle paraissait distraite et rêveuse. Parvenue à la maison qu'elle habitait, la jeune fille en franchit la porte cochère, et lui continua de la suivre. Il semblait un peu étonné. Quand elle entra dans la cour, Sonia prit l'escalier de droite, qui menait à son logement. Le monsieur inconnu fit seulement : « Tiens », et se mit à monter derrière elle. À ce moment, Sonia remarqua pour la première fois sa présence. Elle arriva au troisième étage, s'engagea dans un couloir et frappa à une porte qui portait le n° 9 et sur laquelle on lisait ces deux mots écrits à la craie : « Kapernaoumov, tailleur ».

« Tiens, tiens », répéta l'inconnu, étonné par cette étrange coïncidence, et il frappa à la porte voisine marquée du n° 8. Les deux portes étaient à six pas l'une de l'autre.

« Vous habitez chez Kapernaoumov, lui dit-il en riant. Il m'a arrangé un gilet hier. Et moi, je suis votre voisin, j'habite chez Mme Resslich Gertrude Karlovna. Comme ça se trouve ! »

Sonia le regarda attentivement.

« Voisins ! continua-t-il d'un air particulièrement enjoué. Je ne suis à Pétersbourg que depuis deux jours. Allons, au plaisir de vous revoir. »

Sonia ne répondit rien. À ce moment, on lui ouvrit la porte et elle se faufila chez elle. Elle se sentait honteuse et intimidée.

Rasoumikhine était extrêmement agité en se rendant chez Porphyre avec son ami.

« Ça, frère, c'est très bien, répéta-t-il à plusieurs reprises et j'en suis heureux, bien heureux ! »

« Mais pourquoi cette joie ? » pensa Raskolnikov.

« Je ne savais pas que, toi aussi, tu mettais des objets en gage chez la vieille et... et il y a longtemps de cela ? Je veux dire, il y a longtemps que tu y as été pour la dernière fois ? »

« Quel naïf tout de même ! » pensa l'autre.

« Quand j'y ai été ? reprit-il en s'arrêtant comme pour rappeler ses souvenirs ; mais trois jours avant sa mort, il me semble ! Je ne vais d'ailleurs pas racheter les objets, s'empressa-t-il d'ajouter, comme si cette question l'eût vivement préoccupé, car il ne me reste qu'un rouble, à cause de ce maudit « délire » d'hier ! »

Il appuya tout particulièrement sur le mot « délire ».

« Ah ! oui, oui, oui, fit Rasoumikhine avec précipitation, et l'on ne pouvait savoir à quoi il acquiesçait ainsi. Voilà une des raisons pour lesquelles tu as été alors... si frappé... et tu sais, dans ton délire même, tu parlais continuellement de bagues et de chaînes... Ah ! oui, oui... c'est clair maintenant, tout devient clair. »

« Nous y sommes. Voilà donc comment cette pensée a grandi dans leur esprit ! Cet homme que voilà serait prêt à se faire crucifier pour moi et néanmoins il est très heureux de pouvoir *s'expliquer* pourquoi je parlais de bagues dans mon délire. Tout cela les a confirmés dans leurs soupçons. »

« Mais le trouverons-nous ? demanda-t-il à haute voix.

– Nous le trouverons, nous le trouverons sûrement, répondit vivement Rasoumikhine. Tu verras, frère, quel brave type c'est, un peu gauche, quoique homme du monde, mais c'est à un autre point de vue que je le trouve gauche. C'est un garçon intelligent, fort intelligent ; il est loin d'être bête, je t'assure, malgré sa tournure d'esprit un peu particulière. Il est méfiant, sceptique, cynique... Il aime tromper, c'est-à-dire mystifier son monde et il est fidèle au vieux système des preuves matérielles... Mais il connaît son métier. L'année dernière, il a débrouillé une affaire de meurtre dans laquelle on ne pouvait trouver presque aucun indice. Il a très, très grande envie de faire ta connaissance.

– Tant que ça, et pourquoi ?

– C'est-à-dire pas tant... Vois-tu, ces derniers temps, je veux dire depuis que tu es tombé malade, j'ai eu l'occasion de parler beaucoup de toi... Alors, lui, n'est-ce pas, il m'écoutait... et quand il a appris que tu étais étudiant en droit et que tu ne pouvais achever tes études faute d'argent, il a fait : « Quel dommage ! » J'en ai donc conclu... C'est-à-dire que toutes ces choses prises à la fois... Ainsi, hier, Zamiotov... Vois-tu, Rodia, en te reconduisant hier chez toi, j'étais ivre et j'ai bavardé à tort et à travers ; je crains, frère, que tu n'aies pris mes paroles trop au sérieux, vois-tu...

– De quoi parles-tu ? De cette idée qu'ils ont que je suis fou ? Eh bien, peut-être n'ont-ils pas tort ! »

Et il eut un rire forcé.

« Oui, oui... c'est-à-dire, je me trompe, non... et puis, tout ce que j'ai pu dire (et sur un autre sujet encore) tout ça c'étaient des divagations d'homme ivre.

– Mais pourquoi t'excuser ? Ah ! comme toutes ces questions m'ennuient, cria Raskolnikov, avec une irritation à moitié feinte.

– Je sais, je sais... Je comprends très bien. Sois sûr que je comprends. J'ai même honte d'en parler...

– Si tu as honte, tais-toi alors ! »

Et tous deux se turent. Rasoumikhine était aux anges et Raskolnikov s'en rendait compte avec une sorte d'horreur. Ce que son ami venait de lui dire au sujet de Porphyre ne laissait pas non plus de l'inquiéter.

« Encore un à apitoyer, pensait-il, le cœur battant, en pâlissant, et je devrai jouer la comédie mieux et plus naturellement encore qu'avec celui-ci. Ce qui serait le plus naturel, ce serait de ne rien dire du tout, rien, rien, rien... Non, cela aussi pourrait sembler peu naturel... Allons, laissons aller les choses... On verra... tout de suite... Ai-je bien fait d'y aller ou non ? Le papillon, lui aussi, se précipite de lui-même sur la flamme. Le cœur me bat. Voilà qui est mauvais !... »

« C'est dans cette maison grise », dit Rasoumikhine.

« L'essentiel est de savoir si Porphyre sait que j'ai été hier dans l'appartement de cette sorcière et que j'ai posé cette question sur les taches de sang ? Il faut que je sois immédiatement fixé là-dessus. Que je lise la vérité sur son visage, à peine entré dans la pièce, au premier pas que j'aurai fait, au-tre-ment... J'en aurai le cœur net, dusse-je me perdre ! »

« Veux-tu que je te dise ? fit-il tout à coup en s'adressant à Rasoumikhine avec un sourire malin. J'ai remarqué, mon vieux, que tu es depuis ce matin dans un état d'agitation extraordinaire. Vrai !

– Quelle agitation ? Pas la moindre agitation ! s'écria Rasoumikhine vexé.

– Non, vieux, ne nie pas, je t'assure que ça se voit. Tu étais tantôt assis sur le bord de ta chaise, ce qui ne t'arrive jamais et l'on eût dit que tu avais des crampes. Tu sursautais à chaque instant sans rime ni raison. Et tu paraissais tantôt fâché, puis, un moment après, tout sucre et tout miel. Tu rougissais et tu t'es même empourpré quand on t'a invité à dîner.

– Mais pas du tout, tu inventes... Que veux-tu insinuer ?

– Mais tu as des timidités d'écolier ! Diable, te voilà qui rougis encore !

– Cochon !

– Mais pourquoi cette confusion ? Roméo ! Attends, je raconterai cela quelque part, ha, ha, ha ! Je vais bien faire rire maman... et quelqu'un d'autre encore...

– Écoute, écoute, dis donc, c'est sérieux ; c'est... Après cela, diable ! bredouilla Rasoumikhine hors de lui et tout glacé d'horreur. Que leur raconteras-tu ? Mon ami... ah, quel cochon tu fais !

– Une vraie rose printanière ! Et si tu savais comme ça te va ! Un Roméo de plus de deux archines. Et comme tu t'es lavé aujourd'hui ! Tu as même nettoyé tes ongles, hein ? Quand cela t'était-il arrivé ? Mais, Dieu me pardonne, il me semble que tu t'es pommadé ! Baisse-toi un peu.

– Cochon ! ! ! »

Raskolnikov riait si fort qu'il semblait incapable de s'arrêter et son hilarité durait encore quand ils arrivèrent chez Porphyre Petrovitch. C'était ce qu'il voulait, car on pouvait entendre de l'appartement qu'ils étaient entrés en riant et continuaient de rire dans l'antichambre.

« Pas un mot ici ou je te... réduis en bouillie », murmura Rasoumikhine furieux, en saisissant son ami par l'épaule.

V

L'autre faisait déjà son entrée dans l'appartement. Il pénétra dans la pièce de l'air d'un homme qui se retient de toutes ses forces pour ne pas pouffer de rire. Il était suivi de Rasoumikhine rouge comme une pivoine, honteux, gauche et les traits contractés de fureur. Son visage et toute sa silhouette étaient en effet fort comiques à cet instant et justifiaient l'hilarité de son compagnon. Raskolnikov s'inclina, sans être présenté, devant le maître de la maison, debout au milieu de la pièce et qui les contemplait d'un air interrogateur, et il échangea avec lui une poignée de main ; il paraissait toujours faire un violent effort pour étouffer son envie de rire et déclina ses nom et qualité. Mais il avait à peine eu le temps de prendre l'air sérieux en marmottant quelques mots, que ses yeux tombèrent comme par hasard sur Rasoumikhine ; alors il n'y put tenir : un rire d'autant plus bruyant qu'il avait été comprimé lui échappa. L'extraordinaire fureur que ce fou rire semblait exciter en Rasoumikhine avait ainsi, à son insu, servi les vues de son ami.

« Ah ! le démon ! » hurla-t-il, avec un violent mouvement de bras qui eut pour effet de renverser un guéridon et le verre de thé vide placé dessus ; le tout tomba avec un grand bruit.

« Mais pourquoi détériorer le mobilier, messieurs ? C'est un préjudice que vous causez à l'État », cria gaiement Porphyre Petrovitch.

Raskolnikov riait toujours, si bien qu'il en oubliait sa main dans celle de leur hôte ; mais, sachant qu'il fallait garder une juste mesure, il guettait le moment propice pour reprendre le plus naturellement possible son sérieux. Rasoumikhine, que l'accident qu'il venait de provoquer avait mis au comble de la confusion, considéra un moment, d'un air sombre, les éclats de verre, puis il cracha, se dirigea brusquement vers la croisée, le dos tourné, et se mit à regarder par la fenêtre de l'air le plus lugubre et sans rien voir. Porphyre Petrovitch riait par politesse. Mais il attendait visiblement des explications.

Dans un coin, sur une chaise, était assis Zamiotov, qui s'était soulevé à l'apparition des visiteurs en ébauchant un sourire ; il contemplait toute cette scène d'un air d'étonnement mêlé de méfiance et Raskolnikov avec une sorte de trouble même. La présence inattendue de Zamiotov surprit désagréablement celui-ci.

« Voilà encore une chose à considérer », songea-t-il.

« Excusez-moi, je vous prie, commença-t-il en feignant la confusion... Raskolnikov...

– Mais je vous en prie, je suis charmé ; vous êtes d'ailleurs entré d'une façon si agréable... Il ne veut même plus dire bonjour, ajouta Porphyre Petrovitch, en indiquant Rasoumikhine d'un signe de tête.

– Je ne sais quelle fureur l'a pris contre moi. Je lui ai seulement trouvé en chemin une ressemblance avec Roméo et lui ai prouvé que j'avais raison de penser ainsi ; je crois bien qu'il n'y a rien eu de plus.

– Cochon ! s'écria Rasoumikhine sans se retourner.

– Il devait avoir des motifs bien sérieux pour prendre en mauvaise part une petite phrase si inoffensive, fit Porphyre en éclatant de rire.

– Dis donc toi, juge d'instruction... Ah ! le diable vous emporte tous », répliqua Rasoumikhine, et il se mit soudain à rire lui aussi.

Il avait recouvré sa bonne humeur et s'approcha gaiement, comme si de rien n'était, de Porphyre Petrovitch.

« Trêve de sottises ! Vous êtes tous des imbéciles ! À notre affaire : je te présente mon ami Rodion Romanovitch Raskolnikov qui a beaucoup entendu parler de toi et désire faire ta connaissance. Il a d'ailleurs une petite affaire à traiter avec toi. Tiens, Zamiotov ! Comment te trouves-tu ici ? Vous vous connaissez donc ? Et depuis quand ? »

« Qu'est-ce encore ? » songea Raskolnikov avec inquiétude. Zamiotov parut un peu gêné.

« Nous avons fait connaissance hier, chez toi, fit-il d'un air dégagé.

– C'est donc que la main de Dieu est partout. Figure-toi, Porphyre, qu'il m'avait instamment prié la semaine dernière de le présenter à toi, et vous vous êtes passés de moi pour lier connaissance. Où est ton tabac ? »

Porphyre Petrovitch était en tenue négligée : vêtu d'une robe de chambre, de linge très blanc et chaussé de vieilles pantoufles éculées. C'était un homme de trente-cinq ans, d'une taille au-dessus de la moyenne, assez gros et même légèrement ventru ; il était rasé et ne portait ni moustache ni favoris. Ses cheveux étaient coupés ras sur sa grosse tête ronde, à la nuque particulièrement renflée. Son visage était bouffi, rond et un peu camard, son teint d'un jaune foncé, maladif, mais on y lisait une humeur assez vive et un peu moqueuse. On aurait même pu lui trouver de la bonhomie sans les yeux qui brillaient d'une sorte de lueur bizarre, couverts par les cils presque blancs et les paupières toujours clignotantes. L'expression de ce regard jurait étrangement avec le reste de cette physionomie presque efféminée et la faisait paraître bien plus sérieuse qu'on aurait pu s'y attendre au premier regard jeté sur cet homme.

Porphyre Petrovitch, dès qu'il apprit que Raskolnikov avait une petite affaire à traiter avec lui, l'invita à prendre place sur le divan, tandis que lui-même s'asseyait à l'autre bout, et il le fixa, en attendant qu'il lui exposât l'affaire, avec cette attention tendue et cette gravité presque exagérée qui risquent de gêner et même de troubler un homme, surtout quand il est presque un inconnu et que l'affaire qu'il expose est, de son propre avis, loin de mériter l'attention extraordinaire et solennelle qui lui est témoignée. Néanmoins, Raskolnikov le mit parfaitement au courant de l'affaire en quelques mots brefs et précis ; il resta si satisfait de lui-même, qu'il trouva le sang-froid nécessaire pour examiner assez attentivement son interlocuteur. Porphyre Petrovitch, de son côté, ne le quitta pas des yeux tant que dura leur entretien. Rasoumikhine, qui s'était assis en face d'eux, suivait passionnément le cours du récit et ses regards allaient sans cesse du juge d'instruction à son ami et vice versa, sans égard pour les convenances.

« Idiot ! » grommela Raskolnikov.

« Vous devez faire votre déclaration à la police, répondit Porphyre Petrovitch du ton le plus officiel. Vous exposerez qu'informé de l'événement, c'est-à-dire du meurtre, vous priez, à votre tour, d'avertir le juge d'instruction chargé de cette affaire que tels et tels objets sont votre propriété et que vous désirez les dégager... ou enfin... Du reste, on vous écrira.

– Eh bien ! voilà justement... reprit Raskolnikov en feignant de son mieux la confusion, c'est qu'en ce moment je suis loin d'être en fonds... et mes moyens ne me permettent même pas de débourser cette bagatelle... Je me borne actuellement à déclarer que ces objets m'appartiennent et que lorsque j'aurai de l'argent...

– Cela ne fait rien, répondit Porphyre Petrovitch, qui sembla accueillir froidement cette explication d'ordre financier. Vous pouvez du reste m'écrire directement dans le même esprit, en m'exposant qu'instruit de telle et telle chose vous vous déclarez propriétaire de tels objets et priez...

– Je puis écrire sur du papier ordinaire ? interrompit Raskolnikov, affectant toujours de ne s'intéresser qu'au côté pratique de la question.

– Oh ! n'importe lequel », et Porphyre Petrovitch eut tout à coup l'air franchement moqueur. Il cligna même de l'œil et sembla faire un signe d'intelligence à Raskolnikov. Peut-être, après tout, le jeune homme se trompait-il en croyant voir ce signe, car tout cela n'avait pas duré une seconde. Cependant, il devait y avoir quelque chose. Raskolnikov aurait pu jurer que l'autre lui avait adressé un clin d'œil ; le diable seul aurait pu dire quelle était son arrière-pensée.

« Il sait », se dit-il instantanément.

« Excusez-moi de vous avoir dérangé pour si peu de chose, continua-t-il un peu déconcerté. Ces objets ne valent que cinq roubles, mais ils me sont précieux en souvenir de ceux qui me les ont donnés et je vous avouerai que j'ai été fort effrayé en apprenant...

– Voilà pourquoi tu as sauté en l'air hier en m'entendant raconter à Zossimov que Porphyre interrogeait les propriétaires des objets mis en gage », s'écria Rasoumikhine avec une arrière-pensée évidente.

C'en était trop. Raskolnikov n'y put tenir et lui lança un regard flamboyant de colère. Mais il se reprit aussitôt.

« Je crois, mon vieux, que tu es en train de te payer ma tête, dit-il avec une irritation bien jouée. J'admets que j'ai l'air trop préoccupé par des choses absolument insignifiantes à tes yeux, mais ce n'est pas une raison pour me juger égoïste et avide et ces deux misérables objets peuvent avoir une grande valeur pour moi. Je t'ai déjà dit tout à l'heure que cette montre en argent, qui ne vaut pas deux sous, est le seul souvenir qui me soit resté de mon père. Tu peux te moquer de moi, mais ma mère vient d'arriver, fit-il en se tournant vers Porphyre, et si elle apprenait (et il s'adressait de nouveau à Rasoumikhine en essayant de faire trembler sa voix) que cette montre est perdue, je vous jure qu'elle en serait désespérée ! Les femmes, vous savez...

– Mais pas du tout. Ce n'est pas ainsi que je l'entendais. Bien au contraire », protestait Rasoumikhine désolé.

« Est-ce bien assez naturel ? N'ai-je pas exagéré ? pensait Raskolnikov tout tremblant. Pourquoi ai-je dit : Les femmes, vous savez... »

« Votre mère est venue vous voir ? demanda Porphyre Petrovitch.

– Oui.

– Quand est-elle donc arrivée ?

– Hier soir. »

Porphyre se tut ; il paraissait réfléchir.

« Vos objets ne pouvaient en aucun cas être perdus, continua-t-il d'un ton tranquille et froid. Il y a longtemps que j'attendais votre visite. »

En achevant ces mots, il se tourna comme si de rien n'était vers Rasoumikhine qui secouait impitoyablement sur le tapis les cendres de sa cigarette, et lui tendit un cendrier. Raskolnikov avait tressailli, mais Porphyre, qui semblait toujours préoccupé de la cigarette de Rasoumikhine, ne parut pas s'en apercevoir.

« Quoi ? Tu l'attendais ? Mais tu savais donc que *lui* aussi avait engagé des objets ? » cria Rasoumikhine.

Porphyre Petrovitch ne lui répondit pas et s'adressa directement à Raskolnikov :

« Vos deux objets, la montre et la bague, se trouvaient chez *elle* enveloppés dans un seul papier qui portait votre nom écrit lisiblement au crayon, ainsi que la date du jour où elle avait reçu ces objets...

– Quelle mémoire vous avez ! » fit Raskolnikov, avec un rire contraint. Il s'efforçait surtout de le fixer tranquillement dans les yeux, mais il ne put s'empêcher d'ajouter :

« J'ai fait cette observation, parce que je pense que les propriétaires d'objets devaient être nombreux... et que vous deviez, me semble-t-il, avoir de la peine à vous les rappeler tous... Je vois qu'au contraire, vous n'en oubliez pas un... et... et... »

« Faible, stupide : qu'avais-je besoin d'ajouter cela ? »

« Mais presque tous se sont déjà fait connaître ; vous étiez le seul qui manquiez, fit Porphyre, avec une nuance imperceptible de raillerie.

– Je ne me portais pas très bien.

– Je l'ai appris, oui. J'ai même appris que vous sembliez bouleversé par quelque chose. Même, en ce moment, vous paraissez encore pâle...

– Pas du tout... au contraire. Je me porte admirablement », trancha Raskolnikov, d'un ton changé, tout à coup brutal et furieux. Il sentait bouillonner en lui une colère qu'il ne pouvait plus maîtriser.

« La fureur me fera lâcher quelque sottise, songea-t-il ; et pourquoi me torturent-ils ? »

« Il ne se portait pas très bien ! s'écria Rasoumikhine. Il en a de ces mots ! mais jusqu'à hier il avait presque constamment le délire... Non, mais le croiras-tu, Porphyre ? Il tient à peine sur ses jambes. Eh bien, hier, il a profité du moment où Zossimov et moi nous le quittions une minute pour s'habiller, s'enfuir en catimini, et aller traîner Dieu sait où jusqu'à minuit, et cela en proie au délire. Peux-tu imaginer cela ? Un cas extraordinaire, je t'assure !

– *En proie au délire,* vraiment ? Voyez-vous ça, dit Porphyre en hochant la tête d'un air efféminé.

– Eh ! c'est absurde ; n'en croyez pas un mot ! Du reste, je n'ai pas besoin de vous le dire, vous ne le croyez pas non plus », laissa échapper Raskolnikov, emporté par la colère.

Mais Porphyre Petrovitch ne parut pas entendre ces paroles étranges.

« Comment serais-tu sorti, si tu n'avais pas eu le délire ? fit Rasoumikhine, en s'échauffant à son tour. Pourquoi es-tu sorti ? avec quelle intention ?... Et pourquoi en cachette ? Non, mais avoue que tu ne pouvais pas avoir ta raison. Maintenant que tout danger est écarté, je puis te le dire franchement.

– Ils m'avaient terriblement ennuyé hier, fit Raskolnikov en s'adressant à Porphyre, un sourire de défi, insolent et railleur, aux lèvres. Je me suis donc échappé pour aller louer un logement où ils ne puissent me découvrir et j'ai emporté une belle somme d'argent. Voilà M. Zamiotov qui a pu voir cet argent. Dites donc, monsieur Zamiotov, tranchez notre différend et dites : avais-je le délire ou étais-je dans mon bon sens ? »

Il était prêt, semblait-il, à étrangler Zamiotov à cet instant, tant son mutisme et ses regards équivoques l'irritaient.

« Il me semble que vous parliez d'une façon fort raisonnable, oui, et avisée dirais-je, oui... mais vous paraissiez trop irritable, déclara sèchement Zamiotov.

– Et aujourd'hui, Nicodème Fomitch m'a raconté, intervint Porphyre Petrovitch, qu'il vous avait rencontré hier à une heure fort avancée dans le logement d'un fonctionnaire qui venait d'être écrasé par des chevaux.

– Oui, justement, prenons ce fonctionnaire, reprit vivement Rasoumikhine. Enfin, ne t'es-tu pas conduit comme un fou chez lui ? Tu as donné ton dernier argent à la veuve pour les funérailles. J'admets que tu sois venu à son secours ; tu pouvais lui donner quinze, mettons vingt roubles et garder au moins cinq roubles pour toi ; mais non, tu lâches tous les vingt-cinq roubles d'un coup.

– Mais peut-être ai-je trouvé un trésor quelque part, qu'en sais-tu ? Et ai-je voulu faire une largesse ? Voilà M. Zamiotov : lui sait que j'en ai trouvé un... Excusez-nous de vous ennuyer depuis une demi-heure avec un bavardage aussi oiseux, continua-t-il en s'adressant à Porphyre ; ses lèvres frémissaient. Vous en êtes excédé, n'est-ce pas ?

– Que dites-vous ? Au contraire, bien au contraire. Vous ne savez pas combien vous m'intéressez. Je vous trouve si curieux à voir et à entendre... et je suis, je vous l'avoue, enchanté que vous vous soyez enfin décidé à venir.

– Donne-nous du thé, au moins ; j'ai la gorge sèche ! s'écria Rasoumikhine.

– Excellente idée. Peut-être ces messieurs voudront-ils te tenir compagnie... Ne veux-tu pas quelque chose de plus substantiel avant le thé ?

– File ! »

Porphyre Petrovitch alla commander le thé.

Toutes sortes de pensées tourbillonnaient dans le cerveau de Raskolnikov. Il était fort irrité.

« L'essentiel est qu'ils ne se donnent même pas la peine de feindre et ils n'y vont pas par quatre chemins avec moi. Pourquoi, puisque tu ne me connais pas, t'es-tu entretenu de moi avec Nicodème Fomitch ? C'est donc qu'ils ne cachent plus qu'ils sont à mes trousses comme une meute de chiens. Ils me crachent ouvertement en pleine figure, se disait-il en tremblant de rage. Mais allez-y donc carrément et ne jouez pas avec moi comme le chat avec la souris. Ce n'est pas poli, Porphyre Petrovitch, et je puis ne pas le permettre, oui... je me lèverai et vous jetterai à tous la vérité en pleine figure... et vous verrez comme je vous méprise. » Il respira avec effort. « Mais quoi, si je me trompe, si tout cela n'est qu'un mirage ; si je me trompe du tout au tout, si j'ai mal interprété les choses dans mon ignorance ; si je suis incapable de soutenir mon vilain rôle ? Peut-être n'avaient-ils aucune intention cachée ? Ils ne disent rien que d'ordinaire, mais on sent derrière chacune de leurs paroles... On peut toujours s'exprimer ainsi, mais ils doivent cacher des sous-entendus. Pourquoi Porphyre a-t-il simplement dit « chez elle » ? Et pourquoi Zamiotov a-t-il ajouté que j'ai parlé d'une façon fort *avisée ?* Et pourquoi ce ton qu'ils emploient ? Oui, ce ton. Rasoumikhine a pourtant assisté à la scène ; pourquoi tout cela ne l'a-t-il pas frappé ? Ce nigaud ne s'aperçoit jamais de rien. La fièvre me reprend ! Porphyre a-t-il cligné de l'œil tantôt à mon adresse ou non ? C'est sans doute absurde ; pourquoi aurait-il cligné de l'œil ? Ils veulent peut-être m'énerver ou me narguer ? Tout cela est de la fantasmagorie ou bien *ils savent...* Zamiotov même est insolent. L'est-il ? Il aura fait ses réflexions pendant la nuit. Je pressentais qu'il en serait ainsi. Il est ici comme chez lui et cependant il y vient pour la première fois. Porphyre ne le traite pas en étranger puisqu'il lui tourne le dos. Ils sont d'accord, d'accord à cause de moi. Ils ont dû parler de moi avant notre arrivée. Savent-ils quelque chose au sujet de ma visite à l'appartement ? Ah ! être fixé au plus vite ! Quand j'ai dit que j'étais sorti pour chercher un appartement, Porphyre n'a pas relevé la chose... J'ai adroitement glissé cela... cela peut servir : on dira une crise de délire... Ha ! ha ! ha !

« Il est au courant de mes moindres faits et gestes pendant la soirée d'hier, mais il ignorait l'arrivée de ma mère... Et cette sorcière qui avait noté la date au crayon ! Vous vous trompez, je ne me laisserai pas faire ; ce ne sont pas des faits que vous avez, mais de vagues conjectures. Donnez-nous des faits ! Et la question de l'appartement n'est pas un fait non plus, mais un effet du délire, ah ! je sais comment leur parler... Sont-ils au courant de ma visite à l'appartement ? Je ne partirai pas avant d'être fixé là-dessus. Pourquoi suis-je venu ? Mais voilà que je me fâche ; ça c'est un fait. Que je suis donc devenu irritable ! ou peut-être cela vaut-il mieux ? Je reste dans mon rôle de malade... Il va me harceler, essayer de me déconcerter. Pourquoi suis-je venu ? »

Toutes ces pensées traversaient son esprit avec la rapidité de l'éclair.

Porphyre Petrovitch revint au bout d'un instant. Il paraissait de meilleure humeur.

« J'ai encore mal aux cheveux depuis ta fête d'hier, mon ami, et je ne me sens pas dans mon assiette, fit-il gaiement à Rasoumikhine et sur un ton tout différent de celui qu'il avait pris tout à l'heure.

– La soirée a été intéressante ? Je vous ai abandonnés au plus beau moment. À qui est restée la victoire ?

– À personne, naturellement. On en est finalement venu à ergoter sur les vieux thèmes éternels.

– Imagine-toi, Rodia, que l'on en était arrivé à discuter cette question : Le crime existe-t-il ou non ? Et ce qu'ils ont pu débiter de sottises !

– Que vois-tu là d'extraordinaire ? C'est une simple question de sociologie, répondit distraitement Raskolnikov.

– La question n'était pas formulée ainsi, fit observer Porphyre.

– Oui, c'est vrai, pas tout à fait, admit Rasoumikhine en s'emportant selon son habitude. Vois-tu, Rodion, tu dois nous écouter et nous donner ton opinion. J'y tiens. Je faisais tout ce que je pouvais, moi, hier, et je t'attendais ; je leur avais parlé de toi et j'avais promis ta visite... Les socialistes ont commencé par exposer leur théorie. Elle est connue : le crime est une protestation contre une organisation sociale anormale ; voilà tout et rien de plus et ils n'admettent aucune autre raison, pas une...

– En voilà une erreur ! » cria Porphyre Petrovitch. Il s'animait peu à peu et riait en regardant Rasoumikhine dont l'emballement ne faisait que croître.

« Ils n'admettent pas une autre cause, l'interrompit Rasoumikhine avec feu. Je ne me trompe pas ; je te montrerai leurs livres ; je te montrerai qu'ils disent : « tel individu a été perdu par son milieu » et c'est tout ; c'est leur phrase favorite. D'où la conclusion que si la société était organisée de façon normale, il n'y aurait plus de crimes car on n'aurait plus à protester et tous les hommes deviendraient des « justes ». Ils ne prennent pas en considération la nature ; ils la suppriment ; elle n'existe pas pour eux. Ils ne voient pas une humanité qui se développe par une progression historique et *vivante* et produit enfin une société normale, mais un système social sorti d'une tête de mathématicien et qui doit organiser, en un clin d'œil, la société, la rendre juste et parfaite avant tout processus historique ; d'où leur haine instinctive pour l'histoire. Ils disent : « C'est un ramassis d'horreurs et d'absurdités » et tout s'explique immanquablement par l'absurdité ; d'où également leur haine de ce processus *vivant* qu'est l'existence ; pas besoin *d'âme vivante,* car l'âme vivante a ses exigences, elle n'obéit pas aveuglément à la mécanique, une âme vivante est méfiante, elle est rétrograde et celle qu'ils veulent peut puer la charogne, être faite de caoutchouc, en revanche elle est morte, dénuée de volonté ; c'est un esclave qui n'ira jamais se révolter et il en résulte que tout leur système est établi sur une superposition de briques : par la manière de disposer les corridors et les pièces d'un phalanstère ! Ce phalanstère, il est prêt, mais c'est la nature humaine qui ne l'est point ; elle veut encore vivre, traverser tout le processus de la vie avant de s'en aller au cimetière. La logique ne suffit pas à permettre ce saut par-dessus la nature. La logique ne prévoit que trois cas quand il y en a un million. Ce million, le supprimer et ramener tout à l'unique question du confort ! Voilà la solution la plus facile du problème. Une solution d'une clarté séduisante et qui rend toute réflexion inutile, voilà l'essentiel. Tout le mystère de la vie tient dans deux feuilles d'impression...

– Le voilà qui s'emporte, et trompette ! Il faudrait le lier, faisait Porphyre en riant. Imaginez-vous, continua-t-il en se tournant vers Raskolnikov, que c'était la même musique hier soir, dans une seule pièce et à six voix, et il nous avait préalablement abreuvés de punch. Vous figurez-vous ce que c'était ? Non, mon ami, tu te trompes, le milieu joue un grand rôle dans la criminalité et je te le prouverai.

– Je le sais bien, mais dis-moi : par exemple, un homme de quarante ans a déshonoré une fillette de dix ans. Est-ce son milieu qui l'y a poussé ?

- À proprement parler, oui, on peut dire que c'est le milieu, répondit Porphyre d'un ton extrêmement important. Ce crime peut fort bien, mais fort bien, être expliqué par une influence exercée par le milieu. »

Rasoumikhine fut sur le point d'entrer en fureur.

« Allons, veux-tu que je te *prouve,* hurla-t-il, que tes cils blancs sont dus à ce seul fait que le clocher d'Ivan-le-Grand54 a trente-cinq toises de haut ? Je te le prouverai progressivement d'une façon claire, précise, et même avec une certaine nuance de libéralisme. Je m'y engage. Allons, veux-tu parler ?

- Oui, voyons comment il prouvera cela.

- Il est toujours à faire des singeries, celui-là, s'écria Rasoumikhine, en bondissant avec un geste découragé. Est-ce bien la peine de causer avec toi ? Il fait tout cela exprès. Tu ne le connais pas encore, Rodion. Et hier il n'a été de leur avis que pour se payer leur tête à tous. Ce qu'il a pu bien dire en cette soirée, Seigneur ! Et eux qui se réjouissaient de l'avoir pour eux !... Il est capable de jouer le jeu pendant deux semaines entières. L'année dernière, il s'est mis à nous assurer, je ne sais pourquoi, qu'il allait entrer dans les ordres : et il a continué à l'affirmer pendant deux mois. Dernièrement, il a imaginé de prétendre qu'il se mariait, que tout était déjà prêt pour la noce. Il se fit même faire un nouveau costume. Nous commencions à y croire, à le féliciter. Il n'y avait ni fiancée, ni rien du tout, une invention !

- Voilà où tu te trompes. J'avais fait faire mon costume avant tout. C'est d'ailleurs ce qui m'a donné l'idée de vous jouer le tour.

- Vous êtes vraiment si comédien que cela ? demanda négligemment Raskolnikov.

- Vous ne l'auriez pas pensé ? Attendez, je vous ferai marcher vous aussi, ha ! ha ! ha ! Non, voyez-vous, je vais vous dire la

---

54 *Le clocher d'Ivan-le-Grand :* Clocher du Kremlin, énorme tour de 82 mètres de haut, achevée sous Boris Godounov, surmontée d'une croix dorée de 15 mètres de haut que les Français emportèrent en 1812, la croyant en or (elle fut remplacée depuis). On a du sommet de cette tour une très belle vue sur Moscou.

vérité. À propos de toutes ces histoires de crimes, de milieu, de fillettes, je me rappelle un article de vous qui m'a d'ailleurs toujours intéressé. Il était intitulé « Le Crime » je crois bien, ou, enfin... j'en ai oublié le titre. J'ai eu le plaisir de le lire il y a deux mois dans *La Parole Périodique*.

– Mon article ? Dans *La Parole Périodique ?* demanda Raskolnikov d'un air étonné. J'ai écrit, en effet, il y a six mois, à l'époque où j'ai quitté l'Université, un article au sujet d'un livre qui venait de paraître, mais je l'ai porté alors à *La Parole Hebdomadaire* et non à *La Parole Périodique*.

– Et c'est celle-ci qui l'a publié.

– *La Parole Hebdomadaire* a cessé de paraître sur ces entrefaites ; voilà pourquoi mon article n'y a point été publié...

– C'est vrai, mais, cessant de paraître, *La Parole Hebdomadaire* s'est fondue avec *La Parole Périodique*. Voilà pourquoi votre article a paru dans cette dernière. Vous l'ignoriez ? »

Raskolnikov n'en savait rien en effet.

« Mais voyons, vous pouvez vous faire payer cet article. Quel drôle de caractère vous avez ! Vous vivez si isolé que des choses qui vous intéressent directement ne vous parviennent pas même. C'est un fait.

– Bravo, Rodka ! Moi non plus, je ne le savais pas, cria Rasoumikhine. J'irai aujourd'hui même réclamer le numéro au cabinet de lecture ; deux mois, dis-tu ? Et quelle date ? N'importe, je trouverai. C'est épatant, et il n'en dit rien.

– Et vous, comment avez-vous appris que l'article était de moi ? Ce n'était signé que d'une lettre.

– Oh ! par hasard, tout dernièrement, par le rédacteur en chef. Je le connais... Cela m'a beaucoup intéressé.

– J'examinais, je m'en souviens, l'état psychologique du criminel pendant qu'il perpétrait son crime.

– Oui, et vous vous appliquiez à démontrer que le coupable, au moment où il accomplit cet acte criminel, est toujours un malade. C'est une thèse très, très originale, mais ce n'est à vrai dire pas cette partie de votre article qui m'a particulièrement intéressé, mais certaine pensée glissée vers la fin. Vous vous êtes malheureusement contenté de l'indiquer de façon sommaire et vague... Bref, vous insinuez, à un moment donné, si vous vous en souvenez, qu'il existe des êtres qui peuvent... ou plutôt, il ne s'agit pas de pouvoir, mais ont pleinement le droit de commettre toutes sortes d'actions criminelles et pour lesquels la loi n'est point faite. »

Raskolnikov sourit à cette perfide interprétation de sa pensée.

« Comment ? Quoi ? Le droit au crime ? Mais pas sous l'influence irrésistible du milieu ? demanda Rasoumikhine avec une sorte d'effroi.

– Non, non, il ne s'agit pas de cela, répondit Porphyre. Dans l'article en question, tous les hommes sont divisés en êtres « ordinaires » et « extraordinaires ». Les hommes ordinaires doivent vivre dans l'obéissance et n'ont pas le droit de transgresser la loi, attendu qu'ils sont ordinaires. Les individus extraordinaires, eux, ont le droit de commettre tous les crimes et de violer toutes les lois pour cette raison qu'ils sont extraordinaires ! C'est bien ce que vous dites, si je ne me trompe ?

– Mais comment ? Il est impossible qu'il ait dit cela », marmotta Rasoumikhine.

Raskolnikov se reprit à sourire. Il avait immédiatement compris de quoi il retournait et ce qu'on voulait lui faire dire ; il se rappelait bien son article et accepta de relever le défi qui lui était lancé.

« Ce n'est pas tout à fait ainsi que je me suis exprimé, commença-t-il d'un ton simple et modeste. Je vous avoue d'ailleurs que vous avez reproduit à peu de chose près ma pensée ; vous l'avez même, si vous y tenez, reproduite fort exactement (il semblait éprouver un certain plaisir à l'admettre). La seule différence est que je n'insinue pas, comme vous me le faites dire, que les hommes extraordinaires sont tenus de commettre toutes sortes de crimes. Il me semble qu'un article écrit dans ce sens n'aurait jamais été publié. J'ai seulement insinué que l'homme « extraordinaire » a le droit, pas le droit légal, naturellement, mais le droit moral de permettre à sa conscience de franchir... certains obstacles et cela seulement dans le cas où l'exige la réalisation de son idée (bienfaisante peut-être pour l'humanité tout entière).

Vous prétendez que mon article manque de clarté. Je suis prêt à vous l'expliquer de mon mieux. Je ne me trompe peut-être pas en supposant que tel est votre désir. Eh bien, soit ! D'après moi, si les découvertes de Kepler et de Newton n'avaient pu, par suite de certaines circonstances, parvenir à l'humanité que moyennant le sacrifice d'une, de cent vies humaines ou même davantage, capables de leur faire obstacle, Newton aurait eu le droit, et bien plus le devoir, de les *supprimer* afin de permettre la diffusion de ses découvertes dans le monde entier. Il n'en résulte pas le moins du monde que Newton avait le droit d'assassiner n'importe qui à son gré ou de commettre tous les jours des vols au marché. Dans le reste de mon article, j'insiste, si je m'en souviens bien, sur cette idée que tous les législateurs et les guides de l'humanité, à commencer par les plus anciens, pour continuer par les Lycurgue, les Solon, les Mahomet, les Napoléon, etc., tous, jusqu'aux derniers, ont été des criminels, car, en promulguant de nouvelles lois, ils violaient, par cela même, les anciennes qui avaient été jusque-là fidèlement observées par la société et transmises de génération en génération, et parce qu'ils n'avaient point reculé devant les effusions de sang (de sang innocent et parfois héroïquement versé pour défendre les anciennes lois) pour peu qu'ils en aient eu besoin.

« Il est même à remarquer que la plupart de ces bienfaiteurs et de ces guides de l'humanité ont fait couler des torrents de sang. J'en conclus, en un mot, que tous, non seulement les grands hommes, mais ceux qui s'élèvent tant soit peu au-dessus du niveau moyen et sont capables de prononcer quelques paroles neuves, sont de par leur nature même et nécessairement des criminels, à un degré variable naturellement. Sans cela, il leur serait difficile de sortir de l'ornière commune. Or, ils ne peuvent se résoudre à y demeurer, encore une fois de par leur nature même, et je trouve qu'ils ne doivent point le faire. Bref, vous voyez bien que je n'ai avancé jusqu'ici rien de particulièrement neuf. Ces pensées ont déjà été écrites et lues mille fois. Quant à ma division des individus en ordinaires et extraordinaires, j'admets qu'elle est un peu arbitraire, mais je ne m'obstine pas à défendre la précision des chiffres que j'avance. Je crois seulement que le fond de ma pensée est juste. Elle consiste à affirmer que les hommes peuvent être divisés *en général,* selon l'ordre de la nature même, en deux catégories : l'une inférieure (individus ordinaires) ou encore le troupeau dont la seule fonction consiste à reproduire des êtres semblables à eux, et les autres, les vrais hommes, qui jouissent du don de faire résonner dans leur milieu des *mots nouveaux.* Les subdivisions sont naturellement infinies, mais les traits caractéristiques des deux catégories me semblent assez nets : la première, c'est-à-dire le troupeau, est composée d'hommes conservateurs, sages, qui vivent dans l'obéissance, une obéissance qui leur est chère. Et je trouve qu'ils sont tenus d'obéir, car c'est là leur rôle dans la vie et il ne présente rien d'humiliant pour eux. Dans la seconde, tous transgressent la loi ; ce sont des destructeurs ou du moins des êtres qui tentent de détruire suivant leurs moyens.

« Les crimes commis par eux sont naturellement relatifs et variables. Dans la plupart des cas, ces hommes réclament, avec des formules diverses, la destruction de l'ordre établi au profit d'un monde meilleur. Mais, s'il le faut, pour faire triompher leurs idées, ils passent sur des cadavres, sur des mares de sang ; ils peuvent, selon moi, se le permettre en conscience ; tout dépend de l'idée et de son importance, remarquez-le bien. Ce n'est que dans ce sens que je parle dans mon article de leur droit à commettre des crimes. (Notre point de départ a été, si vous vous en souvenez, une question juridique.) Il n'y a d'ailleurs pas lieu de s'inquiéter sérieusement. La masse ne leur reconnaît jamais ce droit ; elle les décapite, les pend (plus ou moins) et remplit ainsi, de la façon la plus rationnelle, son rôle conservateur, jusqu'au jour où cette même masse, dans ses générations suivantes, érige des statues aux suppliciés et leur voue un culte (plus ou moins). La première catégorie est maîtresse du présent, la seconde de l'avenir. La première conserve le monde et c'est grâce à elle que l'humanité se multiplie ; la seconde meut l'univers et le conduit à son but. Toutes les deux ont également leur raison d'être. Enfin, tous ont, pour moi, des droits égaux et *vive donc la guerre éternelle*[55], jusqu'à la Nouvelle Jérusalem, bien entendu.

– Vous y croyez donc à la Nouvelle Jérusalem ?

_____

[55] En français dans le texte.

– J'y crois », répondit fermement Raskolnikov. Il prononça ces mots comme il l'avait fait pour sa longue tirade, les yeux fixés sur un point du tapis.

« Et vous croyez en Dieu aussi ? Excusez-moi d'être si indiscret.

– J'y crois, répondit encore Raskolnikov, en levant les yeux sur Porphyre.

– Et à la résurrection de Lazare ?

– O-oui ; pourquoi me posez-vous ces questions ?

– Vous y croyez littéralement ?

– Littéralement.

– Tiens, tiens... Cela n'a aucune importance, la chose m'intéressait. Excusez-moi, mais permettez, je reviens à notre sujet. Il arrive qu'on ne les exécute pas ; il y en a au contraire...

– Qui triomphent de leur vivant ? Oui, cela arrive à quelques-uns et alors...

– Ce sont eux qui se mettent à exécuter ?

– S'il le faut et c'est ce qui se rencontre le plus souvent ; votre remarque est très fine, vous savez !

– Je vous remercie bien, mais, dites-moi, comment distinguer ces hommes extraordinaires des autres ? Présentent-ils des signes particuliers à leur naissance ? Je suis d'avis qu'il faut observer la plus rigoureuse exactitude sur ce sujet-là et arriver à atteindre une grande précision formelle. Excusez mon inquiétude fort naturelle d'homme pratique et bien pensant, mais ne pourraient-ils, par exemple, porter un vêtement particulier, un emblème quelconque ?... Car enfin, convenez que, s'il se produit une erreur et qu'un individu appartenant à une catégorie s'imagine faire partie de l'autre et se mette à détruire tous les obstacles, suivant votre si heureuse expression, alors...

– Oh ! cela arrive fort souvent. Cette remarque dépasse peut-être la précédente en finesse...

– Je vous remercie...

– Il n'y a pas de quoi. Mais considérez que l'erreur n'est possible qu'en ce qui concerne la première catégorie, c'est-à-dire celle des hommes ordinaires (comme je les ai appelés, peut-être bien à tort). Malgré leur tendance innée à l'obéissance, beaucoup d'entre eux, grâce à un naturel folâtre qu'on rencontre même parmi les vaches, se prennent pour des hommes d'avant-garde, des destructeurs appelés à faire entendre la parole nouvelle, et cela fort sincèrement. En fait, ils ne distinguent pas les *vrais* novateurs et souvent ils les méprisent comme des esprits arriérés et bas. Mais il me semble qu'il ne peut y avoir là de danger sérieux et vous n'avez pas à vous inquiéter, car ils ne vont jamais bien loin. Tout au plus pourrait-on les fouetter parfois pour les punir de leur égarement et les remettre à leur place. Il n'est même pas besoin de déranger un bourreau pour cela, car ils se chargent eux-mêmes de se donner la discipline, étant gens d'une haute moralité ; tantôt ils se rendent ce service l'un à l'autre, tantôt ils se flagellent de leurs propres mains. Ils s'infligent des pénitences publiques, ce qui ne laisse pas d'être beau et édifiant ; bref, vous n'avez pas à vous inquiéter... c'est la règle générale.

– Allons, vous m'avez rassuré, tout au moins de ce côté. Mais il y a encore une chose qui me tracasse ; dites-moi, je vous prie, y en a-t-il beaucoup de ces hommes qui aient le droit d'égorger les autres, de ces individus extraordinaires en un mot ? Sans doute, je suis prêt à m'incliner devant eux, mais enfin, avouez qu'on puisse frissonner à l'idée qu'ils pourraient être nombreux ?

– Oh ! ne vous inquiétez pas de cela non plus, continua Raskolnikov sur le même ton. En général, il naît infiniment, et même singulièrement peu d'hommes aptes à trouver une idée nouvelle ou même à dire quoi que ce soit de *neuf*. Une chose est certaine, c'est que la répartition des individus dans les catégories et subdivisions de l'espèce humaine doit être strictement déterminée par quelque loi de la nature. Cette loi nous est, bien entendu, cachée encore à l'heure qu'il est, mais je crois qu'elle existe et pourra nous être révélée un jour. L'énorme masse des individus, du troupeau comme nous disions, ne vit sur terre que pour mettre finalement au monde, à la suite de longs efforts et de mystérieux croisements de peuples et de races, un homme qui, entre mille, possède quelque indépendance, et un sur dix mille, sur cent mille, à mesure que le degré d'indépendance s'élève (mes chiffres sont approximatifs). On compte un homme de génie sur des millions, et des milliers de millions d'hommes passent sur terre avant de fournir une de ces intelligences qui changent la face du monde. En un mot, je ne suis pas allé me pencher sur la cornue où tout cela s'opère. Mais cette loi déterminée existe, elle doit exister, il ne s'agit point de hasard ici.

– Mais, enfin, plaisantez-vous tous les deux ? s'écria Rasoumikhine. Vous moquez-vous l'un de l'autre ? Ils sont là à se mystifier mutuellement. Tu ne parles pas sérieusement, Rodia ? »

Raskolnikov ne répondit rien. Il leva vers lui son pâle et triste visage et, à voir la physionomie mélancolique de son ami, Rasoumikhine jugea étrange le ton caustique, grossier et *provocant* qu'avait pris Porphyre.

« Eh bien, mon cher, si tout cela est sérieux... Tu as raison de dire qu'il n'y a là rien de neuf, que toutes ces idées ressemblent à celles que nous avons pu entendre énoncer bien des fois, mais ce que je trouve de vraiment *original* dans tout cela et ce qui me paraît t'appartenir en propre, à mon grand chagrin, c'est ce droit moral de verser le sang que tu entends accorder en *toute conscience* et que tu excuses même avec tant de fanatisme... Il me semble que c'est là l'idée principale de ton article : l'autorisation *morale* de tuer, et elle m'apparaît plus terrible que ne le serait une autorisation officielle et légale.

– Tout à fait juste ; elle l'est en effet, fit observer Porphyre.

– Non, tu as dû te laisser entraîner et dépasser ta pensée. C'est une erreur... Je lirai ton article. Tu t'es laissé entraîner... Tu ne peux pas penser cela... Je lirai...

– Il n'y a rien de tout cela dans mon article. Je n'ai fait qu'y effleurer la question, dit Raskolnikov.

– Oui, voilà, oui, fit Porphyre qui ne pouvait tenir en place. Je comprends maintenant à peu près comment vous envisagez le crime, mais... excusez-moi de vous importuner (j'ai honte de vous ennuyer ainsi). Voyez-vous... vous m'avez rassuré tantôt au sujet des cas trompeurs, de ces cas de confusion entre les deux catégories, mais... je me sens repris d'inquiétude en songeant au côté pratique de la question. Si un homme, un adolescent quelconque, s'imagine être un Lycurgue par exemple, ou un

Mahomet... – futur, en puissance, cela va sans dire, – et se met à détruire tous les obstacles qu'il rencontre... J'entreprends, dira-t-il, une longue campagne, et pour cette campagne il faut de l'argent. Là-dessus, il s'arrange pour se procurer des ressources... vous me comprenez ? »

Zamiotov, à ces mots, pouffa dans son coin, mais Raskolnikov ne leva même pas les yeux.

« Je dois admettre, répondit-il tranquillement, que ces cas doivent se présenter en effet. Les vaniteux imbéciles peuvent tomber dans ce piège, les jeunes gens surtout s'y laissent prendre.

– Vous voyez bien... Comment faire alors ?

– Eh bien quoi, reprit Raskolnikov en ricanant, je n'y suis pour rien. La chose existe et existera toujours... Voilà lui (il indiqua Rasoumikhine d'un signe), il prétendait tout à l'heure que j'autorise le meurtre. Qu'importe ? La société est trop bien protégée par la déportation, les prisons, les bagnes, les juges, pour avoir à s'inquiéter. On n'a qu'à chercher le voleur...

– Et si on le trouve ?

– Tant pis pour lui.

– Vous êtes logique au moins. Bon, mais que lui dira sa conscience ?

– Pourquoi vous en inquiétez-vous ?

– C'est une question qui touche nos sentiments humains.

– À celui qui en a une de souffrir en reconnaissant son erreur. C'est son châtiment, indépendamment du bagne.

– Ainsi, demanda Rasoumikhine tout rembruni, ces hommes de génie, ceux qui ont le droit de tuer, ils ne doivent ressentir aucune souffrance pour avoir versé le sang humain ?

– Pourquoi employer ce mot *doivent* ? Il ne s'agit ni de permettre, ni de défendre. Ils n'ont qu'à souffrir si leur victime leur inspire de la pitié... La souffrance, la douleur sont inséparables d'une haute intelligence, d'un grand cœur. Les vrais grands hommes doivent, me semble-t-il, éprouver une immense tristesse sur terre », ajouta-t-il d'un air pensif qui contrastait avec le ton de la conversation.

TROISIÈME PARTIE

Il leva les yeux et regarda les assistants d'un air rêveur, puis il sourit et prit sa casquette. Il était trop calme en comparaison de l'attitude qu'il avait en entrant tantôt, et il le sentait. Tous se levèrent.

« Eh bien, vous pouvez m'injurier, vous fâcher, si vous le voulez, mais c'est plus fort que moi, conclut Porphyre Petrovitch, permettez-moi de vous poser encore une question (décidément j'abuse !). Je voudrais vous faire part d'une petite idée qui m'est venue et que je crains d'oublier...

– Bon, dites-la, votre petite idée, fit Raskolnikov, debout, pâle et sérieux en face du juge d'instruction.

– Eh bien ! voilà, je ne sais comment m'expliquer... C'est une idée si bizarre... psychologique, oui... En composant votre article, il est impossible, hé ! hé ! que vous ne vous soyez pas considéré vous-même, au moins en partie, comme un de ces hommes extraordinaires et destinés à prononcer des « paroles neuves » dans le sens où vous l'entendez... N'est-ce pas ?

– C'est très possible », répondit dédaigneusement Raskolnikov. Rasoumikhine fit un mouvement.

« Et, s'il en est ainsi, pourriez-vous jamais vous décider, pour sortir d'embarras matériels, ou pour rendre service à l'humanité tout entière, à franchir le pas... c'est-à-dire à tuer, par exemple, et à voler ?... »

Et il cligna de l'œil gauche, avec un rire silencieux, tout à fait comme tantôt.

« Si je m'étais décidé à le franchir, je n'irais sûrement pas vous le dire ! répondit Raskolnikov d'un air de défi hautain.

– Non, ma question n'était dictée que par une curiosité purement littéraire ; je ne vous l'ai posée qu'à seule fin de mieux pénétrer le sens de votre article. »

« Quel piège grossier ! La malice est cousue de fil blanc », songea Raskolnikov écœuré.

« Permettez-moi de vous faire remarquer, continua-t-il sèchement, que je ne me suis jamais cru un Mahomet ou un Napoléon... ni aucun personnage de ce genre et je ne puis par conséquent vous renseigner sur ce que je ferais si cela était...

– Allons donc ! Qui ne se croit à présent un Napoléon, chez nous, en Russie ? » fit tout à coup Porphyre, sur un ton terriblement familier.

Cette fois, l'accent même qu'il avait pris pour prononcer ces paroles était particulièrement explicite.

« Ne serait-ce pas un futur Napoléon qui aurait tué la semaine dernière, à coups de hache, notre Alena Ivanovna ? » lâcha tout à coup Zamiotov de son coin.

Raskolnikov fixait Porphyre d'un regard immobile et ferme ; il ne disait rien. Rasoumikhine s'était renfrogné. Il semblait, depuis un moment, se douter de certaines choses... et promena autour de lui un regard furieux. Il y eut une minute de morne silence. Raskolnikov se prépara à s'en aller.

« Vous partez déjà ? dit gracieusement Porphyre, en tendant la main au jeune homme avec une extrême amabilité. J'ai été très heureux de faire votre connaissance. Quant à votre requête, soyez sans crainte. Écrivez dans le sens que je vous ai indiqué. Au reste, vous feriez mieux de passer me voir au commissariat un de ces jours, demain par exemple. J'y serai sans faute à onze heures. Nous arrangerons tout et nous causerons. Comme vous êtes un des derniers qui soyez allé *là-bas,* vous pourrez peut-être nous donner une indication, ajouta-t-il d'un air bonhomme.

– Vous voulez m'interroger dans les règles ? demanda brutalement Raskolnikov.

– Non, pourquoi ? Il ne s'agit pas de cela pour le moment. Vous m'avez mal compris. Voyez-vous, je profite de toutes les occasions et j'ai déjà causé avec tous ceux qui avaient mis des objets en gage... Ils m'ont donné quelques renseignements, et vous, en tant que dernier... Ah ! à propos, cria-t-il avec une joie subite, heureusement que j'y pense ; j'allais encore l'oublier (ce disant il se tournait vers Rasoumikhine). Tu m'as rebattu l'autre jour les oreilles avec ce Nikolachka. Eh bien, je suis moi-même parfaitement certain et convaincu que le gars est innocent, continua-t-il, en s'adressant de nouveau à Raskolnikov. Mais qu'y puis-je ? Il m'a fallu inquiéter Mitka aussi. Or voici ce que je voulais vous demander : en montant alors l'escalier... permettez, c'est entre sept et huit heures que vous y avez été, n'est-ce pas ?

– Entre sept et huit, oui, répondit Raskolnikov, qui regretta aussitôt cette réponse inutile.

– Eh bien, en montant l'escalier, entre sept et huit heures, n'avez-vous pas vu, au second étage, dans un logement dont la porte était ouverte, vous vous souvenez ? n'avez-vous pas vu, dis-je, deux ouvriers ou un tout au moins, en train de peindre ? Ne les avez-vous pas remarqués ? C'est très, très important pour eux !...

– Des peintres ? Non, je ne les ai pas vus... répondit Raskolnikov d'un air de chercher dans ses souvenirs, tandis qu'il tendait toutes les forces de son esprit pour démasquer le piège caché dans ces paroles. Non, je ne les ai pas vus et je n'ai d'ailleurs pas remarqué de logement ouvert, continua-t-il... Mais, voilà, au quatrième (il était sûr maintenant d'avoir éventé la mèche et triomphait) je me souviens qu'il y avait un fonctionnaire qui déménageait... juste en face du logement d'Alena Ivanovna ; oui, je m'en souviens parfaitement et même des soldats en train d'emporter un divan m'ont coincé contre le mur... mais les peintres, non, je ne me souviens pas de les avoir vus... pas plus que de logement ouvert, non ! non ! il n'y en avait pas !

– Mais qu'est-ce qui te prend ? cria brusquement Rasoumikhine qui sembla tout à coup avoir compris où tendait cela. Voyons, les peintres ont travaillé le jour du meurtre et lui y a été trois jours auparavant. Pourquoi lui poser cette question ?

– Ah ! mon Dieu ! j'ai confondu, fit Porphyre en se frappant le front. Le diable m'emporte, cette affaire me rend fou, ajouta-t-il en manière d'excuse en s'adressant à Raskolnikov. Il est si important pour nous de savoir si quelqu'un les a vus entre sept et huit heures dans l'appartement que je me suis imaginé tout à coup que vous étiez à même de nous donner ce renseignement... une confusion...

– Il faudrait faire attention », grommela Rasoumikhine.

Ces derniers mots furent prononcés dans l'antichambre. Porphyre Petrovitch accompagna fort aimablement les jeunes gens jusqu'à la porte. Tous deux sortirent de la maison, sombres et moroses, et firent quelques pas en silence. Raskolnikov respira profondément...

VI

« Je ne le crois pas, je n'y puis croire », répétait Rasoumikhine d'un air préoccupé, en repoussant de toutes ses forces les conclusions de Raskolnikov. Ils approchaient de la maison meublée de Bakaleev où Pulchérie Alexandrovna et Dounia les attendaient depuis longtemps. Rasoumikhine s'arrêtait à tout instant dans la chaleur de la discussion. Il était fort agité et troublé, ne fût-ce que par ce fait que c'était la première fois qu'ils abordaient clairement cette *question* entre eux.

« Tu ne peux pas ne pas y croire, répondit Raskolnikov avec un sourire dédaigneux et froid ; tandis que tu ne remarquais rien, suivant ton habitude, moi, je pesais chaque mot.

– Tu es défiant, voilà pourquoi tu le faisais... hum... Je reconnais en effet que le ton de Porphyre était étrange, et c'est surtout ce coquin de Zamiotov... Tu as raison ; il avait je ne sais quoi... mais pourquoi ? dis-moi pourquoi ?

– Il aura réfléchi pendant la nuit.

– Non, au contraire, mais au contraire, te dis-je. Si cette pensée stupide leur était venue, ils auraient pris soin de la dissimuler de leur mieux, de cacher leur jeu, enfin, pour mieux t'attraper ensuite... tandis que le faire maintenant... eût été aussi maladroit qu'insolent.

– S'ils avaient eu des faits, j'entends des faits sérieux ou des soupçons quelque peu fondés, ils se seraient en effet efforcés de cacher leur jeu dans l'espoir de mieux gagner la partie, ou plutôt ils auraient depuis longtemps perquisitionné chez moi. Mais ils n'ont pas un fait, pas un seul. Tout se réduit à des conjectures gratuites, à des suppositions sans fondement. Voilà pourquoi ils essaient de me démonter par leur insolence. Peut-être ne faut-il voir en cet incident que le dépit de Porphyre qui enrage de n'avoir point de preuves ou peut-être cache-t-il un dessein mystérieux ?... Il semble intelligent... Il pensait peut-être m'effrayer en faisant celui qui sait... C'est une psychologie particulière cela, mon cher...

C'est du reste une chose assez répugnante que de se mêler d'expliquer toutes ces questions. Laissons cela !

– Et tout cela est blessant, blessant, je te comprends, mais... puisque nous parlons ouvertement (et je me réjouis qu'il en soit ainsi, cela me paraît excellent !) je n'hésiterai plus à t'avouer franchement qu'il y a longtemps que j'avais remarqué qu'ils nourrissaient cette idée. Elle était à peine formulée, bien entendu, sous une forme mi-plaisante, vague, insidieuse, mais ils n'avaient pas le droit de l'accueillir, fût-ce sous cette forme-là. Comment ont-ils osé le faire ? Et qu'est-ce qui a donné naissance à cette pensée ? Quelle en est l'origine ? Si tu savais dans quelle colère tout cela m'a mis ! Quoi ! voilà un pauvre étudiant rendu méconnaissable par la misère et la neurasthénie, qui couve une grave maladie accompagnée de délire, et cette maladie même avait peut-être déjà commencé (remarque-le bien) ; un jeune homme méfiant, fier, conscient de sa valeur et qui vient de passer six mois terré dans son coin, sans voir personne, qui n'a plus que des loques sur le dos et des bottes éculées sans semelles aux pieds. Il est là, debout, devant de misérables policiers à subir leurs insolences. Là-dessus, on lui réclame à brûle-pourpoint le paiement d'un billet protesté, la peinture fraîche sent mauvais, il fait une chaleur de trente degrés dans la pièce bondée de monde, dont l'air est littéralement irrespirable ; il y entend conter le meurtre d'une personne qu'il a vue la veille, et avec tout cela il a le ventre vide. Comment ne pas s'évanouir ? Et bâtir toutes les présomptions sur cette syncope... Le diable les emporte ! Je comprends que ce soit vexant, mais, à ta place, Rodia, je ne ferais qu'en rire, leur rire au nez ou, mieux que ça, je leur cra-che-rais en pleine figure de bons jets de salive et leur enverrais quelques gifles bien senties. Crache, te dis-je ! Courage ! C'est honteux ! »

« Il a bien débité sa tirade », pensa Raskolnikov.

« Cracher, c'est facile à dire, et demain, nouvel interrogatoire ! proféra-t-il avec amertume. Vais-je donc être obligé de m'abaisser à leur donner des explications ? Je m'en veux déjà de m'être humilié hier au cabaret avec Zamiotov...

– Le diable les emporte ! J'irai moi-même chez Porphyre. Et je saurai m'expliquer avec lui, *intimement*. Je le forcerai à m'exposer toute l'histoire depuis le début. Quant à Zamiotov... »

« Enfin, il y est venu », pensa Raskolnikov.

« Attends, cria Rasoumikhine en le saisissant tout à coup par l'épaule. Attends, tu divaguais tout à l'heure ; toute réflexion faite, je t'assure que tu divaguais. Tu dis que la question relative aux ouvriers était un piège. Mais réfléchis, mais réfléchis, si tu avais *cela* sur la conscience, aurais-tu avoué avoir vu travailler ces peintres ?... Au contraire, tu aurais fait celui qui n'a rien vu, même si cela avait été un mensonge. Qui avouera une chose qui le compromet ?

– Si j'avais *cela* sur la conscience, j'aurais sûrement dit que j'avais vu le logement et les ouvriers, reprit Raskolnikov qui semblait poursuivre la conversation avec le plus profond dégoût.

– Mais pourquoi dire des choses compromettantes pour toi ?

– Parce que seuls les paysans ou les débutants les plus inexpérimentés nient tout de parti pris. Un prévenu tant soit peu cultivé et intelligent avoue autant que possible tous les faits matériels qu'il ne peut supprimer. Il ne fait que leur attribuer des causes différentes. Il ajoute une petite note de son cru qui en modifie la signification. Porphyre pouvait penser que je répondrais ainsi et que j'avouerais, pour la vraisemblance, ce que j'aurais vu en l'expliquant à ma façon. Toutefois...

– Mais il t'aurait aussitôt répondu qu'il ne pouvait y avoir d'ouvriers dans la maison deux jours avant le crime et que tu étais par conséquent venu le jour du meurtre entre sept et nuit heures ; il t'aurait pris grâce à un détail insignifiant.

– Et c'est justement sur cela qu'il comptait ; il pensait que je n'aurais pas le temps de me rendre compte de la chose, et que je me dépêcherais de répondre de la façon qui me semblerait la plus plausible en oubliant que les ouvriers ne pouvaient être là deux jours auparavant.

– Mais comment oublier une chose pareille !

– Rien de plus facile ! Ces points de détail constituent l'écueil des malins. L'homme le plus fin est le dernier à se douter qu'il peut être pris sur des détails minimes. Porphyre est loin d'être aussi bête que tu le crois...

– S'il en est ainsi, c'est un coquin. »

TROISIÈME PARTIE

Raskolnikov ne put s'empêcher de rire, mais il s'étonna, au même instant, d'avoir prononcé cette dernière phrase avec une véritable animation et même un certain plaisir, lui qui, jusqu'ici, n'avait soutenu la conversation qu'à contrecœur et par nécessité.

« Il semble que je prends goût à ces questions », songea-t-il.

Mais il fut saisi aussitôt d'une sorte d'agitation fébrile, comme si une pensée inquiétante et subite s'était emparée de lui. Cette fièvre devint bientôt intolérable. Ils arrivaient cependant à la maison meublée de Bakaleev.

« Vas-y seul, fit-il tout à coup, je reviens dans un instant.

– Où vas-tu ? Mais nous voici arrivés.

– J'ai affaire, te dis-je. Il faut que j'y aille... je reviens dans une demi-heure... préviens-les.

– Soit, mais je te suis.

– Ah ! mais as-tu juré toi aussi de me persécuter ? » s'écria l'autre avec tant d'amertume et un tel désespoir dans le regard que Rasoumikhine n'osa pas insister. Il resta un moment devant la porte, à suivre d'un œil sombre Raskolnikov qui s'en allait rapidement dans la direction de son domicile. Enfin il serra les poings, grinça des dents et jura de confesser Porphyre avant le soir. Puis, il monta rassurer Pulchérie Alexandrovna qui commençait à s'inquiéter en ne les voyant pas revenir.

Quand Raskolnikov arriva devant la maison qu'il habitait, ses tempes étaient mouillées de sueur ; il avait peine à respirer. Il monta rapidement l'escalier, entra dans sa chambre restée ouverte et s'y enferma. Aussitôt il se précipita, fou d'épouvante, vers la cachette où il avait déposé les objets, fourra la main sous la tapisserie, y tâtonna un moment, mais en vain, fouilla dans le moindre recoin, et n'y trouvant décidément rien, se releva avec un profond soupir de soulagement. Il avait imaginé tout à l'heure, quand il approchait de la maison Bakaleev, qu'un objet quelconque, une chaîne par exemple ou un bouton de manchette ou même un papier qui les avait enveloppés et portant une indication écrite de la vieille, avait pu lui échapper et traîner dans une fente pour servir plus tard d'irrécusable pièce à conviction contre lui.

Il restait plongé dans une vague rêverie, un sourire étrange, humble et presque hébété, errait sur ses lèvres. Il prit enfin sa casquette et sortit sans bruit. Ses idées se brouillaient. Il descendit ainsi, pensif, et arriva à la porte cochère.

« Le voilà justement », cria une voix sonore. Il leva la tête.

Le concierge, debout sur le seuil de sa cage, désignait Raskolnikov à un homme de petite taille, aux allures d'homme du peuple, vêtu d'une espèce de houppelande sur un gilet et qui, de loin, avait assez l'aspect d'une bonne femme. Sa tête coiffée d'une casquette graisseuse s'inclinait sur sa poitrine ; il paraissait d'ailleurs tout voûté. Sa face molle et ridée était celle d'un homme de plus de cinquante ans. Ses petits yeux noyés de graisse lançaient un regard sombre, dur et mécontent.

« Qu'y a-t-il ? » demanda Raskolnikov, en s'approchant du concierge. L'homme lui lança en dessous un regard oblique, puis se mit à l'examiner avec attention, sans se presser ; ensuite, il se détourna et franchit la porte cochère sans rien dire.

« Qu'y a-t-il donc ? cria Raskolnikov.

– Eh bien ! c'est un individu qui est venu s'informer si un certain étudiant habite ici ; il vous a nommé, a donné le nom de la logeuse. À ce moment, vous êtes descendu, je vous ai montré et lui s'en est allé, et voilà ! »

Le concierge semblait lui-même assez étonné de la chose ; du reste, sa perplexité ne dura pas. Il ne réfléchit qu'un instant, puis se détourna et rentra dans sa tanière. Raskolnikov s'élança sur les traces de l'inconnu.

À peine sorti, il l'aperçut qui suivait le trottoir opposé. Il marchait du même pas régulier et lent, les yeux fixés à terre et semblait réfléchir. Il le rejoignit très vite, mais se borna un moment à lui emboîter le pas. Enfin, il vint se placer à ses côtés et lui jeta un regard oblique. L'autre s'aperçut aussitôt de sa présence, lui lança un rapide coup d'œil, puis baissa de nouveau les yeux. Ils avancèrent ainsi pendant une minute sans prononcer une parole.

« Vous m'avez demandé... chez le concierge ? » fit enfin Raskolnikov d'une voix basse.

L'homme ne répondit rien, il ne le regarda même pas. Il y eut un nouveau silence.

« Mais pourquoi venez-vous me demander ? Puis vous vous taisez... Que signifie ?... » La voix de Raskolnikov était entrecoupée et les mots semblaient avoir peine à sortir de sa bouche.

Cette fois, l'autre leva les yeux et jeta au jeune homme un regard sombre et sinistre.

« Assassin », fit-il tout à coup d'une voix basse, mais distincte.

Raskolnikov marchait à ses côtés. Il sentit ses jambes faiblir et flageoler ; un frisson glacé lui courut dans le dos et, durant une seconde, son cœur cessa de battre comme s'il avait été décroché. Ils firent ainsi une centaine de pas toujours en silence.

L'homme ne le regardait pas.

« Mais que dites-vous ? Quoi... qui est un assassin ? marmotta enfin Raskolnikov d'une voix à peine perceptible.

– C'est *toi* qui es un assassin », répondit l'autre, en articulant ces mots d'un air plus significatif encore, avec un sourire de triomphe haineux, et il regarda fixement le visage pâle et les yeux vitreux de Raskolnikov. Ils approchaient cependant d'un carrefour. L'inconnu tourna à gauche et continua son chemin sans se retourner. Raskolnikov resta figé sur place à le suivre des yeux. Quand il eut fait cinquante pas, l'homme se retourna pour observer le jeune homme toujours cloué au même endroit. La distance ne permettait pas de distinguer ses traits, mais Raskolnikov crut remarquer qu'il souriait encore de son sourire glacé, plein d'une haine triomphante.

Transi d'effroi, les jambes tremblantes, il regagna tant bien que mal sa demeure et monta dans sa chambre. Il enleva sa casquette, la déposa sur la table et resta debout immobile, pendant dix minutes. Enfin, il se jeta, à bout de forces, sur son divan et s'y allongea péniblement avec un faible soupir ; ses yeux étaient clos. Une demi-heure passa ainsi.

Il ne songeait à rien de précis ; seules des bribes de pensées, de vagues imaginations désordonnées, des visages de son enfance ou rencontrés une fois par hasard, et auxquels il n'aurait jamais pu songer, lui passaient par l'esprit. C'était le clocher de l'église de

V..., le billard d'un café et un officier inconnu, debout devant ce billard. Une odeur de cigare répandue chez un marchand de tabac établi dans un sous-sol, un cabaret, un escalier de service tout noir, couvert d'ordures ménagères et de coquilles d'œuf, un son de cloche dominical. Les objets changeaient continuellement et tournaient autour de lui dans un tourbillon éperdu. Les uns lui plaisaient, il tentait de s'y agripper, mais ils s'effaçaient bien vite, il étouffait un peu... mais la sensation était par moments agréable... Le léger frisson qui s'était emparé de lui ne cessait pas et cela aussi ne lui déplaisait point.

Il entendit le pas pressé de Rasoumikhine, puis sa voix et ferma les yeux, en faisant semblant de dormir. Rasoumikhine ouvrit la porte et resta un moment sur le seuil d'un air irrésolu... Ensuite il entra tout doucement dans la pièce et s'approcha du divan avec précaution.

« Ne l'éveille pas, laisse-le dormir tout son saoul ; il mangera plus tard, murmura Nastassia.

– Oui, tu as raison », répondit Rasoumikhine.

Tous les deux sortirent sur la pointe des pieds et refermèrent la porte. Une demi-heure passa ainsi, puis tout à coup Raskolnikov ouvrit doucement les yeux et brusquement se rejeta sur le dos, les mains croisées derrière la nuque.

« Qui est-il ? Qui est cet homme surgi de terre ? Où était-il et qu'a-t-il pu voir ? Il a tout vu, c'est bien certain. Mais d'où contemplait-il la scène ? Pourquoi a-t-il attendu jusqu'à présent pour donner signe de vie ? Et comment a-t-il pu voir ? Est-ce possible ? Hum... continua Raskolnikov pris d'un frisson glacial, et l'écrin trouvé derrière la porte par Nikolaï ? Pouvait-on s'attendre à pareille chose ?... Des preuves... Il suffit de se tromper d'un rien du tout pour créer une preuve qui grandit, devient colossale... » Et il sentit avec un violent dégoût que ses forces l'abandonnaient et qu'il devenait extrêmement faible.

« J'aurais dû le savoir, pensait-il avec une ironie amère, et comment ai-je osé, me connaissant, prévoyant plutôt ce dont j'étais capable, comment ai-je pu prendre la hache et verser le sang ? Je devais tout prévoir !... Mais n'ai-je pas tout prévu ? » marmotta-t-il désespérément.

TROISIÈME PARTIE

Par moments il s'arrêtait, paralysé par une pensée.

« Non, ces gens-là sont autrement faits ; un vrai *conquérant*, de ceux auxquels tout est permis, canonne Toulon, organise des massacres à Paris, *oublie* son armée en Égypte, sacrifie un demi-million d'hommes dans la campagne de Russie. Il se tire d'affaire par un calembour à Vilna, et, après sa mort, on lui élève des statues ; c'est donc que tout lui est effectivement permis. Mais ces hommes sont faits de bronze et non de chair. »

Une idée subite l'amusa tout à coup.

« Napoléon, les Pyramides, Waterloo et une vieille usurière décharnée avec son coffre de maroquin rouge sous le lit. Non, comment admettre pareil rapprochement ? Comment un homme, fût-ce Porphyre Petrovitch lui-même, l'admettrait-il ? L'admettre, eux ?... Leurs sentiments esthétiques s'y opposent : ... un Napoléon aller se fourrer sous le lit de la vieille ? diraient-ils. Eh ! misère de nous !... »

De temps à autre, il lui semblait être repris de délire ; il se trouvait dans un état d'exaltation fiévreuse.

« La vieille ne signifie rien, se disait-il ardemment et par accès. C'est peut-être une erreur, mais il ne s'agit pas d'elle. La vieille n'a été qu'un accident... Je voulais sauter le pas au plus vite. Je n'ai pas tué un être humain, mais un principe ; oui, le principe, je l'ai bien tué, mais je n'ai pas su accomplir le saut. Je suis resté en deçà... Je n'ai su que tuer. Et encore n'y ai-je pas trop bien réussi, paraît-il... Un principe. Pourquoi cet idiot de Rasoumikhine attaquait-il les socialistes tantôt ? Ce sont de laborieux hommes d'affaires, occupés du « bonheur général ». Non, la vie ne m'a été donnée qu'une fois et je ne veux pas attendre ce « bonheur universel » ; avant tout je veux vivre, sinon, mieux vaudrait ne pas exister. Eh bien, quoi ? Je n'ai fait que me refuser à passer devant une mère affamée en serrant mon rouble dans ma poche dans l'attente du « bonheur universel ». J'apporte comme qui dirait ma pierre à l'édifice commun et cela suffit à me donner la paix. Ha ! ha ! pourquoi m'avez-vous laissé partir ? Je n'ai qu'un temps à vivre et je veux aussi... Eh ! je ne suis qu'une vermine bourrée d'esthétique. Rien de plus. Oui, une vraie vermine », ajouta-t-il en éclatant d'un rire d'aliéné ; il s'attacha à cette idée et se mit à la fouiller, à la retourner en tous sens avec un âcre plaisir. « Je le suis, ne serait-ce d'abord que parce que je me le dis et ensuite parce que j'ai ennuyé tout un mois la divine Providence en la prenant à témoin que je ne tentais point cette entreprise en vue de satisfactions matérielles, mais pour un dessein noble et grandiose. Ha ! ha ! et encore parce que j'ai décidé d'observer la plus rigoureuse justice et la plus parfaite mesure dans l'exécution de mon plan ! Premièrement, j'ai choisi, entre toutes, la vermine la plus nuisible, et en la tuant je ne comptais prendre chez elle que l'argent strictement nécessaire pour me permettre de tenter mon premier pas dans la vie, ni plus ni moins (le reste serait allé aux monastères selon les termes de son testament. Ha ! Ha !)... Enfin, dis-je, je ne suis qu'une vermine irrévocablement... ajouta-t-il en grinçant des dents, parce que je suis peut-être plus vil, plus ignoble que la vermine que j'ai assassinée et parce que je pressentais qu'après l'avoir tuée je me traiterais ainsi. Mais est-il rien de comparable à cette horreur ? Oh ! vilenie ! Oh ! bassesse !... Oh ! comme je comprends le Prophète assis sur son cheval, le sabre à la main : Allah l'ordonne, soumets-toi donc, tremblante et misérable créature ! Il a raison, il a raison, le Prophète, qui range une belle troupe en travers de la rue et des canons, puis frappe indistinctement les justes et les coupables sans même daigner s'expliquer. Soumets-toi donc, misérable et tremblante créature, et garde-toi de *vouloir*. Ce n'est point ton affaire... Oh ! jamais, jamais, je ne pardonnerai à la vieille. »

Ses cheveux étaient trempés de sueur, ses lèvres sèches tressaillaient et son regard fixe ne quittait pas le plafond.

« Ma mère, ma sœur, comme je les aimais ! D'où vient que je les hais maintenant ? Oui, je les hais, d'une haine physique. Je ne puis souffrir leur présence auprès de moi... Tantôt, je me suis approché de ma mère et je l'ai embrassée, je m'en souviens... La serrer dans mes bras, et songer que si elle apprenait... Lui avouer peut-être ?... Je serais allégé de ce poids... Hum ! elle doit être pareille à moi, ajouta-t-il avec effort comme s'il avait peine à lutter contre le délire envahissant. Oh ! comme je hais maintenant la vieille ! Je crois que je la tuerais encore si elle ressuscitait. Pauvre Lisbeth ! Pourquoi le hasard l'a-t-il amenée là ?... C'est étrange pourtant que je pense si peu à elle, on dirait que je ne l'ai pas tuée. Lisbeth ! Sonia ! pauvres douces créatures aux yeux doux ! chères... Pourquoi ne pleurent-elles pas ? Pourquoi ne gémissent-elles pas ?

Elles donnent tout ce qu'elles possèdent... avec leur regard résigné et doux... Sonia, douce Sonia !... »

Il perdit la conscience de lui-même et se sentit fort surpris de ne pouvoir se rappeler comment il était sorti dans la rue. La soirée était déjà avancée. Les ténèbres s'épaississaient et la pleine lune brillait de plus en plus éclatante, mais l'air semblait particulièrement étouffant. Les rues étaient sillonnées d'une foule de gens ; on sentait une odeur de chaux, de poussière, d'eau stagnante. Lui avançait, triste et préoccupé. Il se souvenait parfaitement d'être sorti de chez lui avec une intention déterminée. Il savait qu'il lui fallait faire quelque chose d'urgent, mais quoi, il ne s'en souvenait plus. Soudain il s'arrêta et remarqua un homme qui, du trottoir opposé, lui faisait signe de la main. Il traversa la rue pour le rejoindre, mais cet homme soudain fit volte-face et s'en alla, la tête baissée, sans se détourner, sans paraître l'avoir appelé.

« Mais m'a-t-il appelé seulement ? » songea Raskolnikov. Il se mit toutefois en devoir de le rejoindre. Arrivé à une dizaine de pas de lui, il le reconnut tout à coup et fut saisi de frayeur. C'était l'homme de tantôt, vêtu du même vêtement lâche et toujours aussi voûté. Raskolnikov le suivait de loin, son cœur battait. Ils s'engagèrent dans une ruelle, l'autre ne se retournait toujours pas. « Sait-il que je le suis ? » pensait-il. L'homme franchit la porte cochère d'une grande maison. Raskolnikov s'en approcha vivement et se mit à regarder ; il pensait que l'autre allait se retourner, l'appeler. Et, en effet, quand l'inconnu fut dans la cour, il se retourna et sembla lui faire signe encore. Raskolnikov se hâta de franchir la porte cochère, mais, arrivé dans la cour, il n'y trouva plus personne. L'homme avait donc pris le premier escalier. Raskolnikov s'y engouffra précipitamment derrière lui. Effectivement, on entendait au deuxième étage un bruit de pas réguliers et lents. Chose étrange, cet escalier semblait connu au jeune homme. Voici la fenêtre au palier du premier étage, un rayon de lune passait mystérieux et triste à travers les carreaux. Et voici le second palier. « Oh, mais c'est l'appartement où ont travaillé les peintres ! » Comment n'avait-il pas reconnu la maison plus tôt ? Le bruit des pas de l'homme qui le précédait s'éteignit. « Il s'est donc arrêté, caché quelque part ? Et voici le troisième étage. Faut-il continuer à monter ou non ? Quel silence ! » Le bruit de ses propres pas lui faisait peur. « Seigneur, quelles ténèbres ! L'inconnu a dû se cacher dans quelque coin, par ici. Tiens, l'appartement a sa porte grande ouverte sur le palier ! » Il réfléchit un moment, puis entra. Le vestibule était très sombre et vide, comme si on avait tout enlevé. Doucement, sur la pointe des pieds, il passa dans le salon. Toute la pièce était violemment éclairée par la lune. Rien n'y paraissait changé, les chaises, la glace, le divan jaune et les tableaux dans leurs cadres tiennent toujours là. Par la fenêtre, on voyait l'énorme lune ronde, d'un rouge cuivré. « C'est la lune qui crée le silence, pensa Raskolnikov ; elle est occupée à déchiffrer des énigmes... » Lui était là, immobile à attendre ; à mesure qu'augmentait le silence nocturne, les battements de son cœur se faisaient plus forts, douloureux, et toujours ce calme... Soudain un craquement sec retentit, pareil à celui d'un éclat de bois qui se brise, puis tout redevint muet. Une mouche s'éveilla et vint en volant donner contre la vitre ; on entendit son bourdonnement plaintif. Au même instant, il crut remarquer dans le coin, entre la petite armoire et la fenêtre, un manteau pendu au mur. « Que vient faire un manteau ici ? songea-t-il, il n'y était pas auparavant... » Il l'écarta avec précaution de la main, et vit une chaise et, sur cette chaise, dans le coin, une vieille pliée en deux, la tête inclinée, si bien qu'il ne pouvait apercevoir son visage, mais c'était bien elle. Il resta un moment immobile à ses pieds. « Elle a peur », songea-t-il en dégageant tout doucement sa hache du nœud coulant, puis il frappa une fois, puis une seconde, la vieille à la nuque. Mais, chose étrange, elle ne remua même pas sous les coups, on l'eût crue de bois. Il prit peur, se pencha davantage et se mit à l'examiner, mais elle inclinait encore plus la tête. Alors, il se baissa jusqu'au sol et la regarda de bas en haut. Ce qu'il vit l'épouvanta. La vieille riait ; elle se tordait dans un rire silencieux qu'elle essayait d'étouffer de son mieux.

Tout à coup, il lui sembla que la porte de la chambre à coucher s'était entrouverte et que, là aussi, on riait. Il entendit un chuchotement... La rage s'empara de lui... Il se mit à frapper la vieille à la tête de toutes ses forces, mais, à chaque coup de hache, les rires et les chuchotements redoublaient dans la pièce voisine et la vieille, elle aussi, était secouée de son rire convulsif. Il voulut s'enfuir, mais le vestibule était plein de monde, la porte sur l'escalier grande ouverte et, sur le palier, sur les marches, partout, il y avait du monde ; tête contre tête, tous regardaient, en essayant de se dissimuler ; ils attendaient en silence... Son cœur se serra, ses jambes refusaient de lui obéir, elles semblaient clouées au sol... Il voulut crier et s'éveilla.

Il respira avec effort, mais, chose étrange, le rêve semblait continuer : sa porte était grande ouverte et un homme, qui lui était totalement inconnu, le contemplait attentivement, debout sur le seuil.

Raskolnikov, qui n'avait ouvert les yeux qu'à moitié, se hâta de les refermer. Il était couché sur le dos et ne bougea pas. « Le rêve continue-t-il ou non ? » se demandait-il, et il souleva presque imperceptiblement les paupières pour regarder : l'inconnu, toujours à la même place, l'examinait avec la même attention. Tout à coup, il franchit doucement le seuil, referma soigneusement la porte derrière lui, s'approcha de la table, attendit une minute sans le quitter un instant des yeux et s'assit sans bruit sur une chaise, près du divan. Il déposa son chapeau par terre, mit les deux mains sur la pomme de sa canne, puis y appuya le menton. On voyait qu'il se préparait à une longue attente. Autant que Raskolnikov en put juger par un coup d'œil furtif, l'homme n'était plus jeune ; il avait l'air robuste et portait une barbe épaisse et blonde déjà grisonnante...

Dix minutes s'écoulèrent ainsi. Il faisait encore clair, mais le jour tirait à sa fin. Dans la chambre régnait le plus profond silence. De l'escalier même ne venait aucun bruit. Seule une grosse mouche, qui en volant s'était cognée contre la vitre, bourdonnait et se débattait. À la fin, cela devint insupportable. Raskolnikov se souleva et s'assit sur le divan.

« Allons, dit-il, que voulez-vous ?

– Je savais bien que vous ne dormiez pas et que vous faisiez seulement semblant... répondit l'inconnu avec un sourire tranquille. Permettez-moi de me présenter : Arcade Ivanovitch Svidrigaïlov... »

QUATRIÈME PARTIE

I

« Se peut-il que ce soit mon rêve qui continue ? » pensa encore Raskolnikov, en considérant le visiteur inattendu d'un air attentif et méfiant. « Svidrigaïlov ! Quelle absurdité ! »

« Impossible », fit-il enfin à haute voix dans sa stupéfaction.

L'étranger ne parut pas surpris par cette exclamation.

« Je suis venu chez vous pour deux raisons ; d'abord je désirais faire votre connaissance, car j'ai beaucoup entendu parler de vous et cela dans les termes les plus flatteurs. Ensuite, j'espère que vous ne me refuserez peut-être pas votre concours pour un projet qui intéresse votre sœur Avdotia Romanovna. Seul et sans recommandation, j'aurais des chances d'être mis à la porte par elle, maintenant qu'elle est prévenue contre moi, tandis qu'avec votre aide, eh bien, je compte au contraire...

– Vous avez tort, l'interrompit Raskolnikov.

– Ces dames ne sont arrivées que d'hier ? Permettez-moi de vous le demander. »

Raskolnikov ne répondit pas.

« D'hier, je le sais. Moi-même, je ne suis ici que depuis avant-hier. Eh bien, voici ce que je vais vous dire à ce propos, Rodion Romanovitch. Je juge superflu de me justifier, mais permettez-moi de vous demander : qu'y a-t-il dans tout cela de particulièrement criminel de ma part, si l'on veut, bien entendu, apprécier les choses sainement et sans préjugés ? Vous me direz, n'est-ce pas, que j'ai poursuivi dans ma propre maison une jeune fille sans défense et que je l'ai insultée par mes propositions honteuses (vous voyez que je vais moi-même au-devant de l'accusation), mais considérez seulement que je suis un homme *et nihil humanum...* en un mot, que je suis en état de subir un entraînement, de tomber amoureux (chose qui ne dépend pas de notre volonté) et alors tout s'explique de la façon la plus naturelle. Toute la question est là : suis-je un monstre ou une victime ? Admettons que je sois une victime, car, enfin, quand je proposais à l'objet de ma flamme de fuir avec moi en Amérique ou en Suisse, je nourrissais peut-être les sentiments les plus respectueux à son égard et ne songeais qu'à assurer notre bonheur commun. La raison est l'esclave de la passion. C'est surtout à moi-même que je risquais de nuire...

– Il ne s'agit nullement de cela, répliqua Raskolnikov avec dégoût. Que vous ayez tort ou raison, vous êtes tout simplement odieux et nous ne voulons rien avoir de commun avec vous. Je vous chasse, filez. »

Svidrigaïlov partit subitement d'un éclat de rire.

« Ah oui ! on peut dire que vous... que vous ne vous laissez pas entortiller, dit-il avec une franche gaieté. Je pensais faire le malin, mais, avec vous, ça ne prend pas.

– Et pourtant, vous continuez à vouloir m'entortiller !

– Eh bien quoi ? Eh bien quoi ? répétait Svidrigaïlov en riant de tout son cœur. C'est *de bonne guerre*[56], comme on dit, et la ruse la plus innocente, mais vous ne m'avez pas laissé achever : quoi qu'il en soit, je continue à affirmer qu'il ne se serait rien passé d'ennuyeux sans cet incident au jardin. Marfa Petrovna...

– On prétend aussi que vous avez tué Marfa Petrovna, interrompit grossièrement Raskolnikov.

– Ah ! on vous a parlé de cela aussi ! Du reste ça n'a rien d'étonnant... Eh bien, pour ce qui est de cette question que vous me posez, je ne sais vraiment que vous répondre, quoique ma conscience soit parfaitement tranquille à cet égard. N'allez pas croire que j'aie à redouter les suites de cette affaire. Toutes les formalités d'usage ont été accomplies de la façon la plus correcte, la plus minutieuse : l'enquête médicale a constaté une attaque d'apoplexie provoquée par un bain pris au sortir d'un plantureux repas, au cours duquel la défunte avait bu près d'une bouteille de vin ; on ne pouvait d'ailleurs rien découvrir d'autre... Non, ce n'est pas cela qui m'inquiète. Voici à quoi je pensais en cours de route

-----

[56] En français dans le texte.

et surtout pendant que je roulais en wagon. N'avais-je pas, je me le demandais, moralement contribué à ce malheur... par mon irritation ou quelque chose d'approchant ? Mais j'ai conclu qu'il n'avait pu en être ainsi. »

Raskolnikov se mit à rire.

« De quoi allez-vous vous préoccuper ?

– Qu'avez-vous à rire ? Pensez : je lui donnais à peine deux petits coups de cravache, qui n'ont même pas laissé de traces... Ne me jugez pas cynique, je vous en prie. Je sais parfaitement que c'était ignoble de ma part, oui, etc. Mais je sais également que Marfa Petrovna avait été contente de ce... disons de mon emportement. L'histoire avec votre sœur était usée jusqu'à la corde, et Marfa Petrovna, n'ayant plus rien à colporter en ville, était depuis trois jours forcée de rester chez elle ; elle avait d'ailleurs fini par ennuyer tout le monde avec la lecture de sa lettre (en avez-vous entendu parler ?). Et, tout à coup, ces deux coups de cravache providentiels ! Son premier soin fut de faire atteler !... Sans parler des cas où les femmes éprouvent un grand plaisir à être offensées, malgré toute l'indignation qu'elles affichent (ces cas se présentent). L'homme, en général, aime beaucoup à être humilié ; l'avez-vous remarqué ? Mais ce trait est particulièrement fréquent chez les femmes ; on peut même affirmer que c'est la chose essentielle de leur vie. »

Un moment, Raskolnikov songea à se lever et à s'en aller pour couper court à l'entretien, mais une certaine curiosité, et même une sorte de calcul, le décidèrent à patienter.

« Vous aimez jouer de la cravache ? demanda-t-il d'un air distrait.

– Non, pas beaucoup, répondit tranquillement Svidrigaïlov. Quant à Marfa Petrovna, je ne me querellais presque jamais avec elle. Nous vivions en fort bonne intelligence et elle était contente de moi. Je n'ai usé de la cravache que deux fois pendant nos sept années de vie commune (si l'on ne compte pas un troisième cas assez ambigu). La première fois, c'était deux mois après notre mariage, à notre arrivée dans la propriété, la seconde et dernière fois dans les circonstances auxquelles je faisais allusion. Et vous, vous me jugiez un monstre, n'est-ce pas, un homme arriéré, un partisan du servage, hé, hé !... À propos, ne vous souvenez-vous pas, Rodion Romanovitch, qu'il y a quelques années, au temps des bienheureuses assemblées municipales, on a couvert d'opprobre un propriétaire foncier, je ne me souviens plus de son nom, coupable d'avoir cravaché une étrangère en wagon. Vous vous rappelez ? C'était la même année, je crois bien, qu'eut lieu cet « horrible incident du *Siècle* ». Allons, les *Nuits égyptiennes*[57], les conférences, vous y êtes ? Les yeux noirs ! Ô temps merveilleux de notre jeunesse, où es-tu ? Eh bien, voici mon opinion ! Je blâme profondément le monsieur qui a cravaché l'étrangère, car c'est là une action... Comment ne pas la blâmer, je vous le demande ? Mais je ne puis m'empêcher d'ajouter qu'on rencontre parfois de ces « étrangères » qui vous poussent si bien à la violence que l'homme le plus avancé ne pourrait répondre de lui. Personne n'a jamais examiné la question sous cet angle, mais c'est, je vous l'assure, une erreur, car mon point de vue est tout à fait humain. »

En prononçant ces mots, Svidrigaïlov se remit à rire. Raskolnikov comprit parfaitement qu'il avait un projet bien arrêté et le jugea un fin matois.

« Vous devez avoir passé plusieurs jours sans ouvrir la bouche à âme qui vive ? demanda-t-il.

– Il y a un peu de cela, mais dites-moi, n'êtes-vous pas étonné de me voir si bon caractère ?

– Non, ce qui m'étonne, au contraire, c'est de vous voir trop bon caractère.

– Vous dites cela parce que je ne me suis pas formalisé de la grossièreté de vos questions, n'est-ce pas ? Oui... mais pourquoi m'en formaliser ? Vous m'avez interrogé et je vous ai répondu, ajouta-t-il avec une bonhomie extraordinaire. Car je ne m'intéresse pour ainsi dire à rien, continua-t-il d'un air pensif. Surtout maintenant, je ne fais littéralement rien... Vous pouvez du reste vous imaginer que je cherche à gagner vos bonnes grâces par intérêt, puisque surtout je tiens à voir votre sœur, comme je vous l'ai déclaré. Mais je vous avouerai franchement que je m'ennuie beaucoup. Surtout depuis ces trois jours, si bien que j'ai été heureux de vous voir... Ne vous fâchez pas, Rodion Romanovitch,

---

[57] *Les Nuits égyptiennes* : Œuvre en prose inachevée de Pouchkine.

mais vous me paraissez vous-même fort étrange. Vous aurez beau dire ; il vous arrive quelque chose, et précisément en ce moment : je ne parle pas de cette minute présente, mais de ces temps-ci en général. Allons, allons, je me tais, ne vous renfrognez pas. Je ne suis pas un ours aussi mal léché que vous le pensez. »

Raskolnikov lui jeta un regard sombre.

« Peut-être ne l'êtes-vous pas du tout, dit-il. Il me semble que vous êtes un homme de fort bonne compagnie, ou, du moins, vous savez vous montrer convenable quand il le faut.

– Mais je ne me soucie de l'opinion de personne, répondit Svidrigaïlov, d'un ton sec et un peu hautain. Dès lors, pourquoi ne pas prendre les façons d'un personnage mal élevé, dans un pays où elles sont si commodes, et surtout... surtout quand on y est porté naturellement ? acheva-t-il en riant...

– J'ai cependant entendu dire que vous connaissiez beaucoup de monde ici, car vous n'êtes pas ce qu'on appelle « un homme sans relations ». Que venez-vous donc faire chez moi, si vous ne poursuivez aucun but ?

– Il est vrai que j'ai, comme vous dites, des relations, reprit le visiteur sans répondre à la question principale qui lui était adressée. J'en ai déjà rencontré, car c'est le troisième jour que je passe à me balader. Je les reconnais et ils me reconnaissent, je le crois. C'est bien simple, je suis convenablement vêtu et réputé pour être un homme aisé, car l'abolition du servage nous a épargnés. Il nous reste des bois, des prairies fertilisées par nos rivières et nous continuons à en tirer des revenus... Mais je ne veux pas renouer mes anciennes relations ; elles m'ennuyaient déjà autrefois. Il y a trois jours que j'erre et je ne me suis encore rappelé au souvenir de personne... Et puis cette ville ! Comment s'est-elle édifiée, je vous le demande ! Une ville de fonctionnaires et de séminaristes. Vrai, il y a bien des choses que je ne remarquais pas autrefois, quand j'y flânais, il y a huit ans de cela. Je n'ai plus foi qu'en l'anatomie.

– Quelle anatomie ?

– Je parle de ces cercles, de ces clubs, Dussaud[58], etc. Ah ! tout cela se passera de nous, fit-il, comme s'il ne remarquait pas l'interrogation muette de l'autre. Et quel plaisir peut-on éprouver à tricher ?

– Ah ! vous trichiez au jeu ?

– Sans doute ; nous étions tout un groupe de gens comme il faut, il y a sept ans, et nous tuions le temps ainsi. Des gens de la meilleure société. Il y avait parmi nous des poètes, des capitalistes. Avez-vous d'ailleurs remarqué que chez nous, en Russie, les gens du meilleur ton sont des filous ? Moi, voyez-vous, je vis maintenant à la campagne. Cependant, j'ai bien failli faire de la prison pour dettes, par la faute d'un petit Grec de Néjine. C'est alors que j'ai rencontré Marfa Petrovna ; elle est entrée en arrangement avec mon créancier, a marchandé, m'a libéré de ma dette moyennant 30 000 roubles (je n'en devais que 70 000 en tout). Nous convolâmes en justes noces et elle m'emmena aussitôt dans sa propriété comme un trésor. Elle était de cinq ans plus âgée que moi et m'aimait beaucoup. J'y suis resté sept ans sans bouger. Et remarquez qu'elle a gardé toute sa vie, à titre de précaution contre moi, le billet signé d'un faux nom que j'avais souscrit au Grec, si bien que, si j'avais essayé de secouer le joug, elle m'eût aussitôt fait coffrer. Oh ! elle l'aurait fait comme je vous le dis. Les femmes ont de ces contradictions.

– Et n'était ce billet, l'auriez-vous plantée là ?

– Je ne sais que vous dire. Cette pièce ne me gênait guère. Je n'avais envie d'aller nulle part et Marfa Petrovna, voyant que je m'ennuyais, m'engagea elle-même à deux reprises à faire un voyage à l'étranger. Mais quoi, j'y étais déjà allé autrefois et je m'y étais affreusement déplu. Vous y contemplez un lever de soleil ou la baie de Naples, la mer, et une tristesse vous envahit ; le plus vexant est que vous éprouvez une véritable nostalgie. Non, on est mieux chez nous. On peut au moins y accuser les autres de tout le mal et se justifier à ses propres yeux. Je serais peut-être parti à présent pour une expédition au pôle Nord, car *j'ai le vin mauvais*[59]

---

[58] *Dussaud :* Restaurant et hôtel de Pétersbourg que Dostoïevski aimait et où il habita.

[59] En français dans le texte.

et boire me dégoûte. Or, il ne me reste rien d'autre à faire. J'ai déjà essayé. Dites donc, on assure que Berg va tenter dimanche une ascension en ballon, au jardin Ioussoupov, et qu'il consent à prendre des passagers payants ; est-ce vrai ?

– Vous voulez donc monter en ballon ?

– Moi ? Non... je dis ça comme ça... » marmotta Svidrigaïlov d'un air pensif.

« Mais serait-il sincère ? » pensa Raskolnikov.

« Non, le papier ne m'a jamais gêné, continua Svidrigaïlov comme s'il poursuivait sa pensée. C'est de mon plein gré que je restais à la campagne. D'ailleurs, il y aura bientôt un an que Marfa Petrovna, à l'occasion de mon anniversaire, me rendit ce document en y joignant une somme importante, à titre de cadeau... Car elle était riche. « Vous voyez quelle confiance j'ai en vous, Arcade Ivanovitch », me dit-elle. Oui, je vous assure, elle s'est exprimée ainsi. Vous ne le croyez pas ? Et je remplissais fort bien mes devoirs de propriétaire rural ; on me connaît dans le pays. Puis je faisais venir des livres. Marfa Petrovna avait commencé par m'approuver, puis elle avait fini par craindre de me voir me fatiguer par trop d'application.

– Il me semble que Marfa Petrovna vous manque beaucoup !

– À moi ? Peut-être bien. À propos, croyez-vous aux apparitions ?

– Quelles apparitions ?

– Comment, quelles... Aux apparitions dans le sens où on l'entend communément.

– Et vous, vous y croyez ?

– Oui et non ; si vous voulez, non, *pour vous plaire...*[60], c'est-à-dire je ne puis l'affirmer.

– Pourquoi ? il vous arrive d'en avoir ? »

Svidrigaïlov lui jeta un coup d'œil bizarre.

---

[60] En français dans le texte.

« Marfa Petrovna veut bien venir me rendre visite, dit-il, la bouche tordue par un sourire indéfinissable.

– Comment cela ?

– Eh bien, elle m'est déjà apparue trois fois. La première, c'était le jour même de son enterrement, une heure après mon retour du cimetière, la veille de mon départ pour Pétersbourg. La seconde fois, il y a deux jours, pendant mon voyage ; c'était à l'aube, à la station de Malaïa-Vichera[61], et la troisième, il y a à peine deux heures, dans la chambre où je loge. J'étais seul.

– Vous étiez éveillé ?

– Tout à fait ; toutes les trois fois. Elle apparaît, me parle un instant et sort par la porte, toujours par la porte. On croirait presque l'entendre s'en aller.

– Mais pourquoi avais-je le sentiment que des choses pareilles devaient vous arriver ? » proféra tout à coup Raskolnikov étonné lui-même de ces paroles, dès qu'il les eut prononcées. Il se sentit extraordinairement ému.

« Tiens, vous avez pensé à cela ? demanda Svidrigaïlov d'un ton surpris. Non vraiment ? Ah ! je disais bien que nous avions des points communs.

– Vous ne l'avez jamais dit, répliqua brusquement Raskolnikov.

– Je ne l'ai pas dit ?

– Non.

– Ah ! je l'avais cru. Quand je suis entré tantôt et que je vous ai vu couché, les yeux clos et feignant le sommeil, je me suis dit aussitôt : « C'est lui-même. »

– Que veut dire cette expression : lui-même ? À quoi faites-vous allusion ? cria Raskolnikov.

– À quoi ? Mais je l'ignore, je vous assure... » balbutia naïvement Svidrigaïlov, démonté.

---

[61] *Malaïa-Vichera :* Petite station de chemin de fer dans la région de Pétersbourg.

QUATRIÈME PARTIE

Un moment, ils gardèrent le silence en se dévorant des yeux.

« Tout ça, ce sont des sottises, cria Raskolnikov avec irritation. Et que vous dit-elle lorsqu'elle vous apparaît ?

– Elle ? Figurez-vous qu'elle me parle de niaiseries et, voyez un peu ce qu'est l'homme, c'est cela qui me fâche précisément. La première fois, elle est entrée (moi, voyez-vous, j'étais fatigué : le service funèbre, le *Requiem,* puis le repas des funérailles ; enfin je pouvais m'isoler dans mon cabinet, j'allumai un cigare et m'abandonnai à mes réflexions). Tout à coup, elle entre par la porte. « Et vous, me dit-elle, Arcade Ivanovitch, vous avez oublié aujourd'hui, avec tous ces tracas que vous avez eus, de remonter la pendule de la salle à manger. » C'était moi, en effet, qui, depuis sept ans, remontais chaque semaine la pendule et quand je l'oubliais, elle m'y faisait toujours penser.

« Le lendemain, je me mets en route pour Pétersbourg. À l'aube, arrivé à une station, j'entre au buffet de la gare. J'avais mal dormi, j'étais courbatu, les yeux gonflés, je demande du café. Tout à coup, que vois-je ? Marfa Petrovna qui s'assied près de moi, un jeu de cartes à la main. « Voulez-vous, Arcade Ivanovitch, que je vous prédise comment se passera votre voyage ? » me dit-elle. Elle était, il faut vous dire, passée maîtresse en cet art. Je ne me pardonnerai jamais de n'y avoir pas consenti. Je m'enfuis, saisi d'épouvante ; il est vrai que la cloche du départ sonnait déjà...

« Aujourd'hui, j'étais assis chez moi, après un détestable dîner de gargote que je ne parvenais pas à digérer. Je fumais... Soudain, Marfa Petrovna entra de nouveau, cette fois en grande toilette ; elle portait une robe verte toute neuve, à traîne immense. « Bonjour, Arcade Ivanovitch ; comment trouvez-vous ma robe ? Aniska ne serait pas capable d'en faire une pareille. » (Aniska est une couturière de chez nous, une ancienne serve qui avait été en apprentissage à Moscou, un joli brin de fille.) Marfa Petrovna est là, à tourner devant moi. J'examine la robe, puis je la regarde, elle, attentivement, en pleine figure. « Qu'avez-vous besoin, lui dis-je, de vous déranger pour de pareilles niaiseries, Marfa Petrovna ? – Ah ! mon Dieu, si on ne peut même plus venir vous déranger ! – Et moi, lui dis-je pour la taquiner, moi, Marfa Petrovna, je veux me remarier. – On pouvait s'y attendre de vous, Arcade Ivanovitch, me répondit-elle. Cela ne vous fait pas honneur d'aller vous remarier sitôt votre femme enterrée, et fissiez-vous même un bon choix, vous ne vous attirerez que les quolibets des braves gens. » Sur ce, elle sortit et je crus même entendre le froufrou de sa traîne. Quelles absurdités, hein ?

– Mais tout cela, ce ne sont peut-être que des mensonges ? fit Raskolnikov.

– Je mens rarement, répondit Svidrigaïlov d'un ton pensif et sans paraître remarquer la grossièreté de la question.

– Et avant cela, il ne vous était jamais arrivé de voir des apparitions ?

– Non – ou plutôt, une seule fois, il y a six ans. J'avais un domestique, Philka. On venait de l'enterrer, quand je me mets à crier par distraction : « Philka, ma pipe ! » Il entra et alla droit à l'étagère où étaient rangés mes ustensiles de fumeur. « Il se venge », pensai-je, car nous avions eu une vive altercation peu avant sa mort. « Comment oses-tu, lui dis-je, te présenter devant moi avec un habit troué au coude ? Hors d'ici, misérable ! » Il se détourna, sortit et ne reparut plus. Je n'en ai pas parlé à Marfa Petrovna. J'avais l'intention de faire dire une messe pour lui, puis je me suis dit que ce serait de l'enfantillage.

– Allez donc voir un médecin.

– Je n'ai pas besoin de vous pour me rendre compte que je suis malade, bien qu'à la vérité je ne sache pas de quoi. Selon moi, je me porte au moins cinq fois mieux que vous. Je ne vous ai pas demandé : croyez-vous qu'on puisse voir des apparitions ? mais : croyez-vous qu'elles existent ?

– Non certes, je ne pourrai jamais le croire, cria Raskolnikov avec une sorte de fureur.

– Que dit-on ordinairement ? murmura Svidrigaïlov en manière de soliloque – il inclinait la tête avec un regard de côté. On dit : tu es malade et par conséquent tout ce qui t'apparaît est dû au délire. Ce n'est pas raisonner avec une logique rigoureuse. J'admets que les apparitions ne se montrent qu'aux malades, mais cela ne prouve qu'une chose, c'est qu'il faut être malade pour les voir et non qu'elles n'existent pas en soi.

– Certainement qu'elles n'existent pas, insista Raskolnikov avec emportement.

– Non, c'est votre avis ? » continua Svidrigaïlov, et il le considéra longuement.

« Eh bien ! mais ne pourrait-on pas raisonner de la façon suivante ? Aidez-moi donc ! Les apparitions sont en quelque sorte des fragments d'autres mondes, leurs embryons. Un homme bien portant n'a naturellement aucune raison de les voir, car un homme sain est surtout un homme terrestre, c'est-à-dire matériel. Il doit donc vivre, pour rester dans l'ordre, la seule vie d'ici-bas. Mais à peine vient-il à être malade et l'ordre normal, terrestre, de son organisme à se détraquer, que la possibilité d'un autre monde commence à se manifester aussitôt à lui et, à mesure que s'aggrave la maladie, les rapports avec ce monde deviennent plus étroits, jusqu'à ce que la mort l'y fasse entrer de plain-pied. Si vous croyez à une vie future, rien ne vous empêche d'admettre ce raisonnement.

– Je ne crois pas à la vie future », dit Raskolnikov. Svidrigaïlov semblait plongé dans une méditation.

« Et s'il n'y avait là que des araignées ou autres bêtes semblables ? » dit-il tout à coup.

« Il est fou », pensa Raskolnikov.

« Nous nous représentons toujours l'éternité comme une idée impossible à comprendre, quelque chose d'immense. Mais pourquoi en serait-il nécessairement ainsi ? Et si, au lieu de tout cela, il n'y a, figurez-vous, qu'une petite chambre, comme qui dirait une de ces cabines de bain villageoises tout enfumées, avec des toiles d'araignées dans tous les coins : la voilà, l'éternité. Moi, vous savez, c'est ainsi que je l'imagine parfois.

– Eh quoi ! Se peut-il que vous ne puissiez vous en faire une idée plus juste, plus consolante ? cria Raskolnikov, avec un sentiment de malaise.

– Plus juste ? Eh ! qui sait ? Ce point de vue est peut-être le plus vrai ; je m'arrangerais pour qu'il en fût ainsi si cela dépendait de moi », fit Svidrigaïlov avec un sourire vague.

Cette réponse absurde fit frissonner Raskolnikov. Svidrigaïlov leva la tête, le regarda fixement et partit d'un éclat de rire.

« Non, mais rendez-vous compte : est-ce assez curieux ? s'écria-t-il. Il y a une demi-heure, nous ne nous étions jamais vus, et maintenant encore nous nous considérons comme des ennemis. Il nous reste une affaire à régler entre nous et voilà que nous laissons tout de côté pour nous mettre à philosopher. Quand je vous le disais que nous sommes deux têtes sous le même bonnet.

– Pardon, reprit Raskolnikov tout agacé ; permettez-moi de vous prier de vous expliquer sur-le-champ, apprenez-moi ce qui me vaut l'honneur de votre visite et... et... je suis pressé... j'ai à sortir...

– Soit, et même volontiers. Votre sœur Avdotia Romanovna épouse Piotr Petrovitch Loujine ?

– Je vous prierais de ne pas mêler ma sœur à cet entretien et d'éviter de prononcer son nom. Je ne comprends même pas que vous osiez la nommer, si vous êtes vraiment Svidrigaïlov.

– Mais puisque je suis venu exprès pour vous parler d'elle, comment ne pas la nommer ?

– C'est bien, parlez donc, mais faites vite.

– Je suis sûr que votre opinion est déjà faite sur ce M. Loujine, mon parent par alliance, pour peu que vous ayez pu le voir une demi-heure ou en entendre parler par une personne digne de foi. Ce n'est pas un parti convenable pour Avdotia Romanovna. D'après moi, Avdotia Romanovna, dans cette affaire, se sacrifie d'une façon aussi magnanime qu'inconsidérée pour... pour sa famille. J'ai pensé, d'après tout ce que j'ai entendu dire de vous, que vous-même seriez très heureux de voir ces fiançailles rompues, sans porter préjudice à votre sœur. Maintenant que j'ai fait votre connaissance, j'en suis même persuadé.

– Tout cela est fort naïf de votre part, excusez-moi, je voulais dire effronté, dit Raskolnikov.

– Vous voulez dire que je suis poussé par mon intérêt ? Soyez tranquille, Rodion Romanovitch, je saurais mieux cacher mon jeu s'il en était ainsi. Je ne suis tout de même pas un imbécile. Je vais, à ce propos, vous découvrir une bizarrerie psychologique. Tantôt, je m'excusais d'avoir aimé votre sœur en disant que j'avais été moi-même une victime. Eh bien, sachez que je n'éprouve plus aucun amour pour elle, au point que je m'en étonne, car enfin j'avais été vraiment épris...

– C'était un caprice d'homme désœuvré et de libertin, l'interrompit Raskolnikov.

– Je suis en effet désœuvré et libertin. Du reste, votre sœur possède tant de mérites qu'il n'est pas étonnant que je n'aie pu y résister. Mais tout cela n'était qu'un feu de paille, comme je m'en rends compte à présent.

– Il y a longtemps que vous avez fait cette découverte ?

– Je m'en doutais depuis quelque temps, mais je ne m'en suis définitivement convaincu qu'avant-hier, à l'instant de mon arrivée à Pétersbourg. Du reste, je dois vous dire qu'à Moscou encore, j'étais persuadé que je me rendais ici afin d'obtenir la main d'Avdotia Romanovna et de triompher de Loujine.

– Excusez-moi de vous interrompre, mais ne pourriez-vous pas abréger et en venir immédiatement à l'objet de votre visite ? Je suis pressé, j'ai des courses à faire...

– Très volontiers. Décidé à entreprendre... certain voyage, je voudrais régler préalablement différentes affaires... Mes enfants sont restés chez leur tante ; ils sont riches et n'ont nullement besoin de moi. Et d'ailleurs quel père suis-je ? Pour mes besoins personnels je n'ai emporté que la somme qui m'a été donnée l'année dernière par Marfa Petrovna. Elle me suffira. Excusez-moi, j'en viens au fait. Je tiens, avant ce voyage projeté, et qui sera réalisé, peut-être, à en finir avec M. Loujine. Ce n'est point que je le haïsse particulièrement, mais il a été cause de ma dernière querelle avec ma femme : je me suis fâché en apprenant qu'elle avait manigancé ce mariage. Maintenant je désirerais obtenir, grâce à votre concours, une entrevue avec Avdotia Romanovna, pour lui expliquer en votre présence, si vous le voulez, que non seulement un mariage avec M. Loujine ne pourrait lui apporter aucun avantage, mais qu'il présenterait, au contraire, de graves inconvénients. Ensuite, quand je me serai excusé pour tous les ennuis que j'ai pu lui causer, je lui demanderai l'autorisation de lui offrir dix mille roubles et de lui faciliter ainsi la rupture avec M.

Loujine, rupture à laquelle, j'en suis persuadé, elle-même ne répugnerait pas si elle en entrevoyait la possibilité.

– Mais vous êtes positivement fou ! s'écria Raskolnikov, moins irrité que surpris. Comment osez-vous tenir ce langage ?

– Je savais bien que vous alliez pousser les hauts cris, mais je commence par vous faire observer, que, quoique je ne sois pas riche, je puis parfaitement disposer de ces dix mille roubles, je veux dire que je n'en ai nullement besoin. Si Avdotia Romanovna se refuse à les accepter, Dieu sait quel stupide usage j'en ferai. En second lieu, ma conscience est bien tranquille. Je vous fais cette offre sans aucun calcul intéressé. Vous pouvez ne pas me croire, mais vous aurez l'occasion de vous en convaincre, ainsi qu'Avdotia Romanovna, par la suite. Le fait est que j'ai réellement causé beaucoup d'ennuis à votre honorée sœur, tout est là, et comme j'en éprouve un repentir sincère, je désire de tout cœur, non pas racheter mes fautes ou payer ces ennuis, mais lui rendre simplement un petit service, car enfin, il n'est pas dit que j'aie acheté le privilège de ne lui faire que du mal. Si ma proposition cachait la moindre arrière-pensée, je ne l'aurais pas faite avec cette franchise et je ne me serais pas borné à ne lui offrir que dix mille roubles, quand je lui en ai proposé davantage il y a cinq semaines. Je vais d'ailleurs me marier bientôt, très probablement, avec une jeune fille, et dans ce cas on ne peut me soupçonner de vouloir séduire Avdotia Romanovna. Je vous dirai, pour en finir, qu'en épousant M. Loujine, Avdotia Romanovna accepte cette même somme d'un autre côté, voilà toute la différence. Allons, ne vous fâchez pas, Rodion Romanovitch, et jugez avec calme et sang-froid. »

Svidrigaïlov, lui-même, avait prononcé ces mots avec un flegme extraordinaire.

« En voilà assez, dit Raskolnikov. Cette proposition est d'une insolence impardonnable.

– Pas le moins du monde. D'après vous, un homme dans ce monde n'est autorisé qu'à faire du mal à son semblable et il n'a pas le droit de lui faire le moindre bien, à cause des sottes convenances sociales. C'est absurde. Si moi, par exemple, je venais à mourir et léguer cette somme à votre sœur, par testament, refuserait-elle de l'accepter ?

– C'est bien possible.

– Oh ! ça, je suis bien sûr que non. Du reste, n'en parlons plus, mais laissez-moi vous dire que dix mille roubles sont une excellente chose à l'occasion. Quoi qu'il en soit, je vous prie de transmettre notre conversation à Avdotia Romanovna.

– Je n'en ferai rien.

– Dans ce cas, Rodion Romanovitch, je me verrai obligé de rechercher une entrevue avec elle au risque de l'ennuyer.

– Et si je lui communique votre proposition, vous ne chercherez pas à la voir en particulier ?

– Je ne sais vraiment que vous dire. J'aurais fort envie de la voir une fois.

– N'y comptez pas.

– Tant pis. Du reste, vous ne me connaissez pas ; peut-être des relations amicales pourront-elles s'établir entre nous.

– Vous le croyez ?

– Et pourquoi pas ? » fit Svidrigaïlov avec un sourire ; puis il se leva, prit son chapeau ; « ce n'est pas que je veuille vous importuner. En venant ici, je ne comptais pas trop... quoique votre physionomie m'ait frappé, ce matin même...

– Où m'avez-vous vu ce matin ? demanda Raskolnikov d'un air inquiet.

– Je vous ai aperçu par hasard. Il me semble que vous avez quelque chose de commun avec moi... Mais ne vous agitez donc pas, je ne veux pas être importun. J'ai pu m'entendre avec des tricheurs et n'ai jamais ennuyé mon parent éloigné, le prince Svirbey, un grand personnage ; j'ai même su écrire des pensées sur la Madone de Raphaël, dans l'album de Mme Priloukov. J'ai pu vivre sept ans avec Marfa Petrovna sans bouger de sa propriété... Autrefois j'ai passé bien des nuits dans la maison Viazemsky, sur la place des Halles, et peut-être vais-je monter en ballon avec Berg.

– Allons, c'est bien. Permettez-moi de vous demander si vous comptez entreprendre bientôt votre voyage.

– Quel voyage ?

– Mais le voyage dont vous parliez tantôt.

– Un voyage ? Ah ! oui... je vous en ai parlé, en effet. Oh ! c'est une question très vaste... Si vous saviez pourtant quel problème vous venez de soulever ! ajouta-t-il, et il partit d'un rire haut et bref. Au lieu de voyager, je vais peut-être me marier, on me fait des propositions.

– Ici ?

– Oui.

– Vous n'avez pas perdu de temps depuis votre arrivée.

– Mais je désirerais beaucoup voir une fois Avdotia Romanovna. Je vous en prie, sérieusement. Allons, au revoir... Ah ! oui, j'allais oublier... Dites à votre sœur, Rodion Romanovitch, que Marfa Petrovna lui a légué trois mille roubles. C'est positivement vrai. Marfa Petrovna a pris ces dispositions, en ma présence, huit jours avant sa mort. Avdotia Romanovna pourra toucher cet argent dans trois semaines environ.

– Vous dites vrai ?

– Oui, dites-le-lui. Allons, votre serviteur ! J'habite très près de chez vous. »

En sortant Svidrigaïlov croisa Rasoumikhine, sur le seuil.

II

Il était près de huit heures. Les deux jeunes gens partirent rapidement pour la maison Bakaleev, afin d'y arriver avant Loujine.

« Mais qui était-ce donc ? demanda Rasoumikhine, dès qu'ils furent dans la rue.

– C'était Svidrigaïlov, ce propriétaire chez qui ma sœur fut offensée pendant qu'elle y était gouvernante. La cour qu'il lui faisait l'obligea à quitter la maison, chassée par sa femme, Marfa Petrovna. Cette Marfa Petrovna a ensuite demandé pardon à Dounia et elle vient de mourir subitement. C'est d'elle qu'on parlait tantôt. Je ne sais pas pourquoi je redoute si fort cet homme. Il est arrivé ici aussitôt après l'enterrement de sa femme. Il est fort étrange et paraît nourrir un projet mystérieux. Mais lequel ? Il faut protéger Dounia contre lui... Voilà ce que je voulais te dire, tu entends ?

– La protéger ! Mais que peut-il contre Avdotia Romanovna ? Allons, je te remercie, Rodia, de m'avoir parlé ainsi... Nous la protégerons, sois tranquille. Où habite-t-il ?

– Je n'en sais rien.

– Pourquoi ne le lui as-tu pas demandé ? Eh ! c'est fâcheux. Du reste, je le saurai.

– Tu l'as vu ? demanda Raskolnikov après un silence.

– Oui, je l'ai parfaitement examiné.

– Non, mais l'as-tu bien vu, enfin, vu distinctement ? insista Raskolnikov.

– Mais oui, je me souviens fort bien de ses traits, je le reconnaîtrais entre mille, car j'ai la mémoire des visages. »

Ils se turent de nouveau.

« Hum... allons, c'est bien... marmotta Raskolnikov, car tu sais, moi, je pensais... il me semble toujours que ce ne peut être qu'une illusion.

– Mais de quoi parles-tu ? Je ne te comprends pas.

– Voilà, vous prétendez tous, continua Raskolnikov, la bouche tordue par un sourire, que je suis devenu fou, et il m'a semblé que j'ai peut-être perdu la raison, en effet, et n'ai vu qu'un spectre.

– Mais, voyons, que dis-tu là !

– Qui sait, je suis peut-être fou, et tous les événements de ces derniers jours n'ont peut-être eu lieu que dans mon imagination...

– Eh ! Rodia, on t'a encore troublé l'esprit. Mais que t'a-t-il dit ? Que te voulait-il ? »

Raskolnikov ne lui répondit pas. Rasoumikhine réfléchit un instant.

« Allons, écoute mon compte rendu, fit-il. Je suis passé chez toi, tu dormais ; ensuite nous avons dîné, puis j'ai été chez

Porphyre. Zamiotov s'y trouvait encore. Je voulais commencer à m'expliquer, mais je n'ai pas pu y arriver ; impossible d'entrer en matière comme il faut. Ils semblaient ne pas comprendre, sans d'ailleurs témoigner le moindre embarras. J'emmène enfin Porphyre près de la fenêtre et me mets à lui parler, sans y réussir beaucoup mieux. Il regarde d'un côté, moi de l'autre ; finalement je lui mets mon poing sous le nez en lui disant que je vais le démolir. Il se contente de me regarder en silence. Je crache et je m'en vais, voilà tout. C'est très bête. Avec Zamiotov je n'ai pas échangé un mot. Seulement, vois-tu, je craignais de t'avoir fait du tort ; mais en descendant l'escalier, une pensée soudaine m'a illuminé. De quoi nous préoccupons-nous, toi et moi ? Si tu étais menacé d'un danger, je comprendrais, mais qu'as-tu à craindre, en l'occasion ? Tu n'y es pour rien, et par conséquent tu te moques d'eux. Plus tard on se paiera leur tête. À ta place je me ferais un plaisir de les mystifier. Pense quelle honte ils auront de s'être si grossièrement trompés. N'y songe plus, on pourra les rosser comme il faut plus tard, mais maintenant bornons-nous à nous moquer d'eux.

– C'est juste ! » fit Raskolnikov. « Et que diras-tu demain ? pensa-t-il. Chose étrange, l'idée ne m'est jamais venue de me demander ce que dira Rasoumikhine quand il apprendra. » À cette pensée il regarda fixement son ami. Le récit de la visite à Porphyre l'avait fort peu intéressé. Tant de sujets de préoccupation étaient venus s'ajouter aux anciens pendant ces dernières heures !

Dans le corridor ils rencontrèrent Loujine ; il était arrivé à huit heures précises et cherchait le numéro de la chambre, si bien qu'ils entrèrent ensemble tous les trois, sans toutefois se regarder, ni se saluer. Les jeunes gens pénétrèrent les premiers dans la pièce et Piotr Petrovitch, pour observer les convenances, s'attarda un moment dans l'antichambre, en enlevant son pardessus. Pulchérie Alexandrovna s'avança aussitôt au-devant de lui, tandis que Dounia souhaitait le bonsoir à son frère.

Piotr Petrovitch entra à son tour, et salua ces dames d'un air assez aimable, mais avec une gravité outrée. Il paraissait, du reste, un peu déconcerté. Pulchérie Alexandrovna, qui semblait troublée, elle aussi, s'empressa de faire asseoir tout son monde autour de la table ronde où bouillait le samovar. Dounia et Loujine se trouvèrent placés l'un en face de l'autre, et Rasoumikhine ainsi que Raskolnikov s'assirent en face de Pulchérie Alexandrovna,

QUATRIÈME PARTIE

Rasoumikhine du côté de Loujine et Raskolnikov près de sa sœur. Il y eut un moment de silence. Piotr Petrovitch tira, sans hâte, un mouchoir de batiste parfumé et se moucha de l'air d'un homme bienveillant sans doute, mais quelque peu offensé dans sa dignité d'homme et décidé à réclamer des explications. À peine entré dans l'antichambre, tout à l'heure, une pensée lui était venue : ne pas enlever son pardessus, se retirer pour châtier sévèrement les deux dames, et leur faire comprendre ainsi la gravité de l'action qu'elles venaient de commettre. Mais il n'avait pu s'y décider. D'autre part, il aimait les situations nettes et il voulait éclaircir la chose suivante : elles devaient avoir une raison pour oser braver si ouvertement sa défense, et cette raison, il devait la connaître avant tout ; il aurait toujours ensuite le temps de sévir et le châtiment ne dépendait que de lui.

« J'espère que vous avez fait bon voyage, demanda-t-il d'un ton officiel à Pulchérie Alexandrovna.

– Oui, grâce à Dieu, Piotr Petrovitch.

– J'en suis fort heureux. Et Avdotia Romanovna n'a pas été fatiguée, non plus ?

– Moi, je suis jeune et forte et je ne me fatigue pas, mais pour maman ce voyage a été fort pénible, répondit Dounia.

– Que voulez-vous, nos routes nationales sont fort longues, répondit-il. Notre mère la Russie, comme on dit, est très vaste... Moi, je n'ai pu, malgré tout le désir que j'en avais, aller à votre rencontre. J'espère cependant que vous n'avez pas eu trop d'ennuis ?

– Oh ! Piotr Petrovitch, nous avons été fort embarrassées, au contraire, se hâta de répondre Pulchérie Alexandrovna, avec une intonation particulière, et si Dieu lui-même, je pense, ne nous avait envoyé hier Dmitri Prokofitch, je ne sais vraiment ce que nous serions devenues. Le voilà, permettez-moi de vous le présenter. Dmitri Prokofitch Rasoumikhine, ajouta-t-elle s'adressant à Loujine.

– Comment donc ! J'ai eu le plaisir... hier », marmotta Loujine en lançant au jeune homme un regard oblique et malveillant ; puis il se renfrogna et se tut.

Piotr Petrovitch semblait appartenir à cette catégorie de gens qui s'efforcent de se montrer fort aimables en société, mais perdent tous leurs moyens à la moindre contrariété, au point de ressembler plutôt à des soliveaux qu'à de brillants cavaliers. Il y eut encore un moment de silence ; Raskolnikov s'enfermait dans un mutisme obstiné, Avdotia Romanovna jugeait que le moment n'était pas venu pour elle de rompre le silence. Rasoumikhine, lui, n'avait rien à dire, si bien que Pulchérie Alexandrovna se vit obligée de payer encore de sa personne.

« Marfa Petrovna est morte, le saviez-vous ? demanda-t-elle, recourant à sa suprême ressource.

– Comment donc ! J'en ai été informé aussitôt, et je puis même vous apprendre qu'Arcade Ivanovitch Svidrigaïlov, aussitôt après l'enterrement de sa femme, est parti précipitamment pour Pétersbourg. Je tiens cette nouvelle d'une source sûre.

– Pour Pétersbourg ? Pour ici ? demanda Dounetchka d'une voix alarmée, en échangeant un regard avec sa mère.

– Parfaitement. Et l'on doit supposer que ce n'est pas sans intentions, étant donné la précipitation de ce départ et les circonstances qui l'ont précédé.

– Seigneur ! Est-il possible qu'il vienne relancer Dounetchka jusqu'ici ?

– Il me semble que vous n'avez, ni l'une ni l'autre, à vous inquiéter beaucoup, du moment que vous éviterez toute espèce de relations avec lui. Quant à moi, j'ai l'œil ouvert et je saurai bientôt où il est descendu...

– Ah ! Piotr Petrovitch, vous ne sauriez vous imaginer à quel point vous m'avez troublée, continua Pulchérie Alexandrovna. Je ne l'ai vu que deux fois en tout, mais il m'a paru effrayant, effrayant ! Je suis sûre qu'il a causé la mort de la défunte Marfa Petrovna.

– On ne peut rien conclure là-dessus. J'ai des renseignements précis. Je ne nie pas que ses mauvais procédés n'aient pu, dans une certaine mesure, hâter le cours des choses. Quant à sa conduite et en général au caractère moral du personnage, je suis d'accord avec vous... J'ignore s'il est riche maintenant et ce qu'a pu lui laisser Marfa Petrovna, mais je le saurai dans le plus bref délai.

Ce qui est certain, c'est qu'ici, à Pétersbourg, il reprendra, s'il a les moindres ressources, son ancien genre de vie. C'est l'homme le plus perdu de vices, le plus dépravé qui soit. J'ai de bonnes raisons de croire que Marfa Petrovna, qui avait eu le malheur de s'amouracher de lui et de payer toutes ses dettes, il y a huit ans, lui a encore été utile sous un autre rapport ; elle est arrivée à force de démarches et de sacrifices à étouffer dès son origine une affaire criminelle, qui pouvait bel et bien envoyer M. Svidrigaïlov en Sibérie. Il s'agissait d'un assassinat commis dans des circonstances épouvantables, et pour ainsi dire fantastiques.

– Ah, Seigneur ! » s'écria Pulchérie Alexandrovna. Raskolnikov écoutait attentivement.

« Vous parlez, dites-vous, d'après des renseignements sûrs ? demanda Dounia d'un air grave et sévère.

– Je ne répète que ce qui m'a été confié en secret par Marfa Petrovna. Il faut remarquer que cette affaire est fort obscure au point de vue juridique. À cette époque habitait ici, il paraît même qu'elle y habite toujours, une certaine Resslich, une étrangère, qui prêtait à la petite semaine, et qui exerçait également divers autres métiers. Des relations aussi intimes que mystérieuses s'étaient depuis longtemps établies entre cette femme et M. Svidrigaïlov. Elle avait chez elle une parente éloignée, une nièce, je crois, fillette de quinze ou même quatorze ans, qui était sourde-muette. La Resslich ne pouvait souffrir cette enfant ; elle lui reprochait chaque morceau de pain et la battait d'une façon inhumaine. Un jour la malheureuse fut trouvée étranglée dans le grenier. On conclut à un suicide. Après les formalités d'usage, l'affaire semblait devoir se terminer ainsi, quand la police fut informée que l'enfant avait été... violée par Svidrigaïlov. Il est vrai que tout cela était assez obscur, la dénonciation émanant d'une autre Allemande, femme d'une immoralité notoire et dont le témoignage ne pouvait être pris en considération ; enfin la dénonciation fut retirée, grâce aux efforts et à l'argent de Marfa Petrovna. Tout se borna à de méchants bruits. Mais ces bruits étaient fort significatifs. Vous avez certainement entendu conter, pendant que vous étiez chez eux, l'histoire de ce domestique Philippe, mort à la suite de mauvais traitements, il y a six ans de cela, au temps du servage.

- J'ai entendu dire, au contraire, que ce Philippe s'était suicidé.

- C'est parfaitement vrai, mais il a été forcé ou plutôt poussé à se donner la mort par les mauvais traitements et les vexations systématiques de son maître.

- J'ignorais cela, répondit sèchement Dounia. J'ai seulement entendu conter, à ce propos, une histoire fort étrange. Ce Philippe était, paraît-il, un neurasthénique, une sorte de philosophe d'antichambre. Ses camarades disaient de lui : « C'est l'excès de lecture qui lui a troublé l'esprit », et l'on prétend qu'il s'est suicidé pour échapper aux railleries plutôt qu'aux coups de M. Svidrigaïlov. Je l'ai toujours vu traiter ses gens humainement ; il était même aimé d'eux, quoique, je l'avoue, je les ai entendus, eux aussi, l'accuser de la mort de Philippe.

- Je vois, Avdotia Romanovna, que vous avez tendance à le justifier, fit remarquer Loujine, la bouche tordue par un sourire équivoque. Le fait est que c'est un homme rusé et habile à gagner le cœur des dames. La pauvre Marfa Petrovna, qui vient de mourir dans des circonstances bizarres, en est la preuve lamentable. Je ne voulais que vous aider de mes conseils, vous et votre mère, en prévision des tentatives qu'il ne manquera pas de renouveler. Quant à moi, je suis convaincu que cet homme retournera bientôt à la prison pour dettes. Marfa Petrovna n'a jamais eu l'intention de lui assurer une part importante de sa fortune, car elle songeait à ses enfants, et si elle lui a laissé quelque chose, c'est une somme des plus modestes, le strict nécessaire, une aisance éphémère, à peine de quoi vivre un an, pour un homme de ses goûts.

- Piotr Petrovitch, ne parlons pas, je vous en prie, de M. Svidrigaïlov, dit Dounia. Cela me rend nerveuse.

- Il est venu tout à l'heure chez moi », dit tout à coup Raskolnikov, en ouvrant la bouche pour la première fois.

Tous se tournèrent vers lui, avec des exclamations de surprise. Piotr Petrovitch lui-même parut ému.

« Il y a une heure et demie, pendant que je dormais ; il est entré, m'a réveillé et s'est présenté à moi, continua Raskolnikov. Il semblait fort à l'aise, et assez gai ; il espère se lier avec moi. Entre autres choses, il sollicite vivement une entrevue avec toi, Dounia, et m'a prié de lui servir d'intermédiaire à ce sujet. Il a une proposition à te faire et m'a dit en quoi elle consiste. Il m'a en outre positivement assuré que Marfa Petrovna, huit jours avant sa mort, t'a légué, Dounia, par testament, trois mille roubles, et que tu pourras toucher cette somme dans le plus bref délai.

– Dieu soit loué ! s'écria Pulchérie Alexandrovna, et elle se signa. Prie pour elle, Dounia, prie !

– C'est exact ! ne put s'empêcher de reconnaître Loujine.

– Eh bien, et ensuite ? fit vivement Dounetchka.

– Ensuite il m'a dit qu'il n'est pas riche, car la propriété revient aux enfants restés chez leur tante. Puis il m'a appris qu'il loge près de chez moi, mais où ? je l'ignore, je ne le lui ai pas demandé...

– Mais quelle proposition voulait-il faire à Dounetchka ? demanda Pulchérie Alexandrovna tout effrayée. Te l'a-t-il confiée ?

– Oui.

– Eh bien ?

– Je vous le dirai plus tard. » Raskolnikov se tut et se mit à boire son thé.

Piotr Petrovitch tira sa montre de sa poche et y jeta les yeux.

« Une affaire urgente m'oblige à vous quitter ; ainsi je ne gênerai pas votre entretien, ajouta-t-il d'un air assez piqué en se levant de son siège.

– Restez, Piotr Petrovitch, dit Dounia. Vous aviez l'intention de nous consacrer votre soirée. De plus, vous avez écrit que vous désiriez avoir une explication avec maman.

– C'est vrai, Avdotia Romanovna, fit Loujine d'un air solennel, et il se rassit, mais garda son chapeau à la main. Je désirais, en effet, m'expliquer avec vous et votre honorée mère sur quelques points de la plus haute gravité. Mais de même que votre frère ne peut répéter devant moi certaines propositions de M. Svidrigaïlov, moi, à mon tour, je ne veux et ne puis m'expliquer... devant des tiers... sur certains points d'une extrême importance. D'autre part, il n'a pas été tenu compte du désir capital et formel que j'avais manifesté... »

La figure de Loujine prit une expression d'amertume et avec dignité il se tut.

« C'est sur mes seules instances qu'il n'a pas été tenu compte de votre désir de voir mon frère exclu de cette entrevue, dit Dounia. Vous nous avez écrit que vous aviez été insulté par lui. Je pense qu'il faut tirer cette accusation au clair le plus rapidement possible et vous réconcilier. Et si Rodia vous a réellement offensé, il vous *doit* des excuses et il vous en *fera*. »

En entendant ces paroles, Piotr Petrovitch s'enhardit aussitôt.

« Il est des offenses, Avdotia Romanovna, qu'on ne peut oublier, avec la meilleure volonté du monde. En toutes choses il y a une limite dangereuse à dépasser, car cette limite une fois franchie, le retour en arrière est impossible.

– Ah ! ce n'est pas ce que je voulais dire, Piotr Petrovitch, l'interrompit Dounia, avec quelque impatience. Comprenez-moi bien, tout notre avenir dépend de la solution rapide de cette question : les choses pourront-elles s'arranger ou non ? Je vous dis franchement, et dès le début, que je ne puis considérer les choses autrement et pour peu que vous teniez à moi, vous devez comprendre qu'il faut que cette histoire prenne fin aujourd'hui, si difficile que cela puisse paraître.

– Je m'étonne que vous puissiez poser la question ainsi, Avdotia Romanovna, fit Loujine avec une irritation croissante. Je puis vous apprécier et vous chérir tout en n'aimant pas quelque membre de votre famille. Je prétends au bonheur d'obtenir votre main, sans pour cela m'engager à accepter des devoirs incompatibles...

– Ah ! laissez cette vaine susceptibilité, Piotr Petrovitch, l'interrompit Dounia d'une voix émue, et montrez-vous l'homme intelligent et noble que j'ai toujours vu, et veux continuer à voir en vous. Je vous ai fait une grande promesse, je suis votre fiancée ; fiez-vous à moi dans cette affaire et croyez-moi capable de juger impartialement. Le rôle d'arbitre que je m'attribue en ce moment doit surprendre mon frère autant que vous. Quand je l'ai prié instamment aujourd'hui, après la réception de votre lettre, de venir à notre entrevue, je ne lui ai point fait part de mes intentions. Comprenez que si vous refusez de vous réconcilier, je me verrai obligée de choisir entre vous. C'est ainsi que la question a été posée par vous deux. Je ne veux et ne dois pas me tromper dans ce choix. Pour vous, je dois rompre avec mon frère ; pour lui, me brouiller avec vous. Je veux être édifiée à présent sur vos sentiments à mon égard, et j'en ai le droit. Je saurai si lui est un frère pour moi et si vous vous m'appréciez, si vous savez m'aimer comme un mari.

– Avdotia Romanovna, reprit Loujine vexé, vos paroles me semblent significatives. Je dirai même que je les trouve blessantes étant donné la situation que j'ai l'honneur d'occuper par rapport à vous. Sans parler de ce qu'il y a d'offensant pour moi à me voir mis sur le même rang qu'un... un jeune homme orgueilleux, vous semblez admettre la possibilité d'une rupture entre nous. Vous dites : vous ou lui, et vous me montrez ainsi que je suis peu pour vous... Je ne puis accepter cela étant donné nos relations... et nos engagements réciproques.

– Comment ! s'écria Dounia avec emportement. Je mets votre intérêt en balance avec tout ce que j'ai eu de plus précieux jusqu'ici dans la vie et vous vous plaignez de compter peu pour moi ! »

Raskolnikov eut un sourire caustique. Rasoumikhine était hors de lui, mais Piotr Petrovitch ne parut pas admettre l'argument ; il devenait d'instant en instant plus rouge et plus intraitable.

« L'amour pour l'époux, pour le futur compagnon de la vie doit l'emporter sur l'amour fraternel, fit-il sentencieusement ; je ne puis, dans tous les cas, être mis sur le même plan... Bien que j'aie refusé tout à l'heure de m'expliquer en présence de votre frère sur l'objet de ma visite, je veux néanmoins m'adresser à votre honorée mère pour éclaircir un point fort important et que je regarde comme très offensant pour moi. Votre fils, fit-il à Pulchérie Alexandrovna, hier, en présence de M. Razoudkine (oui, je crois que c'est bien votre nom, excusez-moi, je ne m'en souviens plus, fit-il avec un salut aimable à Rasoumikhine) m'a offensé en dénaturant une pensée que je vous avais exposée en prenant le café chez vous. J'avais dit que, d'après moi, une jeune fille pauvre et déjà éprouvée par le malheur offrait à son mari plus de garanties de bonheur qu'une personne qui n'aurait connu que l'aisance. Votre fils a volontairement exagéré la portée de mes paroles et en a dénaturé le sens jusqu'à l'absurde. Il m'a attribué des intentions odieuses, en se référant, semble-t-il, à votre propre correspondance. Je serais heureux si vous pouviez, Pulchérie Alexandrovna, me prouver que je me trompe et ainsi me rassurer grandement. Dites-moi donc exactement dans quels termes vous avez transmis ma pensée dans votre lettre à Rodion Romanovitch ?

– Je ne m'en souviens plus, fit Pulchérie Alexandrovna toute troublée. J'ai écrit ce que j'avais compris moi-même. J'ignore comment Rodia vous l'a répété... Il a peut-être exagéré.

– Il n'a pu le faire qu'en s'inspirant de votre lettre.

– Piotr Petrovitch, fit Pulchérie Alexandrovna avec dignité, la preuve que nous n'avons pas pris vos paroles en trop mauvaise part, c'est notre présence ici.

– Très bien, maman, approuva Dounia.

– Ainsi c'est moi qui ai tort, fit Loujine blessé.

– Voyez-vous, Piotr Petrovitch, vous êtes toujours à accuser Rodia, mais vous-même, vous avez écrit sur lui tantôt des choses fausses, ajouta Pulchérie Alexandrovna, qui reprenait courage.

– Je ne me rappelle pas avoir rien écrit de faux.

– Vous avez écrit, déclara âprement Raskolnikov, sans se tourner vers Loujine, que j'ai donné hier mon argent non à la veuve de l'homme écrasé, mais soi-disant à sa fille, que je voyais pour la première fois. Vous l'avez écrit dans l'intention de me brouiller avec ma famille et, pour être plus sûr de réussir, vous vous êtes exprimé de la façon la plus ignoble sur le compte d'une jeune fille que vous ne connaissez pas. C'est une bassesse et une calomnie.

– Excusez-moi, monsieur, s'écria Loujine, tout tremblant de colère, si dans ma lettre je me suis étendu sur tout ce qui vous concerne, c'est uniquement pour obéir aux désirs de votre mère et de votre sœur, qui m'avaient prié de leur apprendre comment je vous avais trouvé et quelle impression vous m'aviez produite. D'ailleurs je vous défie de relever une seule ligne mensongère dans le passage auquel vous faites allusion. Nierez-vous avoir dépensé cet argent et que cette famille, malheureuse je le veux bien, a un membre indigne ?

– Et d'après moi, avec toutes vos qualités, vous ne valez pas le petit doigt de cette malheureuse jeune fille à laquelle vous jetez la pierre.

– Ainsi vous n'hésiteriez pas à l'introduire dans la société de votre mère et de votre sœur ?

– Je l'ai déjà fait, si vous désirez le savoir. Je l'ai invitée aujourd'hui à prendre place à côté de maman et de Dounia.

– Rodia ! » cria Pulchérie Alexandrovna.

Dounetchka rougit, Rasoumikhine fronça les sourcils, Loujine souriait d'un air méprisant et hautain.

« Jugez vous-même, Avdotia Romanova, si un accord est possible. J'espère que l'affaire peut être considérée comme finie et qu'il n'en sera plus question. Je me retire pour ne pas gêner plus longtemps votre réunion de famille ; vous avez d'ailleurs des secrets à vous communiquer. »

Il se leva et prit son chapeau.

« Mais je me permets de vous faire remarquer, avant de m'en aller, que j'espère n'être plus exposé jamais à de pareilles rencontres et à de pareils compromis pour ainsi dire. C'est à vous particulièrement, très honorée Pulchérie Alexandrovna, que je m'adresse, d'autant plus que ma lettre n'était destinée qu'à vous et à personne d'autre. »

Pulchérie Alexandrovna fut un peu froissée.

« Vous vous croyez donc tout à fait notre maître, Piotr Petrovitch ? Dounia vous a expliqué pour quelle raison on n'a pas tenu compte de votre désir : elle n'avait que de bonnes intentions. Mais vraiment vous m'écrivez d'un style bien impérieux ! Se peut-il que nous soyons obligées de considérer votre moindre désir comme un ordre ? Je vous dirai, au contraire, que vous devez nous traiter avec des égards tout à fait particuliers, maintenant que nous avons mis notre confiance en vous, tout quitté pour venir ici, et que nous sommes par conséquent à votre merci.

– Ce n'est plus tout à fait exact, Pulchérie Alexandrovna, à présent surtout que vous connaissez le legs de trois mille roubles fait à votre fille par Marfa Petrovna, somme qui vient fort à propos, à en juger par le ton que vous venez de prendre avec moi, ajouta-t-il aigrement.

– Cette remarque pourrait faire croire, en effet, que vous avez spéculé sur notre dénuement, fit observer Dounia avec irritation.

– Quoi qu'il en soit, c'est bien fini et surtout je ne veux pas vous empêcher davantage d'entendre les propositions secrètes qu'Arcade Ivanovitch Svidrigaïlov a chargé votre frère de vous transmettre. Elles sont, sans doute, d'une signification capitale à vos yeux et même fort agréables.

– Oh ! mon Dieu ! » s'écria Pulchérie Alexandrovna. Rasoumikhine ne pouvait plus tenir en place.

« N'as-tu pas honte, enfin, ma sœur ? demanda Raskolnikov.

– Oui, j'ai honte, Rodia, murmura Dounia. Piotr Petrovitch, sortez ! » dit-elle en pâlissant de colère.

Ce dernier ne s'attendait nullement à pareil dénouement. Il avait trop présumé de lui-même, de sa puissance, trop compté sur la faiblesse de ses victimes. Maintenant encore il ne pouvait en croire ses oreilles. Il pâlit et ses lèvres se mirent à trembler.

« Avdotia Romanovna, si je sors à cet instant et dans ces conditions, soyez sûre que je ne reviendrai pas. Réfléchissez bien. Je n'ai qu'une parole.

– Quelle insolence ! s'écria Dounia en bondissant de sa chaise. Mais je ne veux pas vous voir revenir !

– Comment ? c'est ainsi ! vociféra Loujine, d'autant plus déconcerté qu'il n'avait pas cru un seul instant à la possibilité d'une rupture. Ah ! c'est ainsi ! Mais savez-vous que je pourrais protester ?

– De quel droit vous permettez-vous de lui parler ainsi ? fit vivement Pulchérie Alexandrovna. Contre quoi protesterez-vous ? Quels sont vos droits ? Pensez-vous que j'irai donner ma Dounia à un homme tel que vous ? Allez et laissez-nous désormais en repos. Nous avons eu tort de consentir à une chose malhonnête, et moi surtout je...

– Cependant, Pulchérie Alexandrovna, répliqua Piotr Petrovitch exaspéré, vous m'avez lié par votre promesse que vous voulez retirer à présent... et enfin... enfin, j'ai été entraîné, pour ainsi dire, à certains frais... »

Cette dernière récrimination était si bien dans le caractère de Loujine, que Raskolnikov, malgré la fureur à laquelle il était en proie, ne put y tenir et partit d'un éclat de rire. Quant à Pulchérie Alexandrovna, ces paroles la mirent hors d'elle.

« Des frais ? Quels frais, je vous prie ? S'agirait-il par hasard de la malle que vous vous êtes chargé de faire parvenir ? Mais vous en avez obtenu le transport gratuit. Seigneur ! vous prétendez que c'est nous qui vous avons lié ! Pensez à ce que vous dites, Piotr Petrovitch. C'est vous qui nous avez tenues pieds et poings liés à votre merci.

– Assez, maman, assez, je vous en prie, suppliait Avdotia Romanovna. Piotr Petrovitch, faites-moi le plaisir de vous retirer.

– Je m'en vais... Un dernier mot seulement, répondit-il presque hors de lui. Votre mère semble avoir complètement oublié que j'ai demandé votre main au moment où de mauvais bruits couraient sur vous dans toute la contrée. Ayant bravé pour vous l'opinion publique et rétabli votre réputation, je pouvais espérer que vous m'en sauriez gré et compter sur votre reconnaissance... Mes yeux se sont dessillés maintenant, et je vois que j'ai peut-être été très imprudent en méprisant l'opinion publique.

– Il veut se faire casser la tête, s'écria Rasoumikhine, en bondissant pour châtier l'insolent.

– Vous êtes un homme vil et un scélérat, dit Dounia.

– Pas un mot, pas un geste ! » cria Raskolnikov en retenant Rasoumikhine. Puis il s'approcha de Loujine à le toucher et dit d'une voix basse et nette :

« Veuillez sortir ! Pas un mot de plus, sinon... »

Piotr Petrovitch, dont le visage était blême et contracté par la colère, le regarda un moment en silence, puis il tourna les talons et sortit, le cœur plein d'une haine mortelle pour Raskolnikov, auquel il imputait sa disgrâce. Chose curieuse à noter, il s'imaginait encore en descendant l'escalier, que tout n'était pas définitivement perdu et qu'il pouvait fort bien espérer une réconciliation avec les deux femmes.

III

L'essentiel était qu'il n'avait pas, jusqu'au dernier moment, prévu pareil dénouement. Il avait toujours fanfaronné, car il ne pouvait admettre que deux femmes, seules et pauvres, fussent capables d'échapper à sa domination. Cette conviction était raffermie par sa vanité et une confiance en soi portée à un point qui le rendait aveugle. Piotr Petrovitch, parti de rien, avait pris l'habitude presque maladive de s'admirer profondément. Il avait une très haute opinion de son intelligence, de ses capacités, et même il lui arrivait parfois, resté seul, d'admirer son visage dans un miroir. Mais ce qu'il aimait plus que tout au monde, c'était son argent, acquis par son travail, et d'autres moyens encore. Cette fortune le rendait l'égal de tous les gens supérieurs à lui, croyait-il. Il était fort sincère en rappelant amèrement à Dounia qu'il s'était décidé à demander sa main malgré les bruits défavorables qui couraient sur elle. Il éprouvait même, en évoquant ces souvenirs, une profonde indignation pour cette noire ingratitude. Et cependant dès ses fiançailles il était parfaitement sûr de l'absurdité des calomnies démenties publiquement par Marfa Petrovna, et depuis longtemps rejetées par la petite ville qui avait déjà réhabilité Dounia dans son opinion. Du reste, il n'aurait même pas nié avoir su ces choses au moment des fiançailles. Il n'en appréciait pas moins la décision qu'il avait prise d'élever Dounia jusqu'à lui et considérait cet acte comme un exploit héroïque. Il était entré, l'autre jour, chez Raskolnikov avec le sentiment d'un bienfaiteur, prêt à cueillir les fruits de son acte magnanime et à s'entendre couvrir des plus douces louanges. Inutile d'ajouter qu'il descendait maintenant l'escalier avec l'impression d'avoir été profondément offensé et méconnu.

Quant à Dounia, elle lui paraissait déjà indispensable à sa vie et il ne pouvait admettre l'idée de renoncer à elle. Il y avait longtemps, plusieurs années même, qu'il rêvait voluptueusement au mariage, mais il se contentait d'amasser de l'argent et d'attendre. Il imaginait, avec des délices secrètes, une pure et pauvre jeune fille (il était indispensable qu'elle fût pauvre !), très jeune, très jolie, noble et instruite, déjà épouvantée par la vie, car elle aurait beaucoup souffert et abdiquerait toute volonté devant lui, une femme qui le considérerait, toute sa vie durant, comme un sauveur, le vénérerait, se soumettrait à lui, et l'admirerait, toujours, lui seul. Que de scènes, que d'épisodes délicieux inventés par son imagination sur ce sujet séduisant et voluptueux, quand il se reposait de ses travaux. Et voilà que le rêve, caressé tant d'années, était sur le point de se réaliser. La beauté et l'instruction d'Avdotia Romanovna l'avaient émerveillé, la situation cruelle où elle se trouvait l'avait enflammé au plus haut point. Elle réalisait tout ce qu'il avait pu rêver et peut-être même davantage. Il voyait une jeune fille fière, noble et volontaire, plus instruite, plus cultivée que lui (il le sentait) et cette créature allait lui vouer une reconnaissance d'esclave, intime, éternelle pour son action héroïque, elle allait s'abîmer devant lui dans une vénération passionnée, et lui, il étendrait sur elle sa domination absolue et sans limites... Il s'était justement décidé, quelque temps avant cet événement, à élargir son activité en choisissant un champ d'action plus vaste que le sien et à s'introduire ainsi, peu à peu, dans un monde supérieur, chose dont il rêvait depuis longtemps passionnément... En un mot, il avait résolu de tenter la chance à Pétersbourg. Il savait qu'on peut arriver à bien des choses par les femmes. Le charme d'une adorable femme, vertueuse et cultivée en même temps, pouvait merveilleusement orner sa vie, lui attirer des sympathies, lui créer une sorte d'auréole... et voici que tout croulait. Cette rupture aussi inattendue qu'horrible, le surprenait comme un coup de tonnerre. C'était une monstrueuse plaisanterie, une absurdité. Il n'avait fait que crâner un peu, sans avoir le temps de s'exprimer. Il avait plaisanté, puis il s'était laissé entraîner et tout se terminait par une rupture si sérieuse ! Enfin, il aimait déjà Dounia à sa façon, il la gouvernait, il la dominait dans ses rêves, et brusquement... Non, il fallait réparer cela, dès le lendemain arranger les choses, et surtout anéantir ce blanc-bec, ce gamin, cause de tout le mal. Il évoquait aussi involontairement et avec une sorte de nervosité maladive ce Rasoumikhine... mais il se rassura, du reste, rapidement là-dessus. « Me comparer à un individu pareil ! » Celui qu'il redoutait sérieusement, c'était Svidrigaïlov... Bref, il avait bien des soucis en perspective.

....

« Non, c'est moi la plus coupable, disait Dounia en caressant sa mère. Je me suis laissé tenter par son argent, mais je te jure, mon frère, que je ne m'imaginais pas qu'il pouvait être si indigne. Si je l'avais deviné plus tôt, je ne me serais jamais laissé tenter ainsi. Ne m'accuse pas, Rodia !

- Dieu nous a délivrées de lui, Dieu nous a délivrées de lui », marmottait Pulchérie Alexandrovna d'un air presque inconscient ; on eût dit qu'elle ne se rendait pas bien compte de ce qui venait d'arriver.

Tous semblaient contents et au bout de cinq minutes ils riaient déjà. Seule Dounetchka pâlissait par moments et fronçait les sourcils au souvenir de la scène précédente. Pulchérie Alexandrovna ne pouvait s'imaginer qu'elle-même pût être heureuse de cette rupture, qui, le matin, lui apparaissait comme un malheur épouvantable. Quant à Rasoumikhine, il était enchanté. Il n'osait manifester sa joie, mais il en tremblait tout entier fiévreusement, comme si un poids énorme eût été retiré de dessus son cœur. Maintenant il avait le droit de donner sa vie aux deux femmes, de les servir... Et puis Dieu sait ce qui pouvait arriver... Il refoulait toutefois peureusement ses pensées et craignait de donner libre cours à son imagination. Seul Raskolnikov demeurait immobile, presque maussade même, distrait. Lui, qui avait tant insisté sur la rupture avec Loujine, semblait, maintenant qu'elle était consommée, s'y intéresser moins que les autres. Dounia ne put s'empêcher de penser qu'il lui en voulait toujours, et Pulchérie Alexandrovna l'examinait avec inquiétude.

« Que t'a donc dit Svidrigaïlov ? lui demanda Dounia.

- Ah ! oui, oui », s'écria Pulchérie Alexandrovna.

Raskolnikov releva la tête.

« Il tient absolument à te faire cadeau de dix mille roubles, et désire te voir une fois en ma présence.

- La voir ! pour rien au monde ! s'écria Pulchérie Alexandrovna. Et il ose proposer de l'argent ! »

Ensuite Raskolnikov rapporta (assez sèchement) sa conversation avec Svidrigaïlov en omettant toutefois le récit des apparitions de Marfa Petrovna, pour ne pas se montrer trop prolixe. Il éprouvait d'ailleurs un véritable dégoût à l'idée de parler plus qu'il n'était strictement nécessaire.

« Que lui as-tu donc répondu ? demanda Dounia.

– J'ai commencé par refuser de te transmettre quoi que ce soit. Alors il m'a déclaré qu'il allait s'arranger seul et par n'importe quel moyen pour avoir une entrevue avec toi. Il m'a assuré que sa passion pour toi n'avait été qu'une lubie et qu'il n'éprouve plus aucun sentiment à ton égard. Il ne veut pas te voir épouser Loujine... En général il parlait d'une manière assez décousue et contradictoire...

– Que penses-tu de lui, Rodia ? Quelle impression t'a-t-il faite ?

– J'avoue que je n'y comprends pas grand-chose. Il t'offre dix mille roubles et avoue lui-même n'être pas riche. Il se déclare sur le point de partir en voyage, et au bout de dix minutes il a déjà oublié ce projet... Tout à coup il affirme vouloir se marier, il prétend qu'on lui cherche une fiancée... Il a certainement son but, un but indigne, sans doute. Mais là encore, il est difficile de croire qu'il s'y serait si sottement pris s'il nourrissait quelque mauvais dessein contre toi... J'ai, bien entendu, catégoriquement refusé cet argent en ton nom. Bref, il m'a paru étrange... et même... il me semble présenter des symptômes de folie, mais j'ai pu me tromper ; il ne s'agissait peut-être que d'une comédie. La mort de Marfa Petrovna a dû le frapper profondément.

– Paix à son âme, Seigneur ! s'écria Pulchérie Alexandrovna, je prierai toujours, toujours pour elle. Que serions-nous maintenant devenues, Dounia, sans ces trois mille roubles ? Mon Dieu, on croirait que cet argent nous tombe du ciel. Ah ! Rodia, pense qu'il ne nous restait que trois roubles ce matin, et nous ne songions, Dounia et moi, qu'à engager la montre pour ne pas lui demander d'argent, à lui, avant qu'il nous en proposât. »

Dounia semblait bouleversée par la proposition de Svidrigaïlov. Elle demeurait pensive.

« Il aura conçu quelque affreux dessein », murmura-t-elle à part soi, presque frissonnante.

Raskolnikov remarqua cette frayeur excessive.

« Je crois que j'aurai l'occasion de le voir plus d'une fois, dit-il à Dounia.

– Surveillons-le ! Moi ! je découvrirai ses traces, s'écria énergiquement Rasoumikhine. Je ne le perdrai pas de vue. Rodia me l'a permis. Lui-même m'a dit tantôt : « Veille sur ma sœur. » Vous me le permettez, Avdotia Romanovna ? »

Dounia sourit et lui tendit la main, mais son visage demeurait soucieux. Pulchérie Alexandrovna lui lançait de timides regards ; pourtant, la pensée des trois mille roubles la rassurait considérablement.

Un quart d'heure plus tard, ils étaient en conversation animée. Raskolnikov lui-même, sans toutefois ouvrir la bouche, écouta un moment avec attention ce qui se disait. C'était Rasoumikhine qui pérorait : « Et pourquoi, pourquoi repartiriez-vous ? s'écriait-il en se laissant aller avec délices à l'enthousiasme qui l'avait envahi. Que ferez-vous dans votre méchante petite ville ? L'essentiel est que vous êtes ici tous ensemble, indispensables l'un à l'autre, et combien indispensables, comprenez-moi... Restez au moins quelque temps. Quant à moi, acceptez-moi pour ami, pour associé, et je vous assure que nous monterons une excellente affaire. Écoutez, je vais vous exposer mon projet dans ses moindres détails. Cette idée m'était déjà venue ce matin, quand il ne s'était encore rien passé... Voici la chose : j'ai un oncle (je vous ferai faire sa connaissance, c'est un vieillard des plus gentils et des plus respectables), cet oncle possède un capital de mille roubles et vit lui-même d'une pension qui suffit à ses besoins.

« Depuis deux ans il ne cesse d'insister pour me faire accepter cette somme à six pour cent d'intérêt. Je vois le truc : il a simplement envie de me venir en aide. L'année dernière, je n'en avais pas besoin, mais cette année je n'attends que son arrivée pour lui demander la somme. À ces mille roubles vous joignez mille des vôtres, et en voilà assez pour nos débuts : nous sommes donc associés. Qu'allons-nous faire ? »

Rasoumikhine se mit alors à développer son projet ; il s'attarda longtemps sur le fait que la plupart des libraires et éditeurs connaissaient mal leur métier et faisaient de mauvaises affaires, mais qu'on pouvait couvrir ses frais et même gagner de l'argent avec de bons ouvrages. C'est à ce métier d'éditeur[62] que rêvait le jeune homme, qui avait travaillé deux ans pour les autres et connaissait assez bien trois langues, quoiqu'il eût prétendu six jours auparavant ne pas savoir l'allemand (mais c'était là un prétexte pour décider son ami à accepter la moitié de la traduction, et les trois roubles d'arrhes). Raskolnikov n'avait d'ailleurs pas été dupe de ce mensonge.

« Pourquoi négligerions-nous une bonne affaire quand nous possédons le moyen d'action essentiel, l'argent, continua Rasoumikhine en s'échauffant. Sans doute il faudra beaucoup travailler, mais nous travaillerons, vous, Avdotia Romanovna, moi, Rodion... Certaines éditions rapportent gros ! Nous aurons surtout cet avantage de savoir ce qu'il faut traduire. Nous serons traducteurs, éditeurs et élèves en même temps. Je puis être utile, car j'ai une certaine expérience. Voilà bientôt deux ans que je cours les éditeurs, et je sais le fond du métier. Ce n'est pas la mer à boire, croyez-moi. Pourquoi ne pas profiter de l'occasion qui s'offre à nous ? Je pourrais citer deux ou trois livres étrangers qui, indiqués à un éditeur, rapporteraient cent roubles chacun, et il y en a un dont je ne donnerais pas le nom pour cinq cents roubles. Ils seraient encore capables d'hésiter, les imbéciles ! Quant à la partie matérielle de l'entreprise, impression, papier, vente, fiez-vous à moi là-dessus, cela me connaît. Nous commencerons modestement pour nous agrandir peu à peu. En tout cas cela suffira à nous faire vivre. »

Les yeux de Dounia brillaient.

« Ce que vous me proposez me plaît beaucoup, Dmitri Prokofitch, dit-elle.

– Moi, naturellement, je n'y entends rien, fit Pulchérie Alexandrovna. C'est peut-être une bonne affaire, Dieu le sait, mais

---

[62] *Ce métier d'éditeur :* Dostoïevski, qui avait cédé à l'éditeur Stellovski les droits sur ses œuvres complètes pour une somme minime et qui fut toute sa vie talonné par le souci de terminer une œuvre à temps pour un éditeur, caressa longtemps le rêve d'éditer lui-même ses romans. Ce rêve fut réalisé par sa femme Anna Grigorievna qui édita elle-même *Les Possédés* et les œuvres suivantes, et se consacra à la réédition des œuvres de Dostoïevski après sa mort.

c'est un peu surprenant. Nous sommes d'ailleurs forcées de rester ici quelque temps au moins... » Et elle regarda Rodia.

« Qu'en penses-tu, mon frère ? fit Dounia.

– Je pense que c'est une très bonne idée ; on n'improvise pas, bien sûr, une grosse librairie, mais on peut publier quelques volumes dont le succès serait assuré. Je connais moi-même un ouvrage qui se vendrait certainement. Quant à ses capacités, vous pouvez être tranquilles, il connaît son affaire... Vous avez du reste le temps de reparler de tout cela...

– Hourra ! s'écria Rasoumikhine, maintenant attendez, il y a dans cette maison un appartement indépendant de ce local et qui appartient au même propriétaire ; il est meublé et pas cher... il comprend trois petites pièces. Je vous conseille de le louer. Quant à votre montre, je vais vous l'engager demain et vous en rapporter l'argent, le reste s'arrangera. L'essentiel est que vous pourrez y vivre tous les trois. Rodia sera auprès de vous... Mais où vas-tu, Rodia ?

– Comment, Rodia, tu t'en vas ? demanda Pulchérie Alexandrovna avec effroi.

– À un pareil moment ! » s'écria Rasoumikhine.

Dounia, elle, regardait son frère avec une surprise pleine de méfiance. Il tenait sa casquette à la main et s'apprêtait à sortir.

« On dirait qu'il s'agit d'une séparation éternelle ; voyons, vous ne m'enterrez pas ! » fit-il d'un air étrange.

Il sourit, mais de quel sourire !

« Après tout, qui sait ? C'est peut-être la dernière fois que nous nous voyons », ajouta-t-il par mégarde. Ces mots lui avaient échappé malgré lui ; ils exprimaient une réflexion qu'il se faisait à lui-même.

« Mais qu'as-tu ? fit anxieusement sa mère.

– Où vas-tu, Rodia ? demanda Dounia d'un air étrange.

– Je dois m'en aller », dit-il ; sa voix était hésitante, mais son visage pâle exprimait une résolution invincible.

« Je voulais vous dire en venant ici... Je voulais vous dire, maman, et à toi aussi, Dounia... que nous devons nous séparer pour quelque temps. Je ne me sens pas très bien... Je suis agité... Je reviendrai plus tard quand... je le pourrai. Je pense à vous et je vous aime. Laissez-moi... Laissez-moi seul. Je l'avais déjà décidé auparavant. C'est une décision irrévocable... Dussé-je périr, je veux être seul. Oubliez-moi, cela vaut mieux... Ne vous informez pas de moi. Je viendrai moi-même quand il le faudra... ou bien je vous ferai appeler. Peut-être tout reviendra-t-il !... Et maintenant si vous m'aimez, renoncez à moi... sinon je vous haïrai, je le sens. Adieu.

– Seigneur ! » s'écria Pulchérie Alexandrovna.

La mère, la sœur, Rasoumikhine furent saisis d'une frayeur horrible.

« Rodia, Rodia, réconcilions-nous, redevenons amis », s'écria la pauvre femme.

Il se détourna lentement et fit un pas vers la porte. Dounia le rejoignit.

« Rodia ! Comment peux-tu agir ainsi avec maman ? murmura-t-elle indignée.

– Ce n'est rien, je reviendrai, je viendrai vous voir », marmotta-t-il à mi-voix d'un air presque inconscient. Puis il sortit.

« Égoïste, cœur dur et sans pitié ! cria-t-elle.

– Il est fou, mais pas égoïste ; c'est un a-li-é-né, vous dis-je, c'est vous qui êtes dure, si vous ne voulez pas le comprendre, dit ardemment Rasoumikhine à l'oreille de la jeune fille, en lui serrant énergiquement la main.

– Je reviens tout de suite », cria-t-il à Pulchérie Alexandrovna presque défaillante, et il s'élança hors de la pièce.

Raskolnikov l'attendait au bout du corridor.

« Je savais bien que tu allais accourir, dit-il. Retourne auprès d'elles, ne les quitte pas... Va les voir demain... sois toujours auprès d'elles, moi, je viendrai peut-être si je peux. Adieu. »

Et il s'éloigna sans lui tendre la main.

« Mais où vas-tu ? Qu'est-ce qui te prend ? Que t'arrive-t-il ? Peut-on agir ainsi ? »

Raskolnikov s'arrêta encore.

« Je te le dis une fois pour toutes : ne m'interroge jamais sur rien. Je n'ai rien à te répondre... Ne viens pas me voir. Peut-être reviendrai-je ici... laisse-moi, et elles... elles, ne les abandonne pas. Tu me comprends ? »

Il faisait sombre dans le couloir et ils se tenaient près de la lampe. Un moment ils se regardèrent en silence. Rasoumikhine devait se rappeler cette minute toute sa vie ; le regard brûlant et fixe de Raskolnikov semblait devenir plus perçant d'instant en instant et pénétrer son âme et sa conscience. Soudain Rasoumikhine tressaillit. Quelque chose d'étrange venait de passer entre eux... C'était une idée qui glissait, furtive, mais horrible, atroce, et que tous deux comprirent... Rasoumikhine devint pâle comme un spectre.

« Comprends-tu maintenant ? dit Raskolnikov avec une affreuse grimace... Retourne auprès d'elles », ajouta-t-il. Il se détourna et sortit rapidement.

On ne saurait décrire la scène qui suivit, ce soir-là, le retour de Rasoumikhine chez Pulchérie Alexandrovna, ce qu'il mit en œuvre pour calmer les deux femmes, les serments qu'il leur fit. Il leur assura que Rodia était malade, qu'il avait besoin de repos ; il leur jura qu'elles le reverraient, qu'il viendrait tous les jours, qu'il était très tourmenté, qu'il ne fallait pas l'irriter, que lui, Rasoumikhine, ferait venir un excellent médecin, le meilleur de tous, qu'on organiserait une consultation... Bref, à dater de ce soir-là, Rasoumikhine fut pour elles un fils et un frère.

IV

Raskolnikov se rendit droit à la maison du canal où habitait Sonia. C'était une vieille bâtisse à trois étages, peinte en vert. Il trouva non sans peine le concierge et obtint de vagues indications sur le logement occupé par le tailleur Kapernaoumov. Ayant découvert dans un coin de la cour l'entrée d'un escalier étroit et sombre, il monta au deuxième, et s'engagea dans la galerie qui bordait la façade du côté de la tour. Tandis qu'il errait dans l'ombre, une porte s'ouvrit soudain à trois pas de lui ; il en saisit machinalement le battant.

« Qui est là ? demanda une voix de femme avec inquiétude.

– C'est moi... qui viens chez vous », dit Raskolnikov, et il entra dans un vestibule minuscule. Une chandelle y brûlait sur un plateau tout bosselé posé sur une chaise défoncée.

« C'est vous ? Seigneur ! cria faiblement Sonia qui semblait figée de stupeur.

– C'est par ici chez vous ? »

Et Raskolnikov passa rapidement dans la pièce en s'efforçant de ne pas regarder la jeune fille.

Au bout d'un instant Sonia le rejoignit, la chandelle à la main ; elle la déposa sur la table et s'arrêta devant lui, éperdue, en proie à une agitation extraordinaire. Cette visite, qu'elle n'attendait point, semblait l'avoir effrayée. Tout à coup un grand flot de sang colora son visage pâle et des larmes lui vinrent aux yeux... Elle éprouvait une extrême confusion et une grande honte mêlée à une certaine douceur... Raskolnikov se détourna rapidement, et s'assit sur une chaise devant la table. Il embrassa la pièce d'un coup d'œil rapide.

C'était une grande chambre, très basse de plafond, la seule que louât Kapernaoumov, et elle communiquait avec le logement du tailleur par une porte percée dans le mur de gauche. Du côté opposé, dans le mur, à droite, se trouvait une seconde porte, toujours fermée à clef, qui donnait dans un autre appartement. La pièce ressemblait à un hangar. Elle avait la forme d'un quadrilatère irrégulier, ce qui lui donnait un aspect biscornu. Le mur percé de trois fenêtres qui donnaient sur le canal s'en allait de biais et formait un angle aigu, et si profond qu'on n'y pouvait rien distinguer dans la faible clarté répandue par la chandelle. Quant à l'autre angle, il était exagérément obtus. Toute cette grande pièce était presque vide de meubles. Dans le coin, à droite, se trouvait le lit, entre le lit et la porte une chaise. Du même côté, contre la porte qui donnait dans le logement voisin, une simple table de bois blanc recouverte d'une nappe bleue, près de la table deux sièges de jonc. Le long du mur opposé, près de l'angle aigu, une commode de bois blanc, qui semblait perdue dans ce vide. C'était tout. Le papier jaunâtre, sale et usé était noirci aux angles. En hiver la pièce devait être humide et enfumée. Tout, dans ce local, dénonçait la pauvreté. Le lit n'avait même pas de rideaux.

Sonia examinait en silence son hôte, occupé à étudier si attentivement et avec tant de sans-gêne son logis. Elle se mit même bientôt à trembler de tous ses membres, comme si elle se fût trouvée devant son juge et l'arbitre de son destin.

« Je viens tard... Est-il onze heures déjà ? demanda-t-il sans lever les yeux sur elle.

– Oui, marmotta Sonia. Ah ! oui, répéta-t-elle avec une hâte soudaine, comme si elle eût trouvé en ces mots la solution de son sort. La pendule de ma logeuse vient de sonner... et je l'ai entendue moi-même... oui.

– Je viens chez vous pour la dernière fois », continua Raskolnikov d'un air sombre. Il paraissait oublier que c'était en même temps la première. « Je ne vous verrai peut-être plus...

– Vous... partez ?

– Je l'ignore... demain tout...

– Ainsi vous n'irez pas demain chez Catherine Ivanovna ? fit Sonia et sa voix eut un tremblement.

– Je l'ignore, demain matin tout... Il ne s'agit pas de cela, je suis venu vous dire un mot... »

Il leva sur elle son regard pensif et remarqua tout à coup qu'il était assis, tandis qu'elle se tenait debout devant lui.

« Pourquoi restez-vous debout ? Asseyez-vous », fit-il d'une voix changée, devenue soudain basse et caressante.

Elle s'assit. Il la considéra un moment d'un air bienveillant et presque apitoyé.

« Que vous êtes donc maigre ! Et quelle main vous avez ! elle est tout à fait transparente, on dirait des doigts de morte. »

Il lui prit la main. Sonia sourit faiblement.

« J'ai toujours été ainsi, dit-elle.

– Même quand vous viviez chez vos parents ?

– Oui.

– Hé ! sans doute », fit-il d'une voix entrecoupée. Un nouveau changement s'était subitement opéré dans l'expression de son visage et le son de sa voix.

Il promena encore ses yeux autour de la pièce.

« Vous louez cette pièce à Kapernaoumov ?

– Oui...

– Ils demeurent là, derrière cette porte ?

– Oui... Ils ont une pièce pareille à celle-ci.

– Ils n'ont qu'une pièce pour eux tous ?

– Oui.

– Moi, à votre place, j'aurais peur dans cette pièce, fit-il remarquer d'un air sombre.

– Mes logeurs sont de braves gens, très affables, répondit Sonia, qui ne semblait pas avoir encore recouvré sa présence d'esprit, et tous les meubles, tout... leur appartient. Ils sont très bons ; leurs enfants viennent souvent me voir...

– Ils sont bègues ?

– Oui... le père est bègue et boiteux. La mère aussi... ce n'est pas qu'elle bégaie, mais elle ne peut pas s'exprimer. Elle est très bonne. Et lui est un ancien serf. Ils ont sept enfants... L'aîné seul est bègue, les autres sont simplement maladifs... ils ne bégaient pas... Mais comment êtes-vous donc renseigné là-dessus ? ajouta-t-elle fort étonnée.

– Votre père m'avait tout raconté... J'ai appris par lui toute votre histoire... Il m'a raconté comment vous étiez sortie à six heures et rentrée à neuf heures et que Catherine Ivanovna avait passé la nuit à genoux, près de votre lit... »

Sonia se troubla.

« Il me semble que je l'ai vu aujourd'hui, murmura-t-elle d'un air hésitant.

– Qui ?

– Mon père. Je marchais dans la rue, je tournais le coin près d'ici, vous savez, et tout à coup, il me sembla le voir s'avancer vers moi. C'était tout à fait lui. Je me préparais à entrer chez Catherine Ivanovna...

– Vous vous promeniez ?

– Oui, murmura Sonia, d'une voix entrecoupée ; elle se troubla encore et baissa les yeux.

– Catherine Ivanovna allait jusqu'à vous battre, n'est-ce pas, quand vous habitiez chez votre père ?

– Ah ! non ! Que dites-vous là ? non, non, jamais, dit Sonia en le regardant avec une sorte de frayeur.

– Ainsi vous l'aimez ?

– Elle ? Oh, oui-i ! fit Sonia d'une voix plaintive et elle joignit brusquement les mains d'un air de souffrance. Ah ! vous ne la... Si vous saviez seulement. Elle est comme une enfant... Elle est presque folle... de douleur. Elle était intelligente et noble... et bonne ! Vous ne savez rien, rien... ah ! » Tout cela fut dit d'un accent déchirant. Sonia était en proie à une terrible agitation, elle se désolait, se tordait les mains... Ses joues pâles s'étaient empourprées de nouveau et ses yeux exprimaient une profonde souffrance. Raskolnikov venait apparemment de toucher en elle une corde très sensible. Elle éprouvait un besoin passionné de s'expliquer, de défendre sa belle-mère. Soudain ses traits exprimèrent une compassion *insatiable,* si l'on peut dire ainsi.

« Me battre ! Mais que dites-vous là ? Seigneur, me battre ! Et même si elle m'avait battue, qu'importe ? Vous ne savez rien... rien... C'est une femme si malheureuse. Et malade... elle ne demande que la justice... Elle est pure. Elle croit que la justice doit régner dans la vie et elle la réclame... Vous pouvez la torturer, elle ne fera rien d'injuste. Elle ne remarque pas que la justice ne peut pas gouverner le monde et elle s'irrite... comme une enfant, comme une enfant, vous dis-je. Elle est juste, très juste.

– Et vous, qu'allez-vous devenir ? »

Sonia lui jeta un regard interrogateur.

« Les voilà à votre charge. Il est vrai qu'il en a toujours été ainsi : le défunt venait, lui aussi, vous demander de l'argent pour boire. Mais maintenant ?...

– Je ne sais pas, répondit tristement Sonia...

– Ils vont rester dans le même logement ?

– Je ne sais pas. Ils doivent à leur logeuse et elle a, paraît-il, dit aujourd'hui qu'elle voulait les mettre à la porte. Catherine Ivanovna, de son côté, prétend qu'elle n'y restera pas une minute de plus.

– D'où lui vient cette assurance ? C'est sur vous qu'elle compte ?

– Ah ! non ! ne dites pas cela... Nous sommes très unies, nous partageons tout, reprit vivement Sonia, dont l'indignation à ce moment rappelait la colère d'un canari ou de tout autre oiselet inoffensif. D'ailleurs, que ferait-elle ? Que ferait-elle ? reprit-elle en s'animant de plus en plus. Et ce qu'elle a pleuré aujourd'hui ! Elle a l'esprit dérangé, vous ne l'avez pas remarqué ? Si, je vous assure : tantôt elle s'inquiète comme une enfant des préparatifs à faire pour que tout soit convenable demain, le repas et le reste... tantôt elle se tord les mains puis crache le sang, pleure, se frappe la tête de désespoir contre le mur. Puis elle se calme de nouveau. Elle compte beaucoup sur vous, elle dit que vous allez être son soutien, qu'elle se procurera un peu d'argent et retournera dans sa ville natale avec moi. Elle pense y fonder un pensionnat de jeunes filles nobles et m'en confier la surveillance. Elle est persuadée qu'une vie nouvelle, merveilleuse, s'ouvrira pour nous et elle m'embrasse, m'enlace, me console. C'est qu'elle y croit, elle croit à toutes ses fantaisies. Et peut-on la contredire ? Avec tout ça elle a passé la journée d'aujourd'hui à laver, récurer, raccommoder. Toute faible qu'elle est, elle a apporté un cuvier dans la chambre, puis de fatigue elle est tombée sur le lit. Et dans la matinée nous étions allées acheter des bottines à Poletchka et à Lena, car les leurs ne valent plus rien, mais nous n'avons pas eu assez d'argent. Il s'en fallait de beaucoup. Elle avait choisi de si jolis souliers, car elle a du goût, vous savez... Alors elle s'est mise à pleurer, là, en pleine boutique, devant les commis, parce qu'elle n'avait pas assez d'argent... Ah ! quelle pitié de voir cela !

– On comprend après cela que... vous meniez cette vie, fit Raskolnikov avec un sourire amer.

– Et vous n'avez pas pitié d'elle ? non ? s'emporta Sonia. Je sais que vous vous êtes dépouillé pour elle, sans avoir encore rien vu. Mais si vous aviez pu tout voir, ô mon Dieu ! Que de fois, que de fois je l'ai fait pleurer, la semaine dernière encore, huit jours avant la mort de mon père ! Oh ! j'ai été cruelle, et combien de fois ai-je agi ainsi, combien ! Quel chagrin pour moi, de me rappeler cela toute la journée. »

Elle se tordait les mains de douleur.

« C'est vous qui êtes dure ?

– Oui, moi, moi. J'étais allée les voir un jour, continua-t-elle en pleurant, et voilà que mon pauvre père me dit : « Fais-moi la lecture, Sonia, j'ai mal à la tête... voici le livre. » C'était un volume à André Simionovitch Lebeziatnikov, qui habite la même maison et nous prêtait toujours des livres fort drôles. Et moi je lui dis : « Il faut que je m'en aille. » Car je n'avais pas envie de lire, j'étais entrée chez eux pour montrer à Catherine Ivanovna des cols et des manchettes brodés, très bon marché, que la marchande Lisbeth m'avait apportés. Catherine Ivanovna les a trouvés fort jolis, elle les a essayés devant la glace, elle s'y regardait, ils lui plaisaient beaucoup, beaucoup. Elle me dit : « Donne-les-moi, Sonia, je t'en prie. » *Je t'en prie,* fit-elle avec envie ! Où les aurait-elle mis ?... Mais voilà, cela lui rappelait l'heureux temps de sa jeunesse. Elle se regardait dans la glace, elle s'admirait. Pensez qu'il y a tant d'années qu'elle n'a plus ni robes, ni rien. Jamais elle ne demandera quoi que ce soit à personne, elle est très fière, elle préfère donner plutôt le peu qu'elle possède. Elle insista donc pour avoir ces cols et ces manchettes, tant ils lui plaisaient. Moi je ne pouvais me résoudre à les lui donner. « Qu'en avez-vous besoin, Catherine Ivanovna ? », lui dis-je. Oui, je lui ai dit cela. Elle me regarda d'un air si affligé que cela faisait peine à voir... Ce n'était pas les cols qu'elle regrettait, mais mon refus qui l'avait peinée. Ah ! si je pouvais réparer tout cela, effacer ces paroles... Oh ! si je... mais... vous vous moquez bien de tout cela...

– Vous connaissiez cette Lisbeth, la marchande ?

– Oui... et vous, vous la connaissiez aussi ? demanda Sonia avec quelque étonnement.

– Catherine Ivanovna est phtisique au dernier degré, elle mourra, elle mourra bientôt, dit Raskolnikov après un silence et sans répondre à la question.

– Oh ! non, non, non ! » Sonia lui saisit les deux mains, dans un geste inconscient, comme si elle le suppliait de leur éviter ce malheur.

« Mais il vaut mieux qu'elle meure.

– Non, non, pas mieux du tout, répétait-elle éperdument dans son effroi.

– Et les enfants ? Qu'en ferez-vous ? puisque vous ne pouvez pas les prendre chez vous.

– Oh ! je ne sais pas », s'écria Sonia désespérément en se prenant la tête à deux mains. On voyait que cette pensée lui était souvent venue et que Raskolnikov ne faisait que la réveiller par ses questions.

« Et si vous tombez malade encore du vivant de Catherine Ivanovna, et qu'on vous porte à l'hôpital, qu'arrivera-t-il alors ? insistait-il impitoyablement.

– Ah ! que dites-vous, que dites-vous, mais c'est impossible ! » Le visage de Sonia se tordit dans une expression d'épouvante indicible.

« Comment impossible ? reprit Raskolnikov avec un sourire sarcastique. Vous n'êtes pas assurée, n'est-ce pas ? Que deviendront-ils alors ? Ils iront tous ensemble dans la rue, la mère demandera l'aumône en toussant, puis elle se frappera la tête contre le mur comme aujourd'hui, et les enfants pleureront... Elle tombera, ensuite on la portera au commissariat et de là à l'hôpital, elle mourra, et les enfants...

– Oh ! non !... Dieu ne permettra pas ça », proféra enfin Sonia d'une voix étranglée. Elle l'écoutait suppliante, les mains jointes dans une prière muette, comme si tout dépendait de lui.

Raskolnikov se leva et se mit à arpenter la pièce. Une minute passa ainsi. Sonia restait debout, les bras pendants, la tête baissée, en proie à une angoisse horrible.

« Et vous ne pouvez pas faire des économies ? Mettre de l'argent de côté ? demanda-t-il tout à coup en s'arrêtant devant elle.

– Non, murmura Sonia.

– Naturellement ! Avez-vous essayé ? ajouta-t-il avec un sourire moqueur.

– Oui.

– Et vous n'avez pas réussi ? Bien sûr, cela se comprend ! Inutile de le demander. »

Et il reprit sa promenade à travers la chambre. Il y eut une seconde minute de silence.

« Vous ne gagnez pas d'argent tous les jours ? » demanda-t-il.

Sonia se troubla encore davantage et le sang lui remonta au visage.

« Non, murmura-t-elle avec un effort douloureux.

– Le même sort attend Poletchka, sans doute, fit-il tout à coup.

– Non, non, c'est impossible ! Non ! » cria Sonia désespérément ; on eût dit que ces paroles l'avaient blessée comme un coup de couteau. Dieu, Dieu ne permettra pas une telle abomination !...

« Il en permet bien d'autres.

– Non, non, Dieu la protégera, elle, Dieu..., répétait-elle hors d'elle-même.

– Mais peut-être n'existe-t-il pas », répondit Raskolnikov avec une sorte de triomphe cruel. Il éclata de rire et la regarda.

À ces mots un brusque changement s'opéra sur les traits de Sonia, des frissons nerveux la parcoururent. Elle lui lança un regard de reproche indicible, et voulut parler, mais aucun mot ne sortit de ses lèvres, elle se mit brusquement à sangloter amèrement en couvrant son visage de ses mains.

« Vous dites que Catherine Ivanovna a l'esprit troublé, mais le vôtre l'est aussi », fit-il, après un moment de silence.

Cinq minutes passèrent. Il arpentait toujours la pièce, de long en large, en silence et sans la regarder. Enfin, il s'approcha d'elle, ses yeux étincelaient. Il lui mit les deux mains sur les épaules et fixa son visage tout couvert de larmes. Son regard était sec, dur et brûlant, ses lèvres tremblaient convulsivement... Tout à coup il s'inclina, se courba jusqu'à terre et lui baisa le pied. Sonia recula pleine d'horreur comme si elle avait eu affaire à un fou. Et il avait bien l'air d'un dément, en effet.

« Que faites-vous ? Devant moi ! » balbutia-t-elle en pâlissant, le cœur étreint d'une douleur affreuse.

Il se releva aussitôt.

« Ce n'est pas devant toi que je me suis prosterné, mais devant toute la douleur humaine, fit-il d'un air étrange, et il alla s'accouder à la fenêtre. Écoute, ajouta-t-il, en revenant bientôt vers elle, j'ai dit tantôt à un insolent personnage qu'il ne valait pas ton petit doigt... et que j'ai fait un honneur à ma sœur, aujourd'hui, en l'invitant à s'asseoir près de toi.

– Ah ! que lui avez-vous dit là ! Et devant elle encore ! s'écria Sonia tout effrayée. S'asseoir près de moi, un honneur ! Mais je suis... une créature déshonorée... Ah ! comment avez-vous pu dire cela !

– Je ne songeais en parlant ainsi ni à ton déshonneur, ni à tes fautes, mais à ton horrible martyre. Sans doute, tu es une grande pécheresse, ajouta-t-il avec une sorte d'enthousiasme, et surtout pour t'être immolée *en pure perte.* Certes, tu es malheureuse. Vivre dans cette boue que tu hais et savoir (il suffit d'ouvrir les yeux pour cela) que cela ne sert de rien et que tu ne peux sauver personne par ce sacrifice... Enfin, dis-moi, fit-il avec rage, comment cette ignominie, cette bassesse peuvent-elles voisiner en toi avec d'autres sentiments si opposés, des sentiments sacrés ? Car il vaudrait mille fois mieux se jeter à l'eau la tête la première et en finir d'un coup.

– Et eux, que deviendraient-ils ? » demanda faiblement Sonia en levant sur lui un regard douloureux, mais sans marquer cependant de surprise à se voir donner ce conseil. Raskolnikov l'enveloppa d'un regard bizarre et ce seul coup d'œil lui suffit pour déchiffrer les pensées de la jeune fille. C'est donc qu'elle-même avait eu cette idée. Peut-être avait-elle songé plus d'une fois, dans son désespoir, au moyen d'en finir d'un seul coup. Elle y avait même pensé si sérieusement qu'elle n'était pas étonnée de sa proposition. Elle n'avait pas remarqué la cruauté de ses paroles ; le sens des reproches du jeune homme lui avait également échappé ; il s'en apercevait bien, mais il comprit parfaitement combien la pensée de son déshonneur, de sa situation infamante avait dû la torturer. « Qu'est-ce qui a donc pu l'empêcher, se demandait-il, d'en finir avec la vie ? » Et ce n'est qu'à ce moment qu'il comprit ce qu'étaient pour elle ces pauvres enfants orphelins et cette pitoyable Catherine Ivanovna, à moitié folle, tuberculeuse et qui se cognait la tête contre les murs.

Néanmoins, il vit clairement que Sonia avec son caractère et son éducation ne pouvait rester indéfiniment dans cette situation. Il se posait encore une autre question : comment avait-elle pu tenir si longtemps sans devenir folle, puisque l'énergie de se jeter à l'eau lui manquait ? Certes, il comprenait que la situation de Sonia était un phénomène social exceptionnel, quoique malheureusement ni unique, ni extraordinaire ; mais n'était-ce pas une raison de plus, ainsi que son éducation, toute sa vie passée, pour qu'elle fût tuée rapidement, à son premier pas dans cette horrible voie ? Qu'est-ce qui la soutenait ? Pas le vice pourtant ? Toute cette honte n'avait touché que son corps. Pas une goutte n'en était tombée dans son cœur. Il le voyait bien : il lisait en elle.

« Elle n'a que trois solutions : se jeter dans le canal, finir dans un asile d'aliénés ou bien... se lancer dans la débauche qui abrutit l'esprit et pétrifie le cœur. » Cette dernière pensée était celle qui lui répugnait davantage, mais, déjà sceptique, il était en même temps jeune, doué d'un esprit abstrait et partant cruel et il ne pouvait s'empêcher de considérer la dernière éventualité comme la plus probable.

« Mais se peut-il qu'il en soit ainsi, se disait-il à lui-même, se peut-il que cette créature qui a conservé sa pureté d'âme finisse par s'enfoncer sciemment dans cette fosse horrible et puante ? Se peut-il que cet enlisement ait déjà commencé et qu'elle n'ait jusqu'ici supporté sa vie que parce que le vice ne lui paraît pas répugnant ? Non, non, c'est impossible, s'écria-t-il, comme Sonia tantôt, non, ce qui l'a empêchée de se jeter dans le canal jusqu'ici, c'est la peur de commettre un péché et leur pensée à eux... Et si elle n'est pas devenue folle... Mais qui dit qu'elle ne l'est pas ? A-t-elle sa raison ? Peut-on parler comme elle le fait, quand on n'est pas folle ? Peut-on demeurer tranquille en allant à sa perte et se pencher sur cette fosse puante qui l'aspire peu à peu, et se boucher les oreilles quand on lui parle du danger ? N'attend-elle pas un miracle, par hasard ? Oui, sûrement. Est-ce que ce ne sont pas là des signes d'aliénation mentale ? »

Il s'arrêtait obstinément à cette pensée. Cette solution lui plaisait plus que toute autre. Il se mit à l'examiner plus attentivement.

« Ainsi tu pries beaucoup Dieu, Sonia ? » demanda-t-il.

Sonia se taisait. Debout à ses côtés, il attendait une réponse.

« Que serais-je devenue sans Dieu ? » murmura-t-elle d'une voix basse et rapide. Elle lui jeta un vif regard de ses yeux étincelants et lui serra la main avec force.

« Je ne me trompais pas », se dit-il.

« Mais que fait Dieu pour toi ? » demanda-t-il en continuant son interrogatoire. Sonia resta longtemps silencieuse, comme si elle avait été incapable de répondre. L'émotion gonflait sa faible poitrine.

« Taisez-vous ! Ne m'interrogez pas. Vous n'êtes pas digne... », s'écria-t-elle tout à coup en le regardant avec colère et sévérité.

« C'est cela, c'est bien cela », se répétait-il.

« Il fait tout », murmura-t-elle rapidement en baissant de nouveau les yeux.

« Voilà la solution, voilà l'explication trouvée », décida-t-il en continuant de l'examiner avec une curiosité avide.

Il éprouvait une sensation étrange, presque maladive, à contempler ce petit visage pâle, maigre, irrégulier et anguleux, ces doux yeux bleus, qui pouvaient lancer de telles flammes, exprimer une passion si austère et véhémente, ce petit corps qui tremblait encore de colère et d'indignation. Tout cela lui paraissait de plus en plus étrange, presque fantastique. « Elle est folle ! elle est folle ! » se répétait-il.

Un livre se trouvait sur la commode. Raskolnikov y jetait un coup d'œil à chacune de ses allées et venues ; enfin, il le prit et l'examina. C'était une traduction russe du Nouveau Testament[63],

---

[63] *Nouveau Testament* : Dostoïevski, en route pour le bagne, avait reçu à Tobolsk la visite de plusieurs femmes de Décembristes (les insurgés de 1825), qui avaient suivi leur mari en exil. Elles lui remirent un Évangile, seul livre autorisé dans la prison. Dostoïevski ne s'en sépara jamais. Il avait

un vieux livre relié en maroquin. « D'où vient ce livre ? » lui cria-t-il d'un bout à l'autre de la pièce. Quant à elle, elle se tenait toujours immobile à trois pas de la table.

« On me l'a donné, répondit-elle comme à contrecœur et sans lever les yeux sur lui.

– Qui cela ?

– Lisbeth. »

« Lisbeth ! C'est étrange », pensa-t-il. Tout chez Sonia prenait à ses yeux un caractère d'instant en instant plus bizarre. Il approcha le livre de la chandelle et se mit à le feuilleter.

« Où est le chapitre sur Lazare ? » demanda-t-il tout à coup. Sonia fixait obstinément le sol et ne répondit rien. Elle s'était un peu détournée de la table.

« Les pages où il est question de la résurrection de Lazare... Trouve-moi ça, Sonia. »

Elle lui jeta un regard oblique.

« Ce n'est pas là... Dans le quatrième Évangile, murmura-t-elle d'un air sombre et sans bouger de sa place.

– Trouve-moi ce passage et lis-le-moi », dit-il ; puis il s'assit, s'accouda sur la table, appuya la tête sur sa main, et, les yeux ailleurs, morne, il s'apprêtait à écouter.

« Il faudra venir me voir, d'ici quinze jours, trois semaines, à la septième verste64 ! J'y serai, sans doute, s'il ne m'arrive rien de pis encore », bougonnait-il à part soi.

Sonia fit un pas vers la table, hésita... Elle avait écouté avec méfiance l'étrange désir manifesté par Raskolnikov. Néanmoins, elle prit le livre.

---

l'habitude de le consulter en l'ouvrant au hasard et en lisant en haut et à gauche la page qui se présentait. Il se le fit encore apporter quelques heures avant sa mort.

64 *À la septième verste* : À sept verstes de Pétersbourg se trouvait un asile d'aliénés. En Russie, les endroits sont souvent désignés par leur distance de la ville la plus proche.

« Vous ne l'avez donc jamais lu ? » demanda-t-elle en lui jetant un regard en dessous. Sa voix devenait de plus en plus froide et dure.

« Il y a longtemps... quand j'étais enfant. Lis.

– Et ne l'avez-vous pas entendu à l'église ?

– Je... je n'y vais pas. Et toi ?

– N-non », balbutia Sonia.

Raskolnikov sourit.

« Je comprends. Et tu n'assisteras pas demain aux funérailles de ton père ?

– Si. J'ai été à l'église la semaine dernière, j'ai assisté à une messe de requiem.

– Pour qui ?

– Pour Lisbeth. On l'a tuée à coups de hache. »

Les nerfs du jeune homme étaient de plus en plus tendus. La tête commençait à lui tourner.

« Tu étais liée avec Lisbeth ?

– Oui... C'était une femme juste, elle venait me voir... Rarement... elle ne pouvait pas... Nous lisions ensemble... et nous causions. Elle voit Dieu maintenant.

Étranges paraissaient à Raskolnikov ces paroles livresques et cet événement ! Que pouvaient être les mystérieux entretiens de ces deux femmes, deux idiotes ?

« Il y a de quoi devenir fou soi-même, c'est contagieux », pensa-t-il.

« Lis », s'écria-t-il tout à coup avec un accent irrité et pressant.

Sonia hésitait toujours. Son cœur battait avec force. Elle n'osait pas lire devant lui. Il regarda d'un air presque douloureux la pauvre aliénée.

« Que vous importe cela, puisque vous ne croyez pas ? murmura-t-elle d'une voix basse et entrecoupée.

– Lis ! Je le veux, insista-t-il. Tu lisais bien à Lisbeth ! »

Sonia ouvrit le livre, trouva la page. Ses mains tremblaient et la voix s'étouffait dans sa gorge. Elle s'y reprit à deux fois sans arriver à articuler le premier mot.

« Un certain Lazare de Béthanie était donc malade », prononça-t-elle enfin avec effort, mais au troisième mot sa voix vibra et se brisa comme une corde trop tendue. Le souffle manquait à sa poitrine oppressée. Raskolnikov s'expliquait en partie la raison pour laquelle Sonia refusait de lui obéir, mais cela ne faisait, semblait-il, qu'augmenter son insistance et le rendre plus grossier. Il ne comprenait que trop combien il en coûtait à la jeune fille de lui ouvrir son monde intérieur. Il sentait que ces sentiments constituaient son véritable et peut-être très ancien *secret,* un secret qu'elle gardait depuis son adolescence, depuis le temps où elle vivait encore dans sa famille, près de son malheureux père et de sa belle-mère devenue folle à force de chagrin, parmi les enfants affamés, et les cris affreux, les reproches. Mais il comprenait en même temps, il en était sûr, que malgré cette répugnance et cet effroi qui l'avaient envahie à l'idée de lire, elle en avait grande envie elle-même, une envie douloureuse, elle avait envie de lui lire *à lui,* surtout *maintenant,* quoi qu'il dût arriver par la suite... Il lisait tout cela dans ses yeux et le comprenait à l'émotion qui l'agitait... Elle se domina cependant, vainquit le spasme qui lui serrait la gorge et reprit la lecture du onzième chapitre de l'Évangile selon saint Jean. Elle arriva ainsi au verset 19 :

« Et de nombreux Juifs étaient venus vers Marthe et Marie pour les consoler de la mort de leur frère. Marthe ayant appris l'arrivée de Jésus s'en alla au-devant de lui, tandis que Marie demeurait au logis. Marthe dit à Jésus : « Seigneur, si tu avais été ici, mon frère ne serait pas mort ; mais maintenant même je sais que tout ce que tu demanderas à Dieu, Dieu te l'accordera. » Ici la jeune fille s'interrompit encore pour surmonter l'émotion qui, elle le sentait, allait briser sa voix... « Jésus lui dit : « Ton frère ressuscitera. » Marthe lui répondit : « Je sais qu'il ressuscitera au jour de la résurrection des morts. » Jésus lui dit : « *Je suis la résurrection et la vie,* celui qui croit en moi, s'il est mort, ressuscitera, et quiconque vit et croit en moi, ne mourra jamais ! Crois-tu en cela ? » Elle lui dit :

(Et Sonia, reprenant son souffle péniblement, articula ces mots avec force, comme si elle avait fait elle-même publiquement sa profession de foi.)

« Oui, Seigneur. Je crois que tu es le Christ, le Fils de Dieu descendu sur terre. »

Elle s'arrêta, leva rapidement les yeux sur Raskolnikov, puis se domina et reprit la lecture. Le jeune homme, lui, accoudé sur la table, écoutait sans bouger, ni se tourner vers elle. Ils arrivèrent ainsi au trente-deuxième verset.

« Lorsque Marie cependant fut arrivée au lieu où se trouvait le Christ et qu'elle Le vit, elle tomba à Ses pieds et Lui dit : « Seigneur, si Tu avais été ici, mon frère ne serait pas mort. » Et quand Jésus la vit qui pleurait et les Juifs venus avec elle qui pleuraient également, Il s'attrista en son esprit et se révolta et dit : « Où l'avez-vous déposé ? » On Lui répondit : « Seigneur, va et regarde. » Alors Jésus pleura et les Juifs disaient : « Voyez comme Il l'aimait ! » Et quelques-uns d'entre eux s'écrièrent : « Ne pouvait-Il, Lui qui a rendu la vue à un aveugle, empêcher que cet homme ne mourût ? »

Raskolnikov s'était tourné vers Sonia et la regardait avec émotion.

Oui, c'était bien cela ! Elle tremblait toute de fièvre. Il s'y était attendu. Elle approchait du miraculeux récit et un sentiment de triomphe solennel s'emparait d'elle. Sa voix prenait une sonorité métallique, la joie et le triomphe qu'elle exprimait semblaient la raffermir. Les lignes se brouillaient devant ses yeux obscurcis, mais elle savait par cœur ce qu'elle lisait. Au dernier verset : « Lui qui a rendu la vue à un aveugle... », elle baissa la voix pour traduire avec un accent passionné le doute, le blâme et les reproches de ces Juifs aveugles, qui, dans un moment, allaient, comme frappés de la foudre, tomber à genoux, sangloter et croire... Et lui, lui qui ne croyait pas, lui aveugle également, allait entendre et croire, oui, oui, bientôt, à l'instant même, rêvait-elle, et elle tremblait dans sa joyeuse attente.

« Jésus donc, plein de tristesse profonde, se rendit au tombeau. C'était une grotte fermée par une pierre. Jésus dit : « Enlevez la pierre. » Marthe, la sœur du défunt, Lui répondit :

« Seigneur, il sent déjà mauvais, car il y a *quatre* jours qu'il est dans le tombeau. »

Elle appuya avec force sur le mot *quatre*.

« Jésus lui dit alors : « Ne t'ai-je pas dit que si tu as la foi tu verras la gloire de Dieu ? » Ainsi, l'on retira la pierre de la grotte où reposait le mort. Jésus, cependant, leva les yeux au ciel et dit : « Mon Père, je Te rends grâces que Tu m'aies exaucé. Je savais que Tu m'exauces toujours et n'ai prononcé ces mots que pour le peuple qui m'environne, afin qu'il croie que c'est Toi qui m'as envoyé sur terre. » Ayant dit ces mots Il appela d'une voix sonore : « Lazare, sors ! » *Et le mort sortit... »*

(Sonia lut ces mots d'une voix claire et triomphante, en tremblant comme si elle avait vu le miracle de ses propre yeux)... « les mains et les pieds liés de bandelettes mortuaires et le visage enveloppé d'un linge. Jésus leur dit : « Déliez-le et laissez-le aller. » *Alors de nombreux Juifs venus chez Marie et témoins du miracle de Jésus crurent en Lui. »*

Elle ne put aller plus loin dans sa lecture, ferma le livre et se leva rapidement.

« C'est tout pour la résurrection de Lazare[65] », fit-elle d'une voix basse et grave, et elle se détourna, puis resta immobile, n'osant jeter les yeux sur Raskolnikov. Son tremblement fiévreux durait toujours. Le bout de chandelle achevait de se consumer dans le chandelier tordu, et éclairait faiblement cette pièce misérable où un assassin et une prostituée s'étaient si étrangement unis pour lire le Livre Éternel.

« Je suis venu te parler d'une affaire », fit tout à coup Raskolnikov d'une voix forte. Alors il se rembrunit, se leva et s'approcha de Sonia. Celle-ci tourna les yeux vers lui, silencieusement. Son regard très dur exprimait une résolution farouche. « J'ai abandonné aujourd'hui ma famille, dit-il, ma mère

---

[65] *La résurrection de Lazare :* Cette scène fut jugée immorale par les rédacteurs du *Messager Russe* où *Crime et Châtiment* paraissait alors et Dostoïevski, sur la demande de Katkov, dut la récrire et la réduire notablement.

et ma sœur. Je ne retournerai plus vers elles. La rupture est consommée.

– Pourquoi ? » demanda Sonia stupéfaite. Sa rencontre de tantôt avec Pulchérie Alexandrovna et Dounia lui avait laissé une impression ineffaçable, quoique confuse, et la nouvelle de la rupture la frappa d'effroi.

« Je n'ai maintenant que toi, ajouta-t-il. Viens avec moi... Je suis venu vers toi. Nous sommes maudits tous les deux, allons-nous-en ensemble. » Ses yeux étincelaient.

« Il a l'air d'un fou », pensa Sonia à son tour.

« Où aller ? demanda-t-elle avec effroi en faisant un pas en arrière.

– Comment puis-je le savoir ? Je sais seulement que nous suivons la même route, toi et moi, et nous n'avons qu'un seul but. »

Elle le regardait et n'y comprenait rien. Elle ne voyait qu'une chose : il était terriblement, infiniment malheureux.

« Personne ne comprendrait, si tu te mettais à leur parler, continua-t-il, et moi j'ai compris. J'ai besoin de toi, voilà pourquoi je suis venu.

– Je ne comprends pas, balbutia Sonia.

– Tu comprendras plus tard. N'as-tu pas agi comme moi ? Toi aussi tu as franchi le pas, tu as pu le franchir. Tu as porté les mains sur toi, tu as perdu une vie... *la tienne* il est vrai, mais qu'importe ? Tu aurais pu vivre avec ton âme et ton esprit et tu finiras sur la place des Halles... Mais tu n'y peux plus tenir et si tu restes seule tu deviendras folle, comme moi je deviendrai fou. Tu sembles déjà à moitié privée de raison ; c'est donc que nous devons suivre la même route, côte à côte ! Viens !

– Pourquoi ? Pourquoi dites-vous cela ? fit Sonia étrangement émue, bouleversée même, par ces paroles.

– Pourquoi ? Parce qu'on ne peut pas vivre ainsi. Voilà pourquoi il faut raisonner sérieusement et voir les choses sous leur vrai jour, au lieu de pleurer comme une enfant et de crier que Dieu ne le permettra pas. Qu'arrivera-t-il, je te le demande, si demain on te porte à l'hôpital ? L'autre est folle et phtisique, elle mourra bientôt ; et les enfants ? Poletchka ne sera-t-elle pas perdue ? N'as-tu pas vu par ici des enfants que leurs mères envoient mendier ? J'ai appris où vivent ces mères et comment ! Dans ces endroits-là, les enfants ne sont point pareils aux autres. Un gamin de sept ans y est vicieux et voleur. Et cependant les enfants sont l'image du Sauveur. « Le royaume de Dieu leur appartient. » Il a ordonné que nous les respections et que nous les aimions, car ils sont l'humanité future...

– Que faire, mais que faire ? répétait Sonia en pleurant désespérément et en se tordant les mains.

– Que faire ? Rompre une fois pour toutes et accepter la souffrance. Quoi ? tu ne comprends pas ? Tu comprendras plus tard... La liberté et la puissance, la puissance surtout... la domination sur toutes les créatures tremblantes. Oui, dominer toute la fourmilière... voilà le but. Souviens-t'en ! C'est le testament que je te laisse. Peut-être est-ce la dernière fois que je te parle. Si je ne viens pas demain, tu apprendras tout et alors souviens-toi de mes paroles. Et peut-être, dans plusieurs années, comprendras-tu un jour leur signification. Si je viens demain, je te dirai qui a tué Lisbeth. »

Sonia tressaillit.

« Vous le savez donc ? demanda-t-elle glacée de terreur en lui lançant un regard effaré.

– Je le sais et je te le dirai... Rien qu'à toi. Je t'ai choisie. Je ne viendrai pas demander pardon, mais te le dire simplement. Il y a longtemps que je t'ai choisie pour te le dire, le jour même où ton père m'a parlé de toi, et quand Lisbeth vivait encore. Adieu ! Ne me donne pas la main. À demain. »

Il sortit, laissant à Sonia l'impression d'avoir eu affaire à un fou ; mais elle-même était comme privée de raison, elle le sentait bien. La tête lui tournait. « Seigneur, comment sait-il qui a tué Lisbeth ? Que signifient ces paroles ? » Tout cela était effrayant. Pourtant elle n'eut pas le moindre soupçon de la vérité. « Oh ! il doit être terriblement malheureux, se disait-elle... Il a abandonné sa mère, et sa sœur. Pourquoi ? Que s'est-il passé ? Et quelles sont ses intentions ? Que signifient ses paroles ? » Il lui a baisé le pied et lui a dit... il lui a dit (oui, il lui a dit clairement) qu'il ne pouvait pas vivre sans elle... « Oh, Seigneur ! »

Sonia fut toute la nuit en proie à la fièvre et au délire. Elle bondissait par moments, pleurait, se tordait les mains, puis elle retombait dans son sommeil fiévreux et rêvait de Poletchka, de Catherine Ivanovna, de Lisbeth, de la lecture de l'Évangile et de lui... lui avec son visage pâle, ses yeux brûlants... Il lui baisait les pieds et pleurait... Oh, Seigneur !

Derrière la porte qui séparait la chambre de Sonia du logement de Gertrude Karlovna Resslich, se trouvait une pièce intermédiaire et vide qui dépendait de ce logement, et qui était à louer, comme l'indiquaient un écriteau accroché à la porte cochère et des affiches collées aux fenêtres donnant sur le canal. Sonia avait pris depuis longtemps l'habitude de la considérer comme inoccupée. Et pourtant, pendant toute la durée de la scène précédente, M. Svidrigaïlov, debout derrière la porte de cette chambre, avait prêté une oreille attentive à ce qui se disait chez elle ! Lorsque Raskolnikov sortit, Svidrigaïlov réfléchit un moment, rentra sur la pointe des pieds dans sa chambre contiguë à la pièce vide, y prit une chaise et vint la placer tout contre la porte de la chambre de Sonia. L'entretien qu'il venait d'entendre lui avait paru fort curieux, l'avait même si fortement intéressé, qu'il apportait cette chaise afin de pouvoir la prochaine fois, demain par exemple, s'installer confortablement et jouir de son plaisir sans subir le désagrément de passer une demi-heure debout.

V

Quand le lendemain, à onze heures précises, Raskolnikov se présenta chez le juge d'instruction, il s'étonna de faire antichambre assez longtemps. Dix minutes, au moins, s'écoulèrent, avant qu'on l'appelât, tandis qu'il avait pensé être reçu dès qu'il se serait fait annoncer. Il était là, dans la pièce d'entrée, à voir passer et repasser devant lui des gens qui ne lui prêtaient aucune attention. Dans la salle voisine, une sorte de bureau, travaillaient quelques scribes et il était évident qu'aucun d'eux n'avait la moindre idée de ce que pouvait être Raskolnikov.

Le jeune homme promena autour de lui un regard méfiant : ne se trouvait-il pas là quelque sbire, quelque espion chargé de le surveiller, de l'empêcher de fuir ? Pourtant il ne découvrit rien de semblable : il ne voyait que des visages de fonctionnaires, marqués de soucis mesquins, puis d'autres personnes encore, mais nul ne s'intéressait à lui : il pouvait s'en aller au bout du monde qu'on n'y ferait pas attention. Il se persuadait peu à peu que, si ce mystérieux personnage, ce fantôme surgi de terre qui lui était apparu hier savait tout, s'il avait tout vu, lui, Raskolnikov, ne pourrait pas demeurer si tranquillement dans cette pièce. Aurait-on attendu sa visite jusqu'à onze heures ? L'aurait-on laissé venir de son propre gré ? C'était donc que cet homme n'avait rien dit ou... qu'il ne savait rien, qu'il n'avait rien vu (et comment aurait-il pu voir ?), et tout ce qui s'était produit hier n'avait été qu'un mirage amplifié par son cerveau malade. Cette explication, qui lui semblait de plus en plus plausible, lui était venue la veille encore, au moment où ses inquiétudes, ses terreurs étaient les plus fortes. Tandis qu'il réfléchissait à tout cela et se préparait à une nouvelle lutte, Raskolnikov se sentit trembler tout à coup, et il fut pris de fureur à la pensée qu'il craignait peut-être l'entrevue avec l'odieux Porphyre Petrovitch. Ce qui lui paraissait le plus terrible, c'était l'idée de revoir cet homme ! Il le haïssait démesurément, infiniment, il craignait même que sa haine ne le trahît, et si forte était cette colère qu'elle arrêta net son tremblement. Il se prépara à entrer d'un air froid et insolent et se promit de parler le moins possible, de surveiller son adversaire en se tenant sur ses gardes et de triompher pour une fois de son naturel irascible. À cet instant il fut appelé chez Porphyre Petrovitch.

Le juge d'instruction se trouvait précisément tout seul dans son cabinet. La pièce, de grandeur moyenne, était meublée d'une grande table à écrire placée devant un canapé tendu de toile cirée, d'un bureau, d'une armoire et de quelques chaises, tout ce mobilier en bois jaune et fourni par l'État. Dans le mur, ou plutôt dans la cloison du fond se trouvait une porte close : il devait donc y avoir d'autres pièces derrière cette cloison. À l'entrée de Raskolnikov, Porphyre Petrovitch referma aussitôt la porte derrière lui et ils restèrent seuls. Il reçut son hôte de l'air le plus joyeux et le plus aimable ; au bout d'un instant seulement, Raskolnikov s'aperçut que ses manières étaient un peu embarrassées. Il semblait qu'on l'eût dérangé au milieu d'une occupation clandestine...

« Ah ! vous voilà, mon respectable ami... dans nos parages, vous aussi, commença Porphyre en lui tendant les deux mains. Asseyez-vous donc, mon cher, ou peut-être n'aimez-vous pas être traité de respectable et... appelé mon cher, là, *tout court*66. Ne prenez pas cela pour de la familiarité, je vous prie. Asseyez-vous sur le divan. »

Raskolnikov s'assit sans le quitter des yeux. Ces mots « dans nos parages », « pour de la familiarité », l'expression française « tout court », et bien d'autres signes encore lui semblaient fort caractéristiques. « Il m'a cependant tendu les deux mains, sans m'en laisser prendre une seule, il les a retirées à temps », pensa-t-il, mis en méfiance. Ils se surveillaient mutuellement, mais à peine leurs regards se croisaient-ils qu'ils détournaient les yeux avec la rapidité de l'éclair.

« Je vous ai apporté ce papier au sujet de la montre... est-il bien ou dois-je le recopier ?...

– Quoi ? Un papier ? Ah ! oui, oui... Ne vous inquiétez pas, c'est très bien », fit Porphyre Petrovitch avec une sorte de précipitation et avant même d'avoir pu voir la feuille ; ensuite il la prit et l'examina. « Oui, c'est très bien, et c'est tout ce qu'on vous réclame », affirmait-il avec la même hâte en le déposant sur la table. Un instant plus tard il le serra dans son bureau en causant d'autre chose.

« Vous avez, il me semble, exprimé hier le désir de m'interroger... dans les formes... sur mes relations avec... la femme assassinée », commença Raskolnikov. « Ah ! pourquoi ai-je fourré cet *il me semble ?* Cette pensée traversa son esprit comme un éclair ; et pourquoi m'inquiéter tant de cet *il me semble ?* » songea-t-il tout aussi rapidement. Et il sentit tout à coup que sa méfiance, grâce à la seule présence de Porphyre, grâce à deux mots, deux regards échangés avec lui, avait pris en deux minutes des proportions insensées... Cette disposition d'esprit était extrêmement dangereuse, il le sentait : ses nerfs s'irritaient, son

---

66 En français dans le texte.

agitation croissait : « Mauvais, mauvais, je vais encore lâcher une sottise. »

« Oui, oui, oui, ne vous inquiétez pas ! nous avons le temps, tout le temps », marmotta Porphyre Petrovitch en allant et venant dans la chambre, sans but, semblait-il ; tantôt il s'approchait de son bureau ; l'instant d'après, il se précipitait vers la fenêtre, revenait à la table, toujours attentif à éviter le regard méfiant de Raskolnikov, après quoi il s'arrêtait brusquement et le fixait en plein visage, c'était un spectacle bizarre qu'offrait ce petit corps gras et rond, dont les évolutions rappelaient celles d'une balle qui aurait rebondi d'un mur à l'autre.

« Rien ne presse, nous avons bien le temps... Vous fumez ? Avez-vous du tabac ? Voici une cigarette... Vous savez, je vous reçois ici, mais mon logement est là, derrière cette cloison, c'est l'État qui me le fournit. J'en habite un autre, provisoirement, parce que celui-ci nécessite quelques réparations. Maintenant il est presque prêt... Fameuse chose qu'un appartement fourni par l'État, hein ? Qu'en pensez-vous ?

– Oui, c'est une fameuse chose, répondit Raskolnikov en le regardant d'un air presque moqueur.

– Une fameuse chose, une fameuse chose... répétait Porphyre Petrovitch distraitement, oui, une fameuse chose », fit-il brusquement d'une voix tonnante en s'arrêtant à deux pas du jeune homme. L'incessante et sotte répétition de cette phrase sur les avantages d'un logement gratuit contrastait étrangement par sa platitude avec le regard sérieux, profond et énigmatique qu'il fixait maintenant sur son hôte.

Cela ne fit qu'accroître la colère de Raskolnikov qui ne put s'empêcher de lancer au juge d'instruction un défi ironique et assez imprudent :

« Vous savez, commença-t-il avec une insolence qui semblait lui procurer une profonde jouissance, c'est un principe, une règle pour tous les juges d'instruction, de placer l'entretien sur des niaiseries, ou bien sur des choses sérieuses, si vous voulez, mais qui n'ont rien à voir avec le véritable sujet, afin d'enhardir, si je puis m'exprimer ainsi, ou de distraire celui qu'ils interrogent, d'endormir sa méfiance, puis brusquement, à l'improviste, ils lui assènent, en pleine figure, la question la plus dangereuse. Est-ce que je me trompe ? N'est-ce pas une coutume, une règle rigoureusement observée dans votre métier ?

– Ainsi, ainsi… vous pensez que je ne vous ai parlé du logement fourni par l'État que pour… » En disant ces mots Porphyre Petrovitch cligna de l'œil et une expression de gaieté et de ruse parcourut son visage. Les rides de son front disparurent soudain, ses yeux parurent rétrécis et ses traits se détendirent, il plongea son regard dans les yeux de Raskolnikov, puis éclata d'un long rire nerveux qui lui secouait tout le corps. Le jeune homme se mit à rire lui aussi, d'un rire un peu forcé, mais quand l'hilarité de Porphyre, à cette vue, eut redoublé jusqu'à lui empourprer le visage, Raskolnikov fut pris d'un tel dégoût qu'il en perdit toute prudence. Il cessa de rire, se renfrogna, attacha sur Porphyre un regard haineux et ne le quitta plus des yeux tant que dura cette gaieté prolongée et un peu factice, semblait-il. Il faut dire, du reste, que l'autre ne se montrait pas plus prudent que lui : car, au fait, il s'était mis à rire au nez de son hôte, et paraissait se soucier fort peu que celui-ci eût très mal pris la chose. Cette dernière circonstance parut extrêmement significative au jeune homme ; il crut comprendre que le juge d'instruction avait de tout temps été parfaitement à son aise et que c'était lui, Raskolnikov, qui s'était laissé prendre dans un traquenard. Il y avait là, de toute évidence, quelque piège, un dessein qu'il n'apercevait pas ; la mine était peut-être chargée et allait éclater dans un instant.

Il alla droit au fait, se leva et prit sa casquette.

« Porphyre Petrovitch, déclara-t-il d'un air décidé, mais où perçait une assez vive irritation, vous avez manifesté hier le désir de me faire subir un *interrogatoire* (il appuya sur le mot interrogatoire). Je suis venu me mettre à votre disposition ; si vous avez des questions à me poser, faites-le, sinon, permettez-moi de me retirer. Je n'ai pas de temps à perdre, j'ai autre chose à faire, on m'attend à l'enterrement de ce fonctionnaire qui a été écrasé… et dont… vous avez également entendu parler… » ajouta-t-il ; mais il s'en voulut aussitôt de ces paroles. Puis il poursuivit avec une irritation croissante : « J'en ai assez de tout cela, entendez-vous ? Il y a longtemps que j'en ai assez… C'est une des causes de ma maladie… Bref, cria-t-il, sentant combien cette phrase sur sa maladie était déplacée, bref, veuillez m'interroger ou souffrez que je m'en aille sur-le-champ… Mais si vous m'interrogez, que ce soit dans les règles et non autrement. En attendant, adieu, car pour le moment, nous n'avons rien à nous dire.

– Seigneur, mais que dites-vous là ? Mais sur quoi vous interrogerais-je ? partit tout à coup Porphyre Petrovitch, en changeant immédiatement de ton et en cessant de rire. Mais ne vous inquiétez pas, poursuivit-il en recommençant son va-et-vient, pour se précipiter l'instant d'après sur Raskolnikov et le faire asseoir. Rien ne presse, rien ne presse et tout cela n'a aucune importance, je suis heureux, au contraire, que vous soyez venu chez nous... Je vous reçois en ami. Quant à ce rire maudit, excusez-le, mon cher Rodion Romanovitch : c'est bien Rodion Romanovitch que vous vous appelez, n'est-ce pas ? Je suis un homme nerveux et vous m'avez beaucoup amusé par la finesse de votre remarque. Il m'arrive parfois d'être secoué de rire comme une balle élastique... et cela pendant une demi-heure... Je suis rieur de nature ; mon tempérament me fait même redouter l'apoplexie ; mais asseyez-vous donc, je vous en prie, cher ami, ou je vous croirais fâché !... »

Raskolnikov ne disait rien, il écoutait et observait seulement, les sourcils toujours froncés. Cependant, il s'assit, mais sans lâcher sa casquette.

« Je veux vous dire une chose, mon cher Rodion Romanovitch, une chose qui vous aidera à vous expliquer mon caractère, continua Porphyre Petrovitch, sans cesser de tourner dans la pièce, mais en évitant toujours de rencontrer les yeux de Raskolnikov... Je suis, voyez-vous, un célibataire, un homme assez peu mondain, un inconnu et, par-dessus le marché, un homme fini, engourdi, glacé et... et... avez-vous remarqué, Rodion Romanovitch, que chez nous, c'est-à-dire chez nous en Russie, et surtout dans nos cercles pétersbourgeois, quand viennent à se rencontrer deux hommes intelligents qui ne se connaissent pas bien encore, mais s'estiment réciproquement, ils ne peuvent rien trouver à se dire pendant toute une demi-heure ? Ils sont là, l'un en face de l'autre, paralysés et confus. Tout le monde a un sujet de conversation, les dames par exemple... les gens du monde... ceux de la haute société... Toutes ces personnes savent de quoi causer, *c'est de rigueur*[67], et les gens de la classe moyenne, comme nous, sont timides et taciturnes... Je

---

[67] En français dans le texte.

veux parler de ceux qui sont capables de réfléchir, n'est-ce pas ? Comment expliquez-vous cela, mon cher ami ? Manquons-nous d'intérêt pour les questions sociales ? Non, ce n'est pas cela. Alors, est-ce par excès d'honnêteté ? Sommes-nous des gens trop loyaux, qui ne voulons pas nous tromper mutuellement ? Je l'ignore, n'est-ce pas ? Qu'en pensez-vous ? Mais, laissez votre casquette, on dirait que vous êtes sur le point de vous en aller ; cela me gêne, je vous jure... quand je suis au contraire si heureux... »

Raskolnikov déposa sa casquette sans se départir de son mutisme. Les sourcils froncés, il prêtait une oreille attentive au bavardage décousu de Porphyre. « Pense-t-il donc détourner mon attention par ces sornettes qu'il me débite ? »

« Je ne vous offre pas de café, ce n'est pas le lieu ; mais vous pouvez bien passer cinq minutes avec un ami, histoire de vous distraire un peu, poursuivit l'intarissable Porphyre, et voyez-vous, toutes ces obligations imposées par le service... Ne vous formalisez pas, mon cher, de mon va-et-vient continuel et excusez-moi. J'ai maintenant très peur de vous froisser... mais l'exercice m'est indispensable. Je suis toujours assis et c'est un grand bonheur pour moi de pouvoir remuer cinq minutes... Ces hémorroïdes, n'est-ce pas... J'ai toujours l'intention de me traiter par la gymnastique. On raconte que des conseillers d'État, et même des conseillers intimes, ne dédaignent pas de sauter à la corde. Voilà où va la science à notre époque... Voilà. Quant à ces obligations de ma charge, à ces interrogatoires et tout ce formalisme... dont vous-même venez de parler, eh bien, je vous dirai, mon cher Rodion Romanovitch, qu'ils déroutent parfois le magistrat plus que le prévenu. Vous l'avez fait remarquer tout à l'heure avec autant d'esprit que de raison (Raskolnikov n'avait fait aucune remarque de ce genre). On s'y perd ! Je vous assure qu'il y a de quoi s'y perdre et c'est toujours la même chose, toujours le même air ! Voilà qu'on nous promet des réformes, les termes seront du moins changés, hé ! hé ! hé ! Pour ce qui est de nos coutumes juridiques, comme vous l'avez fait remarquer avec tant d'esprit, eh bien, je suis pleinement d'accord avec vous. Quel est, dites-moi, l'accusé, fût-il le paysan le plus obtus, qui ignore que l'on commencera, par exemple, par endormir sa méfiance (selon votre heureuse expression) afin de lui assener ensuite un coup de hache en plein sur le crâne ! hé ! hé ! hé ! pour me servir de votre ingénieuse métaphore, hé ! hé ! Vous avez donc pensé que je ne parlais de logement que pour... On peut dire que vous êtes un homme ironique ! Non, non, je ne reviens pas là-dessus. Ah ! oui, à propos, un mot en amène un autre et les pensées s'attirent mutuellement. Vous parliez aussi tantôt d'interrogatoire dans les formes, mais qu'est-ce que les formes ? Les formes, c'est, en bien des cas, une absurdité. Parfois, un simple entretien amical donne de meilleurs résultats. Les formes n'en disparaissent pas pour cela. Permettez-moi de vous rassurer, mais, au fond, qu'est-ce que les formes, je vous le demande ? On ne doit en aucun cas les faire traîner comme un boulet par le juge d'instruction. La besogne du magistrat enquêteur est, en son genre, un art, ou enfin quelque chose d'approchant, hé... hé !... »

Porphyre Petrovitch s'arrêta un instant pour reprendre haleine. Il parlait sans s'arrêter, pour ne rien dire le plus souvent, il dévidait une suite d'absurdités, de phrases stupides où glissait tout à coup un mot énigmatique, rapidement noyé dans le cours du bavardage sans queue ni tête. Maintenant il courait presque dans la pièce en agitant de plus en plus vite ses petites jambes grasses, les yeux fixés à terre, la main droite derrière le dos, tandis que la gauche esquissait continuellement des gestes qui n'avaient aucun rapport avec ses paroles.

Raskolnikov crut remarquer tout à coup qu'une ou deux fois, arrivé près de la porte, il s'était arrêté et avait paru prêter l'oreille. « Attendrait-il quelqu'un ? »

« Et vous avez parfaitement raison, reprit gaiement Porphyre, en regardant le jeune homme avec une bonhomie qui fit tressaillir ce dernier et lui inspira de la méfiance. Vous avez raison de vous moquer si spirituellement de nos coutumes juridiques, hé ! hé ! Ces procédés (certains naturellement) prétendus inspirés par une profonde psychologie sont parfaitement ridicules et souvent même stériles, surtout si les formes sont scrupuleusement observées ; oui... J'en reviens donc aux formes, eh bien, supposons que je soupçonne quelqu'un, enfin un certain monsieur, d'être l'auteur d'un crime dont l'instruction m'a été confiée. Vous faisiez votre droit, n'est-il pas vrai, Rodion Romanovitch ?

– Oui, je l'ai commencé...

QUATRIÈME PARTIE

- Eh bien, voilà pour ainsi dire un exemple pour l'avenir, c'est-à-dire ne pensez pas que je me permette de faire le professeur avec vous qui écrivez des articles si graves dans les revues. Non, je prends seulement la liberté de vous présenter un petit fait à titre d'exemple. Si je considère un individu quelconque comme un criminel, pourquoi, je vous le demande, l'inquiéterais-je prématurément, lors même que j'aurais des preuves contre lui ? Il y en a que je suis obligé d'arrêter tout de suite, mais d'autres sont d'un tout autre caractère, je vous assure. Pourquoi ne laisserais-je pas mon criminel se promener un peu par la ville ? hé ! hé ! Non, je vois que vous ne me comprenez pas tout à fait ; je vais donc m'expliquer plus clairement. Si, par exemple, je me hâte de l'arrêter, je lui fournis par là un point d'appui moral pour ainsi dire, hé ! hé ! Vous riez ? (Raskolnikov ne songeait pas le moins du monde à rire, il avait les lèvres serrées et son regard brûlant ne quittait pas les yeux de Porphyre Petrovitch.) Et cependant j'ai raison, pour certains individus tout au moins, car les hommes sont divers et notre seule conseillère est la pratique que nous en avons. Mais, du moment que vous possédez des preuves, me direz-vous... Eh ! mon Dieu, cher ami, les preuves, vous savez ce que c'est : pour les trois quarts du temps elles sont douteuses et moi, juge d'instruction, je suis homme et par conséquent sujet à des faiblesses, je l'avoue. Ainsi, je voudrais que mon enquête eût la rigueur d'une démonstration mathématique. Il me faudrait donc une preuve évidente, telle que deux et deux font quatre, ou qui ressemblât à une démonstration claire et nette. Or, si je le fais arrêter avant le temps voulu, j'aurai beau être convaincu que c'est lui le coupable, je me prive ainsi des moyens de le prouver ultérieurement, et cela pourquoi ? Parce que je lui donne, pour ainsi dire, une situation normale ; il se retire dans sa coquille ; il m'échappe, ayant compris qu'il n'est qu'un détenu. On raconte qu'à Sébastopol, aussitôt après la bataille de l'Alma, les hommes étaient terriblement effrayés à l'idée d'une attaque probable de l'ennemi ; ils ne doutaient pas qu'il prendrait Sébastopol d'assaut. Mais, quand ils le virent commencer un siège régulier et creuser la première parallèle, ils se réjouirent et se rassurèrent. Je parle des gens intelligents. « Nous en avons au moins pour deux mois, disaient-ils, car il faut du temps pour un siège régulier. » Vous riez encore, vous ne me croyez pas ? Au fond, vous aussi vous avez raison, oui vous avez raison. Ce ne sont là que des cas particuliers ; je suis parfaitement d'accord avec vous là-dessus et le cas que je vous offrais en exemple est également particulier. Mais voici ce qu'il nous faut remarquer à ce sujet, mon cher Rodion Romanovitch : de cas général, c'est-à-dire qui réponde à toutes les formes et formules juridiques, ce cas type pour lequel les règles sont faites et écrites, il n'y en a point, pour la bonne raison que chaque cause, chaque crime, si vous voulez, à peine accompli, se transforme en un cas particulier, et combien spécial parfois : un cas qui ne ressemble à rien de ce qui a été et paraît n'avoir aucun précédent.

« Il s'en présente quelquefois de bien comiques. Ainsi, supposons que je laisse un de ces messieurs en liberté. Je ne le touche point ; je ne l'arrête pas ; il doit fort bien savoir, ou tout au moins soupçonner, à chaque heure, à chaque instant, que je suis au courant de tout ; je connais toute sa vie, je le surveille nuit et jour ; je le suis partout et sans relâche et je vous jure que, pour peu qu'il en soit persuadé, il arrivera par être pris de vertige et viendra se livrer lui-même ; il me fournira, au surplus, des armes qui donneront à mon enquête un caractère mathématique, ce qui ne manque pas de charme. Ce procédé peut réussir avec un paysan mal dégrossi, mais encore mieux avec un homme intelligent, éclairé et cultivé à certains égards. Car une chose fort importante, mon cher, est d'établir dans quel sens un homme s'est développé. Les nerfs, qu'en faites-vous ? Vous les oubliez ? Nos contemporains les ont excités, malades, irritables... Et la bile ? Ce qu'ils ont de bile ! Je vous répète qu'il y a là une vraie source de renseignements. Pourquoi m'inquiéterais-je de voir mon homme aller et venir librement ? Je peux bien le laisser se promener, jouir de son reste, car je sais qu'il est ma proie et qu'il ne m'échappera pas. Où irait-il ? hé ! hé ! Il s'enfuirait à l'étranger, dites-vous ? Un Polonais peut s'enfuir à l'étranger, mais pas *lui,* d'autant plus que je le surveille et que toutes les mesures ont été prises en conséquence. Fuira-t-il dans l'intérieur du pays ? Mais il n'y trouvera que des paysans grossiers, des gens primitifs, de vrais Russes, et un homme cultivé préférera le bagne à la vie parmi les étrangers que sont pour lui les gens du peuple, hé ! hé ! D'ailleurs, tout cela ne signifie rien ; ce n'est que le côté extérieur de la question. Fuir ! ce n'est qu'un mot ; non seulement il ne fuira pas, car il n'a pas où aller, mais il m'appartient *psychologiquement,* hé !

hé ! Que dites-vous de l'expression ? C'est pour obéir à une loi naturelle qu'il ne pourra fuir, le voudrait-il. N'avez-vous jamais vu un papillon devant une bougie ? Eh bien, lui, il tournera sans cesse autour de moi comme cet insecte autour de la flamme ! La liberté n'aura plus de charme pour lui ; il deviendra de plus en plus inquiet ; il s'empêtrera de plus en plus, il sera gagné par une épouvante mortelle. Bien mieux, il se livrera à des agissements tels que sa culpabilité en ressortira claire comme deux et deux font quatre. Il suffit pour cela de lui fournir un entracte de bonne longueur. Et toujours, toujours, il ira tournant autour de moi, décrivant des cercles de plus en plus étroits jusqu'à ce qu'enfin, paf ! il tombe dans ma propre bouche et se laisse avaler par moi, ce qui ne manquera pas d'agrément. Vous ne me croyez pas ? »

Raskolnikov ne répondit point ; il demeurait immobile et pâle, mais continuait à observer Porphyre de toute son attention tendue.

« Le leçon est bonne, pensait-il, glacé d'épouvante. Ce n'est même plus le jeu du chat et de la souris comme hier. Et ce n'est pas pour le seul plaisir de faire vainement parade de sa force qu'il me parle ainsi... Il est beaucoup trop intelligent pour ça... Non, il a un autre dessein, mais lequel ? Eh ! ce n'est rien, rien qu'une simple ruse destinée à m'effrayer ! Tu n'as pas de preuves et l'homme d'hier n'existe pas. Et toi, tu veux tout simplement me dérouter et m'irriter davantage pour m'assener alors le grand coup ; seulement, tu te trompes et tu seras attrapé. Mais pourquoi, pourquoi parler ainsi à mots couverts ? Il spécule sur mes nerfs ébranlés... Non, mon ami, ça ne prendra pas. Tu seras attrapé quoique tu aies manigancé quelque chose... Nous allons bien voir ce que tu as préparé... »

Il tendit toutes ses forces pour affronter bravement la catastrophe épouvantable et mystérieuse qu'il prévoyait. Par moments, l'envie le prenait de se jeter sur Porphyre et de l'étrangler séance tenante. Tout à l'heure déjà, à peine entré dans le cabinet du juge, il craignait de ne pouvoir se maîtriser. Il sentait son cœur battre avec violence ; ses lèvres étaient desséchées et souillées d'écume. Mais il décida cependant de se taire et de ne pas laisser échapper un mot prématuré. Il comprenait que c'était la meilleure tactique qu'il pût suivre dans sa position, car ainsi, non seulement il ne risquait point de se compromettre, mais il réussirait peut-être à irriter son adversaire et à lui arracher une parole imprudente. Tel était du moins son espoir.

« Non, je vois bien que vous ne me croyez pas. Vous pensez toujours que ce sont de petites plaisanteries innocentes que je vous fais là, reprit Porphyre, qui semblait de plus en plus gai et ne cessait de faire entendre son petit ricanement satisfait, en se remettant à tourner dans la pièce. Vous avez raison : Dieu m'a donné une silhouette qui n'éveille chez les autres que des pensées comiques. J'ai l'air d'un bouffon ! Mais voici ce que je veux vous confier et dois vous répéter, mon cher Rodion Romanovitch... Mais excusez le langage d'un vieillard ; vous êtes un homme dans la fleur de l'âge et même dans la première jeunesse et, comme tous les jeunes gens, vous n'appréciez rien tant que l'intelligence humaine. Un esprit piquant et les déductions abstraites de la raison vous séduisent. Cela me rappelle les anciennes affaires militaires de l'Autriche, autant que je puisse juger de ces matières ; sur le papier, les Autrichiens étaient vainqueurs de Napoléon et le faisaient même prisonnier. Bref, dans leur cabinet, ils arrangeaient les choses de la façon la plus merveilleuse, mais, en réalité, que voyait-on ? Le général Mack se rendre avec toute son armée, hé ! hé ! hé ! Je vois, je vois bien, mon cher Rodion Romanovitch, que vous vous moquez de moi, parce que le civil, l'homme paisible que je suis, emprunte tout le temps ses exemples à l'histoire militaire... Mais que faire ? C'est ma faiblesse. J'aime les choses militaires et je lis tout ce qui a trait à la guerre... J'ai décidément manqué ma carrière. J'aurais dû prendre du service dans l'armée. Je ne serais peut-être pas devenu un Napoléon, mais j'aurais certainement atteint le grade de major, hé ! hé ! hé ! Eh bien, je vous dirai maintenant, mon cher, toute la vérité au sujet de *ce cas particulier* qui nous intéresse. La réalité et la nature sont des choses importantes, cher monsieur, et qui réduisent parfois à néant le plus habile calcul. Croyez-en un vieillard, Rodion Romanovitch (en prononçant ces mots, Porphyre Petrovitch, qui comptait à peine trente-cinq ans, semblait avoir vieilli en effet ; sa voix avait même changé et il paraissait soudain voûté). Je suis, au surplus, un homme sincère... Suis-je sincère ? dites-le-moi ; qu'en pensez-vous ? Je crois qu'on ne peut l'être davantage, je vous confie de ces choses... sans exiger la moindre récompense, hé ! hé ! hé !

« Eh bien, voilà, je continue. L'esprit est, à mon avis, une chose merveilleuse, c'est pour ainsi dire l'ornement de la nature, une consolation dans la vie et avec cela on peut, semble-t-il, rouler facilement un pauvre juge d'instruction qui, en outre, est trompé par sa propre imagination, car il n'est qu'un homme. Mais la nature vient au secours de ce pauvre juge, voilà le malheur. C'est ce dont la jeunesse confiante en son esprit et qui « franchit tous les obstacles » (comme vous vous êtes ingénieusement exprimé) ne veut pas tenir compte.

« Supposons, par exemple, qu'il mente, je veux parler de cet homme, *de notre cas particulier,* incognito, et qu'il mente supérieurement ; il n'attend donc plus que son triomphe et croit n'avoir qu'à cueillir les fruits de son adresse, quand, tout à coup, crac ! il s'évanouit à l'endroit le plus compromettant pour lui. Mettons qu'il explique cette syncope par la maladie ou l'atmosphère étouffante, ce qui est assez fréquent dans les pièces... et cependant... il n'en a pas moins fait naître les soupçons... Son mensonge a été incomparable, mais il n'a pas su tenir compte de la nature. Voilà où est le piège.

« Un autre jour, entraîné par son humeur moqueuse, il s'amuse à mystifier quelqu'un qui le soupçonne. Il fait semblant de pâlir de peur, par jeu naturellement, mais voilà : cette comédie est trop bien jouée, cette pâleur paraît *trop naturelle* et ce sera encore un indice. Sur le moment, son interlocuteur pourra être dupe, mais, s'il n'est pas un niais, il se ravisera dès le lendemain et ainsi à chaque pas. Que dis-je ? Il viendra lui-même se fourrer là où il n'est pas appelé ; il se répandra en paroles imprudentes, en allégories dont le sens n'échappera à personne hé ! hé ! Il viendra lui-même et se mettra à demander pourquoi on ne l'a pas encore arrêté, hé ! hé ! hé ! Et cela peut arriver à l'homme le plus fin, à un psychologue, à un littérateur. La nature est un miroir, le miroir le plus transparent et il suffit de le contempler. Mais pourquoi avez-vous pâli ainsi, Rodion Romanovitch ? Vous étouffez peut-être, voulez-vous qu'on ouvre la fenêtre ?

– Oh ! ne vous inquiétez pas, je vous prie », s'écria Raskolnikov, et il éclata tout à coup de rire, je vous en prie, ne vous dérangez pas.

Porphyre s'arrêta en face de lui ; il attendit un moment, puis se mit à rire lui aussi. Alors Raskolnikov, dont l'hilarité convulsive s'était calmée, se leva du divan.

« Porphyre Petrovitch, fit-il d'une voix haute en articulant chacun de ses mots, malgré la peine qu'il avait à se tenir sur ses jambes tremblantes, je vois enfin clairement que vous me soupçonnez positivement du meurtre de cette vieille et de sa sœur Lisbeth. Je vous déclare, de mon côté, que j'en ai assez de tout cela depuis longtemps. Si vous vous croyez le droit de me poursuivre et de m'arrêter, faites-le. Mais je ne vous permettrai pas de vous moquer de moi en pleine figure et de me torturer. »

Ses lèvres frémirent tout à coup, ses yeux s'enflammèrent de colère et sa voix, contenue jusque-là, se mit à vibrer.

« Je ne le permettrai pas, cria-t-il en assenant un violent coup de poing sur la table. Vous entendez bien, Porphyre Petrovitch, je ne le permettrai pas...

– Ah ! Seigneur, mais qu'est-ce qui vous prend encore ! s'écria Porphyre Petrovitch, qui semblait affolé, mon cher Rodion Romanovitch, mon ami, qu'avez-vous ?

– Je ne le permettrai pas, cria encore Raskolnikov.

– Ne criez donc pas si fort ! On peut nous entendre, on va accourir, et que leur dirons-nous ? pensez donc ! chuchota Porphyre Petrovitch, tout effrayé, en rapprochant son visage jusqu'à toucher celui de Raskolnikov.

– Je ne le permettrai pas, je ne le permettrai pas », répétait l'autre machinalement ; mais il avait lui aussi baissé le ton et parlait dans un murmure. Porphyre se détourna rapidement et courut ouvrir la fenêtre.

« Il faut aérer la pièce. Et vous devriez boire un peu d'eau, mon ami, car c'est un véritable accès que vous avez. »

Il se précipitait déjà vers la porte pour demander de l'eau, quand il aperçut une carafe pleine dans un coin.

« Tenez. Buvez-en un peu, marmotta-t-il en accourant vers lui, la carafe à la main, peut-être cela vous... » La frayeur et la sollicitude de Porphyre Petrovitch semblaient si peu feintes que

Raskolnikov se tut et se mit à l'observer avec une vive curiosité. Il refusa cependant l'eau qu'on lui offrait.

« Rodion Romanovitch, mon cher ami, mais vous vous rendrez fou, je vous assure. Ah ! buvez, je vous en prie, mais buvez donc une gorgée au moins !

Il lui mit presque de force le verre d'eau dans la main. L'autre le porta machinalement à ses lèvres, puis, revenu à lui, le déposa sur la table avec dégoût.

« Oui, vous avez eu un petit accès. Vous en ferez tant, mon ami, que vous aurez une rechute de votre mal, s'écriait affectueusement Porphyre Petrovitch qui semblait fort troublé, du reste. Seigneur, peut-on se ménager si peu ? C'est comme Dmitri Prokofitch, qui est venu me voir hier. Je reconnais avec lui que j'ai le caractère caustique, mauvais en un mot, mais quelles conclusions en a-t-il tirées... Seigneur ! Il est venu hier, après votre visite ; nous étions en train de dîner et il a parlé, parlé, je n'ai pu qu'ouvrir les bras d'étonnement. « Ah ! bien... pensais-je, ah ! Seigneur mon Dieu ! » C'était vous qui l'aviez envoyé, n'est-ce pas ? Mais asseyez-vous, cher ami, asseyez-vous, pour l'amour de Dieu.

– Non, ce n'est pas moi qui l'ai envoyé, mais je savais qu'il allait chez vous et la raison de cette visite, répondit sèchement Raskolnikov.

– Vous le saviez ?

– Oui. Qu'en concluez-vous donc ?

– J'en conclus, mon cher Rodion Romanovitch, que je connais encore bien d'autres exploits dont vous pouvez vous targuer. Je suis au courant de tout, voilà ! Je sais comment vous êtes allé *louer un appartement* à la nuit tombante et que vous vous êtes mis à tirer le cordon de la sonnette et à questionner au sujet des taches de sang ; si bien que les ouvriers et le portier en ont été stupéfaits. Oh ! je comprends votre état d'âme, c'est-à-dire celui où vous vous trouviez ce jour-là... mais il n'en est pas moins vrai que vous allez vous rendre fou ainsi, parole d'honneur ! Vous allez perdre la tête, vous verrez ; une noble indignation bouillonne en vous ; vous avez à vous plaindre tout d'abord de la destinée, puis des policiers ; aussi courez-vous de tous côtés pour forcer les gens à formuler leurs soupçons au plus vite et en finir ainsi, car vous en avez assez de ces commérages stupides et de ces soupçons. Je ne me trompe pas, n'est-ce pas ? J'ai bien deviné votre état d'esprit ? Mais si vous continuez ainsi, ce n'est pas vous seul qui deviendrez fou. Vous ferez perdre aussi la tête à mon pauvre Rasoumikhine, et vous savez que ce serait dommage d'affoler un si *brave* garçon. Vous, vous êtes malade, mais lui il n'a que trop de bonté et c'est cette bonté qui l'expose particulièrement au danger de la contagion... Quand vous serez un peu calmé, mon ami, je vous raconterai... Mais asseyez-vous donc, pour l'amour de Dieu, reposez-vous, je vous prie, vous êtes blanc comme un linge, asseyez-vous, vous dis-je. »

Raskolnikov obéit. Le tremblement qui l'avait envahi s'apaisait peu à peu et la fièvre s'emparait de lui. Il écoutait avec une profonde surprise Porphyre Petrovitch lui prodiguer les marques de son intérêt, malgré son effroi visible. Mais il n'ajoutait foi à aucune de ses paroles, bien qu'il éprouvât une tendance étrange à y croire. La phrase qu'avait tout à coup laissée tomber Porphyre sur le logement le frappait d'étonnement.

« Comment a-t-il appris cela, se demandait-il, et pourquoi m'en parle-t-il ? »

« Oui, nous avons eu, dans notre pratique judiciaire, un cas presque analogue, un cas morbide, continua rapidement Porphyre. Un homme s'est accusé d'un meurtre qu'il n'avait pas commis, et si vous saviez comment il a arrangé cela ! Il était le jouet d'une véritable hallucination ; il présentait des faits, racontait les événements, embrouillait tout le monde. Et tout cela pourquoi ? Parce qu'il avait indirectement, et sans qu'il y eût de sa faute, favorisé un meurtre, mais rien qu'en partie ; seulement, quand il s'en rendit compte, il en fut si désolé, si angoissé, qu'il en perdit la raison et s'imagina être l'assassin. Enfin, le Sénat débrouilla l'affaire et le malheureux fut acquitté, mais, sans le Sénat, c'en était fait de lui. Oh ! là, là ! En continuant comme vous faites, mon cher, vous risquez d'attraper une fièvre cérébrale, si vous vous excitez les nerfs ainsi et allez tirer les cordons de sonnette la nuit ou interroger les gens sur des taches de sang... Moi, voyez-vous, c'est dans l'exercice de ma profession que j'ai eu l'occasion d'étudier toute cette psychologie. C'est un vertige semblable qui pousse un homme à se jeter par la fenêtre ou à sauter du haut d'un clocher, une sorte d'attirance... une maladie, Rodion

Romanovitch, une maladie, vous dis-je, et pas autre chose... Vous négligez trop la vôtre. Vous devriez consulter un bon médecin et non ce gros type qui vous soigne... Vous avez le délire et tout cela ne provient que du délire... »

Un instant, Raskolnikov crut voir tous les objets tourner autour de lui. « Se peut-il, mais se peut-il donc qu'il mente encore ? Impossible, c'est impossible ! » se répétait-il, en repoussant de toutes ses forces une pensée qui, il le sentait, menaçait de le rendre fou de rage.

« Ce n'était pas du délire, j'avais toute ma conscience, s'écria-t-il, l'esprit tendu pour essayer de pénétrer le jeu de Porphyre. J'avais toute ma raison, toute ma raison, vous entendez ?

– Oui, je comprends et j'entends. Vous le disiez hier encore et vous insistiez même sur ce point. Je comprends d'avance tout ce que vous pourrez dire. Ah !... Écoutez-moi donc, Rodion Romanovitch, mon cher ami, permettez-moi de vous soumettre encore une observation. Si vous étiez coupable ou mêlé de quelque façon à cette maudite affaire, auriez-vous, je vous le demande, soutenu que vous aviez toute votre raison ? Tout au contraire, à mon avis, vous auriez affirmé, sans en vouloir démordre, que vous étiez en proie au délire. N'ai-je pas raison ? non, mais dites, est-ce vrai ? »

Le ton de la question laissait prévoir un piège. Raskolnikov se rejeta sur le dossier du divan pour s'écarter de Porphyre dont le visage se penchait sur lui et il se mit à l'examiner en silence d'un regard fixe et chargé d'étonnement.

« C'est comme pour la visite de M. Rasoumikhine. Si vous étiez coupable, vous devriez dire qu'il est venu chez moi de sa propre inspiration et cacher que vous l'aviez poussé à cette démarche. Or, vous affirmez, au contraire, que c'est vous qui l'avez envoyé. »

Raskolnikov n'avait jamais affirmé cela. Un frisson glacé lui courut dans le dos.

« Vous mentez toujours, fit-il d'une voix lente et faible en ébauchant un sourire pénible. Vous voulez encore me montrer que vous lisez dans mon jeu, que vous pouvez prédire d'avance toutes mes réponses, continua-t-il, en sentant lui-même qu'il était désormais incapable de peser ses paroles. Vous voulez me faire peur... et vous vous moquez de moi tout simplement... »

Il ne cessait en parlant ainsi de fixer le juge d'instruction et, tout à coup, une fureur terrible étincela dans ses yeux.

« Vous ne faites que mentir, s'écria-t-il. Vous savez parfaitement vous-même que la meilleure tactique pour un coupable est de s'en tenir à la vérité, autant que possible... d'avouer ce qu'il n'est pas nécessaire de cacher. Je ne vous crois pas !

– Quelle girouette vous faites, dit l'autre en ricanant ; pas moyen de s'entendre avec vous, c'est une idée fixe. Vous ne me croyez pas ? Et moi je vous dirai que vous commencez à me croire ; dix centimètres de foi en attendant et je ferai si bien que vous finirez par me croire tout à fait, tout le mètre y passera, car je vous aime sincèrement et vous veux du bien... »

Les lèvres de Raskolnikov frémirent.

« Oui, je vous veux du bien, poursuivit Porphyre en serrant amicalement le bras du jeune homme et je vous le dis une fois pour toutes. Soignez-vous. De plus, voilà que votre famille est venue vous retrouver. Pensez à elle. Vous devriez faire le bonheur de vos parents et vous ne leur causez que des inquiétudes au contraire...

– Que vous importe ? Comment savez-vous cela ? De quoi vous mêlez-vous ? C'est donc que vous me surveillez, et vous tenez à ne pas me le laisser ignorer ?

– Mon ami ! Mais voyons, c'est de vous, de vous seul que j'ai tout appris ; vous ne remarquez même pas que, dans votre agitation vous racontez toutes vos affaires à moi comme aux autres. M. Rasoumikhine m'a également communiqué bien des choses intéressantes. Non, vous m'avez interrompu quand j'allais vous dire que, malgré votre intelligence, votre méfiance vous empêche de juger raisonnablement les choses.

« Eh bien, tenez, par exemple, si nous revenons au même sujet, prenez cet incident du cordon de sonnette : voilà un fait précieux, inappréciable, pour un magistrat enquêteur, que je vous livre naïvement, entièrement, moi, le juge d'instruction. Et vous n'en pouvez rien conclure ? Mais si je vous croyais coupable le moins du monde, aurais-je agi ainsi ? Je devais, au contraire, commencer par endormir votre méfiance, ne pas vous laisser soupçonner que j'étais au courant de ce fait, détourner votre attention pour vous assener ensuite, sur le crâne, selon votre propre formule, la question suivante : « Que faisiez-vous, monsieur, à dix heures passées et même à onze heures, dans l'appartement de la victime ? Et pourquoi tiriez-vous le cordon de sonnette et parliez-vous de taches de sang ? Et pourquoi affoliez-vous les concierges en leur demandant de vous mener au commissariat ? » Voilà comment j'aurais dû agir si je vous soupçonnais le moins du monde. Je vous aurais fait subir un interrogatoire en règle, j'aurais ordonné une perquisition chez vous, vous aurais fait arrêter... Si j'agis autrement, c'est donc que je ne vous soupçonne pas. Mais vous avez perdu le sens de la réalité et vous ne voyez rien, je le répète. »

Raskolnikov tressaillit de tout son corps si violemment que Porphyre put facilement s'en apercevoir.

« Vous ne faites que mentir, répéta-t-il violemment ; j'ignore le but que vous poursuivez, mais vous mentez toujours. Ce n'est pas ainsi que vous parliez tout à l'heure et je ne puis me tromper... Vous mentez !

– Je mens ? » reprit Porphyre Petrovitch, qui s'échauffait visiblement, mais gardait son ton ironique et enjoué et semblait n'attacher aucune importance à l'opinion que Raskolnikov pouvait avoir de lui. « Je mens, dites-vous ? Et comment ai-je agi tantôt avec vous ? Quand moi, juge d'instruction, je vous ai suggéré tous les arguments psychologiques que vous pouviez faire valoir ! La maladie, le délire, l'amour-propre à vif à force de souffrances, la neurasthénie et ces policiers par-dessus le marché, et tout le reste, hein ? hé ! hé ! hé ! Et pourtant, soit dit en passant, ces moyens de défense ne tiennent pas debout. Ils sont à deux fins et on peut les retourner contre vous. Vous direz : la maladie, le délire, les cauchemars, je ne me souviens plus de rien, et l'on vous répondra : « Tout cela est fort bien, mon ami, mais pourquoi la maladie, le délire affectent-ils chez vous toujours les mêmes formes, pourquoi vous inspirent-ils ces cauchemars précisément ? » Cette maladie pouvait se manifester autrement, n'est-il pas vrai, hé ! hé ! hé ! »

Raskolnikov le regarda avec une fierté méprisante.

« En fin de compte, dit-il avec force en se levant et en repoussant légèrement Porphyre, je veux savoir si je puis ou *non* me considérer comme définitivement hors de soupçons. Dites-le-moi, Porphyre Petrovitch ; expliquez-vous sans ambages et une fois pour toutes, à l'instant.

– Eh mon Dieu ! en voilà une exigence ! Non, mais vous en avez des exigences ! s'écria Porphyre d'un air parfaitement calme et goguenard, et qu'avez-vous besoin d'en savoir tant, puisqu'on ne vous inquiète pas ? Vous êtes comme un enfant qui demande à toucher le feu. Et pourquoi vous agitez-vous ainsi et venez-vous chez nous quand on ne vous y appelle pas ? hé ! hé ! hé !

– Je vous répète, cria Raskolnikov pris de fureur, que je ne puis supporter...

– Quoi ? L'incertitude ? l'interrompit Porphyre.

– Ne me poussez pas à bout... Je ne le permettrai pas... Je vous dis que je ne le veux pas... Je ne puis et ne veux le supporter... Vous entendez ? Entendez-vous ! cria-t-il en donnant un coup de poing sur la table.

– Chut, plus bas, parlez plus bas, on va nous entendre, je vous en préviens sérieusement ; prenez garde à vous, je ne plaisante pas », murmura Porphyre, mais son visage avait perdu son expression de bonhomie efféminée et de frayeur. Maintenant il ordonnait franchement, sévèrement, les sourcils froncés d'un air menaçant. Il semblait en avoir fini avec les allusions, les mystères et prêt à lever le masque. Mais cette attitude ne dura qu'un instant. Intrigué d'abord, Raskolnikov fut soudain pris d'un transport de fureur ; pourtant, chose étrange, cette fois encore, et bien qu'il fût au comble de l'exaspération, il obéit à l'ordre de baisser la voix.

« Je ne me laisserai pas torturer, murmura-t-il du même ton que tout à l'heure, mais il reconnaissait, avec une amertume haineuse, qu'il lui était impossible de passer outre, et cette pensée ne faisait qu'augmenter sa fureur. Arrêtez-moi, fouillez-moi, mais veuillez agir selon les règles et non jouer avec moi, je vous le défends.

– Ne vous inquiétez donc pas des règles, interrompit Porphyre avec son même sourire goguenard, tandis qu'il contemplait Raskolnikov avec une sorte de jubilation ; c'est, mon cher, familièrement et tout à fait en ami que je vous ai demandé de venir me voir.

– Je ne veux pas de votre amitié et je m'en moque. Vous entendez ? Et maintenant, je prends ma casquette et je m'en vais. Alors, qu'en direz-vous si vous avez l'intention de m'arrêter ? »

Il prit sa casquette et se dirigea vers la porte.

« Ne voulez-vous pas voir une petite surprise ? ricana Porphyre en le prenant de nouveau par le bras et en l'arrêtant devant la porte. Il paraissait de plus en plus joyeux et goguenard, ce qui mettait Raskolnikov hors de lui.

– Quelle surprise ? De quoi s'agit-il ? demanda celui-ci, en le regardant avec effroi.

– Une petite surprise, qui se trouve là derrière la porte, hé ! hé ! hé ! (Il indiquait du doigt la porte fermée qui donnait accès à son propre logement, situé derrière la cloison.) Je l'ai même enfermée à clef pour qu'elle ne puisse s'échapper.

– Quoi donc ? Où cela ? Qu'est-ce que c'est ? » Raskolnikov s'approcha de la porte et essaya de l'ouvrir, mais elle était verrouillée.

« Elle est fermée ; en voici la clef. »

Et il lui montra en effet une clef qu'il venait de tirer de sa poche.

« Tu ne fais que mentir, hurla Raskolnikov, qui ne se possédait plus. Tu mens, maudit polichinelle ! » Et il se jeta sur le juge d'instruction qui recula vers la porte sans témoigner du reste aucune frayeur.

« Je comprends tout, tout, s'écria Raskolnikov, en se précipitant sur lui, tu mens et tu me nargues pour me forcer à me trahir...

– Mais, mon cher Rodion Romanovitch, vous n'avez plus à vous trahir... Voyez dans quel état vous vous êtes mis. Ne criez pas ou j'appelle.

– Tu mens ; il ne se passera rien ; tu peux appeler ! Tu me savais malade et tu voulais m'irriter, m'affoler, pour m'obliger à me trahir, voilà le but que tu poursuivais. Non, apporte des faits.

J'ai tout compris ! Tu n'as pas de preuves, tu n'as que de pauvres et misérables soupçons, les conjectures de Zamiotov... Tu connaissais mon caractère et tu as voulu me mettre hors de moi pour faire ensuite apparaître brusquement les popes et les témoins... Tu les attends, hein ? Mais qu'attends-tu pour les faire entrer ? Où sont-ils ? Allons, fais-les venir...

– Mais que parlez-vous de témoins, mon ami ? En voilà des idées ! On ne peut pas suivre aussi aveuglément les règles, comme vous dites ; vous n'entendez rien à la procédure, mon cher... Les formes seront observées au moment voulu. Vous le verrez vous-même », marmotta Porphyre qui semblait prêter l'oreille à ce qui se passait derrière la porte.

Du bruit se fit entendre en effet dans la pièce voisine.

« Ah ! on vient, cria Raskolnikov. Tu les as envoyé chercher... Tu les attendais... Tu avais calculé... Eh bien ! fais-les donc entrer tous... tous les témoins, qui tu voudras... Allons, fais-les venir ! Je suis prêt, tout à fait prêt ! »

Mais il se produisit à ce moment un incident étrange et si peu en rapport avec le cours ordinaire des choses que, sans doute, ni Porphyre, ni Raskolnikov n'eussent jamais pu le prévoir.

VI

Voici le souvenir que cette scène laissa dans l'esprit de Raskolnikov :

Le bruit qui se faisait dans la pièce voisine augmenta rapidement et la porte s'entrouvrit.

« Qu'y a-t-il ? cria Porphyre Petrovitch d'un ton mécontent. J'avais pourtant prévenu... »

Personne ne répondit, mais on pouvait deviner qu'il y avait derrière la porte plusieurs personnes qui s'efforçaient de maîtriser quelqu'un.

QUATRIÈME PARTIE

« Mais enfin, que se passe-t-il ? répéta Porphyre d'un air inquiet.

– On amène l'inculpé Nicolas, fit une voix.

– Inutile, remmenez-le ! Attendez !... Que vient-il faire ici ? En voilà un désordre ! cria Porphyre en se précipitant vers la porte.

– Mais il... », reprit la même voix, qui se tut brusquement. On entendit pendant deux secondes le bruit d'une véritable lutte, puis quelqu'un parut en repousser avec force un autre et un homme fort pâle fit irruption dans le cabinet de Porphyre Petrovitch.

Le nouveau venu pouvait, à première vue, sembler fort étrange. Il avait les yeux fixés droit devant lui, mais paraissait ne voir personne. La résolution se lisait dans son regard étincelant, mais son visage cependant était livide comme celui d'un condamné qu'on mène à l'échafaud. Ses lèvres toutes blanches frémissaient légèrement.

Il était fort jeune, vêtu comme un homme du peuple, maigre et de taille moyenne ; il portait les cheveux taillés en rond, ses traits étaient secs et fins. Celui qu'il venait de repousser subitement se précipita le premier derrière lui et lui mit la main sur l'épaule. C'était un gendarme, mais Nicolas réussit à se dégager encore une fois.

Quelques curieux se pressaient dans la porte. Plusieurs d'entre eux s'efforçaient d'entrer dans la pièce. Tout cela s'était passé en moins de temps qu'il n'en faut pour l'écrire.

« Hors d'ici, il est trop tôt ! Attends qu'on t'appelle... Pourquoi l'a-t-on amené ? » marmotta Porphyre aussi irrité que surpris.

Tout à coup, Nicolas s'agenouilla.

« Qu'est-ce qui te prend ? cria Porphyre tout ébahi.

– Je suis coupable, c'est mon crime ! Je suis un assassin », fit Nicolas d'une voix entrecoupée, mais assez forte cependant.

Il y eut pendant dix secondes un silence aussi profond que si tous les assistants étaient tombés en catalepsie. Le gendarme lui-même avait reculé et n'osait s'approcher de Nicolas. Il se retira vers la porte et y demeura immobile.

« Qu'est-ce que tu dis ? cria Porphyre Petrovitch revenu de sa stupeur.

– Je... suis un assassin... répéta Nicolas après un silence.

– Comment... toi... Je ne comprends pas. Qui as-tu tué ? » Porphyre Petrovitch semblait absolument déconcerté.

Nicolas attendit un moment pour répondre.

« Alena Ivanovna et sa sœur Elisabeth Ivanovna... Je les ai tuées... avec une hache. J'avais l'esprit égaré... » ajouta-t-il, et il se tut de nouveau, mais il restait toujours agenouillé.

Porphyre Petrovitch parut un moment réfléchir profondément, puis, d'un geste violent, il réitéra aux spectateurs improvisés son ordre de quitter la pièce. Ils s'éclipsèrent aussitôt et la porte se referma. Alors, il jeta un coup d'œil à Raskolnikov debout dans son coin, qui contemplait Nicolas d'un air pétrifié. Il fit un pas vers lui, mais se ravisa, s'arrêta, le regarda encore, puis tourna les yeux vers Nicolas pour les reporter sur Raskolnikov et tout aussitôt sur le peintre. Enfin, il s'adressa à Nicolas avec une sorte d'emportement :

« Attends que je t'interroge pour me parler de ton égarement, lui cria-t-il avec une sorte de fureur. Je ne t'ai pas encore demandé si tu avais subi un égarement... Parle ! Tu as tué ?

– Je suis un assassin... j'avoue... fit Nicolas.

– Et avec quoi as-tu tué ?

– Avec une hache que j'avais apportée.

– Eh ! Ce qu'il est pressé ! Seul ? »

Nicolas ne comprit pas la question.

« Tu n'as pas eu de complices ?

– Non, Mitka est innocent ; il n'a pris aucune part au crime.

– Ne te presse donc pas de parler de Mitka. Et... mais comment, dis-moi, comment as-tu descendu l'escalier ? Les concierges vous ont vus ensemble.

– Ça, c'était pour détourner les soupçons... J'ai alors couru avec Mitka, répondit vivement Nicolas (on eût dit qu'il récitait une leçon préparée d'avance).

– Allons, ça y est ; il répète des paroles apprises », grommela Porphyre comme à part soi, et soudain ses yeux rencontrèrent Raskolnikov dont il avait visiblement oublié la présence dans l'émotion que lui causait cette scène avec Nicolas. En l'apercevant, il revint à lui et parut se troubler.

« Rodion Romanovitch, mon cher ami, excusez-moi, et il se précipita vers lui. On ne peut pas... je vous en prie..., vous n'avez ici rien à... moi-même, vous voyez quelle surprise... Allez, je vous en prie... »

Et il le prit par le bras en lui indiquant la porte.

« Il paraît que vous ne vous attendiez pas à cela, fit observer Raskolnikov, qui naturellement se rendait bien compte de ce qui arrivait et avait repris courage.

– Mais vous non plus, mon cher ; voyez donc comme votre main tremble, hé ! hé ! hé !

– Vous aussi vous tremblez, Porphyre Petrovitch.

– C'est vrai, je ne m'attendais pas à cela. »

Ils étaient déjà devant la porte. Porphyre attendait impatiemment le départ de son visiteur.

« Et la surprise, vous ne me la montrerez donc pas ? fit tout à coup Raskolnikov.

– Écoutez-le parler quand ses dents s'entrechoquent dans sa bouche. Hé ! hé ! vous êtes un homme caustique. Allons, au revoir.

– Je crois qu'il vaut mieux dire *adieu*.

– Ce sera comme Dieu voudra, comme Dieu voudra », marmotta Porphyre, avec un sourire qui lui tordit le visage.

En traversant la chancellerie, Raskolnikov remarqua que plusieurs des employés le regardaient fixement. Dans l'antichambre, il reconnut, parmi la foule, les deux concierges de *l'autre* maison, à qui il avait demandé l'autre jour de le conduire au commissariat. Ils paraissaient attendre. À peine arrivé dans l'escalier il entendit de nouveau la voix de Porphyre Petrovitch. Il se retourna et aperçut le juge d'instruction qui courait après lui, tout essoufflé.

« Un mot, Rodion Romanovitch. Il en sera de cette affaire comme Dieu voudra, mais j'aurai encore quelques renseignements à vous demander pour la forme... Nous nous reverrons certainement, n'est-ce pas ? »

Et Porphyre s'arrêta devant lui, en souriant.

« Voilà », répéta-t-il.

On pouvait supposer qu'il avait envie d'ajouter quelque chose, mais il n'en fit rien.

« Et vous, Porphyre Petrovitch, excusez-moi pour tout à l'heure... J'ai été un peu vif, répondit Raskolnikov, qui avait repris courage et éprouvait un désir irrésistible de fanfaronner devant le magistrat.

– Ce n'est rien, ce n'est rien, dit Porphyre d'un ton presque joyeux... Moi-même j'ai... un caractère fort désagréable, je l'avoue. Mais nous nous reverrons. Si Dieu le permet, nous nous reverrons sûrement...

– Et nous achèverons de faire connaissance, dit Raskolnikov.

– Oui, répéta Porphyre, en le regardant sérieusement de ses yeux mi-clos. Maintenant, vous allez à un anniversaire ?

– À un enterrement.

– Ah oui ! c'est vrai, à un enterrement. Prenez soin de votre santé, prenez-en bien soin...

– Et moi je ne sais que vous souhaiter à mon tour, fit Raskolnikov qui commençait à descendre, mais se retourna tout à coup. Je vous aurais souhaité de grands succès, mais vous voyez vous-même combien vos fonctions peuvent être comiques.

– Pourquoi comiques ? » Le juge d'instruction, qui s'apprêtait à rentrer, avait dressé l'oreille à ces derniers mots.

« Comment donc ? Voilà ce pauvre Mikolka que vous avez dû tourmenter, torturer à votre manière psychologique jusqu'à le faire avouer. Vous lui répétiez sans doute jour et nuit sur tous les tons : « Tu es un assassin, tu es un assassin... » et maintenant qu'il a avoué, vous recommencerez à le griller à petit feu en lui serinant une autre chanson : « Tu mens, tu n'es pas un assassin, tu n'as pu commettre ce crime, tu répètes des paroles apprises. » Eh bien, soutenez après cela que vos fonctions ne sont pas comiques !

– Hé ! hé ! hé ! Vous avez donc remarqué que j'ai dit tout à l'heure à Nicolas qu'il répétait des paroles apprises ?

– Comment ne l'aurais-je pas remarqué ?

– Hé ! hé ! Vous avez l'intelligence subtile, très subtile ; rien ne vous échappe et votre esprit en outre est malicieux ; vous saisissez immédiatement le moindre trait comique... hé ! hé ! C'était, je crois, Gogol, qui, entre tous les écrivains, se faisait surtout remarquer par ce trait.

– Oui, Gogol.

– Gogol en effet... Au plaisir de vous revoir. »

Raskolnikov rentra immédiatement chez lui. Il était si surpris, si décontenancé par tout ce qui venait de se passer qu'arrivé dans sa chambre il se jeta sur son divan et y resta un quart d'heure à se reposer, en essayant de reprendre ses esprits. Il ne tenta même pas de s'expliquer la conduite de Nicolas. Il se sentait trop surpris pour cela. Il comprenait aussi que cet aveu devait cacher un mystère qu'il ne parvenait pas à déchiffrer, sur le moment du moins. Pourtant, cet aveu était un fait réel dont les conséquences lui apparaissaient clairement : le mensonge ne pouvait manquer d'être découvert et on s'en reprendrait à lui. Mais, en attendant, il était libre et il devait prendre ses précautions en vue du danger qu'il jugeait imminent.

Jusqu'à quel point cependant était-il menacé ? La situation commençait à se préciser. Il ne put s'empêcher de frissonner d'effroi en évoquant toute la scène qui venait de se dérouler entre lui et Porphyre. Certes, il ne pouvait pénétrer toutes les intentions du juge d'instruction, ni deviner ses calculs, mais ce qu'il en avait tiré au clair lui permettait de comprendre, mieux que quiconque, le danger qu'il avait couru. Un peu plus et il se perdait sans retour. Le terrible magistrat, qui connaissait l'irritabilité maladive de son caractère, l'avait déchiffré à première vue, s'était engagé à fond, un peu trop hardiment peut-être, mais presque sans risques. Sans doute, Raskolnikov s'était déjà bien compromis tantôt, mais les imprudences commises ne constituaient pas encore des preuves contre lui et tout cela n'était que relatif. Cependant, ne se trompait-il pas en jugeant ainsi ? Quel était le but visé par Porphyre ? Avait-il réellement préparé une surprise pour aujourd'hui ? Et en quoi consistait-elle ? Comment cette entrevue aurait-elle fini sans le coup de théâtre de l'apparition de Nicolas ?

Porphyre avait découvert presque tout son jeu, tactique hasardeuse sans doute, mais dont il courait le risque. Raskolnikov continuait à le penser. Eût-il d'autres atouts qu'il les eût montrés également. Quelle était cette « surprise » ? Une façon de le tourner en dérision ? Avait-elle une signification ? Pouvait-elle cacher un semblant de preuve ? Tout au moins un fait accusateur ? L'homme d'hier ? Comment avait-il disparu ainsi ? Et aujourd'hui où était-il ? Car si Porphyre avait une preuve, elle devait se rapporter à la visite de l'inconnu d'hier.

Raskolnikov était assis sur son divan, la tête inclinée, les coudes appuyés sur les genoux et le visage dans les mains. Un tremblement nerveux continuait à agiter tout son corps. Enfin, il se leva, prit sa casquette, s'arrêta un moment pour réfléchir, puis se dirigea vers la porte.

Il pressentait qu'il était, ce jour-là tout au moins, hors de danger. Tout à coup, il éprouva une sorte de joie : le désir lui vint de se rendre au plus vite chez Catherine Ivanovna. Il était, bien entendu, trop tard pour aller à l'enterrement, mais il arriverait à temps pour le repas et là il verrait Sonia.

Il s'arrêta, réfléchit, esquissa un sourire douloureux.

« Aujourd'hui ! Aujourd'hui, se répéta-t-il, oui, aujourd'hui même, il le faut... »

Il se préparait à ouvrir la porte quand celle-ci s'entrebâilla d'elle-même. Il fut pris d'un tremblement et recula précipitamment. La porte s'ouvrait lentement, sans bruit, et soudain elle laissa apparaître la silhouette du personnage de la veille, de l'homme surgi de terre...

Celui-ci s'arrêta sur le seuil, regarda silencieusement Raskolnikov et fit un pas dans la pièce. Il était vêtu exactement comme le jour précédent, mais son visage et l'expression de son regard avaient changé : il semblait fort affligé et, après un moment de silence, il poussa un profond soupir. Il ne lui manquait que d'appuyer la joue sur sa main et de tourner la tête pour ressembler à une bonne femme désolée.

« Que voulez-vous ? » demanda Raskolnikov paralysé de peur.

L'homme ne répondit pas et tout à coup il s'inclina si bas devant lui que sa main droite toucha terre[68].

« Que faites-vous ? cria Raskolnikov.

– Je suis coupable, fit l'homme à voix basse.

– De quoi ?

– De mauvaises pensées. »

Ils se regardaient mutuellement.

« J'étais inquiet... Quand vous êtes venu l'autre jour, ivre peut-être, et que vous avez demandé aux concierges de vous mener au commissariat, puis que vous avez interrogé ces peintres au sujet des taches de sang, j'ai vu, avec regret, qu'ils ne tenaient aucun compte de vos paroles et qu'ils vous prenaient pour un homme saoul ; alors j'en ai été si tourmenté que je ne pouvais dormir. Et comme je me rappelais votre adresse, nous sommes venus hier et nous avons demandé...

– Qui est venu ? interrompit Raskolnikov qui commençait à comprendre.

– Moi, c'est-à-dire que c'est moi qui vous ai insulté.

– Vous habitez donc cette maison-là ?

– Oui, je me trouvais avec eux tous, devant la porte cochère, vous vous en souvenez ? J'exerce même mon métier depuis longtemps, je suis ouvrier en pelleterie et je travaille chez moi... Mais ce qui m'a tourmenté le plus... »

Raskolnikov se remémora soudain toute la scène de l'avant-veille : il y avait en effet, en dehors des concierges, plusieurs personnes encore sous la porte cochère, des hommes et quelques femmes. Il se souvint de la voix d'un assistant qui proposait de

---

[68] *Sa main droite toucha terre :* Geste fréquent en Russie pour saluer, s'excuser, ou à l'église lorsqu'on se prosterne sans se mettre à genoux sur le sol.

l'emmener au commissariat. Il ne pouvait se rappeler le visage de celui qui avait émis cet avis et maintenant encore il ne le reconnaissait pas, mais il se souvenait de lui avoir répondu quelque chose, de s'être tourné vers lui... Ainsi, voilà comment s'expliquait l'effrayant mystère de la veille. Et ce qu'il y avait de plus terrible, c'est qu'il avait failli se perdre pour un fait aussi *insignifiant.* Cet homme n'avait donc rien à raconter, sauf l'incident de la location et les questions sur les taches de sang. Et Porphyre, par conséquent, n'en savait pas davantage. Il ne connaissait que l'accès de *délire,* pas de faits en dehors de cela, rien, hormis cette *psychologie à deux fins,* rien de positif. Donc, s'il ne surgissait pas d'autres faits (et il ne devait pas en surgir) que pouvait-on lui faire ? Comment pouvait-on le confondre, même si on l'arrêtait ? Il résultait encore de tout cela que Porphyre venait d'apprendre à l'instant même sa visite au logement des victimes ; auparavant il n'en savait rien.

« C'est vous qui avez raconté aujourd'hui à Porphyre... ma visite ? demanda-t-il, frappé d'une idée subite.

– À quel Porphyre ?

– Le juge d'instruction.

– Oui, c'est moi. Les concierges n'y étaient pas allés ce jour-là. Alors, moi je l'ai fait.

– Aujourd'hui ?

– J'y étais une minute avant votre arrivée. J'ai assisté à toute la scène ; je l'ai entendu vous torturer.

– Où cela ? Comment ? Quand ?

– Mais j'étais chez lui, derrière la cloison ; j'y suis resté tout le temps.

– Comment ? C'était donc vous la surprise ? Mais comment cela a-t-il pu arriver ? Parlez donc.

– Voyant, commença l'homme, que les concierges refusaient d'aller prévenir la police sous prétexte qu'il était tard et qu'ils allaient être grondés pour être venus à pareille heure, j'en fus si tourmenté que j'en perdis le sommeil et je commençai à me renseigner sur vous. Ayant donc pris mes renseignements hier, je me rendis aujourd'hui chez le juge d'instruction. La première fois que je me présentai, il était absent. Je suis revenu une heure plus tard et ne fus pas reçu. Enfin, la troisième fois, j'ai été introduit auprès de lui. Je racontai les choses exactement comme elles s'étaient passées ; en m'écoutant, il courait dans la pièce et se donnait des coups de poing dans la poitrine. « Que faites-vous de moi, brigands que vous êtes ? criait-il, si j'avais su cela plus tôt je l'aurais fait amener par les gendarmes. » Ensuite, il sortit précipitamment, appela quelqu'un, se mit à causer avec lui dans un coin, puis revint vers moi et recommença à me questionner en m'injuriant. Il me faisait beaucoup de reproches ; je lui ai tout raconté : que vous n'aviez pas osé répondre à mes paroles d'hier et que vous ne m'aviez pas reconnu. Alors il s'est remis à courir, en se frappant toujours la poitrine et, quand vous vous êtes fait annoncer, il est venu à moi et m'a dit : « Passe derrière la cloison et reste là sans bouger, quoi que tu puisses entendre. » Il m'apporta une chaise et m'enferma en ajoutant : « il se peut que je te fasse venir. » Mais, quand on amena Nicolas, il me fit sortir après votre départ. « Je vais te faire appeler encore, me dit-il, car j'aurai à t'interroger... »

– A-t-il interrogé Nicolas devant toi ?

– Il m'a fait sortir aussitôt après vous et ce n'est qu'alors qu'il s'est mis à interroger Nicolas. »

L'homme s'arrêta et salua de nouveau jusqu'à terre.

« Pardonnez-moi ma dénonciation et ma méchanceté.

– Que Dieu te pardonne », fit Raskolnikov. À ces mots, l'homme s'inclina encore, mais non plus jusqu'à terre et se retira à pas lents.

« Il ne reste plus que des preuves à deux fins », pensa Raskolnikov, et il sortit tout réconforté.

« Maintenant, nous continuons la lutte », se disait-il avec un mauvais sourire, tandis qu'il descendait l'escalier. Ce n'était qu'à lui-même qu'il en voulait : il songeait avec humiliation et mépris à sa « pusillanimité ».

CINQUIÈME PARTIE

I

Piotr Petrovitch, le lendemain du jour fatal où il avait eu son explication avec Dounia et Pulchérie Alexandrovna, revint à lui dès le matin. Ses pensées s'étaient éclaircies et force lui fut de reconnaître, à son vif mécontentement, que le fait accompli la veille, qui lui avait paru fantastique et presque impossible sur l'heure, était bel et bien réel, et irrévocable. Le noir serpent de l'amour-propre offensé l'avait mordu au cœur toute la nuit. Son premier mouvement, au saut du lit, fut d'aller s'examiner dans la glace ; il craignait un épanchement de bile.

Il n'en était heureusement rien. La vue de son visage blanc, distingué et un peu empâté le consola même un instant, en lui donnant la conviction qu'il ne serait pas embarrassé pour remplacer avantageusement Dounia ; mais il ne tarda pas cependant à revenir à une juste notion des choses et il lança un vigoureux jet de salive, ce qui amena un sourire sarcastique sur les lèvres de son jeune ami et compagnon de chambre, André Simionovitch Lebeziatnikov. Ce sourire n'échappa pas à Piotr Petrovitch qui le porta au débit, passablement chargé depuis quelque temps, de ce jeune homme.

Sa colère redoubla ; et il pensa qu'il n'aurait pas dû confier les résultats de son entrevue d'hier à André Simionovitch. C'était la seconde sottise que son emportement et le besoin d'épancher son irritation lui avaient fait commettre... Enfin, la malchance s'ingénia à le poursuivre toute la matinée. Au Sénat même, l'affaire dont il s'occupait lui apporta un échec. Un dernier incident vint mettre le comble à sa mauvaise humeur : le propriétaire de l'appartement qu'il avait loué en vue de son prochain mariage, et qu'il s'était occupé de faire réparer à ses frais, se refusa catégoriquement à rompre le contrat qu'il avait signé. Cet homme, un Allemand, ancien ouvrier enrichi, réclamait le paiement du dédit stipulé dans le bail, bien que Piotr Petrovitch lui rendît l'appartement presque entièrement remis à neuf. De même, le marchand de meubles prétendait garder jusqu'au dernier rouble les arrhes versées pour un mobilier dont Piotr Petrovitch n'avait pas encore pris livraison. « Je ne peux pourtant pas me marier pour mes meubles », s'écriait ce dernier en grinçant des dents. Et, en même temps, un dernier espoir, un espoir fou passait en son esprit. « Le mal est-il bien sans remède ? Ne pourrait-on tenter la chance encore une fois ? » La pensée séduisante de Dounetchka lui traversait le cœur comme une aiguille, et sans doute, s'il avait suffi d'un simple désir pour tuer Raskolnikov, Piotr Petrovitch l'eût immédiatement exprimé.

« Une autre faute de ma part a été de ne pas leur donner d'argent, pensa-t-il, en retournant mélancoliquement à la chambrette de Lebeziatnikov, et pourquoi diable ai-je été si juif ? Le calcul était mauvais sous tous les rapports. Je pensais qu'en les laissant provisoirement dans la misère, je les préparerais à voir ensuite en moi une Providence et elles... me glissent entre les doigts. Non, si je leur avais donné, par exemple, quinze cents roubles, de quoi se monter un trousseau, acheter quelque cadeau, tous ces petits écrins, ces trousses de voyage, ces pierres, ces étoffes, enfin cette saleté qu'on trouve au magasin anglais, je me serais montré plus habile et l'affaire aurait mieux marché. Elles ne m'auraient pas lâché si facilement. Ce sont des personnes qui se croiraient obligées de rendre, en cas de rupture, les cadeaux et l'argent qu'elles auraient reçus. Or, cette restitution ne serait ni agréable ni aisée ; et puis leur conscience les aurait tourmentées. Comment, se seraient-elles dit, congédier ainsi un homme qui s'est montré si généreux et même assez délicat ? Hum, j'ai commis une gaffe. » Et Piotr Petrovitch eut un nouveau grincement de dents et se traita derechef d'imbécile, dans son for intérieur, bien entendu.

Arrivé à cette conclusion, il rentra au logis, plus irrité, plus furieux qu'il n'en était sorti. Cependant, sa curiosité fut éveillée aussitôt par le remue-ménage occasionné chez Catherine Ivanovna par les préparatifs du repas funèbre. Il en avait vaguement entendu parler la veille. Il se souvint même d'y avoir été invité, mais ses préoccupations personnelles l'avaient empêché d'y prêter attention. Il s'empressa de s'informer auprès de Mme Lippevechsel, qui, en l'absence de Catherine Ivanovna (alors au cimetière), s'affairait autour de la table où le couvert était déjà mis, et il apprit que ce repas de funérailles serait solennel ;

presque tous les locataires, dont quelques-uns n'avaient pas même connu le défunt, y étaient invités, André Simionovitch Lebeziatnikov également, malgré sa récente querelle avec Catherine Ivanovna ; quant à lui, Piotr Petrovitch, on espérait sa présence comme celle de l'hôte le plus important de la maison. Amalia Ivanovna avait été invitée selon toutes les règles et s'était vu traiter avec beaucoup de distinction, malgré les malentendus ; aussi s'occupait-elle maintenant du dîner avec une sorte de plaisir. Elle avait fait grande toilette et, quoiqu'elle fût en deuil, se montrait toute fière d'exhiber une robe de soie neuve.

Tous ces détails et ces renseignements inspirèrent à Piotr Petrovitch une idée qui le fit rentrer tout songeur dans sa chambre ou plutôt dans celle d'André Simionovitch Lebeziatnikov.

Andrei Simionovitch avait, pour je ne sais quelle raison, passé cette matinée chez lui. Entre ce monsieur et Piotr Petrovitch s'étaient établies des relations bizarres, mais assez faciles à expliquer. Piotr Petrovitch le haïssait, le méprisait démesurément et cela à dater, ou presque, du jour où il était venu s'installer chez lui ; mais il semblait en même temps le redouter. Ce n'était pas uniquement par avarice qu'il était venu habiter sa chambre, à son arrivée à Pétersbourg. Ce motif, pour être le principal, n'était pas le seul. Il avait entendu parler, dans sa province encore, d'André Simionovitch, son ancien pupille, comme l'un des jeunes progressistes les plus avancés de la capitale et même comme d'un membre fort en vue de certains cercles très curieux, qui jouissaient d'une réputation extraordinaire. Cette circonstance avait frappé Piotr Petrovitch. Ces cercles tout-puissants, instruits de tout, qui méprisaient et démasquaient tous et chacun, le remplissaient d'une vague terreur. Il ne pouvait naturellement, vu son éloignement, s'en faire une idée bien nette. Il avait entendu dire, comme les autres, qu'il existait à Pétersbourg des progressistes, des nihilistes, toutes sortes de redresseurs de torts, etc., mais il s'exagérait, comme la plupart des gens, la signification de ces mots, de la façon la plus absurde. Ce qu'il redoutait par-dessus tout, depuis plusieurs années, et ce qui le remplissait d'une inquiétude continuelle et exagérée, c'étaient les *enquêtes* menées par ces partis. Cette raison l'avait longtemps fait hésiter à choisir Pétersbourg comme centre de son activité.

Ces sociétés lui inspiraient une *terreur* qu'on pouvait qualifier d'*enfantine*. Quelques années auparavant, alors qu'il commençait seulement sa carrière en province, il avait vu les agissements de deux hauts fonctionnaires protecteurs de ses débuts, démasqués par des révolutionnaires. Un de ces cas s'était terminé de façon scandaleuse pour le fonctionnaire dénoncé et l'autre avait également eu une fin assez ennuyeuse. Voilà pourquoi Piotr Petrovitch tenait à en apprendre le plus possible, dès son arrivée, sur le rôle de ces associations, pour pouvoir, en cas de nécessité, prendre les devants et s'assurer, si besoin, les bonnes grâces de nos jeunes générations... Il comptait pour cela sur André Simionovitch, et il s'était rapidement adapté, la visite à Raskolnikov le prouvait, au langage des réformateurs...

Toutefois, il conclut très vite qu'André Simionovitch n'était qu'un pauvre homme fort médiocre et assez bête ; mais cela ne changea point ses convictions et ne suffit point à le rassurer. Si même il s'était convaincu que tous les progressistes étaient aussi stupides, son inquiétude ne se fût point calmée.

Toutes ces doctrines et ces pensées, tous ces systèmes (qu'André Simionovitch lui jetait à la tête) ne le touchaient guère au fond. Il poursuivait son propre dessein et ne désirait savoir qu'une chose, comment ces *scandales* survenaient et si ces *hommes* étaient vraiment tout-puissants. Bref, aurait-il à s'inquiéter, s'il était dénoncé dans le cas où il entreprendrait une affaire ? Et s'il était démasqué, pour quels agissements au juste ? Quels étaient ceux qui appelaient l'attention de ces inspecteurs ? Bien plus, ne pouvait-il s'arranger avec eux et, en même temps, les rouler, s'ils étaient réellement redoutables ? Fallait-il essayer ? Et ne pouvait-on se pousser même, grâce à eux ?... Il avait ainsi au moins cent questions à résoudre.

Cet André Simionovitch était un petit homme malingre et scrofuleux, fonctionnaire quelque part dans l'administration. Il avait les cheveux extraordinairement pâles et des favoris en côtelette dont il se montrait très fier ; de plus, ses yeux le faisaient presque toujours souffrir. Quoique assez brave homme au fond, il tenait un langage d'une présomption souvent poussée jusqu'à l'outrecuidance et qui contrastait de façon ridicule avec son aspect chétif. Au demeurant il passait pour un des locataires les plus convenables d'Amalia Ivanovna, car il ne s'enivrait pas et payait régulièrement son loyer.

Malgré toutes ces qualités, André Simionovitch était en réalité assez bête ; seul un entraînement irréfléchi l'avait porté à devenir un partisan du progrès. C'était un de ces innombrables niais, de ces pauvres êtres, de ces ignorants sottement têtus, qui s'engouent toujours de l'idée à la mode, pour l'avilir et la discréditer aussitôt, enfin pour rendre ridicule toute cause à laquelle ils se sont, parfois sincèrement, attachés.

Il faut dire du reste que, malgré son bon caractère, Lebeziatnikov commençait lui aussi à ne plus pouvoir supporter son hôte et ancien tuteur Piotr Petrovitch ; l'antipathie avait été de part et d'autre spontanée et réciproque. Si sot que fût André Simionovitch, il commençait à s'apercevoir que Piotr Petrovitch le trompait et le méprisait secrètement, qu'enfin il n'était pas tel qu'il voulait se montrer. Il avait essayé de lui exposer le système de Fourier et la théorie de Darwin, mais Piotr Petrovitch, depuis quelque temps surtout, l'écoutait de façon sarcastique ; il s'était même, depuis peu, mis à lui dire de véritables injures. Le fait est que Loujine se rendait compte que Lebeziatnikov était non seulement un imbécile, mais encore un hâbleur qui n'avait en réalité point de relations importantes dans son propre parti, et ne savait les choses que fort indirectement, qui, bien plus, ne paraissait pas très ferré sur sa fonction spéciale, *la propagande,* car il lui arrivait de patauger dans ses explications ; et certes, il n'était pas à craindre comme enquêteur.

Notons en passant que Piotr Petrovitch, depuis qu'il était installé chez Lebeziatnikov, acceptait volontiers (surtout les premiers temps) les compliments fort bizarres de son hôte, ou du moins ne protestait-il pas en entendant celui-ci le déclarer prêt à favoriser l'établissement d'une nouvelle *commune* dans la rue des Bourgeois[69] ou, par exemple, à laisser Dounetchka prendre un amant, un mois après son mariage, ou à s'engager à ne pas faire baptiser ses enfants, etc. L'amour des louanges, quelle qu'en fût la

---

[69] *La rue des Bourgeois :* Rue d'un quartier populeux de Pétersbourg que Dostoïevski habita à l'époque où il travaillait à la revue *Le Temps.*

qualité, était si puissant en Piotr Petrovitch, qu'il ne s'élevait point contre ces compliments.

Il avait négocié quelques titres dans la matinée et comptait maintenant, assis devant la table, les liasses de billets qu'il venait de recevoir. André Simionovitch, presque toujours à court d'argent, se promenait dans la pièce en affectant de considérer ces papiers avec une indifférence qui allait jusqu'au dédain. Piotr Petrovitch n'aurait jamais admis que cette attitude pût être sincère ; de son côté Lebeziatnikov devinait cette pensée, non sans amertume, et il se disait que Loujine au surplus était peut-être bien aise d'étaler son argent pour le narguer, lui faire sentir son insignifiance et lui rappeler la distance que la fortune mettait entre eux.

Son hôte lui semblait ce jour-là fort mal disposé et très distrait, quoique lui, Lebeziatnikov, se fût mis à exposer son thème favori : l'établissement d'une nouvelle « commune ».

Les objections et les brèves reparties que lâchait par intervalles Loujine, tout à ses comptes, semblaient volontairement empreintes d'une ironie qui allait jusqu'à l'impolitesse. Mais André Simionovitch attribuait cette humeur à l'impression laissée par la rupture de la veille avec Dounetchka et il brûlait du désir d'aborder ce sujet. Il avait à émettre là-dessus des vues progressistes qui pouvaient contribuer à consoler son respectable ami et à favoriser ses progrès ultérieurs.

« Qu'est-ce que ce repas de funérailles que donne cette... veuve ?... demanda tout à coup Piotr Petrovitch en interrompant Lebeziatnikov à l'endroit le plus intéressant de son exposé.

– Comment, vous ne le saviez pas ? Je vous en ai parlé hier et vous ai donné mon opinion sur toutes ces cérémonies... Du reste elle vous a invité vous aussi, j'en suis témoin. Vous avez même causé hier avec elle...

– Je n'aurais jamais cru que cette pauvresse imbécile irait gaspiller pour un repas de funérailles tout l'argent que lui a remis cet autre idiot... Raskolnikov. J'ai même été stupéfait de voir en passant, tout à l'heure, ces préparatifs... ces vins... Elle a invité plusieurs personnes. Le diable sait ce que c'est, continuait Piotr Petrovitch, qui semblait avoir abordé ce sujet avec une intention secrète. Quoi ? Vous dites qu'on m'a invité, moi aussi ? ajouta-t-il tout à coup en levant la tête. Quand donc ? Je ne m'en souviens plus. Du reste, je n'irai pas. Qu'y ferais-je ? Je ne lui ai parlé qu'une minute, hier, pour lui dire qu'elle pourrait, en qualité de veuve de fonctionnaire, plongée dans la misère, obtenir en manière de secours une somme représentant un an de traitement du défunt. Serait-ce pour cela qu'elle m'invite ? hé ! hé !

– Je n'ai pas non plus l'intention d'y aller, dit Lebeziatnikov.

– Il ne manquerait plus que cela ; après l'avoir battue de vos propres mains, je comprends que cela vous gêne, hé ! hé ! hé !

– Qui ai-je battu ? De qui parlez-vous ? fit Lebeziatnikov tout troublé et en rougissant.

– Mais de vous, qui avez battu Catherine Ivanovna, il y a un mois, je crois, on me l'a raconté hier... Les voilà vos convictions ! Vous avez mis votre féminisme au clou, pour un moment, hé ! hé ! hé ! »

Et Piotr Petrovitch, qui paraissait soulagé, se remit à ses comptes.

« Ce sont des sottises et des calomnies, s'écria Lebeziatnikov qui redoutait toujours que cette histoire ne fût remise en question, et ce n'est pas du tout ainsi que les choses se sont passées, pas du tout... Ce qu'on vous a raconté est faux, c'est une calomnie. Je n'ai fait que me défendre ce jour-là. C'est elle qui s'est jetée sur moi la première, griffes en avant ; elle m'a presque arraché un favori... Tout homme a, j'espère, le droit de défendre sa personnalité. D'autre part, je ne tolérerai jamais la moindre violence sur moi... C'est un principe. Sinon ce serait presque du despotisme. Que devais-je donc faire ? Me laisser battre sans bouger ? Je me suis contenté de la repousser.

– Hé ! hé ! hé ! continuait à ricaner méchamment Loujine.

– Vous ne me cherchez chicane que parce que vous êtes de mauvaise humeur. Et vous lancez des sottises qui n'ont rien à voir avec la question du féminisme ! Vous m'avez mal compris ; j'ai été jusqu'à penser que si l'on considère la femme comme l'égale de l'homme, même sous le rapport des forces physiques (c'est une opinion qui commence à se répandre), l'égalité doit donc exister en ce domaine également. Naturellement, j'ai réfléchi plus tard qu'au fond il n'y avait pas lieu de poser la question, car il ne doit pas exister de querelles, la société future n'en devant plus fournir l'occasion... et qu'il est par conséquent absurde de chercher l'égalité dans les querelles et les coups. Je ne suis pas si sot... quoique les querelles existent... c'est-à-dire que plus tard il n'y en aura plus, mais à présent, voilà, elles existent encore... Ah ! diable ! on perd le fil de ses idées avec vous. Ce n'est pas à cause de cet ennuyeux incident que je n'assisterai pas au repas de funérailles, mais tout simplement par principe, pour ne pas favoriser, par ma présence, ce préjugé stupide des repas funéraires. Voilà ! j'aurais du reste pu m'y rendre pour m'amuser tout simplement et en rire... Il n'y aura pas de popes malheureusement. Sinon, j'y serais allé à coup sûr.

- C'est-à-dire que vous accepteriez l'hospitalité d'autrui et iriez vous asseoir à la table de quelqu'un pour vous gausser de vos hôtes et cracher sur eux pour ainsi dire, si je vous comprends bien.

- Pas cracher du tout, mais protester. J'agis en vue d'un but utile. Je puis ainsi aider indirectement à la propagande et à la civilisation, ce qui est le devoir de chacun ; peut-être le remplit-on d'autant mieux qu'on y met moins de formes. Je puis semer l'idée, le bon grain... De ce grain naîtra un fait. En quoi est-ce que je les blesse ? Ils commenceront par s'offenser, puis ils verront que je leur ai rendu service. Ainsi on a reproché à Terebieva (qui fait partie de la commune maintenant), quand elle a quitté sa famille pour... se donner librement, d'avoir écrit à son père et à sa mère qu'elle ne voulait plus vivre parmi les préjugés et qu'elle allait contracter une union libre. On prétendait que c'était parler trop grossièrement à ses parents, qu'elle aurait dû avoir pitié d'eux, y mettre des formes. Eh bien, moi, je trouve que tout cela est absurde et qu'il ne faut point de formes, mais une protestation immédiate et directe. Tenez, Varenetza a vécu sept ans avec son mari et l'a abandonné avec deux enfants en lui écrivant carrément : « Je me suis rendu compte que je ne peux pas être heureuse avec vous. Je ne vous pardonnerai jamais de m'avoir trompée en me cachant qu'il existe une autre organisation sociale : la commune. Je ne l'ai appris que dernièrement, d'un homme magnanime auquel je me suis donnée et que je vais suivre pour fonder avec lui une commune. Je vous parle ainsi car je jugerais honteux de vous tromper. Quant à vous, faites ce que vous voulez ; n'espérez jamais me voir revenir, il est trop tard. Je vous souhaite d'être heureux ! » Voilà comme on devrait écrire ce genre de lettres.

– Mais cette Terebieva, c'est elle dont vous me racontiez qu'elle en est à sa troisième union libre ?

– Non, à sa deuxième si l'on considère les choses sous leur vrai jour. Et quand bien même ce serait la quatrième ou la quinzième, tout cela, ce sont des absurdités ! Si j'ai jamais regretté d'avoir perdu mon père et ma mère, c'est bien maintenant. J'ai maintes fois rêvé à la protestation que je leur aurais envoyée. Je me serais arrangé pour en faire naître l'occasion... Je leur aurais bien fait voir ! Je les aurais stupéfiés ! Vrai, je regrette de n'avoir plus personne...

– À étonner ? Hé ! hé ! Enfin, soit ! l'interrompit Piotr Petrovitch, mais dites-moi plutôt, vous connaissez la fille du défunt, une petite maigrichonne ?... C'est bien vrai ce qu'on dit d'elle, hein ?

– En voilà une affaire ! Selon moi, c'est-à-dire d'après mes convictions personnelles, c'est la situation la plus normale de la femme. Pourquoi pas ? C'est-à-dire *distinguons*[70]. Dans la société actuelle, sans doute, ce genre de vie n'est pas normal, car il est forcé, mais il le sera dans la société future où il sera libre. D'ailleurs, elle avait, même maintenant, le droit de s'y livrer. Elle souffrait : or c'était son fonds, son capital pour ainsi dire, dont elle pouvait disposer librement. Naturellement, le capital dans la société future n'aura aucune raison d'être, mais le rôle de la femme galante prendra une autre signification et sera réglé de façon rationnelle.

« En ce qui concerne Sophie Simionovna, je considère, quant à présent, ses actes comme une protestation énergique, la protestation symbolique contre l'état actuel de la société, et je l'en estime profondément. Je dirai plus, je me réjouis en la regardant.

– Et moi, on m'a raconté que c'est vous qui l'aviez fait mettre à la porte de la maison. »

Lebeziatnikov se mit en colère.

---

[70] En français dans le texte.

« Nouvelle calomnie ! hurla-t-il, ce n'est pas du tout ainsi que les choses se sont passées, ah ! ça non, par exemple ! C'est Catherine Ivanovna qui a tout raconté de travers parce qu'elle n'y a rien compris. Je n'ai jamais cherché les faveurs de Sophie Simionovna. Je me suis simplement attaché à la cultiver de la façon la plus désintéressée, en m'efforçant d'éveiller en elle l'esprit de protestation... Je ne voulais pas autre chose. Elle a senti elle-même qu'elle ne pouvait pas rester ici.

– On l'invitait à faire partie de la commune ?

– Vous ne faites que plaisanter d'une façon assez malheureuse, permettez-moi de vous le faire remarquer. Vous ne comprenez rien. La commune n'admet pas ces rôles-là : elle n'est fondée que pour les supprimer. Ce rôle, dans la commune, perdra son ancienne signification, et ce qui paraît bête maintenant semblera intelligent, et ce qui, dans les conditions actuelles, nous paraît dénaturé sera parfaitement simple, au contraire. Tout dépend du milieu, de l'entourage. Le milieu est tout et l'homme rien. Quant à Sophie Simionovna, je suis resté en bons termes avec elle, ce qui vous prouve qu'elle ne m'a jamais considéré comme son ennemi. Oui, je m'efforce de l'attirer dans notre groupe, mais avec de tout autres intentions. Pourquoi riez-vous ? Nous voulons établir notre propre commune sur des bases plus solides que la précédente. Nous allons plus loin que nos devanciers ; nous nions plus de choses ! Si Dobrolioubov[71] sortait du tombeau, je discuterais avec lui. Quant à Bielinsky[72], celui-là, je lui riverais son clou ! En attendant, je continue à cultiver Sophie Simionovna, c'est une belle, une très belle nature.

– Dont vous profitez, hein ? Hé ! hé !

– Non, non, oh ! non, au contraire !

– Ah ! au contraire, dit-il, hé ! hé ! hé ! Non, mais il en a de ces expressions !

---

[71] *Dobrolioubov :* Écrivain et critique de l'opposition. Eut une grande influence sur la jeunesse dans les années 1860.

[72] *Bielinsky :* Célèbre critique et publiciste russe. Hégélien rationaliste, il collabora aux *Annales de la Patrie,* puis au *Contemporain* avec le poète Nekrassov.

– Mais croyez-moi, vous dis-je ! Pour quelle raison irais-je vous tromper, je vous le demande ? Au contraire, et la chose m'étonne moi-même, elle semble, avec moi particulièrement, presque maladivement pudique !

– Et vous, naturellement, vous continuez à la développer, hé ! hé ! hé ! Vous lui démontrez que toutes ces pudeurs sont absurdes, hé ! hé ! hé !

– Pas du tout, mais pas du tout, vous dis-je. Oh ! quel sens grossier et, pardonnez-moi, stupide vous donnez au mot culture. Vous n'y comprenez rien ; mon Dieu, que vous êtes encore peu... avancé. Nous voulons la liberté de la femme, et vous, vous ne pensez qu'à ces choses... Laissant de côté les questions de chasteté féminine, de pudeur, que je juge en elles-mêmes « absurdes et inutiles », j'admets parfaitement sa réserve envers moi. Ce n'est qu'ainsi qu'elle peut manifester sa liberté. C'est le seul droit qu'elle puisse exercer. Assurément, si elle venait me dire elle-même : « Je te veux », je me considérerais comme très favorisé, car cette jeune fille me plaît beaucoup, mais, dans l'état actuel des choses, nul, sans doute, ne se montre avec elle plus convenable que moi. J'attends et j'espère, voilà tout.

– Vous feriez mieux de lui offrir un cadeau. Je jurerais que vous n'y avez jamais pensé.

– Vous ne comprenez rien, je vous l'ai déjà dit ; certes, c'est sa situation qui vous autorise à penser cela, mais là n'est pas la question, oh ! pas du tout. Vous la méprisez tout simplement. Vous référant à un fait qui vous paraît, à tort, méprisable, vous refusez de considérer humainement un être humain. Vous ne savez pas quelle nature c'est ; ce qui m'ennuie, c'est qu'elle a cessé de lire, ces derniers temps ; elle ne me demande plus de livres comme autrefois. Je regrette aussi que, malgré toute son énergie et toute la force de protestation dont elle s'est montrée capable, elle fasse encore preuve d'un certain manque de décision, d'indépendance pour ainsi dire, de négation, si vous voulez, qui l'empêche de rompre avec certains préjugés... avec certaines sottises. Malgré cela, elle comprend parfaitement bien des questions. Ainsi, par exemple, celle du baisemain : c'est-à-dire qu'elle se rend compte que l'homme offense la femme : il lui prouve qu'il ne la juge pas son égale en lui baisant la main. Cette question a été discutée chez nous et je la lui ai rapportée. Elle m'a aussi fort attentivement écouté lorsque je lui ai parlé des associations ouvrières en France. Maintenant, je traite pour elle le problème de l'entrée libre chez les particuliers, dans notre société future.

– Qu'est-ce encore ?

– On a débattu, ces derniers temps, la question suivante : un membre de la commune a-t-il le droit d'entrer librement chez un autre à n'importe quelle heure, celui-ci fût-il un homme ou une femme... Eh bien, on a opté pour l'affirmative...

– Et si celui-ci ou celle-là est occupé à satisfaire une nécessité urgente, hé ! hé ! hé ! »

André Simionovitch fut pris de fureur.

« Vous n'avez qu'une chose en tête. Vous ne pensez qu'à ces maudites « nécessités », cria-t-il haineusement. Oh ! comme je m'en veux de vous avoir prématurément exposé mon système et parlé de ces maudites nécessités ! Le diable m'emporte ! C'est la pierre de touche de tous les hommes pareils à vous. Ils se moquent avant de savoir de quoi il s'agit. Et ils croient encore avoir raison, ils ont l'air de s'enorgueillir de je ne sais quoi. J'ai toujours affirmé que cette question ne peut être exposée aux novices qu'en tout dernier lieu, quand ils sont bien entrés dans le système, en un mot après qu'ils ont été dirigés, cultivés. Mais enfin, dites-moi, je vous prie, ce que vous trouvez de si honteux, de si vil dans ces... disons fosses d'aisances. Je suis prêt, tout le premier, à nettoyer toutes les fosses que vous voudrez et il n'y a là aucun sacrifice. Il ne s'agit que d'un travail, d'une activité noble parce que bienfaisante à la société, qui en vaut n'importe quelle autre, et bien supérieure dans tous les cas à l'œuvre d'un Raphaël ou d'un Pouchkine, parce qu'elle est plus utile.

– Et plus noble, plus noble, hé ! hé ! hé !

– Qu'entendez-vous par plus noble ? Je ne comprends pas ces expressions lorsqu'elles prétendent définir l'activité humaine. Plus noble, plus magnanime, ce sont des absurdités, des sottises, de vieilles phrases qui sentent le préjugé et que moi je nie. Tout ce qui est utile à l'humanité est noble. Je ne comprends qu'un mot :

l'utilité ! Vous pouvez ricaner tant que vous voudrez, mais c'est ainsi. »

Piotr Petrovitch riait de tout son cœur. Il avait fini de compter son argent et l'avait serré, en laissant cependant quelques billets sur la table. Cette question de « fosses d'aisances » avait été, malgré sa vulgarité, la cause de plus d'une discussion entre Piotr Petrovitch et son jeune ami ; ce qui rendait le fait ridicule, c'est que celui-ci se fâchait pour de bon. Loujine, lui, n'y voyait qu'un moyen de passer sa mauvaise humeur et il éprouvait à cette minute un désir tout particulier de voir Lebeziatnikov en colère.

« C'est votre échec d'hier qui vous rend si mauvais et si tracassier », laissa enfin échapper celui-ci qui, malgré toute son indépendance et ses protestations, n'osait tenir tête à Piotr Petrovitch et lui témoignait, par une vieille habitude sans doute, un certain respect.

« Dites-moi plutôt, l'interrompit Loujine avec un dédain maussade, pouvez-vous... ou, pour mieux dire, êtes-vous réellement assez lié avec la jeune fille dont nous parlions pour la prier de venir une minute ici... Je crois qu'ils sont tous revenus du cimetière... Je les ai entendus monter... J'ai besoin de voir un instant cette jeune personne.

– Mais pourquoi ? demanda André Simionovitch avec étonnement.

– J'ai à lui parler. Je vais bientôt m'en aller d'ici et je voudrais lui faire savoir... Vous pourrez du reste assister à l'entretien, cela vaudra même mieux, car autrement Dieu sait ce que vous en penseriez...

– Je ne penserais rien du tout... Je vous ai posé cette question sans y attacher d'importance. Si vous avez affaire à elle, rien de plus facile que de la faire venir. J'y vais et croyez bien que je ne viendrai pas vous déranger... »

Effectivement, au bout de cinq minutes, Lebeziatnikov revenait avec Sonetchka. Elle arriva extrêmement surprise et troublée à son ordinaire. Elle était toujours intimidée en pareil cas et les visages nouveaux lui inspiraient une véritable frayeur. C'était chez elle une impression d'enfance, encore accrue à présent...

Piotr Petrovitch lui fit un accueil poli et bienveillant, non exempt d'une certaine familiarité enjouée qui semblait devoir convenir à l'homme respectable et sérieux qu'il était, quand il s'adressait à une créature aussi jeune et, sous certains rapports, aussi *intéressante* qu'elle. Il se hâta de la mettre à l'aise et la fit asseoir en face de lui, à table. Sonia s'assit, jeta un coup d'œil autour d'elle, regarda Lebeziatnikov, l'argent qui se trouvait sur la table, puis ses yeux se reportèrent sur Piotr Petrovitch dont ils ne purent plus se détacher. On eût dit qu'elle était fascinée. Lebeziatnikov se dirigea vers la porte.

Piotr Petrovitch se leva, fit signe à Sonia de ne pas bouger et arrêta André Simionovitch au moment où celui-ci allait sortir.

« Votre Raskolnikov est là ? Il est déjà arrivé ? lui demanda-t-il à voix basse.

– Raskolnikov ? Il est là. Pourquoi ? Oui, il est là, je l'ai vu entrer. Eh bien ?

– Je vous prie instamment de rester ici et de ne pas me laisser seul avec cette... demoiselle. L'affaire dont il s'agit est insignifiante, mais Dieu sait quelles conclusions ils en pourraient tirer... Je ne veux pas que Raskolnikov aille raconter *partout...* Vous comprenez de quoi je veux parler ?

– Ah ! oui ! je comprends, je comprends, répondit Lebeziatnikov, éclairé soudain ; oui, vous êtes dans votre droit. Certes, vos craintes sont fort exagérées d'après moi, mais... vous n'en avez pas moins le droit d'agir ainsi. Soit, je resterai. Je me mettrai près de la fenêtre et ne vous gênerai pas... D'après moi, vous avez le droit... »

Piotr Petrovitch retourna au divan et s'assit en face de Sonia. Il la considéra attentivement et son visage prit une expression extrêmement grave, sévère même. « N'allez pas vous figurer, vous non plus, des choses qui n'existent pas », avait-il l'air de dire. Sonia perdit définitivement contenance.

« Tout d'abord, veuillez m'excuser, Sophie Simionovna, auprès de votre honorée maman... Je ne me trompe pas ? Catherine Ivanovna est votre seconde mère, n'est-ce pas ? » commença-t-il d'un air fort sérieux, mais assez aimable. On voyait qu'il nourrissait les intentions les plus amicales à l'égard de la jeune fille.

« Oui, en effet, elle me tient lieu de mère, répondit précipitamment celle-ci tout effrayée.

– Bon, alors excusez-moi auprès d'elle, car des circonstances indépendantes de ma volonté ne me permettent pas d'assister à ce festin... je veux dire au repas de funérailles auquel elle m'a gracieusement invité.

– Bien, je lui dirai tout de suite. » Et Sonetchka se leva vivement.

« Ce n'est pas tout ce que j'avais à vous dire, fit Piotr Petrovitch en souriant de la naïveté de la jeune fille et de son ignorance des usages mondains, vous ne me connaissez guère, chère Sophie Simionovna, si vous pouvez penser que je me serais permis de déranger et de faire venir ici une personne telle que vous pour un motif aussi futile et qui ne présente d'intérêt que pour moi. Non, mes intentions sont différentes. »

Sonia s'empressa de se rasseoir. Les billets multicolores papillotèrent de nouveau devant ses yeux, mais elle se détourna bien vite et son regard se reporta sur Loujine. Regarder l'argent d'autrui lui semblait tout à coup extrêmement inconvenant, surtout dans la position où elle se trouvait... Elle se mit donc à considérer le lorgnon à monture d'or que Piotr Petrovitch retenait de la main gauche, puis en même temps la lourde et superbe bague, ornée d'une pierre jaune, qu'il portait au médius de la même main. Enfin, ne sachant plus que faire de ses yeux, elle finit par les fixer sur le visage de Loujine. Ce dernier, après un silence encore plus majestueux, reprit :

« Il m'est arrivé hier d'échanger deux mots, en passant, avec la malheureuse Catherine Ivanovna. Cela m'a suffi pour me rendre compte qu'elle se trouve dans un état anormal, si l'on peut s'exprimer ainsi.

– Oui... anormal, c'est vrai, s'empressa de répéter Sonia.

– Ou, pour parler plus clairement et plus exactement aussi, un état maladif.

– Oui, plus clairement et plus exact... oui, maladif.

– Bon. Alors, mû par un sentiment d'humanité, e-e-et... pour ainsi dire de compassion, je désirerais, pour ma part, lui être utile en prévision de la position extrêmement triste où elle va inévitablement se trouver. Il me semble que toute cette malheureuse famille n'a plus que vous pour soutien.

– Permettez-moi de vous demander, fit Sonia en se levant brusquement, si vous lui avez dit hier qu'elle pourrait recevoir une pension. Car elle m'a dit hier que vous vous étiez chargé de lui en faire obtenir une. Est-ce vrai ?

– Pas le moins du monde et c'est même une absurdité en un certain sens. Je n'ai parlé que d'un secours temporaire qui lui serait délivré en sa qualité de veuve d'un fonctionnaire mort au service et qu'elle ne pourrait obtenir que si elle avait des protections, mais il me semble que feu votre père n'a non seulement pas servi assez longtemps pour se créer des droits à la retraite, mais qu'il n'était même plus au service au moment de sa mort. Bref, on peut toujours espérer, mais cet espoir serait peu fondé, car il n'existe en l'espèce aucun droit à un secours, au contraire... Ah ! elle rêvait déjà d'une pension, hé ! hé ! hé ! c'est une dame qui n'a pas froid aux yeux !

– Oui, d'une pension, c'est vrai... car elle est crédule et bonne, et sa bonté la pousse à croire à tout... et... et... et son esprit est... c'est vrai... excusez-moi, fit Sonia, et elle se leva de nouveau pour s'en aller.

– Permettez, ce n'est pas encore tout.

– Ah ! bon ! marmotta Sonia.

– Asseyez-vous donc. »

Sonia parut toute confuse et se rassit pour la troisième fois.

« La voyant dans une telle situation, avec de malheureux enfants en bas âge, je désirerais, comme je vous l'ai déjà dit, lui être utile dans la mesure de mes moyens, comprenez-moi bien, dans la mesure de mes moyens et rien de plus. On pourrait, par exemple, organiser une souscription à son profit, ou une loterie, ou quelque chose d'analogue, comme le font toujours, en pareil cas, les proches ou étrangers qui désirent venir en aide aux malheureux. Voilà ce que j'avais l'intention de vous dire, ce serait une chose possible.

– Oui, c'est très bien... Que Dieu vous en soit... balbutia Sonia, les yeux fixés sur Piotr Petrovitch.

– Une chose possible. Oui, mais... nous y viendrons plus tard, quoique l'on puisse commencer dès aujourd'hui. Nous nous verrons ce soir et nous pourrons poser les bases de l'affaire, pour ainsi dire. Venez me trouver ici vers les sept heures. J'espère qu'André Simionovitch voudra bien être des nôtres... Mais il y a une circonstance dont je voudrais vous entretenir sérieusement au préalable. C'est pour cela que je me suis permis de vous déranger aujourd'hui, Sophie Simionovna. Je pense que l'argent ne doit pas être remis entre les mains de Catherine Ivanovna ; je n'en veux d'autre preuve que le repas d'aujourd'hui. N'ayant pour ainsi dire pas un croûton de pain à manger pour demain, et pas de chaussures à se mettre aux pieds... et tout le reste, elle achète aujourd'hui du rhum de la Jamaïque et je crois même du café et du vin de Madère. Je l'ai vu en passant. Demain, toute la famille retombera à votre charge et vous devrez lui procurer jusqu'au dernier morceau de pain ; c'est absurde. Voilà pourquoi je suis d'avis d'organiser la souscription à l'insu de la malheureuse veuve, de façon que vous seule ayez la disposition de l'argent. Qu'en pensez-vous ?

– Je ne sais pas. Ce n'est qu'aujourd'hui qu'elle est ainsi... une fois dans sa vie... elle tenait beaucoup à honorer la mémoire... mais elle est fort intelligente. Vous pouvez d'ailleurs agir à votre guise et je vous serai très, très... et eux tous seront... et Dieu vous... et les orphelins aussi... »

Sonia ne put achever et fondit en larmes.

« Ainsi, c'est une affaire entendue. Maintenant, veuillez accepter pour les premiers besoins de votre parente cette somme qui représente mon offrande personnelle. Je désire vivement que mon nom ne soit pas prononcé à cette occasion. Voilà. Ayant moi-même des charges, je regrette de ne pouvoir faire davantage... »

Et Piotr Petrovitch tendit à Sonia un billet de dix roubles, après l'avoir déplié avec soin. Sonia le prit, rougit, bondit de son siège, balbutia quelques mots indistincts et se hâta de prendre congé. Piotr Petrovitch la reconduisit solennellement jusqu'à la porte. Elle se précipita hors de la pièce, toute bouleversée, et revint chez Catherine Ivanovna en proie à une émotion extraordinaire.

Pendant toute la durée de cette scène, André Simionovitch, qui ne voulait pas troubler l'entretien, s'était tenu près de la fenêtre ou bien avait parcouru la pièce, mais quand Sonia se fut retirée, il s'approcha tout à coup de Piotr Petrovitch et lui tendit la main d'un geste solennel.

« J'ai tout vu et tout *entendu,* dit-il en appuyant particulièrement sur le dernier mot. Ce que vous faites est noble, c'est-à-dire humain. Vous voulez éviter les remerciements, je l'ai vu. Et, quoique mes principes m'interdisent, je l'avoue, la charité privée, car elle est non seulement insuffisante à extirper le mal, mais elle le favorise au contraire, je ne puis néanmoins m'empêcher de reconnaître que j'ai assisté à votre geste avec plaisir. Oui, oui, tout cela me plaît.

– Eh ! c'est la moindre des choses, marmottait Piotr Petrovitch, un peu ému, et il enveloppa Lebeziatnikov d'un coup d'œil attentif.

– Non, ce n'est pas la moindre des choses. Un homme offensé et ulcéré comme vous par ce qui s'est passé hier, capable de s'intéresser au malheur d'autrui... un homme pareil... bien que ses actes constituent une erreur sociale, est néanmoins... digne d'estime. Je n'aurais pas attendu cela de vous, Piotr Petrovitch, étant donné vos idées surtout ; oh ! quelle entrave elles sont encore pour vous !... Et comme vous voilà ému par votre échec d'hier, s'écria le brave André Simionovitch, qui sentait se réveiller toute sa sympathie pour Piotr Petrovitch, et dites-moi pourquoi, mais pourquoi tenez-vous tant au mariage *légal,* très noble et très cher Piotr Petrovitch ? Pourquoi attacher tant d'importance à cette *légalité ?* Vous pouvez me battre si vous voulez, mais je vous dirai que je suis heureux, oui, heureux, de voir ce mariage manqué, de vous savoir libre, et de penser que vous n'êtes pas entièrement perdu pour l'humanité, heureux, oui... Vous voyez, je suis franc !

– Je tiens au mariage légal parce que je ne veux pas porter de cornes, ni élever des enfants dont je ne serais pas le père, comme cela arrive dans votre union libre, répondit, pour dire quelque chose, Loujine qui semblait préoccupé.

– Les enfants ? Les enfants, dites-vous ? reprit André Simionovitch, qui avait frémi comme un cheval de bataille au son de la trompette. Les enfants, voilà une question sociale de la plus haute importance, je vous l'accorde, mais elle sera tout autrement résolue que maintenant. Certains d'entre nous veulent même l'ignorer comme tout ce qui rappelle la famille. Nous en parlerons plus tard ; en attendant, occupons-nous des « cornes ». Je vous avouerais que c'est là mon point faible. Cette expression, basse et grossière, mise en circulation par Pouchkine, ne figurera pas au dictionnaire de l'avenir. Car enfin, qu'est-ce que les cornes ? Oh ! quelle aberration ! Quelles cornes ? Et pourquoi des cornes ? Absurde, vous dis-je. Au contraire, l'union libre les fera disparaître. Les cornes ne sont que la conséquence naturelle du mariage légal, son correctif pour ainsi dire, une protestation, et, envisagées ainsi, elles n'ont même rien d'humiliant... et, si jamais – chose absurde à supposer – je contractais une union légale, je me sentirais fort heureux de porter ces maudites cornes, et je dirais à ma femme : « Jusqu'ici, mon amie, je me suis borné à t'aimer, mais maintenant je te respecte pour avoir su protester ! » Vous riez ? C'est parce que vous n'avez pas la force de rompre avec les préjugés. Le diable m'emporte ! Je comprends l'ennui d'être trompé quand on est légalement marié, mais ce n'est qu'une misérable conséquence d'une situation dégradante et humiliante pour les deux conjoints ; or, quand on vous met les cornes ouvertement, comme dans l'union libre, on peut dire qu'elles n'existent plus ; elles perdent toute signification et jusqu'à leur nom. Au contraire, votre femme vous prouve par là qu'elle vous estime, elle vous juge incapable de mettre obstacle à son bonheur et assez cultivé pour ne pas essayer de tirer vengeance de son nouvel époux. Le diable m'emporte ! Je rêve parfois que si l'on me mariait, si je me mariais, je veux dire (union libre ou légitime n'importe), et que ma femme tardât à prendre un amant, je lui en amènerais un moi-même et lui dirais : « Mon amie, je t'aime, mais je désire par-dessus tout mériter ton estime. Voilà ! » Ai-je raison ? »

Piotr Petrovitch ricanait, mais sans grande conviction. Sa pensée semblait ailleurs et Lebeziatnikov lui-même finit par remarquer son air préoccupé. Loujine paraissait ému, il se frottait les mains d'un air pensif. André Simionovitch devait s'en souvenir plus tard...

II

Il serait difficile de dire comment l'idée de ce repas insensé avait pris naissance dans la cervelle détraquée de Catherine Ivanovna. Il lui coûta en fait plus de la moitié de l'argent que lui avait remis Raskolnikov pour les funérailles de Marmeladov. Peut-être se croyait-elle tenue à honorer convenablement la mémoire du défunt, afin de prouver à tous les locataires, et surtout à Amalia Ivanovna, qu'il valait autant qu'eux, sinon bien davantage et que nul d'entre eux n'avait le droit de prendre des airs en se comparant à lui. Peut-être encore obéissait-elle à cette fierté des pauvres, qui dans certaines circonstances, à l'occasion de cérémonies publiques obligatoires pour tous et chacun dans notre société, pousse les malheureux à tenter un suprême effort et à sacrifier leurs dernières ressources uniquement pour faire les choses aussi bien que les autres et ne point prêter aux commérages.

Il se peut aussi qu'au moment où elle semblait abandonnée et plus malheureuse que jamais, Catherine Ivanovna ait éprouvé justement le désir de montrer à tous ces gens de rien, que non seulement elle savait vivre et recevoir, mais que, fille d'un colonel, élevée dans une noble et aristocratique maison, elle n'était certes point faite pour balayer son plancher ou laver, la nuit, le linge de ses mioches. Ces accès de fierté et de vanité exaspérée s'emparent parfois des créatures les plus misérables et prennent la forme d'un besoin furieux et irrésistible. En outre, Catherine Ivanovna n'était pas de ces êtres hébétés par le malheur ; la mauvaise fortune pouvait l'accabler, mais non la briser moralement et annihiler sa volonté.

N'oublions pas aussi que Sonetchka affirmait, non sans raison, qu'elle avait l'esprit détraqué. Le fait n'était pas encore prouvé, mais pendant ces derniers temps, cette dernière année surtout, sa pauvre tête avait été à trop rude épreuve pour résister. Enfin, selon les médecins, la phtisie à une période avancée de son évolution trouble les facultés mentales.

CINQUIÈME PARTIE

Les bouteilles n'étaient ni nombreuses ni variées et l'on ne voyait point de *madère* sur la table. Loujine avait exagéré. Cependant il y avait du vin, de la vodka, du rhum et du porto, le tout de la plus mauvaise qualité, mais en quantité suffisante. Le menu du repas, préparé dans la cuisine d'Amalia Ivanovna, comprenait, outre le plat des morts rituel, trois ou quatre plats et, entre autres, des crêpes.

De plus, deux samovars étaient tenus prêts pour ceux des convives qui voudraient prendre le thé et du punch après le repas.

Catherine Ivanovna s'était occupée elle-même des achats, avec l'aide d'un locataire de la maison, un Polonais famélique qui habitait Dieu sait pourquoi chez Mme Lippevechsel et avait, dès le premier moment, offert ses services à la veuve. Il s'était depuis la veille prodigué avec un zèle qu'il ne perdait aucune occasion de faire ressortir. Il accourait à chaque instant et pour la moindre vétille auprès de Catherine Ivanovna et la poursuivait même jusqu'au Gostiny Dvor[73] en l'appelant « pani[74] commandante ». Si bien qu'après avoir déclaré qu'elle n'aurait su que devenir sans cet homme serviable et magnanime, elle finit par ne plus pouvoir le supporter. Elle s'engouait ainsi, souvent, du premier venu, le parait de toutes les qualités, lui prêtait mille mérites qu'il n'avait point, mais auxquels elle croyait de tout son cœur, pour être bientôt déçue et chasser, avec force paroles injurieuses, celui devant lequel elle s'était inclinée avec la plus vive admiration quelques heures auparavant. Elle était d'un naturel rieur et bienveillant, mais ses malheurs et la malchance qui la poursuivait lui faisaient *si furieusement* souhaiter la paix et la joie *universelle,* que la moindre dissonance dans l'accord parfait, le moindre échec, avaient maintenant pour effet de la mettre hors d'elle-même ; et alors aux espoirs les plus brillants, les plus fantastiques, succédaient les malédictions ; elle déchirait, détruisait tout ce qui lui tombait sous la main et finissait par se frapper la tête contre les murs.

---

[73] *Gostiny Dvor :* Rangée de magasins bordée d'une colonnade et occupant quatre rues à Pétersbourg.

[74] *Pani :* Madame, en polonais.

Amalia Fedorovna prit aussi une soudaine et extraordinaire importance aux yeux de Catherine Ivanovna et grandit considérablement dans son estime, pour cette seule raison, peut-être, qu'elle s'était donnée tout entière à l'organisation du repas. Elle s'était chargée de mettre la table, de fournir le linge, la vaisselle, etc., et de préparer les plats dans sa propre cuisine. Catherine Ivanovna lui avait délégué ses pouvoirs en partant pour le cimetière, et Amalia Fedorovna sut se montrer digne de cette confiance. Le couvert était en effet assez convenablement dressé ; sans doute, la vaisselle, les fourchettes, les couteaux, les verres, les tasses étaient dépareillés, car ils avaient été empruntés à droite et à gauche, mais, à l'heure dite, chaque chose était à sa place et Amalia Fedorovna, consciente d'avoir parfaitement accompli ses fonctions, se pavanait dans une robe noire et un bonnet orné de rubans de deuil flambant neufs, et recevait les invités avec un orgueil satisfait. Cet orgueil, tout légitime pourtant, déplut à Catherine Ivanovna. Elle pensa : « On dirait vraiment que nous aurions été incapables de mettre le couvert sans Amalia Fedorovna. » Le bonnet orné de rubans neufs la choqua également. « Cette sotte Allemande n'aurait-elle pas, par hasard, conçu quelque fierté en se disant qu'elle a daigné, par charité, venir au secours de pauvres locataires ? Par charité, voyez-vous ça ! » Chez le père de Catherine Ivanovna, qui était colonel et presque gouverneur, on avait parfois quarante personnes à dîner et une Amalia Fedorovna, ou, pour mieux dire, Ludwigovna, n'aurait même pas été reçue à l'office !... Catherine Ivanovna décida d'ailleurs de ne point manifester ses sentiments tout de suite, mais elle se promit de remettre aujourd'hui même à sa place cette impertinente qui se faisait Dieu sait quelles idées sur elle-même. Pour le moment, elle se contenta de se montrer très froide avec elle.

Une autre circonstance contribua encore à irriter Catherine Ivanovna. À l'exception du Polonais, aucun des locataires n'était venu jusqu'au cimetière. En revanche, quand il s'agit de se mettre à table, on vit arriver ce qu'il y avait de plus pauvre, de plus insignifiant parmi les habitants de la maison ; quelques-uns même se présentèrent dans une tenue plus que négligée, tandis que les gens un peu convenables semblaient s'être donné le mot pour ne pas venir, à commencer par Loujine, le plus respectable de tous.

Pourtant, la veille au soir encore, Catherine Ivanovna s'était hâtée d'apprendre au monde entier, c'est-à-dire à Amalia Fedorovna, à Poletchka, à Sonia et au Polonais, qu'il était l'homme le plus magnanime, le plus noble, avec cela puissamment riche et possédant de magnifiques relations, ami de son premier mari ; il avait fréquenté autrefois chez son père et était venu lui promettre, affirmait-elle, de mettre tout en œuvre pour lui faire obtenir une pension importante. Notons, à ce propos, que, si Catherine Ivanovna vantait la fortune ou les relations de quelqu'un et semblait en tirer vanité, ce n'était point par calcul mais simplement pour rehausser le prestige de celui qu'elle louait.

Avec Loujine, et sans doute pour prendre exemple sur lui, manquait ce vaurien de Lebeziatnikov. Quelle idée celui-là se faisait-il de lui-même ? Il n'avait été invité que par charité, parce qu'il partageait la chambre de Piotr Petrovitch et qu'il eût été peu convenable de ne point l'inviter. On remarquait également l'absence d'une dame du monde et de sa fille, une demoiselle plus toute jeune ; ces deux personnes n'habitaient que depuis une quinzaine de jours chez Mme Lippevechsel, mais elles avaient eu le temps de se plaindre, à plusieurs reprises, du bruit et des cris qui s'élevaient de la chambre des Marmeladov, surtout quand le défunt rentrait ivre ; comme bien l'on pense, Catherine Ivanovna en avait été rapidement informée par Amalia Ivanovna elle-même, qui, au cours de ses démêlés avec elle, n'avait pas craint de la menacer de la chasser avec toute sa famille, attendu, criait-elle à tue-tête, qu'ils troublaient le repos d'honorables locataires dont eux-mêmes n'étaient pas dignes de délacer les chaussures.

Catherine Ivanovna avait expressément tenu à inviter en cette circonstance les dames « dont elle n'était pas digne de délacer les chaussures », et d'autant plus qu'elles avaient jusqu'ici l'habitude de détourner dédaigneusement la tête quand il leur arrivait de la rencontrer. C'était, pensait Catherine Ivanovna, une façon de leur prouver qu'on leur était supérieure par les sentiments et qu'on savait pardonner les mauvais procédés. D'autre part, ces dames pourraient se convaincre que Catherine Ivanovna n'était pas née pour la condition où elle se trouvait placée. Elle avait l'intention de leur expliquer tout cela à table et de leur parler en même temps des fonctions de gouverneur remplies autrefois par son père, puis de leur faire observer, en passant, qu'il n'y avait pas lieu de détourner la tête quand on la rencontrait, et qu'agir ainsi était même parfaitement sot.

Un gros lieutenant-colonel (en réalité capitaine en retraite) manquait également, mais on apprit qu'il était cloué sur son lit, depuis la veille, par la maladie.

En un mot, on ne vit arriver, outre le Polonais, qu'un petit employé de chancellerie minable, en habits graisseux, affreux, tout bourgeonnant et répandant une odeur infecte et, par-dessus le marché, muet comme une carpe ; puis un petit vieillard sourd et presque aveugle qui avait autrefois servi dans un bureau de poste et dont la pension, chez Amalia Ivanovna, était payée, depuis des temps immémoriaux, et nul ne savait pourquoi, par un inconnu. Ensuite, ce fut le tour d'un lieutenant en retraite, ou, pour mieux dire, un employé manutentionnaire. Il entra en riant aux éclats de la façon la plus inconvenante. Sans gilet ! Un autre invité alla se mettre à table de but en blanc, sans même saluer Catherine Ivanovna. Enfin un individu se présenta, faute de vêtements, en robe de chambre. Cette fois, c'en était trop et Amalia Ivanovna réussit à le faire sortir avec l'aide du Polonais. Celui-ci avait, du reste, amené deux compatriotes qui n'avaient jamais habité chez Mme Lippevechsel et que personne ne connaissait dans la maison.

Tout cela irritait profondément Catherine Ivanovna. « C'était bien la peine de faire tous ces préparatifs ! » se disait-elle. Elle avait même été, par crainte de manquer de place, jusqu'à dresser le couvert des enfants, non à la table commune qui occupait toute la place, mais sur une malle, dans un coin. Les deux plus jeunes avaient été installés sur une banquette et Poletchka, en sa qualité d'aînée, devait en prendre soin, les faire manger, les moucher, etc. Dans ces conditions, Catherine Ivanovna se crut obligée de recevoir ses invités avec la plus grande dignité et même une certaine hauteur ; elle leur jeta, à quelques-uns surtout, un regard sévère et les invita dédaigneusement à s'asseoir à table. Rendant, on ne sait pourquoi, Amalia Ivanovna responsable de l'absence de tous les autres invités, elle le prit soudain sur un ton si désobligeant avec elle que l'autre ne tarda pas à s'en apercevoir et en fut extrêmement froissée.

Le repas commençait sous de fâcheux auspices. Enfin, on se mit à table ; Raskolnikov parut au moment où l'on rentrait du cimetière ; Catherine Ivanovna fut ravie de le voir, d'abord parce qu'il était de toutes les personnes présentes la seule qui fût cultivée, et elle le présenta à ses invités comme devant occuper dans deux ans une chaire de professeur à l'université de Pétersbourg ; ensuite parce qu'il s'excusa aussitôt, très respectueusement, de n'avoir pu, malgré tout son désir, assister à l'enterrement. Elle se précipita sur lui, le fit asseoir à sa gauche (Amalia Ivanovna prit place à sa droite) et elle se mit, malgré le bruit qui remplissait la pièce et ses préoccupations de maîtresse de maison soucieuse de voir tout son monde convenablement servi, malgré la toux qui lui déchirait la poitrine, à s'entretenir avec lui à voix basse et à lui confier sa juste indignation de voir ce repas manqué, indignation souvent coupée par les plus irrésistibles, les plus joyeuses moqueries lancées à l'adresse des invités et surtout de la propriétaire.

« Tout cela c'est la faute de cette vilaine chouette, vous comprenez de qui je veux parler, d'elle, d'elle ! et Catherine Ivanovna lui indiqua la logeuse d'un signe de tête. Regardez-la, elle écarquille les yeux, car elle sent que nous parlons d'elle, mais elle ne peut comprendre ce que nous disons, voilà pourquoi elle ouvre des yeux ronds comme des lunes. Fi la chouette ! ha ! ha ! ha ! Hi, hi, hi ! Et que prétend-elle nous prouver avec son bonnet ? Hi, hi, hi ! Avez-vous remarqué qu'elle désire faire croire à tout le monde que je suis sa protégée et qu'elle me fait honneur en daignant assister à ce repas ? Je l'ai priée de m'amener, comme une personne convenable, des gens convenables, de préférence ceux qui ont connu le défunt, et voyez qui elle a fait venir, de vrais pantins, des saligauds ! Voyez-moi celui-ci avec son visage sale ! On dirait une morve vivante. Et ces Polonais... ha ! ha ! ha ! Hi, hi, hi, hi, personne ne les a jamais vus ici. Moi je ne les connais ni d'Ève ni d'Adam. – Enfin pourquoi sont-ils venus, je vous le demande ? Ils sont là bien sages côte à côte. – Eh ! pane[75], cria-t-elle tout à coup à l'un d'eux, avez-vous pris des crêpes ? Reprenez-en ! Buvez de la bière ! Voulez-vous de la vodka ? Tenez, regardez-le : il s'est levé et salue, regardez, regardez ; ils doivent être affamés, les pauvres diables. Eh bien ! qu'ils mangent. Au moins ils ne font pas de bruit, eux. Seulement... j'ai peur pour les couverts

---

[75] *Pane :* Monsieur, en polonais.

d'argent de la logeuse. – Amalia Ivanovna – fit-elle presque à haute voix en s'adressant à Mme Lippevechsel – sachez que si l'on vole par hasard vos cuillers, je n'en suis pas responsable, je vous préviens. Ha ! ha ! ha ! Et elle se remit à rire aux éclats en désignant encore à Raskolnikov la logeuse. Elle paraissait tout heureuse de sa sortie.

« Elle n'a pas compris, elle n'a encore pas compris. Elle est là bouche bée – regardez-la – une vraie chouette, une chouette aux rubans neufs, ha ! ha ! ha ! »

Ce rire se termina de nouveau par un accès de toux terrible qui dura cinq minutes ; son mouchoir se tacha de sang et la sueur perla sur son front ; elle montra silencieusement le sang à Raskolnikov et dès qu'elle eut repris son souffle, se remit à lui parler avec une animation extraordinaire, tandis que des taches rouges apparaissaient à ses pommettes.

« Écoutez, je lui avais confié la mission fort délicate, on peut le dire, d'inviter cette dame et sa fille... vous comprenez de qui je veux parler ? Il fallait procéder avec beaucoup de tact ; eh bien, elle s'y est prise de telle façon que cette stupide étrangère, cette espèce de créature orgueilleuse, cette misérable petite provinciale, qui en sa qualité de veuve d'un major est venue solliciter une pension et hante du matin au soir les chancelleries avec un pied de fard sur les joues, à cinquante-cinq ans !... eh bien, cette mijaurée, dis-je, n'a non seulement pas daigné répondre à mon invitation, mais elle n'a même pas jugé nécessaire de se faire excuser, comme l'exigeait la politesse la plus élémentaire. Je ne peux pas comprendre non plus pourquoi Piotr Petrovitch manque lui aussi. Mais où est passée Sonia, où est-elle ? Ah ! la voilà, enfin ! Que se passe-t-il, Sonia ? Où étais-tu ? Je trouve étrange que tu ne puisses t'arranger pour être exacte au repas de funérailles de ton père ! Rodion Romanovitch, faites-lui place près de vous. Voici ta place, Sonetchka... prends ce que tu veux. Je te recommande cette viande en gelée. On apporte les crêpes tout de suite. Et les enfants ont-ils été servis ? Poletchka, avez-vous tout ce qu'il vous faut ? Hi, hi, hi ! Bon. Sois sage, Lena, et toi, Kolia, ne remue pas ainsi les jambes. Tiens-toi comme doit se tenir un enfant de bonne famille. Que dis-tu, Sonetchka ? » Sonia se hâta de lui transmettre les excuses de Piotr Petrovitch, en s'efforçant de parler haut pour que chacun l'entende et en amplifiant les expressions respectueuses dont il s'était servi. Elle ajouta qu'il l'avait chargée de lui dire qu'il viendrait la voir aussitôt que cela lui serait possible, pour parler d'affaires avec elle et décider des démarches à entreprendre, etc.

Sonia savait que ces paroles tranquilliseraient Catherine Ivanovna et seraient surtout un baume à son amour-propre. Elle s'assit à côté de Raskolnikov et le salua rapidement en lui jetant un bref et curieux regard. Mais ensuite, pendant le reste du repas, elle parut éviter de tourner les yeux de son côté ou de lui adresser la parole.

Elle semblait à la fois distraite et attentive à guetter le moindre désir sur le visage de sa belle-mère. Aucune des deux femmes n'était en deuil, faute de vêtements. Sonia portait un costume d'un brun assez sombre et Catherine Ivanovna une robe d'indienne foncée à rayures, la seule qu'elle possédât.

Les excuses de Piotr Petrovitch produisirent la meilleure impression. Après avoir écouté le récit de Sonia d'un air important, Catherine Ivanovna, avec la même dignité, s'informa de la santé de Piotr Petrovitch. Ensuite, elle confia à Raskolnikov, presque à haute voix, qu'il eût été étrange en effet de voir un homme aussi sérieux et respectable que Loujine dans cette société bizarre, et qu'elle comprenait qu'il ne fût pas venu malgré les liens d'amitié qui l'unissaient à sa famille.

« Voilà pourquoi je vous suis particulièrement reconnaissante, Rodion Romanovitch, de n'avoir pas dédaigné mon hospitalité, offerte dans de pareilles conditions, ajouta-t-elle assez haut pour être entendue de tous. Je suis d'ailleurs bien sûre que seule la grande amitié que vous portiez à mon pauvre défunt vous a poussé à tenir votre parole. »

Ensuite elle parcourut ses hôtes d'un nouveau regard plein de morgue et tout à coup s'informa d'un bout à l'autre de la table auprès du petit vieillard sourd s'il ne voulait pas reprendre du rôti et s'il avait bu du porto. Le petit vieux ne répondit rien et fut un long moment avant de comprendre ce qu'on lui demandait, quoique ses voisins se fussent mis à le houspiller pour s'amuser. Lui ne faisait que jeter des regards ahuris autour de lui, ce qui mettait le comble à la gaieté générale.

« Quel idiot ! Regardez, regardez-moi ça, pourquoi l'ont-ils amené ? Quant à Piotr Petrovitch, j'ai toujours été sûre de lui, dit

Catherine Ivanovna à Raskolnikov, et certes on peut dire qu'il ne ressemble pas – elle s'adressait maintenant à Amalia Ivanovna et d'un air si sévère que l'autre en fut intimidée – qu'il ne ressemble pas à vos chipies endimanchées ; celles-là, mon père n'en aurait pas voulu pour cuisinières et si mon défunt mari leur avait fait l'honneur de les recevoir, ce n'eût été que par sa bonté excessive.

– Oui, il aimait bien boire, on peut dire qu'il avait un faible pour la boisson », cria soudain l'ancien manutentionnaire en vidant son deuxième verre de vodka.

Catherine Ivanovna releva vertement ces paroles.

« Mon défunt mari avait en effet ce défaut, nul ne l'ignore, mais c'était un homme noble et bon, qui aimait et respectait sa famille ; le malheur est que, dans sa bonté excessive, il se liait trop facilement avec toutes sortes de gens débauchés, et Dieu sait avec qui il n'a pas bu ! Les individus qu'il fréquentait ne valaient pas son petit doigt. Imaginez-vous, Rodion Romanovitch, qu'on a trouvé dans sa poche un petit coq en pain d'épice. Au plus fort de l'ivresse, il n'oubliait pas les enfants.

– Un co-oq ? vous avez dit un co-oq ? » cria le manutentionnaire. Catherine Ivanovna ne daigna pas lui répondre ; elle semblait rêveuse et tout à coup poussa un soupir.

« Vous croyez sans doute comme tout le monde que j'étais trop sévère avec lui, continua-t-elle en s'adressant à Raskolnikov. C'est pourtant une erreur ; il me respectait, il me respectait infiniment. Il avait une belle âme ! J'avais tellement pitié de lui parfois ! Quand, assis dans son coin, il levait les yeux sur moi, je me sentais si attendrie que j'avais envie de me montrer douce avec lui ; mais je me disais : impossible, il se remettrait à boire. On ne pouvait le tenir un peu que par la rigueur.

– Oui, il se faisait tirer par les tifs, et plus d'une fois encore ! reprit le manutentionnaire en lampant un nouveau verre de vodka.

– Il y a des imbéciles qu'on devrait non seulement tirer par les cheveux, mais chasser à coups de balai, et je ne parle pas du défunt maintenant », répliqua Catherine Ivanovna d'un ton tranchant.

Ses pommettes s'empourpraient de plus en plus, elle haletait de fureur et paraissait prête à faire un éclat. Plusieurs des invités ricanaient et semblaient s'amuser de cette scène. On excitait le manutentionnaire, on lui parlait tout bas ; c'était à qui envenimerait les choses.

« Et per-me-e-e-ettez-moi de vous demander de qui vous voulez parler, fit l'employé. À qui... en avez-vous ?... Non, ce n'est pas la peine du reste ! La chose n'a aucune importance. Une veuve ! une pauvre veuve ! Je lui pardonne. Là, c'est fini ! » et il entonna un nouveau verre de vodka.

Raskolnikov écoutait tout cela en silence et avec dégoût. Il ne mangeait que par égard pour Catherine Ivanovna, se bornant à goûter du bout des dents aux mets dont elle emplissait continuellement son assiette. Toute son attention était concentrée sur Sonia. Celle-ci semblait de plus en plus soucieuse et inquiète, car elle aussi pressentait que ce repas finirait mal et elle suivait avec effroi les progrès de l'exaspération de Catherine Ivanovna. Elle savait bien qu'elle était la cause principale du refus insultant opposé par les deux dames à l'invitation de sa belle-mère. Elle avait appris par Amalia Ivanovna que la mère s'était même jugée offensée et avait demandé : « Comment pouvait-on faire asseoir sa fille à côté de *cette demoiselle* ? » La jeune fille se doutait que sa belle-mère était déjà au courant de cette histoire et l'insulte qui lui était faite à elle, Sonia, atteignait Catherine Ivanovna plus qu'un affront direct à elle-même, à ses enfants, à la mémoire de son père. Bref, c'était un outrage mortel et elle devinait que Catherine Ivanovna n'aurait de cesse « qu'elle n'eût prouvé à ces chipies ce qu'elles étaient toutes deux », etc.

Comme par un fait exprès, au même instant, un convive, assis du côté opposé, fit passer à Sonia une assiette où s'étalaient deux cœurs percés d'une flèche, modelés dans du pain de seigle. Catherine Ivanovna, enflammée aussitôt de colère, déclara d'une voix retentissante que l'auteur de cette plaisanterie était assurément un âne ivre.

Amalia Ivanovna, en proie elle aussi à de mauvais pressentiments sur l'issue du repas, et, d'autre part, profondément blessée par la morgue que Catherine Ivanovna affichait à son égard, pour détourner l'attention générale et se faire valoir en même temps aux yeux de tous, se mit à raconter tout à coup, de but en blanc, qu'un de ses amis, un certain Karl, le pharmacien, avait pris, une nuit, une voiture dont le cocher « voulut l'assassiner, et alors Karl le supplia beaucoup de ne pas le tuer, et il pleurait et joignait ses mains, et il fut si effrayé qu'il en eut le cœur transpercé ».

Catherine Ivanovna, bien que cette histoire la fît sourire, remarqua aussitôt qu'Amalia Ivanovna n'aurait pas dû se risquer à raconter des anecdotes en russe. L'Allemande parut encore plus offensée et riposta que « son *Vater aus Berlin*[76] fut un homme très très important et il promenait toujours ses mains dans ses poches ». La moqueuse Catherine Ivanovna n'y put tenir et partit d'un grand éclat de rire, si bien qu'Amalia Ivanovna finit par perdre patience et eut peine à se contenir.

« Voyez-vous cette vieille chouette, se reprit à marmotter Catherine Ivanovna en s'adressant à Raskolnikov ; elle voulait dire qu'il marchait toujours avec ses mains dans les poches et tout le monde a compris qu'il fouillait constamment dans ses poches, khi-khi ! Avez-vous remarqué, Rodion Romanovitch, qu'en règle générale, ces étrangers établis à Pétersbourg, les Allemands surtout, qui nous arrivent Dieu sait d'où, sont tous plus bêtes que nous ? Non, mais dites-moi, peut-on raconter des histoires comme celle de ce Karl le pharmacien dont le cœur a été transpercé de peur ? Ce morveux qui, au lieu de ficeler le cocher, joignait les mains, se mit à pleurer, et à supplier beaucoup... Ah ! la grosse sotte ! Et elle juge, par-dessus le marché, cette histoire fort touchante, sans se douter de sa bêtise ! D'après moi, ce manutentionnaire ivre est bien plus intelligent qu'elle. On voit au moins du premier coup que c'est un ivrogne fieffé dont la dernière trace d'intelligence a sombré dans la boisson, tandis que tous ceux-ci, qui semblent si posés, si sérieux... Non, mais regardez les yeux qu'elle écarquille ! Elle se fâche, ah ! ah ! ah ! elle se fâche... Han, han, han ! »

Catherine Ivanovna tout égayée s'étendit avec feu sur mille choses insignifiantes et, tout à coup, annonça son dessein de se retirer, dès qu'elle aurait reçu sa pension, dans sa ville natale de T... pour y ouvrir une maison d'éducation à l'usage des jeunes filles nobles. Ce projet, dont elle n'avait pas encore fait part à

---

[76] *Vater aus Berlin* : Son père de Berlin (en allemand dans le texte).

Raskolnikov, lui fut exposé avec les détails les plus minutieux. Comme par enchantement, elle exhiba soudain ce même « certificat élogieux », dont le défunt Marmeladov avait déjà parlé à Rodion Romanovitch, en lui racontant au cabaret que son épouse Catherine Ivanovna avait dansé, à sa sortie du pensionnat, la danse du châle « devant le gouverneur et autres personnages ». Apparemment, ce certificat devait établir le droit de Catherine Ivanovna à ouvrir un pensionnat, mais surtout elle pensait s'en servir pour confondre définitivement les deux chipies endimanchées, dans le cas où elles se seraient décidées à assister au repas de funérailles, en prouvant ainsi qu'elle, Catherine Ivanovna, appartenait à une famille des plus nobles, « on pouvait même dire aristocratique, qu'elle était la fille d'un colonel et valait mille fois mieux que toutes ces aventurières qui s'étaient multipliées ces derniers temps d'une façon extraordinaire ». Le certificat fit bientôt le tour de la table ; les convives se le passaient de main en main sans que Catherine Ivanovna s'y opposât, car ce papier la désignait *en toutes lettres*[77] comme la fille d'un conseiller à la Cour, d'un chevalier, ce qui l'autorisait presque à se dire la fille d'un colonel. Puis la veuve, enflammée d'enthousiasme, s'étendit sur l'existence heureuse et tranquille qu'elle se promettait de mener à T... Elle parlait des professeurs auxquels elle ferait appel pour instruire ses élèves, d'un respectable vieillard français, Mangot, qui lui avait appris le français. Il achevait maintenant sa vie à T... et n'hésiterait pas à venir enseigner chez elle au prix le plus modique. Enfin, elle annonça que Sonia l'accompagnerait et l'aiderait à diriger son établissement. À ces mots, quelqu'un pouffa de rire au bout de la table.

Catherine Ivanovna feignit de n'avoir rien entendu, mais, élevant aussitôt la voix, elle se mit à énumérer avec animation les qualités incontestables qui devraient permettre à Sophie Simionovna de la seconder dans sa tâche ; elle vanta sa douceur, sa patience, son abnégation, sa noblesse d'âme et sa vaste culture, puis elle lui tapota doucement la joue et se souleva pour l'embrasser à deux reprises. Sonia rougit et Catherine Ivanovna fondit en larmes, en remarquant soudain qu'elle n'était qu'une sotte énervée et trop bouleversée par ces événements et que,

---

[77] En français dans le texte.

puisque aussi bien le repas était fini, on allait servir le thé. Au même instant, Amalia Ivanovna, très vexée de n'avoir pu placer un mot pendant la conversation précédente et de voir que personne n'était disposé à l'écouter, décida de risquer une dernière tentative et fit à Catherine Ivanovna, avec une certaine angoisse intérieure, cette observation profonde que, dans sa future pension, elle ferait bien de prêter la plus grande attention au linge des élèves *(die Wäsche)* et d'avoir une dame spéciale pour s'en occuper *(die Dame*[78]*)*, qu'enfin il serait bon de surveiller les jeunes filles pour les empêcher de se livrer la nuit à la lecture des romans. Catherine Ivanovna, réellement excédée de ce repas, répondit très brusquement à la logeuse qu'elle racontait des inepties et ne comprenait rien, que le soin du *Wäsche* incombait à la femme de charge et non à la directrice d'un pensionnat de jeunes filles nobles. Quant à l'observation relative à la lecture des romans, elle la considérait comme une simple inconvenance. Bref, Amalia Ivanovna était priée de se taire. Du coup, elle rougit et fit remarquer aigrement qu'elle avait toujours eu les meilleures intentions et qu'il y avait bien longtemps qu'elle ne recevait plus de *Geld*[79] pour son logement. Catherine Ivanovna, pour rabaisser son caquet, lui répondit aussitôt qu'elle mentait en prétendant qu'elle lui voulait du bien, car elle était venue, pas plus tard qu'hier, quand le défunt était encore exposé dans la chambre, lui faire une scène à propos de ce logement. Là-dessus, la logeuse observa, avec beaucoup de logique, « qu'elle avait invité les dames, mais les dames n'étaient pas venues, car elles étaient nobles et ne pouvaient aller chez une dame pas noble ». À quoi Catherine Ivanovna objecta qu'étant une rien du tout, elle n'avait pas qualité pour juger de la véritable noblesse. Amalia Ivanovna ne put supporter cette insolence et déclara que son *Vater aus Berlin* était un homme très très important et se promenait toujours avec les deux mains dans les poches et faisait « pouff, pouff », et, pour donner une idée plus exacte de ce *Vater,* Mme Lippevechsel se leva, fourra les deux mains dans ses poches et, gonflant ses joues, émit des sons qui rappelaient en effet ce fameux « pouff, pouff », au milieu du rire général de tous les locataires, qui se plaisaient à

---

[78] *Die Wäsche* et *die Dame :* En allemand dans le texte.

[79] *Geld :* D'argent (en allemand dans le texte).

l'exciter dans l'espoir d'assister à une bataille entre les deux femmes. Catherine Ivanovna, incapable de se contenir davantage, déclara à haute voix qu'Amalia Ivanovna n'avait peut-être jamais eu de *Vater,* qu'elle était tout simplement une Finnoise de Pétersbourg, une ivrognesse qui avait dû être jadis cuisinière ou quelque chose de pis. Mme Lippevechsel devint rouge comme une pivoine et glapit que c'était peut-être Catherine Ivanovna qui n'avait pas du tout de *Vater,* mais qu'elle, Amalia Ivanovna, avait un *Vater aus Berlin* qui portait de longues redingotes et faisait toujours « pouff, pouff, pouff » ! Catherine Ivanovna riposta dédaigneusement que ses origines étaient connues de tous et qu'elle était, dans son certificat, désignée en lettres imprimées comme la fille d'un colonel, tandis que le père d'Amalia Ivanovna (à supposer qu'elle en eût un) devait être un laitier finnois ; d'ailleurs il était plus que probable qu'elle n'avait pas de père du tout, attendu que personne ne savait encore quel était son patronyme, si elle s'appelait Amalia Ivanovna ou Ludwigovna. À ces mots, la logeuse, hors d'elle-même, se mit vociférer en frappant du poing sur la table qu'elle était Amal Ivan et non Ludwigovna, que son *Vater* s'appelait Johann et qu'il était bailli, ce que n'avait jamais été le *Vater* de Catherine Ivanovna. Celle-ci se leva aussitôt et, d'une voix calme, démentie par la pâleur de son visage et l'agitation de son sein, lui dit que si elle osait comparer encore, ne fût-ce qu'une seule fois, son misérable *Vater* avec son papa à elle, Catherine Ivanovna, elle lui arracherait son bonnet pour le fouler aux pieds. À ces mots, Amalia Ivanovna se mit à courir dans la pièce, en criant de toutes ses forces qu'elle était la maîtresse de la maison et que Catherine Ivanovna avait à vider les lieux à l'instant même. Ensuite, elle se précipita vers la table et se mit à ramasser les cuillers d'argent. Il s'ensuivit une confusion, un vacarme indescriptibles ; les enfants se mirent à pleurer. Sonia s'élança vers sa belle-mère pour essayer de la retenir, mais, quand Amalia Ivanovna lâcha tout à coup une allusion à la carte jaune[80], la veuve repoussa la jeune fille et marcha droit à la logeuse avec l'intention de mettre à exécution sa menace. À ce moment, la porte s'ouvrit et Piotr Petrovitch Loujine apparut sur le seuil. Il promena

---

[80] *La carte jaune :* La carte des prostituées.

un regard attentif et sévère sur toute la société. Catherine Ivanovna courut à lui.

III

« Petrovitch, s'écria-t-elle. Vous, au moins, protégez-moi ! Faites comprendre à cette sotte créature qu'elle n'a pas le droit de parler ainsi à une noble dame atteinte par l'infortune, qu'il y a des tribunaux pour cela... Je me plaindrai au gouverneur général lui-même... Elle aura à répondre... En souvenir de l'hospitalité que vous avez reçue chez mon père, défendez les orphelins...

– Permettez, madame... permettez... permettez, madame, faisait Piotr Petrovitch, en essayant d'écarter la solliciteuse ; je n'ai jamais eu l'honneur, comme vous le savez vous-même, de connaître votre papa. Permettez, madame (quelqu'un partit d'un bruyant éclat de rire), mais je n'ai pas la moindre intention de me mêler à vos éternelles disputes avec Amalia Ivanovna... Je viens ici pour une affaire personnelle... Je désire m'expliquer immédiatement avec votre belle-fille Sophie Ivanovna ; c'est ainsi, je crois, qu'elle se nomme. Permettez-moi... »

Et Piotr Petrovitch, passant de biais devant Catherine Ivanovna, se dirigea vers le coin opposé de la pièce où se trouvait Sonia.

Catherine Ivanovna resta clouée sur place, comme foudroyée. Elle ne pouvait comprendre que Piotr Petrovitch niât avoir été l'hôte de son papa. Cette hospitalité qu'elle-même avait imaginée était devenue pour elle un article de foi ; ce qui la surprenait aussi, c'était le ton sec, hautain et même méprisant de Loujine. L'apparition de ce dernier avait d'ailleurs eu pour effet de rétablir peu à peu le silence. Outre que la correction et la gravité de cet homme d'affaires juraient étrangement avec la tenue des locataires de Mme Lippevechsel, chacun sentait que seul un motif d'une portée exceptionnelle pouvait expliquer sa présence dans ce milieu et tous s'attendaient à un coup de théâtre.

CINQUIÈME PARTIE

Raskolnikov, qui se trouvait à côté de Sonia, se rangea pour laisser passer Piotr Petrovitch. Celui-ci ne parut pas remarquer sa présence. Un instant plus tard, Lebeziatnikov se montrait à son tour, mais, au lieu d'entrer dans la pièce, il se contenta de rester sur le seuil ; son visage portait une expression de curiosité mêlée à une sorte d'étonnement et il écoutait ce qui se disait avec un vif intérêt, mais sans paraître comprendre de quoi il s'agissait.

« Pardonnez-moi de vous déranger, mais j'y suis forcé pour une affaire assez importante, commença Piotr Petrovitch sans s'adresser à personne en particulier. Je suis même heureux de pouvoir m'expliquer devant témoins. Amalia Ivanovna, je vous prie instamment de prêter l'oreille, en votre qualité de propriétaire, à l'entretien que je vais avoir avec Sophie Ivanovna. Sophie Ivanovna, continua-t-il en se tournant vers la jeune fille extrêmement surprise et déjà effrayée, aussitôt après votre visite, j'ai constaté la disparition d'un billet de la Banque nationale d'une valeur de cent roubles, qui se trouvait sur une table dans la chambre de mon ami André Simionovitch Lebeziatnikov. Si vous savez ce qu'est devenu ce billet et si vous pouvez me le dire, je vous donne, en présence de toutes ces personnes, ma parole d'honneur que l'affaire en restera là. Dans le cas contraire, je me verrai forcé de recourir à des mesures fort sérieuses, et alors... vous n'aurez à vous en prendre qu'à vous-même... »

Un profond silence suivit ces paroles ; même les enfants cessèrent de pleurer. Sonia, pâle comme une morte, regardait Loujine sans pouvoir prononcer un mot. Elle semblait n'avoir pas compris encore. Quelques secondes s'écoulèrent.

« Eh bien, que décidez-vous ? demanda Piotr Petrovitch en la regardant attentivement.

– Je ne sais pas... je ne sais rien, prononça-t-elle d'une voix faible.

– Non, vous ne savez pas ? redemanda Loujine, et il laissa passer quelques secondes encore. Pensez-y, mademoiselle, reprit-il d'un ton d'exhortation sévère, réfléchissez. Je consens à vous donner le temps de réfléchir. Voyez, si j'étais moins sûr de mon fait, je me garderais bien de vous accuser formellement. J'ai trop l'expérience des affaires pour risquer de m'attirer un procès en diffamation. Ce matin, je suis allé négocier plusieurs titres représentant une valeur nominale de trois mille roubles. La somme est inscrite dans mon carnet. De retour chez moi, j'ai vérifié mon argent. André Simionovitch en est témoin. Après avoir compté deux mille trois cents roubles, je les ai serrés dans un portefeuille que j'ai mis dans la poche de côté de ma redingote. Sur la table restaient environ cinq cents roubles en billets de banque et, notamment, trois billets de cent roubles chacun. C'est alors que vous êtes entrée chez moi, sur mon invitation, et durant tout le temps de votre visite, vous avez paru en proie à une agitation extraordinaire, si bien que vous vous êtes même levée à trois reprises dans votre hâte de vous en aller, quoique notre entretien ne fût pas terminé. André Simionovitch peut certifier que tout cela est exact. Je pense que vous ne le nierez pas, mademoiselle ; je vous ai fait appeler par André Simionovitch à seule fin de m'entretenir avec vous de la situation tragique de votre parente, Catherine Ivanovna (à l'invitation de laquelle je n'ai pu me rendre) et des moyens de lui venir en aide par une souscription, une loterie, etc. Vous m'avez remercié, les larmes aux yeux (j'entre dans tous ces détails, d'abord pour vous rappeler comment les choses se sont passées et ensuite pour vous prouver que pas un détail n'est sorti de ma mémoire). Puis, j'ai pris sur la table un billet de dix roubles et je vous l'ai remis comme mon obole personnelle et un premier secours à votre parente. Tout cela s'est passé en présence d'André Simionovitch. Ensuite, je vous ai accompagnée jusqu'à la porte ; vous étiez toujours aussi troublée qu'au début. Après votre départ, j'ai causé dix minutes environ avec André Simionovitch. Enfin il s'est retiré et je me suis rapproché de la table afin d'y prendre le reste de mon argent pour le serrer après l'avoir compté. Alors, à mon vif étonnement, je me suis aperçu qu'un des billets de cent roubles manquait. Maintenant, jugez ! Soupçonner André Simionovitch, je ne le puis, l'idée seule m'en paraît honteuse. Je ne puis non plus supposer m'être trompé dans mes comptes, car je venais de les vérifier une minute avant votre visite et je les avais trouvés exacts. Convenez vous-même qu'en me rappelant votre agitation, votre hâte à sortir et ce fait que vous avez tenu un moment les mains sur la table, enfin considérant votre situation sociale et les habitudes qu'elle implique, je me vois obligé, malgré moi et même avec une certaine horreur, de m'arrêter à un soupçon, cruel sans doute, mais légitime. J'ajoute et vous répète encore que, si convaincu que je sois de votre culpabilité, je sais que je cours un certain risque en portant cette accusation contre vous. Cependant, je n'hésite pas à le faire et je vous dirai pourquoi : c'est, mademoiselle, uniquement à cause de votre affreuse ingratitude. Comment, je vous fais venir auprès de moi pour parler des intérêts de votre parente infortunée ! Je vous remets immédiatement pour elle mon obole de dix roubles, et c'est ainsi que vous me remerciez ! Non, ce n'est vraiment pas bien ! Il vous faut une leçon. Réfléchissez ! Bien plus, rentrez en vous-même, je vous y engage comme votre meilleur ami (vous ne pouvez en avoir en ce moment de meilleur), car, s'il en était autrement, je serais inflexible. Eh bien, que décidez-vous ?

– Je ne vous ai rien pris, murmura Sonia épouvantée. Vous m'avez donné dix roubles, les voici, prenez-les. » Elle tira son mouchoir de sa poche, défit un nœud qu'elle y avait fait, et tendit un billet de dix roubles à Loujine.

« Ainsi, vous persistez à nier le vol des cent roubles ? » fit-il d'un ton de blâme et sans prendre l'argent.

Sonia promena ses yeux autour d'elle et ne surprit sur tous les visages qu'expressions terribles, moqueuses, sévères ou haineuses. Elle jeta un regard à Raskolnikov debout contre le mur ; le jeune homme avait les bras croisés et fixait sur elle des yeux enflammés.

« Oh, Seigneur ! gémit-elle.

– Amalia Ivanovna, il faudra appeler la police ; je vous prie donc en attendant de faire monter le concierge, fit Loujine d'une voix douce et presque caressante.

– *Gott der Barmherzige*[81] ! Je savais bien que c'était une voleuse, fit Mme Lippevechsel en frappant ses mains l'une contre l'autre.

– Vous le saviez ? C'est donc que certains indices vous avaient autorisée à le penser. Je vous prie, très honorée Amalia Ivanovna, de ne pas oublier les paroles que vous venez de prononcer, devant témoins du reste. »

---

[81] *Gott der Barmherzige !* : Dieu de miséricorde ! (en allemand dans le texte).

À ce moment, des voix bruyantes s'élevèrent de toutes parts. L'assistance s'agitait.

« Comment ! s'écria tout à coup Catherine Ivanovna, sortant de sa stupeur et se précipitant vers Loujine. Comment ? Vous l'accusez de vol ! Elle, Sonia ! Oh ! lâches, lâches que vous êtes ! » Et, s'élançant vers Sonia, elle la serra dans ses bras décharnés comme dans un étau.

« Sonia, comment as-tu osé accepter dix roubles de lui ? Oh, la sotte ! Donne-les-moi. Donne-moi cet argent, tout de suite, te dis-je. Tenez ! »

Et Catherine Ivanovna, s'étant emparée du billet, le froissa dans ses mains et le jeta à la face de Loujine. Le papier, roulé en boule, atteignit Piotr Petrovitch à l'œil, puis retomba par terre. Amalia Ivanovna se précipita pour le ramasser. Quant à Loujine, il se fâcha.

« Maintenez cette folle ! » cria-t-il.

Au même instant, plusieurs personnes apparurent sur le seuil de la porte, aux côtés de Lebeziatnikov et, parmi elles, les deux dames de province.

« Comment ? Folle ! C'est moi qui suis folle ? Imbécile, glapit Catherine Ivanovna. Tu es un imbécile, un vil agent d'affaires, un homme infâme. Sonia, Sonia lui prendre de l'argent ! Sonia une voleuse ! Mais elle t'en donnerait plutôt de l'argent ! Imbécile ! Et Catherine Ivanovna éclata d'un rire hystérique. Avez-vous vu pareil imbécile ? ajouta-t-elle en courant d'un locataire à l'autre et en désignant Loujine. Comment ? Et vous aussi, s'écria-t-elle en apercevant tout à coup la logeuse, toi aussi, charcutière, infâme Prussienne, tu prétends qu'elle est une voleuse ? Ah ! si c'est possible ! Mais elle n'a pas quitté la pièce en sortant de chez toi, coquin, elle est venue se mettre à table avec nous ; tout le monde l'a vue. Elle a pris place à côté de Rodion Romanovitch... Fouillez-la. Puisqu'elle n'est allée nulle part, elle doit avoir l'argent sur elle... Cherche donc, cherche, te dis-je. Mais si tu ne trouves rien, mon ami, tu en répondras. Je courrai me plaindre à l'Empereur, au Tsar lui-même, au Tsar miséricordieux ; je me jetterai à ses pieds aujourd'hui, pas plus tard qu'aujourd'hui. Je suis orpheline ; on me laissera entrer. Tu penses qu'il ne me recevra pas ? Erreur, j'arriverai jusqu'à lui. J'y arriverai ! Tu comptais sur sa douceur, sur sa timidité, n'est-ce pas ? C'est sur cela que tu comptais ? Mais, en revanche, moi, mon ami, je n'ai pas froid aux yeux et tu verras ce qu'il t'en coûtera. Cherche, cherche, voyons, dépêche-toi ! »

Catherine Ivanovna, transportée de fureur, secouait Loujine et l'entraînait vers Sonia.

« Je suis prêt et je prends la responsabilité... mais calmez-vous, madame, calmez-vous ; je vois trop bien que vous n'avez peur de rien. C'est... c'est au commissariat qu'il faudra... balbutiait Loujine. Quoiqu'il y ait ici assez de témoins... Je suis prêt... Toutefois, il est assez délicat pour un homme, à cause du sexe... Si Amalia Ivanovna voulait prêter son concours... pourtant ce n'est pas ainsi que les choses se font... mais quoi alors ?

– Faites-la fouiller par qui vous voudrez, criait Catherine Ivanovna ; montre-leur tes poches. Voilà, voilà, regarde, monstre que tu es, la poche est vide ; il n'y avait là qu'un mouchoir, rien de plus, comme tu peux t'en convaincre. À l'autre maintenant ; voilà, voilà ! Tu vois, tu vois bien ! »

Et Catherine Ivanovna, non contente de vider les poches de Sonia, les retourna l'une après l'autre, mais au moment où elle achevait de déplier la doublure de la seconde, celle de droite, un petit papier s'en échappa et, décrivant une parabole en l'air, alla tomber aux pieds de Loujine. Tous le virent et plusieurs poussèrent un cri. Piotr Petrovitch se baissa, ramassa le papier entre deux doigts et l'ouvrit. C'était un billet de cent roubles, plié en huit. Piotr Petrovitch le fit tourner dans sa main pour que tout le monde pût le voir.

« Voleuse, hors d'ici ! La police, la police ! hurla Mme Lippevechsel. Il faut envoyer elle en Sibérie ! Hors d'ici ! »

Les exclamations volaient de toutes parts. Raskolnikov ne cessait de considérer silencieusement Sonia que pour reporter de temps en temps les yeux sur Loujine. La jeune fille, immobile à sa place, semblait hébétée. Elle ne paraissait même pas étonnée. Tout à coup, un flot de sang empourpra son visage ; elle le couvrit de ses deux mains en poussant un cri.

« Non, ce n'est pas moi. Je n'ai pas pris cet argent ! Je ne sais pas », cria-t-elle d'une voix déchirante, en se précipitant vers

Catherine Ivanovna. Celle-ci lui ouvrit les bras comme un asile inviolable, la serra convulsivement contre son cœur.

« Sonia, Sonia, je ne le crois pas. Tu vois que je ne le crois pas », criait Catherine Ivanovna, bien que la chose fût évidente, en la berçant dans ses bras comme un petit enfant ; et elle l'embrassait mille et mille fois, ou bien elle saisissait ses mains et y imprimait des baisers passionnés. « Toi, voler ? Oh ! les sottes gens ! Oh ! Seigneur ! Sots, sots que vous êtes, criait-elle en s'adressant à tout le monde, mais vous ne savez pas, non, vous ne savez pas le cœur qu'elle a, la jeune fille qu'elle est ! Elle, voler ? elle ! Mais elle vendra sa dernière robe, elle ira pieds nus plutôt que de vous laisser sans secours si vous êtes dans le besoin. Voilà comment elle est. Elle s'est fait délivrer la carte jaune parce que mes enfants à moi mouraient de faim ; elle s'est vendue pour nous !... Ah ! mon cher défunt ! mon cher défunt ! mon pauvre défunt, vois-tu tout cela ? En voilà un repas de funérailles, Seigneur ! Mais défendez-la donc ! Qu'est-ce que vous avez à rester là comme ça, Rodion Romanovitch ? Pourquoi ne la défendez-vous pas ? La croyez-vous coupable vous aussi ? Vous ne valez pas son petit doigt, tous tant que vous êtes ; Seigneur, mais défendez-la donc ! »

Le désespoir de la malheureuse Catherine Ivanovna parut produire une profonde impression sur tout le monde. Ce pauvre visage de phtisique, décharné, tordu par la souffrance, ces lèvres desséchées où le sang s'était coagulé, cette voix enrouée, ces sanglots bruyants comme ceux des enfants, et enfin cet appel au secours, à la fois confiant, naïf et désespéré, tout cela exprimait une douleur si poignante qu'il était difficile de ne pas en être touché. Du moins Piotr Petrovitch parut-il apitoyé.

« Madame, madame, s'écria-t-il solennellement. Cette affaire ne vous concerne en rien. Personne ne songe à vous accuser de préméditation ou de complicité, d'autant plus que c'est vous-même qui, en retournant la poche, avez découvert le vol. Cela suffit à prouver votre innocence. Je suis tout prêt à me montrer indulgent pour un acte auquel la misère a pu porter Sophie Simionovna ; mais pourquoi, mademoiselle, ne voulez-vous pas avouer ? Vous craigniez le déshonneur ? C'était la première fois ? Peut-être aviez-vous perdu la tête ? La chose se comprend... elle se comprend fort bien... Voilà à quoi vous vous exposiez pourtant.

Messieurs, continua-t-il en s'adressant aux assistants, mû par un sentiment de pitié et de sympathie, pour ainsi dire, je suis prêt à pardonner maintenant encore, malgré les insultes qui m'ont été adressées. Puisse, ajouta-t-il en se tournant de nouveau vers Sonia, puisse l'humiliation qui vous a été infligée aujourd'hui, mademoiselle, vous servir de leçon pour l'avenir ; je ne donnerai aucune suite à l'affaire, les choses en resteront là, cela suffit. »

Piotr Petrovitch jeta un regard en dessous à Raskolnikov. Leurs yeux se rencontrèrent, ceux du jeune homme lançaient des flammes.

Quant à Catherine Ivanovna, elle semblait n'avoir rien entendu ; elle continuait à étreindre et à embrasser Sonia avec une sorte de frénésie. Les enfants avaient également enlacé la jeune fille et la serraient dans leurs petits bras. Poletchka, sans comprendre ce qui se passait, sanglotait à fendre l'âme, son joli visage gonflé de larmes appuyé sur l'épaule de Sonia.

« Quelle bassesse ! » fit tout à coup une voix sonore à la porte.

Piotr Petrovitch se retourna vivement.

« Quelle bassesse ! » répéta Lebeziatnikov en le regardant fixement.

Loujine eut comme un frisson. Tous le remarquèrent (ils s'en souvinrent plus tard). Lebeziatnikov alors pénétra dans la pièce.

« Et vous avez osé invoquer mon témoignage ! dit-il en s'approchant de l'homme d'affaires.

– Qu'est-ce que cela signifie, André Simionovitch ? De quoi parlez-vous ? balbutia Loujine.

– Cela signifie que vous êtes... un calomniateur. Voilà ce que veulent dire mes paroles », proféra Lebeziatnikov avec emportement, et en le regardant durement de ses petits yeux myopes. Il semblait furieux. Raskolnikov, les yeux passionnément attachés au visage du jeune homme, l'écoutait avec avidité et semblait peser ses moindres paroles.

Il y eut un silence. Piotr Petrovitch parut déconcerté au premier moment surtout.

« Si c'est à moi que vous... bégaya-t-il, mais qu'avez-vous ? Êtes-vous dans votre bon sens ?

– Oui, moi je suis dans mon bon sens, et vous... vous êtes un misérable. Ah ! quelle bassesse ! Je vous ai bien écouté, et si je n'ai pas parlé plus tôt, c'était afin de mieux comprendre, car j'avoue qu'il y a encore des choses que je ne m'explique pas... Ainsi, pourquoi avez-vous fait tout cela ? Je ne puis le comprendre.

– Mais qu'ai-je fait enfin ? Avez-vous bientôt fini de parler par énigmes ? Peut-être êtes-vous ivre ?

– C'est peut-être vous, homme vil, qui vous enivrez. Moi, je ne bois jamais. Je ne prends jamais une goutte de vodka, car mes principes ne me le permettent pas. Figurez-vous que c'est lui, lui-même, qui a remis de ses propres mains ce billet de cent roubles à Sophie Simionovna. Je l'ai vu, j'en ai été témoin. Je suis prêt à l'affirmer sous serment. Lui, lui, répéta Lebeziatnikov, en s'adressant à tous et à chacun en particulier.

– Mais êtes-vous devenu fou, petit blanc-bec ? glapit Loujine. Elle se trouve elle-même ici, devant vous, et vient d'affirmer publiquement, il y a un instant, n'avoir reçu de moi que dix roubles. Comment donc ai-je pu lui donner cet argent ?

– Je l'ai vu ; je l'ai vu, répétait Lebeziatnikov et, quoique mes principes s'y opposent, je suis prêt à l'affirmer sous serment devant la justice, car je vous ai vu lui glisser cet argent à la dérobée. Seulement, j'ai cru, dans ma sottise, que c'était par charité. Au moment où vous lui disiez adieu devant la porte, tandis que vous lui tendiez la main droite, vous avez tout doucement introduit de la gauche un papier dans sa poche. Je l'ai vu. Je l'ai vu ! »

Loujine pâlit.

« Quel conte inventez-vous là ? cria-t-il d'un ton insolent. Comment pouviez-vous, étant près de la fenêtre, distinguer ce papier ? Vous avez eu la berlue... avec votre mauvaise vue encore ! C'est du délire !

– Non, je n'ai pas eu la berlue, et, malgré la distance, j'ai fort bien vu tout, tout, et, quoique de la fenêtre en effet il soit difficile de distinguer le papier, sous ce rapport vous dites vrai, j'ai cependant remarqué, par suite d'une circonstance particulière, que c'était un billet de cent roubles, car, lorsque vous avez donné à Sophie Simionovna le billet de dix roubles, je vous ai vu, de mes propres yeux, en prendre sur la table un autre de cent roubles (ça je l'ai vu parfaitement, j'étais à ce moment-là près de vous et je n'ai pas oublié ce détail, car il m'était venu une idée). Ce billet, vous l'avez plié et tenu serré dans le creux de votre main. Ensuite, je n'y pensais plus, mais quand vous vous êtes levé, vous avez fait passer le papier de votre main droite dans la gauche et failli le laisser tomber. Je m'en suis alors souvenu, car la même idée m'était revenue, à savoir que vous vouliez obliger Sophie Simionovna à mon insu. Vous pouvez vous imaginer avec quelle attention je me suis mis à suivre vos moindres gestes. Eh bien, j'ai vu comment vous êtes parvenu à lui fourrer le billet dans la poche. Je l'ai vu, je l'ai vu, et suis prêt à en témoigner sous la foi du serment. »

Lebeziatnikov suffoquait d'indignation. Des exclamations diverses s'élevaient de tous les coins de la pièce, la plupart exprimaient l'étonnement, mais quelques-unes étaient proférées sur un ton menaçant. Les assistants se rapprochèrent de Piotr Petrovitch et se pressèrent autour de lui. Catherine Ivanovna s'élança vers Lebeziatnikov :

« André Simionovitch, je vous avais méconnu ! Défendez-la. Vous êtes seul à le faire. Elle est orpheline, c'est Dieu qui vous envoie, André Simionovitch, mon cher ami. »

Et Catherine Ivanovna se jeta presque inconsciente aux pieds du jeune homme.

« C'est fou, hurla Loujine, transporté de fureur. Vous inventez des inepties, monsieur : « J'ai oublié et me suis rappelé, je me suis rappelé et j'ai oublié » ! Qu'est-ce que cela signifie ? À vous en croire, je lui aurais glissé exprès cent roubles ? Mais pourquoi ? Dans quel dessein ? Qu'ai-je de commun avec cette...

– Pourquoi ? C'est ce que je ne comprends pas moi-même, mais je vous assure que je dis la vérité. Je me trompe si peu, homme vil et criminel que vous êtes, que je me rappelle m'être posé cette question au moment où je vous félicitais en vous serrant la main. Avec quel dessein lui glissiez-vous ce billet à la dérobée ? Ou, tout simplement, pourquoi vous cachiez-vous pour le faire ? Mystère ! Serait-ce, me suis-je dit, que vous teniez à me cacher cette bonne action, me sachant ennemi par principe de la charité privée, que je considère comme un vain palliatif ? Je décidai donc que vous aviez honte de donner une somme si importante et que vous désiriez, d'autre part, faire une surprise à Sophie Simionovna (il y a en effet des personnes qui aiment cacher ainsi leurs bienfaits). Ensuite, je pensai que vous vouliez peut-être éprouver la jeune fille, voir si elle viendrait vous remercier quand elle aurait trouvé l'argent dans sa poche. Ou bien ne songiez-vous qu'à éviter sa reconnaissance, selon le principe qui proclame que la main droite doit ignorer... Bref, quelque chose dans ce genre-là... Enfin, Dieu sait les suppositions que j'ai pu faire ; je me proposais d'y réfléchir plus tard tout à loisir, car j'aurais cru manquer à la délicatesse en vous laissant voir que je connaissais votre secret. Sur ces entrefaites, une crainte m'est venue. Sophie Simionovna, n'étant pas instruite de votre générosité, pouvait perdre l'argent sans s'en douter. Voilà pourquoi je me suis décidé à me rendre ici pour la prendre à part et lui dire que vous aviez glissé cent roubles dans sa poche. Mais je suis rentré auparavant chez les dames Kobyliatnikov, afin de leur remettre la *Vue générale sur la méthode positive,* et leur recommander particulièrement l'article de Piderit[82] (et celui de Wagner[83] aussi, du reste). Enfin, j'arrive ici et j'assiste à ce scandale. Mais, voyons, aurais-je eu toutes ces pensées, me serais-je fait tous ces raisonnements, si je ne vous avais pas vu, de mes propres yeux, glisser les cent roubles dans la poche de Sophie Simionovna ? »

André Simionovitch termina ce long discours, couronné d'une conclusion si logique, dans un état de fatigue extrême : la sueur coulait de son front. Il avait malheureusement peine à s'exprimer convenablement en russe (quoiqu'il ne connût aucune autre langue). Son effort oratoire l'avait épuisé ; il semblait presque amaigri. Pourtant sa plaidoirie produisit un effet extraordinaire. Elle avait été prononcée avec tant de flamme et tant de conviction que tous les auditeurs parurent y ajouter foi. Piotr Petrovitch sentit que les choses tournaient mal pour lui.

« Que m'importent les sottes questions qui ont pu vous tourmenter l'esprit ? s'écria-t-il. Ce n'est pas une preuve ! Vous

---

[82] *Piderit :* Écrivain et médecin allemand, auteur d'un ouvrage sur la physiognomonie.

[83] *Wagner :* Économiste allemand.

pouvez avoir simplement rêvé toutes ces balivernes. Et moi, je vous dis que vous mentez, monsieur. Vous mentez et vous me calomniez pour assouvir une vengeance personnelle. La vérité est que vous ne pouvez pas me pardonner d'avoir rejeté le radicalisme impie de vos théories sociales ! »

Mais ce faux-fuyant, loin de tourner à son avantage, provoqua au contraire de violents murmures.

« Ah ! voilà comment tu essaies de t'en tirer, cria Lebeziatnikov. Je te dis que tu mens. Appelle la police ; je prêterai serment. Une seule chose reste obscure pour moi : le motif qui t'a poussé à commettre une action si vile. Oh, le misérable ! le lâche !

– Moi, je puis expliquer sa conduite, et, s'il le faut, je prêterai serment également », fit Raskolnikov d'une voix ferme, en se détachant de son groupe.

Il semblait calme et sûr de lui. Tous comprirent, à première vue, qu'il connaissait en effet le mot de l'énigme et que cette affaire touchait à son dénouement.

« Maintenant, tout me paraît parfaitement clair, fit-il en s'adressant à Lebeziatnikov. J'avais flairé, dès le début de l'incident, quelque ignoble intrigue. Ce soupçon reposait sur certaines circonstances connues de moi seul et que je vais vous révéler. Là est le nœud de l'affaire. C'est vous, André Simionovitch, qui, par votre précieuse déposition, avez fait la lumière dans mon esprit. Je prie tout le monde de prêter une oreille attentive. Ce monsieur (il désigna Loujine) avait demandé dernièrement la main d'une jeune fille, ma sœur, Avdotia Romanovna Raskolnikova ; mais arrivé depuis peu à Pétersbourg, il se prit de querelle avec moi à notre première entrevue, si bien que je finis par le mettre à la porte, ainsi que deux témoins peuvent le déclarer. Cet homme est très méchant... J'ignorais qu'il logeait chez vous, André Simionovitch, ce qui fait qu'il a pu voir à mon insu, avant-hier, c'est-à-dire le jour même de notre dispute, que je donnais de l'argent, en ma qualité d'ami de feu M. Marmeladov, à sa veuve Catherine Ivanovna, pour parer aux dépenses des funérailles. Il écrivit aussitôt à ma mère que j'avais donné tout cet argent, non à Catherine Ivanovna, mais à Sophie Simionovna. Il qualifiait en même temps le... caractère de cette jeune fille en termes extrêmement outrageants et laissait entendre que j'entretenais avec elle des relations intimes. Son but, vous le comprenez, était de me brouiller avec ma mère et ma sœur, en leur faisant croire que je dépensais d'une façon indigne l'argent qu'elles m'envoient en se privant elles-mêmes. Hier soir, j'ai rétabli, en présence de ma mère, de ma sœur, et devant lui-même, la vérité des faits qu'il avait dénaturés. J'ai dit que, cet argent, je l'avais remis à Catherine Ivanovna pour l'enterrement et non à Sophie Simionovna, que je n'avais d'ailleurs jamais vue encore. Et j'ai ajouté que lui, Piotr Petrovitch Loujine, avec tous ses mérites, ne valait pas le petit doigt de Sophie Simionovna dont il disait tant de mal.

« Quand il me demanda si je ferais asseoir ma sœur à côté de Sophie Simionovna, je lui répondis que je l'avais déjà fait le jour même. Furieux de voir que ma mère et ma sœur refusaient de se brouiller avec moi sur la foi de ses calomnies, il en arriva, de fil en aiguille, à les insulter grossièrement. Une rupture définitive s'ensuivit et il fut mis à la porte. Tout cela s'est passé hier soir. Maintenant, je vous demande de m'accorder toute votre attention. S'il arrivait à prouver, dans cette circonstance, la culpabilité de Sophie Simionovna, il démontrait ainsi à ma famille que ses soupçons étaient fondés et qu'il avait été justement froissé en me voyant l'admettre dans la société de ma sœur ; enfin, en s'attaquant à moi, il ne faisait que défendre l'honneur de sa fiancée. Bref, c'était pour lui un nouveau moyen de me brouiller avec ma famille et de rentrer en grâce auprès d'elle. Du même coup il se vengeait en même temps de moi, car il avait lieu de penser que l'honneur et le repos de Sophie Simionovna me sont très précieux. Voilà le calcul qu'il a fait, et comment je comprends la chose. Telle est l'explication de sa conduite et il ne saurait y en avoir d'autre. »

C'est à peu près ainsi que Raskolnikov termina son discours, fréquemment interrompu par les exclamations d'une assistance, fort attentive du reste. Il n'en garda pas moins jusqu'au bout un ton net, calme et assuré. Sa voix tranchante, son accent convaincu et la sévérité de son visage émurent profondément l'auditoire.

« Oui, oui, c'est cela, c'est bien cela, se hâta de reconnaître Lebeziatnikov enthousiasmé. Vous devez avoir raison, car il m'a précisément demandé, quand Sophie Simionovna est entrée dans la pièce, si vous étiez ici et si je vous avais vu parmi les hôtes de Catherine Ivanovna. Il m'a attiré dans l'embrasure de la fenêtre pour me poser cette question tout bas : c'est donc qu'il avait besoin de vous savoir là. Oui, c'est bien cela ! »

Loujine se taisait et souriait dédaigneusement. Mais il était très pâle. Il semblait chercher un moyen de se tirer d'affaire. Peut-être se fût-il volontiers esquivé séance tenante, mais la retraite était impossible pour le moment. S'en aller ainsi eût été reconnaître le bien-fondé de l'accusation portée contre lui et s'avouer coupable d'avoir calomnié Sophie Simionovna. D'autre part, l'assistance semblait fort excitée par les copieuses libations auxquelles elle s'était livrée. Le manutentionnaire, quoique incapable de se faire une idée nette de l'affaire, criait plus haut que tous et il proposait certaines mesures fort désagréables pour Loujine.

D'ailleurs, il n'y avait pas là que des gens ivres ; cette scène avait attiré nombre de locataires de toutes les pièces de la maison. Les trois Polonais, très échauffés, ne cessaient de proférer dans leur langue des injures à l'adresse de Piotr Petrovitch et de lui crier : *Pane ladak*[84] ! Sonia écoutait avec toute son attention, mais elle aussi semblait mal comprendre ce qui se passait, comme une personne à peine sortie d'un évanouissement. Elle ne quittait pas des yeux Raskolnikov, sentant que lui seul pouvait la protéger. La respiration de Catherine Ivanovna était sifflante et pénible ; elle paraissait complètement épuisée. Mais c'était Amalia Ivanovna qui faisait la plus sotte figure, avec sa bouche grande ouverte et son air ébahi. On voyait qu'elle ne comprenait rien aux événements. Elle voyait seulement que Piotr Petrovitch était en mauvaise posture.

Raskolnikov tenta de reprendre la parole, mais il dut y renoncer bientôt, car tout le monde se pressait autour de Loujine en une foule compacte d'où partaient les injures et les menaces. Pourtant, Loujine ne se laissa pas effrayer. Comprenant que la partie était définitivement perdue pour lui, il eut recours à l'insolence.

« Permettez, messieurs, permettez, ne vous pressez pas ainsi. Laissez-moi passer, disait-il en se frayant un chemin. Et ne vous donnez pas la peine d'essayer de me faire peur avec vos menaces,

---

[84] *Pane ladak !* : Monsieur Coquin (en polonais).

je vous assure que vous n'arriverez à rien et que je ne suis pas facile à effrayer. C'est vous, messieurs, qui aurez au contraire à répondre en justice de la protection que vous accordez à un acte criminel. La voleuse est plus que démasquée et je porterai plainte. Les juges ne sont pas si aveugles, ni... ivres. Ils récuseront les témoignages de deux impies, deux révolutionnaires notoires qui me calomnient par vengeance personnelle, ainsi qu'ils ont eu la sottise de le reconnaître... Oui, voilà. Permettez !

– Je ne peux pas supporter un instant de plus votre présence dans ma chambre ; je vous somme de la quitter et je ne veux plus rien avoir de commun avec vous. Quand je pense que j'ai depuis deux semaines sué sang et eau à lui exposer...

– Mais, André Simionovitch, je vous ai moi-même annoncé tantôt mon départ et c'était vous qui me reteniez. Maintenant, je me bornerai à ajouter que vous êtes un sot, voilà. Je vous souhaite d'arriver à guérir votre esprit et vos yeux. Permettez, messieurs. »

Il réussit à s'ouvrir un passage, mais le manutentionnaire ne voulut pas le laisser échapper ainsi et, jugeant les injures une punition insuffisante pour lui, il prit un verre sur la table et le lui lança de toutes ses forces. Mais le projectile atteignit, par malheur, Amalia Ivanovna, qui se mit à pousser des cris perçants, tandis que le manutentionnaire, qui avait perdu son équilibre en prenant son élan, allait rouler lourdement sous la table. Piotr Petrovitch rentra chez lui, et une heure plus tard, il avait quitté la maison.

Naturellement timide, Sonia, avant cette aventure, se savait plus vulnérable qu'une autre, car chacun pouvait se risquer impunément à l'outrager. Elle avait toutefois espéré jusqu'ici pouvoir désarmer la malveillance à force de prudence, d'humilité et de douceur envers tous. Maintenant, cette illusion lui était enlevée et la déception lui paraissait trop cruelle. Certes, elle pouvait tout supporter avec patience et sans murmurer ; cette épreuve même n'était pas au-dessus de ses forces, mais, sur le moment, le coup lui parut trop dur. Malgré le triomphe de son innocence, quand le premier moment de frayeur fut passé et qu'elle fut en état de se rendre compte des choses, son cœur se serra douloureusement à la pensée de son abandon et de son isolement dans la vie. Elle fut prise d'une crise nerveuse. À la fin, n'y tenant plus, elle se précipita hors de la pièce et courut chez elle. Ce fait coïncida presque avec le départ de Loujine.

Amalia Ivanovna, quand elle se vit, au milieu de la risée générale, atteinte par le projectile destiné à Loujine, prit la chose fort mal et tourna sa colère contre Catherine Ivanovna. Elle se jeta sur elle avec un hurlement, comme si elle la rendait responsable de toute l'histoire.

« Hors d'ici tout de suite ! File ! » En criant, elle saisissait tous les objets appartenant à sa locataire qui lui tombaient sous la main et les jetait par terre. La pauvre veuve, déjà brisée, presque défaillante, sauta à bas de son lit (elle avait dû s'étendre, vaincue par la souffrance) et se précipita sur la logeuse. Mais la lutte était inégale. Amalia Ivanovna n'eut aucune peine à la repousser comme une plume.

« Comment ? Ce n'est pas assez d'avoir calomnié Sonia ? Voilà que cette créature s'en prend maintenant à moi ! Comment ? me chasser le jour des funérailles de mon mari, après avoir reçu mon hospitalité, me chasser dans la rue avec des orphelins ! Et où irai-je ? sanglotait la pauvre femme à bout de souffle. Seigneur ! s'écria-t-elle tout à coup ; ses yeux étincelèrent. Se peut-il qu'il n'y ait aucune justice ici-bas ? Qui défendras-tu si tu ne prends soin de nous, les orphelins ? Eh bien, nous verrons. Il existe sur terre des juges et des tribunaux et je me plaindrai. Attends, criminelle ! Poletchka, ne quitte pas les enfants, je reviendrai bientôt. Attendez-moi dans la rue, s'il le faut. Nous verrons s'il y a une justice en ce monde ! »

Catherine Ivanovna, s'enveloppant la tête de ce même châle en drap vert dont il avait été question dans le récit de Marmeladov, fendit la foule avinée et houleuse des locataires qui se pressaient dans la chambre et se précipita, gémissante, tout en larmes, dans la rue. Elle était résolue à se faire rendre justice immédiatement et coûte que coûte. Poletchka, prise de terreur, se blottit avec les enfants dans un coin près de la malle, enlaça les petits et attendit ainsi le retour de sa mère. Amalia Ivanovna, pareille à une furie, allait et venait dans la pièce, hurlait de rage, se lamentait et jetait par terre tout ce qui lui tombait sous la main. Parmi les locataires, les uns commentaient l'événement à pleine voix, d'autres se disputaient, s'injuriaient, d'autres encore entonnaient des chansons...

« À mon tour de m'en aller, pensa Raskolnikov ; eh bien, Sophie Simionovna, on verra ce que vous direz maintenant ! »

Et il se rendit chez elle.

IV

Raskolnikov, quoiqu'il eût lui-même sa part suffisante d'horreurs et de misères à porter dans son cœur, avait vaillamment et adroitement plaidé la cause de Sonia contre Loujine. C'est que, sans parler même de l'intérêt qu'il portait à la jeune fille et qui le poussait à la défendre, il avait tant souffert dans la matinée qu'il avait accueilli avec joie cette occasion de secouer des impressions devenues insupportables. D'un autre côté, la pensée de sa prochaine entrevue avec Sonia le préoccupait et le remplissait par moments d'anxiété. Il *devait* lui révéler qui avait tué Lisbeth. Pressentant ce que cet aveu aurait de torturant, il semblait vouloir l'écarter et en détourner sa pensée. Lorsqu'il s'était écrié, en sortant de chez Catherine Ivanovna : « Eh bien ! qu'allez-vous dire maintenant, Sophie Simionovna ? », il subissait vraisemblablement encore l'excitation pleine de hardiesse et de défi où l'avait mis sa victoire sur Loujine. Mais, chose bizarre, lorsqu'il arriva au logement de Kapernaoumov, son assurance l'abandonna tout à coup ; il se sentit faible et craintif. Il s'arrêta indécis devant la porte et se demanda : « Faut-il révéler qui a tué Lisbeth ? » Ce qui rendait cette question étrange, c'était qu'il reconnaissait en même temps l'impossibilité absolue où il se trouvait, non seulement d'éviter cet aveu, mais même de le différer d'un instant. Il ne pouvait s'en expliquer la raison et se contentait de sentir qu'il en était ainsi et il souffrait horriblement, écrasé par la conscience de sa faiblesse devant cette nécessité. Pour s'épargner de plus longs tourments, il se hâta d'ouvrir la porte et, avant de franchir le seuil, regarda Sonia. Elle était assise, les coudes appuyés sur sa petite table, le visage dans les mains ; mais en apercevant Raskolnikov, elle se leva précipitamment et alla au-devant de lui comme si elle l'eût attendu.

« Que serais-je devenue sans vous ? » dit-elle vivement en le rejoignant au milieu de la pièce. Elle ne paraissait songer qu'au service qu'il lui avait rendu et vouloir l'en remercier au plus vite. Ensuite elle attendit. Raskolnikov s'approcha de la table, et s'assit sur la chaise que la jeune fille venait de quitter. Elle resta debout à deux pas de lui, exactement comme la veille.

« Eh bien ! Sonia, dit-il, et il s'aperçut soudain que sa voix tremblait ; toute l'accusation était établie sur votre situation sociale et les habitudes qu'elle implique ; l'avez-vous compris tantôt ? »

Le visage de Sonia exprima la souffrance.

« Seulement, ne me parlez pas comme hier, l'interrompit-elle. Non, ne commencez pas, je vous en prie. J'ai déjà assez souffert... »

Elle se hâta de sourire, craignant que ce reproche n'eût blessé son hôte.

« Je suis partie comme une folle tout à l'heure. Que se passe-t-il maintenant là-bas ? J'avais l'intention d'y retourner, mais... je pensais toujours que vous viendriez ! »

Il lui raconta qu'Amalia Ivanovna les mettait à la porte et que Catherine Ivanovna était partie « chercher justice » quelque part.

« Ah ! mon Dieu ! s'écria Sonia, courons vite... »

Elle prit sa mantille.

« Toujours la même chose, fit Raskolnikov, tout irrité ; vous ne pensez qu'à eux, restez un peu avec moi...

– Mais... Catherine Ivanovna...

– Oh ! Catherine Ivanovna ne vous oubliera pas, soyez tranquille ; elle passera certainement chez vous puisqu'elle est sortie, répondit-il d'un air fâché, et si elle ne vous trouvait pas, ce serait votre faute, vous pouvez en être sûre... »

Sonia s'assit en proie à une cruelle perplexité. Raskolnikov se taisait ; il paraissait réfléchir, les yeux baissés...

« Admettons que Loujine ne l'a pas voulu aujourd'hui, mais s'il avait jugé de son intérêt de vous faire arrêter et que ni moi ni Lebeziatnikov ne nous fussions trouvés là, vous seriez maintenant en prison, n'est-ce pas ?

– Oui, répondit-elle d'une voix faible, oui, répéta-t-elle, distraite de la conversation par l'anxiété qu'elle éprouvait.

– Or je pouvais fort bien n'être pas là. Quant à Lebeziatnikov, c'est tout à fait par hasard qu'il est venu. »

Sonia ne répondit rien.

« Et si l'on vous avait mise en prison, que serait-il arrivé ? Vous rappelez-vous ce que je vous ai dit hier ? »

Elle continua à se taire. Il attendit un moment, puis reprit :

« Et moi je pensais que vous alliez répéter : « Ah ! ne me parlez pas de cela, finissez », fit Raskolnikov avec un rire un peu forcé. Eh bien, quoi, vous vous taisez toujours ? reprit-il au bout d'un moment. Il nous faut pourtant trouver un sujet de conversation. Tenez, je serais curieux de savoir comment vous résoudriez certaine « question », comme dirait Lebeziatnikov (il commençait visiblement à perdre son sang-froid). Non, je ne plaisante pas. Supposez, Sonia, que vous connaissiez d'avance tous les projets de Loujine et que vous sachiez (mais à coup sûr) qu'ils causeraient la perte de Catherine Ivanovna, des enfants et de vous-même par-dessus le marché (puisque vous ne vous comptez que *par-dessus le marché).* Et que Poletchka... soit par conséquent condamnée à une vie comme la vôtre. Eh bien, voilà... S'il dépendait de vous de faire périr Loujine, c'est-à-dire de sauver Catherine Ivanovna et sa famille, ou de laisser Loujine vivre et réaliser ses infâmes projets, à quoi vous décideriez-vous ? Je vous le demande. »

Sonia le regardait avec inquiétude ; ces paroles prononcées sur un ton hésitant, lui paraissaient cacher une arrière-pensée.

« Je m'attendais à ce que vous me posiez une question bizarre, dit-elle en lui jetant un regard pénétrant.

– Cela se peut. Mais n'importe, que décideriez-vous ?

– Pourquoi demander des choses absurdes ? répondit Sonia avec répugnance.

– Ainsi, vous laisseriez plutôt Loujine vivre et commettre des scélératesses ? Pourquoi n'avez-vous pas le courage de trancher au moins la question ?

– Mais, voyons, je ne connais pas les intentions de la divine Providence. Et pourquoi m'interroger sur un cas impossible ? À quoi bon ces vaines questions ? Comment se pourrait-il que l'existence d'un homme dépendît de ma volonté ? Et qui m'érigerait en arbitre de la destinée humaine, de la vie et de la mort ?

– Du moment qu'on fait intervenir la Providence divine, nous n'avons plus rien à nous dire, fit Raskolnikov d'un air morose.

– Dites-moi plutôt franchement ce que vous voulez de moi, s'écria Sonia avec angoisse. Toujours vos allusions... N'êtes-vous donc venu que pour me torturer ? »

Elle ne put se contenir davantage et fondit en larmes. Il la considéra d'un air sombre et angoissé. Cinq minutes passèrent ainsi.

« Oui, tu as raison », Sonia, dit-il enfin à voix basse. Un brusque changement s'était opéré en lui. Son aplomb factice et le ton insolent qu'il affectait tout à l'heure avaient disparu. Sa voix même semblait affaiblie. « Après t'avoir dit moi-même, hier, que je ne viendrais pas te demander pardon aujourd'hui, voilà que c'est presque par des excuses que j'ai commencé cet entretien... En te parlant de Loujine et de la Providence, je ne parlais que pour moi... et je m'excusais, Sonia... »

Il essaya de sourire, mais il ne put esquisser qu'une pauvre grimace impuissante. Alors, il baissa la tête et couvrit son visage de ses mains.

Tout à coup, une sensation étrange et surprenante de haine pour Sonia lui traversa le cœur. Étonné, effrayé même de cette découverte bizarre, il releva la tête et considéra attentivement la jeune fille ; elle fixait sur lui un regard inquiet et plein d'une sollicitude douloureuse ; ce regard exprimait l'amour et sa haine s'évanouit comme un fantôme. Ce n'était pas cela, il s'était trompé sur la nature du sentiment qu'il éprouvait, il signifiait seulement que le moment fatal était venu.

Il cacha de nouveau son visage dans ses mains et baissa la tête. Soudain, il pâlit, se leva, regarda Sonia et, sans dire un mot, alla machinalement s'asseoir sur son lit. Son impression, à ce moment-là, était exactement pareille à celle qu'il avait éprouvée le jour où, debout derrière la vieille, il avait tiré la hache du nœud coulant, en se disant qu'il n'avait plus un instant à perdre.

« Qu'avez-vous ? » demanda Sonia, interdite.

Il ne put proférer un seul mot. Il avait pensé *s'expliquer* dans des circonstances toutes différentes et n'arrivait pas à comprendre ce qui se passait en lui.

Elle s'approcha tout doucement, s'assit à ses côtés sur le lit et attendit sans le quitter des yeux. Son cœur battait à se rompre. La situation devenait insupportable ; il tourna vers elle un visage d'une pâleur mortelle. Ses lèvres se tordaient, impuissantes à laisser échapper un mot. Alors l'épouvante s'empara de Sonia.

« Qu'avez-vous ? répéta-t-elle en s'écartant un peu de lui.

– Rien, Sonia. Ne t'effraie pas... C'est une bêtise, oui, vraiment, si l'on se donne la peine d'y réfléchir, murmura-t-il du ton d'un homme en proie au délire. Seulement, pourquoi suis-je venu te tourmenter ? ajouta-t-il en la regardant. Non, vraiment. Pourquoi ? Je ne cesse de me poser cette question, Sonia... »

Il se l'était peut-être posée un quart d'heure auparavant, mais, à ce moment, sa faiblesse était telle qu'il avait à peine conscience de lui-même ; un tremblement continuel agitait tout son corps.

« Comme vous vous tourmentez ! fit la jeune fille douloureusement en le regardant.

– Ce n'est rien !... Voici ce que je voulais te dire, Sonia. » Un pâle sourire se joua deux secondes sur ses lèvres. « Te rappelles-tu ce que je voulais t'apprendre hier ? »

Sonia attendit, inquiète.

« Je t'ai dit en te quittant que je te faisais peut-être mes adieux pour toujours, mais que si je revenais aujourd'hui, je t'apprendrais qui a tué Lisbeth. »

Elle se mit tout à coup à trembler de tous ses membres.

« Eh bien, voilà, je suis venu te le dire.

CINQUIÈME PARTIE

– Ainsi, ce que vous me disiez était sérieux ! balbutia-t-elle avec effort... Mais comment le savez-vous ? » ajouta-t-elle vivement comme si elle revenait à elle.

Elle avait peine à respirer. Son visage devenait de plus en plus pâle.

« Je le sais. »

Elle se tut un moment.

« On *l'a* trouvé ? demanda-t-elle enfin timidement.

– Non, on ne l'a pas trouvé.

– Alors, comment *le* savez-vous ? » redemanda-t-elle après un nouveau silence et d'une voix presque inintelligible.

Il se tourna vers elle et la regarda avec une fixité singulière.

« Devine ? » Le même sourire impuissant flottait sur ses lèvres.

Sonia sentit tout son corps se convulser.

« Mais vous me... Qu'avez-vous à me faire peur ? fit-elle avec un sourire d'enfant.

– Pour le savoir, il faut que je sois « lié » avec *lui,* reprit Raskolnikov, dont le regard restait attaché sur elle, comme s'il n'avait pas la force de détourner les yeux. Cette Lisbeth... il n'avait pas l'intention de la tuer... Il l'a assassinée... sans préméditation... Il ne voulait tuer que la vieille... quand elle serait seule... et il alla chez elle... mais, sur ces entrefaites, Lisbeth est entrée. Il l'a tuée... elle aussi. »

Un silence lugubre suivit ces paroles. Les jeunes gens se regardaient mutuellement.

« Ainsi, tu ne peux pas deviner ? demanda-t-il brusquement ; il avait l'impression qu'il se jetait du haut d'un clocher.

– Non, murmura Sonia d'une voix presque indistincte.

– Cherche bien. »

Il avait à peine prononcé ces paroles qu'une sensation familière lui glaçait le cœur : il regardait Sonia et croyait voir Lisbeth. Il avait gardé un souvenir ineffaçable de l'expression apparue sur le visage de la pauvre femme, quand il avançait sur elle, la hache levée et qu'elle reculait vers le mur, les bras en avant comme font les petits enfants lorsqu'ils commencent à s'effrayer et, prêts à pleurer, fixent d'un regard effaré et immobile l'objet de leur épouvante. Telle était Sonia en ce moment. Son regard exprimait la même terreur impuissante. Tout à coup, elle étendit le bras gauche, repoussa légèrement Raskolnikov, en lui appuyant la main sur la poitrine et se leva brusquement, en s'écartant peu à peu de lui, sans cesser de le regarder. Sa terreur se communiqua au jeune homme qui se mit à la considérer d'un air aussi effaré, tandis que le même pauvre sourire *d'enfant* flottait sur ses lèvres.

« As-tu deviné ? murmura-t-il.

– Mon Dieu ! » laissa-t-elle échapper dans un affreux gémissement. Puis elle tomba épuisée sur son lit et son visage s'enfonça dans l'oreiller. Mais, au bout d'un instant, elle se releva vivement, s'approcha, lui saisit les deux mains que ses petits doigts minces serrèrent comme des étaux et elle attacha sur lui un long regard immobile.

Par ce suprême regard, elle espérait encore saisir une expression qui lui prouverait qu'elle s'était trompée. Mais non, il ne pouvait rester aucun *doute,* son soupçon devenait une certitude. Plus tard même, quand il lui arrivait d'évoquer cette minute, tout lui en semblait étrange, miraculeux ; d'où lui était venue cette certitude *immédiate* de ne s'être pas trompée ? Car, enfin, elle n'aurait pu prétendre avoir pressenti cette confession ! Et cependant, à peine lui eut-il fait son aveu, qu'il lui semblait l'avoir deviné d'avance.

« Assez, Sonia, assez. Ne me tourmente pas », supplia-t-il d'une voix douloureuse. Ce n'était pas *ainsi* qu'il comptait faire l'aveu de son crime, les événements contrariaient toutes ses prévisions.

Sonia, qui semblait hors d'elle-même, bondit de son lit et gagna le milieu de la pièce en se tordant les mains, puis elle revint vivement sur ses pas et se rassit près de lui à le toucher. Tout à coup, elle frissonna, comme si elle avait été traversée par une pensée terrible, poussa un cri et, sans savoir elle-même pourquoi, tomba à genoux devant Raskolnikov.

« Ah ! qu'avez-vous fait ? qu'avez-vous fait de vous-même ? » fit-elle désespérément et, se relevant soudain, elle se jeta à son cou et l'enlaça avec violence. Raskolnikov se dégagea et la regarda avec un triste sourire.

« Que tu es donc étrange, Sonia !... Tu m'enlaces et tu viens m'embrasser après que je t'aie avoué *cela.* Tu n'as pas conscience de ce que tu fais !

– Non, non, il n'y a pas maintenant d'homme plus malheureux que toi sur terre », cria-t-elle dans un élan d'exaltation, et sans entendre ses paroles. Puis, tout à coup, elle éclata en sanglots désespérés.

Un sentiment depuis longtemps oublié vint détendre l'âme du jeune homme. Il n'y résista point ; deux larmes jaillirent de ses yeux et se suspendirent à ses cils.

« Ainsi tu ne m'abandonneras pas, Sonia ? fit-il avec une sorte d'espoir.

– Non, non, jamais, nulle part, s'écria-t-elle. Je te suivrai partout. Oh ! Seigneur !... oh ! malheureuse que je suis !... Et pourquoi, pourquoi ne t'ai-je pas connu plus tôt ? Pourquoi n'es-tu pas venu auparavant ? Oh ! Seigneur !

– Tu vois bien que je suis venu.

– Maintenant ! Oh ! que faire maintenant ?... Ensemble, ensemble, répéta-t-elle avec exaltation en l'enlaçant encore. Je te suivrai au bagne. »

Ces derniers mots parurent irriter Raskolnikov ; l'ancien sourire haineux et presque hautain reparut sur ses lèvres.

« Je n'ai peut-être pas encore envie d'aller au bagne, Sonia », dit-il.

Après le premier moment de pitié douloureuse et passionnée pour le malheureux, la terrible idée du meurtre revenait à la jeune fille. Le ton dont ces paroles étaient prononcées lui rappelait tout à coup qu'il était un assassin. Elle le regardait avec une sorte de saisissement. Elle ne savait encore comment ni pourquoi il était devenu criminel. Ces questions se présentaient maintenant à elle toutes à la fois, et de nouveau, elle se prit à douter ; lui un assassin ? Impossible !

« Que m'arrive-t-il ? Où suis-je ? fit-elle avec une surprise profonde comme si elle eût peine à revenir à elle. Mais comment,

comment un homme comme vous a-t-il pu se décider... Mais enfin, pourquoi ?

– Eh bien, pour voler, Sonia », répondit-il d'un air las et un peu agacé. Sonia semblait stupéfaite ; soudain, un cri lui échappa.

« Tu avais faim ! C'était pour venir en aide à ta mère ? Oui ?

– Non, Sonia, non, balbutia-t-il en se détournant et en baissant la tête... Je n'avais pas si faim que ça... et voulais en effet venir en aide à ma mère, mais... ce n'est pas tout à fait cela ; ne me tourmente pas, Sonia... »

La jeune fille frappa ses mains l'une contre l'autre.

« Non, mais se peut-il, se peut-il que tout cela soit réel ? Et quelle réalité, Seigneur ! Qui pourrait y ajouter foi ! Et comment, comment se fait-il que vous vous dépouilliez pour les autres quand vous avez tué pour voler ? Ah !... cria-t-elle soudain, cet argent que vous avez donné à Catherine Ivanovna... cet argent... Seigneur, se peut-il que cet argent...

– Non, Sonia, l'interrompit-il vivement, cet argent ne vient pas de là. Rassure-toi. C'est ma mère qui me l'avait envoyé par l'entremise d'un marchand et je l'ai reçu pendant ma maladie, le jour même où je l'ai donné... Rasoumikhine en est témoin... C'est lui qui a signé le reçu pour moi... Cet argent était bien ma propriété. »

Sonia écoutait, perplexe, et mettait tous ses efforts à comprendre.

« Quant à l'argent de la vieille, je ne sais du reste même pas s'il y en avait, ajouta-t-il tout bas et d'un air hésitant ; j'ai détaché de son cou une bourse en peau de chamois... pleine et qui paraissait bien garnie... mais je n'en ai même pas vérifié le contenu. Je n'en ai pas eu le temps sans doute... Quant aux objets : boutons de manchettes, chaînes, etc., je les ai tous cachés, ainsi que la bourse, sous une pierre, dans une cour qui donne sur la perspective V... Tout y est encore... »

Sonia écoutait avidement.

« Mais pourquoi... puisque vous dites avoir tué ! pour voler... Pourquoi n'avez-vous rien pris ? répliqua-t-elle vivement, en se raccrochant à un dernier espoir.

– Je ne sais pas... je n'ai pas encore décidé si je prendrais ou non cet argent, fit Raskolnikov de la même voix hésitante ; puis, il parut revenir à lui et eut un bref sourire. Quelles bêtises vais-je te raconter là ! » Une idée traversa brusquement l'esprit de Sonia : « Ne serait-il pas fou ? » se demanda-t-elle, mais elle l'abandonna aussitôt : « Non, ce n'était pas cela. » Décidément, elle n'y comprenait rien.

« Sais-tu, Sonia, fit-il tout à coup d'un air inspiré... sais-tu ce que je vais te dire ? Si la faim seule m'avait poussé à commettre cet assassinat, continua-t-il en appuyant sur chaque mot et en la fixant d'un regard énigmatique mais sincère, je serais maintenant... *heureux,* sache-le bien ! Et qu'aurais-tu de plus, s'écria-t-il bientôt avec une sorte de désespoir, qu'aurais-tu de plus si je t'avouais que j'ai mal agi ? Que feras-tu de ce vain triomphe sur moi ? Ah ! Sonia, est-ce pour cela que je suis venu chez toi ? »

Elle voulut parler, n'y parvint point.

« C'est parce que je n'ai plus que toi que je te demandais hier de me suivre.

– Te suivre, où cela ? demanda-t-elle timidement.

– Pas pour voler ou tuer, sois tranquille, non, répondit-il avec un sourire caustique. Nous ne sommes pas pareils... Et vois-tu, Sonia, je viens à peine de me rendre compte de ce que je voulais en te demandant de me suivre. Hier, je l'ai fait instinctivement, sans comprendre. Je ne te demande qu'une seule chose et ne suis venu que pour cela : ne m'abandonne pas ! Tu ne m'abandonneras pas ? »

Elle lui serra la main.

« Et pourquoi, pourquoi lui ai-je dit cela ? Pourquoi lui ai-je fait cet aveu ? s'écria-t-il désespérément au bout d'un instant ; il la regardait avec une douleur infinie. Voilà, tu attends que je m'explique, Sonia, je le vois bien ; tu es là à attendre mon récit, mais que te dirai-je ? Tu ne comprendrais rien à ce que je pourrais te dire et tu ne ferais que souffrir à cause de moi... Tu pleures maintenant et tu m'enlaces encore, mais dis, dis... pourquoi ? Parce que j'ai manqué de courage pour porter mon fardeau et que je suis venu m'en décharger sur une autre en lui disant : « Souffre, toi aussi, j'en serai soulagé. » Mais comment peux-tu m'aimer si lâche ?

– Et ne souffres-tu donc pas, toi aussi ? » s'écria-t-elle.

Le même sentiment afflua de nouveau au cœur du jeune homme et l'attendrit.

« Sonia, j'ai le cœur mauvais ; prends-y garde ; cela explique bien des choses. C'est parce que je suis mauvais que je suis venu vers toi. Il y a des gens qui ne l'auraient pas fait. Mais moi... je suis un misérable et un lâche. Enfin, soit... Ce n'est pas de cela qu'il s'agit. Je dois parler et je ne trouve pas la force de commencer. »

Il s'arrêta et parut réfléchir.

« Oui, nous ne sommes pas pareils, voilà ! Mais des êtres différents. Et pourquoi, pourquoi suis-je venu ? Jamais je ne pourrai me pardonner.

– Non, non, tu as bien fait de venir, s'écria Sonia. Il vaut mieux que je sache. Beaucoup mieux ! »

Il la regarda douloureusement.

« Eh bien quoi, après tout, fit-il comme s'il se décidait à parler ; c'est ainsi que cela s'est passé. Oui, je voulais devenir un Napoléon, voilà pourquoi j'ai tué... Comprends-tu maintenant ?

– N-non, murmura naïvement Sonia d'un air timide. Mais n'importe... parle, parle... Je trouverai en moi la force de comprendre. Je comprendrai tout, suppliait-elle.

– Tu comprendras, dis-tu ? Bon, on verra... »

Il se tut et un long moment recueillit ses idées.

« Voilà la chose : je me suis un jour posé la question suivante : « Que serait-il arrivé si Napoléon s'était trouvé à ma place et qu'il n'ait eu pour aider ses débuts ni Toulon, ni l'Égypte, ni le passage des Alpes au mont Blanc, mais au lieu de tous ces brillants exploits, une simple petite vieille parfaitement ridicule, une veuve usurière, qu'il devrait tuer au surplus pour lui voler l'argent de son coffre (pour sa carrière, comprends-tu ?). Eh bien, s'y serait-il décidé n'ayant aucune autre alternative ? N'aurait-il pas été rebuté par ce que cette action offre de trop peu héroïque... ce qu'elle présente de criminel ? » Je te dirai que je me suis longtemps tourmenté l'esprit à réfléchir à cette question et je me suis senti tout honteux quand j'ai compris subitement que, non seulement il n'en aurait pas été rebuté, mais que l'idée ne lui serait pas venue que cette action pût sembler peu héroïque ; il n'aurait même pas compris qu'on pût hésiter. Et, pour peu qu'il se sentît convaincu que c'était pour lui la seule issue, il l'aurait tuée proprement et sans le moindre scrupule... Alors, moi... eh bien, je n'avais pas à en avoir... et j'ai tué à son exemple... Voilà exactement ce qui s'est passé. Tu trouves cela risible ? Oui, Sonia, et le plus risible est que les choses se sont réellement passées ainsi. »

Mais Sonia n'avait pas la moindre envie de rire.

« Vous feriez mieux de me parler simplement, sans donner d'exemples », fit-elle d'une voix plus timide encore et à peine distincte.

Il se tourna vers elle, la regarda tristement et lui prit la main.

« Tu as encore raison, Sonia. Tout cela est absurde, du bavardage tout simplement. Eh bien, vois-tu, tu sais que ma mère est presque sans ressources. Le hasard a voulu que ma sœur reçoive de l'instruction et elle a été condamnée à traîner de place en place comme institutrice. Tous leurs espoirs étaient concentrés sur moi. Je faisais mes études, mais, faute de moyens d'existence, j'ai dû quitter l'Université. Supposons même que les circonstances n'aient point changé, en mettant les choses au mieux j'aurais pu, dans dix ou douze ans, être nommé professeur de lycée ou fonctionnaire, avec mille roubles de traitement annuel... (il avait l'air de réciter des phrases apprises par cœur), mais, d'ici là, les soucis et les chagrins auraient ruiné la santé de ma mère. Quant à ma sœur... les choses auraient pu tourner plus mal encore pour elle... Et puis enfin, à quoi bon être privé de tout, laisser sa mère dans le besoin, souffrir avec résignation le déshonneur de sa sœur, tout cela pourquoi ? Pour arriver à enterrer les miens et fonder une nouvelle famille destinée, elle aussi, à mourir de faim ? Eh bien... voilà, je me suis décidé à prendre l'argent de la vieille pour mes débuts, pour finir mes études sans être à la charge de ma mère, bref, j'ai voulu employer une méthode radicale pour commencer une nouvelle vie, et devenir indépendant... Eh bien...

voilà, c'est tout. Naturellement, j'ai mal fait de tuer la vieille... mais en voilà assez... »

Il paraissait à bout de forces en arrivant à la fin de son récit et baissa la tête, accablé.

« Oh ! non, non, ce n'est pas cela, s'écria Sonia avec angoisse, serait-ce possible ?... Non, il y a autre chose.

– Tu juges toi-même qu'il y a autre chose ; je t'ai pourtant dit toute la vérité.

– Mais quelle vérité ! Oh, Seigneur !

– Après tout, Sonia, je n'ai tué qu'une ignoble vermine malfaisante...

– Cette vermine, c'était une créature humaine...

– Hé, je sais bien que ce n'était pas une vermine, répondit-il en la regardant d'un air bizarre. Du reste, ce que je dis n'a pas le sens commun, ajouta-t-il. Tu as raison. Ce sont des motifs tout différents, qui m'ont fait agir... Il y a longtemps que je n'avais adressé la parole à personne, Sonia... et voilà que j'éprouve maintenant un violent mal de tête... »

Ses yeux brillaient d'un éclat fiévreux. Il recommençait presque à délirer et un sourire inquiet errait sur ses lèvres. Sous son animation factice perçait un épuisement terrible. Sonia comprit à quel point il souffrait. Elle aussi sentait le vertige s'emparer d'elle. Et quelle façon bizarre il avait de parler ! Ses paroles semblaient claires et cependant... cependant tout cela était-il possible ? Oh, Seigneur ! Elle se tordait les mains de désespoir...

« Non, Sonia, ce n'est pas cela, reprit-il, en relevant la tête tout à coup comme si ses idées avaient pris une tournure nouvelle qui le frappait et le ranimait. Non, ce n'est pas cela ; suppose plutôt (oui, c'est plutôt cela), suppose que je sois orgueilleux, envieux, méchant, bas et rancunier et... ajoute encore : porté à la folie (autant dire tout à la fois puisque j'ai commencé). Je t'ai dit tout à l'heure que j'avais dû quitter l'Université. Eh bien, veux-tu que je te dise ? Peut-être aurais-je pu y rester. Ma mère m'aurait envoyé de quoi payer mes inscriptions et j'aurais pu gagner de quoi m'habiller et me nourrir. Oui, j'y serais sûrement arrivé. J'avais des leçons, on m'en proposait à cinquante kopecks. Rasoumikhine travaille bien, lui ! J'étais exaspéré et je n'ai pas voulu. Oui, *exaspéré* est bien le mot. Alors, je me suis terré dans mon trou comme l'araignée dans son coin. Tu connais mon taudis, tu y es venue... Sais-tu, Sonia, que l'âme et l'esprit étouffent dans les pièces étroites et basses ? Oh ! comme je détestais ce taudis ! Et cependant je n'en voulais pas sortir, exprès ! J'y passais des jours entiers sans bouger, sans vouloir travailler. Je ne me souciais même pas de manger, je restais toujours étendu. Quand Nastassia m'apportait quelque chose, je mangeais. Sinon, je me passais de dîner. C'est exprès que je ne demandais rien. Le soir, je n'avais pas de lumière et je préférais demeurer dans l'obscurité que gagner de quoi m'acheter une bougie.

« Au lieu de travailler, j'ai vendu mes livres ; il y a encore un doigt de poussière sur mes cahiers, sur mes notes et sur ma table. Je préférais songer, étendu sur mon divan. Toujours songer ! Inutile de dire quelles étaient mes rêveries... bizarres et variées... C'est alors que j'ai commencé à imaginer... Non, ce n'est pas cela. Je ne présente toujours pas les choses comme elles ont été ! Vois-tu, en ce temps-là, je me demandais toujours : « Puisque tu vois la bêtise des autres, pourquoi ne cherches-tu pas à te montrer plus intelligent qu'eux ? » Plus tard, j'ai compris, Sonia, qu'à vouloir attendre que tout le monde devienne intelligent, on risque de perdre beaucoup de temps... Ensuite, j'ai pu me convaincre que ce moment n'arriverait jamais, que les hommes ne pouvaient changer, qu'il n'était au pouvoir de personne de les modifier. L'essayer n'eût été qu'une perte de temps inutile. Oui, tout cela est vrai... C'est la loi humaine... La loi, Sonia, voilà !... Et maintenant, je sais, Sonia, que celui qui est doué d'une volonté, d'un esprit puissants, n'a pas de peine à devenir leur maître. Qui ose beaucoup a raison devant eux. Qui les brave et les méprise gagne leur respect. Il devient leur législateur. C'est ce qui s'est toujours vu et se verra toujours. Il faudrait être aveugle pour ne pas s'en apercevoir. »

Raskolnikov, quoiqu'il regardât Sonia en prononçant ces paroles, ne s'inquiétait plus de savoir si elle arrivait à le comprendre. La fièvre l'avait repris et il était en proie à une sombre exaltation (il y avait en effet trop longtemps qu'il n'avait parlé à un être humain). Sonia comprit que ce tragique catéchisme constituait sa foi et sa loi.

« J'ai pu me convaincre alors, Sonia, continua-t-il avec feu, que le pouvoir n'est donné qu'à celui qui ose se baisser pour le prendre. Tout est là, il suffit d'oser. J'ai eu alors une idée qui n'était venue à personne jusque-là. À personne ! Je me suis représenté clair comme le jour qu'il était étrange que nul, jusqu'à présent, voyant l'absurdité des choses, n'eût osé secouer l'édifice dans ses fondements et tout détruire, envoyer tout au diable... Alors moi, moi, j'ai voulu *oser* et j'ai tué... Je ne voulais que faire acte d'audace, Sonia ; je ne voulais que cela : tel fut le mobile de mon acte !

– Oh ! taisez-vous, taisez-vous ! cria Sonia hors d'elle-même. Vous vous êtes éloigné de Dieu et Dieu vous a frappé, il vous a livré au diable...

– Ainsi, Sonia, quand toutes ces idées venaient me visiter dans l'obscurité de ma chambre, c'est le diable qui me tentait, hein ?

– Taisez-vous. Ne riez pas, impie. Oh ! Seigneur, il ne comprend rien, rien...

– Tais-toi, Sonia ! Je ne songe pas à rire ; je sais bien que c'est le diable qui m'a entraîné. Tais-toi, répéta-t-il avec une sombre obstination. Je sais tout. Tout ce que tu pourrais me dire, j'y ai songé et je me le suis répété mille fois quand j'étais couché dans les ténèbres... Que de luttes intérieures j'ai livrées ! Si tu savais comme ces vaines discussions m'ont dégoûté. Je voulais tout oublier et recommencer ma vie, et surtout, Sonia, mettre fin à ces soliloques... Crois-tu que je sois allé à cela comme un écervelé ? Non, je n'ai agi qu'après mûres réflexions et c'est ce qui m'a perdu. Crois-tu que je ne savais pas que le fait même de m'interroger sur mon droit à la puissance prouvait qu'il n'existait pas, puisque je le mettais en question ou que, par exemple, si je me demande : l'homme est-il une vermine ? c'est qu'il n'en est pas une *pour moi*. Il ne l'est que pour celui à l'esprit duquel ne viennent pas de telles questions, celui qui suit son chemin tout droit sans s'interroger... Le fait seul de me demander : Napoléon aurait-il tué la vieille ? suffirait à prouver que je n'étais pas un Napoléon... J'ai enduré jusqu'au bout la souffrance causée par ces radotages et puis j'ai eu envie de la secouer. J'ai voulu tuer, Sonia, sans casuistique, tuer pour moi-même, pour moi seul. Je me suis refusé à me tromper moi-même en cette affaire. Ce n'est pas pour venir au secours de ma mère que j'ai tué, ni pour consacrer au bonheur de l'humanité la puissance et l'argent que j'aurais conquis ; non, non, j'ai simplement tué pour moi, pour moi seul et, dans ce moment-là, je m'inquiétais fort peu de savoir si je serais le bienfaiteur de l'humanité ou un vampire social, une sorte d'araignée qui attire les êtres vivants dans sa toile... Tout m'était égal... et surtout ce ne fut pas la pensée de l'argent qui m'a poussé à tuer... Non, ce n'est pas tant d'argent que j'avais besoin, mais d'autre chose... Je sais tout maintenant... Comprends-moi... Peut-être que, si c'était à refaire, je ne recommencerais pas... Une autre question me préoccupait, me poussait à agir. Il me fallait savoir, et au plus tôt, si j'étais une vermine comme les autres ou un homme ? Si je pouvais franchir l'obstacle, si j'osais me baisser pour saisir cette puissance. Étais-je une créature tremblante ou avais-je le *droit...* ?

– De tuer ? Le droit de tuer ? s'écria Sonia abasourdie.

– E-eh ! Sonia », fit-il avec irritation. Une objection lui vint aux lèvres. « Ne m'interromps pas. Je ne voulais te dire qu'une chose : c'est le diable qui m'a poussé à cela, et ensuite il m'a fait comprendre que je n'avais pas le droit d'y aller, car je suis une vermine comme les autres. Le diable s'est moqué de moi et me voici venu chez toi. Si je n'étais une vermine, t'aurais-je fait cette visite ? Écoute, quand je me suis rendu chez la vieille je ne pensais tenter qu'une *expérience...* Sache-le.

– Et vous avez tué ! tué !

– Mais comment ?... Assassine-t-on ainsi ? Est-ce ainsi qu'on s'y prend pour commettre un crime ? Un jour, je te raconterai les détails... Ai-je vraiment tué la vieille ? C'est moi que j'ai assassiné, moi et pas elle, moi-même, et je me suis perdu à jamais... Quant à cette vieille, c'est le diable qui l'a tuée et pas moi... Assez, Sonia, assez, assez, laisse-moi, cria-t-il tout à coup d'une voix déchirante, laisse-moi... »

Raskolnikov mit les coudes sur ses genoux et pressa sa tête dans ses mains raidies comme des tenailles.

« Quelle souffrance ! gémit Sonia.

– Et alors, que dois-je faire maintenant ? Parle, fit-il en relevant la tête et en montrant sa figure affreusement décomposée.

– Que faire ! » s'écria la jeune fille ; puis elle bondit, s'élança vers lui et ses yeux, jusque-là pleins de larmes étincelèrent tout à coup. « Lève-toi ! (Elle le saisit à l'épaule ; il se souleva en la regardant tout stupéfait.) Va tout de suite, tout de suite, au prochain carrefour, prosterne-toi et baise la terre que tu as souillée, puis incline-toi devant chaque passant et de tous côtés en proclamant : « J'ai tué. » Alors Dieu te rendra la vie. Tu iras ? Tu iras ? » demanda-t-elle en tremblant tout entière tandis qu'elle lui serrait les mains convulsivement et le fixait d'un regard de feu.

Le jeune homme était si épuisé que cette exaltation le surprit.

« Tu parles du bagne, Sonia ? Tu veux que j'aille me dénoncer ? fit-il d'un air sombre.

– Tu dois accepter la souffrance, l'expiation, comme un moyen de racheter ton crime.

– Non, je n'irai pas me dénoncer, Sonia...

– Et vivre ! Comment vivras-tu ? s'écria-t-elle. Le pourras-tu à présent ? Comment, dis-moi, oseras-tu adresser la parole à ta mère ? (Oh ! que deviendront-elles maintenant ?) Mais que dis-je ? Tu as déjà abandonné ta mère et ta sœur. Voilà, tu vois bien que tu les as quittées. Oh ! Seigneur. Mais il a déjà compris lui-même tout cela ! Comment vivre loin de tout être humain ? Que vas-tu devenir maintenant ?

– Ne fais pas l'enfant, Sonia, répondit-il doucement. Quel est mon crime devant ces gens ? Pourquoi irais-je chez eux et que leur dirais-je ? Tout cela n'est qu'une illusion ; eux-mêmes font périr des millions d'hommes et s'en font un mérite. Ce sont des coquins et des lâches, Sonia... Je n'irai pas. Et que leur dirai-je ? Que j'ai assassiné et que je n'ai pas osé prendre l'argent, que je l'ai caché sous une pierre ? ajouta-t-il avec un sourire amer. Mais ils se moqueraient de moi, ils diraient que je suis un imbécile de n'avoir rien pris. Un imbécile et un lâche ! Ils ne comprendraient rien, rien, Sonia, et ils sont incapables de comprendre. Pourquoi irais-je ? Non, je n'irai pas. Ne fais pas l'enfant...

– Tu souffriras ; tu souffriras le martyre, répétait la jeune fille en tendant les bras vers lui dans une supplication désespérée.

– Peut-être me suis-je calomnié après tout, fit-il remarquer d'un air sombre et méditatif. Il se peut que je sois un homme *encore* et non une vermine et que j'aie mis trop de hâte à me condamner... Je vais essayer de lutter *encore...* »

Il eut un sourire hautain.

« Porter le fardeau d'une pareille souffrance ! Et cela toute la vie, toute la vie ! »

« Je m'y habituerai ! fit-il du même ton morne et pensif.

« Écoute, reprit-il au bout d'un instant, assez pleurer. Il est temps de parler sérieusement. Je suis venu te dire qu'on me cherche, on me traque...

– Ah ! fit Sonia épouvantée.

– Eh bien, qu'est-ce qui te prend ? Pourquoi cries-tu ? Tu veux toi-même me faire aller au bagne, et tu as peur, de quoi ? Seulement, écoute, je ne me laisserai pas prendre ainsi ; je leur donnerai du fil à retordre et ils n'aboutiront à rien. Ils n'ont pas de preuves. Hier, j'ai été en grand danger et je me croyais déjà perdu, mais aujourd'hui l'affaire semble s'arranger. Toutes leurs preuves sont à deux fins, c'est-à-dire que je puis faire tourner à mon profit les charges produites contre moi, comprends-tu ? Car maintenant j'ai acquis de l'expérience... mais je n'éviterai pas la prison. N'était une circonstance fortuite, j'y serais déjà ; ils peuvent m'arrêter mais ils me relâcheront, car ils ne possèdent pas de preuve véritable et ils n'en auront pas, je t'en donne ma parole... Leurs présomptions ne suffisent pas à faire condamner un homme. Allons, assez là-dessus... Je n'ai dit ça que pour te renseigner... Quant à ma mère et à ma sœur, je m'arrangerai de façon qu'elles ne s'inquiètent pas et ne soupçonnent rien... Je crois du reste que ma sœur est maintenant à l'abri du besoin et, par conséquent, ma mère aussi... Voilà tout. Mais sois prudente. Viendras-tu me voir quand je serai en prison ?

– Oh ! oui, oui... »

Ils étaient là, tristes et abattus comme deux naufragés rejetés par la tempête sur un rivage désolé. Il regardait Sonia et sentait combien elle l'aimait. Mais, chose étrange, cette tendresse immense dont il se voyait l'objet lui causait soudain une impression pénible et douloureuse. Oui, c'était là une sensation bizarre et horrible. Il s'était rendu chez elle, tantôt, en se disant qu'elle était son seul refuge et tout son espoir. Il pensait pouvoir déposer au moins une partie de son terrible fardeau auprès d'elle et maintenant, quand elle lui avait donné son cœur, il se sentait infiniment plus malheureux qu'auparavant.

« Sonia, dit-il, il vaut mieux que tu ne viennes pas me voir pendant que je serai en prison... »

Elle ne répondit rien, elle pleurait... Quelques minutes s'écoulèrent.

« As-tu une croix ? » demanda-t-elle tout à coup comme frappée d'une pensée subite.

D'abord, il ne comprit pas la question.

« Non, tu n'en as pas, n'est-ce pas ? Tiens, prends celle-ci, en bois de cyprès. J'en ai une autre, en cuivre, celle de Lisbeth. Nous avions fait un échange, elle m'avait donné sa croix et moi je lui avais fait cadeau d'une image sainte. Je porterai maintenant la sienne et voici la mienne. Prends... elle m'appartient... elle m'appartient, supplia-t-elle... Nous allons maintenant souffrir ensemble et ensemble porter notre croix...

– Donne », dit Raskolnikov. Il ne voulait pas la peiner, mais il ne put s'empêcher de retirer aussitôt la main qu'il avait tendue. « Plus tard, Sonia, cela vaut mieux, ajouta-t-il pour la consoler.

– Oui, oui, cela vaut mieux ! reprit-elle avec chaleur. Tu la mettras quand commencera l'expiation. Tu viendras chez moi et je te la mettrai au cou ; nous ferons une prière, puis nous partirons... »

Au même instant trois coups furent frappés à la porte.

« Sophie Simionovna, peut-on entrer ? » fit poliment une voix familière.

Sonia se jeta vers la porte tout effrayée. La tête blonde de Lebeziatnikov apparut dans l'entrebâillement.

V

Lebeziatnikov paraissait fort troublé.

« Je viens vous trouver, Sophie Simionovna. Excusez-moi... Je m'attendais à vous trouver ici, fit-il tout à coup, s'adressant à Raskolnikov, c'est-à-dire que je ne pensais... rien de mal... mais je m'attendais... Catherine Ivanovna a perdu la raison », reprit-il en se tournant de nouveau vers Sonia.

La jeune fille poussa un cri.

« Ou tout au moins elle en a l'air. Du reste... Mais nous ne savons que faire... Voici la chose. Elle est revenue ; je crois qu'elle a été chassée et battue, selon toute apparence... Elle est allée chez le chef de Simion Zaharovitch et ne l'a pas trouvé ; il dînait chez un autre général... Alors, elle, figurez-vous, s'est précipitée au domicile de ce général et a insisté pour voir le chef de son mari ; il était encore à table. Vous pouvez imaginer ce qui est arrivé. On l'a naturellement mise à la porte ; mais elle raconte qu'elle l'a injurié et lui a jeté un objet à la tête. Cela se peut bien ; ce que je ne comprends pas, c'est qu'elle n'ait pas été arrêtée... Maintenant, elle est en train de raconter la scène à tout le monde, même à Amalia Ivanovna, mais on ne comprend rien à ce qu'elle dit tant elle hurle et se débat... Ah ! oui, elle crie que puisque tout le monde l'a abandonnée, elle prendra les enfants et s'en ira dans la rue jouer de l'orgue de Barbarie et demander l'aumône pendant que les enfants iront chanter et danser, et elle ira tous les jours se placer sous les fenêtres du général, afin, dit-elle, qu'il voie les enfants d'une famille de la noblesse, ceux d'un fonctionnaire, mendier dans la rue. Elle les bat tous, ils pleurent... Elle apprend à Lena l'air de *la Petite Ferme*, au petit garçon elle enseigne la danse et à Pauline Mikhaïlovna aussi. Elle déchire toutes les robes et leur fabrique de petits chapeaux comme en portent les saltimbanques et elle se prépare à emporter, à défaut d'instrument de musique, une cuvette pour taper dessus... Elle ne veut rien entendre. Vous ne pouvez pas vous imaginer ce que c'est... »

Lebeziatnikov aurait pu continuer longtemps sur le même ton si Sonia, qui écoutait jusqu'ici haletante n'avait brusquement pris son chapeau, sa mantille et quitté la pièce en courant. Raskolnikov, suivi de Lebeziatnikov, sortit derrière elle.

« Elle est positivement folle, dit André Simionovitch à son compagnon, quand ils furent dans la rue. Ce n'est que pour ne pas effrayer Sophie Simionovna que j'ai eu l'air d'en douter. En réalité, la chose est certaine. On prétend que chez les phtisiques il se forme des tubercules dans le cerveau. Je regrette de ne pas savoir la médecine. J'ai d'ailleurs essayé de lui expliquer la chose, mais elle ne m'écoute pas.

– Vous lui avez parlé de tubercules ?

– C'est-à-dire, pas précisément de tubercules. Elle n'y aurait d'ailleurs rien compris. Non, mais je veux dire que, si on arrive à convaincre quelqu'un, à l'aide de la logique, qu'il n'a pas lieu de pleurer, eh bien, il ne pleurera plus... C'est clair. Et vous, vous pensez le contraire ?

– La vie serait trop facile, alors, répondit Raskolnikov.

– Permettez, permettez. Certes, Catherine Ivanovna aurait eu peine à comprendre ce que je vais vous dire. Mais savez-vous qu'on s'est livré à Paris à de sérieuses expériences sur les moyens de guérir les fous par la seule action de la logique ? Un des professeurs de là-bas, un grand savant qui vient de mourir, a prétendu la chose possible. Son idée primordiale était que la folie ne comporte pas un détraquement sérieux des organes, qu'elle n'est pour ainsi dire qu'une erreur de logique, une faute de jugement, un point de vue erroné sur les choses. Il a essayé de contredire progressivement ses malades, de réfuter leurs opinions, et figurez-vous qu'il est arrivé à de bons résultats. Mais, comme il employait, en même temps, les douches, on peut dire que la valeur de sa méthode n'est pas entièrement établie... C'est du moins ce qu'il me semble... »

Mais Raskolnikov n'écoutait plus... Arrivé devant sa demeure, il salua Lebeziatnikov d'un signe de tête et franchit la porte cochère. Quant à André Simionovitch, il reprit aussitôt ses esprits, jeta un coup d'œil autour de lui et poursuivit son chemin.

Raskolnikov entra dans la mansarde, s'arrêta au milieu de la pièce et se demanda : « Pourquoi suis-je venu ici ? » Il considérait la tapisserie jaunâtre qui s'en allait en lambeaux, cette poussière... son divan... De la cour arrivait un bruit sec, incessant ; un bruit de marteau, de clous qu'on enfonce... Il s'approcha de la fenêtre, se dressa sur la pointe des pieds et regarda longuement avec une attention extraordinaire. Mais la cour était vide, il n'aperçut personne. Dans l'aile gauche, quelques fenêtres étaient ouvertes. Des pots de maigres géraniums garnissaient certaines embrasures. Au-dehors, du linge séchait, étendu sur des cordes... Tout ce tableau, il le connaissait par cœur. Il se détourna et s'assit sur son divan. Il ne s'était jamais senti si isolé.

Et il éprouva de nouveau un sentiment de haine pour Sonia ; oui, il la haïssait maintenant qu'il avait ajouté à son infortune. « Pourquoi était-il allé quêter ses larmes ? Quel besoin avait-il d'empoisonner sa vie ? Ô lâcheté ! »

« Je resterai seul, fit-il tout à coup avec décision, et elle ne viendra pas me voir en prison. »

Au bout de cinq minutes, il releva la tête et sourit d'un étrange sourire. La pensée qu'il venait d'avoir était bizarre en effet. « Peut-être est-il vrai que je serais mieux au bagne ? » avait-il songé.

Il ne put jamais se rappeler combien avait pu durer cette rêverie peuplée d'idées vagues. Soudain, la porte s'ouvrit et Avdotia Romanovna entra. Elle s'arrêta d'abord sur le seuil et commença par le regarder comme il avait fait pour Sonia, tout à l'heure, puis elle traversa la pièce et vint s'asseoir sur une chaise en face de lui, à la même place que la veille. Il la considéra en silence et d'un air distrait.

« Ne te fâche pas, mon frère. Je ne suis venue que pour un instant », dit Dounia. L'expression de son visage était pensive mais non sévère, et son regard semblait clair et doux. Il vit que « celle-là » aussi était venue avec amour. « Écoute, Rodia, maintenant je sais tout, *tout*. Dmitri Prokofitch m'a tout raconté, m'a tout expliqué. On te tourmente, on te persécute d'un soupçon ridicule et bas... Dmitri Prokofitch m'a dit que la situation ne présente aucun danger, et que tu as tort de t'affecter ainsi. Je ne suis pas de son avis ; je comprends parfaitement ton indignation et ne serais pas surprise de la voir laisser en toi des traces ineffaçables. C'est ce que je redoute. Je ne puis te reprocher de nous avoir abandonnées et je ne veux même plus juger ta conduite. Pardonne-moi de l'avoir fait. Je sais que moi-même, si j'avais eu un si grand malheur, je me serais également éloignée de tous. À notre mère je ne raconterai rien de *tout cela,* mais je lui parlerai continuellement de toi et je lui dirai de ta part que tu viendras bientôt la voir. Ne te tourmente pas pour elle ; je la rassurerai ; mais toi, de ton côté, aie pitié d'elle, souviens-toi qu'elle est une mère. Maintenant, je suis venue seulement pour te dire (Dounia se leva) que si, par hasard, tu avais besoin de moi... ou de toute ma vie... appelle-moi, je viendrai... Adieu ! »

En disant ces mots, elle se détourna vivement et se dirigea vers la porte.

« Dounia ! appela Raskolnikov, en se levant lui aussi et en s'approchant d'elle. Tu sais, Rasoumikhine, Dmitri Prokofitch, est un excellent homme. »

Dounia rougit légèrement.

« Et alors ? fit-elle après une minute d'attente.

– C'est un homme actif, laborieux, honnête et capable d'un solide attachement... Adieu, Dounia. »

La jeune fille était devenue toute rouge, puis son visage exprima l'épouvante.

« Mais enfin, Rodia, tu as l'air de dire que nous nous quittons pour toujours... Est-ce un testament ?

– N'importe... Adieu. »

Il s'éloigna d'elle, et alla vers la fenêtre. Elle attendit un moment, le regarda avec inquiétude et sortit toute troublée.

Non, ce n'était pas de l'indifférence qu'il éprouvait à l'égard de sa sœur. Pendant un moment même, tout à la fin, il avait passionnément désiré la serrer dans ses bras, lui faire *ses adieux* et *tout lui dire.* Cependant, il ne put même pas se résoudre à lui donner la main.

« Elle pourrait frissonner plus tard à ce souvenir et dire que je lui ai volé ses baisers. Et puis, aurait-elle la force, *elle,* de supporter cet aveu ? se demanda-t-il au bout d'un instant. Non, elle ne le supporterait pas ; *ces femmes-là* n'en sont pas capables. »

Il se mit à penser à Sonia. Une fraîcheur venait de la fenêtre. Le jour baissait. Il prit sa casquette et sortit.

Il ne se sentait ni la force ni le désir de s'occuper de sa santé. Mais ces angoisses continuelles, ces terreurs, ne pouvaient manquer d'agir sur lui, et si la fièvre ne l'avait pas encore terrassé, c'était précisément parce que cet état de tension intérieure et d'inquiétude perpétuelle le soutenait momentanément et lui donnait un semblant d'animation factice.

Il errait sans but. Le soleil se couchait. Il éprouvait depuis quelque temps une sorte d'angoisse toute nouvelle, non point particulièrement pénible ou aiguë, mais qui semblait durable, éternelle. Il pressentait de longues, de mortelles années, pleines de cette froide et terrible anxiété. Vers le soir, en général, cette sensation devenait plus obsédante.

« Voilà, se dit-il, avec ces stupides malaises physiques provoqués par un coucher de soleil, allez vous empêcher de commettre quelque sottise ! On en devient capable d'aller se confesser, non seulement à Sonia, mais à Dounia ! » marmotta-t-il d'un ton haineux.

S'entendant appeler, il se retourna. C'était Lebeziatnikov qui courait après lui.

« Figurez-vous que je viens de chez vous, je vous cherchais. Imaginez-vous qu'elle a fait ce qu'elle voulait et elle a emmené les enfants. Nous avons eu grand-peine à les retrouver, Sophie Simionovna et moi. Elle tape sur une poêle et force les enfants à chanter. Les petits pleurent. Ils s'arrêtent aux carrefours et devant les boutiques. Ils ont à leurs trousses une foule d'imbéciles. Venez.

– Et Sonia ? demanda avec inquiétude Raskolnikov, en se hâtant de suivre Lebeziatnikov.

– Elle est tout à fait folle, c'est-à-dire pas Sophie Simionovna, mais Catherine Ivanovna. Du reste, Sophie Simionovna a également perdu la tête, mais Catherine Ivanovna, elle, est complètement folle. Je vous dis qu'elle a tout à fait perdu la raison. On finira par les arrêter. Vous vous imaginez l'effet que cela fera. Ils sont maintenant sur le quai du canal, près du pont de N... non loin du logement de Sophie Simionovna, tout près d'ici. »

Sur le quai, à peu de distance du pont et à deux pas de la maison habitée par Sonia, stationnait une véritable foule composée principalement de fillettes et de petits garçons. La voix rauque, éraillée, de Catherine Ivanovna parvenait jusqu'au pont. En fait, le spectacle était assez étrange pour attirer l'attention des passants. Catherine Ivanovna, vêtue de sa vieille robe et de son châle de drap, coiffée d'un mauvais chapeau de paille qui lui tombait sur l'oreille, semblait en effet en proie à un véritable accès de folie. Elle était anéantie, haletante. Sa pauvre figure de phtisique n'avait jamais paru aussi pitoyable (d'ailleurs les poitrinaires ont toujours plus mauvaise mine au grand jour de la rue que chez eux), mais elle semblait, malgré sa faiblesse, dominée par une excitation qui ne faisait que croître d'instant en instant. Elle s'élançait vers ses enfants, les gourmandait, leur montrait devant tout le monde à danser et à chanter, puis, désolée de voir qu'ils ne comprenaient rien, se mettait à les battre.

Ensuite, elle interrompait ces exercices pour s'adresser au public. Lui arrivait-il d'apercevoir dans la foule un badaud à peu près bien vêtu, elle se mettait à lui expliquer à quelles extrémités étaient réduits les enfants d'une famille noble, on pouvait même dire aristocratique. Si elle entendait des rires ou des propos moqueurs, elle prenait aussitôt à partie les insolents et commençait à se quereller avec eux. Quelques-uns riaient en effet, d'autres hochaient la tête, tous en général regardaient curieusement cette folle entourée d'enfants effrayés.

Lebeziatnikov s'était sans doute trompé en parlant de la poêle ; tout au moins Raskolnikov n'en vit pas ; Catherine Ivanovna battait seulement la cadence de ses mains sèches quand elle obligeait Poletchka à chanter et Lena et Kolia à danser. Parfois, elle se mettait elle-même à chantonner, mais elle était aussitôt arrêtée par une toux terrible qui la désespérait. Elle commençait alors à maudire sa maladie et à pleurer. Mais surtout c'étaient les larmes, la frayeur de Kolia et de Lena qui la faisaient enrager.

Elle avait voulu habiller les enfants comme des chanteurs de rues. Le petit garçon était coiffé d'une sorte de turban rouge et blanc : il représentait un Turc. Manquant d'étoffe pour faire un costume à Lena, Catherine Ivanovna lui avait simplement mis sur la tête le bonnet de laine tricoté (il avait la forme d'un casque) du défunt Simion Zaharovitch, s'étant bornée à le garnir d'une plume d'autruche blanche qui avait appartenu à sa grand-mère et qu'elle conservait jusqu'ici dans son coffre comme une relique de famille. Poletchka, elle, portait sa robe habituelle ; elle regardait sa mère d'un air timide et affolé et ne la quittait pas d'une semelle. Elle essayait de lui cacher ses larmes, elle devinait qu'elle n'avait plus toute sa raison et semblait épouvantée de se trouver dans la rue au milieu de cette foule. Quant à Sonia, elle s'était attachée à Catherine Ivanovna et la suppliait en pleurant de rentrer chez elle. Mais celle-ci restait inflexible.

« Assez, Sonia ! tais-toi, criait-elle haletante et interrompue par la toux. Tu ne sais pas ce que tu demandes. On dirait une enfant. Je t'ai déjà dit que je ne retournerai pas chez cette ivrognesse d'Allemande. Que tout le monde, que tout Pétersbourg voie mendier les enfants d'un noble père qui a loyalement et fidèlement servi toute sa vie et est mort pour ainsi dire à son poste. (Catherine Ivanovna avait déjà réussi à composer cette légende et à y croire aveuglément.) Que ce vaurien de général voie tout cela ! Puis tu es vraiment sotte, Sonia. Comment mangerions-nous à présent ? Nous t'avons assez exploitée, je ne veux plus de cela ! Ah, Rodion Romanovitch, c'est vous ? s'écria-t-elle en apercevant Raskolnikov, et elle se précipita vers lui. Expliquez, je vous prie, à cette petite sotte que j'ai pris le parti le plus sage ! On fait bien l'aumône aux joueurs de viole ; nous, nous serons tout de suite identifiés, on reconnaîtra en nous une malheureuse famille noble tombée dans la misère et cet affreux général perdra sa place, vous verrez cela. Nous irons tous les jours nous placer sous ses fenêtres et quand l'empereur passera, je me jetterai à ses genoux et je lui montrerai mes enfants. « Défends-nous, sire ! » dirai-je. Il est le père des orphelins et il est miséricordieux, vous verrez, il nous protégera, et cet affreux général... Lena ! *tenez-vous droite*[85]. Toi, Kolia, tu vas te remettre à danser tout de suite. Qu'as-tu encore à pleurnicher, mais de quoi donc as-tu peur, petit sot ? Seigneur, que faire avec eux ? Rodion Romanovitch, si vous saviez comme ils sont bêtes ! » Et elle lui montrait, les larmes aux yeux

[85] En français dans le texte.

(ce qui ne l'empêchait pas de parler sans relâche), ses enfants éplorés. Raskolnikov chercha à la convaincre de regagner son logis et lui fit observer, pensant agir sur son amour-propre, qu'il n'était pas convenable de traîner dans les rues comme les joueurs d'orgue de Barbarie quand on se préparait à être directrice d'un pensionnat pour jeunes filles nobles.

« Un pensionnat ? Ha ! ha ! ha ! la bonne plaisanterie, s'écria Catherine Ivanovna qui fut prise d'un accès de toux au milieu de son rire, non, Rodion Romanovitch, ce rêve s'est évanoui. Tout le monde nous a abandonnés, et ce général... Voyez-vous, Rodion Romanovitch, je lui ai lancé à la tête l'encrier qui se trouvait dans l'antichambre sur la table, à côté de la feuille où l'on s'inscrit. Moi, je me suis inscrite, je lui ai jeté l'encrier et je suis partie. Oh, les lâches, les lâches ! Mais je m'en moque. Maintenant c'est moi qui nourrirai ces enfants et je ne m'humilierai devant personne. Nous l'avons assez exploitée (elle indiquait Sonia). Poletchka, combien avons-nous recueilli d'argent ? Fais voir la recette. Comment ? Deux kopecks en tout ? Oh, les misérables ! Ils ne donnent rien, ils se contentent de courir après nous comme des idiots. Et qu'a ce crétin à rire ? (elle montrait quelqu'un dans la foule). Tout cela, c'est la faute de Kolia ; il ne comprend rien, on en a de la peine avec lui ! Eh bien, Poletchka, que veux-tu ? Parle-moi français, *parle-moi français*[86]. Je t'ai donné des leçons, tu connais bien quelques phrases, sans cela comment reconnaîtrait-on que vous appartenez à une famille noble et que vous êtes des enfants bien élevés, non des musiciens ambulants ? Nous ne chantons pas de chansons triviales nous autres, mais des romances distinguées... Ah oui ! mais qu'allons-nous chanter ? Vous m'interrompez tout le temps. Voyez-vous, Rodion Romanovitch, nous nous sommes arrêtés ici pour choisir notre répertoire... Nous voulons un air qui permette à Kolia de danser... car vous vous doutez bien que nous n'avons rien préparé ; nous devons nous entendre, répéter, et ensuite nous irons sur la perspective Nevsky, où l'on voit passer beaucoup plus de gens de la haute société et où l'on nous remarquera immédiatement. Lena connaît *la Petite ferme,* mais cela commence à devenir une scie et l'on n'entend plus que ça. Il nous faut un répertoire beaucoup plus distingué... Alors, Polia, donne-

---

[86] En français dans le texte.

moi une idée ! Si tu aidais ta mère au moins ! Ah, la mémoire, la mémoire me manque ! Sans cela je trouverais bien, car enfin nous ne pouvons tout de même pas chanter l'air du *Hussard appuyé sur son sabre.*

« Ah ! voilà, chantons en français *Cinq sous*[87], je vous l'ai appris, cet air-là, vous devez le savoir, et c'est une chanson française, on verra tout de suite que vous appartenez à la noblesse et ce sera beaucoup plus touchant... On pourrait chanter aussi *Malbrough s'en va-t-en guerre*[88], car c'est une chanson enfantine qu'on chante dans toutes les maisons aristocratiques pour endormir les enfants.

Malbrough s'en va-t-en guerre
Ne sait quand reviendra...[89]

commença-t-elle à chanter... Mais non, mieux vaut chanter *Cinq sous.* Allons, Kolia, les mains aux hanches, vivement, et toi, Lena, tourne aussi, mais en sens inverse. Poletchka et moi nous allons chanter et battre des mains !

Cinq sous, cinq sous
Pour monter notre ménage[90]...

« Han, han, han ! (elle fut prise d'une toux terrible). Arrange ta robe, Poletchka ! tes épaulettes glissent, remarqua-t-elle entre deux quintes.

« Vous devez maintenant vous tenir d'une façon particulièrement convenable et distinguée, afin qu'on voie que

---

[87] En français dans le texte.

[88] En français dans le texte.

[89] En français dans le texte.

[90] En français dans le texte.

vous appartenez à la noblesse. Je disais bien qu'il fallait tailler ton petit corsage plus long ; c'est toi, Sonia, qui es venue donner tes conseils : « plus court, plus court. » Et voilà, on a fait de cette enfant une caricature... Tiens, vous vous remettez tous à pleurer ! Mais qu'est-ce qui vous prend, petits sots ? Allons, Kolia, commence vite, vite, vite. – Oh ! l'enfant insupportable que j'ai là...

Cinq sous, cinq sous...91

« Encore un soldat ! Alors, que veux-tu ? »

Un sergent de ville se frayait en effet passage à travers la foule, mais en même temps s'approchait un monsieur d'une cinquantaine d'années et d'aspect imposant qui portait un uniforme de fonctionnaire et une décoration attachée à son cou par un ruban (chose qui fit grand plaisir à Catherine Ivanovna et produisit un certain effet sur le gendarme). Il tendit silencieusement un billet vert de trois roubles à la veuve, tandis que son visage exprimait une compassion sincère. Catherine Ivanovna accepta cette offrande et s'inclina avec une politesse cérémonieuse.

« Je vous remercie, monsieur, commença-t-elle d'un ton plein de dignité ; les raisons qui nous ont amenés... prends l'argent, Poletchka. Tu vois, il existe encore des hommes généreux et magnanimes, prêts à secourir une femme de la noblesse tombée dans le malheur. Les orphelins que vous voyez devant vous, monsieur, sont d'origine noble, on peut même dire qu'ils sont apparentés à la plus haute aristocratie. Et ce misérable général était en train de manger des gelinottes... Il s'est mis à taper des pieds parce que je l'avais dérangé... « Votre Excellence, lui ai-je dit, vous avez beaucoup connu Simion Zaharovitch, protégez les orphelins qu'il a laissés après lui, car le jour de son enterrement, sa propre fille a été calomniée par le dernier des drôles »... Encore ce soldat !

---

91 En français dans le texte.

« Protégez-moi, cria-t-elle au fonctionnaire, pourquoi ce soldat s'acharne-t-il sur moi ? Nous en avons évité un dans la rue des Bourgeois... Que me veux-tu, imbécile ?

– Il est défendu de faire du scandale dans les rues. Ayez une tenue plus convenable.

– C'est toi qui es inconvenant. Je suis comme les joueurs d'orgue de Barbarie, est-ce que cela te regarde ?

– Les joueurs d'orgue de Barbarie doivent avoir une autorisation, vous n'en avez pas et vous provoquez des attroupements dans la rue. Où demeurez-vous ?

– Comment, une autorisation ! glapit Catherine Ivanovna. J'ai enterré mon mari aujourd'hui, quelle autorisation ?

– Madame, madame, calmez-vous, intervint le fonctionnaire, venez, je vais vous conduire... vous n'êtes pas à votre place dans cette foule... Vous êtes souffrante...

– Monsieur, monsieur, vous ne savez rien, criait Catherine Ivanovna, nous devons aller sur la perspective Nevsky[92]... Sonia, Sonia ! Où est-elle ? Elle aussi pleure ! Mais enfin qu'avez-vous tous ?... Kolia, Lena, où allez-vous ? s'écria-t-elle tout à coup effrayée. Ô stupides enfants ! Kolia, Lena ! Mais enfin, où vont-ils ?... »

Or, voici ce qui était arrivé : les enfants affolés par cette foule et par les excentricités de leur mère avaient été saisis de terreur en voyant l'agent prêt à les arrêter et s'étaient enfuis à toutes jambes.

La pauvre Catherine Ivanovna s'élança à leur poursuite en pleurant et en gémissant. Il était affreux de la voir courir, haletante et sanglotante. Sonia et Poletchka se précipitèrent derrière elle.

« Ramène-les, ramène-les, Sonia ! Enfants ingrats et stupides ! Polia ! rattrape-les... c'est pour vous que j'ai... » Elle buta, dans sa course, contre un obstacle et tomba.

---

[92] *La perspective Nevski :* La plus longue, la plus belle et la plus animée des avenues de Pétersbourg s'étend sur cinq kilomètres, du palais de l'Amirauté au couvent Alexandre Nevsky à l'autre bout de la ville. Elle traverse ainsi les quartiers les plus variés. Elle était à cette époque parcourue par une foule très bariolée.

« Elle s'est blessée, elle est toute couverte de sang ! Oh, Seigneur ! » s'écria Sonia en se penchant sur elle.

Un rassemblement se forma autour des deux femmes. Raskolnikov et Lebeziatnikov avaient été des premiers à accourir, ainsi que le fonctionnaire et le gendarme, qui grognait : « C'est un malheur ! » Car il pressentait que l'affaire allait devenir ennuyeuse.

« Circulez ! Circulez ! » Il essayait de disperser la foule des gens qui se pressaient.

« Elle se meurt ! cria quelqu'un.

– Elle est devenue folle ! fit un autre.

– Pitié, Seigneur ! dit une femme en se signant. Est-ce qu'on a retrouvé la petite fille et le garçon ? Ah ! les voilà, on les ramène, c'est l'aînée qui les a rattrapés... Voyez-moi ces fous ! »

Mais en examinant attentivement Catherine Ivanovna on s'aperçut qu'elle ne s'était nullement blessée, comme l'avait cru Sonia, et que le sang qui rougissait le pavé avait jailli de sa gorge.

« Je connais ça, fit le fonctionnaire à l'oreille de Raskolnikov et de Lebeziatnikov, c'est la phtisie : le sang jaillit et amène un étouffement. J'ai été témoin d'une crise pareille, c'est une de mes parentes qui en a été prise, elle a rendu ainsi un verre et demi de sang... brusquement... Mais que faire cependant ? Elle va mourir !...

– Par ici, apportez-la chez moi, suppliait Sonia, j'habite par ici... Cette maison, la seconde... chez moi, vite ! vite !... Faites chercher un médecin... Ô Seigneur ! »

L'affaire s'arrangea grâce à l'intervention du fonctionnaire. Le sergent de ville aida même à transporter Catherine Ivanovna. On la déposa à moitié morte sur le lit de Sonia. L'hémorragie continuait, mais la malade parut revenir à elle peu à peu.

Dans la pièce, outre Sonia, étaient entrés Raskolnikov, Lebeziatnikov, le fonctionnaire et l'agent qui avait préalablement dispersé les curieux dont plusieurs étaient venus jusqu'à la porte. Poletchka ramena les fugitifs qui tremblaient et pleuraient. On vint également de chez Kapernaoumov, tout d'abord le tailleur lui-même, boiteux et borgne et qui avait l'air bizarre avec ses cheveux et ses favoris raides, puis sa femme qui portait sur sa figure une expression d'épouvante immuable, et quelques-uns de leurs enfants dont le visage n'exprimait qu'une stupeur hébétée. Parmi tout ce monde apparut tout à coup M. Svidrigaïlov. Raskolnikov le regarda avec étonnement. Il ne comprenait pas d'où il sortait et ne se souvenait pas de l'avoir vu dans la foule.

On parla d'appeler un médecin et un prêtre ; le fonctionnaire murmura bien à l'oreille de Raskolnikov que les secours de la médecine étaient désormais inutiles, mais il n'en fit pas moins le nécessaire pour les procurer à la malade. Ce fut Kapernaoumov lui-même qui courut chercher le médecin.

Cependant, Catherine Ivanovna avait repris son souffle ; l'hémorragie s'était arrêtée. Elle fixait un regard souffrant mais pénétrant sur la pauvre Sonia qui, pâle et tremblante, lui épongeait le front avec un mouchoir. Puis elle demanda à être soulevée. On l'assit sur le lit, en la soutenant de chaque côté avec des oreillers.

« Les enfants, où sont-ils ? interrogea-t-elle enfin d'une voix tremblante. Tu les as ramenés, Polia ? Oh ! les sots... Enfin pourquoi avez-vous fui ?... Oh ! »

Le sang couvrait encore ses lèvres desséchées, elle promena ses yeux autour de la pièce.

« Ainsi, voilà où tu vis, Sonia ! Je ne suis jamais venue chez toi et voici que l'occasion s'en présente... » Elle la regarda d'un air douloureux.

« Nous t'avons grugée jusqu'au bout, Sonia... Polia, Lena, Kolia, venez ici... Les voilà tous, Sonia, prends-les... je les remets entre tes mains... Moi j'en ai assez, la fête est finie ! Ha...! Couchez-moi, laissez-moi au moins mourir tranquillement... »

On l'étendit sur l'oreiller.

« Quoi ? un prêtre ?... inutile... auriez-vous un rouble de trop par hasard ?... Je n'ai pas de péchés... Dieu doit me pardonner... Il sait combien j'ai souffert... Et s'il refuse, eh bien, tant pis !... »

Un délire fiévreux s'emparait d'elle ; ses idées se troublaient de plus en plus ; par moments elle tressaillait, promenait ses regards autour d'elle, reconnaissait tout le monde, puis le délire la reprenait. Elle avait la respiration sifflante et pénible, on entendait comme un bouillonnement dans son gosier :

« Je lui dis : « Votre Excellence ! »... criait-elle en reprenant son souffle à chaque mot. « Cette Amalia Ludwigovna... Ah ! Lena, Kolia, les mains aux hanches, vite, vite, glissé, glissé, pas de basque, tapez des pieds !... sois un enfant gracieux.

Du hast Diamanten und Perlen... [93]

« Comment est-ce après ? Voilà ce qu'il faudrait chanter...

Du hast die schönsten Augen...
Mädchen, was willst du mehr [94] ?...

« Comment, c'est faux ? *Was willst du mehr ?* qu'est-ce qu'il va encore inventer l'imbécile ?... Ah ! oui, il y a encore ceci :

Par les midis brûlants
Des plaines du Daghestan...

« Ah comme j'aimais... j'adorais cette romance, Poletchka !... Tu sais, ton père la chantait quand il était fiancé... Oh ! jours !... voilà ce que nous devrions chanter, mais comment est-ce déjà ?... voilà que j'ai oublié... mais rappelez-moi donc !... »

Elle semblait en proie à une agitation extraordinaire et tentait de se soulever. Enfin, d'une voix rauque, entrecoupée, sinistre, elle commença, en s'arrêtant pour respirer à chaque mot, tandis que son visage exprimait une frayeur croissante :

―――――――――――

[93] *Du hast Diamanten...* : Romance sur des paroles de Heine.

[94] Ce fragment de romance est en allemand dans le texte : Tu as des diamants et des perles... [Tu as les plus beaux yeux... Fille, que veux-tu de plus ?...]

Par les midis brûlants...

Des plaines... du Daghestan...

Une balle dans la poitrine...

Puis tout à coup elle fondit en larmes et s'écria d'une voix déchirante : « Excellence, protégez ces orphelins. En souvenir de feu Simion Zaharovitch... on peut même dire aristocratique. Ha ! fit-elle en tressaillant, puis elle revint à elle, regarda tout le monde d'un air épouvanté et parut chercher à se rappeler où elle se trouvait, mais elle reconnut Sonia aussitôt et sembla surprise de la voir auprès d'elle : « Sonia ! Sonia ! fit-elle d'une voix douce et tendre, Sonia, chère, toi aussi tu es ici ? »

On la souleva de nouveau.

« Assez, l'heure est venue... c'est fini, malheureuse !... la bête est fourbue... Elle est crevée », cria-t-elle avec un amer désespoir, et elle se rejeta sur l'oreiller.

Elle s'assoupit encore, mais ce ne fut pas pour longtemps ; son visage jaunâtre et desséché retomba en arrière, sa bouche s'ouvrit, ses jambes se tendirent convulsivement. Elle poussa un profond soupir et mourut.

Sonia se précipita sur son cadavre, l'enlaça, laissant tomber sa tête sur la poitrine décharnée de la morte, puis demeura immobile, pétrifiée. Poletchka se jeta aux pieds de sa mère et se mit à les baiser en sanglotant.

Kolia et Lena, sans comprendre ce qui arrivait, n'en pressentaient pas moins une catastrophe terrible. Ils se tenaient par l'épaule et, après s'être regardés en silence, ouvrirent tout à coup leurs bouches en même temps et se mirent à crier.

Les deux enfants avaient encore leurs costumes de saltimbanques : l'un son turban, l'autre son bonnet garni d'une plume d'autruche.

Par quel hasard le diplôme d'honneur se trouva-t-il tout à coup sur le lit, à côté de Catherine Ivanovna ? Il était là, près de l'oreiller, Raskolnikov le vit.

Le jeune homme se dirigea vers la fenêtre. Lebeziatnikov courut le rejoindre.

« Elle est morte, fit ce dernier.

– Rodion Romanovitch, j'ai deux mots importants à vous dire », fit Svidrigaïlov en s'approchant d'eux. Lebeziatnikov céda aussitôt sa place et s'écarta discrètement. Svidrigaïlov, cependant, entraînait dans un coin plus éloigné encore Raskolnikov qui semblait fort intrigué.

« Toute cette histoire, c'est-à-dire l'enterrement et le reste, je m'en charge. Vous savez que j'ai de l'argent dont je n'ai pas besoin ; les mioches et Poletchka, je les ferai entrer dans un bon orphelinat et je placerai une somme de quinze cents roubles sur la tête de chacun, jusqu'à leur majorité, pour que Sophie Simionovna puisse vivre tranquille. Quant à elle, je la tirerai du bourbier, car c'est une brave fille, n'est-ce pas ? Voilà, vous pourrez dire à Avdotia Romanovna l'emploi que j'ai fait de son argent.

– Dans quel but êtes-vous si généreux ? demanda Raskolnikov.

– Eh ! sceptique que vous êtes ! répondit Svidrigaïlov en riant. Je vous ai pourtant dit que je n'avais pas besoin de cet argent. Vous n'admettez pas que je puisse agir par simple humanité. Car enfin elle n'était pas une vermine (il montrait du doigt le coin où reposait la morte) comme certaine vieille usurière. Ou peut-être est-il préférable que « Loujine vive pour commettre des infamies et qu'elle, elle soit morte » ? Sans mon aide, Poletchka, par exemple, prendrait le même chemin que sa sœur... »

Son ton malicieux semblait plein de sous-entendus et, tout en parlant, il ne quittait pas des yeux Raskolnikov. Ce dernier pâlit et frissonna en entendant répéter les paroles mêmes qu'il avait dites à Sonia. Il se recula vivement et regarda Svidrigaïlov d'un air étrange.

« Comment savez-vous cela ? balbutia-t-il.

– Mais j'habite ici, de l'autre côté de la cloison, chez Mme Resslich. Ici, c'est le logement de Kapernaoumov et là celui de Mme Resslich, ma vieille et excellente amie. Je suis le voisin de Sophie Simionovna.

– Vous ?

CINQUIÈME PARTIE

– Moi, continua Svidrigaïlov en riant à se tordre. Je puis vous donner ma parole d'honneur, mon très cher Rodion Romanovitch, que vous m'avez prodigieusement intéressé. Je vous l'avais bien dit que nous allions nous lier, je vous l'avais prédit ; eh bien, voilà qui est fait. Vous verrez quel homme accommodant je suis. Vous verrez qu'on peut encore vivre avec moi !... »

SIXIÈME PARTIE

I

Une vie étrange commença pour Raskolnikov : c'était comme si une sorte de brouillard l'avait enveloppé et plongé dans un isolement fatal et douloureux. Quand il lui arrivait, par la suite, d'évoquer cette période de sa vie, il comprenait que sa raison avait dû vaciller bien des fois et que cet état, à peine coupé de certains intervalles de lucidité, s'était prolongé jusqu'à la catastrophe définitive. Il était positivement convaincu qu'il avait commis bien des erreurs, ne serait-ce qu'en ce qui concerne la date et la succession chronologique des événements, par exemple ; du moins, lorsqu'il voulut, plus tard, rappeler et ordonner ses souvenirs, puis essayer de s'expliquer ce qui s'était passé, ce fut grâce à des témoignages étrangers qu'il apprit bien des choses sur lui-même. Ainsi, par exemple, il confondait les faits, il considérait tel incident comme la conséquence d'un autre qui n'existait que dans son imagination. Il était parfois dominé par une angoisse maladive qui dégénérait même en terreur panique. Mais il se souvenait avoir eu également des minutes, des heures et peut-être des jours où il restait, par contre, plongé dans une apathie qu'on ne saurait comparer qu'à l'état d'indifférence de certains moribonds. En général, pendant ces derniers temps, il semblait plutôt chercher à fermer les yeux sur sa situation, que vouloir s'en rendre compte exactement. Aussi certains faits essentiels qu'il se voyait obligé d'élucider au plus vite lui pesaient-ils particulièrement.

En revanche, avec quel bonheur il négligeait certains soucis et des questions dont l'oubli pouvait, dans sa situation, lui être fatal.

C'était surtout Svidrigaïlov qui l'inquiétait. On pourrait même dire que sa pensée s'était fixée, immobilisée sur lui. Depuis les paroles menaçantes et trop claires prononcées par cet homme, dans la chambre de Sonia, au moment de la mort de Catherine Ivanovna, les idées de Raskolnikov avaient pris une direction toute nouvelle. Pourtant, quoique ce fait imprévu l'inquiétât extrêmement, il ne se pressait pas de tirer la chose au clair. Parfois, quand il se trouvait dans quelque quartier solitaire et lointain, à table seul dans un méchant cabaret, sans pouvoir se rappeler comment il y était arrivé, le souvenir de Svidrigaïlov lui revenait tout à coup, il se disait avec une lucidité fébrile qu'il aurait dû avoir au plus tôt une explication décisive avec lui. Un jour même qu'il était allé se promener au-delà de la barrière, il se figura avoir donné rendez-vous à Svidrigaïlov. Une autre fois il se réveilla à l'aube, par terre, au milieu d'un fourré, sans comprendre comment il se trouvait là. Du reste, pendant les deux ou trois jours qui avaient suivi la mort de Catherine Ivanovna, Raskolnikov s'était rencontré plusieurs fois avec Svidrigaïlov, et presque toujours dans la chambre de Sonia, qu'il venait voir souvent, sans but et pour un instant. Ils se bornaient à échanger quelques mots brefs sans aborder le point capital, comme s'ils se fussent entendus, par un accord tacite, pour écarter momentanément ce sujet. Le corps de Catherine Ivanovna reposait encore dans la pièce. Svidrigaïlov s'occupait des funérailles et semblait fort affairé. Sonia était, de son côté, très occupée.

La dernière fois, Svidrigaïlov apprit à Raskolnikov qu'il avait réglé, et fort heureusement, la situation des enfants de la morte ; il était arrivé grâce à certains personnages de sa connaissance à faire admettre les orphelins dans des asiles très convenables, et l'argent qu'il avait placé sur leur tête n'avait pas été d'un mince secours, car on recevait plus volontiers les orphelins nantis d'un certain capital que ceux qui étaient sans ressources. Il ajouta quelques mots au sujet de Sonia, promit de passer bientôt chez Raskolnikov et rappela qu'il désirait lui demander conseil au sujet de certaines affaires... Cette conversation eut lieu dans le vestibule, au pied de l'escalier ; Svidrigaïlov regardait fixement Raskolnikov, puis, tout à coup, il lui demanda en baissant la voix :

« Mais qu'avez-vous, Rodion Romanovitch ? On dirait que vous n'êtes pas dans votre assiette. Non. Vraiment, vous écoutez et vous regardez comme un homme qui ne comprend pas. Remontez-vous. Tenez, nous devrions causer, je suis malheureusement fort occupé, tant par mes propres affaires que par celles des autres... Eh, Rodion Romanovitch, ajouta-t-il brusquement, à tous les hommes il faut de l'air, de l'air, de l'air avant tout. »

Il se rangea vivement pour laisser monter un prêtre et un sacristain qui venaient réciter les prières des morts. Svidrigaïlov avait tout arrangé pour que cette cérémonie se répétât régulièrement deux fois par jour. Il s'éloigna. Raskolnikov resta un moment à réfléchir, puis il suivit le prêtre chez Sonia.

Il s'arrêta sur le seuil. Le service commençait, triste, grave et solennel. L'appareil de la mort lui inspirait depuis son enfance un sentiment de terreur mystique ; il y avait longtemps qu'il n'avait assisté à une messe de requiem. Celle-ci avait pour lui quelque chose de particulièrement affreux et d'émouvant. Il regardait les enfants ; tous trois étaient agenouillés près du cercueil, Poletchka pleurait, derrière eux Sonia priait en cherchant à dissimuler ses larmes.

« Elle n'a pas une seule fois levé les yeux sur moi et ne m'a pas dit un mot, tous ces jours-ci », pensa-t-il. Le soleil illuminait la pièce où la fumée de l'encens montait en épaisses volutes. Le prêtre lisait : « Accorde-lui, Seigneur, le repos éternel. » Raskolnikov resta jusqu'à la fin du service.

Le pope distribuait ses bénédictions et prenait congé en promenant alentour des regards étranges.

Après l'office, le jeune homme s'approcha de Sonia. Elle lui prit aussitôt les deux mains et inclina sa tête sur son épaule. Ce geste amical causa à Raskolnikov un profond étonnement. Quoi ? elle n'éprouvait pas la moindre répulsion, pas la moindre horreur ? Sa main ne tremblait pas le moins du monde dans la sienne ! C'était le comble de l'abnégation. C'est du moins ainsi qu'il s'expliqua ce mouvement. La jeune fille ne dit pas un mot. Raskolnikov lui serra la main et sortit.

Il se serait estimé heureux, s'il avait pu, à ce moment, se retirer dans la solitude, même pour l'éternité ; mais le malheur était que tous ces derniers temps, bien qu'il fût presque toujours seul, il n'éprouvait jamais le sentiment de l'être entièrement.

Il lui arrivait de quitter la ville, de s'en aller sur la grand-route, une fois même il s'enfonça dans un bois, mais plus le lieu était solitaire, écarté, plus sensible lui était la présence d'un être vague dont l'approche l'effrayait moins qu'elle ne l'énervait.

Aussi se hâtait-il de revenir en ville, de se mêler à la foule ; il entrait dans les cabarets, dans les gargotes, il s'en allait sur la place des Halles, au marché aux Puces. Il s'y sentait plus tranquille et plus seul. Dans une de ces gargotes on chantait des chansons à la tombée de la nuit. Il passa une heure à les écouter et y prit même grand plaisir ; mais vers la fin son agitation le reprit, il se sentit torturé par une sorte de remords.

« Je suis là à écouter des chansons, se disait-il, mais est-ce cela que je devrais faire ? » Il comprit, du reste, que ce n'était pas là son seul sujet d'inquiétude ; il y avait une question qui devait être résolue sans retard, mais qu'il n'arrivait pas à élucider et qu'aucun mot ne pouvait traduire.

Elle formait une sorte de tourbillon dans son esprit. « Non, mieux vaudrait la lutte, plutôt que de se retrouver en face de Porphyre... ou de Svidrigaïlov... Oui, plutôt recevoir un défi, avoir une attaque à repousser... Oui, oui, cela vaudrait mieux », songeait-il, et il sortit précipitamment de la gargote. La pensée de Dounia et de sa mère le jetait dans une sorte de terreur panique. Ce fut cette nuit-là qu'il s'éveilla, à l'aube, dans un fourré de l'île Krestovski : il était glacé et tremblant de fièvre lorsqu'il reprit le chemin de son logis. Il y arriva de grand matin ; après quelques heures de sommeil la fièvre le quitta, mais il se faisait déjà tard quand il se leva, plus de deux heures de l'après-midi.

Il se souvint que c'était le jour fixé pour les obsèques de Catherine Ivanovna et se réjouit de n'y avoir pas assisté. Nastassia lui apporta son repas ; il mangea et but avec grand appétit, presque gloutonnement. Il se sentait la tête rafraîchie et goûtait un calme qu'il n'avait pas connu depuis trois jours. Il s'étonna même des accès de terreur panique auxquels il avait été sujet. La porte s'ouvrit et Rasoumikhine entra.

« Ah ! il mange, c'est donc qu'il n'est pas malade ! » fit-il. Il prit une chaise et s'assit en face de son ami. Il semblait fort agité et n'essayait pas de le cacher. Il parlait avec une colère visible, mais sans se presser et sans élever la voix, comme animé d'une intention mystérieuse. « Écoute, fit-il d'un air décidé, le diable vous emporte tous et je me moque de vous, car je vois, oh ! je vois clairement que je ne comprends rien à vos manigances. Ne va pas croire que je viens te faire subir un interrogatoire. Je m'en fiche. Je ne me soucie pas de te tirer les vers du nez. Tu viendrais maintenant me raconter tous vos secrets que je ne voudrais peut-être pas les entendre : je cracherais et je m'en irais. Je ne suis venu que pour m'assurer par moi-même et définitivement, d'abord, s'il est vrai que tu sois fou. Car je dois te dire qu'il y a des gens qui te soupçonnent de l'être. Je t'avouerai que j'étais très disposé à partager cette opinion, étant donné ta manière d'agir stupide, assez vilaine et parfaitement inexplicable, et ensuite ta conduite récente à l'égard de ta mère et de ta sœur. Quel homme, à moins d'être un monstre, une canaille ou alors un fou, se serait comporté avec elles comme tu l'as fait ? Donc tu es fou...

– Quand les as-tu vues ?

– Tout à l'heure. Et toi, depuis quand ne les vois-tu plus ? Dis-moi, je te prie, où tu traînes toute la journée, j'ai passé trois fois chez toi sans te trouver. Ta mère est gravement malade depuis hier. Elle a voulu te voir et Avdotia Romanovna a tout fait pour la retenir, mais elle ne voulait rien entendre.

« – S'il est malade, disait-elle, s'il perd la raison, qui viendra à son secours, si ce n'est sa mère ? » Nous sommes donc tous venus ici, car nous ne pouvions pas la laisser seule, n'est-ce pas ? et durant le trajet nous ne faisions que la supplier de se calmer.

« Lorsque nous sommes arrivés, tu étais absent ; tiens, voici la place où elle s'est assise. Elle y est restée dix minutes, nous debout auprès d'elle en silence. Enfin, elle s'est levée et a dit : « S'il sort, c'est qu'il n'est pas malade. Il m'a donc oubliée ; ce serait inconvenant pour une mère d'aller se poster sur le seuil de son fils pour mendier ses caresses. » Elle est rentrée et a dû s'aliter ; maintenant elle a une forte fièvre. « Je vois bien, dit-elle, qu'il trouve du temps pour *son amie.* » Elle suppose que cette amie, c'est Sophie Simionovna, ta fiancée ou ta maîtresse, je ne sais pas au juste. Aussi, mon ami, suis-je allé aussitôt chez cette jeune fille, car il me tardait d'être fixé là-dessus.

« J'entre et que vois-je ?... un cercueil, des enfants qui pleurent et Sophie Simionovna en train de leur essayer des vêtements de deuil. Tu n'étais pas là. Après t'avoir cherché des yeux, je fis mes excuses, sortis et allai raconter à Avdotia Romanovna les résultats de ma démarche. C'est donc que toutes ces suppositions étaient absurdes ; puisqu'il ne s'agit pas d'une amourette, l'hypothèse la plus plausible qu'on puisse faire est celle de la folie ! Mais maintenant je te vois en train de dévorer ton bœuf avec autant d'avidité que si tu n'avais pas mangé depuis trois jours. Il est vrai qu'être fou n'empêche pas de manger et que, d'autre part, tu n'as pas voulu me dire un mot... mais... je suis sûr que tu n'es pas fou... Je suis prêt à le jurer... c'est pour moi un fait indiscutable. Ainsi, le diable vous emporte tous, car il y a là un mystère, un secret, et je ne suis pas disposé à me casser la tête sur vos énigmes. Je ne suis entré que pour te faire une scène, conclut-il en se levant, et me soulager, mais maintenant je sais ce qui me reste à faire.

– Que penses-tu donc faire ?

– Que t'importe ?

– Prends garde, tu vas te mettre à boire.

– Comment... comment as-tu deviné cela ?

– Comme si c'était difficile ! »

Rasoumikhine resta un moment silencieux.

« Tu as toujours été fort intelligent, et jamais, jamais fou, s'écria-t-il avec feu. Oui, tu as dit vrai. Je vais me mettre à boire. Adieu ! et il fit un pas vers la porte.

– J'ai parlé de toi avec ma sœur, Rasoumikhine, avant-hier, je crois.

– De moi ? Mais où as-tu pu la voir avant-hier ? » fit l'autre en s'arrêtant. Il avait un peu pâli, on pouvait deviner, à le voir, que son cœur s'était mis à battre avec force.

« Elle est venue ici, elle s'est assise à cette place et a causé avec moi.

– Elle ?

– Oui, elle.

– Mais que lui as-tu dit... je veux le savoir, que lui as-tu dit de moi ?

– Je lui ai dit que tu es un excellent homme, fort honnête et laborieux. Quant à ton amour, je n'ai pas eu à lui en parler, car elle sait que tu l'aimes.

– Elle le sait ?

– Tiens, parbleu ! Où que je m'en aille et quoi qu'il arrive, tu dois rester leur Providence. Je les remets, pour ainsi dire, entre tes mains, Rasoumikhine. Je te dis cela parce que je sais que tu l'aimes et je suis convaincu de la pureté de ton cœur. Je sais également qu'elle aussi peut t'aimer et peut-être t'aime-t-elle déjà. Maintenant c'est à toi de décider si tu dois te mettre à boire.

– Rodka... vois-tu... Eh bien... Ah ! diable ! Mais toi, où veux-tu aller ? Vois-tu, si c'est un secret, eh bien, n'en parlons plus, mais je le découvrirai. Et je suis convaincu que ce sont des niaiseries inventées par ton imagination. Tu es du reste un excellent homme. Un excellent homme...

– Je voulais ajouter, mais tu m'as interrompu, que tu avais parfaitement raison en déclarant tout à l'heure que tu renonçais à connaître mes secrets. Laisse cela, ne t'en inquiète pas. Les choses se découvriront en leur temps, tu apprendras tout, le moment venu. Hier, quelqu'un m'a dit que les hommes ont besoin d'air, comprends-tu, d'air. Je veux aller lui demander tout de suite ce qu'il entend par là. »

Rasoumikhine réfléchissait fiévreusement ; tout à coup, une idée lui vint.

« C'est un conspirateur politique sûrement. Et il se trouve à la veille d'un acte décisif, cela est sûr. Il ne peut en être autrement et... et Dounia le sait... », pensa-t-il.

« Ainsi Avdotia Romanovna vient te voir ? reprit-il en scandant chaque mot, et toi tu vas maintenant chez un homme qui prétend qu'il faut de l'air, qu'il en faut davantage et... et par conséquent cette lettre... doit être rapportée à tout cela... conclut-il comme en aparté.

– Quelle lettre ?

– Elle a reçu une lettre aujourd'hui et en a paru bouleversée. Je dirai même qu'elle en a été trop émue. J'ai voulu lui parler de toi... et elle m'a prié de me taire. Ensuite... ensuite elle m'a dit que nous allions peut-être nous séparer bientôt. Elle s'est mise à me remercier chaleureusement pour je ne sais quoi, puis elle est partie dans sa chambre et s'y est enfermée.

– Elle a reçu une lettre, dis-tu ? demanda Raskolnikov qui semblait pensif.

– Oui, une lettre, tu l'ignorais ? Hum ! »

Tous deux se turent.

« Adieu, Rodion ! Je te dirai, mon vieux... qu'un moment... non, adieu, il y eut un moment, vois-tu... allons, adieu. Je dois m'en aller. Pour ce qui est de boire, je ne le ferai pas. Ce n'est plus nécessaire... tu te trompes ! »

Il paraissait pressé, mais à peine était-il sorti, qu'il rouvrit la porte et dit en évitant de regarder son ami.

« À propos, te souviens-tu de cet assassinat, l'affaire que Porphyre était chargé d'instruire ? Le meurtre de la vieille, tu sais ? Eh bien, l'assassin a été découvert, il a fait des aveux et fourni toutes les preuves. C'est, figure-toi, un de ces ouvriers peintres que je défendais si chaudement, si tu te rappelles. Croirais-tu que toute cette scène de disputes et de rires qui se passait au moment où le concierge montait avec deux témoins, n'était qu'un truc destiné à détourner les soupçons ? Quelle ruse, quelle présence d'esprit chez ce blanc-bec ! Vrai, on a peine à le croire, mais il a tout expliqué et fait les aveux les plus complets. Et moi, ce que j'ai pu me tromper ! Mais quoi ! À mon avis, cet homme est un génie, le génie de la dissimulation et de la ruse, de l'alibi juridique, pour ainsi dire et, dans ce cas, il ne faut s'étonner de rien. Car enfin, des gens pareils peuvent exister. Qu'il n'ait pu soutenir son rôle jusqu'au bout et ait fini par avouer, cela ne fait que mieux prouver la vérité de ses explications. La chose en paraît plus vraisemblable !... Mais moi, moi, comment ai-je pu me tromper ainsi ? J'étais prêt à me battre en faveur de ces hommes-là !

– Dis-moi, je te prie, où as-tu appris tout cela et pourquoi cette affaire t'intéresse-t-elle tant ? demanda Raskolnikov avec une agitation manifeste.

– En voilà une question ! Pourquoi elle m'intéresse ? demande-t-il. Quant à la source de mes informations, c'est Porphyre entre autres, dis plutôt que c'est lui seul qui m'a presque tout dit.

– Porphyre ?

– Oui.

– Eh bien... que t'a-t-il dit ? demanda Raskolnikov inquiet.

– Il m'a tout expliqué à merveille, en procédant selon sa méthode psychologique.

– Il t'a expliqué cela ? tu dis que lui-même te l'a expliqué ?

– Oui, lui-même. Adieu. J'ai encore quelque chose à te raconter, mais ce sera pour plus tard, je suis pressé. À un moment donné j'ai cru... mais quoi, allons, je te dirai cela plus tard... Qu'ai-je besoin de boire maintenant ? tes paroles ont suffi à m'enivrer. Car je suis ivre, Rodka ! Ivre sans avoir bu ; allons, adieu, je reviendrai bientôt. »

Il sortit.

« C'est un conspirateur politique, j'en suis sûr, tout à fait sûr, conclut définitivement Rasoumikhine tandis qu'il descendait lentement l'escalier. Et il a entraîné sa sœur dans son entreprise. Cette hypothèse est fort plausible, étant donné le caractère d'Avdotia Romanovna. Ils ont des rendez-vous... Elle me l'a déjà laissé entrevoir. Certaines de ses paroles... des allusions me le prouvent. D'ailleurs comment expliquer autrement tout cet imbroglio ? Hum !... Et moi qui pensais... Oh ! Seigneur, qu'ai-je pu penser ! Oui, c'était une aberration et je suis coupable envers lui. C'est lui-même qui l'autre jour, dans le corridor, devant la lampe, m'a conduit à cet égarement. Pouah ! Quelle honteuse, vilaine et grossière pensée j'ai pu concevoir. Mikolka a joliment bien fait d'avouer... Et comme tout le passé s'explique à présent, cette maladie de Rodion, sa conduite étrange ! Même autrefois, autrefois encore à l'Université, comme il était sombre et farouche ! Mais que signifie cette lettre ? Il y a peut-être encore quelque chose. D'où vient-elle ? Je soupçonne... hum ! Non, j'aurai le fin mot de tout cela. »

Soudain, il se rappela ce que Rodion lui avait dit de Dounetchka, et il crut que son cœur allait s'arrêter de battre. Il fit un effort et se mit à courir.

À peine Rasoumikhine était-il sorti que Raskolnikov se leva. Il s'approcha de la fenêtre, puis il fit quelques pas et vint se heurter à un coin, puis à un autre, comme s'il avait oublié l'exiguïté de sa cellule. Enfin, il se laissa retomber sur son divan. Une rénovation de tout son être semblait s'être opérée en lui ; c'était la lutte de nouveau, une issue possible !

Oui, cela signifiait qu'il pouvait y avoir une issue ! Un moyen d'échapper à la situation terrible qui l'étouffait et le plongeait dans une sorte d'hébétement depuis l'aveu de Mikolka chez Porphyre ; ensuite s'était passée cette scène avec Sonia, dont les péripéties et le dénouement avaient trompé ses prévisions et ses intentions... C'était donc qu'il avait faibli momentanément. Il avait reconnu avec la jeune fille, et reconnu sincèrement, qu'il ne pouvait continuer à porter seul un pareil fardeau ! Et Svidrigaïlov ? Svidrigaïlov était une énigme qui l'inquiétait, il est vrai, mais d'une autre façon. Il y aurait à lutter avec lui et on trouverait peut-être moyen de s'en débarrasser ; mais Porphyre, c'était une tout autre affaire.

Ainsi le juge d'instruction avait démontré lui-même à Rasoumikhine la culpabilité de Mikolka en procédant par la *méthode psychologique.* « Le voilà qui recommence à fourrer partout cette maudite psychologie, se dit Raskolnikov. Porphyre, lui, n'a pas pu un seul instant croire Mikolka coupable, après la scène qui venait de se passer entre nous et qui n'admet qu'*une* explication. » (Raskolnikov avait à plusieurs reprises évoqué des bribes de cette scène, mais jamais la scène en entier, il n'en aurait pas supporté le souvenir.) Ils avaient échangé, alors, des mots et des regards, prononcé des paroles, qui prouvaient une conviction que Mikolka n'aurait pu ébranler, d'autant plus que Porphyre l'avait déchiffrée à première vue. Mais quelle situation ! Rasoumikhine lui-même commençait à avoir des soupçons. L'incident du corridor n'avait donc pas passé sans laisser de traces. « Alors il s'est précipité chez Porphyre... Mais pourquoi celui-ci a-t-il voulu le tromper ? Pourquoi veut-il détourner ses soupçons vers Mikolka ? Non, non, il n'a pas pu faire cela sans motif, il nourrit des intentions, mais lesquelles ? Depuis lors, il est vrai, il s'est écoulé beaucoup de temps, trop de temps... et pas de nouvelles de Porphyre. C'est peut-être mauvais signe. »

Il prit sa casquette et sortit tout songeur. Il se sentait, ce jour-là, pour la première fois depuis longtemps, en parfait état d'équilibre. « Il faut en finir avec Svidrigaïlov, coûte que coûte, se disait-il, et le plus tôt possible, celui-là doit attendre aussi que je vienne le voir. » Et à cet instant, dans son cœur épuisé surgit une telle haine, qu'il n'aurait sans doute pas hésité à tuer celui de ses ennemis, Svidrigaïlov ou Porphyre, qu'il aurait tenu à sa merci. Tout au moins éprouva-t-il l'impression qu'il était capable de le faire un jour, si ce n'était à présent.

« On verra, on verra bien », répétait-il tout bas ; mais à peine venait-il d'ouvrir la porte qu'il se rencontra nez à nez dans le vestibule avec Porphyre. Le juge d'instruction venait le voir. Raskolnikov fut frappé de stupeur au premier moment, mais il se reprit rapidement ; si étrange que cela pût paraître, cette visite l'étonnait peu et ne l'effrayait presque point.

Il tressaillit seulement et se mit aussitôt sur ses gardes. « C'est peut-être le dénouement, se dit-il, mais comment a-t-il pu s'approcher ainsi à pas de loup, si bien que je n'ai rien entendu ; n'est-il pas venu m'épier ? »

« Vous n'attendiez pas ma visite, Rodion Romanovitch ? fit gaiement Porphyre Petrovitch. Je me proposais depuis longtemps de venir vous voir ; aussi, en passant devant votre maison tout à l'heure, j'ai pensé : « Pourquoi n'entrerais-je pas lui faire une petite visite ? » Vous étiez sur le point de sortir ? Je ne vous retiendrai pas, je ne resterai que le temps d'une cigarette, si vous le permettez.

– Oui, asseyez-vous, Porphyre Petrovitch, asseyez-vous, dit Raskolnikov en offrant un siège au visiteur, d'un air si aimable et si satisfait que lui-même en eût été surpris s'il avait pu se voir à cet instant. Toute trace de sa frayeur passée avait disparu. C'est ainsi, par exemple, qu'un homme aux prises avec un brigand passe une demi-heure d'angoisse mortelle, pour retrouver son sang-froid quand il sent la pointe du couteau sur sa gorge. Il s'était assis carrément devant Porphyre et le regardait en face. Le juge d'instruction cligna de l'œil et alluma une cigarette.

« Allons, parle ! lui criait mentalement Raskolnikov. Pourquoi ne parles-tu pas ? »

II

« Ah, ces cigarettes ! fit enfin Porphyre Petrovitch ; c'est un poison, un vrai poison, mais je ne puis y renoncer. Je tousse, ma gorge commence à s'irriter, j'ai de l'asthme. Comme je suis légèrement peureux, je suis allé voir le docteur B... Il examine chaque malade une demi-heure au minimum. Eh bien, il s'est mis à rire en me regardant. Il m'a soigneusement palpé et ausculté : « Le tabac ne vous vaut rien, m'a-t-il dit entre autres. Vous avez les poumons dilatés. » Oui, mais comment abandonner le tabac ? Par quoi le remplacer ? Je ne bois pas, voilà le malheur, hé ! hé ! hé ! Tout le malheur vient de ce que je ne bois pas. Car tout est relatif, Rodion Romanovitch, tout est relatif. »

« Le voilà de nouveau dans son radotage », pensa Raskolnikov avec dégoût. Son entretien récent avec le juge d'instruction lui revint à l'esprit et, avec ce souvenir, tous ses anciens sentiments affluèrent à son cœur.

« Je suis déjà passé chez vous avant-hier soir, ne le saviez-vous pas ? continua Porphyre Petrovitch, en examinant la pièce, et je suis entré ici. J'étais dans la rue, l'idée m'est venue, comme aujourd'hui, de vous rendre votre visite. La porte était grande ouverte. J'ai attendu un moment et je suis parti sans même voir la servante pour lui dire mon nom. Vous ne fermez jamais votre porte ? »

Le visage de Raskolnikov s'assombrissait de plus en plus. Porphyre parut deviner les pensées qui l'agitaient.

« Je suis venu m'expliquer, mon cher Rodion Romanovitch. Je vous dois une explication, fit-il avec un sourire en lui frappant légèrement sur le genou. Mais son visage prit aussitôt une expression sérieuse et préoccupée, une ombre de tristesse y glissa même, au grand étonnement du jeune homme. Il ne lui avait jamais vu pareille expression et ne l'en soupçonnait pas capable. Il s'est passé une scène étrange entre nous, Rodion Romanovitch, la dernière fois que nous nous sommes vus, mais alors... Enfin, voici ce dont il s'agit. J'ai des torts à votre égard, je le sens bien. Vous

vous souvenez comment nous nous sommes séparés ; il est vrai que nous sommes tous les deux fort nerveux, mais nous n'avons pas agi en hommes bien élevés, et cependant nous sommes des gentlemen, et même nous le sommes avant tout, je puis dire. Il ne faut pas l'oublier. Vous souvenez-vous jusqu'où nous avions été ? Nous avions dépassé les bornes. »

« Où veut-il en venir ? », se demandait Raskolnikov, tout stupéfait, en levant la tête et en dévorant Porphyre des yeux.

« J'ai pensé que nous ferions mieux d'être francs, continua Porphyre Petrovitch en détournant légèrement la tête et en baissant les yeux, comme s'il craignait de troubler son ancienne victime et voulait marquer son dédain des procédés et des pièges dont il s'était servi. Oui, de tels soupçons et des scènes pareilles ne doivent pas se renouveler. Sans Mikolka qui est venu y mettre fin, je ne sais comment les choses auraient tourné. Ce maudit bonhomme était resté caché derrière la cloison, figurez-vous. Vous l'avez déjà appris, n'est-ce pas ? Je sais d'ailleurs qu'il est venu chez vous aussitôt après cette scène. Mais vous vous étiez cependant trompé dans vos suppositions. Je n'ai envoyé, ce jour-là, chercher personne et je n'avais pris aucune disposition. Vous demanderez pour quelle raison je ne l'avais pas fait ? Comment vous dire ? J'étais pour ainsi dire trop stupéfait. C'est à peine si j'ai songé à convoquer les concierges (vous les avez bien remarqués, en passant). Une pensée m'était venue, rapide comme l'éclair. J'étais, voyez-vous, Rodion Romanovitch, trop sûr de moi et je me disais que si je m'accrochais à un fait, dussé-je abandonner le reste, je n'arriverais pas moins à mon résultat.

« Vous êtes naturellement fort irascible, Rodion Romanovitch, vous l'êtes même un peu trop ; c'est un trait dominant chez vous, une des particularités de votre nature, que je me flatte de connaître, en partie tout au moins. Eh bien, j'ai réfléchi qu'il ne vous arrive pas tous les jours d'entendre un homme vous lancer à brûle-pourpoint la vérité à la figure ; sans doute, cela peut arriver, surtout à un homme hors de lui, mais c'est un fait rare. C'est pourtant ainsi que j'ai raisonné : « Si je pouvais, me disais-je, lui arracher le fait le plus minime, le plus petit aveu, le plus mince, mais une preuve cependant palpable, tangible, autre chose enfin que tous ces faits psychologiques !... Car je pensais que, si un homme est coupable, on arrive toujours à lui arracher une preuve réelle. J'étais même en droit d'escompter le résultat le plus surprenant. Je tablais sur votre caractère, Rodion Romanovitch, surtout sur votre caractère. Je vous avouerai que je comptais beaucoup sur vous-même.

– Mais pourquoi me racontez-vous tout cela maintenant ? » marmotta Raskolnikov, sans trop se rendre compte de la portée de sa question. « Que veut-il dire ? Me croirait-il innocent, par hasard ? » se demandait-il.

« Pourquoi je vous parle ainsi ? Eh bien, je suis venu m'expliquer, car je considérais que c'était pour moi un devoir sacré. Je veux vous exposer dans ses moindres détails l'histoire de mon aberration. Je vous ai soumis à une cruelle torture, Rodion Romanovitch, mais je ne suis pas un monstre. Car enfin, je comprends ce que doit éprouver un homme malheureux, fier, impérieux et peu endurant, surtout peu endurant, en se voyant infliger cette épreuve. Je dois dire que je vous considère comme un homme plein de noblesse et même, jusqu'à un certain point, un homme magnanime, quoique je ne puisse partager toutes vos convictions. Je juge de mon devoir de vous le déclarer tout de suite, car je ne voudrais point vous tromper.

« Ayant appris à vous connaître, j'ai commencé à éprouver un véritable attachement pour vous. Ces paroles vous feront peut-être rire. Riez, vous en avez le droit. Je sais que vous, en revanche, vous avez été pris d'antipathie pour moi à première vue ; je n'ai d'ailleurs rien qui puisse inspirer la sympathie, mais vous pouvez penser ce que vous voulez ; moi je vous dis que je désire de toutes mes forces effacer l'impression que je vous ai produite, réparer mes torts et vous prouver que je suis un homme de cœur. Je vous assure que je suis sincère... »

Porphyre Petrovitch s'arrêta à ces mots, d'un air plein de dignité et Raskolnikov se sentit gagné par une épouvante toute nouvelle. La pensée que le juge le croyait innocent l'effrayait.

« Il n'est pas nécessaire de remonter à la source des événements, reprit Porphyre Petrovitch, je pense que ce serait une recherche vaine et même impossible. Au début ont circulé des bruits sur la nature et l'origine desquels je crois superflu de m'étendre ; inutile aussi de vous apprendre comment votre personnalité s'y est trouvée mêlée. Quant à moi, ce qui m'a donné l'éveil, c'est une circonstance tout à fait fortuite, dont je ne vous parlerai pas davantage. Tous ces bruits et ces circonstances accidentelles ont fait naître en moi certaine pensée. Je vous avouerai franchement, car, si on veut être sincère, il faut l'être jusqu'au bout, que c'est moi, à vrai dire, qui vous ai le premier mis en cause. Toutes ces annotations faites par la vieille sur les objets et mille autres choses du même genre ne signifient rien ; on pourrait compter une centaine d'indices tout aussi importants. J'ai eu également l'occasion de connaître dans ses moindres détails l'incident survenu au commissariat, et cela par le plus simple hasard. Cette scène m'a été contée, avec précision, par la personne qui y avait joué le rôle principal et l'avait, à son insu, menée supérieurement.

« Tous ces faits s'ajoutent les uns aux autres, mon cher Rodion Romanovitch. Comment, dans ces conditions, ne pas se tourner d'un certain côté ? « Cent lapins n'ont jamais fait un cheval, pas plus que cent présomptions ne font une preuve », comme dit le proverbe anglais, mais c'est la raison qui parle ; or, les passions sont tout autre chose : essayez de lutter avec les passions ! Après tout, un juge d'instruction n'est qu'un homme et, par conséquent, accessible aux passions. Là-dessus, je me souviens de votre article paru dans une revue, vous rappelez-vous ? Nous en avons parlé à votre première visite. Je vous raillais alors à ce sujet, mais c'était pour essayer de vous faire parler, car, je le répète, vous êtes peu endurant et vous avez les nerfs fort malades, Rodion Romanovitch. Quant à votre hardiesse, votre fierté, au sérieux de votre esprit et à vos souffrances... il y a longtemps que je les avais devinés !... Tous ces sentiments me sont familiers et votre article m'a paru exposer des idées bien connues. Il a été écrit, le cœur battant, d'une main fiévreuse et pendant une nuit d'insomnie, cet article, dicté par un cœur plein de passion contenue. Or, cette passion, cet enthousiasme contenus de la jeunesse sont dangereux. Je me suis alors moqué de vous, mais maintenant je vous dirai que j'ai goûté infiniment, en amateur, cette jeune ardeur d'une plume qui s'essaie. Ce n'est que fumée, brouillard, une corde qui vibre dans la brume. Votre article est absurde et fantastique, mais il respire une telle sincérité ! Il est plein de jeune et incorruptible fierté, de la hardiesse du désespoir... Il est sombre, votre article, et cela est bien. Je l'ai lu alors, puis je l'ai rangé soigneusement et... en le rangeant, j'ai songé : « Allons, cet homme ne s'arrêtera pas là ! » Eh bien, dites-moi vous-même, comment ne pas me laisser influencer, après cet antécédent, par ce qui en fut la suite ? Ah ! Seigneur ! mais est-ce que je dis quelque chose ? Puis-je me risquer à affirmer quoi que ce soit à présent ? Je me suis borné alors à en faire la remarque. « Que se passe-t-il ? ai-je pensé. Toute cette histoire n'est peut-être rien du tout, une pure invention de mon imagination. Il n'est pas convenable pour un juge d'instruction de se passionner ainsi. Je ne dois savoir qu'une chose : c'est que je tiens Mikolka. » Vous aurez beau dire, les faits sont les faits et lui aussi me tient avec sa psychologie personnelle. Il faut bien m'occuper de ce cas. C'est une question de vie ou de mort après tout. Vous me demanderez pourquoi je vous explique tout cela ? Mais pour que vous puissiez juger en connaissance de cause et en votre âme et conscience, pour que vous ne me fassiez plus un crime de ma conduite, si cruelle en apparence, de l'autre jour. Non, cruelle elle ne le fut pas, je vous le dis, hé ! hé ! hé ! Vous vous demandez pourquoi je ne suis pas venu perquisitionner chez vous ? Mais j'y suis venu, hé ! hé ! J'y suis venu quand vous étiez couché, malade, dans votre lit. Pas en qualité de magistrat et de façon officielle, mais j'y suis venu. Votre logement a été fouillé de fond en comble, dès les premiers soupçons. Mais *umsonst*[95] ! Je pensais : « Maintenant cet homme va venir chez moi ; il viendra de lui-même me trouver, et d'ici fort peu de temps ; s'il est coupable il doit venir. Un autre ne le ferait pas, mais lui viendra. » Et vous rappelez-vous les bavardages de M. Rasoumikhine ? Nous nous étions arrangés pour les provoquer et vous faire peur, et c'est exprès que nous lui avons fait part de nos conjectures, dans l'espoir qu'il vous en dirait quelque chose, car M. Rasoumikhine n'est pas homme à contenir son indignation. M. Zamiotov a été frappé par votre colère et votre hardiesse. Pensez donc : aller crier en plein cabaret : « J'ai tué ! » C'était vraiment trop osé, trop risqué, et je me suis dit : « Si cet homme est coupable, c'est un terrible lutteur. » Voilà ce que je pensais. Et j'ai attendu... je vous ai attendu de toutes mes forces. Quant à Zamiotov, vous l'aviez tout simplement écrasé et... tout le malheur est que cette maudite psychologie est à deux fins. Bon,

---

[95] *Umsonst* : en vain (en allemand dans le texte).

donc je vous attends et voilà que Dieu vous envoie. Ce que mon cœur a battu quand je vous ai vu apparaître ! Eh ! mais qu'aviez-vous donc besoin de venir alors ? Et votre rire ! Vous êtes entré, si vous vous en souvenez, en riant aux éclats, et moi, à travers ce rire, j'ai déchiffré ce qui se passait en vous, comme on voit tout à travers une vitre transparente. Je n'y aurais cependant prêté aucune attention si je n'avais eu l'esprit prévenu. Et M. Rasoumikhine alors... et encore la pierre, la pierre, vous vous rappelez, sous laquelle les objets ont été enfouis... Je crois la voir d'ici, quelque part, dans un jardin potager... c'est bien d'un jardin potager que vous avez parlé à Zamiotov ? Ensuite, quand la conversation s'est engagée sur votre article, nous croyions saisir un sous-entendu derrière chacune de vos paroles... Eh bien, voilà, Rodion Romanovitch, comment ma conviction s'est formée peu à peu ; mais quand j'ai été sûr de mon fait, je suis revenu à moi : « Que me prend-il ? », car enfin on pourrait tout expliquer différemment, et cela paraîtrait peut-être plus naturel, j'en conviens. Un vrai supplice ! mieux vaudrait la moindre preuve ! Mais, en apprenant l'histoire du cordon de sonnette, j'ai tressailli tout entier. « Allons, ça y est, me suis-je dit, la voilà la preuve », et je ne voulais plus réfléchir à rien. À ce moment, j'aurais donné mille roubles de ma poche pour vous voir de *mes propres yeux* faire cent pas aux côtés d'un homme qui vous avait traité d'assassin, sans oser lui répliquer un mot...

« Et ces frissons qui vous prenaient ! Et ce cordon de sonnette dont vous parliez dans votre délire ! Pourquoi vous étonner, après cela, Rodion Romanovitch, de la façon dont j'en ai usé alors avec vous ? Et pourquoi êtes-vous venu chez moi juste à ce moment-là ? Un diable semblait vous pousser et, en vérité, si Mikolka ne nous avait pas séparés... vous vous souvenez de l'arrivée de Mikolka ? Ça a été comme un coup de foudre ! Mais quel accueil lui ai-je fait ? Je n'ai pas prêté la moindre attention à ce coup de tonnerre, c'est-à-dire pas ajouté foi le moins du monde à ses paroles. Que dis-je ? Plus tard, après votre départ et ses réponses fort raisonnables (il faut vous dire qu'il m'a répondu de façon si intelligente sur certains points que j'en ai été étonné), eh bien, je n'en suis pas moins resté inébranlable comme un roc dans mes convictions. « Non, pensais-je, racontez-nous des histoires. Il s'agit bien de Mikolka ! »

– Rasoumikhine vient de me dire qu'à présent vous êtes convaincu de sa culpabilité ; vous-même lui auriez assuré que... »

Il ne put achever, le souffle lui manquait. Il écoutait dans un trouble indescriptible cet homme qui l'avait percé à jour renier son propre jugement. Il n'en croyait pas ses oreilles et cherchait avidement le sens précis et définitif caché derrière ces phrases ambiguës.

« Monsieur Rasoumikhine ? s'écria Porphyre Petrovitch, qui semblait bien aise d'entendre enfin une observation sortir de la bouche de Raskolnikov, hé ! hé ! hé ! Mais il fallait bien me débarrasser de lui, qui n'avait rien à voir dans cette affaire. Il était accouru chez moi tout pâle... Enfin, ne nous occupons pas de lui, voulez-vous ? Quant à Mikolka, désirez-vous savoir ce qu'il est ou, du moins, quelle idée je me fais de lui ? Tout d'abord, ce n'est qu'un enfant ; il n'a pas atteint sa majorité et je ne dirai pas qu'il soit précisément poltron, mais il est impressionnable comme un artiste. Non, ne riez pas de me voir le caractériser ainsi. Il est naïf et extrêmement sensible. Il a bon cœur, une nature fantasque. Il chante, danse et conte si bien qu'on vient l'entendre des villages voisins, paraît-il. Il aime s'instruire, tout en étant capable de rire comme un fou pour des niaiseries. Avec ça, il peut boire jusqu'à perdre la raison, non qu'il soit un ivrogne, mais parce qu'il se laisse entraîner, toujours comme un enfant. Il ne comprend pas qu'il a commis un vol en s'appropriant l'écrin qu'il avait ramassé. « Puisque je l'ai trouvé par terre, dit-il, j'avais bien le droit de le garder. » Et savez-vous qu'il appartient à une secte schismatique, ou plutôt, pas précisément schismatique... mais c'est un fanatique. Il vient de passer deux ans auprès d'un ermite. Au dire des gens de Zaraïsk96, ses camarades, il manifestait une dévotion exaltée et voulait se faire ermite également. Il passait ses nuits à prier Dieu et à lire des livres saints, « les vrais97 », les anciens. Pétersbourg a exercé une grande influence sur lui... les femmes, le vin... vous comprenez ? Il est si impressionnable... et cela lui a fait oublier la religion. J'ai appris qu'un artiste s'était intéressé à lui et lui

---

96 *Zaraïsk :* Ville de la province de Riazan, dans le centre de la Russie.

97 *Les vrais :* Les livres saints qui dataient d'avant la révision des textes sacrés par le patriarche Nikon.

donnait des leçons. Sur ces entrefaites arrive cette malheureuse affaire. Le pauvre garçon a perdu la tête et s'est passé une corde au cou ; il a essayé de fuir... que voulez-vous quand notre peuple se fait une si drôle d'idée de notre justice ? Il y a des gens auxquels le mot de jugement suffit à faire peur. À qui la faute ? Nous verrons ce que les nouveaux tribunaux vont faire ! Ah ! fasse le ciel que tout aille bien !

« Bon, mais une fois en prison, Mikolka est revenu à son ancien mysticisme ; il s'est souvenu de l'ermite et a rouvert sa Bible. Savez-vous, Rodion Romanovitch, ce que l'expiation est pour certains de ces gens-là ? Ils ne pensent pas expier pour quelqu'un, non, mais ils ont simplement soif de souffrir et si cette souffrance leur est imposée par les autorités, ce n'en est que mieux. J'ai connu, en mon temps, un prisonnier, le plus docile qui soit. Il a passé toute une année en prison à lire la Bible pendant la nuit, tant et si bien qu'il a fini par arracher de son poêle une brique et par la lancer, sans rime ni raison, sur son gardien, mais en prenant toutefois ses précautions pour ne lui faire aucun mal. Vous connaissez le sort réservé à un prisonnier coupable d'avoir attaqué son gardien à main armée ? C'est donc qu'il avait pris sur soi d'« expier ».

« Je soupçonne maintenant Mikolka de vouloir « expier » lui aussi. Ma conviction est établie sur des faits, mais lui ignore que j'ai percé à jour ses motifs. Quoi, vous n'admettez pas l'idée qu'un pareil peuple puisse donner naissance à des gens fantastiques ? Mais on en voit à tout bout de champ. L'influence de l'ermite est redevenue toute-puissante sur lui, surtout après l'histoire du nœud coulant. Vous verrez d'ailleurs que lui-même viendra se confesser à moi. Vous le croyez capable de soutenir son rôle jusqu'au bout ? Non, il s'ouvrira à moi, attendez un peu ; il viendra rétracter ses aveux. Je me suis attaché à ce Mikolka et je l'ai étudié à fond. Eh bien, je vous dirai, hé ! hé ! que s'il a réussi à donner, sur certains points, un caractère de vraisemblance à ses déclarations (il a dû se préparer), il se trouve sur d'autres en contradiction complète avec les faits sans s'en douter le moins du monde. Non, mon cher Rodion Romanovitch, ce n'est pas Mikolka le coupable ! Nous sommes en présence d'une affaire sombre et fantastique ; ce crime porte la marque de notre temps, le cachet d'une époque où le cœur humain s'est troublé, où l'on affirme, en citant des auteurs, que le sang « purifie », où ne compte que la recherche du confort. Il s'agit du rêve d'un cerveau ivre de chimères, empoisonné par des théories. Le coupable a déployé pour son coup d'essai une grande hardiesse, mais cette audace est d'un caractère particulier ; il a pris sa décision, mais comme on se jette du haut d'un clocher, comme on roule du sommet d'une montagne. Ce n'est pour ainsi dire pas sur ses propres jambes qu'il est venu tuer. Il a oublié de fermer la porte derrière lui, mais il a tué, tué deux personnes, pour obéir à une théorie. Il a tué, mais n'a pas su s'emparer de l'argent et ce qu'il a pu emporter, il est allé l'enfouir sous une pierre. Il ne lui a pas suffi des angoisses endurées dans l'antichambre, pendant qu'il entendait les coups frappés à la porte ; non, il lui a fallu, cédant dans son délire encore à un besoin irrésistible de retrouver le même frisson, tirer le même cordon de sonnette. Enfin, mettons cela sur le compte de la maladie, mais voici encore un point à noter : il a assassiné, mais il se considère comme un honnête homme et méprise tout le monde. Il a des allures d'ange malheureux... Non, il ne s'agit pas de Mikolka, mon cher Rodion Romanovitch. Ce n'est pas lui le coupable ! »

Ces derniers mots étaient d'autant plus inattendus qu'ils tombaient après l'espèce d'amende honorable que venait de faire le juge d'instruction. Raskolnikov se mit à trembler de tout son corps comme un homme frappé d'un coup terrible.

« Mais... alors... qui... est l'assassin ? » balbutia-t-il d'une voix entrecoupée.

Porphyre Petrovitch se renversa sur sa chaise, de l'air d'un homme stupéfait par une question abracadabrante.

« Comment, qui est l'assassin ? répéta-t-il comme s'il n'en pouvait croire ses oreilles, mais c'est vous, Rodion Romanovitch ; c'est vous qui avez assassiné », ajouta-t-il presque tout bas et d'un ton profondément convaincu.

Raskolnikov bondit de son divan, resta un moment debout, puis se rassit sans proférer un seul mot. De légères convulsions agitèrent tous les muscles de son visage.

« Voilà que votre lèvre tremble encore comme l'autre jour, marmotta Porphyre Petrovitch d'un air d'intérêt sincère. Je crois que vous ne m'avez pas compris, Rodion Romanovitch, ajouta-t-il après un silence. Voilà d'où provient votre surprise. Je suis venu précisément pour vous exposer toute l'affaire, car j'ai l'intention de la mener désormais ouvertement.

– Ce n'est pas moi qui ai tué, bégaya Raskolnikov, en se défendant comme un enfant pris en faute.

– Si, c'est vous et vous seul », répliqua sévèrement le juge d'instruction.

Tous deux se turent et ce silence se prolongea étrangement, dix minutes au moins. Raskolnikov s'était accoudé sur la table et fourrageait dans ses cheveux. Porphyre Petrovitch, lui, attendait sans donner signe d'impatience. Tout à coup, le jeune homme dit, en regardant le magistrat avec mépris :

« Vous revenez à vos anciennes pratiques, Porphyre Petrovitch, ce sont toujours les mêmes procédés, cela ne vous ennuie-t-il pas, à la fin ?

– Eh ! laissez donc. Qu'ai-je besoin de procédés à présent ? Ce serait différent si nous parlions devant témoins, mais nous causons ici en tête à tête. Vous voyez bien que je ne suis pas venu avec l'intention de vous traquer comme un lièvre. Que vous avouiez ou non, en ce moment, cela m'importe peu. Dans les deux cas, ma conviction est faite.

– Mais s'il en est ainsi, pourquoi êtes-vous venu ? demanda Raskolnikov d'un air irrité. Je vous répéterai la même question que l'autre jour : si vous me jugez coupable, pourquoi ne m'arrêtez-vous pas ?

– Bon, ça au moins c'est une question sensée et je vous répondrai point par point. Il ne me convient pas, tout d'abord, de vous faire arrêter dès à présent.

– Comment, cela ne vous convient pas ? Si vous êtes convaincu, il est de votre devoir...

– Eh ! qu'importe ma conviction ? Elle ne repose, jusqu'à présent, que sur des hypothèses. Et pourquoi vous donnerais-je *le repos* en vous enfermant ? Vous savez vous-même que ce serait pour vous le repos puisque vous me le demandez. Si je vous amenais, par exemple, l'homme pour vous confondre, et que vous lui disiez : « Es-tu ivre ou non ? Qui m'a vu avec toi ? Je t'ai simplement pris pour un homme saoul et tu l'étais. » Et moi, que vous répondrais-je à cela ? D'autant plus que votre réponse paraîtrait plus vraisemblable que la sienne qui repose uniquement sur la psychologie et qui étonnerait, venant de cette brute, tandis que vous, vous auriez touché le point faible, car le coquin est connu comme un ivrogne fieffé ! Je vous ai d'ailleurs avoué plusieurs fois que toute cette psychologie est à deux fins et risque fort vraisemblablement de tourner à votre profit, surtout que c'est, jusqu'à présent, la seule preuve que je possède contre vous. Sans doute, je vous ferai arrêter ; j'étais venu, chose peu banale, vous en aviser, mais je n'hésite pas à vous déclarer (ce qui sort également du commun) que cela ne me servira de rien. Ensuite, je suis venu chez vous pour...

– Oui, parlons-en, de ce second objet de votre visite. (Raskolnikov était toujours haletant.)

– Pour vous donner une explication à laquelle je considère que vous avez droit. Je ne veux pas passer à vos yeux pour un monstre, d'autant plus que je suis très bien disposé à votre égard, vous pouvez me croire ou non. Voilà pourquoi je vous engage franchement à vous dénoncer. C'est le meilleur parti que vous puissiez prendre ; il est également avantageux pour vous et pour moi, qui serai ainsi débarrassé de cette affaire. Eh bien, qu'en dites-vous ? Suis-je assez franc ? »

Raskolnikov réfléchit un moment.

« Écoutez, Porphyre Petrovitch, dit-il enfin, vous-même vous avouez que vous n'avez contre moi que de la psychologie et cependant vous aspirez à l'évidence mathématique. Qui vous dit que vous n'êtes pas dans l'erreur ?

– Non, Rodion Romanovitch, je ne me trompe pas. J'ai maintenant une preuve, cette preuve je l'ai trouvée l'autre jour, c'est Dieu qui me l'a envoyée.

– Quelle preuve ?

– Je ne vous le dirai pas, Rodion Romanovitch. Mais, en tout cas, je n'ai pas le droit de temporiser. Je vais vous faire arrêter. Donc, réfléchissez : quelque résolution que vous preniez à présent, peu m'importe, ce que je vous en dis est uniquement dans votre intérêt. Je vous jure que vous feriez bien d'écouter mes conseils. »

Raskolnikov eut un mauvais sourire.

« Votre langage est plus que ridicule ; il est même impudent. Voyons, à supposer que je sois coupable – ce que je ne reconnais nullement – pourquoi irais-je me dénoncer, puisque vous reconnaissez vous-même que le séjour à la prison serait pour moi *le repos ?*

– Eh ! Rodion Romanovitch, ne prenez pas chaque mot trop à la lettre, peut-être, ce repos, ne le trouverez-vous pas. Car, enfin, ce n'est qu'une théorie, et qui m'est personnelle au surplus. Or, suis-je une autorité pour vous ? Et puis, qui sait ? Peut-être ai-je encore quelque chose que je vous cache ; car vous ne pouvez pas exiger que je vous livre tous mes secrets, hé ! hé !

« Passons maintenant à la deuxième question, au profit que vous tireriez d'un aveu ; il est incontestable. Savez-vous que votre peine en serait notablement diminuée ? Songez un peu à quel moment vous viendriez vous dénoncer ! Non, réfléchissez-y : quand un autre est venu s'accuser du crime et jeter le trouble dans l'instruction. Et moi, je vous jure devant Dieu de m'arranger pour vous laisser vis-à-vis de la cour d'assises tout le bénéfice de votre acte, qui aura l'air d'être absolument spontané. Nous détruirons, je vous le promets, toute cette psychologie et je réduirai à néant tous les soupçons qui pèsent sur vous, si bien que votre crime apparaîtra comme le résultat d'une sorte d'entraînement, et, au fond, ce n'est pas autre chose. Je suis un honnête homme, Rodion Romanovitch, et je saurai tenir ma parole. »

Raskolnikov baissa tristement la tête et resta songeur. À la fin, il sourit de nouveau, mais, cette fois, d'un sourire doux et mélancolique.

« Eh ! je n'y tiens pas, fit-il comme s'il renonçait à causer désormais avec Porphyre Petrovitch. Inutile ! Je n'ai pas besoin de votre diminution de peine.

– Allons, voilà ce que je craignais, s'écria Porphyre avec chaleur et comme malgré lui. Je me doutais, hélas, que vous alliez dédaigner notre indulgence. »

Raskolnikov le regarda d'un air grave et triste.

« Non ! Ne faites pas fi de la vie, continua Porphyre. Elle est encore longue devant vous. Comment, vous ne voulez pas d'une diminution de peine ? Vous êtes un homme bien difficile !

– Que puis-je attendre maintenant ?

– La vie ! Pourquoi voulez-vous faire le prophète, et que pouvez-vous prévoir ? Cherchez et vous trouverez. Dieu vous attendait peut-être à ce tournant... Vous ne serez d'ailleurs pas condamné à perpétuité...

– J'obtiendrai des circonstances atténuantes... fit Raskolnikov avec un rire.

– C'est peut-être, à votre insu, une honte bourgeoise qui vous empêche de vous avouer coupable, mais vous devriez être au-dessus de cela.

– E-eh ! je m'en fiche ! » murmura le jeune homme d'un air méprisant. Puis il fit encore mine de se lever, mais il se rassit, sous le poids d'un désespoir qu'il ne pouvait cacher.

« Voilà, c'est bien cela ! Vous êtes méfiant et vous pensez que je veux vous flatter grossièrement. Mais, dites-moi, avez-vous déjà eu le temps de vivre, et connaissez-vous l'existence ? Il vous invente une théorie, puis se sent tout honteux de voir qu'elle n'a abouti à rien et donne des résultats dénués de toute originalité. La chose est vile, je le reconnais, mais vous n'êtes cependant pas un criminel perdu sans retour. Oh ! non, bien loin de là ! Vous me demanderez ce que je pense de vous ? Eh bien, je vous considère comme un de ces hommes qui se laisseraient arracher les entrailles en souriant à leurs bourreaux s'ils pouvaient trouver une foi ou un Dieu. Eh bien, trouvez-les et vous vivrez ! Tout d'abord, il y a longtemps que vous avez besoin de changer d'air. Et puis, quoi, la souffrance n'est pas une mauvaise chose. Souffrez donc ! Mikolka a peut-être raison de vouloir souffrir. Je sais que vous êtes sceptique, mais abandonnez-vous sans raisonner au courant de la vie et ne vous inquiétez de rien ; il vous portera au rivage et vous remettra sur pied ! Quel sera ce rivage ? Comment puis-je le savoir ? J'ai seulement la conviction qu'il vous reste beaucoup d'années à vivre. Je sais que vous vous dites à présent que je ne fais que jouer mon rôle de juge d'instruction et mes paroles vous paraissent un long et ennuyeux sermon, mais peut-être vous les rappellerez-vous un jour ; c'est cet espoir qui me pousse à vous tenir ce langage. Il est encore heureux que vous n'ayez tué que cette vieille, mais, avec une autre théorie, vous auriez pu commettre une action cent millions de fois pire. Remerciez donc Dieu de ne pas l'avoir permis, car il a peut-être – qui le sait ? – des desseins sur vous. Et vous, ayez du courage, ne reculez pas, par pusillanimité, devant la grande action qu'il vous reste à accomplir. Il serait honteux pour vous d'être lâche. Si vous avez commis l'acte, eh bien, soyez fort et faites ce qu'exige la justice. Je sais que vous ne me croyez pas, mais je vous donne ma parole que vous reprendrez goût à la vie. En ce moment, il ne vous faut que de l'air, de l'air, de l'air... »

Raskolnikov tressaillit à ces paroles.

« Mais vous, qui êtes-vous ? s'écria-t-il. Pourquoi faites-vous le prophète ? Quels sont ces sommets paisibles d'où vous vous permettez de laisser tomber sur moi ces maximes pleines d'une prétendue sagesse ?

– Qui je suis ? Un homme fini et rien de plus. Un homme sensible et capable de pitié peut-être, et peut-être aussi quelque peu instruit de la vie, mais complètement fini. Vous, vous, c'est autre chose ! Dieu vous a destiné à une vie véritable (mais qui sait ? peut-être n'est-ce qu'un feu de paille chez vous et s'éteindra-t-il bientôt ?). Alors, pourquoi redouter le changement qui va survenir dans votre existence ? Ce n'est tout de même pas le bien-être qu'un cœur comme le vôtre pourrait regretter ? Et qu'importe cette solitude où vous serez pour longtemps confiné. Ce n'est pas du temps qu'il s'agit, mais de vous-même. Devenez un soleil et tout le monde vous apercevra. Le soleil n'a qu'à exister, à être lui-même. De quoi souriez-vous encore ? De me trouver si poétique ? Je jurerais que vous pensez que je ruse et que je veux m'insinuer dans votre confiance. Peut-être même avez-vous raison, hé ! hé ! Je ne vous demande pas de me croire sur parole, Rodion Romanovitch ; vous feriez peut-être bien de ne jamais me croire entièrement. C'est mon habitude de n'être jamais tout à fait sincère, j'en conviens. Pourtant, voici ce que je veux ajouter : les événements vous montreront si je suis un homme vil ou si je suis un homme loyal.

– Quand pensez-vous me faire arrêter ?

– Eh bien, je puis vous laisser encore un jour ou deux de liberté. Réfléchissez, mon ami, et priez Dieu ; c'est dans votre intérêt, je vous jure que c'est votre intérêt...

– Et si je m'enfuyais ? demanda Raskolnikov avec un sourire étrange.

– Non, vous ne fuirez pas. Un moujik fuirait, un révolutionnaire à la mode du jour aussi, car, celui-là, on peut lui inculquer la foi qu'on veut à jamais. Mais vous, vous avez cessé de croire à votre théorie. Pourquoi fuiriez-vous donc ? Que gagneriez-vous à fuir ? Et quelle existence horrible et douloureuse que celle d'un fugitif, car, pour vivre, on a besoin d'une situation stable, déterminée, d'un certain air respirable. Cet air, le trouverez-vous dans la fuite ? Fuyez et vous reviendrez. *Vous ne pouvez pas vous passer de nous.* Si je vous mets en prison, mettons pour un mois ou deux, ou même trois, un beau jour, souvenez-vous de mes paroles : vous viendrez tout à coup et vous avouerez. Vous y serez amené presque à votre insu. Je suis même sûr que vous vous déciderez à vous soumettre à l'expiation. Vous ne me croyez pas maintenant, mais vous y viendrez, car la souffrance est une grande chose, Rodion Romanovitch. Ne vous étonnez pas de m'entendre parler ainsi, moi, un homme engraissé dans le bien-être. Qu'importe, je dis vrai, et ne vous moquez pas. C'est une idée profonde que j'énonce là. Mikolka a raison. Non, vous ne fuirez pas, Rodion Romanovitch ! »

Raskolnikov se leva et prit sa casquette. Porphyre Petrovitch en fit autant.

« Vous allez faire un tour ? La soirée promet d'être belle, pourvu qu'il n'y ait pas d'orage... Du reste, cela vaudrait peut-être mieux, l'air en serait rafraîchi...

– Porphyre Petrovitch, fit Raskolnikov d'un ton sec et pressant, n'allez pas vous mettre dans la tête que je vous ai fait des aveux aujourd'hui. Vous êtes un homme bizarre et je ne vous ai écouté que par simple curiosité, mais je n'ai rien avoué... Souvenez-vous-en.

– Allons, bon, on connaît ça, je ne l'oublierai pas. Voyez comme il tremble ! Ne vous inquiétez pas, mon cher ; il en sera fait selon votre désir. Promenez-vous un peu, mais sans dépasser les limites. J'ai, à tout hasard, encore une petite prière à vous adresser, ajouta-t-il en baissant la voix. Elle est un peu délicate, mais importante : au cas assez improbable (car je n'y crois pas) où la fantaisie vous prendrait en ces quarante-huit à cinquante heures d'en finir autrement, je veux dire d'une façon extraordinaire, bref d'attenter à votre vie (pardonnez-moi cette supposition absurde), eh bien, ayez la bonté de laisser un billet bref, mais explicite. Deux lignes, rien que deux lignes, pour indiquer l'endroit où se trouve la pierre ; ce sera plus noble... Allons, au revoir... Puisse Dieu vous envoyer de bonnes pensées ! »

Porphyre se retira en courbant la tête et en évitant de regarder le jeune homme. Celui-ci s'approcha de la fenêtre et attendit avec impatience le moment où, selon son calcul, le juge d'instruction serait assez loin de la maison. Ensuite il sortit lui-même en toute hâte.

III

Il était pressé de voir Svidrigaïlov ; il ignorait ce qu'il pouvait espérer de cet homme, mais celui-ci avait sur lui un mystérieux pouvoir. L'inquiétude le dévorait depuis qu'il s'en était convaincu et, au surplus, l'heure d'une explication était venue.

Une autre question le tourmentait également : il se demandait si Svidrigaïlov était allé chez Porphyre.

Autant qu'on en pût juger, non, il ne l'avait pas fait. Raskolnikov l'aurait juré. Il y réfléchit encore, évoqua toutes les circonstances de la visite de Porphyre et parvint à la même conclusion négative. Mais si Svidrigaïlov n'était pas allé chez le juge, avait-il l'intention de le faire ?

Sur ce point encore, il était enclin à répondre par la négative. Pourquoi ? Il n'aurait su l'expliquer, mais même s'il s'était senti capable de trouver cette explication, il n'aurait pas voulu se casser la tête à la chercher. Tout cela le tourmentait et l'ennuyait à la fois. Chose étrange, presque incroyable... sa situation actuelle, si critique, l'inquiétait peu. Il était préoccupé par une autre question singulièrement plus importante, extraordinaire, également personnelle, mais différente. Il éprouvait, en outre, une immense lassitude morale, quoiqu'il fût mieux en état de raisonner que les jours précédents. Et puis, après tout ce qui s'était passé, était-ce bien la peine d'essayer de triompher de nouvelles et misérables difficultés, de s'arranger, par exemple, pour empêcher Svidrigaïlov d'aller chez Porphyre, de se renseigner, de perdre son temps avec un homme pareil ?

Oh ! que tout cela l'ennuyait !

Il se hâtait cependant de se rendre chez ce Svidrigaïlov. Attendait-il donc de lui quelque chose de nouveau, un conseil, un moyen de se tirer d'affaire ? Car un homme qui se noie s'accroche au moindre fétu ! Était-ce le destin ou un instinct secret qui les rapprochait ? Ou peut-être simplement la fatigue, le désespoir lui inspiraient-ils ces pensées et fallait-il s'adresser à quelqu'un d'autre au lieu de ce Svidrigaïlov qui ne s'était trouvé que par hasard sur son chemin.

À Sonia ? Mais pourquoi irait-il chez elle à présent ? Pour faire couler ses larmes encore ? D'ailleurs, Sonia lui faisait peur. Elle personnifiait pour lui l'arrêt irrévocable, la décision sans appel. Il devait choisir entre deux chemins : le sien et celui de Sonia. En ce moment surtout, il ne se sentait pas en état d'affronter sa vue. Non, il valait mieux tenter la chance auprès de Svidrigaïlov. Mais était-ce possible ? Il s'avouait, malgré lui, que ce dernier lui paraissait, depuis longtemps, en quelque sorte indispensable.

Cependant, que pouvait-il y avoir de commun entre eux ? Leur scélératesse même était d'essence toute différente. Au surplus, cet homme lui était fort antipathique ; il avait l'air débauché, fourbe, rusé, peut-être même était-il extrêmement méchant. Des légendes sinistres couraient sur son compte. Il est vrai qu'il s'était occupé des enfants de Catherine Ivanovna, mais qui pouvait deviner ses intentions et le but qu'il poursuivait ? Cet homme semblait toujours plein d'arrière-pensées.

Depuis quelques jours, une autre idée ne cessait de troubler Raskolnikov, quoiqu'il essayât de la repousser tant elle le faisait souffrir. Il songeait que Svidrigaïlov avait toujours tourné et tournait encore autour de lui. Svidrigaïlov avait découvert son secret. Enfin Svidrigaïlov avait eu des vues sur Dounia. Peut-être continuait-il à nourrir les mêmes intentions qu'autrefois ; oui, on pouvait presque l'affirmer à coup sûr. Et si, maintenant qu'il possédait son secret, il allait chercher à s'en faire une arme contre Dounia !

Cette hypothèse le tourmentait parfois dans son sommeil, mais elle ne lui était jamais apparue avec autant de netteté et de clarté qu'en ce moment où il se rendait chez Svidrigaïlov. Elle suffisait à l'emplir de fureur. D'abord, tout allait changer, même sa propre situation. Il devrait confier son secret à Dounetchka ; il devrait aller se livrer pour l'empêcher, elle, de tenter une démarche imprudente. La lettre ? Ce matin, Dounia avait reçu une lettre. De qui pouvait-elle recevoir une lettre à Pétersbourg ? De Loujine ? Rasoumikhine, il est vrai, faisait bonne garde, mais il ne savait rien ; peut-être faudrait-il se confier à lui aussi, pensa Raskolnikov avec dégoût.

« En tout cas, je dois voir Svidrigaïlov au plus vite, décida-t-il. Grâce à Dieu, les détails importent moins dans cette affaire que le fond, mais il est capable de... s'il a l'audace d'entreprendre quelque chose contre Dounia, eh bien... »

Raskolnikov était si épuisé par ce mois de souffrance qu'il ne put trouver qu'un parti à prendre : « Eh bien, alors, je le tuerai », pensa-t-il avec un morne désespoir. Un sentiment pénible l'oppressait ; il s'arrêta au milieu de la rue et promena ses regards autour de lui. Quel chemin avait-il pris ? Où se trouvait-il ? Il était sur la perspective *** à trente ou quarante pas de la place des Halles qu'il venait de traverser. Le second étage de la maison qui se trouvait sur sa gauche était occupé par un cabaret. Toutes les fenêtres en étaient ouvertes. À en juger par le nombre de silhouettes qui apparaissaient aux fenêtres, l'établissement devait être bondé. Dans la salle, on chantait, on jouait de la clarinette, du violon et du tambour. Des femmes piaillaient, criaient.

Raskolnikov s'apprêtait à rebrousser chemin, tout surpris de se trouver là, quand il aperçut tout à coup, à l'une des dernières fenêtres, Svidrigaïlov, la pipe à la bouche, devant un verre de thé. Cette vue le remplit d'étonnement, presque d'effroi. Svidrigaïlov lui aussi l'examinait en silence et, chose qui stupéfia Raskolnikov encore davantage, il fit soudain mine de se lever comme un homme décidé à s'éclipser sans être aperçu. Le jeune homme feignit aussitôt de ne pas le voir et se mit à regarder au loin d'un air songeur, tout en le suivant du coin de l'œil. Son cœur battait à une allure fébrile. Oui, il ne s'était pas trompé, Svidrigaïlov tenait à passer inaperçu ; il ôta sa pipe de sa bouche et sembla vouloir se cacher, mais, en se levant et en écartant sa chaise, il devina sans doute que l'autre l'épiait. La même scène que le jour de leur première entrevue paraissait se jouer entre eux. Un sourire malin se dessina sur les lèvres de Svidrigaïlov, puis s'élargit, s'épanouit. Chacun d'eux se savait surveillé par l'autre. Enfin, Svidrigaïlov partit d'un bruyant éclat de rire.

« Allons ! Allons, entrez donc puisque vous y tenez. Je suis ici », cria-t-il d'une voix sonore.

Raskolnikov monta au cabaret. Il trouva son homme dans un cabinet attenant à la grande salle où quantité de consommateurs, petits bourgeois, marchands, fonctionnaires, et une foule de gens indéterminés, étaient en train de boire du thé en écoutant des chansons, au milieu d'un vacarme épouvantable. Dans une pièce voisine, on jouait au billard. Svidrigaïlov avait devant lui une bouteille de champagne entamée et un verre à demi plein. Il était en compagnie d'un enfant joueur d'orgue de Barbarie qui tenait son petit instrument à la main, et d'une fille robuste aux joues fraîches, habillée d'une jupe rayée, qu'elle avait retroussée, et coiffée d'un petit chapeau tyrolien garni de rubans. C'était une chanteuse ; elle paraissait avoir dix-huit ans et, malgré les chants qui arrivaient de l'autre pièce, elle chantait aussi, accompagnée par l'orgue de Barbarie, et d'une voix de contralto assez éraillée, une chanson affreusement triviale.

« Allons, en voilà assez », interrompit Svidrigaïlov à l'entrée de Raskolnikov.

La jeune fille s'arrêta aussitôt et attendit dans une attitude respectueuse. Elle avait d'ailleurs chanté tout à l'heure son inepte mélodie avec la même expression grave et respectueuse.

« Hé, Philippe ! un verre, cria Svidrigaïlov.

– Je ne boirai pas de vin, fit Raskolnikov.

– À votre aise. Ce n'était pas à vous, du reste, que je pensais. Bois, Katia. Je n'aurai plus besoin de toi aujourd'hui. Va ! »

Il lui versa un grand verre de vin et lui tendit un petit billet jaune[98]. La jeune fille avala le vin d'une seule lampée, comme font toutes les femmes, prit l'argent et baisa la main de Svidrigaïlov, qui accepta de l'air le plus sérieux cette marque de respect servile. Puis elle se retira, suivie du petit joueur d'orgue. Svidrigaïlov les avait simplement ramassés tous deux dans la rue. Il n'y avait pas huit jours qu'il se trouvait à Pétersbourg et cependant on l'eût pris pour un vieil habitué de la maison. Le garçon Philippe le connaissait bien déjà et lui témoignait des égards particuliers. La porte qui donnait dans la grande salle était soigneusement fermée et Svidrigaïlov semblait chez lui dans ce cabaret, où il passait peut-être ses journées. Le cabaret était sale, ignoble et même inférieur à la catégorie moyenne des établissements de ce genre.

« J'allais chez vous, fit Raskolnikov, mais je ne puis comprendre comment il se fait que j'aie pris la perspective *** en quittant la place des Halles. Je ne passe jamais par ici. Je tourne toujours à droite après avoir traversé la place. Ce n'est d'ailleurs pas le chemin pour aller chez vous. À peine avais-je tourné de ce côté que je vous ai aperçu ! C'est bizarre !

– Pourquoi ne dites-vous pas tout simplement : c'est un miracle ?

– Parce que ce n'est peut-être qu'un hasard.

– C'est une habitude que tout le monde a prise, ici, reprit en riant Svidrigaïlov. Lors même qu'on croit à un miracle, on n'ose pas l'avouer. Vous-même, vous dites que « ce n'est peut-être qu'un hasard ». Comme les gens d'ici ont peu le courage de leur opinion ! Vous ne sauriez vous l'imaginer, Rodion Romanovitch. Je ne dis pas cela pour vous. Vous, vous possédez une opinion personnelle et vous n'avez pas craint de l'affirmer. C'est même par là que vous avez attiré ma curiosité.

– Par là seulement ?

– Oh ! c'est bien assez ! »

Svidrigaïlov semblait dans un état d'excitation visible, quoique légère, car il n'avait bu qu'un demi-verre de vin.

---

[98] *Un petit billet jaune :* Un billet d'un rouble.

« Je crois que vous êtes venu chez moi avant d'avoir appris que j'avais ce que vous appelez mon opinion personnelle, fit remarquer Raskolnikov.

– Oh ! alors, c'était autre chose. Chacun a ses affaires. Pour ce qui est du miracle, je vous dirai que vous semblez avoir dormi tous ces jours-ci. C'est moi qui vous ai donné l'adresse de ce cabaret. Le fait étonnant que vous y soyez venu n'a donc rien de miraculeux. Je vous ai indiqué moi-même la route à suivre, l'endroit où il se trouve et l'heure à laquelle on peut m'y trouver. Vous en souvenez-vous ?

– J'ai oublié, répondit Raskolnikov tout surpris.

– Je vous crois. Je vous l'ai répété deux fois. L'adresse s'est gravée machinalement dans votre cerveau et c'est à votre insu que vous avez pris ce chemin sans savoir ce que vous faisiez, à proprement parler. Je n'espérais même pas, du reste, que vous vous en souviendriez quand je vous l'ai donnée. Vous ne vous surveillez pas assez, Rodion Romanovitch. Ah ! je voulais vous dire encore : je suis convaincu qu'il y a à Pétersbourg bien des gens qui vont monologuant tout haut. On y rencontre souvent des demi-fous. Si nous avions de véritables savants, les médecins, les juristes et les philosophes pourraient se livrer ici à des études fort curieuses, chacun dans sa spécialité. Il n'y a guère de lieu où l'âme humaine soit soumise à des influences aussi sombres et bizarres. L'action seule du climat est déjà fort grave. Malheureusement, Pétersbourg est le centre administratif et son influence doit se transmettre à tout le pays. D'ailleurs, ce n'est pas de cela qu'il s'agit. Je voulais vous dire que je vous ai observé plusieurs fois dans la rue. En sortant de chez vous, vous tenez encore la tête droite ; au bout de vingt pas, vous la baissez et vous croisez vos mains derrière le dos. À regarder vos yeux, on comprend que vous ne voyez rien de ce qui se passe devant vous ou à vos côtés. Finalement, vous vous mettez à remuer les lèvres et à parler tout seul. Parfois, vous gesticulez et vous déclamez ou bien vous vous arrêtez au milieu de la rue un bon moment. Voilà qui ne vaut rien du tout. D'autres que moi peuvent vous remarquer, ce qui serait fort dangereux. Au fond, peu m'importe et je n'ai pas l'intention de vous guérir, mais vous me comprenez.

SIXIÈME PARTIE

– Et vous savez qu'on me suit ? demanda Raskolnikov en attachant sur lui un regard scrutateur.

– Non, je ne sais rien, fit Svidrigaïlov d'un air étonné.

– Eh bien, alors, laissez-moi tranquille.

– Bon, on vous laissera tranquille.

– Dites-moi plutôt pourquoi, s'il est vrai que vous m'avez donné rendez-vous à deux reprises ici et que vous ayez attendu ma visite, pourquoi essayiez-vous de vous dissimuler tout à l'heure en me voyant lever les yeux, et pourquoi vous prépariez-vous à fuir ? Je l'ai très bien remarqué.

– Hé ! hé ! Et vous, pourquoi l'autre jour, quand je suis entré dans votre chambre, faisiez-vous semblant de dormir sur votre divan, quand vous étiez parfaitement éveillé ?

– Je pouvais... avoir mes raisons... vous le savez très bien.

– Et moi les miennes... que vous ne connaîtrez jamais. »

Raskolnikov avait appuyé le coude droit sur la table, posé son menton sur sa main pliée et s'était mis à considérer attentivement son interlocuteur. L'aspect de son visage l'avait toujours profondément étonné. Et de fait, il était bizarre ! Il avait quelque chose d'un masque. La figure était blanche et rose, les lèvres pourpres, la barbe très blonde, les cheveux blonds également et encore assez épais. Les yeux semblaient trop bleus et leur regard immobile et lourd. Quoique belle et étonnamment jeune, étant donné l'âge de l'homme, cette figure avait quelque chose de profondément antipathique. Svidrigaïlov portait un élégant costume d'été ; son linge était d'une blancheur et d'une finesse irréprochables. Une énorme bague, rehaussée d'une pierre de prix, brillait à son doigt.

« Faut-il donc que je m'occupe encore de vous ? s'écria Raskolnikov en entrant brusquement en lice avec une impatience fiévreuse. Quoique vous puissiez être l'homme le plus dangereux, pour peu que vous désiriez me nuire, je ne veux plus me mettre martel en tête ni ruser. Je vais vous prouver tout à l'heure que je tremble moins sur mon sort que vous ne pouvez le penser. Sachez, je suis venu vous en avertir franchement, que si vous nourrissez toujours les mêmes intentions contre ma sœur, et si vous pensez vous servir de ce que vous avez pu apprendre ces temps derniers, eh bien, je vous tuerai avant que vous m'ayez fait arrêter. Vous pouvez en croire ma parole ; vous savez que je saurai la tenir. Ensuite, si vous avez quelque chose à me déclarer, car, pendant ces derniers jours, j'ai eu l'impression que vous vouliez me parler, eh bien, faites vite, car le temps presse et peut-être serait-il trop tard bientôt...

- Mais qu'est-ce qui vous presse tant ? demanda Svidrigaïlov, en le regardant curieusement.

- Chacun a ses affaires, répliqua Raskolnikov, d'un air sombre et impatient.

- Vous venez de m'inviter vous-même à la franchise, et, à la première question que je vous pose, vous refusez de répondre, observa Svidrigaïlov avec un sourire. Vous me soupçonnez toujours de vagues intentions et vous me regardez avec méfiance. La chose se comprend, étant donné votre situation, mais, quel que soit mon désir de me lier avec vous, je ne prendrai pas la peine d'essayer de vous tromper. Ma parole, le jeu n'en vaut pas la chandelle ; je n'ai d'ailleurs rien de particulier à vous dire.

- S'il en est ainsi, pourquoi vouliez-vous donc me voir, car vous êtes toujours à tourner autour de moi ?

- Mais c'est que vous me paraissez un homme curieux à observer. Vous me plaisez par ce que votre situation présente de fantastique. En outre, vous êtes le frère d'une personne qui m'a beaucoup intéressé ! Enfin, autrefois, cette même personne m'a si souvent parlé de vous que j'en ai conclu que vous exerciez une grande influence sur elle. N'est-ce point suffisant ? Hé ! hé ! J'avoue toutefois que votre question me paraît si complexe qu'il m'est difficile d'y répondre. Tenez, par exemple, maintenant, ce n'est pas seulement pour affaires que vous êtes venu me trouver, mais dans l'espoir que je pourrais vous dire quelque chose de nouveau, n'est-ce pas ? Avouez que c'est cela ? insistait Svidrigaïlov avec son sourire malin. Eh bien, figurez-vous que moi-même, en me rendant à Pétersbourg, je nourrissais en wagon l'espoir d'apprendre de vous du nouveau, celui de vous emprunter certaines choses. Voilà comme nous sommes, nous autres riches.

- M'emprunter quoi ?

– Comment vous dire ? Est-ce que je sais, moi ? Vous voyez dans quel misérable cabaret je passe mes journées et je m'y sens à merveille, ou, si vous voulez, pas à merveille, mais enfin, il faut bien passer son temps quelque part. Tenez, avec cette pauvre Katia… vous l'avez vue ? Si encore j'étais un goinfre ou un gourmet, mais non, voilà tout ce que je peux manger (il montra du doigt, sur une petite table placée dans un coin, un plateau de fer-blanc contenant les restes d'un mauvais bifteck aux pommes). À propos, avez-vous déjeuné ? Moi, j'ai mangé un morceau et je n'ai plus faim. Quant au vin, je n'en bois pas, à l'exception du champagne, et encore pas plus d'un verre en toute une soirée ; cela suffit déjà à me donner la migraine. C'est pour me remonter que j'ai commandé cette bouteille ; j'ai un rendez-vous d'affaires et j'ai voulu me donner du cœur. Vous me voyez donc d'une humeur toute particulière. C'est parce que je craignais que vous ne vinssiez me gêner que je me suis caché tout à l'heure comme un écolier, mais (et il tira sa montre) il y a bien une heure que nous parlons, il me semble ! Il est maintenant quatre heures et demie. Le croiriez-vous ? À certains moments je regrette de n'être rien, rien… ni propriétaire, ni père de famille, ni uhlan, ni photographe, ni journaliste. C'est parfois ennuyeux de n'avoir aucun métier. Je vous assure que j'espérais entendre de vous quelque chose de nouveau.

– Mais qui êtes-vous ? Et pourquoi êtes-vous ici ?

– Qui je suis ? Vous le savez, un gentilhomme et j'ai servi deux ans dans la cavalerie. Après quoi j'ai erré deux ans sur le pavé de Pétersbourg, puis j'ai épousé Marfa Petrovna et habité la province. Voilà ma biographie.

– Vous êtes joueur, je crois ?

– Joueur ? Non, dites plutôt que je suis un grec.

– Ah ! vous trichez au jeu ?

– Oui.

– On a dû vous battre quelquefois, n'est-ce pas ?

– Cela m'est arrivé. Pourquoi demandez-vous cela ?

– Eh bien, vous aviez alors l'occasion de vous battre en duel. Cela met de l'animation dans la vie.

- Je ne veux pas vous contredire... Je ne suis d'ailleurs pas très fort dans les discussions philosophiques. Je vous avouerai que c'est surtout à cause des femmes que je me suis empressé de venir à Pétersbourg.

- Après avoir à peine pris le temps d'enterrer Marfa Petrovna ?

- Ma foi, oui, fit en souriant Svidrigaïlov avec une franchise désarmante. Qu'importe ? Vous semblez, je crois, scandalisé de m'entendre parler ainsi des femmes ?

- Vous vous étonnez de me voir scandalisé par la débauche ?

- La débauche ! Ah ! voilà à quoi vous en avez ! Je vais d'abord répondre à votre première question sur la femme en général ; je me sens disposé à bavarder. Dites-moi, pourquoi me gênerais-je, je vous prie ? Pourquoi fuir les femmes quand j'en suis grand amateur ? Cela me fait une occupation tout au moins.

- Ainsi, vous n'êtes venu ici que pour faire la noce ?

- Et qu'importe ? Admettons que ce soit vrai. On peut dire qu'elle vous tient à cœur, cette débauche, mais je dois vous avouer que j'aime les questions directes. Cette débauche présente au moins un caractère de continuité fondé sur la nature, et qui ne dépend point du caprice - quelque chose qui brûle dans le sang comme un charbon toujours incandescent qui ne s'éteint qu'avec l'âge, et encore difficilement, à grand renfort d'eau froide. Avouez que c'est, en quelque sorte, une occupation.

- Mais qu'y voyez-vous de réjouissant ? C'est une maladie, et fort dangereuse.

- Ah ! je vous vois venir ! J'admets que c'est une maladie comme tout ce qui est exagéré et, dans le cas qui nous occupe, on passe toujours les limites permises, mais, d'abord, c'est une chose qui varie suivant les individus. Ensuite, il est certain qu'il faut se modérer, ne serait-ce que par calcul. Mais sans cette occupation, on n'aurait qu'à se tirer une balle dans la tête. Je sais bien qu'un honnête homme est tenu de s'ennuyer, mais encore...

- Et vous seriez capable de vous tirer une balle dans la tête ?

– Ah ! vous y voilà, riposta Svidrigaïlov d'un air dégoûté. Faites-moi le plaisir de ne pas parler de ces choses », ajouta-t-il précipitamment, et en oubliant toute fanfaronnade.

Son visage même avait changé.

« Je vous confesse cette faiblesse honteuse, mais que faire ? J'ai peur de la mort et je n'aime pas en entendre parler. Savez-vous que je suis un peu mystique ?

– Oui ! le fantôme de Marfa Petrovna ! Dites donc, il vient toujours vous visiter ?

– Ah ! ne m'en parlez pas ; il n'est pas encore venu à Pétersbourg, et puis... le diable l'emporte ! s'écria-t-il d'un air irrité. Non, parlons plutôt d'autre chose... et d'ailleurs... Hum !... Le temps me manque, je ne puis m'attarder avec vous, mais je le regrette... J'avais quelque chose à vous dire.

– Une femme vous attend ?

– Oui, une femme ; oh ! c'est un cas exceptionnel... un hasard, mais ce n'est pas de cela que je voulais parler.

– La bassesse de cette conduite ne vous tourmente pas ? N'avez-vous pas la force de vous arrêter ?

– Et vous, prétendez-vous avoir de l'énergie ? Hé ! hé ! hé ! Je puis dire que vous m'avez étonné, Rodion Romanovitch, bien que je m'attendisse à vous entendre parler ainsi. C'est vous qui me parlez de débauche et de laideur ou de beauté morale ? Vous qui faites le Schiller, l'idéaliste ! Certes, tout cela est fort naturel et on pourrait s'étonner s'il en était autrement, mais, étant donné les faits réels, cela peut paraître un peu étrange. Ah ! je regrette bien de n'avoir pas de temps, car vous me paraissez un homme extrêmement curieux. À propos, vous aimez Schiller ? Moi, je l'adore.

– Mais quel fanfaron vous faites ! répondit Raskolnikov avec un certain dégoût.

– Eh bien, je vous jure que je ne le suis pas ; je ne veux d'ailleurs pas discuter. Mettons que je sois fanfaron, mais pourquoi ne le serais-je pas quand cela ne fait de mal à personne ? J'ai vécu sept ans à la campagne auprès de Marfa Petrovna ; aussi, quand je tombe sur un homme intelligent comme vous, intelligent et, de plus, curieux, eh bien, je suis trop heureux de pouvoir bavarder. En outre, j'ai bu un demi-verre de vin qui déjà me monte à la tête. Pourtant, c'est surtout un certain événement... que je tairai, qui m'émeut particulièrement. Mais où allez-vous ? » demanda-t-il avec un certain effroi.

Raskolnikov s'était levé en effet. Il étouffait, se sentait mal à l'aise et regrettait d'être venu. Svidrigaïlov lui apparaissait comme le plus pauvre, le plus maigre scélérat qui fût au monde.

« E-eh, attendez, restez encore un moment ; faites-vous apporter un verre de thé ! Allons, restez, je vous promets de ne plus parler d'absurdités, c'est-à-dire de moi. J'ai quelque chose à vous dire. Voulez-vous, par exemple, que je vous raconte comment une femme a entrepris de me sauver, pour parler votre langage. Cela répondra à votre première question, car cette femme, c'est votre sœur. Le puis-je ? Cela nous aidera d'ailleurs à tuer le temps !

– Parlez, mais j'espère que...

– Oh ! ne vous inquiétez pas. D'ailleurs, Avdotia Romanovna ne peut inspirer, même à un homme aussi corrompu que moi, que le respect le plus profond. »

IV

« Vous savez sans doute (mais oui, c'est moi-même qui vous l'ai raconté), commença Svidrigaïlov, que j'ai été en prison pour dettes, une dette énorme, et je n'avais pas la moindre possibilité de satisfaire mon créancier. Je ne veux pas entrer dans les détails de mon rachat par Marfa Petrovna ; vous savez comme l'amour peut tourner la tête d'une femme. C'était une créature honnête, assez intelligente (quoique parfaitement ignorante). Figurez-vous donc que cette femme jalouse et honnête en arriva, après plusieurs scènes de reproches et de fureur, à accepter de conclure avec moi une sorte de contrat, qu'elle observa scrupuleusement tout le temps que dura notre union. Le fait est qu'elle était mon aînée de beaucoup. J'eus l'âme assez basse, et assez loyale en son genre, si vous voulez, pour lui déclarer franchement que je ne pouvais lui promettre une fidélité absolue. Mon aveu la mit en fureur, mais ma franchise grossière dut lui plaire cependant. Elle pensa : « Il ne veut donc pas me tromper, puisqu'il me fait cette déclaration d'avance », et c'est là la chose la plus importante pour une femme jalouse. Après bien des scènes de larmes, nous en vînmes à conclure une entente verbale : je m'engageais premièrement à ne jamais abandonner Marfa Petrovna et à demeurer toujours son mari ; deuxièmement à ne pas quitter nos terres sans son autorisation ; troisièmement à ne jamais prendre une maîtresse en titre ; quatrièmement, Marfa Petrovna me permettait, en revanche, de faire la cour aux paysannes, mais toujours avec sa permission secrète et en la tenant au courant de mes aventures ; cinquièmement, défense absolue d'aimer une femme de notre société ; sixièmement, s'il m'arrivait d'être pris par malheur d'une passion profonde et sérieuse, j'étais tenu à me confesser à Marfa Petrovna. En ce qui concerne ce dernier point, je dois vous dire que Marfa Petrovna se sentait assez rassurée. C'était une femme trop intelligente pour voir en moi autre chose qu'un libertin, un débauché, incapable d'un amour sérieux ; mais l'intelligence et la jalousie sont deux choses différentes, voilà le malheur ! D'ailleurs, si l'on veut juger les êtres d'une façon impartiale, on doit bien souvent abandonner certaines idées préconçues ou toutes faites, et s'abstraire de l'habitude qu'on prend des êtres dont on partage l'existence. Enfin, j'espère tout au moins pouvoir compter sur votre jugement.

« Peut-être avez-vous entendu raconter des choses comiques et ridicules sur Marfa Petrovna. Elle avait, en effet, certaines habitudes bizarres, mais je vous dirai franchement que j'éprouve un remords sincère pour toutes les souffrances que je lui ai causées. Mais il me semble qu'en voilà assez pour une *oraison funèbre*[99] fort convenable dédiée par le plus tendre mari à la mémoire de la plus affectueuse des femmes. Pendant nos querelles, je gardais presque toujours le silence et cet acte de galanterie ne manquait jamais son effet. Elle en était calmée et savait l'apprécier ; en certains cas, elle se sentait même fière de moi. Mais elle ne put supporter votre sœur. Cependant, comment

---

[99] En français dans le texte.

s'était-elle risquée à prendre comme gouvernante une femme aussi belle ? Je ne me l'explique que parce qu'elle était ardente et sensible et qu'elle tomba elle-même amoureuse, oui littéralement amoureuse, d'elle. Ah ! Avdotia Romanovna ! Je compris au premier regard que l'affaire allait mal et, le croirez-vous, je décidai de ne pas lever les yeux sur elle. Mais c'est elle qui fit le premier pas. Me croirez-vous encore si je vous dis qu'au début Marfa Petrovna allait jusqu'à se fâcher parce que je ne parlais jamais de votre sœur ; elle me reprochait de rester indifférent aux éloges enflammés qu'elle me faisait d'elle. Je ne puis comprendre ce qu'elle voulait. Naturellement, elle conta à Avdotia Romanovna toute ma biographie. Elle avait ce défaut de mettre tout le monde au courant de nos histoires intimes et de se plaindre de moi à tout venant. Comment laisser passer cette occasion de se créer une nouvelle et merveilleuse amie ? Je suppose qu'elles ne faisaient que parler de moi et qu'Avdotia Romanovna connaissait parfaitement les sombres et mystérieux racontars qui couraient sur mon compte ! Je jurerais que certains bruits sont arrivés jusqu'à vous, hein ?

— Oui, Loujine vous a même accusé d'avoir causé la mort d'un enfant. Avait-il raison ?

— Rendez-moi le service de ne pas vous occuper de toutes ces vilenies, fit Svidrigaïlov avec colère et dégoût. Si vous tenez à savoir le fin mot de toutes ces histoires absurdes, je vous raconterai tout cela, mais maintenant...

— On m'a parlé également d'un de vos domestiques dont vous auriez causé la mort...

— Rendez-moi le service de ne pas continuer là-dessus, répéta Svidrigaïlov d'un air fort impatienté.

— Ne serait-ce pas le même qui, après sa mort, est venu vous bourrer votre pipe ? C'est vous-même qui m'en avez parlé », insista Raskolnikov.

Svidrigaïlov le regarda attentivement et le jeune homme crut voir briller un moment dans ses yeux un éclair de cruelle ironie, mais l'autre se contint et répondit poliment :

« Lui-même. Je vois que vous êtes aussi fort intéressé par toutes ces histoires et je me ferai un devoir de satisfaire votre curiosité à la première occasion. Le diable m'emporte ! Je m'aperçois que je puis faire figure de personnage romantique. Jugez après cela quelle reconnaissance je dois vouer à la défunte Marfa Petrovna pour avoir raconté à votre sœur tant de choses mystérieuses et intéressantes sur mon compte. Je n'ose imaginer l'impression produite par ces confidences, mais je crois qu'elle m'a été favorable. Malgré l'antipathie que je lui inspirais, mon air sombre et repoussant, elle finit par avoir pitié de l'homme perdu qu'elle voyait en moi. Or, quand la *pitié* s'empare du cœur d'une jeune fille, cela devient dangereux pour elle. Le désir la prend de sauver, de raisonner, de régénérer, d'offrir des buts plus nobles à l'activité d'un homme, une vie nouvelle. Enfin, on connaît les rêves de ce genre. Je compris aussitôt que l'oiseau se précipitait de son propre gré dans la cage et je pris mes précautions. Vous faites la grimace, Rodion Romanovitch. Ça n'en vaut pas la peine ; vous savez bien que l'affaire s'est bornée à des vétilles. (Le diable m'emporte ! Que je bois de vin ce soir !) Vous savez, j'ai toujours regretté que le sort n'eût pas fait naître votre sœur au second ou au troisième siècle de notre ère ; elle aurait pu être la fille d'un petit prince régnant, d'un gouverneur ou d'un proconsul en Asie Mineure. Elle eût certainement grossi le nombre des martyres et souri aux fers rouges et aux tortures. Ce supplice, elle l'eût cherché, quêté. Au cinquième siècle, elle se serait retirée dans le désert d'Égypte pour y vivre trente ans de racines, d'extases et de visions. Elle ne rêve que de souffrir pour quelqu'un et, pour peu qu'on la prive de ce supplice, elle est capable de se précipiter par la fenêtre. J'ai entendu parler d'un certain M. Rasoumikhine, un garçon intelligent, dit-on (un séminariste[100] à en juger par son nom). Eh bien, il fera bien de veiller sur elle. En un mot, je crois l'avoir comprise et m'en glorifie. Mais alors... c'est-à-dire au moment où l'on vient de faire connaissance, on se montre toujours léger, assez peu clairvoyant, on se trompe... Le diable m'emporte ! Mais pourquoi est-elle si belle ? Ce n'est pas ma faute. En un mot, cela a commencé chez moi par un violent caprice sensuel. Avdotia Romanovna est terriblement et extraordinairement prude

---

[100] *Séminariste :* Ne veut pas dire ici futur prêtre, mais fils de prêtre, élève d'un séminaire. Les familles de prêtre avaient souvent des noms qui décelaient leur origine. *Razoum* en russe veut dire raison, bon sens.

(remarquez bien que je vous donne ce détail comme un fait ; sa pruderie est presque maladive malgré sa très vive intelligence et risque de lui faire tort dans la vie). À ce moment-là une paysanne, Paracha, Paracha aux yeux noirs entra chez nous. Elle venait d'un autre village et n'avait encore jamais été placée. Elle était fort jolie, mais incroyablement sotte ; ses larmes, les cris dont elle remplissait la maison causèrent un véritable scandale...

« Un jour, après le dîner, Avdotia Romanovna me prit à part dans une allée du jardin et *exigea* de moi une promesse de laisser désormais la pauvre Paracha tranquille. C'était peut-être la première fois que nous causions en tête à tête. Je m'empressai naturellement d'obtempérer à sa demande et fis tout mon possible pour paraître ému, troublé ; bref je jouai fort convenablement mon rôle. À partir de ce moment-là, nous eûmes de fréquents entretiens secrets, des scènes où elle m'exhortait, me suppliait, les larmes aux yeux, oui, les larmes aux yeux, de changer de vie. Voilà jusqu'où va, chez certaines jeunes filles, le désir de catéchiser ! Moi, je rejetais, bien entendu, tous mes torts sur la destinée ; je me donnais pour un homme avide de lumière ; finalement, je mis en œuvre un moyen d'asservir le cœur féminin qui ne trompe personne mais qui ne manque jamais son effet ; je veux parler de la flatterie. Il n'est au monde rien de plus difficile que la franchise et de plus aisé que la flatterie. Si à la franchise se mêle la moindre fausse note, il se produit aussitôt une dissonance et c'est un scandale. Mais la flatterie peut n'être que mensonge et fausseté, elle n'en demeure pas moins agréable ; elle est accueillie avec plaisir, un plaisir vulgaire, si vous voulez, mais qui n'en est pas moins réel. Et si grossière soit-elle, cette flatterie nous paraît toujours receler une part de vérité. Cela est vrai pour toutes les classes de la société, à tous les degrés de culture. Une vestale même y est accessible. Je ne parle pas des gens du commun. Je ne puis me rappeler sans rire comment je suis arrivé une fois à séduire une petite dame toute dévouée à son mari, à ses enfants, à sa famille. Ce que c'était amusant et facile ! Et vous savez, elle était réellement vertueuse, à sa manière tout au moins. Toute ma tactique consistait à m'aplatir devant elle et à m'incliner devant sa chasteté. Je la flattais sans vergogne et à peine m'arrivait-il d'obtenir un serrement de main, un regard, que je me reprochais amèrement de les lui avoir arrachés de force, tandis qu'elle me résistait si bien que je ne serais arrivé à rien sans mon caractère dévergondé. Je prétendais que, dans son innocence, elle n'avait pu deviner ma fourberie et qu'elle était tombée dans le piège sans le savoir, etc., etc. Bref, je parvins à mon but : ma petite dame restait persuadée de sa pureté et croyait ne s'être perdue que par hasard. Et quelle fureur elle conçut quand je lui dis que j'étais sincèrement convaincu qu'elle n'avait cherché que le plaisir tout comme moi !

« La pauvre Marfa Petrovna, elle aussi, résistait mal à la flatterie et, pour peu que je l'eusse voulu, j'aurais pu faire inscrire la propriété à mon nom, de son vivant (je bois vraiment trop de vin et je bavarde terriblement). J'espère que vous ne vous fâcherez pas si j'ajoute qu'Avdotia Romanovna ne fut pas insensible aux éloges dont je l'accablais. Malheureusement, je fus stupide et je gâtai toute l'affaire par mon impatience. Le croiriez-vous ? Une certaine expression de mes yeux avait plus d'une fois déplu à Avdotia Romanovna. Bref, une certaine flamme qui y apparaissait l'effrayait et, peu à peu, lui devenait odieuse. Sans entrer dans les détails, qu'il me suffise de vous dire que nous nous sommes brouillés. Là, j'agis encore sottement. Je me mis à railler grossièrement les convertisseuses. Paracha revint en faveur et fut suivie de bien d'autres. En un mot, je commençai à mener une vie infernale ! Oh ! si vous aviez vu, ne fût-ce qu'une fois, Rodion Romanovitch, les éclairs que peuvent lancer les yeux de votre sœur ! Ne faites pas attention à ce que je vous dis, je suis ivre et viens de boire tout un verre de vin, mais je dis vrai ; je vous assure que ce regard m'a souvent poursuivi en rêve. J'en étais venu à ne plus pouvoir supporter le bruit soyeux de sa robe. Je vous jure que je me croyais menacé d'une attaque d'apoplexie ; jamais je n'aurais pensé pouvoir être atteint d'une folie pareille. Bref, je voulais faire la paix avec elle, mais la réconciliation était impossible. Devinez ce que je fis alors ? À quel degré de stupidité la rage peut-elle conduire un homme ! N'entreprenez rien quand vous êtes en fureur, Rodion Romanovitch. Considérant qu'en somme Avdotia Romanovna était une pauvresse (Oh !... pardon, je ne voulais pas dire cela, mais qu'importent les mots s'ils expriment votre pensée), qu'en un mot elle vivait de son travail et qu'elle avait à sa charge sa mère et vous (ah ! diable, vous froncez encore le sourcil), je résolus de lui offrir tout l'argent que je possédais (je pouvais réaliser à ce moment-là une trentaine de mille roubles) et de lui proposer de fuir avec moi à Pétersbourg par exemple. Une fois là, je lui aurais, bien entendu, juré amour éternel, bonheur, etc., etc. Le croiriez-vous ? J'étais à cette époque si toqué d'elle que si elle m'avait dit : « Assassine ou empoisonne Marfa Petrovna », je l'aurais fait immédiatement. Mais tout cela a fini par la catastrophe que vous connaissez et vous pouvez imaginer ma colère quand j'appris que Marfa Petrovna avait été pêcher ce petit chicaneau de Loujine et manigancé un mariage, qui, à tout prendre, ne valait pas mieux que ce que je lui offrais. N'êtes-vous pas de mon avis ? Dites ! Non, mais répondez ; je remarque que vous vous êtes mis à m'écouter avec beaucoup d'attention... intéressant jeune homme... »

Svidrigaïlov dans son impatience donna un violent coup de poing sur la table. Il était devenu tout rouge. Raskolnikov s'aperçut que le verre et demi de champagne qu'il venait de boire à petites gorgées avait agi fortement sur lui et il décida de profiter de cette circonstance, car Svidrigaïlov lui inspirait la plus vive méfiance.

« Eh bien, après cela, je ne doute plus que vous ne soyez venu ici pour ma sœur, déclara-t-il d'autant plus hardiment qu'il voulait pousser Svidrigaïlov à bout.

– Ah ! laissez donc... fit ce dernier en essayant de se reprendre. Ne vous ai-je pas dit... D'ailleurs, votre sœur ne peut pas me souffrir.

– Oh ! j'en suis bien certain, mais il ne s'agit pas de cela.

– Ah ! Vous êtes sûr qu'elle ne peut pas me supporter ? (Svidrigaïlov cligna des yeux et eut un sourire moqueur.) Vous avez raison, je lui suis antipathique. Mais ne répondez jamais de ce qui se passe entre mari et femme ou amant et maîtresse. Il y a toujours là un petit coin qui reste caché à tout le monde et n'est connu que des intéressés. Vous affirmez qu'Avdotia Romanovna me voit avec répugnance ?

– Certains mots et certaines réflexions de votre récit me prouvent que vous continuez à nourrir d'infâmes desseins sur Dounia.

– Comment ! J'ai pu laisser échapper des mots et des réflexions qui vous le font croire ? fit Svidrigaïlov avec une frayeur naïve, sans être offensé le moins du monde par l'épithète dont on qualifiait ses desseins.

– Mais en ce moment même, vous continuez à trahir vos arrière-pensées. Tenez, pourquoi avez-vous pris peur ? Comment expliquez-vous vos frayeurs subites ?

– Moi, j'ai pris peur ? Moi, effrayé ? Peur de vous ? C'est plutôt à vous de me craindre, *cher ami*[101]. Et quel conte... Du reste, je suis ivre, je le vois bien ; un peu plus, j'allais encore lâcher une sottise. Au diable le vin ! Par ici, apportez-moi de l'eau ! »

Il saisit la bouteille et, sans plus de façon, la jeta par la fenêtre. Philippe lui apporta de l'eau.

« Tout cela est absurde, continua-t-il, en trempant une serviette et en l'appliquant sur son front. Je puis réduire d'un mot tous vos soupçons à néant. Savez-vous, par exemple, que je me marie ?

– Vous me l'avez déjà dit.

– Oui ? Je l'avais oublié. Mais alors je ne pouvais rien affirmer, car je n'avais pas encore vu ma fiancée ; ce n'était qu'une intention ; maintenant l'affaire est conclue et, n'était un rendez-vous urgent, je vous conduirais chez elle. Car je voudrais avoir votre conseil. Ah ! diable ! Je n'ai plus que dix minutes. Regardez vous-même la montre ; mais pourtant je vous raconterai cela, car l'histoire de mon mariage est assez curieuse. Où allez-vous ? Vous voulez encore vous en aller ?

– Non, maintenant, je ne m'en vais plus.

– Vous ne me quitterez pas ? Nous verrons ! Je vous mènerai voir ma fiancée, mais pas maintenant, plus tard, car nous devons bientôt nous dire adieu. Vous allez à droite, moi à gauche. Et Resslich, la connaissez-vous ? La dame chez laquelle je loge maintenant, hein ? Vous entendez ? Non, vous pensez à autre chose. Vous savez bien, celle qu'on accuse d'avoir provoqué le suicide d'une fillette cet hiver ? Enfin, m'écoutez-vous ou non ? Eh bien, c'est elle qui a arrangé cela. Elle m'a dit : « Tu as l'air de t'ennuyer, va te distraire un peu. » Car je suis un homme triste et

---

[101] En français dans le texte.

sombre. Vous me croyiez gai ? Non, vous vous trompiez. Je ne fais de mal à personne, mais je reste terré dans mon coin. Il se passe parfois trois journées entières sans qu'on arrive à me faire parler. Quant à cette friponne de Resslich, elle a son idée : elle compte que je serai vite dégoûté de ma femme ; je la planterai là et alors elle s'en emparera et la lancera dans la circulation, dans notre monde ou dans une société plus choisie... Elle me raconte que le père est un vieux ramolli, un ancien fonctionnaire infirme ; il a perdu depuis trois ans l'usage de ses jambes et ne bouge plus de son fauteuil. Il y a la mère, une dame fort intelligente. Le fils a pris du service quelque part en province et n'aide pas ses parents. La fille aînée est mariée et ne donne pas de ses nouvelles. Les pauvres gens ont sur les bras deux neveux en bas âge ; leur plus jeune fille a été retirée du lycée sans avoir fini ses études, elle n'aura seize ans que dans un mois et dans trois mois sera en âge d'être mariée. C'est elle qu'on me destine. Muni de ces renseignements, je me suis présenté à la famille, une vraie comédie, comme un propriétaire veuf, de bonne famille, ayant des relations, de la fortune. Quant à la différence d'âge – elle n'a pas seize ans et moi plus de cinquante –, qui fait attention à cela ? Car le parti est tentant, hein ? tentant, n'est-ce pas ? Il aurait fallu me voir causer avec le papa et la maman. On aurait payé sa place pour assister à ce spectacle. L'enfant arrive, vêtue d'une robe courte et pareille à une fleur en bouton ; elle fait la révérence en rougissant comme une pivoine. On lui avait sans doute appris sa leçon. Je ne connais pas votre goût en matière de visages féminins, mais, selon moi, ces filles de seize ans, leurs yeux enfantins, leur timidité, leurs petites larmes pudiques valent mieux que la beauté. Et par-dessus le marché elle est jolie comme une image. Figurez-vous des cheveux clairs, bouclés et frisés qui la font ressembler à un petit mouton, de petites lèvres renflées et purpurines, et les petons ! un amour !... Bref, nous fîmes connaissance, j'annonçai que des affaires de famille m'obligeaient à hâter le mariage et le lendemain, c'est-à-dire avant-hier, on nous fiança. Depuis lors, dès que j'arrive, je la prends sur mes genoux et je ne la laisse plus partir... Elle s'empourpre comme une aurore et moi je l'embrasse sans arrêt. Sa maman doit lui faire la leçon et lui dire que je suis son futur époux et que tout doit se passer ainsi. Ainsi compris, le rôle de fiancé est peut-être plus agréable encore que celui de mari. C'est ce qu'on appelle *la nature et la vérité*[102]. Ha ! Ha ! J'ai causé deux fois avec elle ; la fillette est loin d'être sotte. Elle a une façon de me regarder à la dérobée qui incendie tout mon être. Savez-vous, elle a un petit visage qui rappelle celui de la Madone Sixtine de Raphaël[103]. L'expression fantastique et hallucinée qu'il a donnée à cette vierge ne vous a pas frappé ? Eh bien, c'est quelque chose de semblable. Dès le lendemain des fiançailles, je lui ai apporté pour quinze cents roubles de cadeaux : une parure de brillants, une autre de perles, un nécessaire de toilette en argent ; enfin, tant et tant que le petit visage de madone rayonnait. Hier, je l'ai prise sur mes genoux et j'ai dû me montrer sans doute un peu trop entreprenant, car elle a rougi très fort et des larmes lui sont montées aux yeux, qu'elle essayait de cacher. On nous a laissés seuls ; alors elle a jeté ses petits bras autour de mon cou (pour la première fois de son propre gré) et m'a embrassé en me jurant d'être une femme obéissante et fidèle et de consacrer sa vie à me rendre heureux, de tout sacrifier au monde pour mériter *mon estime,* car elle ne voulait que cela et n'avait nullement besoin de cadeaux. Convenez qu'entendre un petit ange de seize ans, en robe de tulle, aux cheveux bouclés, aux joues colorées par une pudeur virginale, vous faire de pareilles déclarations, est assez séduisant. Avouez-le ! Voyons, avouez-le !... Écoutez... écoutez donc, allons, venez avec moi chez ma fiancée... ; mais je ne puis vous y mener tout de suite.

– Bref, cette monstrueuse différence d'âge attise votre sensualité ? Est-ce possible que vous songiez sérieusement à vous marier ainsi ?

---

[102] En français dans le texte.

[103] *La Madone Sixtine de Raphaël :* Dostoïevski mettait Raphaël au-dessus de tous les peintres et dans l'œuvre de celui-ci il avait une prédilection pour la madone de Saint-Sixte qui se trouve à Dresde. Il en parle dans plusieurs de ses œuvres. Au-dessus du divan où il mourut, dans son bureau, était accrochée une reproduction de ce tableau, cadeau de la comtesse Tolstoï, veuve du poète Alexis Tolstoï.

– Pourquoi pas ? C'est absolument décidé. Chacun s'occupe de soi-même ici-bas et celui-là a la vie la plus gaie qui arrive à se créer des illusions... Ha ! Ha ! mais quel moraliste vous faites ! Ayez pitié de moi, mon ami, je suis un pécheur... Hé ! hé ! hé !...

– Vous vous êtes cependant occupé des enfants de Catherine Ivanovna. Du reste... Du reste, vous aviez vos raisons... Maintenant, je comprends tout.

– J'aime en général les enfants ; je les aime beaucoup, fit Svidrigaïlov en riant. Je puis vous raconter à ce sujet un épisode des plus curieux. Le jour même de mon arrivée, je m'en allai dans tous ces cloaques divers ; je m'y jetai pour ainsi dire, après sept ans de sagesse ! Vous avez sans doute remarqué que je ne suis pas pressé de retrouver mes anciens amis et je voudrais me passer d'eux aussi longtemps que possible. Je dois vous dire que, quand je vivais dans la propriété de Marfa Petrovna, j'étais souvent tourmenté par le souvenir de ces petits endroits mystérieux. Le diable m'emporte ! Le peuple se livre à l'ivrognerie ; la jeunesse cultivée s'étiole et périt dans des rêves irréalisables, elle se perd dans de monstrueuses théories. Les Juifs ont tout envahi ; ils thésaurisent, cachent l'argent, les autres se livrent à la débauche. Voilà le spectacle que m'a donné la ville à mon arrivée ; elle répand une odeur de pourriture. Je tombai dans ce qu'on appelle une soirée dansante ; ce n'était qu'un cloaque répugnant (comme je les aime !). On y levait les jambes comme jamais de mon temps, dans un cancan inimaginable. C'est le progrès ! Tout à coup, j'aperçois une charmante fillette de treize ans en train de danser avec un beau monsieur. Un autre jeune homme en vis-à-vis. Sa mère est là, assise près du mur, à la regarder. Vous imaginez quelle danse c'était ? La fillette est toute honteuse ; elle rougit, enfin elle se froisse et commence à pleurer. Le beau danseur la saisit, se met à la faire tourner, montre mille singeries et tout le monde de rire aux éclats et de crier: « C'est bien fait, c'est bien fait, ça leur apprendra à amener des enfants ! » Pour moi, je m'en moquais. Je choisis ma place aussitôt et m'assois à côté de la mère. Je lui raconte que je suis étranger moi aussi et que tous les gens d'ici me semblent stupides et grossiers, incapables de reconnaître le vrai mérite et de le respecter. J'insinue que je suis fort riche et propose de les reconduire dans ma voiture. Je les ramène chez elles, lie connaissance (elles habitaient un véritable taudis et arrivaient de province). Elles me déclarent qu'elles considèrent ma visite comme un grand honneur. J'apprends qu'elles n'ont pas un sou et sont venues faire des démarches. Je leur offre mes services et de l'argent. Elles m'avouent également qu'elles étaient tombées dans cette soirée par erreur, en croyant que c'était un cours de danse. Alors, je leur propose de contribuer à l'éducation de la jeune fille en lui faisant donner des leçons de français et de danse. Elles acceptent avec enthousiasme, se jugent fort honorées, etc., et je les vois toujours. Voulez-vous que nous y allions ? Mais plus tard seulement.

– Laissez, finissez vos anecdotes sales et viles, homme corrompu, bas et débauché que vous êtes.

– Non, mais entendez-moi ce poète ! Oh ! Schiller ! Où la vertu va-t-elle se nicher ? Eh bien, savez-vous, je vais faire exprès de vous raconter des choses pareilles pour entendre vos exclamations indignées. C'est un vrai plaisir !

– Je crois bien. Vous pensez que je ne me trouve pas ridicule moi-même à cet instant ? » marmotta Raskolnikov avec fureur.

Svidrigaïlov riait à gorge déployée. Enfin, il appela Philippe et, après avoir payé sa consommation, il se leva.

« Allons, je suis ivre ; *assez causé*[104], dit-il. Un vrai plaisir !

– Je crois bien. Comment ne serait-ce pas un plaisir pour vous ? Raconter des aventures scabreuses ! Quelle joie pour un homme perdu de vice et usé dans la débauche, surtout quand il songe à un projet monstrueux de la même catégorie et qu'il le raconte à un homme tel que moi... Cela fouette les nerfs !...

– Allons, s'il en est ainsi, reprit Svidrigaïlov avec un certain étonnement, s'il en est ainsi, vous êtes d'un joli cynisme. Vous êtes capable de comprendre bien des choses. Enfin, cela suffit. Je regrette vivement de ne pouvoir m'entretenir plus longtemps avec vous, mais nous nous reverrons... Vous n'avez qu'à prendre patience. »

Il sortit du cabaret, suivi de Raskolnikov. Son ivresse momentanée se dissipait à vue d'œil. Il semblait préoccupé par une

---

[104] En français dans le texte.

affaire importante et son visage s'était assombri, comme s'il attendait un événement grave. Son attitude envers Raskolnikov devenait plus grossière et ironique d'instant en instant. Raskolnikov remarqua ce changement et en fut troublé. L'homme lui inspirait une grande méfiance et il résolut de s'attacher à ses pas.

Ils étaient déjà sur le trottoir.

« Je vais à gauche et vous à droite, ou vice versa si vous voulez ; dans tous les cas, nous nous quittons ; *adieu, mon plaisir*[105], à la joie de vous revoir. »

Et il s'en alla dans la direction des Halles.

V

Raskolnikov lui emboîta le pas.

« Qu'est-ce que cela signifie ? s'écria Svidrigaïlov en se retournant ; je croyais vous avoir dit...

– Cela signifie que je ne vous quitte plus.

– Quoi-oi ? »

Tous deux s'arrêtèrent et se mesurèrent un instant des yeux.

« Les récits que vous m'avez faits dans votre ivresse m'ont permis de *conclure* que, loin d'avoir renoncé à vos odieux projets contre ma sœur, vous en êtes plus occupé que jamais. Je sais qu'elle a reçu ce matin une lettre. Vous avez pu, pendant vos allées et venues, trouver une fiancée ; c'est bien possible, mais cela ne veut rien dire. Je veux me convaincre personnellement... »

Raskolnikov aurait sans doute éprouvé quelque peine à expliquer quelle était la chose dont il voulait se convaincre par lui-même.

---

[105] En français dans le texte.

« Vraiment, et voulez-vous que j'appelle la police ?

– Appelez ! »

Ils s'arrêtèrent de nouveau l'un en face de l'autre. Enfin, le visage de Svidrigaïlov changea d'expression. Voyant que la menace n'intimidait nullement Raskolnikov, il reprit tout à coup, du ton le plus gai et le plus amical :

« Quel homme vous faites ! Je me suis abstenu à dessein de vous parler de votre affaire, bien que la curiosité me tourmente. Elle est fantastique ! J'ai remis notre conversation à un autre jour, mais vous feriez perdre patience à un mort... Allons, venez ! mais, je vous préviens, je ne rentre que pour un moment, le temps de prendre de l'argent, puis je ferme l'appartement et m'en vais passer toute la soirée aux Îles. Alors, quel besoin avez-vous de me suivre ?

– En attendant, je vous suis jusqu'à votre maison. Je ne vais pas chez vous, mais chez Sophie Simionovna. Je veux m'excuser de n'avoir pas assisté aux funérailles.

– Comme il vous plaira ; mais elle n'est pas chez elle. Elle a été conduire les orphelins chez une dame, une noble vieille dame que je connais depuis longtemps et qui est à la tête de plusieurs orphelinats. J'ai séduit cette dame en lui versant de l'argent pour les trois poussins de Catherine Ivanovna et en faisant un don au profit de ses établissements. Enfin, je lui ai raconté l'histoire de Sophie Simionovna dans ses moindres détails et sans rien cacher. Cela a produit un effet indescriptible. Voilà pourquoi Sophie Simionovna a reçu une invitation à se rendre aujourd'hui même à l'hôtel où la grande dame en question loge depuis son retour de la campagne.

– N'importe.

– À votre aise, mais je ne vous accompagnerai pas plus loin. À quoi bon ? Nous sommes arrivés. Dites donc, je suis persuadé que vous ne vous méfiez de moi que parce que j'ai été assez délicat pour ne pas vous poser de questions ennuyeuses... Vous me comprenez ? La chose vous a paru louche. Je jurerais que c'est cela. Soyez donc délicat !

– Et écoutez aux portes !

– Ah ! c'est donc cela, fit Svidrigaïlov en riant. Oui, j'aurais été étonné de vous voir passer ce fait sous silence. Ha ! ha ! Et quoique j'aie bien compris suffisamment ce que vous... avez manigancé... et raconté ensuite à Sophie Simionovna, enfin, que vouliez-vous dire au juste ? Je suis peut-être un homme arriéré, incapable de rien saisir. Mais, mon cher, expliquez-moi cela pour l'amour de Dieu ? Éclairez-moi, enseignez-moi les idées nouvelles.

– Vous n'avez rien pu entendre ; ce ne sont que des inventions de votre part.

– Il ne s'agit pas de cela ! Mais non !... (quoique j'aie vraiment surpris quelque chose de vos confidences). Non, je veux parler de vos soupirs perpétuels. Quel poète vous faites ! toujours prêt à vous indigner. Et maintenant, voici que vous voulez défendre aux gens d'écouter aux portes ! Si vous êtes si sévère, allez donc déclarer aux autorités : « Il m'est arrivé un malheur, une petite erreur dans mes théories philosophiques. » Mais si vous êtes convaincu qu'il est défendu d'écouter aux portes, et permis d'occire de pauvres vieilles avec la première arme qui vous tombe sous la main, eh bien, vous feriez mieux dans ce cas de vous expatrier en Amérique au plus vite. Fuyez, jeune homme ! Peut-être en avez-vous encore le temps. Je vous parle en toute franchise. Vous n'avez pas d'argent ? Je vous en donnerai pour le voyage.

– Je n'y songe même pas, l'interrompit Raskolnikov d'un air méprisant.

– Je comprends (vous n'avez d'ailleurs pas besoin de vous forcer à parler si vous n'en avez pas envie). Je comprends les questions que vous êtes en train de vous poser, des questions morales, n'est-ce pas ? Vous vous demandez si vous avez agi comme il sied à un homme et à un citoyen. Laissez ces questions, repoussez-les. À quoi peuvent-elles vous servir maintenant ? Hé ! hé ! Sinon, il ne fallait pas vous engager dans cette affaire et entreprendre une besogne que vous n'êtes pas capable de mener à sa fin. Dans ce cas, brûlez-vous la cervelle ! Quoi donc, pas envie ?

– Je crois que vous tenez à me pousser à bout, dans l'espoir de vous débarrasser de moi...

– En voilà un original ! Mais nous sommes arrivés. Entrez donc. Voyez-vous la porte du logement de Sophie Simionovna : il n'y a personne, vous pouvez vous en convaincre. Vous ne me croyez pas ? demandez aux Kapernaoumov. Elle leur confie la clef en sortant. Voilà Mme Kapernaoumov elle-même... Hein ? Quoi ? (Elle est un peu sourde.) Sortie ? Où est-elle allée ?

« Eh bien, vous avez entendu maintenant ? Elle n'est pas chez elle et ne rentrera pas avant la nuit. Bon, et maintenant venez chez moi. Car vous vouliez venir chez moi ? Nous y voici. Mme Resslich est sortie. C'est une femme toujours affairée, mais une brave personne, je vous assure... Elle aurait pu vous aider si vous étiez plus raisonnable. Tenez, veuillez regarder ; je prends un titre dans mon bureau (vous voyez qu'il m'en reste encore). Celui-ci va être converti aujourd'hui en espèces. Vous avez bien vu ? Je n'ai plus de temps à perdre. Je ferme le secrétaire, la porte d'entrée et nous voici de nouveau dans l'escalier. Voulez-vous que nous prenions une voiture ? Car je vais aux Îles. Vous ne voulez pas faire un tour ? Le fiacre nous mènera à Elaguine106. Hein ? Vous ne voulez pas ? Tout de même ? Allons, venez faire un tour. Je crois qu'il menace de pleuvoir, mais qu'à cela ne tienne, nous relèverons la capote... »

Svidrigaïlov était déjà en voiture. Raskolnikov se dit que ses soupçons étaient pour l'instant peu fondés. Sans répondre un mot, il se détourna et rebroussa chemin dans la direction des Halles. S'il avait tourné la tête, une fois aurait suffi, il aurait pu voir que Svidrigaïlov, après avoir fait cent pas en voiture, mettait pied à terre et payait son cocher. Mais le jeune homme marchait sans regarder autour de lui et il eut bientôt tourné le coin de la rue. Le dégoût profond que lui inspirait Svidrigaïlov le poussait à s'éloigner au plus vite de lui. Il se disait : « Et j'ai pu attendre, espérer quelque chose de cet homme vil et grossier, de ce débauché, de ce misérable ! » Pourtant cette opinion qu'il proclamait ainsi était un peu prématurée et peut-être mal fondée. Quelque chose dans la manière d'être de Svidrigaïlov lui donnait une certaine originalité et l'entourait de mystère. En ce qui concernait sa sœur, Raskolnikov demeurait persuadé que Svidrigaïlov n'en avait pas fini avec elle. Mais toutes ces pensées commençaient à lui paraître trop pénibles pour qu'il s'y arrêtât.

---

106 *Elaguine :* Une des îles, lieu de promenade dans la banlieue de Pétersbourg.

Resté seul, il tomba comme toujours dans une profonde rêverie, et arrivé sur le pont, il s'accouda sur le parapet et se mit à regarder fixement l'eau du canal. Debout, à peu de distance de lui, cependant, Avdotia Romanovna l'observait.

Ils s'étaient croisés à l'entrée du pont, mais il avait passé près d'elle sans l'apercevoir. Dounetchka ne l'avait jamais vu dehors dans cet état et elle fut saisie d'inquiétude. Elle resta un moment à se demander si elle l'accosterait. Tout à coup, elle aperçut Svidrigaïlov qui venait de la place des Halles et se dirigeait rapidement vers elle.

Il avait un air circonspect et mystérieux. Il ne s'engagea pas sur le pont, mais s'arrêta sur le trottoir en essayant d'échapper à la vue de Raskolnikov. Quant à Dounia, il l'avait remarquée depuis longtemps et lui faisait de signes. La jeune fille crut comprendre qu'il l'appelait auprès de lui et lui recommandait de ne pas attirer l'attention de Raskolnikov. Docile à cette injonction muette elle passa sans bruit derrière son frère et rejoignit Svidrigaïlov.

« Allons vite ! fit ce dernier. Je voudrais laisser ignorer notre entretien à Rodion Romanovitch. Je vous préviens que je viens de passer un moment avec lui dans un cabaret où il est venu me trouver et que j'ai eu de la peine à me débarrasser de lui. Je ne sais comment il a été mis au courant de la lettre que je vous ai adressée, mais il paraît se douter de quelque chose. C'est sans doute vous-même qui lui en avez parlé, car si ce n'est vous, qui serait-ce ?

- Maintenant que nous avons tourné le coin et qu'il ne peut plus nous voir, je vous déclare que je ne vous suivrai pas plus loin. Dites-moi tout ici. Tout cela peut se dire même en pleine rue.

- D'abord cela ne peut pas se dire en pleine rue. Ensuite, vous devez entendre Sophie Simionovna également. Enfin, j'ai certains documents à vous montrer. Et puis, si vous refusez de monter chez moi, je renonce à vous expliquer quoi que ce soit et je m'en vais. Je vous prie pourtant de ne pas oublier que le curieux secret de votre bien-aimé frère est entre mes mains. »

Dounia s'arrêta indécise et attacha un regard perçant sur Svidrigaïlov.

« Que craignez-vous donc ? fit observer ce dernier. La ville n'est pas la campagne et, à la campagne même, vous m'avez causé plus de tort que je ne vous ai fait de mal. Ici...

– Sophie Simionovna est prévenue ?

– Non, je ne lui ai pas parlé de cela et je ne sais pas si elle est maintenant chez elle. Elle doit d'ailleurs y être. Elle a enterré sa belle-mère aujourd'hui et je ne la crois pas d'humeur à courir les visites. Pour le moment, je ne veux parler de la chose à personne et regrette même un peu de m'en être ouvert à vous. La moindre imprudence en pareil cas équivaut à une dénonciation. Voici la maison où j'habite, tenez, nous y arrivons. Cet homme que vous voyez est notre concierge ; il me connaît parfaitement, vous voyez, il me salue. Il voit que je suis accompagné d'une dame et a sans doute bien remarqué votre visage ; cette circonstance doit vous rassurer si vous vous défiez de moi. Excusez-moi de vous parler aussi crûment. J'habite en garni chez des personnes de la maison et un mur seulement sépare la chambre de Sophie Simionovna de la mienne. Elle aussi loge en meublé. Tout l'étage est occupé par différents locataires. Qu'avez-vous donc à redouter comme un enfant, ou alors suis-je si terrible que cela ? »

Le visage de Svidrigaïlov fut tordu par un semblant de sourire débonnaire. Mais il était déjà trop ému pour bien jouer son rôle ; son cœur battait avec violence et sa poitrine était oppressée. Il affectait d'élever la voix pour dissimuler son agitation grandissante, mais Dounia ne remarquait rien, car les derniers mots de Svidrigaïlov sur le danger qu'elle pouvait courir et ses frayeurs d'enfant l'avaient trop cruellement irritée pour qu'elle pût penser à autre chose.

« Quoique je sache que vous êtes un homme... sans honneur, je ne vous crains pas le moins du monde. Montrez-moi le chemin », fit-elle d'un air tranquille, démenti par la chaleur de son visage.

Svidrigaïlov s'arrêta devant la chambre de Sonia.

« Permettez-moi de m'informer si elle est chez elle... Non. C'est ennuyeux, mais je sais qu'elle doit rentrer d'un moment à l'autre. Car si elle est sortie ce ne peut être que pour aller voir une dame au sujet de ses petits orphelins. Leur mère vient de mourir. Je me suis déjà mêlé à l'histoire et ai pris certaines dispositions. Si

Sophie Simionovna n'est pas de retour dans dix minutes, je l'enverrai chez vous ce soir même, si vous voulez. Nous voici chez moi. Mes deux pièces... Ma logeuse, Mme Resslich, habite de l'autre côté de la cloison. Maintenant, jetez un coup d'œil par ici, je m'en vais vous montrer mes principaux documents. La porte de ma chambre donne dans un appartement de deux pièces entièrement vide. Regardez... Vous devez prendre une connaissance exacte des lieux. »

Svidrigaïlov habitait deux chambres meublées assez spacieuses. Dounetchka regardait autour d'elle avec méfiance, mais elle ne constatait rien de particulièrement suspect dans l'arrangement des meubles ou la disposition du local. Elle aurait pu remarquer cependant que le logement de Svidrigaïlov était situé entre deux appartements inhabités. On n'entrait pas chez lui par le corridor, mais en traversant deux pièces, également désertes, qui faisaient partie du logement de sa propriétaire. Ouvrant la porte qui, de sa chambre, donnait dans l'appartement vide, Svidrigaïlov le montra à Dounia, qui s'arrêta sur le seuil sans comprendre pourquoi il l'invitait à regarder, mais l'explication lui fut bientôt donnée.

« Tenez, jetez un coup d'œil par ici ; vous voyez la grande pièce, la seconde. Remarquez cette porte, elle est fermée à clef. Vous voyez la chaise près de la porte ; c'est la seule qui soit dans les deux pièces. Je l'ai apportée de chez moi pour écouter plus commodément. De l'autre côté, derrière la porte, se trouve la table de Sophie Simionovna ; c'est là qu'elle était assise et causait avec Rodion Romanovitch pendant que je les écoutais d'ici. Je suis resté à cette place deux soirs de suite et, chaque fois, au moins deux heures ; j'ai donc pu apprendre bien des choses, n'est-ce pas ?

– Vous écoutiez à la porte ?

– Oui, j'écoutais à la porte. Maintenant, venez chez moi ; ici on n'a même pas de quoi s'asseoir. »

Il ramena Avdotia Romanovna chez lui, dans la pièce qui lui servait de salon, et l'invita à s'asseoir. Lui-même prit place à l'autre bout de la table et à distance respectueuse de la jeune fille ; mais ses yeux brillaient du même feu qui naguère avait tant effrayé Dounetchka. Elle frissonna et jeta encore autour d'elle un regard méfiant. Son geste était involontaire, car elle désirait au contraire se montrer pleine d'assurance. Mais la situation isolée du logement de Svidrigaïlov avait fini par attirer son attention. Elle avait envie de demander si la logeuse tout au moins était chez elle. Pourtant, elle n'en fit rien... par fierté. D'ailleurs, le souci de sa sécurité n'était rien auprès de l'angoisse qui la tourmentait. Elle souffrait de véritables tortures.

« Voici votre lettre, commença-t-elle en la déposant sur la table. Ce que vous m'avez écrit est-il possible ? Vous m'avez laissé entendre que mon frère aurait commis un crime. Vos insinuations sont trop claires pour que vous puissiez recourir maintenant à des subterfuges. Sachez que j'ai été, bien avant vos prétendues révélations, mise au courant de ce conte absurde, et je n'en crois pas un mot. C'est un soupçon ignoble et ridicule. Je connais l'histoire et sais ce qui l'a fait naître. Vous ne pouvez avoir aucune preuve. Vous m'avez promis de me démontrer la vérité de vos paroles ; parlez donc ! mais sachez d'avance que je ne vous crois pas, je ne vous crois pas... »

Dounetchka avait prononcé ces paroles avec précipitation et l'émotion qu'elle éprouvait empourpra un instant son visage.

« Si vous n'y croyiez pas, seriez-vous venue seule chez moi ? Pourquoi êtes-vous venue ? Par simple curiosité ?

– Ne me tourmentez pas, parlez, parlez...

– Il faut convenir que vous êtes une jeune fille vaillante. Je vous donne ma parole que je m'attendais à ce que vous demandiez à M. Rasoumikhine de vous accompagner. Mais il n'était pas près de vous et ne rôdait pas dans les environs, j'ai bien regardé. C'est courageux de votre part. C'est donc que vous avez voulu ménager Rodion Romanovitch. Du reste, tout en vous est divin !... Quant à votre frère, que vous dirai-je ? Vous venez de le voir ; que pensez-vous de son attitude ?

– Ce n'est pas cependant là-dessus que vous fondez votre accusation.

– Non, mais sur ses propres paroles. Il est venu deux jours de suite passer la soirée avec Sophie Simionovna. Je vous ai indiqué l'endroit où ils étaient assis. Il s'est confessé à la jeune fille. C'est un assassin. Il a tué la vieille, l'usurière chez laquelle il venait lui-même engager des objets, et tué également sa sœur, la marchande

Lisbeth, survenue par hasard au moment du meurtre de sa sœur. Il les a assassinées toutes les deux avec une hache qu'il avait apportée. Ce meurtre avait pour objet le vol et il les a volées ; il a pris de l'argent et certains objets... Je vous reproduis mot à mot son aveu à Sophie Simionovna, qui est seule à connaître son secret, mais qui n'a pris aucune part effective ni morale au crime. Au contraire, elle a été, en l'apprenant, aussi épouvantée que vous à présent. Soyez tranquille, elle ne le livrera pas.

– Impossible... balbutièrent les lèvres blêmies de Dounetchka qui haletait. C'est impossible... Il n'avait pas la moindre raison, pas le plus petit motif de commettre ce crime... C'est un mensonge, un mensonge !

– Il a tué pour voler, voilà le motif. Il a pris de l'argent et des objets. Lui-même avoue, il est vrai, n'en avoir pas tiré profit ; il les a portés et enfouis sous une pierre où ils se trouvent toujours. Mais c'est simplement parce qu'il n'a pas osé en faire usage.

– Mais se peut-il qu'il ait volé ! Est-ce vraisemblable ? Peut-il seulement avoir eu cette pensée ? s'écria Dounia en bondissant de son siège. Enfin, vous le connaissez, vous l'avez vu, est-ce qu'il a l'air d'un voleur ? »

Elle avait oublié sa terreur récente et semblait supplier Svidrigaïlov.

« Cette question admet mille réponses, un nombre infini d'arrangements... Un voleur se livre au brigandage, mais il a conscience de son infamie. Eh bien, j'ai entendu raconter qu'un homme plein de noblesse avait dévalisé une fois un courrier. Qui sait ? Peut-être pensait-il accomplir une action louable ? Certes, j'aurais été, comme vous, incapable d'ajouter foi à la chose si on me l'avait racontée. Mais j'ai été bien forcé de croire au témoignage de mes propres oreilles. Il a expliqué tous ses motifs à Sophie Simionovna. Celle-ci a d'abord refusé de croire ce qu'elle entendait ; cependant, elle a fini par se rendre à l'évidence, à l'évidence, m'entendez-vous, puisque c'est lui-même qui lui a tout raconté !

– Quels étaient donc... ces motifs ?

– Ce serait trop long à expliquer, Avdotia Romanovna. Il s'agit, comment vous faire comprendre ? d'une théorie. C'est comme si je venais dire : un crime initial est permis quand le but poursuivi, le dessein qui l'inspire est louable. Un seul crime et cent bonnes actions ! D'autre part, il est assez pénible à un jeune homme plein de qualités et d'un orgueil incommensurable de reconnaître qu'une somme de trois mille roubles suffirait à changer tout son avenir, et de ne pouvoir se les procurer. Ajoutez à cela l'irritation maladive causée par une faim chronique, un logement trop étroit, des vêtements en lambeaux, par la conscience de toute la misère de sa propre situation sociale et, en même temps, de celle de sa mère et de sa sœur. Par-dessus tout, l'ambition, la fierté, tout cela, du reste, malgré, peut-être, d'excellentes qualités naturelles... N'allez pas croire que je l'accuse ; d'ailleurs cela ne me regarde pas. Il y avait là encore une théorie personnelle selon laquelle l'humanité est divisée en « troupeau » et en « individus extraordinaires », c'est-à-dire en êtres qui, grâce à leur essence supérieure, ne sont pas tenus d'obéir à la loi. Au contraire, ce sont eux qui créent ces lois pour le reste de l'humanité, pour le troupeau, la poussière, quoi ! Enfin, *c'est une théorie comme une autre*[107]. Napoléon l'avait violemment attiré, ou plus précisément l'idée que les hommes de génie ne craignent pas de commettre un crime initial et en prennent la décision sans y penser. Je crois qu'il s'était imaginé être génial, lui aussi, c'est-à-dire qu'il en fut persuadé à un moment donné. Il a beaucoup souffert et souffre encore à la pensée qu'il est capable d'inventer une théorie, mais non de l'appliquer et que, par conséquent, il n'est pas un homme génial. Et cette pensée est fort humiliante pour un jeune homme orgueilleux, de notre temps surtout...

– Et les remords. Vous niez donc tout sentiment moral chez lui ? Mais est-il tel que vous voulez le décrire ?

– Ah ! Avdotia Romanovna, maintenant tout est livré au désordre et à l'anarchie. D'ailleurs, de l'ordre il n'y en a jamais eu. Les Russes, Avdotia Romanovna, ont l'âme grande, généreuse, grande comme leur pays, et une tendance aux rêveries fantastiques et désordonnées. Mais c'est un malheur d'avoir une âme noble et vaste sans génie. Vous souvenez-vous de tout ce que nous disions à ce sujet en causant, sur la terrasse, tous les soirs

---

[107] En français dans le texte.

après le souper ? Vous me reprochiez cette largeur d'esprit ! Qui sait ? Pendant que vous me parliez ainsi, peut-être était-il couché, en train de songer à son projet... Car il faut bien dire que notre société cultivée n'a pas de fortes traditions, Avdotia Romanovna, si ce n'est celles qu'on peut se former grâce aux livres... ou certaines chroniques du passé. Mais ça, c'est pour les savants, et encore sont-ils pour la plupart si sots qu'un homme du monde aurait honte de suivre leur enseignement. Du reste, vous connaissez mon opinion : je n'accuse personne. Moi-même, je vis dans l'oisiveté et m'y tiens. Mais nous avons plus d'une fois parlé de tout cela avec vous. J'ai même eu le bonheur de vous intéresser en énonçant mes jugements... Vous êtes très pâle, Avdotia Romanovna...

– Je connais cette théorie. J'ai lu dans une revue son article sur les hommes supérieurs auxquels tout est permis... C'est Rasoumikhine qui me l'a apporté...

– M. Rasoumikhine ? L'article de votre frère, dans une revue ? Il a écrit un article pareil. Je l'ignorais. Ce doit être curieux à lire. Mais où allez-vous ainsi, Avdotia Romanovna ?

– Je veux voir Sophie Simionovna, fit Dounia d'une voix faible. Où est l'entrée de sa chambre ? Elle est peut-être rentrée maintenant. Je veux la voir tout de suite. Qu'elle me... » Elle ne put achever ; elle étouffait littéralement.

« Sophie Simionovna ne rentrera pas avant la nuit. Je le suppose du moins. Elle devait rentrer très tôt, mais si elle n'est pas là, c'est qu'elle ne reviendra que tard...

– Ah ! C'est ainsi que tu mens... Je vois bien... tu m'as menti. Je ne te crois pas. Je ne te crois pas », criait Dounia, prise d'un véritable accès de rage qui lui faisait perdre la tête.

Et elle tomba presque évanouie sur une chaise que Svidrigaïlov s'était hâté de lui avancer.

« Avdotia Romanovna, qu'avez-vous ? Reprenez vos sens. Voici de l'eau ; buvez-en une gorgée... »

Il lui aspergea le visage, Dounetchka tressaillit et revint à elle.

« L'effet a été trop violent, marmottait Svidrigaïlov tout assombri. Avdotia Romanovna, calmez-vous. Sachez qu'il a des amis. Nous le sauverons ; nous le tirerons de là. Voulez-vous que je l'emmène à l'étranger ? J'obtiendrai un billet en l'espace de trois jours. Quant à son crime, il fera encore tant de bonnes actions qu'il sera effacé. Calmez-vous. Il peut encore devenir un grand homme. Comment vous sentez-vous ?

– Homme cruel et indigne ! Il ose encore railler... Laissez-moi...

– Où allez-vous ? Mais où allez-vous ?

– Chez lui. Où est-il ? Vous le savez ! Pourquoi cette porte est-elle fermée ? C'est par là que nous sommes entrés et maintenant elle est fermée à clef. Quand l'avez-vous fermée ?

– On ne pouvait tout de même pas laisser entendre à tout le monde ce que nous disions. Je ne songe pas à railler ; je suis seulement fatigué de parler sur ce ton. Où voulez-vous aller ? Songez-vous à le dénoncer ? Vous êtes capable de l'affoler et de le pousser à se dénoncer lui-même. Sachez qu'on le surveille, car ils sont déjà tombés sur ses traces. Vous le livrerez. Attendez : je viens de le voir et de causer avec lui, on peut encore le sauver. Attendez, asseyez-vous et nous allons examiner ensemble ce que nous devons faire. Je ne vous ai fait venir que pour causer tranquillement. Mais asseyez-vous donc...

– Comment le sauverez-vous ? Et peut-on le sauver ? »

Dounia s'assit. Svidrigaïlov prit place auprès d'elle.

« Tout cela dépend de vous, de vous, de vous seule », fit-il dans un murmure. Ses yeux étincelaient ; son agitation était telle qu'il avait peine à articuler les mots. Dounia recula épouvantée. Il tremblait.

« Vous... un seul mot de vous et il est sauvé. Je... je le sauverai. J'ai de l'argent et des amis. Je l'enverrai tout de suite à l'étranger, je prendrai un passeport pour moi... deux passeports, un pour lui, l'autre pour moi. J'ai des amis, des hommes influents... Voulez-vous ? Je prendrai également un passeport pour vous... pour votre mère... Qu'avez-vous besoin de Rasoumikhine ? Je vous aime tout autant que lui... Je vous aime infiniment. Donnez-moi le bas de votre robe à baiser, donnez. Le bruit que fait votre vêtement me met hors de moi. Ordonnez et j'obéirai. Toutes vos croyances seront les miennes. Je ferai tout, tout... Ne me regardez pas ainsi. Vous me tuez... »

Il commençait à délirer. On eût dit qu'il venait d'être atteint de folie. Dounia bondit et se précipita vers la porte.

« Ouvrez, ouvrez ! criait-elle en la secouant. Ouvrez donc. Se peut-il qu'il n'y ait personne dans la maison ? »

Svidrigaïlov se leva et revint à lui. Un mauvais sourire railleur apparaissait sur ses lèvres encore tremblantes.

« Il n'y a en effet personne, fit-il d'une voix basse et lente ; ma logeuse est sortie et vous avez tort de crier ainsi ; vous ne faites que vous énerver inutilement.

– Où est la clef ? Ouvre immédiatement la porte, immédiatement, dis-je, scélérat, fripouille que tu es !

– J'ai perdu la clef.

– Ah ! c'est donc un guet-apens ! » s'écria Dounia, pâle comme la mort, et elle se précipita dans un coin où elle se barricada derrière une petite table trouvée par hasard.

Elle ne criait plus, mais, immobile, les yeux fixés sur son bourreau, elle surveillait chacun de ses gestes. Svidrigaïlov ne bougeait pas lui non plus. Il semblait redevenir maître de lui, extérieurement tout au moins, mais son visage demeurait pâle. Son sourire continuait à narguer la jeune fille.

« Vous venez de parler de guet-apens, Avdotia Romanovna. Si guet-apens il y a, vous pouvez voir que j'ai pris mes précautions. Sophie Simionovna n'est pas chez elle. Les Kapernaoumov sont loin, cinq pièces nous séparent de leur logement. Enfin, je suis au moins deux fois plus fort que vous et je n'ai d'autre part rien à redouter, car vous ne pouvez porter plainte contre moi. Vous ne voudriez pas perdre votre frère, n'est-ce pas ? D'ailleurs, personne ne vous croirait. Pour quelle raison une jeune fille irait-elle toute seule rendre visite à un célibataire ? Donc, lors même que vous vous résoudriez à sacrifier votre frère, vous ne pourriez rien prouver. Il est très difficile de prouver un viol, Avdotia Romanovna.

– Misérable !

– À votre aise, mais remarquez que je n'ai avancé que de simples hypothèses. Personnellement, je suis de votre avis. Violenter quelqu'un est une bassesse. Je n'avais qu'un désir :

rassurer votre conscience dans le cas où vous... dans le cas où vous voudriez sauver votre frère de bon gré comme je vous le proposais. Vous ne feriez alors que vous incliner devant les circonstances, céder à la nécessité enfin, s'il faut dire le mot. Pensez-y ! Le sort de votre frère et celui de votre mère sont entre vos mains. Quant à moi, je serai votre esclave... toute ma vie... J'attendrai ici... »

Svidrigaïlov s'assit sur le divan à huit pas environ de Dounia. La jeune fille n'avait plus aucun doute sur ses intentions ; elle les savait inébranlables. D'ailleurs elle le connaissait bien... Tout à coup, elle tira de sa poche un revolver, l'arma et le plaça sur la table à ses côtés.

Svidrigaïlov, surpris, fit un brusque mouvement.

« Tiens ! Ah ! c'est ainsi ? s'écria-t-il avec un mauvais sourire, eh bien, voilà qui change la situation du tout au tout. Vous me facilitez singulièrement la besogne vous-même, Avdotia Romanovna. Mais où avez-vous pris ce revolver ? Ne serait-ce pas celui de M. Rasoumikhine ? Tiens ! mais c'est le mien ! Un vieil ami ! Et moi qui l'ai tant cherché. Les leçons que j'ai eu l'honneur de vous donner à la campagne n'auront pas été inutiles, à ce que je vois.

– Ce n'est pas le tien, mais celui de Marfa Petrovna, monstre que tu es. Il n'y avait rien à toi dans cette maison. Je l'ai pris quand j'ai compris ce dont tu étais capable. Si tu fais un pas vers moi, je te jure que je te tuerai. »

Dounia était exaspérée et tenait le revolver, prête à tirer.

« Bon, et votre frère ? Je vous demande cela par curiosité, fit Svidrigaïlov, toujours immobile à la même place.

– Dénonce-le, si tu veux. Un pas et je tire. Tu as empoisonné ta femme, je le sais, tu es toi-même un meurtrier...

– Et vous êtes bien certaine que j'ai empoisonné Marfa Petrovna ?

– Oui, c'est toi-même qui me l'as donné à entendre ; tu m'as parlé de poison... Je sais que tu t'en étais procuré... tu l'avais préparé... c'est toi... c'est certainement toi... infâme !

– Lors même que ce serait la vérité, j'aurais fait cela pour toi, tu en aurais été la cause.

– Tu mens ; je t'ai toujours haï, toujours...

– Hé ! vous me paraissez avoir oublié, Avdotia Romanovna que, dans votre rôle d'apôtre, vous vous penchiez vers moi avec des regards langoureux... Je lisais dans vos yeux, vous rappelez-vous ? le soir, au clair de lune, pendant que le rossignol chantait ?

– Tu mens. (La fureur fit étinceler les yeux de Dounia.) Tu mens, calomniateur !

– Je mens ? Eh bien, mettons que je mens ! J'ai donc menti. On ne doit jamais rappeler ces petites choses aux femmes (il eut un sourire railleur). Je sais que tu vas tirer, jolie petite bête, eh bien, vas-y. »

Dounia le coucha en joue et n'attendit qu'un mouvement de sa part pour faire feu. Elle était mortellement pâle, sa lèvre inférieure tremblait et ses grands yeux noirs lançaient des flammes. Il ne l'avait jamais vue aussi belle. Le feu de ses yeux, au moment où elle leva le revolver sur lui, l'atteignit comme une brûlure au cœur, qui se serra douloureusement. Il avança d'un pas, une détonation retentit. La balle lui effleura les cheveux et alla frapper le mur derrière lui. Il s'arrêta et dit avec un léger rire :

« Une piqûre de guêpe. C'est qu'elle vise à la tête !... mais qu'est-ce donc ? du sang ? » Il tira son mouchoir pour essuyer un mince filet de sang qui coulait le long de sa tempe droite. La balle avait dû frôler la peau du crâne.

Dounia avait abaissé le revolver et regardait Svidrigaïlov d'un air hébété plutôt qu'effrayé, comme si elle était incapable de comprendre ce qu'elle venait de faire et ce qui se passait devant elle.

« Eh bien, quoi ! Vous m'avez manqué. Tirez encore ! J'attends, poursuivit tout bas Svidrigaïlov dont la gaieté avait maintenant quelque chose de sinistre. Si vous tardez ainsi, je pourrai vous saisir avant que vous ayez relevé le chien. »

Dounetchka frissonna, arma son revolver et mit en joue.

« Laissez-moi, cria-t-elle désespérément ; je vous jure que je vais tirer encore et... je vous... tuerai.

– Eh bien, quoi ! À trois pas, en effet, il est impossible de me manquer. Mais si vous ne me tuez pas alors... » Ses yeux étincelèrent et il fit encore deux pas.

Dounetchka tira ; le revolver fit long feu.

« L'arme a été mal chargée. N'importe, vous avez encore une balle. Arrangez ça ; j'attends. »

Il était debout à deux pas de la jeune fille et fixait sur elle un lourd regard brûlant qui exprimait une résolution indomptable. Dounia comprit qu'il mourrait plutôt que de renoncer à elle. Et... et maintenant elle était sûre de le tuer à deux pas !

Tout à coup, elle jeta l'arme.

« Vous la jetez ! » s'écria Svidrigaïlov tout étonné, et il respira profondément. Son âme était soulagée d'un lourd fardeau qui n'était peut-être pas uniquement la crainte de la mort ; pourtant, il aurait eu du mal sans doute à s'expliquer ce qu'il éprouvait. C'était, en quelque sorte, une délivrance d'un autre sentiment plus douloureux, que lui-même n'aurait pu déterminer. Il s'approcha de Dounia et lui enlaça doucement la taille. Elle ne lui opposa aucune résistance, mais elle tremblait comme une feuille et le regardait avec des yeux suppliants. Il s'apprêtait à lui parler, mais ses lèvres ne purent que s'entrouvrir dans une grimace. Il ne proféra pas un mot.

« Laisse-moi ! » supplia Dounia.

Svidrigaïlov tressaillit. Ce tutoiement n'était pas celui de tout à l'heure.

« Ainsi tu ne m'aimes pas ? » demanda-t-il tout bas.

Dounia fit un signe négatif de la tête.

« Et tu ne peux pas ?... tu ne pourras jamais... chuchota-t-il d'un accent désespéré.

– Jamais ! » murmura Dounia.

Durant un instant, une lutte terrible se livra dans l'âme de Svidrigaïlov. Ses yeux étaient fixés sur la jeune fille avec une expression indicible. Soudain, il retira le bras qu'il avait passé autour de sa taille, se détourna rapidement et vint se placer devant la fenêtre.

« Voici la clef, fit-il après un moment de silence (il la tira de la poche gauche de son pardessus et la déposa sur la table, derrière lui, sans se tourner vers Dounia). Prenez-la et partez vite... »

Et il regardait obstinément la fenêtre. Dounia s'approcha de la table et prit la clef.

« Vite, vite », répéta Svidrigaïlov, toujours sans bouger, mais ce mot « vite » résonnait terriblement.

Dounia ne s'y méprit point ; elle saisit la clef, bondit jusqu'à la porte, l'ouvrit précipitamment et sortit en toute hâte. Un instant après, elle courait comme une folle le long du canal dans la direction du pont de...

Svidrigaïlov resta encore trois minutes auprès de la fenêtre. Puis il se retourna lentement, jeta un coup d'œil autour de lui et se passa doucement la main sur le front. Un sourire affreux lui tordit le visage, un pauvre sourire pitoyable qui exprimait l'impuissance, la tristesse et le désespoir. Sa main était rouge du sang de sa blessure. Il la regarda avec colère, mouilla une serviette et se lava la tempe. Le revolver jeté par Dounia avait roulé jusqu'à la porte. Il le ramassa et se mit à l'examiner. C'était une petite arme à trois coups, d'un ancien modèle. Il y restait encore de quoi tirer une fois. Après un moment de réflexion, il le fourra dans sa poche, prit son chapeau et sortit.

VI

Il passa toute sa soirée, jusqu'à dix heures, à courir les cabarets et les bouges. Ayant retrouvé Katia dans un de ces endroits, où elle chantait toujours son ignoble chanson sur le misérable qui « se met à embrasser Katia », il lui paya à boire, ainsi qu'à un joueur d'orgue de Barbarie, aux garçons, à des chansonniers et à deux petits clercs qui avaient attiré sa sympathie pour la bonne raison qu'ils avaient le nez de travers : chez l'un il s'inclinait vers la gauche et chez l'autre vers la droite, chose qui le frappa d'étonnement. Ils finirent par l'entraîner dans un jardin de plaisance dont il leur paya l'entrée. Ce jardin renfermait un sapin malingre, trois autres arbrisseaux et un bâtiment décoré du nom de vauxhall, mais qui n'était en réalité qu'un cabaret où l'on pouvait, du reste, boire également du thé. Dans le jardin, on voyait aussi quelques petites tables vertes accompagnées de chaises. Un chœur de mauvais chansonniers et un paillasse munichois au nez rouge, complètement ivre mais extraordinairement morne, étaient destinés à amuser le public. Les petits clercs se prirent de querelle avec des collègues et commencèrent à se battre. Svidrigaïlov fut choisi comme arbitre. Il mit un quart d'heure à essayer de juger l'affaire, mais tous criaient si fort qu'il n'y avait pas moyen de s'entendre. Il ne comprit qu'une chose, c'est que l'un avait commis un vol et vendu déjà à un Juif survenu par hasard le produit de son larcin ; mais, la chose accomplie, il avait refusé de partager avec ses camarades le bénéfice de l'opération. À la fin, il se découvrit que l'objet volé était une cuiller d'argent appartenant au vauxhall. Les gens de l'établissement s'aperçurent de sa disparition et l'affaire aurait pu prendre une tournure désagréable si Svidrigaïlov n'avait désintéressé les plaignants. Il paya la cuiller et quitta le jardin. Il était dix heures environ. Il n'avait pas bu de toute la soirée une seule goutte de vin et s'était borné à se faire servir du thé, et encore parce qu'il fallait prendre une consommation.

La soirée était sombre et étouffante. Vers les dix heures, le ciel se couvrit de nuages noirs épais, un violent orage éclata. La pluie ne tombait pas par gouttes, mais en véritables jets qui frappaient et fouettaient le sol. Des éclairs d'une longueur infinie sillonnaient le ciel. Svidrigaïlov arriva chez lui trempé jusqu'aux os. Il s'enferma dans sa chambre, ouvrit son secrétaire, en tira son argent, déchira quelques papiers. Il mit l'argent dans sa poche et s'apprêtait à changer de vêtements, mais, voyant que la pluie continuait à tomber, il jugea que cela n'en valait pas la peine, prit son chapeau et sortit sans fermer la porte. Il se rendit directement dans la chambre de Sonia, qu'il trouva chez elle.

La jeune fille n'était pas seule ; elle était entourée des quatre petits enfants du tailleur Kapernaoumov et leur faisait boire du thé. Elle accueillit respectueusement son visiteur, regarda avec surprise ses vêtements mouillés, mais ne dit pas un mot. À la vue de l'étranger, les enfants s'enfuirent aussitôt, saisis d'une frayeur indescriptible.

Svidrigaïlov s'assit devant la table et invita Sonia à prendre place auprès de lui. La jeune fille se prépara timidement à écouter ce qu'il avait à lui dire.

« Sophie Simionovna, commença-t-il, je vais peut-être partir pour l'Amérique et, comme nous nous voyons probablement pour la dernière fois, je suis venu prendre quelques dernières dispositions... Eh bien, avez-vous vu cette dame aujourd'hui ? Je sais ce qu'elle a pu vous dire, inutile de me le répéter. (Sonia fit un geste et rougit.) Ces gens-là ont leurs habitudes, leurs manières, leurs idées. Quant à vos petites sœurs et à votre frère, leur sort est assuré ; l'argent qui doit leur revenir a été déposé par moi en lieu sûr et contre reçu. Voici les récépissés. Prenez-les à tout hasard. Allons, voici une affaire terminée. Tenez, encore trois titres de cinq pour cent représentant une somme de trois mille roubles. Ils sont pour vous, pour vous personnellement. Je désire que cela reste entre nous, n'en parlez à personne quoi que vous puissiez apprendre. Cet argent vous servira, car, Sophie Simionovna, vous ne pouvez continuer à mener la même vie. Ce serait très mal et vous n'en aurez d'ailleurs plus besoin.

– Vous avez eu tant de bontés pour moi, pour les orphelins et la morte, balbutia Sonia, que si je vous ai mal remercié, eh bien, croyez...

– Eh ! laissez donc, laissez donc !

– Quant à cet argent, Arcade Ivanovitch, je vous suis très reconnaissante, mais je n'en ai pas besoin. J'arriverai toujours à me nourrir ; ne me considérez pas comme une ingrate : si vous êtes si généreux, eh bien, cet argent...

– Est pour vous, pour vous seule, Sophie Simionovna, et, je vous en prie, n'en parlons plus, car je suis pressé. Il vous sera utile, je vous assure. Rodion Romanovitch n'a que le choix entre deux solutions : se loger une balle dans la tête ou aller en Sibérie. (À ces mots, Sonia regarda son visiteur d'un air effaré et se mit à trembler.) Ne vous inquiétez pas, j'ai tout appris de sa propre bouche, mais je ne suis pas bavard ; je n'en soufflerai mot à personne. Vous avez été bien inspirée en lui conseillant d'aller se dénoncer. C'est le meilleur parti qu'il puisse prendre. Eh bien, quand il partira pour la Sibérie, vous l'accompagnerez, n'est-ce pas ? N'est-il pas vrai ? Donc, vous aurez besoin d'argent. Vous en aurez besoin pour lui. Comprenez-vous ? En vous donnant cet argent, c'est comme si je le lui remettais à lui. De plus, vous avez promis à Amalia Ivanovna de la rembourser. Je l'ai entendu. Pourquoi donc, Sophie Simionovna, assumez-vous si légèrement de pareilles charges ? Car, enfin, c'est Catherine Ivanovna qui lui devait cet argent et non vous. Vous auriez dû envoyer promener cette Allemande. On ne peut pas vivre ainsi... Enfin, si l'on vous interroge sur moi demain, après-demain ou un de ces jours (et c'est ce qui ne manquera pas d'arriver), ne parlez pas de ma visite et ne dites à personne que je vous ai donné de l'argent. Et maintenant au revoir. (Il se leva.) Saluez Rodion Romanovitch de ma part. À propos, vous feriez bien de confier, en attendant, votre argent à M. Rasoumikhine. Vous le connaissez ? Mais oui, vous devez le connaître ; c'est un brave garçon. Portez-lui l'argent demain ou bien quand il sera temps. D'ici là, tâchez de ne pas vous le faire prendre. »

Sonia s'était levée également et fixait un regard effrayé sur son visiteur. Elle avait envie de lui poser une question, de lui parler, mais elle se sentait intimidée et ne savait par où commencer.

« Comment, comment... vous allez sortir par une pluie pareille ?

– Quand on part pour l'Amérique, on ne s'inquiète pas de la pluie, hé ! hé ! Adieu, chère Sophie Simionovna. Je vous souhaite une longue vie, très longue, car vous serez utile aux autres. À propos... saluez de ma part M. Rasoumikhine, n'oubliez pas. Dites-lui qu'Arcade Ivanovitch Svidrigaïlov vous a chargée de ses compliments pour lui. N'y manquez pas. »

Il sortit, laissant la jeune fille toute effarée, craintive et oppressée par d'obscurs soupçons.

On apprit plus tard que Svidrigaïlov avait fait le même soir une autre visite surprenante et singulière. La pluie tombait toujours. À onze heures vingt, il se présenta, tout trempé, chez les parents de sa fiancée qui occupaient un petit logement dans la troisième avenue de Vassilievski Ostrov. Il eut peine à se faire ouvrir et son arrivée, à cette heure insolite, causa au premier moment un grand trouble. Mais Arcade Ivanovitch avait, quand il le voulait, les manières les plus séduisantes, si bien que les parents, qui avaient au premier moment fort raisonnablement pris cette visite pour une frasque d'homme ivre, furent bientôt convaincus de leur erreur. L'intelligente et sensible mère de la fiancée roula auprès de lui le fauteuil du père gâteux et engagea la conversation en choisissant, selon son habitude, des sujets détournés (cette femme n'allait jamais droit au fait, elle commençait par des sourires et mille gestes). Tenait-elle à savoir, par exemple, la date à laquelle Arcade Ivanovitch désirait fixer le mariage, qu'elle commençait à l'interroger avec passion sur Paris et la vie de la haute société, pour le ramener peu à peu de si loin à la troisième avenue de Vassilievski Ostrov. Les autres fois, ce petit manège était scrupuleusement respecté, mais, ce soir-là, Arcade Ivanovitch, plus impatient que de coutume, demanda à voir sa fiancée tout de suite, bien qu'on lui eût annoncé qu'elle était couchée. On s'empressa, bien entendu, de le satisfaire. Arcade Ivanovitch lui annonça simplement qu'une affaire urgente l'obligeait à s'absenter de Pétersbourg ; voilà pourquoi il lui apportait une somme de quinze mille roubles, bagatelle qu'il avait depuis longtemps l'intention de lui offrir et qu'il la priait d'accepter comme cadeau de mariage. On ne pouvait guère trouver de rapport logique entre ce présent et le départ annoncé, et il ne semblait pas non plus que cela nécessitât une visite au milieu de la nuit par une pluie battante, mais ses explications furent parfaitement accueillies. Même les exclamations de surprise et les questions d'usage furent prononcées d'un ton délicatement modéré ; toutefois, les parents se répandirent en remerciements chaleureux, renforcés par les larmes de l'intelligente mère. Arcade Ivanovitch se leva ; en souriant, il embrassa sa fiancée, lui tapota la joue, lui répéta qu'il allait bientôt revenir et, remarquant dans ses yeux, en même temps qu'une expression de curiosité enfantine, une interrogation grave et muette, il l'embrassa une seconde fois en songeant avec dépit que son cadeau serait à coup sûr mis sous clef par la plus intelligente des mères. Il sortit en laissant toute la famille dans un état d'agitation extraordinaire. Mais la sensible maman résolut en un instant certaines questions importantes. Ainsi elle déclara qu'Arcade Ivanovitch était un grand homme, occupé d'affaires fort absorbantes, et qui avait de grandes relations. Dieu seul savait ce qui se passait dans sa tête : il avait résolu de faire un voyage et il mettait son projet à exécution ; de même pour l'argent dont il avait fait cadeau ; on n'avait à s'étonner de rien. Certes, il était surprenant de le voir tout trempé, mais les Anglais, par exemple, sont encore plus excentriques, et tous ces personnages du grand monde se moquent du qu'en-dira-t-on et ne se gênent pour personne. Peut-être même fait-il exprès de se montrer ainsi pour prouver qu'il ne craint personne. L'essentiel est de ne souffler mot de tout cela à personne, car Dieu sait comment cette histoire finira. En attendant, il faut mettre l'argent sous clef au plus vite. Ce qu'il y a de mieux dans tout cela, c'est que la bonne n'a pas quitté sa cuisine ; et surtout il faut se garder de dire quoi que ce soit à cette vieille fourbe de Resslich, etc., etc. Ils restèrent ainsi à bavarder jusqu'à deux heures du matin. La fiancée, cependant, était depuis longtemps retournée au lit, tout étonnée et un peu mélancolique.

Svidrigaïlov rentra en ville par la porte de ***. La pluie avait cessé, mais le vent faisait rage. Il frissonnait et s'arrêta un moment pour regarder avec une curiosité particulière et une sorte d'hésitation l'eau noire de la Petite Néva. Mais il eut bientôt froid à rester ainsi penché sur le fleuve. Il se détourna et s'engagea dans la perspective ***. Pendant près d'une demi-heure, il battit le pavé de cette immense avenue, paraissant chercher quelque chose. Du côté droit, un jour qu'il passait par là, peu de temps auparavant, il avait remarqué un grand bâtiment de bois, un hôtel qui s'appelait autant qu'il pût s'en souvenir l'hôtel d'Andrinople. Il finit par le retrouver. D'ailleurs il était impossible de ne pas le remarquer dans cette obscurité. C'était un long bâtiment encore éclairé malgré l'heure tardive et qui présentait certaines traces d'animation.

Il entra et demanda une chambre à un domestique en haillons qu'il rencontra dans le corridor. Celui-ci jeta sur lui un coup d'œil, puis le conduisit à une toute petite chambre étouffante, située au bout du couloir sous l'escalier. Il n'y en avait pas d'autre, l'hôtel était plein. Le loqueteux attendait en regardant Svidrigaïlov d'un air interrogateur.

« Vous avez du thé ? demanda celui-ci.

– Oui, on peut s'en procurer.

– Et quoi encore ?

– Du veau, de la vodka, des hors-d'œuvre.

– Apporte-moi du veau et du thé.

– Rien de plus ? demanda l'homme avec un certain étonnement.

– Non, non... »

Le loqueteux s'éloigna fort désappointé.

« Ce doit être quelque chose de propre que cette maison, pensa Svidrigaïlov. Comment ne m'en suis-je pas douté ? Moi aussi, je dois avoir l'air d'un homme qui revient de faire la noce et a déjà eu une aventure en chemin. Je serais curieux de savoir quelle espèce de gens logent ici. »

Il alluma la bougie et se livra à un examen attentif de la pièce. C'était une véritable cage à une fenêtre, si basse de plafond qu'un homme de la taille de Svidrigaïlov pouvait à peine s'y tenir debout. Outre le lit, fort sale, il y avait une simple table en bois peint et une chaise, qui suffisaient à remplir la pièce. Les murs semblaient faits de simples planches recouvertes d'une tapisserie si poussiéreuse et si sale qu'il était difficile d'en deviner la couleur primitive. L'escalier coupait de biais le plafond et un pan de mur, ce qui donnait à la pièce l'aspect d'une mansarde. Svidrigaïlov déposa la bougie sur la table, s'assit sur le lit et se mit à réfléchir. Mais un murmure de voix incessant, qui s'élevait parfois jusqu'aux cris, venu de la chambre voisine, finit par attirer son attention. Il prêta l'oreille. Une seule personne parlait ; elle en gourmandait une autre d'une voix larmoyante.

Svidrigaïlov se leva, mit sa main en écran devant la bougie allumée et aperçut aussitôt une fente éclairée dans le mur. Il s'en approcha et regarda. Dans la pièce, un peu plus grande que la sienne, se trouvaient deux hommes ; l'un, en bras de chemise, à la tête crépue, au visage rouge et tuméfié, était debout, les jambes écartées, dans une pose oratoire. Il se donnait de grands coups sur la poitrine et sermonnait son compagnon d'une voix pathétique, en lui rappelant qu'il l'avait tiré du bourbier et pouvait l'y rejeter quand il le voudrait, que seul le Très-Haut voyait ce qui se passait ici-bas... L'ami auquel il s'adressait avait l'air d'un homme qui voudrait bien éternuer mais n'y peut réussir. Il jetait de temps en temps un regard trouble et hébété sur l'orateur et semblait ne pas comprendre un mot de ce que l'autre lui disait, peut-être ne l'entendait-il même pas. Sur la table, où la bougie achevait de se consumer, se trouvaient une carafe de vodka presque vide, des verres de toutes grandeurs, du pain, des concombres et des tasses à thé.

Après avoir considéré attentivement ce tableau, Svidrigaïlov quitta son poste d'observation et revint s'asseoir sur son lit. Le garçon en haillons ne put s'empêcher, en apportant le thé et le veau, de lui redemander encore s'il n'avait besoin de rien d'autre. Mais il reçut encore une fois une réponse négative et se retira définitivement. Svidrigaïlov se hâta de se verser du thé pour se réchauffer ; il en but un verre mais ne put rien manger. La fièvre qui commençait à monter lui coupait l'appétit. Il enleva son pardessus, son veston, s'enveloppa dans ses couvertures et se coucha. Il était ennuyé. « Mieux vaudrait, pour cette fois, être bien portant », pensa-t-il avec un rire ironique. L'atmosphère était étouffante, la bougie éclairait faiblement la pièce, le vent grondait au-dehors. On entendait dans un coin un bruit de souris. Du reste, une odeur de cuir et de souris remplissait la pièce. Svidrigaïlov rêvait, étendu sur son lit. Les idées se succédaient confusément dans sa tête ; il semblait désireux d'arrêter son imagination sur quelque chose. « Il doit y avoir un jardin sous ma fenêtre, pensa-t-il, on entend le bruit des feuilles agitées par le vent ; comme je hais ce bruit de feuilles dans la nuit orageuse ! C'est une sensation désagréable, vraiment. » Et il se souvint qu'en passant tantôt dans le parc Petrovski il avait éprouvé la même répugnance. Ensuite, il songea à la Petite Néva et le même frisson qui l'avait saisi tout à l'heure, quand il était penché sur l'eau, le reprit. « Je n'ai jamais aimé l'eau de ma vie, même en peinture », se dit-il, et une pensée bizarre le fit encore sourire. « Maintenant toutes ces questions de confort et d'esthétique devraient m'importer peu ! Et pourtant, me voici devenu aussi difficile que l'animal qui voudrait absolument se choisir une place... dans un cas pareil. J'aurais dû aller tout à l'heure à l'île Petrovski, mais non, j'ai eu trop peur du froid et des ténèbres, hé ! hé ! Monsieur a besoin de sensations agréables... Mais, à propos, pourquoi ne pas éteindre la bougie ? (Il la souffla.) Mes voisins se sont couchés, pensa-t-il en ne voyant plus de lumière par la fente de la cloison. C'est maintenant, Marfa Petrovna, continua-t-il, que votre visite serait à propos : il fait sombre, le lieu est propice, la minute originale et c'est précisément maintenant que vous ne viendrez pas... »

Il se souvint tout à coup du moment où il conseillait à Raskolnikov, peu avant l'exécution de son projet concernant Dounia, de la confier à la garde de Rasoumikhine. « Je parlais, en effet, pour me fouetter les nerfs surtout, comme l'a deviné Raskolnikov. C'est un malin celui-là ! Il en a supporté des épreuves. Il se formera encore avec le temps, quand toutes ces folies lui seront sorties de la tête. Maintenant, il est *trop* avide de vivre... Sur ce point tous ces gens sont des lâches. D'ailleurs, le diable l'emporte ! Il n'a qu'à faire ce qu'il veut, que m'importe à moi ! »

Le sommeil continuait à le fuir. Peu à peu, l'image de Dounia se dressa devant lui et un frisson lui courut par tout le corps. « Non, il faut en finir, songea-t-il, en revenant à lui. Pensons à autre chose. Je trouve bizarre et curieux vraiment de n'avoir jamais sérieusement haï personne, jamais éprouvé un désir violent de me venger de quelqu'un. C'est mauvais signe, mauvais signe. Jamais, non plus, je n'ai été querelleur ni violent, encore un mauvais signe. Et ce que j'ai pu lui faire de promesses tantôt ! Qui sait ? Elle aurait pu me mener à sa guise... » Il se tut et serra les dents. L'image de Dounetchka apparut devant lui telle qu'elle était, quand elle avait tiré la première fois, puis avait pris peur, avait baissé le revolver, et l'avait regardé avec de grands yeux épouvantés, si bien qu'il aurait pu la saisir deux fois sans qu'elle levât la main pour se défendre, s'il ne l'avait mise en garde lui-même... Il se rappela avoir eu pitié d'elle ; à ce moment-là, oui, son cœur se serrait... « Eh ! au diable, encore ces pensées. Il faut en finir avec tout cela, en finir... »

Déjà il s'assoupissait, son tremblement fiévreux s'apaisait. Tout à coup, quelque chose courut sous la couverture le long de son bras et de sa jambe. Il tressaillit. « Fi ! diable, on dirait une souris ! pensa-t-il. J'ai laissé le veau sur la table, voilà pourquoi... » Il n'avait nulle envie de se découvrir et de se lever dans le froid, mais tout à coup un nouveau contact désagréable lui frôla la jambe. Il arracha la couverture et alluma la bougie. Puis, tout tremblant de froid, il se pencha, examina le lit et vit soudain une souris sauter sur le drap. Il essaya de l'attraper, mais la bête, sans descendre du lit, décrivait des zigzags de tous côtés et glissait entre les doigts qui s'apprêtaient à la saisir. Enfin, elle se fourra sous l'oreiller. Svidrigaïlov jeta l'oreiller par terre, mais sentit que quelque chose avait sauté sur lui et se promenait sur son corps par-dessous la chemise. Il eut un frisson nerveux et s'éveilla. L'obscurité régnait dans la pièce et il était couché dans son lit, enveloppé dans sa couverture comme tantôt, le vent continuait à hurler au-dehors...

« C'est crispant », songea-t-il énervé.

Il se leva et s'assit sur le bord du lit, le dos tourné à la fenêtre.

« Il vaut mieux ne pas dormir », décida-t-il. De la croisée venait un air froid et humide ; sans quitter sa place, Svidrigaïlov tira à lui la couverture et s'en enveloppa. Mais il n'alluma pas la bougie. Il ne songeait point et ne voulait d'ailleurs penser à rien, mais des rêves vagues, des idées incohérentes traversaient l'un après l'autre son cerveau. Il était tombé dans un demi-sommeil. Était-ce l'influence du froid, des ténèbres, l'humidité ou le vent qui agitait les feuilles au-dehors, toujours est-il que ses songeries avaient pris un tour fantastique. Il ne voyait que des fleurs. Un paysage s'offrait à sa vue ; c'était une journée tiède et presque chaude, un jour de fête... La Trinité. Un riche et élégant cottage anglais, entouré d'odorantes plates-bandes fleuries, s'offrait à sa vue. Des plantes grimpantes s'enroulaient autour du perron garni de roses ; des deux côtés d'un frais escalier de marbre couvert d'un riche tapis, s'étageaient des potiches chinoises garnies de fleurs rares. Aux fenêtres, dans des vases à demi pleins d'eau, plongeaient de délicates jacinthes blanches inclinées sur leurs lourdes et longues tiges d'un vert cru, et leur parfum capiteux se répandait. Il n'éprouvait nul désir de s'éloigner, mais il monta cependant l'escalier et entra dans une grande salle très haute de plafond, également pleine de fleurs. Il y en avait partout, aux fenêtres, devant les portes ouvertes et sur la véranda ! Les parquets étaient jonchés d'herbe fraîchement coupée et odorante. Par les croisées ouvertes pénétrait une brise délicieuse. Les oiseaux gazouillaient sous les fenêtres, et, au milieu de la pièce, sur des tables couvertes de satin immaculé, reposait un cercueil. Il était capitonné de gros de Naples, bordé de ruches blanches. Des guirlandes de fleurs l'entouraient de tous côtés. Une fillette en robe de tulle blanc y reposait sur un lit de fleurs, et ses mains, croisées sur la poitrine, semblaient taillées dans le marbre... Mais ses cheveux dénoués, ses cheveux d'un blond clair, étaient tout mouillés. Une couronne de roses lui ceignait la tête. Son profil sévère et déjà pétrifié semblait également marmoréen, mais le sourire épanoui sur ses lèvres pâles n'avait rien d'enfantin ; il exprimait une mélancolie navrante, une tristesse sans bornes.

Svidrigaïlov connaissait cette fillette. Aucune image pieuse près du cercueil ; point de cierges allumés, et l'on n'entendait pas murmurer des prières. Cette enfant était une suicidée ; elle s'était noyée. Elle n'avait que quatorze ans, mais son cœur avait été brisé par un outrage qui avait terrifié sa conscience enfantine, rempli son âme angélique d'une honte imméritée et arraché de sa poitrine un cri suprême de désespoir que les mugissements du vent avaient étouffé par une nuit de dégel, humide et ténébreuse...

Svidrigaïlov s'éveilla, quitta son lit et s'approcha de la fenêtre. Il trouva à tâtons l'espagnolette et ouvrit la croisée. Le vent s'engouffra dans la pièce étroite et sembla recouvrir d'un givre glacé son visage et sa poitrine, à peine protégée par la chemise. Sous la fenêtre il devait y avoir, en effet, un semblant de jardin et probablement un jardin de plaisance. Pendant le jour, on y chantait sans doute des chansonnettes ; on y servait le thé par petites tables. Mais maintenant, les gouttes tombaient des arbres et des massifs ; il faisait sombre comme dans une cave et les objets n'étaient plus que des taches obscures à peine distinctes. Svidrigaïlov passa cinq minutes accoudé à l'appui de la croisée, à regarder cette ombre. Au milieu des ténèbres retentit un coup de canon, bientôt suivi d'un autre.

« Ah ! Le signal. L'eau monte, pensa-t-il. Au matin, les parties basses de la ville vont être inondées ; les rats des caves seront emportés par le courant et, dans le vent et la pluie, les hommes tout trempés commenceront à transporter, en maugréant, toutes leurs vieilleries aux étages supérieurs des maisons. Mais quelle heure est-il ? » Au moment même où il se posait cette question, une horloge voisine et pressée, semblait-il, sonna de toutes ses forces trois coups. « Eh ! mais dans une heure il fera jour ! Pourquoi attendre ? Je vais sortir tout de suite et je m'en irai directement à l'île Petrovski ; là, je choisirai un grand arbre tout gonflé de pluie, si bien qu'à peine l'aurai-je frôlé de l'épaule que des millions de gouttelettes m'inonderont la tête... » Il s'écarta de la fenêtre, la referma, alluma la bougie, s'habilla et sortit dans le corridor, son bougeoir à la main, pour aller éveiller le garçon, endormi sans doute dans un coin, parmi tout un fouillis de vieilleries, acquitter sa note et quitter l'hôtel. « J'ai choisi le meilleur moment, songea-t-il ; impossible de trouver mieux. » Il erra longtemps dans l'étroit et long couloir sans trouver personne ; enfin, il remarqua, dans un coin sombre, entre une vieille armoire et une porte, une forme bizarre qui lui parut vivante. Il se pencha avec sa bougie et reconnut une enfant, une fillette de quatre à cinq ans tout au plus, vêtue d'une robe trempée comme une lavette et qui tremblait et pleurait. Elle ne parut pas effrayée à la vue de Svidrigaïlov, mais le regarda d'un air hébété avec ses grands yeux noirs, en reniflant de temps en temps comme il arrive aux enfants qui, après avoir pleuré longtemps, commencent à se consoler, avec de brefs retours de sanglots. Le visage de l'enfant était pâle et épuisé ; elle était raidie de froid. Mais comment se trouvait-elle là ? Elle s'était donc cachée et n'avait pas dormi de la nuit ? Elle s'anima tout à coup et se mit à lui raconter, de sa voix enfantine, avec une rapidité vertigineuse, une histoire où il était question d'une tasse qu'elle avait cassée et de sa mère qui allait la battre. Elle ne s'arrêtait plus...

Svidrigaïlov crut comprendre que c'était une enfant peu aimée de sa mère, quelque cuisinière du quartier ou de l'hôtel même, probablement une ivrognesse qui devait la maltraiter. L'enfant avait cassé une tasse et avait été prise d'une telle frayeur qu'elle s'était enfuie. Elle avait dû errer longtemps dehors, sous la pluie battante, pour enfin se faufiler ici et se cacher dans ce coin, derrière l'armoire, où elle avait passé toute la nuit en pleurant et en tremblant de froid et de peur, à la pensée qu'elle serait cruellement châtiée pour tous les méfaits dont elle s'était rendue coupable.

Il la prit dans ses bras et rentra dans sa chambre, la posa sur le lit et se mit en devoir de la déshabiller. Elle n'avait pas de bas et ses chaussures trouées étaient aussi mouillées que si elles avaient trempé toute une nuit dans une mare. Quand il lui eut ôté ses vêtements, il la coucha et l'enveloppa avec soin dans la couverture. Elle s'endormit aussitôt. Ayant terminé, Svidrigaïlov retomba dans ses pensées moroses.

« De quoi me suis-je mêlé encore, songea-t-il tout oppressé et avec un sentiment de colère. Quelle absurdité ! » Dans son irritation, il prit la bougie pour se mettre à la recherche du garçon et quitter au plus tôt l'hôtel. « C'est une gamine ! » pensa-t-il en lâchant un juron au moment où il ouvrit la porte. Mais il revint aussitôt sur ses pas pour voir si l'enfant dormait paisiblement ! Il souleva la couverture avec soin. La fillette reposait comme une bienheureuse ; elle s'était réchauffée et ses joues pâles avaient repris des couleurs. Mais, chose étrange, cette rougeur était beaucoup plus vive que celle qu'on voit ordinairement aux enfants. « C'est la rougeur de la fièvre », pensa Svidrigaïlov, on aurait pu croire qu'elle avait bu, bu tout un verre de vin. Ses lèvres purpurines semblaient brûlantes... Mais qu'était-ce ? Il lui parut tout à coup que les longs cils noirs de l'enfant tressaillaient et se soulevaient légèrement. Les paupières mi-closes laissèrent passer un regard aigu, malicieux et qui n'avait rien d'enfantin. La fillette faisait-elle donc semblant de dormir ? Oui, c'était bien cela ! Ses petites lèvres s'ouvraient dans un sourire et leurs coins tremblaient d'une envie de rire contenue. Mais voilà qu'elle cesse de se contraindre et elle rit franchement ; quelque chose d'effronté, de provocant frappe sur ce visage qui n'est point celui d'une enfant. C'est le vice ! Ce visage est celui d'une prostituée, d'une femme vénale. Voilà que les deux yeux s'ouvrent franchement tout grands ; ils enveloppent Svidrigaïlov d'un regard lascif et brûlant. Ils l'appellent, ils rient... Et cette figure a quelque chose de répugnant dans sa luxure. « Comment, à cinq ans ? songe-t-il horrifié. Mais... qu'est-ce donc ? » Et voilà qu'elle tourne vers lui son visage enflammé ; elle tend les bras... « Ah ! maudite ! » s'écrie-t-il épouvanté, et il lève la main sur elle ; mais au même instant il s'éveilla...

Il se trouva couché dans le même lit, enveloppé dans la couverture ; la bougie n'était pas allumée et l'aube blanchissait aux fenêtres.

« J'ai déliré toute la nuit. » Il se souleva et se sentit avec colère tout courbatu. Un épais brouillard régnait au-dehors et l'empêchait de rien distinguer. Il était près de cinq heures ; il avait dormi trop longtemps. Il se leva, endossa son veston, son pardessus encore humides, tâta le revolver dans sa poche, le prit et s'assura que la balle était bien placée. Puis il s'assit, tira un carnet, y inscrivit, sur la première page, quelques lignes en gros caractères. Après les avoir relues, il s'accouda sur la table et s'absorba dans ses réflexions. Le revolver et le carnet étaient restés près de lui, sur la table. Les mouches avaient envahi la portion de veau demeurée intacte. Il les regarda longtemps, puis se décida à leur donner la chasse de la main droite. Enfin il s'étonna de l'intéressante occupation à laquelle il se livrait à pareil moment, revint à lui, tressaillit et sortit de la pièce d'un pas ferme. Une minute plus tard il était dans la rue. Un brouillard opaque et laiteux flottait sur la ville. Svidrigaïlov cheminait sur le pavé de bois sale et glissant dans la direction de la Petite Néva et, tout en marchant, il imaginait l'eau du fleuve montée pendant la nuit, l'île Petrovski avec ses sentiers détrempés, son herbe humide, ses taillis, ses massifs lourds de gouttes d'eau, enfin cet arbre-là... Alors, furieux contre lui-même, il se mit à examiner les maisons qu'il longeait pour changer le cours de ses réflexions.

Pas un piéton, pas un fiacre dans l'avenue, et les petites bâtisses d'un jaune vif, aux volets clos, avaient l'air sale et morne. Le froid et l'humidité pénétraient son corps et lui donnaient le frisson. De loin en loin, il apercevait une enseigne qu'il lisait soigneusement d'un bout à l'autre. Enfin, le pavé de bois prit fin. Arrivé à la hauteur d'une grande maison de pierre, il vit un chien affreux traverser la chaussée, en serrant la queue entre les jambes. Un homme ivre mort gisait au milieu du trottoir, la face contre terre. Il le regarda et continua son chemin. À gauche, un beffroi s'offrit à sa vue. « Tiens, pensa-t-il, voilà un endroit ; à quoi bon aller dans l'île Petrovski ? Ici j'aurai du moins un témoin officiel !... » Il sourit à cette pensée et s'engagea dans la rue... C'est là que se dressait le grand bâtiment surmonté d'un beffroi. Un petit homme, enveloppé dans une capote grise de soldat et coiffé d'un casque, se tenait appuyé au battant fermé de la massive porte cochère. En voyant approcher Svidrigaïlov, il lui jeta un lent regard oblique et froid. Sa physionomie exprimait la tristesse hargneuse qui est la marque séculaire de la race juive.

Les deux hommes s'examinèrent un moment en silence. Le soldat finit par trouver étrange cette station à trois pas de lui d'un individu qui n'était pas ivre et le fixait sans mot dire.

« Qu'est-ce que vous voulez ? fit-il sans bouger, d'une voix zézayante.

– Mais rien du tout, mon vieux, bonjour, répondit Svidrigaïlov.

– Passez votre chemin.

– Moi, mon vieux, je m'en vais à l'étranger.

– À l'étranger ?

– En Amérique.

– En Amérique ? »

Svidrigaïlov tira le revolver de sa poche et l'arma. Le soldat haussa les sourcils.

« En voilà une plaisanterie ? Ce n'est pas le lieu, ici, zézaya-t-il.

– Et pourquoi pas ?

– Parce que ce n'est pas le lieu.

– Mon vieux, la place est bonne quand même. Si on t'interroge, n'importe, dis que je suis parti pour l'Amérique. »

Il appuya le canon du revolver sur sa tempe droite.

« Dites donc, il ne faut pas faire cela ici ; ce n'est pas l'endroit », fit le soldat effrayé en ouvrant de grands yeux.

Svidrigaïlov pressa la détente.

VII

Le même soir, entre six et sept heures, Raskolnikov approchait du logement occupé par sa mère et sa sœur. Elles habitaient maintenant, dans la maison Bakaleev, l'appartement recommandé par Rasoumikhine. L'entrée donnait sur la rue. Il était déjà tout près qu'il hésitait encore. Allait-il monter ? Mais rien au monde ne l'aurait fait rebrousser chemin. Sa décision était prise. « D'ailleurs, elles ne savent rien encore, songea-t-il, et elles se sont habituées à me considérer comme un original... » Il avait un aspect minable ; ses vêtements étaient trempés, souillés de boue, déchirés. Son visage semblait presque défiguré par la fatigue et la lutte qui se livrait en lui depuis bientôt vingt-quatre heures. Il avait passé la nuit seul à seul avec lui-même. Dieu sait où ! Mais, enfin, sa décision était prise.

Il frappa à la porte ; ce fut sa mère qui lui ouvrit, Dounetchka était sortie ; la bonne même n'était pas là. Pulchérie Alexandrovna au premier moment resta muette de joie, puis elle le saisit par la main et l'entraîna dans la pièce.

« Ah ! te voilà, fit-elle d'une voix que l'émotion faisait trembler. Ne m'en veux pas, Rodia, de te recevoir si sottement avec des larmes. Je ne pleure pas ; je ris de joie. Tu crois que je suis triste ? Non, je me réjouis et c'est une sotte habitude que j'ai de pleurer de joie. Depuis la mort de ton père la moindre chose me fait verser des larmes. Assieds-toi, mon chéri ; tu parais fatigué. Oh ! comme te voilà fait !

– J'ai été mouillé hier, maman... commença Raskolnikov.

– Mais non, laisse donc, interrompit vivement Pulchérie Alexandrovna. Tu pensais que j'allais me mettre à t'interroger avec ma vieille curiosité de femme. Ne t'inquiète pas. Je comprends, je comprends tout ; maintenant, je suis un peu initiée aux usages de Pétersbourg et je vois qu'on est plus intelligent ici que chez nous. Je me suis dit une fois pour toutes que je suis incapable de te suivre dans tes raisonnements et que je n'ai pas à te demander des comptes... Peut-être as-tu Dieu sait quels projets ou quels plans dans la tête... Sait-on quelles pensées t'occupent ! Je n'ai donc pas à venir te troubler par mes questions. À quoi penses-tu ? Eh bien, voilà !... Ah ! Seigneur, mais qu'est-ce que j'ai à bafouiller ainsi comme une imbécile ? Vois-tu, Rodia, je suis en train de relire pour la troisième fois l'article que tu as publié dans une revue ; c'est Dmitri Prokofitch qui me l'a apporté. Ç'a été une révélation pour moi. Donc, voilà, me suis-je dit, sotte que tu es, voilà à quoi il pense et tout le secret de l'affaire. Tous les savants sont ainsi. Il roule dans sa tête des idées nouvelles ; il y réfléchit tandis que moi je viens le troubler et le tourmenter. En lisant cet article, mon petit, bien des choses m'échappent ; il n'y a d'ailleurs pas lieu de s'en étonner : comment comprendrais-je, ignorante que je suis !

– Montrez-moi cela, maman. »

Raskolnikov prit la revue et jeta un coup d'œil sur son article. Malgré son état d'esprit et sa situation actuelle, il ressentit le vif et profond plaisir qu'éprouve toujours un auteur à se voir imprimé pour la première fois, surtout lorsqu'il n'a que vingt-trois ans. Mais ce sentiment ne dura qu'un instant. Après avoir lu quelques lignes, il fronça les sourcils et une affreuse souffrance lui serra le cœur. Cette lecture lui avait rappelé toutes les luttes morales qui s'étaient livrées en lui pendant ces derniers mois. Il jeta la brochure sur la table avec un sentiment de violente répulsion.

« Mais si bête que je sois, Rodia, je puis me rendre compte que tu occuperas d'ici peu de temps une des premières places, si ce n'est la première, dans le monde de la science. Et ils ont osé te croire fou, ha ! ha ! ha ! Car tu ne sais pas que cette idée leur était venue. Ah ! les misérables vers de terre ! Comment comprendraient-ils ce qu'est l'intelligence ? Et dire que Dounetchka, oui, Dounetchka elle-même, n'était pas éloignée de le croire ! Hein, qu'en dis-tu ? Ton pauvre père, lui, avait écrit, à deux reprises, à une revue pour lui envoyer d'abord des vers (je les garde, je te les montrerai un jour), puis toute une nouvelle (que j'avais recopiée moi-même). Quelles prières n'avons-nous adressées au Ciel pour qu'ils soient acceptés ! Mais non, on les a refusés. Il y a quelques jours, Rodia, je me désolais de te voir si affreusement vêtu et de te voir mal nourri, mal logé, mais maintenant je reconnais que c'était encore une sottise de ma part, car tu obtiendras tout cela dès que tu le voudras par ton intelligence et ton talent. Pour le moment, tu n'y tiens sans doute pas et tu t'occupes de choses beaucoup plus importantes.

– Dounia n'est pas là, maman ?

– Non, Rodia. Elle sort très souvent en me laissant seule. Dmitri Prokofitch a la bonté de venir me tenir compagnie et il me parle toujours de toi. Il t'aime et t'estime beaucoup. Quant à ta sœur, je ne puis dire qu'elle me manque d'égards. Je ne me plains pas. Elle a son caractère et moi le mien... Il lui plaît d'avoir toutes sortes de secrets et moi je ne veux point en avoir pour mes enfants. Certes, je suis persuadée que Dounetchka est trop intelligente pour... D'ailleurs elle nous aime, toi et moi... mais je ne sais à quoi tout cela aboutira. Elle vient de manquer ta visite qui m'a rendue si heureuse. Quand elle rentrera, je lui dirai : « Ton frère est venu en ton absence et toi, où étais-tu pendant ce temps ? » Toi, Rodia, ne me gâte pas trop. Quand tu le pourras, passe me voir, mais, si cela t'est impossible, ne t'inquiète pas, je patienterai, car je saurai bien que tu continues à m'aimer et il ne me faut rien de plus. Je lirai tes ouvrages et j'entendrai parler de toi par tout le monde ; de temps en temps, je recevrai ta visite. Que puis-je désirer de plus ? Ainsi, aujourd'hui, je vois bien que tu es venu consoler ta mère... »

Et Pulchérie Alexandrovna fondit brusquement en larmes.

« Me voilà encore, ne fais pas attention à moi, je suis folle. Ah, mon Dieu ! mais je ne pense à rien, s'écria-t-elle en se levant précipitamment. Il y a du café et je ne t'en offre pas. Tu vois ce que c'est que l'égoïsme des vieilles gens ! Une seconde, une seconde !

– Maman, laissez cela, ce n'est pas la peine, je m'en vais. Je ne suis pas venu pour cela. Écoutez-moi, je vous en prie... »

Pulchérie Alexandrovna s'approcha timidement de son fils.

« Maman, quoi qu'il arrive, quoi que vous entendiez dire de moi, m'aimerez-vous toujours comme maintenant ? demanda-t-il tout à coup, entraîné par son émotion et sans mesurer la portée de ses paroles.

– Rodia, Rodia ! Qu'as-tu ? Comment peux-tu me demander des choses pareilles ? Mais qui oserait me dire un mot contre toi ? Si quelqu'un se le permettait, je refuserais de l'écouter et je le chasserais de ma présence.

– Je suis venu vous assurer que je vous ai toujours aimée et maintenant je suis heureux de nous savoir seuls, et même que Dounetchka soit absente, continua-t-il avec le même élan. Je suis venu vous dire que, si malheureuse que vous soyez, sachez que votre fils vous aime plus que lui-même et que tout ce que vous avez pu penser sur ma cruauté et mon indifférence à votre égard était une erreur. Je ne cesserai jamais de vous aimer... Allons, en voilà assez, j'ai senti que je devais vous donner cette assurance et vous parler ainsi... »

Pulchérie Alexandrovna embrassait silencieusement son fils ; elle le serrait sur son cœur et pleurait tout bas.

« Je ne sais pas ce que tu as, Rodia, dit-elle enfin. Jusqu'ici je croyais tout bonnement que notre présence t'ennuyait. À présent, je vois qu'un grand malheur te menace, dont le pressentiment te remplit d'angoisse. Il y a longtemps que je m'en doutais, Rodia.

Pardonne-moi de t'en parler ; j'y pense continuellement, et je n'en dors pas. Cette nuit, ta sœur aussi a eu le délire et n'a fait que parler de toi. J'ai entendu quelques mots, mais je n'y ai rien compris. Depuis ce matin, je suis comme un condamné qui attend le supplice ; j'avais le pressentiment d'un malheur et le voici. Rodia, Rodia, où vas-tu ? Car tu es sur le point de partir, n'est-ce pas ?

– Oui.

– C'est ce que je pensais. Mais je puis t'accompagner, s'il le faut. Et Dounia aussi. Elle t'aime beaucoup et nous emmènerons Sophie Simionovna aussi. Vois-tu, je l'accepterai volontiers pour fille. Dmitri Prokofitch nous aidera à faire nos préparatifs... mais... où vas-tu ?

– Adieu, maman.

– Comment, aujourd'hui même ? s'écria-t-elle comme si elle allait le perdre à jamais.

– Je ne puis tarder ; il est temps. C'est très urgent !...

– Et je ne puis t'accompagner ?

– Non. Mettez-vous à genoux et priez Dieu pour moi. Votre prière sera peut-être entendue !

– Laisse-moi te donner ma bénédiction. Voilà ! Voilà ! Oh ! Seigneur, que faisons-nous ? »

Oui, il était heureux, bien heureux que personne, même sa sœur, n'assistât à cette entrevue avec sa mère... Brusquement, après toute cette période terrible de sa vie, son cœur s'amollit. Il tomba à ses pieds et se mit à les baiser. Puis, tous deux pleurèrent enlacés. Elle ne paraissait plus étonnée et ne posait aucune question. Elle comprenait depuis longtemps que son fils traversait une crise terrible et qu'un moment affreux pour lui était arrivé.

« Rodia, mon chéri, mon premier-né, disait-elle en sanglotant ; te voilà maintenant tel que tu étais dans ton enfance quand tu venais m'embrasser et m'offrir tes caresses. Jadis, du vivant de ton père, ta seule présence nous consolait au milieu de nos peines. Depuis que je l'ai enterré, combien de fois n'avons-nous pas pleuré enlacés comme à présent sur sa tombe. Si je pleure depuis longtemps, c'est que mon cœur maternel avait des pressentiments sinistres. Le soir où nous sommes arrivées à Pétersbourg, dès notre première entrevue, ton visage m'a tout appris et mon cœur en a tressailli, et, aujourd'hui, quand je t'ai ouvert la porte, j'ai pensé, en te voyant, que l'heure fatale était venue. Rodia, Rodia, tu ne pars pas tout de suite, n'est-ce pas ?

– Non.

– Tu reviendras encore ?

– Oui...

– Rodia, ne te fâche pas, je ne veux pas t'interroger, je n'ose le faire ; mais dis-moi seulement : tu vas loin d'ici ?

– Très loin.

– Tu auras là un emploi, une situation ?

– J'aurai ce que Dieu m'enverra... Priez-le pour moi. »

Raskolnikov se dirigea vers la porte, mais elle s'accrocha à lui et le regarda désespérément dans les yeux. Son visage fut tordu par une expression de souffrance atroce.

« Assez, maman. »

Il regrettait profondément d'être venu.

« Tu ne pars pas pour toujours ? Pas pour toujours, n'est-ce pas ? Tu reviendras demain, n'est-ce pas ? demain ?

– Oui, oui, adieu. »

Et il lui échappa.

La soirée était fraîche, tiède et lumineuse. Le temps s'était éclairci depuis le matin. Raskolnikov avait hâte de rentrer chez lui. Il désirait tout terminer avant le coucher du soleil et aurait bien voulu ne plus voir personne jusque-là. En montant l'escalier, il remarqua que Nastassia, occupée à préparer le thé dans la cuisine, interrompait sa besogne pour le suivre d'un regard curieux. « Y aurait-il quelqu'un chez moi ? » se dit-il, et il songea à l'odieux Porphyre. Mais, quand il ouvrit la porte de sa chambre, il aperçut Dounetchka assise sur le divan. Elle semblait toute pensive et devait l'attendre depuis longtemps. Il s'arrêta sur le seuil. Elle tressaillit, se dressa devant lui. Son regard immobile, fixé sur lui, exprimait l'épouvante et une douleur infinie. Ce regard seul prouva à Raskolnikov qu'elle savait tout.

« Dois-je entrer ou sortir ? demanda-t-il d'un air méfiant.

– J'ai passé toute la journée chez Sophie Simionovna. Nous t'attendions toutes les deux. Nous pensions que tu allais sûrement venir... »

Raskolnikov entra dans la pièce et se laissa tomber sur une chaise, épuisé.

« Je me sens faible, Dounia. Je suis très las et en ce moment surtout j'aurais besoin de toutes mes forces. »

Il lui jeta de nouveau un regard défiant.

« Où as-tu passé la nuit dernière ?

– Je ne m'en souviens plus ; vois-tu, ma sœur, je voulais prendre un parti définitif et j'ai erré longtemps près de la Néva. Cela, je me le rappelle. Je voulais en finir, mais je n'ai pas pu m'y décider, balbutia-t-il en scrutant encore le visage de sa sœur.

– Dieu en soit loué ! C'est précisément ce que nous redoutions, Sophie Simionovna et moi. Ainsi, tu crois encore à la vie, Dieu en soit loué ! »

Raskolnikov eut un sourire amer.

« Je n'y crois pas, mais, tout à l'heure, j'ai été chez notre mère et nous avons pleuré ensemble, enlacés. Je ne crois pas, mais je lui ai demandé de prier pour moi, Dieu sait comment cela s'est fait, Dounetchka, car moi je n'y comprends rien.

– Tu as été chez notre mère ? Tu lui as parlé ? demanda Dounetchka épouvantée. Se peut-il que tu aies eu le courage de lui dire cela ?

– Non, je ne le lui ai pas dit... formellement, mais elle comprend bien des choses. Elle t'a entendue rêver tout haut la nuit dernière. Je suis sûr qu'elle a deviné la moitié du secret. J'ai peut-être mal fait d'aller chez elle. Je ne sais même pas pourquoi je l'ai fait. Je suis un homme vil, Dounia.

– Oui, mais un homme prêt à aller au-devant de l'expiation, car tu iras, n'est-ce pas ?

– Oui, j'y vais tout de suite. Pour fuir ce déshonneur j'étais prêt à me noyer, mais, au moment où j'allais me jeter à l'eau, je me suis dit que je m'étais toujours cru un homme fort, et un homme fort ne doit pas craindre la honte. C'est du courage, Dounia !

– Oui, Rodia. »

Une sorte d'éclair s'alluma dans ses yeux ternes ; il semblait heureux de penser qu'il avait conservé sa fierté.

« Et ne crois-tu pas, ma sœur, que j'ai eu simplement peur de l'eau ? fit-il en la regardant avec un sourire affreux.

– Oh ! Rodia ! assez », s'écria-t-elle douloureusement.

Pendant deux minutes, le silence régna. Raskolnikov tenait les yeux baissés. Dounetchka, debout de l'autre côté de la table, le regardait avec une expression de souffrance indicible. Tout à coup, il se leva.

« L'heure s'avance ; il est temps de partir. Je vais me livrer, quoique je ne sache pas pourquoi j'agis ainsi. »

De grosses larmes coulaient sur les joues de la jeune fille.

« Tu pleures, ma sœur, mais peux-tu me tendre la main ?

– En as-tu douté ? »

Elle le serra avec force contre sa poitrine.

« Est-ce qu'en allant t'offrir à l'expiation tu n'effaceras pas la moitié de ton crime ? demanda-t-elle en resserrant son étreinte et en l'embrassant.

– Mon crime ? Quel crime ? s'écria-t-il dans un accès de fureur subite. Celui d'avoir tué une affreuse vermine malfaisante, une vieille usurière nuisible à tout le monde, un vampire qui suçait le sang des malheureux. Mais un tel crime suffirait à effacer une quarantaine de péchés. Je n'y pense pas et ne songe nullement à le racheter. Et qu'a-t-on à me crier de tous côtés : tu as commis un crime ! Ce n'est que maintenant que je me rends compte de toute mon absurdité, de ma lâche absurdité, maintenant que je me suis décidé à affronter ce vain déshonneur. C'est par lâcheté et par faiblesse que je me résous à cette démarche, ou peut-être par intérêt, comme me le conseillait Porphyre.

– Frère, frère, que dis-tu là ? Mais tu as versé le sang ! répondit Dounia consternée.

– Le sang, tout le monde le verse, poursuivit-il avec une véhémence croissante. Ce sang, il a toujours coulé à flots sur la terre. Les gens qui le répandent comme du champagne montent ensuite au Capitole et sont traités de bienfaiteurs de l'humanité. Examine un peu les choses avant de juger. Moi, j'ai souhaité le bien de l'humanité et des centaines de milliers de bonnes actions eussent amplement racheté cette unique sottise, ou plutôt cette maladresse, car l'idée n'était pas si sotte qu'elle le paraît maintenant. Quand ils n'ont pas réussi, les meilleurs projets paraissent stupides ! Je prétendais seulement, par cette bêtise, me rendre indépendant, et assurer mes premiers pas dans la vie. Puis, j'aurais tout réparé par des bienfaits incommensurables. Mais j'ai échoué dès le début. C'est pourquoi je suis un misérable. Si j'avais réussi, on me tresserait des couronnes et maintenant je ne suis plus bon qu'à jeter aux chiens.

– Mon frère, que dis-tu là ?

– Ah ! Je ne me suis pas conformé à l'esthétique, mais je ne comprends décidément pas pourquoi il est plus glorieux de bombarder de projectiles une ville assiégée que d'assassiner quelqu'un à coups de hache... Le respect de l'esthétique est le premier signe d'impuissance... Je ne l'ai jamais mieux senti qu'à présent : je ne peux toujours pas comprendre, je comprends de moins en moins, quel est mon crime... »

Son visage pâle et défait s'était coloré, mais, en prononçant ces derniers mots, son regard croisa par hasard celui de sa sœur et il y lut une souffrance si affreuse que son exaltation en tomba d'un coup. Il ne put s'empêcher de se dire qu'il avait fait le malheur de ces deux pauvres femmes, car enfin, malgré tout, c'était lui la cause de leurs souffrances.

« Dounia chérie, si je suis coupable, pardonne-moi (quoique ce soit impossible, si je suis vraiment un criminel). Adieu, ne discutons pas. Il est temps pour moi, grand temps de partir. Ne me suis pas, je t'en supplie. J'ai à passer encore chez... Mais va tenir compagnie à notre mère, je t'en supplie. C'est la dernière prière que je t'adresse, la plus sacrée. Ne la quitte pas. Je l'ai laissée dans une angoisse qu'elle aura peine à surmonter ; elle en mourra ou en perdra la raison. Sois auprès d'elle. Rasoumikhine ne vous abandonnera pas. Je lui ai parlé... Ne pleure pas sur moi. Je m'efforcerai d'être courageux et honnête pendant toute ma vie, quoique je sois un assassin. Peut-être entendras-tu encore parler de moi. Je ne vous déshonorerai pas, tu verras, je ferai encore mes preuves... En attendant, adieu », se hâta-t-il d'ajouter ; il remarqua encore une étrange expression dans les yeux de Dounia tandis qu'il faisait ces promesses. « Pourquoi pleures-tu ainsi ? Ne pleure pas, ne pleure pas... Nous nous reverrons un jour... Ah ! j'oubliais, attends... »

Il s'approcha de la table, prit un gros livre empoussiéré, l'ouvrit, en tira un petit portrait peint à l'aquarelle sur une feuille d'ivoire. C'était celui de la fille de sa logeuse, son ancienne fiancée morte dans un accès de fièvre chaude, l'étrange jeune fille qui rêvait d'entrer en religion. Il considéra un moment ce petit visage expressif et souffreteux, baisa le portrait et le remit à Dounia.

« Je lui ai parlé bien des fois *de cela,* je n'en ai parlé qu'à elle seule, ajouta-t-il rêveusement. J'ai confié à son cœur une grande partie de mon projet dont l'issue devait être si lamentable. Sois tranquille, continua-t-il en s'adressant à Dounia, elle en était tout aussi révoltée que toi et je suis bien aise qu'elle soit morte. »

Puis revenant à ses angoisses : « L'essentiel maintenant est de savoir si j'ai bien calculé ce que je vais faire ; c'est que ma vie va changer du tout au tout. Suis-je préparé à subir toutes les conséquences de l'acte que je vais commettre ? On prétend que cette épreuve m'est nécessaire. Est-ce vrai ? Mais à quoi serviront ces souffrances absurdes ? Quelle force aurai-je acquise et quel besoin aurai-je de la vie quand je sortirai du bagne, brisé par vingt ans de tortures ? Et à quoi bon consentir maintenant à porter le poids d'une pareille existence ? Oh ! je sentais bien que j'étais lâche, ce matin, quand j'hésitais au moment de me jeter dans la Néva. »

Enfin, ils sortirent. Dounia n'avait été soutenue dans cette pénible épreuve que par sa tendresse pour son frère. Elle le quitta, mais, après avoir fait une cinquantaine de pas, elle se retourna pour le regarder une dernière fois. Lorsqu'il fut au coin de la rue, Raskolnikov se retourna lui aussi. Leurs yeux se rencontrèrent, mais, remarquant que le regard de sa sœur était fixé sur lui, il fit un geste d'impatience et même de colère pour l'inviter à continuer son chemin.

« Je suis dur, méchant, je m'en rends bien compte, se dit-il, bientôt honteux de son geste, mais pourquoi m'aiment-elles si profondément du moment que je ne le mérite point ? Oh ! si j'avais pu être seul, seul, sans aucune affection, et moi-même n'aimant personne. *Tout se serait passé autrement.* Maintenant, je serais curieux de savoir si, en quinze ou vingt années, mon âme peut devenir humble et résignée au point que je vienne pleurnicher dévotement devant les hommes en me traitant de canaille. Oui, c'est cela, c'est bien cela... C'est pour cela qu'ils m'exilent ; car c'est précisément cela qu'il leur faut... Les voilà qui courent les rues en flot ininterrompu et tous jusqu'au dernier sont cependant des misérables et des canailles par leur nature même, bien plus ils sont tous idiots ! Mais, si l'on essayait de m'éviter le bagne, dans leur noble indignation ils en deviendraient enragés. Oh ! comme je les hais ! »

Il tomba dans une profonde rêverie. Il se demandait « comment il pourrait en arriver un jour à se soumettre aux yeux de tous, à accepter son sort sans raisonner, avec une résignation et une humilité sincères. Et pourquoi n'en serait-il pas ainsi ? Certes, cela doit arriver. Un joug de vingt années doit finir par briser un homme. L'eau use bien les pierres. Et à quoi bon, non, mais à quoi bon vivre, quand je sais qu'il en sera ainsi ? Pourquoi aller me livrer puisque je suis certain que tout se passera selon mes prévisions et que je n'ai rien à espérer d'autre ! »

Cette question, il se la posait pour la centième fois peut-être depuis la veille, mais il n'en continuait pas moins son chemin.

VIII

Le soir tombait quand il arriva chez Sonia. La jeune fille l'avait attendu toute la journée dans une angoisse affreuse, qui ne la quittait pas. Dounia partageait cette anxiété. Se rappelant que, la veille, Svidrigaïlov lui avait appris que Sophie Simionovna savait tout, la sœur de Rodion était venue la trouver dès le matin. Nous ne rapporterons point les détails de la conversation tenue par les deux femmes, ni les larmes qu'elles versèrent et l'amitié qui naquit soudain entre elles. De cette entrevue, Dounia emporta tout au moins la conviction que son frère ne serait pas seul. C'était Sonia qui, la première, avait reçu sa confession ; c'était à elle qu'il s'était adressé quand il avait éprouvé le besoin de se confier à un être humain ; elle le suivrait en quelque lieu que la destinée l'envoyât... Avdotia Romanovna n'avait point questionné la jeune fille, mais elle savait qu'il en serait ainsi. Elle considérait Sonia avec une sorte de vénération qui rendait la pauvre fille toute confuse ; celle-ci était prête à pleurer de honte, elle qui se croyait indigne de lever les yeux sur Dounia. Depuis sa visite à Raskolnikov, l'image de la charmante jeune fille qui l'avait si gracieusement saluée s'était imprimée en son âme comme une des visions les plus belles et les plus pures qui lui eussent été données de sa vie.

Enfin, Dounetchka n'y put tenir davantage et quitta Sonia pour aller attendre son frère chez lui, car elle était persuadée qu'il y reviendrait.

Sonia ne fut pas plus tôt seule que l'idée que Raskolnikov avait pu se suicider lui enleva tout repos... Cette crainte tourmentait Dounia également. Toute la journée, elles s'étaient donné mille raisons pour la repousser et avaient réussi à garder un certain calme, tant qu'elles se trouvaient ensemble, mais, dès qu'elles se furent séparées, la même inquiétude se réveilla dans l'âme de chacune. Sonia se rappela que Svidrigaïlov lui avait dit la veille que Raskolnikov n'avait le choix qu'entre deux solutions : la Sibérie, ou... De plus, elle connaissait l'orgueil du jeune homme, sa fierté et son absence de sentiments religieux... « Est-il possible qu'il se résigne à vivre par lâcheté, par crainte de la mort uniquement ? » se demandait-elle, debout devant la fenêtre, regardant tristement au-dehors. Elle n'apercevait que le mur immense, pas même blanchi, de la maison voisine. Enfin, au moment où elle ne gardait plus aucun doute sur la mort du malheureux, il entra chez elle.

Un cri de joie s'échappa de la poitrine de Sonia. Mais lorsqu'elle eut observé attentivement le visage du jeune homme, elle pâlit soudain.

« Eh bien, oui, fit Raskolnikov avec un rire railleur, je viens chercher tes croix, Sonia. C'est toi-même qui m'as envoyé me confesser publiquement au carrefour. D'où vient que tu as peur maintenant ? »

La jeune fille le considéra avec stupéfaction. Son accent lui paraissait bizarre. Un frisson glacé lui courut par tout le corps, mais elle comprit au bout d'un instant que le ton et les paroles elles-mêmes étaient feints. Il avait d'ailleurs détourné les yeux en lui parlant et semblait craindre de les fixer sur elle.

« Vois-tu, j'ai jugé qu'il est de mon intérêt d'agir ainsi, car il y a une circonstance... Non, ce serait trop long à raconter, trop long et inutile. Mais sais-tu ce qui m'arrive ? Je me sens furieux à la pensée que, dans un instant, toutes ces brutes vont m'entourer, braquer leurs yeux sur moi et me poser toutes ces questions stupides auxquelles il me faudra répondre. On me montrera du doigt. Ah ! non, je n'irai pas chez Porphyre ; il m'embête, je préfère aller chez mon ami Poudre. C'est lui qui sera surpris ! Un joli coup de théâtre ! Mais je devrais avoir plus de sang-froid ; je suis devenu trop irritable ces derniers temps. Me croiras-tu ? Je viens de montrer le poing à ma sœur parce qu'elle s'était retournée pour me voir une dernière fois. Quelle honte d'être dans un état pareil ! Suis-je tombé assez bas ! Eh bien, où sont tes croix ? »

Le jeune homme semblait hors de lui. Il ne pouvait tenir une seconde en place, ni fixer sa pensée. Son esprit sautait d'une idée à une autre sans transition. Il commençait à battre la campagne et ses mains étaient agitées d'un léger tremblement.

Sonia tira silencieusement d'un tiroir deux croix, l'une en bois de cyprès et l'autre en cuivre, puis elle se signa, le bénit et lui passa au cou la croix en bois de cyprès.

« En somme, une manière symbolique d'exprimer que je me charge d'une croix, hé ! hé ! Comme si j'avais peu souffert jusqu'à ce jour ! Une croix en bois de cyprès, c'est-à-dire la croix des pauvres gens. Celle de cuivre, qui a appartenu à Lisbeth, tu la gardes pour toi. Montre-la ; elle devait la porter... à ce moment-là, n'est-ce pas ? Je me souviens de deux autres objets, une croix d'argent et une petite image sainte. Je les ai jetés alors sur la poitrine de la vieille. Voilà ceux que je devrais me mettre au cou maintenant ! Mais je ne dis que des sottises et j'oublie les choses importantes. Je suis devenu si distrait ! Vois-tu, Sonia, je ne suis venu que pour te prévenir, afin que tu saches, voilà tout... Je ne suis venu que pour cela. (Hum ! je pensais pourtant en dire davantage.) Voyons, tu désirais toi-même me voir faire cette démarche, eh bien, je vais donc être mis en prison et ton désir sera accompli ; mais pourquoi pleures-tu, toi aussi ? En voilà assez ! Oh, que tout cela m'est pénible ! »

Pourtant il était ému en voyant Sonia en larmes. Son cœur se serrait. « Et celle-ci, celle-ci, pourquoi souffre-t-elle ? pensait-il. Que suis-je pour elle ? Qu'a-t-elle à pleurer, à m'accompagner jusqu'au bout, comme une mère ou une Dounia ? Elle me servira de bonne, de nounou ?... »

« Signe-toi... Dis au moins un petit bout de prière, supplia la jeune fille d'une humble voix tremblante.

– Oh ! je veux bien, je prierai tant que tu voudras, et de bon cœur, Sonia, de bon cœur ! »

Ce n'était, du reste, pas tout à fait ce qu'il avait envie de dire...

Il fit plusieurs signes de croix. Sonia saisit son châle et s'en enveloppa la tête. Il était taillé dans un drap vert, ce châle, et c'était probablement celui dont Marmeladov avait parlé naguère et qui servait à toute la famille. Raskolnikov le pensa, mais ne posa aucune question. Il commençait à se sentir incapable de fixer son attention ; un trouble grandissant l'envahissait et il en fut effrayé. Tout à coup, il remarqua avec surprise que Sonia se préparait à l'accompagner.

« Qu'est-ce qui te prend ? Où vas-tu ? Non, non, ne bouge pas. J'irai seul, s'écria-t-il dans une sorte d'irritation lâche, et il se dirigea vers la porte. Qu'ai-je besoin d'y aller tout de suite », grommela-t-il en sortant.

Sonia était restée au milieu de la pièce. Il ne lui dit même pas adieu ; il l'avait déjà oubliée. Un doute pénible, un sentiment de révolte grondait dans son cœur.

« Ai-je raison d'agir ainsi ? se demandait-il en descendant l'escalier. N'y a-t-il pas moyen de revenir en arrière, de tout arranger et de ne point y aller ?... »

Mais il n'en continua pas moins son chemin, et, soudain, il comprit que l'heure des hésitations était passée. Arrivé dans la rue, il se rappela qu'il n'avait pas fait ses adieux à Sonia et qu'elle était restée, enveloppée de son châle, clouée sur place par son cri de fureur... Cette pensée l'arrêta un moment, mais bientôt une idée fulgurante s'offrit à son esprit (elle semblait avoir vaguement couvé en lui et attendu ce moment pour se manifester).

« Pourquoi suis-je allé chez elle maintenant ? Je lui ai dit que je venais pour affaire. Quelle affaire ? Je n'en ai aucune ! Lui annoncer que *j'y vais ?* Cela était bien nécessaire ! Serait-ce que je l'aime ? Mais non, non, car enfin je viens de la repousser comme un chien. Alors quoi, avais-je réellement besoin de ses croix ? Oh ! comme je suis tombé bas ! Non, ce qu'il me fallait, c'étaient ses larmes ; ce que je voulais, c'était repaître ma vue de son visage épouvanté, des tortures de son cœur déchiré. Et encore, je cherchais à m'accrocher à quelque chose, à gagner du temps, à contempler un visage humain. Et j'ai osé m'enorgueillir, me croire appelé à un haut destin ! Misérable, et vil, et lâche que je suis ! »

Il longeait le quai du canal et avait presque atteint le terme de sa course. Mais, parvenu au pont, il s'arrêta, hésita un instant puis, brusquement, se dirigea vers la place des Halles.

Ses regards se portaient avidement à droite et à gauche ; il s'efforçait d'examiner attentivement le moindre objet qu'il rencontrait, mais il ne pouvait concentrer son attention ; tout lui échappait. « Voilà, se disait-il, dans une semaine, ou dans un mois, je repasserai ce pont, une voiture cellulaire m'emportera... De quel œil contemplerai-je alors le canal ? Remarquerai-je encore l'enseigne que voici ? Le mot *Compagnie* y est inscrit ; en épellerai-je les lettres une à une ? Cet *a* sur lequel je m'arrête, il sera pareil dans un mois ; qu'éprouverai-je en le regardant ? Quelles seront mes pensées ? Mon Dieu, que ces préoccupations sont donc mesquines... Certes, tout cela doit être curieux... dans son genre.

(Ha ! ha ! ha ! à quoi vais-je penser là ?) Je fais l'enfant et me plais à poser devant moi-même. Et pourquoi aussi aurais-je honte de mes pensées ? Oh ! quelle cohue ! Ce gros-là, un Allemand, sans doute, qui vient de me pousser, sait-il qui il a heurté ? Cette femme, qui tient un enfant et demande l'aumône, me croit sans doute plus heureux qu'elle. Si je lui donnais quelque chose, histoire de rire ? Ah ! voilà cinq kopecks que je trouve dans ma poche ; je me demande d'où ils viennent. » « Tiens, prends, ma vieille !

– Dieu te protège ! » fit la voix pleurarde de la mendiante.

Il arrivait à la place des Halles. Elle était pleine de monde et il lui déplaisait de coudoyer tous ces gens, oui, cela lui déplaisait fort, mais il ne se dirigeait pas moins vers l'endroit où la foule était la plus compacte. Il aurait acheté à n'importe quel prix la solitude, mais il sentait en même temps qu'il ne pouvait la supporter un seul instant. Au milieu de la foule, un ivrogne se livrait à des extravagances ; il essayait de danser mais ne faisait que tomber. Les badauds l'avaient entouré. Raskolnikov se fraya un chemin parmi eux et, arrivé au premier rang, il contempla l'homme un moment, puis partit d'un rire spasmodique. Un instant plus tard, il l'avait oublié tout en continuant à le fixer. Enfin, il s'éloigna sans se rendre compte de l'endroit où il se trouvait. Mais, parvenu au milieu de la place, il fut envahi par une sensation qui s'empara de tout son être.

Il venait de se rappeler les paroles de Sonia. « Va au carrefour, salue le peuple ; baise la terre que tu as souillée par ton crime et proclame tout haut à la face du monde : Je suis un assassin ! » À ce souvenir, il se mit à trembler de tout son corps. Il était si anéanti par les angoisses des jours précédents, et surtout de ces dernières heures, qu'il s'abandonna avidement à l'espoir d'une sensation nouvelle forte et pleine. Elle s'emparait de lui avec une force convulsive ; elle s'allumait dans son cœur comme une étincelle, aussitôt transformée en feu dévorant. Un immense attendrissement le gagnait ; les larmes lui jaillirent des yeux. D'un seul élan, il se précipita à terre. Il se mit à genoux au milieu de la place, se courba et baisa le sol boueux avec une joie délicieuse. Puis, il se leva et s'inclina pour la seconde fois.

« En voilà un qui a son compte », fit remarquer un gars près de lui.

Cette observation fut accueillie par des rires.

« C'est un pèlerin qui part pour la Terre sainte, frères, et qui prend congé de ses enfants et de sa patrie. Il salue tout le monde et baise le sol natal en sa capitale Saint-Pétersbourg, ajouta un individu pris de boisson.

– Il est encore jeune, ajouta un troisième.

– Un noble, fit une voix grave.

– Au jour d'aujourd'hui, impossible de distinguer les nobles de ceux qui ne le sont pas. »

Tous ces commentaires arrêtèrent sur les lèvres de Raskolnikov les mots « j'ai assassiné » prêts sans doute à s'en échapper. Il supporta toutefois avec un grand calme les lazzi de la foule et prit tranquillement, sans se retourner, la direction du commissariat. Bientôt, quelqu'un apparut sur son chemin, il ne s'en étonna pas, car il avait pressenti qu'il en serait ainsi. Au moment où il se prosternait pour la seconde fois sur la place des Halles et se tournait vers sa gauche, il aperçut Sonia à cinquante pas de lui. Elle essayait de se dissimuler à ses regards derrière une des baraques de bois qui se trouvent sur la place ; c'était donc qu'elle voulait l'accompagner, tandis qu'il gravissait le calvaire.

À cet instant, Raskolnikov comprit ; il sentit une fois pour toutes que Sonia lui appartenait pour toujours et qu'elle le suivrait partout, dût son destin le conduire au bout du monde. Il en fut bouleversé ; mais voici qu'il arrivait au lieu fatal... Il pénétra dans la cour d'un pas assez ferme. Le bureau du commissariat était situé au troisième étage. « Le temps de monter m'appartient encore », pensa-t-il. La minute fatale lui semblait lointaine ; il croyait pouvoir réfléchir encore tout à son aise.

L'escalier en vis était toujours couvert d'ordures, empuanti par les odeurs infectes des cuisines dont les portes étaient ouvertes à chaque palier. Raskolnikov n'était pas revenu au commissariat depuis sa première visite. Ses jambes se dérobaient sous lui et l'empêchaient d'avancer. Il s'arrêta un moment pour reprendre haleine, se remettre, et entrer comme un homme. « Mais pourquoi ? À quoi bon ? se demanda-t-il tout d'un coup. Puisqu'il me faut vider cette coupe jusqu'au bout, qu'importe la façon dont je la boirai ! Plus elle sera amère, mieux cela vaudra. » L'image d'Ilia Petrovitch, le lieutenant Poudre, s'offrit à son esprit. « Quoi ! Est-ce réellement à lui que j'ai l'intention de parler ? Et ne pourrais-je m'adresser à quelqu'un d'autre ? À Nicodème Fomitch, par exemple ? Si je m'en retournais et allais trouver de ce pas le commissaire de police à son domicile privé ? La scène se passerait d'une façon moins officielle au moins... Non, non, allons chez Poudre, chez Poudre ; puisqu'il le faut, vidons la coupe d'un trait. »

Et tout glacé, à peine conscient, Raskolnikov ouvrit la porte du commissariat. Cette fois, il n'aperçut dans l'antichambre qu'un concierge et un homme du peuple. Le gendarme de service n'apparut même pas. Le jeune homme passa dans la pièce voisine. « Peut-être pourrai-je ne pas parler encore ? » pensa-t-il. Un scribe, vêtu d'un veston et non de l'uniforme réglementaire, était penché sur son bureau, en train d'écrire. Zamiotov n'était pas là, Nicodème Fomitch non plus.

« Il n'y a personne ? demanda Raskolnikov en s'adressant à l'homme assis au bureau.

– Qui demandez-vous ?

– Ah ! ah ! Point n'est besoin d'oreilles et point n'est besoin d'yeux ; mon instinct me prévient de la présence d'un Russe... comme dit le conte. Mes hommages », jeta brusquement une voix connue.

Raskolnikov se mit à trembler. Poudre était devant lui. Il était brusquement sorti de la troisième pièce. « C'est le destin, pensa Raskolnikov. Que fait-il ici ? »

« Vous venez nous voir ? À quel sujet ? (Il semblait d'humeur excellente et même un peu surexcité.) Si vous venez pour affaire, il est trop tôt. Je ne suis ici que par hasard... Mais, pourtant, du reste, en quoi puis-je vous être utile ? Je vous avouerai, monsieur... comment... ah, j'ai oublié, excusez-moi !

– Raskolnikov.

– Eh ! oui, Raskolnikov... Avez-vous pu croire que je l'avais oublié ? Ne me considérez pas, je vous prie... Rodion Ro... Ro... Rodionovitch, n'est-ce pas ?

– Rodion Romanovitch.

– Oui, oui, oui, Rodion Romanovitch, Rodion Romanovitch. Je l'avais sur la langue. Je me suis souvent informé de vous, je vous avouerai que j'ai sincèrement regretté la façon dont nous avons agi l'autre jour avec vous. Plus tard, on m'a expliqué, j'ai appris que vous étiez un jeune écrivain, un savant même, et j'ai su que vous débutiez dans la carrière des lettres... Oh, Seigneur ! quel est donc le jeune littérateur qui n'a pas commencé par se... Ma femme et moi, nous estimons tous les deux la littérature, mais chez ma femme, c'est une véritable passion... Elle raffole des lettres et des arts. Sauf la naissance, tout le reste peut s'acquérir par le talent, le savoir, l'intelligence, le génie. Prenons, par exemple, un chapeau. Que signifie un chapeau ? C'est une galette que je puis acheter chez Zimmermann, mais ce qui s'abrite sous ce chapeau, vous ne l'achèterez pas. J'avoue que j'avais même l'intention de vous rendre votre visite, mais je pensais que... Avec tout cela, je ne vous demande pas ce que vous désirez. Il paraît que votre famille est maintenant à Pétersbourg ?

– Oui, ma mère et ma sœur.

– J'ai même eu l'honneur et le plaisir de rencontrer votre sœur, une personne aussi charmante qu'instruite. Je vous avouerai que je regrette de tout mon cœur notre altercation. Quant aux conjectures établies sur votre évanouissement, le tout s'est expliqué d'une façon éclatante. C'était une hérésie, du fanatisme ! Je comprends votre indignation. Vous allez peut-être déménager à cause de l'arrivée de votre famille ?

– N-non, ce n'est pas cela. Je venais vous demander... Je pensais trouver ici Zamiotov.

– Ah ! oui, c'est vrai, vous vous êtes lié avec lui, je l'ai entendu dire. Eh bien, il n'est plus chez nous ; nous sommes privés des services d'Alexandre Grigorevitch. Il nous a quittés depuis hier. Il s'est même brouillé avec nous de façon assez grossière. Nous avions fondé quelque espoir sur lui, mais allez vous entendre avec notre brillante jeunesse... Il s'est mis en tête de passer un examen, rien que pour pouvoir se pavaner et faire l'important. Il n'a rien de commun avec vous ou avec votre ami M. Rasoumikhine, par exemple. Vous autres, vous ne cherchez que la science et les revers ne peuvent vous abattre. Les agréments de la vie ne sont rien pour vous. *Nihil est*[108], comme on dit. Vous menez une vie austère, monacale, et un livre, une plume derrière l'oreille, une recherche scientifique, voilà qui suffit à votre bonheur. Moi-même, jusqu'à un certain point... Avez-vous lu les *Mémoires* de Livingstone ?

– Non.

– Moi, je les ai lus. Le nombre des nihilistes s'est, du reste, considérablement accru depuis quelque temps. C'est d'ailleurs bien compréhensible, quand on pense à l'époque que nous traversons. Mais je vous dis là... Vous n'êtes pas nihiliste, n'est-ce pas ?... Répondez-moi franchement !

– N-non...

– Non, soyez franc avec moi, aussi franc que vous le seriez envers vous-même. Le service est une chose et... vous pensiez que j'allais dire : l'*amitié* en est une autre. Vous avez fait erreur, pas l'amitié, mais le sentiment de l'homme et du citoyen, un sentiment d'humanité et l'amour du Très-Haut. Je puis être un personnage officiel, un fonctionnaire, mais je n'en dois pas moins sentir toujours en moi l'homme et le citoyen... Tenez, vous venez de parler de Zamiotov. Eh bien, Zamiotov est un garçon qui veut copier les noceurs français. Il fait du tapage dans les lieux mal famés, après avoir bu un verre de champagne ou de vin du Don. Voilà ce qu'est votre Zamiotov. J'ai peut-être été un peu vif avec lui, mais mon zèle pour les intérêts du service m'emportait. D'ailleurs, je joue un certain rôle ; je possède un rang, une situation ; en outre, je suis marié, père de famille et remplis mes devoirs d'homme et de citoyen. Et lui, qu'est-il ? Permettez-moi de vous le demander ? Je m'adresse à vous comme à un homme ennobli, élevé par l'éducation. Tenez encore, les sages-femmes[109] se sont également multipliées au-delà de toute mesure... »

Raskolnikov leva les sourcils et regarda le lieutenant d'un air ahuri. Les paroles d'Ilia Petrovitch, qui visiblement se levait à peine de table, résonnaient pour la plupart à ses oreilles comme des

---

[108] *Nihil est* : En latin dans le texte. Allusion au nihilisme.

[109] *Les sages-femmes* : Autre allusion aux nihilistes. Les premières femmes émancipées étaient presque toutes des sages-femmes, car c'était le seul métier qui leur fût ouvert.

mots vides de sens. Toutefois, il en saisissait une partie et regardait son interlocuteur avec une interrogation muette dans les yeux, en se demandant à quoi il tendait.

« Je parle de toutes ces filles aux cheveux courts, continua l'intarissable Ilia Petrovitch ; je les appelle toutes des sages-femmes et je trouve que ce nom leur convient admirablement, hé ! hé ! Elles s'introduisent dans l'École de médecine, étudient l'anatomie ; mais, dites-moi, s'il m'arrive de tomber malade, me laisserai-je soigner par l'une d'elles ? hé ! hé ! »

Ilia Petrovitch se mit à rire, enchanté de son esprit.

« J'admets qu'il ne s'agit là que d'une soif d'instruction quelque peu exagérée, mais pourquoi donner dans tous les excès ? Pourquoi insulter de nobles personnalités, comme le fait ce vaurien de Zamiotov ? Pourquoi m'a-t-il offensé, je vous le demande ? Tenez, une autre épidémie qui fait des ravages terribles, c'est celle des suicides. On mange jusqu'à son dernier sou, puis l'on se tue. Des fillettes, des jouvenceaux, des vieillards se donnent la mort. Nous venons justement d'apprendre qu'un monsieur récemment arrivé de province, vient de mettre fin à ses jours. Nil Pavlovitch ! Hé, Nil Pavlovitch ! Comment se nommait le gentleman qui s'est brûlé la cervelle ce matin sur la rive gauche de Pétersbourg ?

– Svidrigaïlov », répondit une voix enrouée et indifférente de la pièce voisine.

Raskolnikov tressaillit.

« Svidrigaïlov ? Svidrigaïlov s'est tué ? s'écria-t-il.

– Comment, vous le connaissiez ?

– Oui... Il était arrivé depuis peu.

– En effet. Il avait perdu sa femme, c'était un viveur, et tout d'un coup voilà qu'il se suicide, et si vous saviez dans quelles conditions scandaleuses : c'est inimaginable... Il a laissé quelques mots écrits dans un carnet pour déclarer qu'il mourait volontairement et demandait qu'on n'accusât personne de sa mort. On prétend qu'il avait de l'argent. Comment le connaissiez-vous ?

– Moi, je... Ma sœur a été gouvernante chez eux.

– Bah ! bah ! bah ! Mais alors vous pouvez nous donner des renseignements sur lui. Soupçonniez-vous son projet ?

– Je l'ai vu hier ; il buvait du vin... Je ne me suis douté de rien. »

Raskolnikov avait l'impression qu'un poids énorme était tombé sur sa poitrine et l'écrasait.

« Voilà que vous pâlissez encore, semble-t-il. L'air est si renfermé chez nous...

– Oui, il est temps que je m'en aille, marmotta Raskolnikov, excusez-moi, je vous ai dérangé.

– Oh ! je vous en prie, je suis toujours à votre disposition. Vous m'avez fait plaisir et je suis bien aise de vous déclarer... »

Ilia Petrovitch lui tendit même la main.

« Je ne voulais que... voir Zamiotov.

– Je comprends, je comprends. Charmé de votre visite.

– Je... suis enchanté... au revoir », fit Raskolnikov en souriant.

Il sortit d'un pas chancelant. La tête lui tournait ; il avait peine à se tenir sur ses jambes. Il se mit à descendre l'escalier en s'appuyant au mur. Il lui sembla qu'un concierge qui se rendait au commissariat le heurtait en passant, qu'un chien aboyait éperdument en bas, au premier étage, qu'une femme lui jetait un rouleau à pâtisserie et criait pour le faire taire. Enfin, il arriva au rez-de-chaussée et sortit. Là, il vit Sonia non loin de la porte et qui, pâle comme une morte, le regardait d'un air égaré. Il s'arrêta devant elle. Une expression de souffrance et d'affreux désespoir passa sur le visage de la jeune fille. Elle frappa ses mains l'une contre l'autre et un sourire pareil à un rictus lui tordit les lèvres. Il attendit un instant, sourit amèrement et remonta vers le commissariat.

Ilia Petrovitch s'était rassis à sa place et fouillait dans une liasse de papiers. Devant lui se tenait l'homme qui venait de heurter Raskolnikov.

« A-ah ! c'est encore vous ! Vous avez oublié quelque chose ? Mais qu'avez-vous ? »

Les lèvres bleuies, le regard fixe, Raskolnikov s'approcha doucement d'Ilia Petrovitch. Il s'appuya de la main à la table où était assis le lieutenant, voulut parler, mais aucun mot ne sortit de ses lèvres et il ne put proférer que des sons inarticulés.

« Vous vous trouvez mal ? Une chaise ! voilà, asseyez-vous, de l'eau ! »

Raskolnikov se laissa tomber sur la chaise, sans quitter des yeux Ilia Petrovitch dont le visage exprimait une surprise désagréable. Pendant une minute, tous deux se contemplèrent en silence. On apporta de l'eau.

« C'est moi... commença Raskolnikov.

– Buvez. »

Le jeune homme repoussa le verre, et d'une voix basse et entrecoupée, mais distincte, fit la déclaration suivante :

« C'est moi qui ai assassiné à coups de hache pour les voler la vieille prêteuse sur gages et sa sœur Lisbeth. »

Ilia Petrovitch ouvrit la bouche. De tous côtés on accourut... Raskolnikov renouvela ses aveux...

ÉPILOGUE

I

La Sibérie. Au bord d'un fleuve large et désert, une ville, un des centres administratifs de la Russie. Cette ville renferme une forteresse qui, à son tour, contient une prison. Dans cette prison se trouve détenu, depuis neuf mois, le condamné aux travaux forcés (de seconde catégorie[110]) Rodion Raskolnikov. Près d'un an et demi s'est écoulé depuis le jour où il a commis son crime. L'instruction de son affaire n'a guère rencontré de difficultés. Le coupable renouvela ses aveux avec autant de force que de précision, sans embrouiller les circonstances, sans chercher à adoucir l'horreur de son forfait, ni à altérer la vérité des faits, sans oublier le moindre incident. Il fit un récit détaillé de l'assassinat et éclaircit le mystère du *gage* trouvé entre les mains de la vieille (c'était, si l'on s'en souvient, une planchette de bois jointe à une plaque de fer). Il raconta comment il avait pris les clefs dans la poche de la morte, les décrivit minutieusement, ainsi que le coffre auquel elles s'adaptaient et son contenu. Il énuméra même certains objets qu'il y avait trouvés, expliqua le meurtre de Lisbeth resté jusque-là une énigme. Il raconta comment Koch, suivi bientôt de l'étudiant, était venu frapper à la porte et rapporta mot à mot la conversation tenue par les deux hommes. Ensuite, lui, l'assassin

---

[110] Il y avait dans l'ancienne Russie trois catégories de travaux forcés pour criminels de droit commun, selon la durée de la peine : la première était celle des forçats condamnés à perpétuité ou à plus de douze ans de bagne ; la seconde, celle des forçats condamnés à une peine de huit à douze ans de bagne ; la troisième, celle des forçats condamnés à moins de huit ans de bagne. Au milieu du XIXe siècle, les forçats de la première catégorie travaillaient encore dans les mines, ceux de la seconde catégorie à la construction de forteresses, et ceux de la troisième dans les usines. Plus tard cette distinction fut supprimée, et tous furent employés dans les mines. Tous les condamnés au bagne étaient privés de leurs droits civiques.

s'était élancé dans l'escalier ; il avait entendu les cris de Mikolka et de Mitka et s'était caché dans l'appartement vide. Il désigna, pour en finir, une pierre près de la porte cochère d'une cour du boulevard Vosnessenski, sous laquelle furent trouvés les objets volés et la bourse de la vieille. Bref, la lumière fut faite sur tous les points. Ce qui, entre autres bizarreries, étonna particulièrement les magistrats instructeurs et les juges, fut qu'il avait enfoui son butin sans en tirer profit et surtout que, non seulement il ne se souvenait point des objets volés, mais qu'il se trompait encore sur leur nombre.

On jugeait surtout invraisemblable qu'il n'eût pas songé à ouvrir la bourse et qu'il continuât à en ignorer le contenu : trois cent dix-sept roubles et trois pièces de vingt kopecks. Les plus gros billets, placés au-dessus des autres, avaient été considérablement détériorés pendant leur long séjour sous la pierre. On s'ingénia longtemps à deviner pourquoi l'accusé mentait sur ce seul point, alors qu'il avait spontanément dit la vérité sur tout le reste.

Enfin, quelques-uns, surtout parmi les psychologues, admirent qu'il se pouvait, en effet, qu'il n'eût pas ouvert la bourse et s'en fût débarrassé sans savoir ce qu'elle contenait et ils en tirèrent aussitôt la conclusion que le crime avait été commis sous l'influence d'un accès de folie momentané. Le coupable avait cédé à la manie de l'assassinat et du vol, sans aucun but ou calcul intéressé. C'était une occasion de mettre en avant une théorie par laquelle on tente d'expliquer aujourd'hui certains crimes. D'ailleurs, la neurasthénie dont souffrait Raskolnikov était attestée par de nombreux témoins, le docteur Zossimov par exemple, ses camarades, son ancienne logeuse et la servante. Tout cela faisait naître l'idée qu'il n'était pas un assassin ordinaire, un vulgaire escarpe, mais qu'il y avait autre chose dans son cas. Au grand dépit de ceux qui pensaient ainsi, Raskolnikov n'essaya guère de se défendre : interrogé sur les motifs qui l'avaient entraîné au meurtre et au vol, il répondit avec une franchise brutale qu'il y avait été poussé par la misère et le désir d'assurer ses débuts grâce à la somme de trois mille roubles, au moins, qu'il espérait trouver chez sa victime. C'était son caractère bas et léger, aigri au surplus par les privations et les échecs, qui avait fait de lui un assassin. Quand on lui demanda ce qui l'avait incité à aller se dénoncer, il répondit que c'était un repentir sincère. Tout cela parut peu délicat...

L'arrêt, cependant, fut moins sévère qu'on aurait pu s'y attendre étant donné le crime ; peut-être sut-on gré à l'accusé de ce que, loin de chercher à se justifier, il s'était plutôt appliqué à se charger lui-même. Toutes les particularités si bizarres de la cause furent prises en considération. L'état maladif et le dénuement où il se trouvait avant l'accomplissement de son crime ne pouvaient être mis en doute. Le fait qu'il n'avait pas profité de son butin fut attribué pour une part à un remords tardif et pour le reste à un dérangement passager de ses facultés cérébrales au moment du crime. Le meurtre nullement prémédité de Lisbeth fournit même un argument à l'appui de cette dernière thèse : il commet deux assassinats et en même temps il oublie qu'il a laissé la porte ouverte ! Enfin il était venu se dénoncer, et cela au moment où les aveux fantaisistes d'un fanatique affolé (Nicolas) avaient embrouillé complètement l'affaire et où, d'autre part, la justice n'avait, non seulement aucune preuve à sa disposition, mais ne soupçonnait même pas le coupable. (Porphyre Petrovitch avait religieusement tenu parole.) Toutes ces circonstances contribuèrent à adoucir considérablement le verdict. D'autre part, les débats avaient mis brusquement en évidence d'autres faits favorables à l'accusé : des documents présentés par l'ancien étudiant Rasoumikhine établissaient que, pendant qu'il était à l'Université, l'assassin Raskolnikov avait, six mois durant, partagé ses maigres ressources, jusqu'au dernier sou, avec un camarade nécessiteux et poitrinaire. Après la mort de ce dernier, il s'était occupé de son vieux père tombé en enfance (qui l'avait nourri et entretenu depuis l'âge de treize ans) et avait réussi à le faire entrer dans un hospice. Plus tard, il avait pourvu aux frais de son enterrement.

Tous ces témoignages influèrent fort heureusement sur le sort de l'accusé. Son ancienne logeuse, la veuve Zarnitzine, la mère de sa fiancée, vint également témoigner qu'à l'époque où elle habitait aux Cinq-Coins avec son locataire, une nuit qu'un incendie s'était déclaré dans une maison voisine, Raskolnikov avait, au péril de sa vie, sauvé des flammes deux petits enfants et reçu même quelques brûlures. Ce témoignage fut scrupuleusement contrôlé par une enquête et de nombreux témoins vinrent en certifier l'exactitude. Bref, la Cour, prenant en considération l'aveu spontané du coupable et ses bons antécédents, ne le condamna qu'à huit années de travaux forcés (deuxième catégorie).

Les débats étaient à peine ouverts que la mère de Raskolnikov tombait malade. Dounia et Rasoumikhine s'arrangèrent pour l'éloigner de Pétersbourg pendant toute l'instruction du procès. Dmitri Prokofitch choisit une ville desservie par le chemin de fer et située à peu de distance de la capitale, afin de pouvoir suivre assidûment les audiences et voir aussi souvent que possible Avdotia Romanovna. La maladie de Pulchérie Alexandrovna était une affection nerveuse assez bizarre, accompagnée d'un dérangement au moins partiel des facultés mentales.

En rentrant chez elle, après sa suprême entrevue avec son frère, Dounia avait trouvé sa mère très souffrante, en proie à la fièvre et au délire. Elle convint le même soir avec Rasoumikhine des réponses à faire à Pulchérie Alexandrovna lorsqu'elle les interrogerait sur son fils : ils imaginèrent même tout un roman sur le départ de Rodion pour une mission longue et lointaine dans une province aux confins de la Russie, qui devait lui rapporter beaucoup d'honneur et de profits. Mais, à leur grande surprise, la vieille femme ne les questionna jamais à ce sujet. Elle avait, au contraire, inventé elle-même une histoire pour expliquer le départ précipité de son fils. Elle racontait en pleurant la scène de leurs adieux et laissait entendre qu'elle était seule à connaître certaines circonstances fort graves et mystérieuses. Rodia, affirmait-elle, avait des ennemis puissants dont il devait se cacher. Quant à son avenir, elle non plus ne doutait pas qu'il serait très brillant quand certaines difficultés seraient aplanies ; elle assurait à Rasoumikhine que son fils deviendrait un jour un homme d'État ; elle n'en voulait pour preuve que l'article qu'il avait écrit et qui dénotait un si remarquable talent littéraire ! Cet article, elle le relisait sans cesse, parfois à haute voix ; elle ne le quittait même pas pour dormir, et cependant elle ne demandait jamais où se trouvait Rodia à présent, quoique le soin qu'on prît pour éviter ce sujet dût lui paraître suspect. Le silence étrange où se renfermait Pulchérie Alexandrovna finit par inquiéter Avdotia Romanovna et Rasoumikhine. Ainsi, elle ne se plaignait même pas du silence de son fils, alors qu'autrefois, dans sa petite ville, elle vivait de l'espoir de recevoir enfin une lettre de son bien-aimé Rodia. Cette dernière circonstance parut si inexplicable à Dounia qu'elle en fut vivement alarmée. L'idée lui vint que sa mère pressentait qu'un malheur terrible était arrivé à Rodia et n'osait l'interroger de peur d'apprendre quelque chose de plus affreux que ce qu'elle pouvait prévoir. Quoi qu'il en fût, Dounia se rendait parfaitement compte que sa mère avait le cerveau détraqué. À une ou deux reprises, du reste, Pulchérie Alexandrovna s'était arrangée pour conduire l'entretien de manière à apprendre où se trouvait Rodia. Les réponses, nécessairement embarrassées et inquiètes qu'elle avait reçues, l'avaient plongée dans une tristesse profonde, et, pendant fort longtemps, on la vit sombre et taciturne.

Enfin, Dounia comprit qu'il était difficile de toujours mentir, d'inventer des histoires et décida de se renfermer dans un silence absolu sur certains points. Mais il devint de plus en plus évident que la pauvre mère soupçonnait quelque chose d'affreux. Dounia se souvint notamment d'avoir appris par son frère que Pulchérie Alexandrovna l'avait entendue rêver tout haut la nuit qui avait suivi son entretien avec Svidrigaïlov. Les phrases qui lui avaient échappé n'avaient-elles pas éclairé la pauvre femme ? Souvent, après des jours et des semaines de mutisme et de larmes, celle-ci était prise d'une agitation maladive ; elle se mettait à monologuer à haute voix sans s'arrêter, à parler de son fils, de ses espérances, de l'avenir. Ses inventions étaient parfois fort bizarres. On faisait semblant de partager son avis (peut-être n'était-elle même pas dupe de cet assentiment). Néanmoins, elle ne cessait de parler...

Le jugement fut rendu cinq mois après l'aveu. Rasoumikhine allait voir Raskolnikov aussi souvent que possible dans sa prison, Sonia également. Vint enfin le moment de la séparation. Dounia et Rasoumikhine assuraient qu'elle ne serait pas éternelle. L'ardent jeune homme avait fermement arrêté ses projets dans son esprit : il désirait amasser quelque argent pendant les trois ou quatre années suivantes, puis se transporter, avec la famille de Rodia, en Sibérie, pays où tant de richesses n'attendent, pour être mises en valeur, que des capitaux et des bras. Là, on s'installerait dans la ville où serait Rodia... et on commencerait tous ensemble une vie nouvelle. Tous versèrent des larmes en se disant adieu. Les derniers jours, Raskolnikov paraissait extrêmement soucieux ; il multipliait les questions au sujet de sa mère et s'inquiétait constamment d'elle. Cette anxiété finit même par troubler Dounia.

Quand on lui donna tous les détails sur la maladie de Pulchérie Alexandrovna, il s'assombrit encore. Avec Sonia, il se montrait particulièrement silencieux. Munie de l'argent que Svidrigaïlov lui avait remis, la jeune fille s'était depuis longtemps préparée à suivre le convoi de prisonniers dont Raskolnikov ferait partie. Ils n'avaient jamais échangé un mot sur ce sujet, mais tous deux savaient qu'il en serait ainsi. Au moment des derniers adieux, le condamné eut un sourire étrange en entendant sa sœur et Rasoumikhine lui parler chaleureusement de l'avenir prospère qui s'ouvrirait pour eux à sa sortie de prison. Il prévoyait une issue fatale à la maladie de sa mère. Il partit enfin. Sonia le suivit.

Deux mois plus tard, Dounetchka épousait Rasoumikhine. Ce fut une cérémonie triste et paisible. Parmi les invités se trouvaient, entre autres, Porphyre Petrovitch et Zamiotov. Rasoumikhine, depuis quelque temps, semblait animé d'une résolution inébranlable. Dounia lui témoignait une foi aveugle et croyait à la réalisation de ses projets. D'ailleurs, il aurait été difficile de ne point lui faire confiance, car on sentait en cet homme une volonté de fer. Il était entré à l'Université afin de terminer ses études, et tous deux élaboraient sans cesse des plans d'avenir. Ils avaient la ferme intention d'émigrer en Sibérie dans cinq ans. En attendant, ils comptaient sur Sonia pour les remplacer.

Pulchérie Alexandrovna bénit de tout son cœur l'union de sa fille avec Rasoumikhine. Mais, après ce mariage, elle parut devenir plus soucieuse et plus triste encore. Pour lui procurer un moment agréable, Rasoumikhine lui apprit la belle conduite de Raskolnikov à l'égard de l'étudiant et de son vieux père. Il lui raconta également comment Rodia avait reçu de graves brûlures en risquant sa vie pour sauver deux petits enfants dans un incendie. Ces deux récits exaltèrent au plus haut point l'esprit déjà troublé de Pulchérie Alexandrovna. Elle ne parla plus que de cela. Dans la rue même, elle faisait part de ces nouvelles aux passants, quoique Dounia l'accompagnât toujours. Dans les voitures publiques, dans les boutiques, dès qu'il lui arrivait de trouver un auditeur bénévole, elle se mettait à l'entretenir de son fils, de l'article qu'il avait écrit, de sa bienfaisance à l'égard d'un étudiant, du dévouement dont il avait fait preuve dans un incendie, des brûlures qu'il avait reçues, etc. Dounetchka ne savait comment l'arrêter ; sans parler du danger que présentait cette exaltation maladive, il pouvait arriver que quelqu'un, entendant prononcer le nom de Raskolnikov, se souvînt du procès tout récent et se mît à en parler. Pulchérie Alexandrovna se procura l'adresse des deux enfants sauvés par son fils et voulut à toute force aller les voir. Enfin, elle atteignit les dernières limites de l'agitation. Parfois, elle fondait brusquement en larmes ; elle était saisie de fréquents accès de fièvre, accompagnés de délire. Un matin, elle déclara que, d'après ses calculs, Rodia devait bientôt revenir, car elle se rappelait que lui-même avait demandé, en lui faisant ses adieux, de l'attendre dans un délai de neuf mois. Elle se mit donc à ranger le logement en vue de l'arrivée prochaine de son fils, à préparer la chambre qu'elle lui destinait (la sienne), à épousseter les meubles, à laver le parquet, à changer les rideaux, etc. Dounia était fort tourmentée de la voir en cet état, mais ne disait rien et l'aidait même à tout organiser pour la réception de son frère.

Enfin, après une journée agitée et remplie de visions folles, de rêves joyeux et de larmes, Pulchérie Alexandrovna fut prise d'une fièvre chaude. Elle mourut quinze jours après. Les paroles qui lui échappaient dans le délire firent soupçonner à son entourage qu'elle en savait sur le sort de son fils beaucoup plus qu'on n'aurait pu le supposer.

Raskolnikov ignora longtemps la mort de sa mère, bien qu'il reçût régulièrement, depuis son arrivée en Sibérie, des nouvelles de sa famille par l'entremise de Sonia, qui écrivait tous les mois à l'adresse de Rasoumikhine et recevait chaque fois une réponse de Pétersbourg. Les lettres de Sonia parurent d'abord à Dounia et à Rasoumikhine trop sèches. Elles ne les satisfaisaient point ; mais, plus tard, ils comprirent qu'elle ne pouvait en écrire de meilleures, et qu'en somme ces lettres leur donnaient une idée parfaite et précise de la vie de leur malheureux frère, car elles abondaient en détails sur la vie quotidienne. Sonia décrivait, d'une façon très simple et minutieuse, l'existence de Raskolnikov au bagne. Elle ne parlait pas de ses propres espoirs, de ses plans d'avenir, ni de ses sentiments personnels. Au lieu de chercher à expliquer l'état moral, la vie intérieure du condamné, à interpréter certains de ses gestes, elle se bornait à citer des faits, c'est-à-dire les paroles mêmes prononcées par Rodion, à donner des nouvelles de sa santé, à répéter les désirs qu'il avait manifestés, les commissions dont il l'avait chargée, etc. Grâce à ces renseignements extrêmement détaillés, ils crurent bientôt voir leur malheureux frère devant eux et ils ne pouvaient se tromper en se le représentant, car ils ne s'appuyaient que sur des données bien établies.

Pourtant, les nouvelles qu'ils recevaient n'avaient, au début surtout, rien de consolant pour eux. Sonia racontait à Dounia et à son mari que Rodion était toujours sombre et taciturne, qu'il se montrait indifférent aux nouvelles de Pétersbourg communiquées par la jeune fille, qu'il l'interrogeait parfois sur sa mère et quand Sonia, voyant qu'il soupçonnait la vérité, lui apprit la mort de Pulchérie Alexandrovna, elle remarqua, à sa grande surprise, qu'il restait à peu près impassible. Bien qu'il fût, visiblement, absorbé par lui-même, écrivait-elle, et étranger à ce qui l'entourait, il envisageait avec beaucoup de droiture et de simplicité sa vie nouvelle. Il se rendait parfaitement compte de sa situation et n'attendait rien de mieux d'ici longtemps. Il ne se berçait d'aucun vain espoir (chose naturelle dans son cas) et ne semblait éprouver aucun étonnement dans ce milieu nouveau, si différent de celui où il avait vécu autrefois. Sa santé était satisfaisante. Il allait au travail sans répugnance ni empressement, se bornant à ne point éviter les corvées sans les rechercher. Quant à la nourriture, il s'y montrait indifférent, quoique, les dimanches et les jours de fête exceptés, elle fût si détestable qu'il se décida enfin à accepter de Sonia quelque argent pour se procurer tous les jours du thé. Pour le reste, il lui demandait de ne pas s'en soucier, en lui assurant qu'il lui serait désagréable de voir qu'on s'occupait de lui. Dans une autre lettre, elle leur apprit qu'il couchait avec tous les autres détenus. Elle n'avait jamais visité la forteresse où ils étaient logés, mais certains indices lui faisaient croire qu'il vivait fort à l'étroit et dans des conditions affreuses et malsaines. Il couchait sur un grabat simplement recouvert d'une étoffe rugueuse et ne songeait même pas à s'installer plus confortablement. S'il refusait ainsi tout ce qui pouvait adoucir son existence et la rendre moins grossière, ce n'était nullement par principe, mais simplement par apathie et par indifférence pour son sort. Sonia avouait qu'au début ses visites, loin de faire plaisir à Raskolnikov, lui causaient une certaine irritation. Il n'ouvrait la bouche que pour la rudoyer. Plus tard, il est vrai, il s'habitua à ces visites et elles lui devinrent presque indispensables, au point qu'il parut tout mélancolique lorsqu'une indisposition obligea la jeune fille à les interrompre pendant quelque temps. Aux jours de fête, elle voyait le prisonnier devant la porte de la prison ou au corps de garde, où on le laissait venir quelques minutes quand elle le faisait appeler. En semaine, elle allait le retrouver pendant le travail dans les ateliers ou à la bijouterie où il était occupé, ou encore dans les hangars au bord de l'Irtych. En ce qui la concernait, Sonia leur faisait savoir qu'elle avait réussi à se créer des relations et quelques protections dans sa nouvelle existence. Elle s'occupait de couture, et comme la ville manquait de couturières, elle s'était fait une jolie clientèle. Ce qu'elle ne disait pas, c'était qu'elle avait réussi à intéresser les autorités au sort de Raskolnikov et à le faire exempter des travaux les plus durs. Enfin, Dounia et Rasoumikhine furent avisés (cette lettre parut à Dounia pleine d'angoisse et d'effroi comme toutes les dernières missives de Sonia) que Raskolnikov fuyait tout le monde, que ses compagnons de bagne ne l'aimaient point, bref qu'il passait des journées entières sans dire un mot et devenait très pâle.

Dans une dernière lettre, Sonia écrivit qu'il était tombé gravement malade et avait été transporté à l'hôpital du bagne.

II

Sa maladie couvait depuis longtemps, mais ce n'étaient ni les horreurs de la vie du bagne, ni les travaux forcés, ni la nourriture, ni la honte d'avoir la tête rasée et d'être vêtu de haillons qui l'avaient brisé. Oh ! que lui importaient toutes ces misères et ces tortures ! Il était, au contraire, bien aise de travailler ; la fatigue physique lui procurait au moins quelques heures de sommeil paisible. Et que signifiait pour lui la nourriture ? Cette mauvaise soupe aux choux où nageaient les blattes ! Il avait vu bien pis jadis, quand il était étudiant. Ses habits étaient chauds, adaptés à son genre de vie. Quant à ses fers, il n'en sentait même pas le poids. Restait l'humiliation d'avoir la tête rasée et de porter la livrée du bagne. Mais devant qui en aurait-il rougi ? Devant Sonia ? Elle le redoutait. Et quelle honte pouvait-il éprouver devant elle ? Pourtant, il rougissait devant Sonia elle-même et, pour s'en venger, se montrait grossier et méprisant à son égard. Mais sa honte n'était causée ni par sa tête rasée ni par ses fers. Sa fierté avait été cruellement blessée et il était malade de cette blessure. Qu'il eût été heureux de pouvoir s'accuser lui-même ! Il lui aurait été facile alors de tout supporter, même la honte et le déshonneur ; mais il avait beau se montrer sévère envers lui-même, sa conscience endurcie ne trouvait aucune faute particulièrement grave dans tout son passé. Il ne se reprochait que d'avoir échoué, chose qui pouvait arriver à tout le monde. Ce qui l'humiliait, c'était de se dire que lui, Raskolnikov, était sottement perdu à jamais par un arrêt aveugle du destin, et qu'il devait se soumettre, se résigner à l'« absurdité » de ce jugement sans appel s'il voulait recouvrer un semblant de calme. Une inquiétude sans objet et sans but dans le présent, un sacrifice continuel et stérile dans l'avenir, voilà tout ce qui lui restait sur terre. Vaine consolation pour lui que de se dire que, dans huit ans, il n'aurait que trente-deux ans et qu'il pourrait alors recommencer sa vie. Pourquoi vivre ? Pour quels projets ? Vers quoi tendre ses efforts ? Vivre pour une idée, pour un espoir, même pour un caprice, vivre simplement ne lui avait jamais suffi. Il voulait toujours davantage. Peut-être était-ce la violence de ses désirs qui lui avait fait croire autrefois qu'il était un de ces hommes auxquels il est permis davantage qu'au commun des mortels ! Encore si la destinée lui avait envoyé le repentir, le repentir poignant qui brise le cœur, chasse le sommeil, un repentir dont les affres font rêver d'un nœud coulant, d'eau profonde... Oh ! il l'aurait accueilli avec bonheur. Souffrir et pleurer, c'est encore vivre. Mais il n'éprouvait aucun repentir de son crime. Du moins aurait-il pu se reprocher sa sottise, comme il s'en était voulu autrefois pour les actes stupides et monstrueux qui l'avaient mené en prison. Mais, quand il réfléchissait maintenant, dans *le loisir* de la captivité, à toute sa conduite passée, il était loin de la trouver aussi stupide et monstrueuse qu'elle lui avait paru à cette époque tragique de sa vie.

« En quoi, pensait-il, non, mais en quoi mon idée était-elle plus bête que les idées et les théories qui errent et se livrent bataille dans le monde depuis que le monde existe ? Il suffit d'envisager la chose d'une façon large, indépendante, de se dégager de ses préjugés, et alors mon plan ne paraîtra plus aussi... bizarre. Oh ! négateurs, sages philosophes de quatre sous, pourquoi vous arrêtez-vous à mi-chemin ? Oui, pourquoi mon acte leur a-t-il semblé monstrueux ? se demandait-il. Parce que c'est un crime ? Que veut dire ce mot « crime » ? Ma conscience est tranquille. Sans doute, j'ai commis un acte illicite ; j'ai violé la loi et versé le sang. Eh bien, pour cette loi transgressée, prenez ma tête et voilà tout. Certes, dans ce cas, de nombreux bienfaiteurs de l'humanité, qui s'emparèrent du pouvoir au lieu d'en hériter dès le début de leur carrière, auraient dû être livrés au supplice, mais ces hommes ont réalisé leurs projets ; ils sont allés jusqu'au bout de leur chemin et leur réussite *justifie* leurs actes, tandis que moi, je n'ai pas su poursuivre le mien, ce qui prouve que je n'avais pas le droit de m'y engager. »

C'était là le seul tort qu'il se reconnût, celui d'avoir faibli et d'être allé se dénoncer. Une autre pensée le faisait également souffrir. Pourquoi ne s'était-il pas suicidé ? Pourquoi avait-il hésité, penché sur le fleuve, et, plutôt que de se jeter à l'eau, préféré se livrer à la police ? L'amour de la vie était-il donc un sentiment si pressant, si difficile à vaincre ? Svidrigaïlov en avait bien triomphé pourtant, lui qui redoutait la mort...

Il réfléchissait douloureusement à cette question et ne pouvait comprendre qu'au moment où, penché sur l'eau de la Néva, il songeait au suicide, peut-être pressentait-il déjà son erreur profonde et la duperie de ses convictions. Il ne comprenait pas que ce pressentiment pouvait contenir le germe d'une nouvelle conception de la vie et qu'il annonçait sa résurrection.

Il admettait plutôt qu'il avait cédé à la force obscure de l'instinct (par lâcheté et par faiblesse). Il observait avec étonnement ses camarades du bagne. Comme ils aimaient la vie tous, combien précieuse elle leur semblait. Il lui parut même que ce sentiment était plus vif chez le prisonnier que chez l'homme libre. Quelles horribles souffrances avaient endurées certains d'entre eux, les vagabonds par exemple ! Se pouvait-il qu'un rayon de soleil, une forêt ombreuse, un ruisselet frais coulant au fond d'une solitude ignorée, eussent tant de prix à leurs yeux ; que cette source glacée rencontrée peut-être trois ans auparavant, ils y pensent encore comme un amant rêve à sa maîtresse ! Ils la voient en songe dans sa ceinture d'herbes vertes, avec l'oiseau qui chante sur la branche voisine. À mesure qu'il observait ces hommes, il découvrait des faits plus inexplicables encore.

Certes, bien des choses lui échappaient dans le bagne, dans ce milieu qui l'entourait, et peut-être ne voulait-il pas les voir. Il vivait en quelque sorte les yeux baissés, car ce qu'il pouvait voir lui semblait répugnant et insupportable. Mais, à la longue, certaines particularités le frappèrent et il finit par remarquer ce dont il n'avait jamais soupçonné l'existence. Ce qui l'étonnait le plus, c'était l'abîme effrayant, infranchissable, qui s'ouvrait entre lui et ces hommes. On eût dit qu'ils appartenaient à des races différentes. Ils se regardaient mutuellement avec une méfiance hostile. Il connaissait et comprenait les causes générales de ce phénomène, mais n'avait jamais supposé qu'elles fussent si fortes et si profondes. Au bagne, se trouvaient également des condamnés politiques polonais exilés en Sibérie. Ceux-là considéraient les criminels de droit commun comme des brutes ignorantes et n'avaient pour eux que du mépris, mais Raskolnikov ne pouvait partager cette manière de voir ; il apercevait clairement que, sous beaucoup de rapports, ces brutes étaient bien plus intelligentes que les Polonais. Puis il y avait des Russes, un officier et deux anciens séminaristes qui, eux aussi, dédaignaient cette plèbe ; leur erreur n'échappait pas davantage à Raskolnikov.

Quant à lui, on ne l'aimait pas et tous l'évitaient. On finit même pas le haïr. Pourquoi ? Il l'ignorait. On le méprisait, il était l'objet des railleries. Des condamnés bien plus coupables que lui se moquaient de son crime.

« Toi, tu es un seigneur, lui disaient-ils. Était-ce à toi d'assassiner à coups de hache ?

– Ce n'est pas l'affaire d'un barine ! »

La seconde semaine du grand carême, ce fut son tour de faire ses pâques avec sa chambrée. Il allait à l'église et priait avec ses compagnons. Un jour, sans qu'il sût lui-même à quel propos, une querelle éclata entre lui et ses codétenus. Tous l'assaillirent avec rage.

« Tu es un athée. Tu ne crois pas en Dieu, lui criaient-ils. Il faut te tuer. »

ÉPILOGUE

Jamais il ne leur avait parlé de Dieu ni de religion, et pourtant ils voulaient le tuer comme mécréant. Il ne leur répondit rien. Un prisonnier, au comble de l'exaspération, s'élançait déjà sur lui. Raskolnikov, calme et silencieux, l'attendit sans sourciller, sans qu'un muscle de son visage tressaillît. Un garde-chiourme s'interposa à temps : un instant de plus et le sang coulait.

Restait une autre question qu'il n'arrivait pas à résoudre : pourquoi tous aimaient-ils tant Sonia ? Elle ne cherchait pas à gagner leurs bonnes grâces ; ils la voyaient rarement et n'avaient l'occasion de la rencontrer qu'au chantier ou à l'atelier, où elle venait retrouver Raskolnikov. Et cependant, tous la connaissaient et tous savaient qu'elle l'avait suivi au bagne ; ils étaient au courant de sa vie, ils connaissaient son adresse. La jeune fille ne leur donnait pas d'argent, elle ne leur rendait guère de services. Une fois seulement, à la Noël, elle apporta un cadeau pour toute la prison, des pâtés et de grands pains russes. Mais, peu à peu, entre eux et Sonia s'établirent des rapports plus intimes ; elle écrivait des lettres à leurs familles et les mettait à la poste. Quand leurs proches venaient en ville, c'était sur leur indication qu'ils remettaient à Sonia les effets et même l'argent qui leur étaient destinés. Leurs femmes et leurs maîtresses la connaissaient et lui rendaient visite. Lorsqu'elle venait voir Raskolnikov en train de travailler parmi ses compagnons ou qu'elle rencontrait un groupe de prisonniers se rendant à l'ouvrage, tous ôtaient leurs bonnets et la saluaient. « Chère Sophie Simionovna, tu es notre mère douce et secourable », disaient ces galériens, ces êtres grossiers et endurcis, à la frêle petite créature. Elle souriait en leur rendant leur salut à tous, ils aimaient ce sourire. Ils aimaient même sa démarche et se retournaient pour la suivre des yeux lorsqu'elle s'en allait, en célébrant ses louanges. Ils louaient jusqu'à sa petite taille ; ils ne savaient plus quels éloges lui adresser. Ils allaient même la consulter dans leurs maladies.

Raskolnikov passa à l'hôpital toute la fin du carême et la première semaine de Pâques. En revenant à la santé, il se rappela les cauchemars qu'il avait eus dans le délire de la fièvre. Il lui semblait voir le monde entier désolé par un fléau terrible et sans précédent qui, venu du fond de l'Asie, s'était abattu sur l'Europe. Tous devaient périr, sauf quelques rares élus. Des trichines microscopiques, d'une espèce inconnue jusque-là, s'introduisaient dans l'organisme humain. Mais ces corpuscules étaient des esprits doués d'intelligence et de volonté. Les individus qui en étaient infectés devenaient à l'instant même déséquilibrés et fous. Toutefois, chose étrange, jamais les hommes ne s'étaient crus aussi sages, aussi sûrs de posséder la vérité. Jamais ils n'avaient eu pareille confiance en l'infaillibilité de leurs jugements, de leurs théories scientifiques, de leurs principes moraux. Des villages, des villes, des peuples entiers, étaient atteints de ce mal et perdaient la raison. Tous étaient en proie à l'angoisse et hors d'état de se comprendre les uns les autres. Chacun cependant croyait être seul à posséder la vérité et se désolait en considérant ses semblables. Chacun, à cette vue, se frappait la poitrine, se tordait les mains et pleurait... Ils ne pouvaient s'entendre sur les sanctions à prendre, sur le bien et le mal et ne savaient qui condamner ou absoudre. Ils s'entretuaient dans une sorte de fureur absurde. Ils se réunissaient et formaient d'immenses armées pour marcher les uns contre les autres, mais, la campagne à peine commencée, la division se mettait dans les troupes, les rangs étaient rompus, les hommes s'égorgeaient entre eux et se dévoraient mutuellement. Dans les villes, le tocsin retentissait du matin au soir. Tout le monde était appelé aux armes, mais par qui ? Pourquoi ? Personne n'aurait pu le dire et la panique se répandait. On abandonnait les métiers les plus simples, car chacun proposait des idées, des réformes sur lesquelles on ne pouvait arriver à s'entendre ; l'agriculture était délaissée. Çà et là, les hommes formaient des groupes ; ils se juraient de ne point se séparer, et, une minute plus tard, oubliaient la résolution prise et commençaient à s'accuser mutuellement, à se battre, à s'entre-tuer. Les incendies, la famine éclataient partout. Hommes et choses, tout périssait. Cependant, le fléau étendait de plus en plus ses ravages. Seuls, dans le monde entier, pouvaient être sauvés quelques hommes élus, des hommes purs, destinés à commencer une nouvelle race humaine, à renouveler et à purifier la terre ; mais nul ne les avait vus et personne n'avait entendu leurs paroles, ni même le son de leurs voix.

Raskolnikov souffrait, car l'impression pénible de ce songe absurde ne s'effaçait point. On était déjà à la deuxième semaine après Pâques. Les journées devenaient tièdes, claires et vraiment printanières. On ouvrait les fenêtres de l'hôpital (des fenêtres grillagées sous lesquelles allait et venait un factionnaire). Pendant tout le temps de sa maladie, Sonia n'avait pu le voir que deux fois et encore lui fallait-il préalablement demander une autorisation difficile à obtenir. Mais souvent, surtout vers la fin du jour, elle venait dans la cour de l'hôpital, parfois simplement pour le regarder une minute, de loin, par la fenêtre.

Un soir, il était déjà presque guéri, Raskolnikov s'endormit. À son réveil, il s'approcha par hasard de la croisée et aperçut Sonia debout près de la porte cochère. Elle semblait attendre quelque chose. Raskolnikov tressaillit ; une douleur lui transperçait le cœur. Il s'éloigna en toute hâte de la fenêtre. Le lendemain, Sonia ne vint pas, le surlendemain non plus. Il remarqua qu'il l'attendait anxieusement. Enfin, il quitta l'hôpital. Lorsqu'il revint au bagne, ses compagnons lui apprirent que Sophie Simionovna était malade et gardait le lit. Fort inquiet, il envoya prendre de ses nouvelles ; il apprit bientôt que sa maladie n'était pas grave. De son côté, Sonia, le voyant tourmenté par son état, lui écrivit une lettre au crayon pour lui dire qu'elle allait beaucoup mieux et n'avait souffert que d'un refroidissement. Elle lui promettait d'aller le voir le plus tôt possible aux travaux forcés. Le cœur de Raskolnikov se mit à battre violemment.

La journée était encore belle et chaude. À six heures du matin, il s'en alla travailler au bord du fleuve où l'on avait établi, dans un hangar, un four à cuire l'albâtre. Ils n'étaient à ce four que trois ouvriers. L'un d'eux, accompagné du garde-chiourme, partit chercher un instrument dans la forteresse ; le second commença à chauffer le four. Raskolnikov sortit du hangar, s'assit sur un tas de bois amoncelé sur la berge et se mit à contempler le fleuve large et désert. De cette rive élevée, on découvrait une vaste étendue de pays. Du bord opposé et lointain arrivait un chant dont l'écho retentissait aux oreilles du prisonnier. Là, dans la steppe immense inondée de soleil, apparaissaient, çà et là, en points noirs à peine perceptibles, les tentes des nomades. Là était la liberté, là vivaient des hommes qui ne ressemblaient en rien à ceux du bagne. On eût dit que là le temps s'était arrêté à l'époque d'Abraham et de ses troupeaux. Raskolnikov regardait cette lointaine vision, les yeux fixes, sans bouger... Il ne réfléchissait plus ; il rêvait et contemplait, mais en même temps une inquiétude vague l'oppressait.

Tout à coup, Sonia se trouva à ses côtés. Elle s'était approchée sans bruit et assise près de lui. La journée était fort peu avancée et la fraîcheur matinale se faisait encore sentir. Elle portait sa vieille cape râpée et son châle vert. Son visage, épuisé, pâle et amaigri, gardait les traces de sa maladie. Elle sourit au prisonnier d'un air aimable et heureux, mais, selon son habitude, ne lui tendit la main que timidement.

Elle faisait toujours ce geste avec timidité, parfois même elle s'en abstenait de peur de lui voir repousser sa main tendue, et lui semblait toujours la prendre avec répugnance. Parfois même, il paraissait fâché de la voir et il n'ouvrait pas la bouche tout le temps de sa visite. Certains jours, elle tremblait devant lui et le quittait profondément affligée. Maintenant, au contraire, leurs mains ne pouvaient rompre leur étreinte. Il lui jeta un rapide coup d'œil, ne proféra pas un mot et baissa les yeux. Ils étaient seuls, nul ne pouvait les voir. Le garde-chiourme s'était détourné. Soudain, et sans que le prisonnier sût comment cela était arrivé, une force invincible le jeta aux pieds de la jeune fille. Il se mit à pleurer en enlaçant ses genoux. Au premier moment elle fut terriblement effrayée et son visage devint mortellement pâle. Elle bondit sur ses pieds et le regarda en tremblant, mais, au même instant, elle comprit tout. Un bonheur infini rayonna dans ses yeux. Elle comprit qu'il l'aimait, oui, elle n'en pouvait douter. Il l'aimait d'un amour sans bornes ; la minute si longtemps attendue était donc arrivée !

Ils voulaient parler, mais ne purent prononcer un mot. Des larmes brillaient dans leurs yeux. Tous deux étaient maigres et pâles, mais, sur ces pauvres visages ravagés, brillait l'aube d'une vie nouvelle, celle d'une résurrection. C'était l'amour qui les ressuscitait. Le cœur de l'un enfermait une source de vie inépuisable pour l'autre. Ils décidèrent d'attendre et de prendre patience. Ils avaient sept ans de Sibérie à faire. Que de souffrances intolérables à s'imposer jusque-là et que de bonheur infini à goûter ! Mais Raskolnikov était régénéré, il le savait ; il le sentait de tout son être. Quant à Sonia, elle ne vivait que pour lui.

Le soir, quand les prisonniers furent enfermés dans leurs chambrées, le jeune homme, couché sur son lit de camp, songea à elle. Il lui avait même semblé que, ce jour-là, tous les détenus, ses anciens ennemis, le regardaient d'un autre œil. Il leur avait adressé la parole et tous lui avaient répondu amicalement. Il s'en souvenait maintenant, mais sans étonnement : tout n'avait-il pas changé ? Il pensait à elle, il songeait qu'il l'avait abreuvée de douleurs ; il évoquait son pâle et maigre visage, mais ces souvenirs ne lui étaient plus un remords ; il savait par quel amour infini il rachèterait désormais les souffrances qu'il avait fait subir à Sonia.

D'ailleurs, qu'étaient maintenant tous ces chagrins du passé ? Tout, jusqu'à son crime, jusqu'à l'arrêt qui le condamnait et l'envoyait en Sibérie, tout cela lui apparaissait comme un événement lointain qui ne le concernait pas. Il était, du reste, ce soir-là, incapable de réfléchir longuement, et de concentrer sa pensée. Il ne pouvait que sentir. Au raisonnement s'était substituée la vie ; son esprit devait être régénéré de même.

Sous son chevet se trouvait un évangile. Il le prit machinalement. Ce livre appartenait à Sonia. C'était là-dedans qu'elle lui avait lu autrefois la résurrection de Lazare. Au commencement de sa captivité, il s'attendait à être persécuté par elle avec sa religion. Il croyait qu'elle allait lui jeter sans cesse l'Évangile à la tête et lui proposer des livres pieux. Mais, à son grand étonnement, il n'en avait rien été ; elle ne lui avait pas offert une seule fois de lui prêter le Livre Sacré. Lui-même le lui avait demandé quelque temps avant sa maladie et elle le lui avait apporté sans rien dire. Il ne l'avait pas encore ouvert.

Maintenant même, il ne l'ouvrait pas, mais une pensée traversa rapidement son esprit : « Sa foi peut-elle n'être point la mienne à présent ou, tout au moins, ses sentiments, ses tendances, ne nous seront-ils pas communs ? »...

Sonia, elle aussi, avait été fort agitée ce jour-là et le soir elle retomba malade. Mais elle était si heureuse, d'un bonheur si inattendu, qu'elle s'en trouvait presque effrayée. Sept ans ! Seulement sept ans ! Dans l'ivresse des premières heures, peu s'en fallait que tous deux ne considérassent ces sept années comme sept jours. Raskolnikov ne soupçonnait pas que cette vie nouvelle ne lui serait point donnée pour rien et qu'il devrait l'acquérir au prix de longs efforts héroïques...

Mais ici commence une autre histoire, celle de la lente rénovation d'un homme, de sa régénération progressive, de son passage graduel d'un monde à un autre, de sa connaissance progressive d'une réalité totalement ignorée jusque-là. On pourrait y trouver la matière d'un nouveau récit, mais le nôtre est terminé.

PRINCIPAUX PERSONNAGES[111]

Un nom russe complet comprend 3 éléments : un prénom, qui a en général de nombreux diminutifs ; un élément de filiation (fils ou fille de) ; un nom de famille.

Nom	Autres dénominations	Situation
Famille Raskolnikov		
Rodion Romanovitch Raskolnikov	Rodia, Rodienka, Rodka	Ancien étudiant
Poulkhéria Alexandrovna Raskolnikova		Sa mère
Evdokia Romanovna	Avdotia, Dounia, Dounétchka	Sa soeur
Personnages issus de la campagne		
Arkadi Ivanovitch Svidrigaïlov		Ancien militaire
Marfa Pètrovna Svidrigaïlovna		Épouse
Filka		Valet
Piotr Pètrovitch Loujine		Parent de Marfa, homme d'affaire

---

[111] Cette liste a été établie par le correcteur du groupe *Ebooks libres et gratuits* ; elle ne figure donc pas dans l'édition originale de ce texte.

Nom	Autres dénominations	Situation
Famille Marméladov		
Sémione Zacharovitch Marméladov		Ancien fonctionnaire
Katerina Ivanovna		Épouse
Sonia Sémionovna Marméladovna	Sophia, Sonètchka	Fille d'un 1er lit
Polenka	Polia, Polètchka	Fille aînée
Lidia	Lida, Lidotchka	Fille
Kolia	Kolka	Fils
Immeuble de Raskolnikov		
Praskovia Pavlovna Zarnitsina	Pacha, Pachenka	Logeuse
Nastassia Pètrovna	Nastenka, Nastassiouchka	Servante de la logeuse
Immeuble de Marméladov		
Amalia Fedorovna Lippewechsel	Amalia Ludwigovna, Amalia Ivanovna	Logeuse (allemande)
Andreï Sèmionovitch Lébéziatnikov		Colocataire de Loujine
Autres personnages de Petersbourg		
Alona Ivanovna		Prêteuse sur gage
Lisaveta Ivanovna		Sœur d'Alona
Nicolaï Dèmèntiev	Mikolaï, Nikolka	Peintre

PRINCIPAUX PERSONNAGES

Nom	Autres dénominations	Situation
Dmitri	Mitreï, Mitka	Peintre
Dmitri Prokofitch Vrasoumikhine	Rasoumikhine	Étudiant
Zossimov		Médecin
Guertrouda Karlovna Resslich		Logeuse de Svidrigaïlov
Kapernaoumov		Tailleur, logeur de Sonia
Police, justice		
Porfiri Pètrovitch	Porphyre	Juge d'instruction
Ilia Pètrovitch	La Poudre	Lieutenant, adjoint du surveillant
Nikodim Fomitch		Surveillant du quartier
Alexandre Grigorievitch Zamètov		Secrétaire du bureau local

JOURNAL DE RASKOLNIKOV

Note

Le journal commence au moment où Raskolnikov, après avoir prémédité et commis son crime, rentre chez lui avec son maigre butin et tombe sur son lit en proie à l'épouvante et à la fièvre.

Dans ma traduction, j'ai suivi le plus exactement possible l'édition critique qui en a été publiée en russe par Glivenko. Je n'ai supprimé que quelques variantes, purement grammaticales ou intraduisibles en français, et quelques bribes de phrases dont il m'a été impossible de saisir le sens, même approximatif ; j'ai gardé la ponctuation même lorsqu'elle était défectueuse, et je n'ai fait qu'ajouter ou supprimer quelques alinéas et quelques virgules ; j'ai placé entre crochets [ ] la fin de tous les mots que l'auteur avait laissés inachevés ; lorsque je n'étais pas sûr d'en avoir bien compris le sens, je l'ai indiqué par un point d'interrogation ; de même pour les mots dont il m'a été impossible de fixer la terminaison.

Le texte principal se compose de celui qui remplit les pages du manuscrit plus les additions marginales lorsqu'elles en font évidemment partie.

Au cours du récit, Dostoïevski passe de la première personne à la troisième ; de « moi » Raskolnikov devient de temps en temps « lui » ; son prénom est tantôt Vassili, tantôt Rodion. Quant aux autres personnages, ils portent des noms interchangeables : Alexandre Ivanovitch, Alexandre Illitch, Bakavine, Tolstonogov et Sonetchka dont il est question dans le Journal s'appellent dans le texte définitif : Alexandre Grigorevitch (Zamiotov), Ilia Petrovitch (lieutenant Poudre), Zossimov, Vakhrouchine et Pachenka.

V. P.

Chapitre II

Il faut qu'à tout moment le récit soit interrompu par des détails inutiles et inattendus.

16 juin. – Dans la nuit d'avant-hier j'ai commencé la description et j'ai passé dessus quatre heures. Ce sera un document...

On ne trouvera jamais ces feuilles chez moi. La planche d'appui de ma fenêtre se déplace et personne ne le sait. Elle se déplace depuis trois mois, il y a beau temps que je le savais. En cas de besoin on peut la soulever et la remettre en place de telle façon que si un autre y touchait elle ne céderait pas. D'ailleurs, personne n'y songerait. C'est là, sous l'appui, que j'ai tout caché. J'ai enlevé deux briques...

Nastassia vient de monter chez moi, elle m'apporte de la soupe aux choux. Elle n'a pas eu le temps de le faire dans la journée. Cela de façon que la propriétaire n'en sache rien.

J'ai soupé et lui ai rapporté mon assiette moi-même. Nastassia ne me parle pas. On dirait qu'elle est aussi mécontente de quelque chose.

Je me suis arrêté au moment où, après avoir déposé la hache dans la loge du dvornik et m'être traîné jusque chez moi je me suis jeté sur mon lit dans un état d'évanouissement. Sans doute suis-je resté étendu ainsi longtemps.

Il m'arrivait de temps en temps de me réveiller, alors je remarquais qu'il faisait déjà nuit, cependant il ne me venait pas à l'idée de me lever. Enfin presque complètement revenu à moi, je m'aperçus que le jour commençait à poindre. Je restai étendu à plat sur mon divan, encore engourdi par le sommeil et l'étourdissement. Je percevais vaguement de la rue des cris terribles, désespérés, que j'entends chaque [...] vers trois heures sous ma fenêtre. Tiens, voilà les ivrognes qui sortent des cabarets, il est près de trois heures ; à cette pensée je sautai tout d'un coup sur mes pieds comme si quelqu'un m'avait tiré de dessus le divan. Comment, il est trois heures ! Je m'assis sur le divan, et alors je me rappelai tout, mais tout ! Soudain, en un clin d'œil je me suis souvenu de tout !

Une seconde plus tard je me jetai sur le divan en proie à un effroi extrême. J'avais froid. Cela à cause de la fièvre qui s'était emparée de moi pendant que je dormais, ce que j'avais déjà ressenti...

[Note marginale] : J'avais l'impression de rôtir sur un feu.

Aussitôt levé, je fus secoué par un tel frisson que les dents faillirent me sauter hors de la bouche ; tout mon corps tremblait. J'ouvris la porte et j'écoutai. Toute la maison était plongée dans un sommeil profond. Je jetai un coup d'œil sur moi-même et tout autour ; j'étais plein de stupéfaction : je n'arrivais pas à comprendre. Comment avais-je pu en rentrant hier ne pas fermer la porte et me jeter sur le divan non seulement sans me déshabiller mais même sans ôter mon chapeau, car celui-ci avait roulé par terre et se trouvait toujours à la même place, près de l'oreiller. Si quelqu'un était entré ici qu'aurait-il pensé ? Que je suis saoul ? Pourtant... D'un bond je me précipitai vers la fenêtre. Il faisait assez clair, je me mis à m'inspecter des pieds à la tête, à examiner mes effets : ne portaient-ils pas quelque trace ? Impossible de le faire ainsi ! Toujours secoué par le frisson, j'entrepris de me déshabiller complètement, et de visiter attentivement mes habits de nouveau. Je regardais chaque fil, chaque loque et ne me fiant pas à moi, car je sentais que pour rien au monde je ne pouvais concentrer mon attention, je recommençai l'inspection à trois reprises. Mais je ne trouvais rien, aucune trace, sauf sur le pantalon, dont le bas tout effiloché pendait en frange. Dieu merci ! dis-je à part moi. J'étais vraiment heur[eux]. Il y avait sur la frange comme des taches de sang qui à présent s'étaient coagulées. Je saisis mon canif et coupai toute la frange. Il n'y avait plus rien nulle part. À cet instant je me souvins que la bourse, Dieu merci, et tous les objets que j'avais retirés du coffre se trouvaient encore dans ma poche. Je n'avais pas songé à les en retirer ni à les cacher. Aussitôt je vidai mes poches et jetai leur contenu sur la table. D'ailleurs, je ne comprenais rien : j'étais en proie à la fièvre et au vertige. Après avoir tiré de mes poches que j'ai même retournées pour m'assurer qu'il n'y avait plus rien dedans je portai le tas dans un coin de la chambre où j'avais aménagé un endroit secret. Les papiers y étaient déchirés et c'est dans le trou, sous la tapisserie, que je fourrai tous les objets. J'éprouvais une impression singulière à regarder la bourse et les bijoux, je ne voulais plus les avoir sous mes yeux et étais content de les avoir cachés, mais peut-ê[tre]. On ne pouvait pas les remarquer car le coin était très obscur, pourtant l'endroit était mal choisi. Je m'en rendais compte, bien que la tête me tournât. Je n'avais même pas espéré rapporter ces objets. J'avais compté ne trouver que de l'argent que je serais arrivé à dissimuler d'une manière ou d'une autre. Je voyais nettement ce que j'avais à faire. « Dès demain il faut découvrir une cachette », pensai-je. Exténué, dans une sorte d'hébétement, je m'assis sur le divan et aussitôt le frisson me reprit de plus belle. Machinalement je tirai à moi ma capote qui était chaude, bien que toute déchirée, et je m'en couvris ; un sommeil mêlé de délire s'empara de moi.

Mais soudain je bondis de nouveau comme si quelqu'un m'avait arraché de dessus le divan et je me remis à examiner encore une fois mes vêtements. Comment ai-je pu me rendormir sans même avoir rangé mes effets, mon Dieu, c'est bien ça ! C'est bien ça ! Je n'ai pas enlevé le nœud coulant de l'intérieur de la manche, j'avais oublié, je n'avais pas songé à le faire. Serais-je devenu fou ? pensai-je. Et s'il y avait eu une perquisition et qu'on ait vu cela ! J'arrachai le nœud et après l'avoir défait le déchirai en menus morceaux que je jetai ensuite sous mon lit. Des bouts de toile ne pouvaient en aucun cas éveiller de soupçons. Je m'étais arrêté au milieu de la pièce et regardais avec une attention aiguë – car je ne pouvais toujours pas me ressaisir –, autour de moi, sur le plancher et ailleurs pour voir si je n'avais rien oublié. Ce qui me pesait le plus, c'était la sensation que quelqu'un m'avait abandonné, que la mémoire allait m'abandonner de même, que bien que je voulusse concentrer mes pensées, passer tout en inspection, prendre toutes les précautions et calculer les moyens de me sauver, je ne pouvais pas, je ne savais pas le faire. Comment ai-je pu ne pas remarquer le nœud, en examinant mes effets ? Ne reste-t-il pas encore quelque chose ? L'attention tendue, je regardai stupidement devant moi. Il me vint à l'idée que peut-être mes vêtements étaient ensanglantés en plusieurs endroits et que je ne l'apercevais pas. Oui, faible, désemparé et privé de jugement, je ne devinais rien ; ma raison chancelait et s'en allait. Tout à coup je vis que les fils de la frange que je venais de couper à mon pantalon traînaient tels quels sur le plancher, coupés mais non cachés. Seigneur, comment ai-je pu les laisser là ? Où les fourrer ? Sous le lit ? impossible ; dans la cheminée ? Mais c'est par là, certainement, qu'ils commenceront la visite et trouveront aussitôt la chose. À ce moment-là un rayon de soleil éclaira ma botte gauche ; je la regardai ; sur la chaussette qu'on voyait par un trou de la chaussure il y avait comme des taches. Je me déchaussai bien vite ; en effet, il y avait du sang. Sans doute, avais-je sali ma botte en posant le pied dans cette mare. J'examinai mes chaussures on n'y remarquait rien. Mais que faire, que faire, comment supprimer toutes ces taches ? Laver ? Non, il vaut mieux sortir dans la rue et jeter, jeter tout cela. Oui, il vaut mieux tout jeter, dis-je en me laissant tomber sans force sur le divan. Une tristesse étrange s'empara de moi à la pensée que je n'étais même pas capable de cacher les bijoux ; je me remis à frissonner. Longtemps, pendant plusieurs heures peut-être, la même idée se présentait à moi à travers une sorte de délire : il faut tout jeter, aller quelque part et tout jeter. Pourtant je ne me levais pas. Je ne me souviens pas à quel moment je me suis de nouveau recouvert de ma capote ; je me réveillais... jour, très tard aux coups frappés violemment à ma porte. Au premier moment j'ai cru qu'on voulait la défoncer, mais je compris aussitôt que (je) quelqu'un cognait ; en même temps je sentis que j'étais saisi par la fièvre, peut-être même par le délire. Je m'en étais rendu compte à travers le sommeil. Le vacarme continuait de l'autre côté de la porte, je me levai et m'assis.

« Ouvre donc ! tu n'es pas mort ? Il ne fait que roupiller, cria Nastassia. Il ne fait que roupiller comme un chien toute la journée. On voit qu'il n'a rien à faire.

– Peut-être n'est-il pas chez lui, observa le dvornik (dit une autre voix. Comment ? Le dvornik ? Qu'est-ce donc ? Je bondis).

– Mais alors, qui aurait fermé la porte au crochet ? Voilà qu'il commence à s'enfermer ! Il a peur qu'on le vole ! Ouvre donc, vieux, réveille-toi ! »

Mon Dieu, il n'est encore jamais arrivé que Nastassia vînt me réveiller, et pourquoi ce dvornik ?

Je me soulevai à moitié, me penchai et soulevai le crochet. Ma chambre était large de trois pas, je pouvais ouvrir la porte sans quitter le lit. C'est cela : j'aperçus devant moi Nastassia et le dvornik. La servante me considéra d'un air étrange. Je regardai le dvornik avec une expression provocante et désespérée, bien que je fusse hébété par le sommeil et par le délire.

Il me tendit, sans mot dire, un papier gris, plié en deux et cacheté de cire.

« On vous mande au commissariat de police, dit le dvornik.

– Au commissariat de police ?

– On vous y mande, répéta-t-il.

– Pourquoi faire ?

– Est-ce que je sais ? Vas-y puisqu'on le demande. »

Il me dévisagea d'un air singulier, inspecta les lieux du regard et fit demi-tour pour s'en aller.

« Tu m'as tout l'air d'être malade », fit tout à coup Nastassia qui ne me quittait pas des yeux. Le dvornik se retourna pour un instant.

« Regardez, il a la fièvre. »

Je ne répondis rien et serrai la lettre dans mes mains sans la décacheter.

« Regardez, répéta Nastassia. Faut pas te lever, ajouta-t-elle, en voyant que je posais les pieds par terre. Puisque tu es malade, reste ici... Qu'est-ce que tu as dans les mains ? »

Je regardai : je tenais dans les mains la frange coupée, la chaussette d'hier et les bouts d'étoffe. J'avais dormi ainsi, en y songeant, plus tard, je me suis rappelé qu'en me réveillant à demi dans des transports fiévreux je serrais fortement ces chiffons dans ma main et me rendormais.

« Voyez-moi ces guenilles, il dort avec comme si c'était un trésor. » Et Nastassia partit [d'un éclat] de rire : elle était rieuse.

Je fourrai bien vite les loques sous ma capote et regardai attentivement Nasta[ssia]. Quoique je ne fusse pas en état de réfléchir, je sentais vaguement qu'on ne parle pas ainsi avec un homme lorsqu'on vient pour l'arrêter. Pourtant, la police !

« Prends au moins du thé, en veux-tu ? Je t'en apporterai.

– Non, j'y vais moi-même, j'y vais, répondis-je.

– Tu ne pourras sans doute pas descendre l'escalier.

– Si, j'y vais.

– Comme tu veux. »

Elle se retourna et s'en alla.

Je saisis ma chaussette et me mis à l'examiner. La tache y était toujours, mais la boue et le frottement l'avaient rendue invisible. Nastassia ne l'aurait pas distinguée quand même elle l'aurait regardée de près. Je décachetai machinalement la lettre qu'on venait de m'apporter ; l'ayant dépliée, je la lus. Je la lus longuement et je finis par comprendre. C'était une convocation ordinaire du commissariat de police ; on m'invitait à me rendre au bureau du commissaire aujourd'hui à neuf heures et demie.

Les bras m'en tombèrent... Cinq minutes s'écoulèrent ainsi. C'est peut-être une ruse, ils veulent m'attirer chez eux par une ruse, quelle autre affaire puis-je avoir avec eux ? Mais alors pourquoi cette convocation ? J'y vais, j'y vais, j'y vais moi-même, mon Dieu. Je me jetai à genoux pour prier, mais je me relevai aussitôt et commençai à m'habiller. Il faut mettre la chaussette, pensai-je, elle va se frotter, se salir encore davantage, et les taches disparaîtront. Mais à peine l'avais-je mise que je la retirai. Pourtant, à la pensée que je n'en avais pas d'autre, je l'enfilai de nouveau. D'ailleurs l'effroi que me causait ma visite imminente au commissariat absorbait tout autre sentiment. Ils veulent m'avoir par ruse. De plus, la tête me tournait douloureusement de fièvre.

Je me sentais très mal lorsque je pris mon chapeau et sortis en chancelant dans l'escalier.

Je me rappelai que j'avais laissé les objets dans le trou de la tapisserie, je m'arrêtai, mais un tel désespoir s'empara de moi que je résolus de n'y pas songer et continuai mon chemin. Advienne que pourra !

Pourvu que je sache bien vite à quoi m'en tenir ! pensais-je à part moi. C'est qu'ils m'ont aperçu hier lorsque, la chose accomplie, je passais devant le commissariat, c'est une ruse, me dis-je en sortant dans la rue.

Une chaleur terrible, accablante ; la bousculade ; des échafaudages ; des tas de plâtre, de sable, de poussière ; de mauvaises odeurs s'échappant de l'intérieur des boutiques ; les cris des marchands ambulants ; des ivrognes que je rencontrais à tout moment bien qu'on ne fût pas un jour de fête et que l'heure fût matinale. Le soleil m'éclaira et resplendit tout autour avec une telle force que mes yeux eurent de la peine à le supporter ; les objets se mirent à tournoyer devant moi : sensation habituelle d'un homme qui a la fièvre et qui sort dans la rue, à l'air frais. Il me semblait que ma tête allait éclater comme une bombe. Je marchais en chancelant et, sans doute, en bousculant les passants ; j'étais pressé.

« S'ils m'interrogent, je dirai tout : oui, pensais-je, non, je dirai : non ! non ! non ! non ! » Ce mot bourdonnait dans ma cervelle lorsque j'approchai du commissariat, je frissonnais, le corps tendu par l'attente.

Le bureau de police était à quelque quatre cents pas de chez moi. Je savais où il se trouvait mais je n'y étais jamais allé. Entré, sous la porte cochère, j'aperçus un paysan qui, un livret entre les mains, descendait un escalier, venant de je ne sais où, d'en [haut]. Donc le bureau se trouvait dans cet escalier. Je commençai à monter à mon tour ; je parlerai selon les circonstances. Je tomberai à genoux et raconterai tout.

Le bureau de police avait été transféré depuis peu dans cette maison. L'escalier était étroit, sale, ruisselant d'ordures. Les cuisines de tous les logements, aux quatre étages de la maison, donnent sur cet escalier, elles restent ouvertes presque toute la journée. Des dvorniks, leur livret sous le bras, des gens de toute condition : hommes et femmes, des visiteurs montaient et descendaient les marches étroites. Au quatrième étage, la porte à gauche, qui menait au bureau, était grande ouverte, j'entrai et m'arrêtai dans l'antichambre. Il y avait quelques paysans qui attendaient. Il faisait très lourd, même dans l'escalier, de plus le bureau exhalait une odeur de peinture fraîche. Après un moment je décidai de passer dans la pièce voisine. Elle était minuscule, comme toutes les autres. Des scribes, à peine mieux vêtus que je ne l'étais, y étaient assis qui écrivaient. Je m'adressai à l'un d'eux.

« Qu'est-ce que tu veux ? »

Je lui montrai la convocation du commissaire.

« Vous êtes étudiant ? demanda-t-il après avoir parcouru le papier.

– Oui, étudiant. »

Il m'examina avec curiosité.

« Allez voir le greffier », et il pointa le doigt dans la direction de la pièce du fond.

J'y entrai. Le local était exigu et bondé de monde. Les gens qui s'y trouvaient étaient beaucoup mieux mis que ceux qui remplissaient les autres pièces. Je remarquai même dans l'assistance deux dames. L'une d'elles, pauvrement vêtue d'une robe de deuil, était assise à la table du greffier et écrivait ce que lui dictait ce dernier. L'autre dame, très corpulente, au visage rubicond, men[ues]... tach[es]... et, habillée de façon qu'on pourrait appeler luxueuse, se tenait à l'écart, dans une attitude d'attente. Il y avait encore dans le bureau deux visiteurs en manteaux usés, un marchand tout imprégné d'une odeur de cabaret, vêtu d'une sibirka et d'un gilet extrêmement crasseux en satin noir, un étranger et d'autres personnes dont je ne me souviens pas. Des gens se faufilaient à travers les quatre pièces, les uns s'en allaient, les autres arrivaient. Je tendis mon papier au greffier, qui me jeta un rapide coup d'œil, dit : « Attendez un moment » et il continua à s'occuper de la visiteuse. Il me vint à l'idée. Sans doute, ce n'est pas ça. Petit à petit je revenais à moi. Je restai longtemps debout à attendre. Certaines choses m'étonnaient et m'intéressaient dans leurs plus petits détails, certaines autres passaient inaperçues pour moi. Le greffier attirait particulièrement mon attention. Je voulais me rendre compte quel homme c'était, devin[er] quelque chose d'après son visage. C'était un jeune garçon d'environ vingt-deux ans, d'un extérieur assez heureux, vêtu selon la mode et même avec recherche ; une raie sur la nuque partageait ses cheveux bien peignés et pommadés ; ses doigts bien blancs étincelaient de nombreuses bagues ; il portait une montre à chaîne d'or, et un lorgnon en or également. Il dit à l'étranger quelques mots en français. Non, il va certainement me parler d'autre chose, me dis-je, en le dévisageant de toutes mes forces, pour comprendre ce qu'il était et ce qu'il pouvait bien penser sur mon compte.

« Asseyez-vous donc, Louisa Ivanovna, dit-il distraitement à la dame rubiconde et attifée qui avait l'air de ne pas oser s'asseoir.

– *Ich danke* », prononça-t-elle, et elle s'assit doucement avec un frou-frou de soie en regardant autour d'elle.

Je me retournai et me mis à l'examiner attentivement. Sa robe bleu ciel garnie de dentelle blanche se gonflait autour de la chaise tel un ballon et occupait près de la moitié de la pièce. La dame restait assise, dans une attente timide, souriante, et en même temps confuse d'occuper tant de place. À peine se tourn[a-t-]elle qu'il se répandit une forte odeur de parfum.

La dame en deuil finit d'écrire et se leva. Soudain un officier à l'air gaillard entra bruyamment dans le bureau en remuant les épaules à chaque pas, il lança sa casquette ornée d'une cocarde sur une table voisine et se laissa tomber dans un fauteuil.

En l'apercevant la dame attifée bondit de sa place et se mit à lui tirer des révérences ; mais l'officier ne lui prêta pas la moindre attention ; elle ne se rassit plus en sa présence. Cet homme était l'adjoint du commissaire du quartier, un lieutenant. Il me regarda de travers et avec une certaine indignation. J'étais vraiment trop mal mis. De plus, je devais être ébouriffé, enfiévré, tout en nage.

« Qu'est-ce que tu fais ici ? » cria-t-il, en voyant que je ne m'éclipsais pas devant son regard foudroyant.

Ce cri me calma un peu. Donc, ils ne savent rien.

« On m'a fait venir... j'ai reçu une convocation, répondis-je d'une voix tremblotante, et soudain je fus pris de colère. Sa silhouette insolente... Aujourd'hui j'en suis moi-même étonné.

– Nous l'avons cité pour exiger de lui, de cet étudiant, le paiement de l'argent, intervint le greffier. Approchez ici, voilà, me dit-il, en me passant un cahier et en m'indiquant un papier. Lisez !

– Quel argent ? pensai-je. Ce n'est donc pas du tout pour la chose.

– À quelle heure vous a-t-on dit de venir, cria le lieutenant, toujours furieux contre moi. On vous a écrit de vous présenter à neuf heures, et maintenant il est déjà onze heures passées ?

– Il n'y a qu'un quart d'heure que j'ai reçu votre convocation, répondis-je avec vivacité. C'est déjà bien assez que je sois venu tout en ayant la fièvre. Vous me convoquez pour neuf heures et vous m'envoyez le papier à onze.

– Monsieur, veuillez ne pas crier !

– C'est vous qui criez, moi je parle tout doucement. Veuillez apprendre que je suis étudiant et que je ne souffrirai pas d'être traité ainsi. »

Le lieutenant s'emporta à un tel point qu'il bondit de sa place en frémissant.

« Veuillez vous taire ! Vous êtes à l'audience. Ne soyez pas insolent…, mo-o-onsieur !

– Vous aussi, vous êtes à l'audience, pourtant vous fumez. Par conséquent, c'est vous qui nous manquez de respect à tous », répondis-je.

Le greffier qui, lui aussi, fumait nous regardait en souriant. Quant à moi, je tressaillais sous l'affront. L'adjoint du commissaire paraissait interdit.

« Ça ne vous regarde pas, vociféra-t-il tout confus, et affectant de crier pour dissimuler son embarras. Veuillez faire la déclaration qu'on exige de vous. Montrez-lui, Alexandre Ivanovitch, dit-il au greffier. On se plaint de vous ! Vous ne payez rien… Quel toupet ! »

Le greffier déplia de nouveau son cahier et m'indiqua du doigt un certain endroit.

Je pris le papier et me mis à lire.

Le lieutenant-poudre continuait à crier, mais je ne l'écoutais plus, je parcourais avidement le papier. Je le lus et le relus et je ne compris rien.

« Qu'est-ce que c'est ? demandai-je au greffier.

– C'est un billet que vous avez à payer. Vous devez ou bien le solder avec tous les frais, amendes, etc., ou bien déclarer à quelle date vous pouvez le faire et en vous engageant en même temps à ne pas quitter la ville, à ne pas vendre ni dissimuler votre bien jusqu'à ce que vous vous soyez acquitté de votre dette.

– Mais, pardon, je ne dois rien à personne.

– Cela vous regarde. Quant à nous, nous sommes saisis d'une plainte parfaitement fondée, avec, à l'appui, un effet protesté ; c'est un billet pour la somme de soixante-quinze roubles, au nom de la veuve d'un assesseur de collège Zarnitzine, signé par vous il y a neuf mois.

– Mais c'est ma logeuse !

– Qu'est-ce que ça peut bien faire que ce soit votre logeuse ? »

Le greffier me considérait avec un sourire de condescendance et de pitié auquel se mêlait un certain triomphe ; ainsi on regarde un novice qui est pour la première fois au feu : Eh bien, qu'en dis-tu à présent ? Mais un sentiment de joie et de vigueur emplissait mon âme, tout mon être ; je ne mentirais pas en disant que je vécus là une minute ou plutôt un instant d'un bonheur ineffable. Je ressentais tant de plaisir à m'entretenir de mon affaire avec le greffier, je débordais d'un tel sentiment de joie et d'amitié, que j'éprouvais un désir très, mais très fort, d'engager avec lui une conversation longue, détaillée, cordiale. Mon âme s'amollissait, fondait délicieusement. Comme si tout, tout, tous les soucis avaient déjà disparu, comme si jamais il n'y avait rien eu ; à ce moment-là je ne me souciais absolument d'aucune chose. Il n'y avait que cette joie animale d'être sauvé. Je respirais à pleins poumons.

Tout à coup la foudre et le tonnerre s'abattirent sur nous.

En effet, il y eut comme une sorte de foudre.

« Et toi, espèce de garce, cria le lieutenant en s'adressant à la dame luxueusement habillée : il voulait sans doute soutenir aux yeux des autres son prestige auquel j'avais porté atteinte en lui reprochant de fumer, quel scandale s'est passé chez toi ? Encore un scandale, hein ? Rixe, soûlerie à réveiller toute la rue ? Tu veux tâter de la prison ? Je t'ai prévenue, je t'ai déjà bien prévenue, vieille drôlesse, que la prochaine fois je ne te manquerais pas, et voilà que tu recommences, etc., Espèce de coquine ! etc. »

JOURNAL DE RASKOLNIKOV

Je laissai échapper de mes mains le papier que me tendait le greffier et je me mis à regarder avec ahurissement la dame attifée qu'on traitait avec si peu de cérémonie. À ce qu'il me souvient cette scène me causait même un certain plaisir.

« Ilia Petrovitch », hasarda le greffier d'un ton de sollicitude, mais il se tut car il n'y avait plus moyen de retenir le lieutenant si ce n'est en le prenant par les bras.

La dame bien mise fut secouée d'un tremblement, mais, chose étrange, en dépit des injures les plus grossières, elle prit une attitude de politesse extrême et de profonde attention, et même, plus le langage de l'officier devenait brutal et plus le sourire que la matrone adressait au terrible lieutenant était courtois et charmant. On eût dit que ce flot de jurons lui causait du plaisir. Elle ne tenait pas en place, multipliait ses révérences, en attendant qu'on lui permît enfin de placer un mot.

« Il n'y a eu chez moi ni tapage, ni rixe, monsieur le capitaine, aucun, aucun scandale, dit-elle très vite, dans un russe qu'elle parlait couramment, bien qu'avec un accent allemand. Ils sont venus vers trois heures du matin, monsieur le capitaine, commença-t-elle en souriant, ils étaient ivres, monsieur le capitaine, je vous raconterai tout, capitaine, nous ne sommes pas coupables, ni moi ni les demoiselles, car je tiens une maison respectable, monsieur le capitaine, et nos manières sont toujours comme il faut, je n'admets jamais, jamais aucun scandale. Eux, ils étaient ivres, ils ont demandé trois bouteilles de champagne, et puis, l'un d'eux s'est mis debout, a levé les pieds et a commencé à jouer du piano avec. C'est très mal dans une maison convenable. Il m'a cassé tout mon piano ; ce ne sont pas de bonnes manières, que j'ai dit ; c'est impoli, que j'ai dit. Et lui me répliqua qu'il a toujours joué ainsi dans les concerts, devant le public, puis il saisit une bouteille avec laquelle il se mit à pousser par derrière une demoiselle ; puis il m'en frappa de toutes ses forces sur la joue. Alors j'ai appelé le dvornik ; Karl est venu, mais l'autre a saisi Karl, lui a poché un œil et m'a donné encore trois claques sur la joue. C'est tellement peu délicat de se comporter ainsi dans une maison convenable, monsieur le capitaine. Je criais en pleurant, monsieur le capitaine, et lui, ouvrit la fenêtre donnant sur le canal et se mit à hurler par la croisée comme un pourceau. C'est une honte ! Comment peut-on hurler comme un pourceau par la croisée. C'est honteux ! C'est une honte ! Foui-foui-foui, on ne peut pas permettre aux visiteurs de se comporter ainsi : moi-même, bien que je sois la patronne je ne peux pas me conduire ainsi ; dans ma maison, monsieur le capitaine, personne encore n'a crié à travers la croisée comme un pourceau. Karl le tira par les basques de son frac pour lui faire quitter la fenêtre, et, c'est vrai, capitaine, il lui déchira *sein Rock*. Alors l'autre réclama en criant une amende de quinze roubles. Je lui donnai moi-même, mon capitaine, douze roubles. Quel visiteur peu délicat, monsieur le capitaine, il a pris l'argent et, devant toutes ces demoiselles a fait une saleté au milieu de la pièce. J'aime, a-t-il dit, le faire toujours, j'écrirai une satire sur votre compte, et je la publierai dans le journal car je peux inventer pour les journaux n'importe quoi et sur n'importe qui.

– C'est donc un écrivain.

– Oh ! monsieur le capitaine, c'est un visiteur mal élevé, puisque dans une maison comme il faut, devant les demoiselles, mon capitaine, au beau milieu du plancher...

– Voyons ! voyons ! Du calme ! Je t'en ficherai une maison comme il faut ! Eh bien ! vieille, continua-t-il sur un ton plus doux, je te pardonne. Je t'avais pourtant prévenue, je t'avais prévenue trois fois. S'il se produit encore un seul scandale chez toi, respectable Louisa Ivanovna, je te fais coffrer, comme on dit dans le grand style. Ainsi donc un écrivain, un littérateur a pris douze roubles pour la basque de son habit.

– Ilia Petrovitch », dit de nouveau à voix basse le greffier ; le lieutenant le regarda vivement. Le jeune homme hocha légèrement la tête.

« Naturellement. Les voilà bien, ces littérateurs ! (Et il me jeta un regard mi-sévère, mi-moqueur) avant-hier, dans un cabaret, il est arrivé une histoire du même genre : un monsieur qui avait dîné et qui refusait de payer, ou, disait-il, je vous décris dans une pièce satirique. Un troisième a injurié, l'autre semaine, à bord d'un bateau, une famille respectable : un conseiller d'État, sa fille et sa femme. Il y a trois jours, dans une confiserie, des officiers ont ordonné de chasser à coups de pied un écrivaillon. Les voilà, les auteurs, les littérateurs, les étudiants, les prophètes ! Diable ! Et vous, pourquoi donc ne vous êtes-vous pas présenté plus tôt ?

s'adressa-t-il à un homme vêtu d'une sibirka et d'un gilet crasseux en soie noire et qui avait l'air d'un petit-bourgeois. Et toi, file, tu viendras encore me parler de maison comme il faut. Au beau milieu !... »

Louisa Ivanovna se mit à saluer de tous côtés avec une expression d'aimable dignité ; tout en continuant à tirer ses révérences elle s'approcha de la porte. Mais, arrivée sur le seuil, elle bondit de nouveau, car elle venait de heurter du dos un bel officier au visage frais et ouvert orné de superbes favoris d'un noir de jais ; c'était Nicodème Fomitch, le commissaire du quartier lui-même. Louisa Ivanovna s'empressa de s'incliner jusqu'à terre et s'enfuit d'un petit pas sautillant.

« De nouveau du vacarme ! de nouveau foudre et éclairs, trombe et ouragan, dit d'un ton amical et aimable Nicodème Fomitch à Alexandre Ilitch. On a encore dû vous mettre hors de vous, et vous vous êtes emporté. Je vous ai entendu de l'escalier.

– Eh bien », prononça Alexandre Ilitch, en passant à sa table avec je ne sais quels papiers ; il remuait artistement les épaules à chaque pas, minaudait visiblement et faisait le beau.

« Voici, voyez-vous, un littérateur, il m'indique de la tête, c'est-à-dire un étudiant, ou plutôt un ancien étudiant, monsieur ne paie pas ses dettes, signe des billets, refuse de quitter son appartement, provoque des plaintes continuelles contre lui, pourtant il a daigné se formaliser parce que j'ai allumé une cigarette en sa présence. Il fait l'insolent, mais regardez-le tel qu'il est ici sous son aspect le plus attrayant.

« Pauvreté n'est pas vice, mon ami, mais quoi, on sait bien que vous êtes vif comme poudre. Sans doute quelque chose vous aura vexé et vous vous êtes emporté, continuait Nicodème Fomitch, en s'adressant à moi avec amabilité, mais en cela vous avez eu tort. C'est une personne excellente, ex-cel-lente, c'est vrai, seulement ce n'est pas un homme, c'est de la poudre. Il s'emporte, il bout, il se met hors de lui, et puis, c'est fini, tout est passé, il ne reste que de l'or pur, que de la noblesse d'âme. Et quelle noblesse ! Au régiment on l'avait déjà surnommé « lieutenant-poudre ».

– Et quel régiment c'était », fit Alexandre Ilitch, très content qu'on l'ait loué, tout en le taquinant agréablement, et il remua les épaules.

Quant à moi j'éprouvai soudain une disposition joyeuse et expansive, un désir de leur dire à tous quelque chose d'extrêmement plaisant.

« Excusez-moi, capitaine, commençai-je, je suis prêt à demander pardon à monsieur, si je l'ai en quelque sorte... je... je suis un pauvre étudiant, malade, accablé par la misère (c'est ainsi que j'ai dit : accablé). Je suis un ancien étudiant, car je n'ai plus de quoi vivre... Mais je dois recevoir de l'argent. J'ai ma mère et ma sœur qui habitent dans la province de S... Elles m'enverront quelques roubles. Alors je paierai. J'ai des leçons... j'en trouverai, je paierai tout. Ma logeuse est une bonne femme, mais elle a été tellement fâchée de ne pas être payée depuis quatre mois – car j'ai perdu mes leçons – qu'elle ne m'envoie plus mes dîners. Je ne m'explique pas ce que signifie ce billet. Elle exige à présent que je m'acquitte de cette dette, mais où prendre l'argent pour la payer ?

– Pourtant..., fit le greffier... vous avez signé ce billet et, par conséquent, contracté l'obligation de payer, observa le greffier.

– Permettez-moi de vous expliquer, permettez, tout cela est exact, l'interrompis-je avec précipitation et je continuai en m'adressant non pas à lui mais à Nicodème Fomitch et en faisant tout mon possible pour attirer l'attention d'Alexandre Ilitch bien que celui-ci fît semblant de s'occuper de ses paperasses et affectât dédaigneusement de ne pas me remarquer, permettez-moi de vous expliquer que je vis chez elle depuis plus de deux ans, depuis que je suis arrivé de la province, et que, dans le temps, mais oui, pourquoi ne pas l'avouer ? tout au début... j'ai... j'ai promis d'épouser sa fille... à vrai dire, je n'étais point amoureux, c'était autre chose... d'ailleurs je ne veux pas insinuer que quelqu'un m'ait forcé, j'agissais de mon propre gré... À cette époque ma logeuse m'a offert un large crédit. Je menais une vie toute différente, j'étais fort léger...

– Quels détails intimes, ricana Alexandre Ilitch...

– Permettez, l'interrompis-je de nouveau. Il y a un an la jeune fille est morte du typhus. Je vous ai déjà dit que je n'étais pas amoureux d'elle, j'étais frivole. Je suis resté locataire, comme par le passé, et ma logeuse, lorsqu'elle a emménagé dans l'appartement qu'elle occupe à présent, m'a déclaré d'une façon amicale et sur un ton très ému, qu'elle avait pleine confiance en moi et cætera... mais qu'elle serait contente si je lui signais un billet de soixante-quinze roubles, somme que, à son avis, je lui devais. Permettez : elle m'a dit précisément qu'une fois l'effet signé, elle me ferait crédit autant que je le voudrais et que jamais, au grand jamais –, ce sont ses propres paroles, elle ne ferait usage de ce billet et attendrait que je le paie moi-même. Elle pleurait en me disant tout ça. Je vous avoue que j'ai été très touché ; j'ai signé le papier, malgré que, je le répète, je n'avais pas été très épris de sa fille, du tout, et n'avais agi que par légèreté d'esprit... maintenant que j'ai perdu mes leçons et que je n'ai plus de quoi manger, ma logeuse ne se contente pas de me priver de dîner, mais, parce que je lui dois son loyer de quatre mois, elle me fait encore présenter cet effet. Qu'en dites-vous ! Excusez-moi, mais c'est, mais c'est... Que dire à présent ?

– Tous ces détails sentimentaux, m'interrompit avec dédain Alexandre Ilitch, ne nous regardent point, monsieur, vous feriez mieux de les garder pour vous et de nous donner la déclaration et l'engagement ; quant à l'histoire de vos amours et à tous ces passages tragiques, ils ne nous intéressent en aucune façon.

– Tu es trop dur... murmura Nicodème Fomitch, en me jetant un regard de compassion. D'ailleurs il se dirigea aussitôt vers la table d'Alexandre Ilitch, s'installa devant elle et se mit à parapher des papiers.

– Écrivez donc, me dit le greffier.

– Que faut-il écrire ?

– Je vais vous dicter. »

Il me sembla qu'après ma confession il prenait pour s'adresser à moi un ton plus indifférent et plus dédaigneux.

« Mais vous ne pouvez pas écrire, vous allez laisser tomber la plume, fit le greffier en me regardant avec curiosité. Seriez-vous malade pour de bon ?

– Oui... la tête me tourne, répondis-je, mais je vous écoute. »

Il se mit à me dicter le texte d'une obligation ordinaire, comme quoi ne pouvant payer je m'engageais à ne pas quitter la ville et à ne pas vendre ni donner mon avoir.

« Puisque je n'ai rien.

– C'est seulement pour la forme.

– Comment donc ? Elle va me faire emprisonner ? demandai-je en continuant d'écrire.

– Il se peut qu'elle ne le fasse pas, répondit le fonctionnaire d'un ton impassible en examinant ma signature, vous trouverez un moyen de vous raccommoder, ce n'est pas... vous avez quelques jours devant vous. »

Je ne l'écoutais plus ! je rejetai la plume, m'accoudai sur la table, serrai ma tête dans mes mains. Je souffrais comme si on m'eût enfoncé un clou dans la tête, je voulus me remettre d'aplomb et restai comme pétrifié sur place. Nicodème Fomitch était en train de raconter quelque chose avec animation, des bribes de phrases parvenaient jusqu'à mes oreilles.

« C'est impossible... On doit les relâcher immédiatement. Premièrement, toute l'histoire ne tient pas debout : jugez-en, pourquoi seraient-ils allés chercher le dvornik ? S'ils avaient fait le coup seraient-ils allés se dénoncer eux-mêmes ? Quant à Povalichtchev, celui-là, avant de se rendre chez la vieille, il était resté une demi-heure chez le bijoutier d'en bas et n'est monté chez elle qu'à huit heures moins le quart précises... Maintenant, réfléchissez.

– Mais permettez, puisqu'ils affirment qu'ils ont frappé et que la porte était fermée ; or, ils l'ont trouvée ouverte lorsque trois minutes plus tard ils sont revenus avec les dvorniks.

– C'est bien ça, car il est certain que l'autre était encore là. L'étudiant a placé Povalichtchev au guet devant la porte. Si Povalichtchev ne s'en était pas allé pour hâter le dvornik, l'assassin aurait été pincé sur place. Car c'est précisément dans cet intervalle que l'homme trouva le temps de descendre l'escalier et de passer près d'eux inaperçu.

– Et personne ne l'a remarqué ?

– C'est facile à dire. La maison est grande comme l'arche de Noé, il y habite au moins une centaine de locataires », observa, de sa place, le greffier.

Je me levai en chancelant, ramassai péniblement mon chapeau qui avait roulé par terre et me dirigeai vers la sortie...

Revenu à moi, je m'aperçus que j'étais assis sur une chaise ; l'homme au gilet crasseux me soutenait à droite ; à gauche, quelqu'un tenait un petit verre jaune empli d'une eau jaune et tiède ; Nicodème Fomitch me dévisageait avec assez de sollicitude. Je voulus me lever et chancelai.

« Qu'est-ce qu'il y a ? Vous êtes malade ? me demanda Nicodème Fomitch, d'un ton brusque où se faisait sentir une certaine pitié.

– Oui,... répondis-je en regardant autour de moi.

– Lorsque monsieur signait son papier il ne pouvait même pas tenir la plume entre ses doigts, observa le greffier en s'installant à sa table et en parcourant ses paperasses.

– Il y a longtemps que vous êtes malade ? cria Alexandre Ilitch qui, debout, à sa place, feuilletait des papiers. Il avait dû certainement s'approcher de moi lorsque j'avais perdu connaissance et s'était éloigné en me voyant reprendre mes sens.

– Depuis... hier, balbutiai-je.

– Vous êtes sorti de chez vous hier ? continuait Alexandre Ilitch.

– Oui.

– Et où êtes-vous allé ? permettez-moi de vous le demander.

– Dans la rue.

– Hum !

– Il se tient à peine sur ses jambes et toi... fit Nicodème Fomitch.

– Ce n'est rien... », répliqua Ilia Petrovitch en soulignant ses paroles. Nicodème Fomitch voulait ajouter quelque chose mais, rencontrant le regard du greffier fixé sur lui, il se tut. Tout cela était bien étrange.

« Ça va, dit Alexandre Petrovitch. Vous pouvez vous retirer. »

Je sortis. Dès que j'eus franchi le seuil de la porte j'entendis les fonctionnaires engager brusquement une conversation animée ; la voix de Nicodème Fomitch dominait les autres. Un instant plus tard je descendais l'escalier complètement revenu à moi.

Une perquisition, une perquisition, tout à l'heure il va y avoir une perquisition, me disais-je, tout tremblant et glacé d'effroi. Ils ont deviné. Ce scélérat d'adjoint Ilia Petro[vitch] a deviné.

Et si la perquisition a déjà eu lieu pendant que j'étais au commissariat ? pensai-je en m'approchant de l'escalier, et si... je les trouve justement... chez moi ?

Mais voici ma maison. Voici ma chambre. Rien ne s'y est passé ; personne, certainement, n'y est même entré ; tout est tel que je l'ai laissé. Nastassia elle-même n'a touché à rien. D'ailleurs, il y a longtemps qu'elle a cessé de ranger mes affaires. Tout est couvert de poussière. Je respirai.

Ni hier, ni aujourd'hui, ils n'ont eu aucun soupçon sur mon compte, m'efforçai-je de raisonner.

Pourtant cet Alexandre Ilitch, qui n'agissait que par bêtise et par mauvaise humeur, a éveillé leurs soupçons, à présent, ils vont certainement me surveiller, me filer... et peut-être même me rendre visite. Il est possible qu'ils viennent maintenant. C'est même très possible, très, très possible. Mais, mon Dieu, mon Dieu, que je me suis humilié. Aussi dois-je me sauver, vite, vite, vite, immédiatement. Seigneur, où vais-je mettre à présent tous ces objets, où ? Je m'assis sur le lit, et soudain une sensation singulière s'empara de moi. Dissim[uler] les traces, c'est même cert[ain ?]

Car il faut absolument les porter ailleurs, et cela sur-le-champ, sur-le-champ, sans tarder, avant que les autres se soient déjà mis à la besogne. Comment ai-je pu laisser toutes ces affaires s[ans] y prêter att[ention]. Je me rendais compte que je devais concentrer toutes mes pensées pour juger de ma situation, ramasser toutes mes forces pour me sauver. Je courus au coin, introduisis ma main sous la tapisserie et me mis à retirer les bijoux du trou et à les fourrer dans mes poches. Il y avait en tout et pour tout, si je ne me trompe, huit objets. Je me les rappelle sans les avoir examinés. Je m'en suis souvenu machinalement en les comptant. Il y avait, notamment, je crois, deux petites boîtes, j'en suis même certain, qui contenaient je ne sais quoi, sans doute des boucles d'oreilles (je ne les ai pas regardées), puis quatre écrins, et une chaînette, à en juger au toucher, qui était simplement enveloppée dans un bout de journal. Il y avait, semble-t-il, encore un autre paquet, du reste, il se peut que je me trompe ; tous ces objets dansaient devant mes yeux. Je répartis le tout dans mes différentes poches pour éviter de les gonfler trop. Quant à la bourse, je la fourrai dans la poche de côté de mon pardessus. Je me souviens de cette bourse comme si je la voyais devant moi ; elle était en daim vert, avec un fermoir en acier, ronde et tachée de sang sur un côté. Je ne l'avais pas encore ouverte et ne songeai pas à le faire cette fois-là. Par conséquent, la poche de mon pantalon est aussi maculée, pensai-je. Ensuite je quittai en hâte la pièce dont, selon mon habitude, je laissai la porte ouverte, d'ailleurs, elle ne fermait pas du dehors, la clef manquant depuis longtemps.

Je marchais d'un pas pressé et ferme, et bien que je me sentisse effrayé à la pensée d'une poursuite, et tout brisé, je conservais ma présence d'esprit. Mon intelligence s'affaiblissait, mes forces m'abandonnaient, je m'en rendais parfai[tement] comp[te]. Par conséquent, il fallait tout accomplir tant que je n'avais pas perdu mon [jugement ?]. Je craignais que dans une demi-heure, voire dans un quart d'heure, on ne donnât ordre de me surveiller ; je devais arriver à temps. Il était nécessaire de faire disparaître toutes les pièces à conviction. À présent je ne chancelais plus et ne butais plus comme tout à l'heure. Je dois dire que beaucoup plus tôt, dans la matinée, et même au cours de la nuit, j'avais déjà pris la résolution de jeter tous ces objets n'importe où, dans le canal ou dans la Néva, ou bien de les abandonner dans quelque escalier et, décidai-je, de mettre ainsi fin à tout.

D'ailleurs, il fallait aller assez loin. Mais où ? J'examinai, à plusieurs reprises, les marches qui conduisaient vers l'eau du canal Catherine. Mais partout, près des escaliers, il y avait ou bien des radeaux qu'on [... ?] ou bien des canots ; on pouvait aussi m'apercevoir de toutes les fenêtres des maisons qui s'allongeaient sur le quai ; un homme qui s'arrête pour lancer quelque chose dans l'eau semble suspect du coup. Non, il est impossible de noyer mon paquet dans le canal ! D'autant plus que les passants me regardent, me regardent avec curiosité, comme s'ils ne s'occupaient que de ma personne. Enfin, il me vint à l'idée d'aller jusqu'à la Néva, où il y avait moins de monde. À cette pensée j'éprouvai de l'étonnement ; comment avais-je pu, sachant que je devais m'éloigner le plus possible de ma demeure, errer toute une demi-heure sans songer à me diriger vers la Néva ? comment ne m'y étais-je pas résolu depuis longtemps ? Ma tête travaillait mal. Je suivis la perspective V-i. Mais, chemin faisant j'eus une nouvelle idée.

Je décidai de m'en aller quelque part très loin, dans l'île Krestovski ou Petrovski, et une fois là, d'enterrer les objets dans un endroit solitaire de la forêt au pied d'un arbre dont j'aurais à me rappeler l'emplacement. En argumentant et en méditant tant que je pouvais, c'est-à-dire en faisant des efforts surhumains pour aboutir à une conclusion quelconque, je trouvai mon projet bon et je me dirigeai droit vers l'île Vassilievski. J'oubliai que, affaibli et n'ayant pas mangé depuis la veille, je n'aurais sans doute pas la force d'aller jusqu'au bout. Après avoir marché un quart de verste je me dis à part moi : je fais bien de m'en aller loin, car autrement j'aurais erré dans mon quartier, le long du canal, et les autres seraient certainement tombés sur ma trace.

Pourtant je ne devais pas aller jusqu'à l'île Krestovski ; de toute façon la fatigue ne me l'aurait pas permis. Voici ce qui arriva : comme je débouchais de la perspective Vozn[essenski] sur la place Marie j'aperçus tout à coup, à ma gauche, l'entrée d'une cour qui était de tous côtés entourée de murs. Au fond se trouvaient plusieurs hangars et des tas de poutres. Plus loin s'élevait une bâtisse en bois, vieille et basse, et sans doute habitée par des ouvriers. C'était un établissement de carrosserie ou de serrurerie. Le fond de la cour était sale et couvert de charbon qui avait noirci le sol tout autour. Voilà le meilleur endroit pour tout jeter, me vint-il à l'idée, jeter et ficher le camp. Rempli de cette pensée, j'entrai dans la cour et après avoir franchi le seuil de la porte cochère en planches noires, qui était grande ouverte sur la rue, je vis à ma gauche une clôture en bois qui commençait à l'entrée et, vingt pas plus loin, tournait de nouveau à gauche. À droite de la porte cochère, la cour était bordée par le mur de derrière non blanchi d'une maison voisine à quatre étages. Juste à l'entrée, il y avait (comme dans toutes les maisons où habitent les ouvriers, les cochers, les travailleurs) une gouttière en bois ; comme toujours dans des endroits pareils quelqu'un avait inscrit à la craie sur le mur : Défense d( )uriner.

Néanmoins c'était précisément un endroit pour cela. Cela arrive toujours ainsi. C'était bien, ne fût-ce que pour la raison que le fait d'être entré et de m'être arrêté devant la gouttière ne pouvait éveiller aucun soupçon. Je regardai autour de moi pour m'assurer qu'il n'y avait personne. Oui, parfaitement, c'est ici qu'il faut tout jeter en vrac, m'en aller !

J'inspectai les lieux encore une fois et j'avais déjà plongé la main dans ma poche quand j'aperçus contre la clôture, entre la porte cochère et la gouttière (séparées par un espace de deux archines) une grande pierre qui pouvait bien peser un poud[112]. De l'autre côté de la clôture, qui adhérait au mur extérieur (celui-ci était en pierre et donnait sur la rue), c'était le trottoir ; j'entendais le bruit des passants, toujours nombreux en cet endroit ; pourtant on ne pouvait m'apercevoir du dehors à moins de s'approcher de la gouttière, ce qui était fort possible et m'obligeait à me hâter. On ne voyait non plus venir personne du côté de la cour. Ce fut l'affaire d'un instant ! Je saisis la pierre et la renversai sans grand effort ; comme de juste, j'aperçus un enfoncement à l'endroit qu'elle avait occupé, je me mis bien vite à vider mes poches et à entasser les bijoux dans le trou. Je jetai la bourse sur le tas, mais, naturellement, le creux n'était même pas rempli à moitié. Ensuite je soulevai la pierre et d'un coup la retournai ; elle se trouva juste où elle était auparavant, tout au plus était-elle un peu exhaussée. Je la frappai deux fois du pied. Elle s'enfoncera d'elle-même, pensai-je. Ensuite je sortis, je me dirigeai vers la place Marie. Personne, personne ne m'avait remarqué !

Une joie profonde s'empara de moi. Ça y est. Toutes les pièces à conviction sont cachées. Qui songerait à aller les chercher sous cette pierre ? À qui viendrait l'idée de déplacer cette masse ? Elle est peut-être là depuis vingt ans. J'étais tellement content que je me mis à ri[re]. Et quand même ils trouveraient les objets, en seraient-ils plus avancés ? Qui pourrait me soupçonner ? À cette pensée je me mis même à rire doucement et joyeusement. En passant... je respirai à pleins poumons l'air frais. Il faisait chaud et très lourd, une poussière épaisse s'élevait. J'avais mal à la poitrine.

---

[112] *Un poud :* Environ trente-cinq livres.

Je me dirigeai vers la place du Sénat. Là il y a toujours du vent, surtout près du monument 113. Endroit triste et pénible.

Pourquoi n'ai-je nulle part trouvé de spectacle plus pénible ni plus triste que celui de cette énorme place ? Ce jour-là je la contemplais d'un air étrange, je sentis bientôt ma tête s'engourdir, j'étais distrait. Je repris le dessus sur moi-même une fois arrivé au pont Nicolaïevski et ce n'est qu'alors que je me rendis compte que j'allais chez Rasoumikhine, mon camarade, un ancien étudiant qui, comme moi, avait été exclu de l'Université. Une semaine plus tôt j'avais décidé d'aller le voir pour une affaire très urgente, qui l'était devenue encore plus depuis que j'avais jeté la bourse sous la pierre. Il est amusant que je sois allé chez lui, j'avais résolu de le faire une demi-heure plus tôt en même temps que je décidais de me rendre dans l'île Krestovski.

J'éprouvais une sensation singulière. Pourquoi aller chez Rasoumikhine ? Pour la bonne raison que si, plus tard, on allait m'inculper, me presser et me demander, pourquoi j'avais quitté ma chambre pour une journée entière, malgré ma maladie et mon évanouissement, je pourrais répondre : j'avais tellement faim que je suis allé emprunter quelques sous chez mon camarade, qui habite très loin, dans l'île Vassilievski, sur la Petite Néva, et naturellement ce camarade pourrait déposer que j'étais venu lui demander de l'argent et, par conséquent, il n'y aurait rien de suspect dans mon absence prolongée.

Je m'étonne d'avoir pu échafauder pareil plan dans l'état où je me trouvais, car la mémoire, la raison et les forces m'avaient complètement, mais complètement abandonné et je ne rentrais en possession de mes moyens que pour quelques moments de temps à autre. Je ne m'étais même pas rendu compte de mon projet, d'autant plus que je ne pouvais juger positive[ment] de rien.

Ainsi par exemple je ne m'étais pas du tout aperçu que j'avais suivi jusqu'au bout l'interminable Première Ligne qui conduit à la Petite Néva, sans éprouver la moindre fatigue d'une pareille randonnée, comme toujours lorsque on est par trop fatigué, exténué, épuisé.

---

113 *Près du monument* : La célèbre statue équestre en bronze de Pierre le Grand par Falconet.

Ayant escaladé les quatre étages de la maison où habitait Rasoumikhine je ressentis dans mon être une étrange sensation que je ne puis traduire en paroles.

Rasoumikhine était chez lui, dans sa petite chambre, il vint lui-même m'ouvrir. Il était en train d'écrire. Nous n'étions pas de très grands amis, mais plutôt d'anciens camarades, d'ailleurs assez intimes. Je ne l'avais pas revu depuis près de cinq mois. Lorsque j'avais décidé de lui rendre visite, je n'avais point songé que je me trouverais en sa présence tout à l'heure ce qui est autre chose que de se l'imaginer, en un mot, je puis dire – je ne comprends pas cette sensa[tion] – qu'il me semble que je n'aurais pas dû aller chez Rasoumikhine, et aussi, que je ne devais plus m'occuper de rien. Ou plutôt, je ne le pensai pas, mais si à présent il y avait pour moi quelque chose de pénible, d'impossible, c'était de causer et de me rencontrer... avec les gens, comme auparavant. Je ne saurais exprimer précisément ce que j'ai éprouvé, mais je le sais, moi. À peine entré je le ressentis pour la première fois. Et ce fut peut-être le moment de plus grande angoisse pendant ce dernier mois, où pourtant je suis passé par des souffrances sans fin.

« Que t'arrive-t-il ? s'écria-t-il en me regardant avec stupéfaction. Est-ce possible que tes affaires soient si mauvaises ? » Il examinait mon costume. « Eh bien ! mon vieux, tu nous dépasses tous. » Bien qu'habillé de haillons, Rasoumikhine avait l'air plus convenable que moi. « Assieds-toi. » Je tombai sur son divan recouvert de toile cirée et alors seulement il s'aperçut que j'étais malade.

(Rasoumikhine était toujours le même : grand, maigre, mal rasé, aux cheveux noirs, à l'air bon, aux yeux noirs et énormes comme des cuillers... Il n'était point sot, parfois il faisait la noce, il passait pour un gaillard très solide... Une nuit, se trouvant en nombreuse compagnie il avait descendu d'un seul coup un agent haut de deux mètres. Il se distinguait encore par la faculté qu'il avait de jeûner indéfiniment et de supporter le plus grand froid sans trop en souffrir. Tout un hiver il n'avait pas chauffé sa pièce et disait qu'ainsi il dormait mieux).

« Tu es malade, sérieusement malade. » Il voulut me tâter le pouls, je retirai ma main.

« Inutile, lui dis-je, je suis venu... Voici : je n'ai plus de leçons... je voulais. D'ailleurs, je n'ai pas besoin de leçons.

– Tu sais, mon cher, tu as le délire, dit-il, après un moment de silence.

– Non. Adieu. »

Je me levai du divan.

« Attends donc un peu, que tu es drôle !

– Inutile ! répétai-je en dégageant ma main.

– Écoute-moi donc, mais ce sera comme tu *vourras* (en parlant il supprimait toujours des lettres). Voici, je n'ai pas de leçons, et je m'en fiche ; en revanche, j'ai au marché un libraire Kherouvimov. C'est mieux qu'une leçon ou plutôt ce bonhomme est une leçon en son genre. Il publie de petits bouquins sur les sciences naturelles. Voici deux feuilles de texte allemand, du charlatanisme le plus sot ; l'auteur examine la question de savoir si la femme est un être humain et prouve pompeusement qu'il en est ainsi. Je suis en train de traduire cela ; avec ses deux feuillets mon libraire va en confectionner trois fois autant ; il fera précéder le tout d'un titre grandiloquent long d'une demi-page, il vendra l'exemplaire cinquante kopecks ; et ça s'enlèvera. Je touche pour ma traduction six roubles par feuille. Donc, douze roubles en tout, sur lesquels j'en ai reçu six d'avance. Lorsque j'aurai terminé cette traduction il y en aura d'autres ; quelque chose sur les baleines et cætera. Infatigable. Veux-tu traduire la seconde feuille de *La femme est-elle un être humain ou non ?* Si c'est oui, prends-la tout de suite ainsi que ces trois roubles, car j'ai reçu une avance pour tout le travail et cette somme te revient par conséquent pour ta part. Du reste, tu vas m'aider, tu me rendras même service. Je ne suis pas fort sur l'orthographe, quant à l'allemand, je n'en sais pas un mot, et suis forcé pour la plupart d'inventer tout de mon propre chef, mais oui. D'accord ? »

Sans mot je pris les feuillets, sans doute arrachés dans quelque revue allemande, ainsi que les trois roubles, et toujours silencieux, je me retirai, mais, arrivé à la Première Ligne, je retournai sur mes pas, remontai chez Rasoumikhine, posai les pages de la traduction et les trois roubles sur sa table et m'en allai sans proférer une parole.

« Mais tu es fou, s'écria Rasoumikhine, stupéfait. Pourquoi es-tu venu alors ?

– C'est que je n'ai pas besoin... de traductions, fis-je en descendant l'escalier.

– Tu es le plus naïf des hommes, je suis un lâche, moi, je reviendrai une autre fois.

– Dis donc, écoute-moi, tu n'as peut-être pas mangé depuis trois jours, ne te gêne pas.

– Ah ! Alors de quoi as-tu besoin, diable ! Où demeures-tu ? » me cria-t-il.

Je ne répondis rien et repris le chemin de la maison.

« Eh bien, va-t'en au diable », retentit dans l'escalier.

Je traversais le pont Nicolaïevski, plongé dans mes pensées lorsque je revins à moi, et voici comment : le cocher d'une voiture me donna un grand coup de fouet sur le dos parce que inattentif à ses cris prolongés j'avais failli me trouver sous les pieds de ses chevaux. Le coup du fouet m'irrita tellement que, reculant vers la balustrade, je me mis à grincer et à claquer des dents. Autour de moi, on riait.

Et la bourse. Pourquoi avoir tué si ensuite tu jettes ton butin ? Hier tu convoitais ces objets. Tu les as convoités, n'est-ce pas ? et aujourd'hui tu les précipites dans le canal. Mais tu as peut-être fait cela inconsciemment, sous l'influence de la peur. Eh bien, maintenant que tu es pleine conscience et raison, ramasse tes forces ! Qu'aurais-tu fait ? en pleine conscience ? tu les aurais jetés quand même dans le canal. N'est-ce pas vrai ? Souv[iens-toi]. Es-tu malade ? Tu es fou à présent. As-tu le délire ? Tu délires, mais songe que tu n'as pas encore ouvert la bourse pour regarder son contenu. Non, cela ne t'est même pas venu à l'idée.

Justement comme j'étais adossé à la balustrade et regardais stupidement le carrosse qui s'éloignait je m'aperçus que quelqu'un me mettait dans la main une pièce d'argent : « Prends ceci, pour l'amour du Christ. » Je tournai la tête et vis devant moi une marchande âgée et sa fille. J'acceptai l'aumône ; les deux femmes s'éloignèrent. À mes vêtements elles pouvaient très bien me prendre pour un mendiant, pour un vrai ramasseur de petits sous dans la rue ; quant à ce qu'elles avaient donné, vingt kopecks, je le devais sans doute au coup de fouet qui avait apitoyé la marchande sur mon sort.

Je serrai la pièce d'argent dans ma main, fis douze pas, me tournai vers la Néva, du côté du Palais114, et revenant à la place où j'avais stationné tout à l'heure je m'y arrêtai de nouveau, je ne sais pourquoi.

Il faisait une journée torride, claire, le ciel était pur, l'eau de la Néva presque bleue, ce qui est très rare. La coupole de la cathédrale qui ne paraît jamais aussi belle que vue précisément de cet endroit du pont, à quelques pas de la chapelle Nicolaïevski, resplendissait ; on en voyait distinctement, tant l'air était pur, les plus petits ornements. Je me rappelai vaguement qu'à l'époque où je fréquentais l'Université, il m'arriva peut-être plus de cent fois, en rentrant chez moi, de contempler ce merveilleux panorama. Il me semblait étrange de me trouver debout à cet endroit comme si je ne pouvais plus rester au mê[me] endroit qu'auparavant. J'aimais m'arrêter ici, étonné chaque fois de l'impression que je ressentais, je m'étais même fait une habitude de stationner quelques minutes sur le pont, juste à cette place, et savez-vous. Elle a en elle une certaine particularité. Je restai longtemps ainsi, enfin me souvenant de mes vingt kopecks, je desserrai la main, regardai la pièce d'argent et la jetai silencieusement dans l'eau.

Ce n'était plus mes pensées mais celles d'un autre.

À ce souvenir, je souris, amusé par une pareille impres[sion], puis il me semblait bizarre que je me disposasse à ne jamais plus avoir... de pensées. Non parce que je m'étonnais d'avoir pris intérêt à de semblables choses mais parce que (sur cette question ni sur aucune autre) il ne m'était possi[ble] d'avoir,... parce que tout m'était égal, et que tout cela me... et...

... qui détruit tout, meurtrit tout, réduit tout à zéro, et cette particularité, c'est l'aspect froid et morne de ce panorama. Il répand un froid inexplicable. Chaque fois l'esprit de silence, de mutisme, esprit muet et sourd... répandu dans ce panorama, me ser[re] le cœur. Je ne m'exprime pas bien, pourtant il ne s'agit

---

114 *Du côté du Palais* : Le Palais d'Hiver.

même pas là de mort, car n'est mort que ce qui a été vivant, tandis qu'ici j'ai toujours ressenti je ne sais quoi de muet, de sourd, de négat[if]... Je me rappelai soudain toutes ces ancie[nnes] impres[sions] et j'éprouvai un sentiment étrange.

Je m'explique mal, mais je sais que mon impression n'était point ce qu'on dit, abstraite, cérébrale, inventée, mais parfaitement spontanée, je n'ai jamais vu ni Venise ni la Corne d'Or mais certainement la vie y est morte depuis longtemps bien que les pierres y parlent, y « crient » toujours.

Eh bien, lorsque je me suis arrêté par habitude à cet endroit, la même sensation douloureuse qui s'était emparée de moi une demi-heure plus tôt chez Rasoumikhine, me serra le cœur. Car tout à coup il me sembla que je n'avais aucune raison de m'arrêter ici, ni ailleurs, que l'impression que me faisait ce panorama aurait dû m'être indifférente et que, à présent, j'avais de tous autres intérêts ; quant à tout cela, à tous ces anciens sentiments, préoccupations et hommes, ils étaient si loin de moi, comme s'ils se trouvaient sur une autre planète. Comme je restais penché par-dessus la balustrade je sentis dans ma main la pièce qu'on m'avait donnée, je desserrai les doigts, regardai attentivement les vingt kopecks et les laissai tomber dans l'eau. Ensuite je repris le chemin de la maison.

Lorsque je rentrai chez moi il était très tard, le soir était venu. Par conséquent j'étais de retour vers cinq ou six heures, je ne sais pas ce que j'ai bien pu faire pendant tout ce temps-là. Je me déshabillai, en frissonnant de tout mon corps, non pas de fièvre mais de faiblesse comme un cheval harassé... je m'étendis sur le divan et me recouvris de ma capote. J'avais gardé mes chaussettes. Je les enlevai et les jetai dans un coin. Ensuite je m'assoupis. Je ne pensais plus à rien.

Je fus réveillé par un cri terrible ; l'ombre emplissait ma chambre, où, le soir, même en été, il fait presque noir. J'ouvris les yeux. Dieu, quel cri c'était ! Je n'avais jamais entendu de bruits aussi peu naturels, de pareils hurlements, grincements de dents, pleurs, jurons et rixe. Je n'aurais jamais pu m'imaginer pareille sauvagerie, pareille excitation. Effrayé, je me soulevai et m'assis sur mon divan. Je ne tremblais plus, j'étais transi, je souffrais. Les bruits de coups, les cris, les hurlements et les invectives retentissaient de plus en plus fort. À mon extrême étonnement, je distinguai tout à coup la voix de ma logeuse ; elle hurlait, elle geignait et se lamentait si vite qu'on ne pouvait pas comprendre ce qu'elle disait : elle suppliait sans doute qu'on cessât de la battre, car on la battait impitoyablement, d'abord dans l'appartement... puis sur le palier où on la traîna. La voix de l'agresseur respirait une haine, une fureur si effroyable qu'elle en était même devenue rauque, pourtant je compris que c'était Alexandre Ilitch, qui battait la logeuse et qui sans doute lui donnait des coups de botte, de poing, la piétinait, et, saisissant ses tresses lui cognait la tête contre les marches de l'escalier. Il ne pouvait en être autrement, les hurlements et les cris désespérés de la pauvre femme l'indiquaient bien.

Sans doute, y avait-il foule à tous les étages. Des voix nombreuses me parvenaient, des gens entraient, frappaient, claquaient les portes, tout le monde accourait. Qu'est-ce qu'il y a ? pensais-je, pourquoi, pour quelle raison la bat-il ? L'épouvante me glaçait. Il me semblait que je devenais fou, pourtant j'entendais très distinctement chaque bruit. Maintenant, on va venir chez moi, chez moi aussi ; à cette pensée, je me levai à demi pour m'enfermer [?] au crochet, mais je me ravisai. Enfin, après avoir duré dix minutes, tout ce vacarme s'apaisa peu à peu. La logeuse gémissait et soupirait. Alexandre Ivanovitch s'éloigna tout en continuant de proférer injures et menaces. J'entendais même le bruit de ses pas. La patronne alla s'enfermer chez elle. Ensuite les spectateurs regagnèrent petit à petit leurs étages et leurs appartements respectifs, ils discutaient, ils poussaient des exclamations, tantôt élevant leur voix, tantôt murmurant tout bas. Ils devaient être nombreux, la maison entière était accourue. Seigneur, qu'est-il arrivé ? Pourquoi Alexandre Ilitch est-il venu ? Est-ce que tout cela est possible ? Comment a-t-il osé la battre ?

Je me recouchai, mais je ne pus plus fermer l'œil. Je dois être resté une demi-heure étendu ainsi, souffrant de stupéfaction et d'épouvante, en proie à une sensation comme je n'en avais jamais ressenti. Soudain, de la lumière. Je vis devant moi Nastassia qui tenait une bougie et une assiette de soupe. Elle me regarda et voyant que je ne dormais pas elle posa sur la table du pain, l'assiette et une cuiller en bois.

« Sûrement tu n'as rien mangé depuis hier. Tu as traîné la journée dans la rue et cela malgré ta fièvre.

– Nastassia... Pourquoi a-t-on battu la patronne ?

– La patronne ? Qui a battu la patronne ?

– Tout à l'heure, il y a trente minutes, Alexandre Ilitch, le commissaire, l'adjoint. Je l'ai reconnu. Pourquoi l'a-t-il ainsi malmenée ? Et comment l'a-t-elle permis ? »

Nastassia fixa sur moi son regard sans rien dire. Elle me contempla longuement et sévèrement. Je fus effrayé.

« Nastassia, pourquoi ne réponds-tu pas ? lui demandai-je.

– C'est le sang, répliqua-t-elle d'une voix basse et lugubre.

– Le sang ? Le sang de qui ? Quel sang ? balbutiai-je avec effort, et mon visage se contracta douloureusement.

– C'est le sang qui crie en toi, qui circule dans ton corps, c'est pour ça que tu as des visions, c'est la peur. Personne n'a battu la patronne... et ne va la battre », ajouta-t-elle.

Une épouvante encore plus violente s'empara de moi.

« Pourtant je n'ai pas dormi, je m'étais assis sur mon lit, fis-je après un long silence. Alexandre Ilitch est bien venu ici ?

– Personne n'est venu. C'est le sang qui crie en toi. C'est quand il commence à se cailler dans le foie, qu'on a des visions. Mange donc ! Vas-tu manger. » Je ne répondis pas et me recouchai silencieusement sur mon paquet.

Au lieu de l'oreiller qui n'existait pas depuis longtemps je plaçais d'habitude sous ma tête un paquet fait de tout mon linge et je dormais dessus.

Je ressentis (une peur telle que je le crois) les cheveux se dressèrent sur ma tête. Nastassia était toujours près de moi.

« Donne-moi à boire... Nastassiouchka », parvins-je enfin à prononcer.

Elle descendit silencieusement l'escalier et revint, si je ne me trompe, très vite, mais je ne me rendais plus compte de rien. Je ne me souviens que d'avoir bu une gorgée d'eau ; ensuite j'ai perdu connaissance. Je ne m'étais pas tout à fait évanoui. Je me rappelle beaucoup de choses, mais tantôt indistinctement, tantôt d'une façon qui différait de la réalité. Parfois il me semblait que plusieurs personnes m'entouraient, qu'elles voulaient me prendre et m'emporter quelque part, qu'elles discutaient et se querellaient à mon sujet. D'autre fois, je me voyais seul, tout le monde m'avait abandonné ; on avait même peur de moi ; on n'ouvrait que rarement la porte, de derrière laquelle on me menaçait ; on m'injuriait, on se moquait de moi. Le plus souvent je croyais entendre des rires. Je me souviens d'avoir souvent aperçu Nastassia près de moi. Je remarquai également un homme, qui m'était bien connu, je ne pouvais pourtant pas me rappeler qui c'était ; cela m'angoissait, je me démenais, je pleurais, je concentrais mes pensées pour situer ce personnage, et je n'y parvenais pas. Je le demandais aux autres, on me renseignait, j'oubliais aussitôt. Tantôt je me figurais être alité depuis un an, tantôt il me semblait que la même journée continuait toujours. Parfois j'étais torturé par une peur terrible, et ce qui est plus étrange, c'est qu'elle était provoquée non pas par *la chose* – je me le rappelle très bien –, mais parce que je m'imaginais qu'un inconnu voulait lâcher sur moi son bouledogue qu'il tenait caché derrière la porte, en tapinois, ou une autre histoire dans ce gen[re]. Quant au sujet précis de mon effroi, je l'ignorais, je l'avais complètement oublié ; je m'arrachais de ma place, je voulais m'en aller, m'enfuir, mais quelqu'un m'arrêtait de force et je me rendormais. À la fin, je me réveillai complètement.

Il devait être près de cinq heures de l'après-midi. À cette heure-là, un rayon de soleil pénètre toujours dans ma chambre. À mon chevet se trouvaient Nastassia et un homme qui me dévisageait d'un regard très curieux et circonspect. Je ne le connaissais point. C'était un jeune garçon barbu, vêtu d'un cafetan russe et qui paraissait être le chasseur de quelque établissement. La logeuse regardait par la porte entrebâillée. Je promenais sur l'assistance un regard fixe puis je me soulevai.

« Nastassia, qui est-ce ? demandai-je en montrant le jeune garçon.

– Tiens, il a repris ses sens, fit la servante.

– Monsieur a repris ses sens », répéta comme un écho l'homme. La patronne s'empressa de disparaître, en fermant la porte derrière elle.

« Qui... êtes-vous ? demandai-je au jeune homme.

– Eh bien, nous venons pour affaire... » commença-t-il, mais à cet instant la porte s'ouvrit livrant passage à Rasoumikhine qui se courba en entrant à cause de sa haute taille.

« C'est une vraie cabine de bateau ! s'écria-t-il. Tiens, si je ne me trompe, tu es revenu à toi ?

– Il vient de reprendre ses sens, fit Nastassia.

– Monsieur a repris ses sens, ajouta le jeune homme.

– Mais qui êtes-vous ? demanda Rasoumikhine, en se détournant de nous pour s'adresser tout à coup à ce dernier. Je me nomme moi, voyez-vous, Vrasoumikhine, non pas Rasoumikhine comme on m'appelle d'habitude, mais Vrasoumikhine, étudiant et fils de noble ; monsieur est mon ami. Eh bien, et vous, qui êtes-vous ?

– Je suis chasseur, je viens de la part du marchand Cherstobitov, pour affaire.

– Asseyez-vous, dit Rasoumikhine. Tu as bien fait de reprendre connaissance : tu es resté comme ça, mon vieux, cinq journées sans manger ni boire. Je t'ai amené deux fois (Zamiotov), Bakavine. Il t'a examiné et a déclaré dès le premier jour que ce n'était rien, des bêtises, une bagatelle nerveuse, causée par la mauvaise nourriture, par le manque de bière et de raifort ; il a dit que c'est pour ça que tu es tombé malade mais que tu allais bientôt recouvrer tes esprits et que rien de grave n'était à redouter. Un fameux type, ce Bakavine, il soigne bien, il a tout deviné ! Eh bien, je ne vais pas vous retenir, s'adressa-t-il de nouveau à l'envoyé du marchand Cherstobitov, voulez-vous m'exposer ce qui vous amène. Remarque que c'est la deuxième fois qu'on vient chez toi de chez ce marchand, seulement l'autre jour, ce n'était pas lui, mais un autre... et, nous avons causé avec lui. Qui est-ce qui est venu ici avant vous ?

– C'était, je crois, avant-hier. En effet, c'est Alexeï Petrovitch qui est venu. C'est le chef des chasseurs de chez nous.

– Il me semble qu'il est plus débrouillard que vous, n'est-ce pas ?

– Oui, il est plus posé.

– C'est bien, et alors ? Du reste, je vois que, vous aussi, vous êtes un peu... Enfin, passons à l'affaire.

– Voici, je viens de la part de Simion Simionovitch que vous devez bien connaître, commença le jeune homme en s'adressant directement à moi. Au cas où vous auriez repris connaissance je dois vous remettre de l'argent, dix roubles, car Simion Simionovitch en a reçu l'ordre d'Andron Ivanovitch Tolstonogov, de Penza. Vous le saviez ?

– Je connais le marchand Tolstonogov.

– Vous entendez, il connaît Tolstonogov, c'est qu'il est en pleine possession de ses sens, s'écria Rasoumikhine. Quant à mes paroles de tout à l'heure, c'était pour rire. D'ailleurs vous me paraissez intelligent. Je viens d'en faire la remarque. Oui, continuez. Il est agréable d'entendre des discours sensés.

– C'est bien ça. Tolstonogov, Andron Ivanovitch, sur la demande de votre maman, qui vous avait déjà envoyé de l'argent par son intermédiaire, ne lui a pas non plus refusé cette fois-ci et a prié Simion Simionovitch de vous verser pour l'instant de la part de votre maman dix roubles en attendant mieux, car bien que votre mère ne possède pas encore de fortune, ses affaires reprennent ; quant à Andron Ivanovitch et Simion Ivanovitch ils régleront leurs comptes comme d'habitude.

– Eh bien ! qu'en dites-vous, est-il revenu à lui ou non, l'interrompit Rasoumikhine en me désignant.

– Je veux bien, moi. Seulement comment faire pour le reçu, il en faudrait un...

– Il va le griffonner. Qu'est-ce que vous avez là ? Votre carnet ?

– Oui. Voici.

– Passez-le-moi. Allons, Vassiouk, soulève-toi. Je vais t'aider, prends la plume et signe. Pour acquit et cætera, car, mon cher, nous avons horriblement besoin d'argent. Plus que de miel.

- Il ne faut pas, dis-je en repoussant la plume.

- Qu'est-ce qu'il ne faut pas ?

- Je ne vais pas... signer.

- Que diable, comment faire sans reçu ?

- Je n'ai pas besoin d'argent...

- Pour cela, mon vieux, tu mens. Il recommence ses histoires, ne vous inquiétez pas. Je vois que vous êtes un homme sensé... nous allons le guider.

- Je peux aussi bien repasser un autre jour.

- Non, non, non, vous êtes un homme sensé. Eh bien, Vassili ! » Et il se mit à diriger ma main.

« Laissez-moi, je vais le faire... » et je signai.

Le jeune homme laissa l'argent et se retira.

« Eh bien, Vassia, as-tu envie de manger ?

- Oui, répondis-je.

- Il y a de la soupe ?

- Oui, dit Nastassia qui était restée tout le temps dans la chambre. De la soupe aux pommes de terre et au riz.

- Je sais cela par cœur. Va, apporte-nous de la soupe, et du thé.

- Tout de suite. »

Deux minutes plus tard elle revint avec la soupe et dit que le thé serait bientôt prêt. Il y avait outre la soupière deux cuillers et deux assiettes. La nappe était propre. Les cuillers, qui étaient en argent, appartenaient à la logeuse. Devant Rasoumikhine, Nastassia plaça une salière et tout un service de table : moutarde, etc. Dans la soupe il y avait également de la viande.

« Nastassiouchka, Sofia Timofeevna la logeuse ferait bien de nous envoyer deux bouteilles de bière. On les videra !

- Voyez-vous ce chenapan ! » dit Nastassia et elle alla faire la commission.

Je ne me rendais pas encore entièrement compte de ce qui se passait. Cependant, Rasoumikhine vint s'asseoir tout près de moi, sur le divan ; maladroit comme un ours il me souleva la tête de son bras gauche, pourtant je me sentais beaucoup mieux qu'il ne se l'ima[ginait], de la main droite il portait à ma bouche une cuillerée de soupe, après avoir soufflé dessus plusieurs fois pour que je ne me brûle pas la bouche. Pourtant le potage était à peine tiède. J'avalai avidement une cuillerée, puis une seconde, à la troisième je me mis à protester, et Rasoumikhine me l'enfonça de force dans la bouche. À ce moment-là Nastassia entra avec deux bouteilles de bière.

« Tu vois, Nastassia, il en a mangé trois cuillerées ! C'est qu'il avait très faim. Veux-tu du thé ?

– Oui.

– Va vite chercher le thé, Nastassia. Voilà la bière », fit-il en s'asseyant à table et en rapprochant de lui la soupière et le plat de bœuf. Il se mit à manger avidement comme s'il avait jeûné depuis trois jours.

« Mon vieux, je dîne ainsi chez vous tous les jours, dit-il, la bouche pleine et clignant de l'œil gauche. Tu crois que c'est à tes frais ? Nullement ! Ça ne figurera pas sur ton compte. Tu penses peut-être que je vais régler ces deux bouteilles de bière ? Pour rien au monde, c'est Sonetchka, ta logeuse, qui nous les offre, à ses frais, en signe de son contentement. Mais voilà Nastassia qui apporte le thé. Elle va vite ! Nastenka, veux-tu de la bière ?

– Tu te paies ma tête !

– Du thé, alors ?

– Du thé, oui.

– Assieds-toi. Sers-toi. Non, attends, je vais te servir moi-même. »

Il versa une tasse de thé, ensuite une autre et cessant de manger, revint s'asseoir sur mon divan ; il me souleva la tête et l'appuya contre son bras gauche comme tout à l'heure et se mit à me verser dans la bouche des cuillerées de thé en soufflant sans cesse dessus, je fus obligé ainsi d'en avaler une dizaine, ensuite je me laissai retomber sur mon oreiller.

Il y avait, en effet, un oreiller sous ma tête. Jusqu'alors je l'avais remplacé par mon linge que j'enlevais pour la nuit.

Je me taisais et écoutais avidement. Plusieurs détails me semblaient étranges. La mémoire m'était complètement revenue bien que la tête... me tournât un peu, je voulais... me bien renseigner.

« Il faut que Sonetchka nous envoie dès aujourd'hui de la confiture de framboise. On va confectionner une boisson, dit Rasoumikhine en se rasseyant à sa place et en attaquant de nouveau le potage et la bière.

- Où veux-tu qu'elle prenne de la framboise ? demanda Nastassia.

- Dans une boutique, ma chère, dans une boutique. Mon amie, elle prendra de la framboise dans une boutique. Vois-tu, il s'est passé ici toute une histoire. Lorsque tu t'es enfui de chez moi, comme un filou, sans laisser ton adresse, j'ai décidé de te retrouver et une heure plus tard je me mettais en campagne. Ce que j'ai couru, ce que j'ai questionné ! J'ai perdu ainsi toute une journée et imagine-toi, j'ai retrouvé ta trace au bureau des adresses. Tu y es inscrit.

- J'y suis inscrit ? ne put s'empêcher de s'écrier Raskolnikov.

- Comment donc ! mais quant au général Kobeliov on n'a pu retrouver son adresse au bureau. Enfin, il serait trop fastidieux de raconter en détail mon arrivée ici ; du coup je fus initié à toutes tes affaires. À toutes, mon cher, à toutes ; elle peut te le dire. J'ai fait la connaissance de Nicodème Fomitch, du dvornik et de M. Zamiotov, qui est le greffier de ce quartier, et enfin, de Sonetchka. Ç'a été le bouquet. Nastia en est témoin.

- Tu l'as enjôlée, murmura Nastassia, avalant un petit morceau de sucre, et buvant le thé qu'elle avait versé dans une soucoupe.

- Si vous sucriez votre thé, Nastassia Nikiphorovna.

- Oh ! le coquin, s'écria la servante en éclatant de rire. Je m'appelle Petrovna et non pas Nikiphorovna, ajouta-t-elle, calmée.

- J'en prendrai note, répondit Rasoumikhine. Eh bien, frérot, pour ne pas bavarder outre mesure, je te dirai que d'abord j'avais envie de secouer comme avec une pile électrique tous les préjugés de ce patelin. Mais Sonetchka m'a subjugué. Je ne m'attendais pas, vieux, à la trouver aussi... avenante. Qu'en penses-tu ? Elle est même très avenante. Elle n'est pas du tout si mal que ça, au contraire tout, chez elle, est à sa place.

- Voyez l'animal ! gronda Nastassia à qui cette conversation semblait causer un extrême plaisir.

- Le malheur, mon vieux, c'est que dès le commencement, tu t'y es mal pris, continua Rasoumikhine, avec elle, il fallait procéder autrement. Elle a, pour ainsi dire, un caractère bien bizarre. C'est presque... Par exemple, qu'as-tu fait pour qu'elle ait osé ne plus t'envoyer ton dîner ? Et ce billet ! Il faut être fou pour signer un effet. Et ce mariage qu'on avait projeté avant la mort de la jeune fille ? D'ailleurs, je touche là à une corde délicate, excuse-moi, tu me raconteras ça une autre fois (ajouta-t-il avec tout le sérieux dont il était capable). D'après toi, Vassia : Sonetchka est-elle bête ou non ?

- Caractère des plus bizarres, continua Rasoumikhine comprenant parfaitement bien - Raskolnikov le voyait d'après l'expression de son visage -, que son ami ne voulait pas lui répondre.

- Non, elle n'est pas bête... répliqua Raskolnikov pour alimenter la conversation.

- C'est bien ce que je pense. Elle n'est ni bête, ni intelligente, mais juste ce qu'il faut pour une personne rubiconde et bien en chair. Elle a au moins quarante ans, elle n'en avoue que trente-six, et elle a le droit de le faire. Impossible de la pincer, je te le confie en secret, tout t'échapperait de la main. Ainsi donc, tout se passa ainsi parce que, voyant que tu avais quitté l'Université, que tu étais sans leçons et sans vêtements, que, sa fille morte, elle n'avait plus de raison de te considérer comme un des siens, elle a eu tout à coup peur, et, comme de ton côté tu n'as pas maintenu avec elle les rapports d'autrefois, elle a résolu de te déloger. Elle en avait l'intention depuis longtemps, mais elle tenait à ton billet. D'autre part, tu lui assurais toi-même que ta maman allait payer.

- Je l'ai dit par bassesse d'âme... répliquai-je. Maman elle-même est presque réduite à demander l'aumône... à Penza... Moi, j'ai menti... pour qu'on ne me chasse point de ma chambre.

– Tu as bien fait. Mais voici le *hic* : ta logeuse est tombée sur monsieur l'assesseur de collège Tchebarov. Sans lui, Sonetchka n'aurait rien entrepris. Elle se serait gênée. Ce Tchebarov s'occupe d'affaires, j'entends d'affaires louches, il est aussi employé quelque part. Il griffonne des vers satiriques, où il poursuit les vices publics, détruit les préjugés et est d'une noble indignation quand on lui parle des trois poissons sur lesquels repose la terre. Pour tout cela un journaliste lui paie de trois à sept roubles par semaine : quelle somme ! C'est que, vois-tu, monsieur ne recherche que l'argent, la manière de se le procurer ne lui importe guère. C'est un homme d'affaires, il vend sa noble indignation, mais à cela il préfère d'autres [combinaisons] : procès, chicane, prêts à intérêts, cabarets loués aux noms d'hommes de paille ; entre autres, il s'intéresse à des affaires comme la tienne. Un exemple, Sonetchka possède cet effet de (soixante-quinze roubles). La question est de savoir s'il y a moyen de monnayer ce papier ? Oui, puisqu'il existe une certaine maman comme dit l'envoyé du marchand Chelopaïev. »

(Vois-tu, frérot, il existe de ces requins de par le monde, qui nagent dans la mer. Il y a, mon vieux Vassia, des hommes de toutes sortes. Ça ne nous regarde pas, ni toi, ni moi, nous sommes de braves gens.)

(Il se peut qu'elle (ta logeuse) se soit fâchée contre toi précisément parce que tu n'as pas voulu t'y prendre comme il le fallait. C'est terriblement vexant lorsque quelqu'un ne sait pas s'y prendre.) Qui jeûnerait toute une année pour arriver, dix-huit mois plus tard, à mettre de côté soixante-quinze roubles sur les cent vingt qu'elle touche comme pension. La maman engagerait ses revenus futurs, la sœurette qui est gouvernante accepterait tout pour sauver son frère. Pourquoi t'agiter ? J'ai appris, mon vieux, toutes tes affaires et si je te parle c'est que je t'aime et te comprends. Lorsque tu entretenais avec Sonetchka des relations quasi familiales, tu lui as fait des confidences. C'est de là que vient tout le mal. Sonetchka elle-même n'aurait jamais rien entrepris contre toi, elle est trop corpulente pour cela, si on ne lui avait pas recommandé Tchebarov. Ce type a machiné toute la combinaison car, crois-moi, pour ce qui concerne les prélèvements d'argent, il n'existe pas d'aussi grands filous que ceux qui s'indignent au sujet des trois poissons et qui vendent leur indignation. Remarque bien, si par exemple tu dois quelque chose à un de ces « trois poissons », ou si un de ces messieurs est mêlé à ton affaire, aussitôt il essaie de te faire envoyer en prison. C'est leur principe. Ils appellent cela : élément positif, mépris du préjugé (mépris du devoir mais pas de ce qu'on leur doit dans le cas où ils sont créanciers). Eh bien donc, Tchebarov est précisément de ces « trois poissons », c'est-à-dire de ceux qui ne voient rien au-delà de leurs trois poissons, il a même écrit une satire sur ce sujet... Ioulenka lui a revendu ton billet. Il l'a examiné et, pour une somme de dix roubles, s'est chargé de l'affaire. Il n'avait naturellement pas acheté ton billet à Sonetchka, seulement ils ont fait un papier comme quoi il en était désormais le propriétaire ; car, vois-tu, Sonetchka est trop timide, elle se gênerait de traîner elle-même en prison le fiancé de sa fille, aussi a-t-elle trouvé un requin pour t'avaler. Zamiotov en ami m'a confié toute l'histoire. Nous sommes allés avec lui chez Louisa. Tu te souviens de Louisa Ivan[ovna]. Connais-tu Louisa ? C'est une brave femme. Nous sommes ici toute une bande qui nous rencontrons presque tous les soirs dans un cabaret. Ensuite, je me rendis chez Tchebarov ; imagine-toi, je suis allé chez lui plusieurs fois, et à toutes les heures de la journée, cela trois jours de suite ; je lui ai laissé des billets pour lui dire que je venais au sujet de l'affaire d'un tel ; il n'était jamais chez lui, ni à l'aube, ni à l'heure du dîner ni même à minuit passé, mais toujours à sa villa, car il a une villa et des chevaux. Si j'avais réussi à l'atteindre je l'aurais secoué comme avec une pile électrique, mais vers ce temps-là je me liais d'amitié avec Sonetchka et lui ordonnai d'arrêter la procédure en répondant de ta dette. Mon cher, je me suis porté garant pour toi ! Entends-tu ? Alors elle a prié Tchebarov de retirer la plainte et elle lui a payé dix roubles pour son travail. Il était content car il n'y était pas allé de main morte et il avait dépensé sans compter son talent littéraire. J'ai lu au commissariat sa sommation de paiement : « Je considère comme de mon devoir d'ajouter que NN a l'intention de quitter la capitale Saint-Pétersbourg. » Il en a menti ; comment toi, NN, aurais-tu fait pour quitter quoi que ce soit ? Voilà ce que c'est qu'un homme d'affaires. Pour le cas où tu songerais à déguerpir il te dénonçait à la police : ouvrez l'œil ! C'est lui qui depuis vingt ans se mêle d'éditer Klopstock. Je l'ai su par Kherouvimov. N'est-ce pas vrai, Nastassiouchka ? Les voilà bien cachés ces dix roubles, qui voudraient revenir à leur ancienne place ! Ce n'est qu'à présent, Vassia, que je m'aperçois de ma sottise. J'ai voulu te distraire, t'amuser par mon bavardage et je crois que je n'ai réussi qu'à t'échauffer la bile. »

Après un moment de silence, Raskolnikov demanda sans se retourner :

« C'est toi que je voyais près de moi pendant mon délire... et que je ne reconnaissais pas ?

– Oui, tu avais même des accès de rage. Un jour je suis passé te voir avec Zamiotov.

– Avec Zamiotov ? Avec le greff[ier] ? Pour quoi faire ?

– Il a exprimé le désir de faire ta connaissance... lui-même. C'est un garçon très aimable. Nous sommes allés avec lui chez Louisa, et nous avons beaucoup parlé de toi. À présent nous sommes amis. Qui d'autre que lui aurait pu me renseigner sur ton compte ?

– Est-ce que j'ai eu le délire ? »

(Comme ne m'appartenant plus.)

« Sur quel sujet ai-je divagué ? demanda-t-il tâchant de se soulever sur le lit.

– En voilà une question ! Ce que tu disais ? Voyons, ne te lève donc pas. On sait bien ce que peut dire un homme lorsqu'il a la fièvre. Et maintenant, mon vieux, à la besogne.

– Qu'est-ce que je disais ?

– Pendant que tu délirais ? Mon Dieu, c'est que tu y tiens ! N'aurais-tu pas peur d'avoir laissé échapper quelque secret ? Tu peux te rassurer : il n'a pas été question de la comtesse. Par contre, tu as parlé d'un bouledogue, d'un dvornik, d'Alexandre Ilitch et de Nicodème Fomitch, surtout de ces deux derniers. Ils ont dû te frapper l'autre jour. En plus, vous vous intéressiez extrêmement à l'une de vos chaussettes, vous vous lamentiez : qu'on me donne ma chaussette ! Zamiotov l'a cherchée lui-même dans tous les coins et vous a apporté cette saleté dans ses propres mains parfumées et ornées de bagues. Ce n'est qu'alors que vous vous êtes calmé et avez pressé cette guenille dans vos bras pendant toute une journée... Vous la pressiez si fort qu'on ne pouvait vous l'enlever, elle doit se trouver encore quelque part sous ta couverture. Tu demandais également une frange pour ton pantalon. Zamiotov t'a longtemps interrogé pour savoir de quelle frange tu parlais. »

Silencieux, je faisais le mort. Zamiotov est venu examiner mes chaussettes. Je tâtai de la main les objets qui m'entouraient : c'est bien ça, la chaussette est toujours à côté de moi. Je la serrai dans les mains...

« À présent, revenons à nos affaires, continua Rasoumikhine. Voici, je prélève sur ton argent, si tu ne protestes pas, trente roubles qui, je le vois, cherchent un emploi et je reviens incontinent. Nastenka, si monsieur avait besoin de quelque chose, aidez-le. Et n'oubliez pas la confiture. De la framboise, absolument ! Du reste, je passerai moi-même chez Sonetchka. Je t'enverrai Zossimov. D'ailleurs, je reviendrai, aussi.

– Il l'appelle Sonetchka. Quel toupet ! » dit Nastassia dès que Rasoumikhine fut sorti ; on voyait qu'elle était depuis longtemps sous le charme du jeune homme. Je me taisais, la servante se détourna, commença par ouvrir la porte pour entendre ce qui se passait en bas, ensuite elle descendit l'escalier à son tour. Elle était trop curieuse de savoir comment Rasoumikhine allait se comporter envers Sonetchka. Enfin, il restait seul.

Nastassia à peine partie, je saisis la chaussette, celle-là même du pied gauche, et me mis à l'examiner attentivement à la lumière : est-il possible de distinguer quoi que ce soit ? Mais la chaussette avait été, même avant la chose, tellement usée, noire, et sale, et je l'avais depuis si longtemps frottée contre le sol et mouillée qu'il était impossible de deviner en la regardant qu'elle était maculée de sang. Le bout de la chaussette et toute la plante ne formaient qu'une grande tache sombre. Je me tranquillisais. Zamiotov n'a rien pu voir, néanmoins, c'est très curieux qu'il soit venu jusqu'ici et se soit déjà lié avec Rasoumikhine. Ce qui me faisait surtout enrager, c'est que je me sentais faible, impuissant et sous la tutelle de Rasoumikhine pour qui tout à coup je ressentais presque de la haine. À présent il ne va plus me quitter tant que je ne serai pas rétabli ; je suis encore si faible que la raison peut me manquer et il m'échapperait alors quelque parole imprudente. Il vaut mieux me taire tout le temps. Qu'ils soient maudits ! Je ne veux pas rester avec eux, je veux être seul. La solitude, voilà ce que je désire.

L'irritation et la fièvre m'avaient repris ; je n'ai pas besoin d'eux ! Le fait que Rasoumikhine m'avait retrouvé, sauvé, soigné à ses frais, qu'aujourd'hui encore il s'efforçait de me consoler et de me distraire, tout cela ne faisait que me tourmenter et me fâcher. J'attendais son retour avec une rage froide. Cependant j'avais mal à la tête, tout tournait devant moi, je fermai les yeux. Nastassia entra en faisant grincer la porte, me regarda et croyant que je m'étais rendormi se retira. Une heure et demie plus tard, comme il faisait déjà sombre, la voix bruyante et sonore de Rasoumikhine me parvint de l'escalier. Je m'étais assoupi. Cette voix me fit sursauter. Rasoumikhine ouvrit la porte mais voyant que j'avais les yeux fermés s'arrêta sans mot dire sur le seuil. Alors je le regardai.

« Puisque tu ne dors pas, me voilà ! Nastassia, apporte tout ici, cria-t-il. Je vais te rendre mes comptes. Tu as fait un fameux somme. » Il serrait avec un air de triomphe un paquet entre les mains.

Je le considérais froidement.

« Le sommeil est une bonne chose, mon vieux Vassia, je vais bientôt me retirer jusqu'à demain. Dors, cela te fait du bien. Chemin faisant, je suis passé chez Bakavine, il va venir t'examiner. Profitons de ce qu'il n'est pas encore là pour regarder mes emplettes. Nastassiouchka nous tiendra compagnie. » La servante était déjà entrée dans ma chambre, on eût dit qu'elle ne pouvait lâcher d'un pas Rasoumikhine.

« Eh bien, premièrement », continua-t-il en défaisant son paquet.

(Raskolnikov se souleva, étonné ; qu'est-ce ? quelle heure est-il ? cria-t-il), premièrement, voici une casquette. Veux-tu me permettre de te l'essayer ?

Il s'approcha de moi, me souleva pour me faire essayer la casquette. Je le repoussai avec dégoût.

« Non, non. Demain... fis-je.

– Si, mon vieux Vassia, laisse-toi faire. Demain il serait trop tard, d'ailleurs l'inquiétude me tiendrait éveillé toute la nuit car j'ai acheté la casquette sans avoir de mesures, au jugé. C'est ça, s'écria-t-il d'un ton de triomphe, c'est juste à la mesure. À présent je peux dormir tranquille. Cela, mon vieux Vassia, est la chose la plus importante, dit-il, en enlevant la casquette de ma tête et en la contemplant avec extase. Le couvre-chef, à parler d'une manière générale, contribue au succès, dans la haute société. Toute la philosophie quotidienne y est incluse. La casquette est merveilleuse, continua-t-il avec une sincère admiration. Maintenant, Nastenka, comparez ces deux chapeaux, ce palmerston », il prit dans un coin mon feutre rond et déformé qu'il appela je ne sais pourquoi palmerston, et le posa sur la table à côté de la casquette nouvellement achetée, « comparez ce palmerston et cette acquisition élégante. Vois-tu, Vassia, nous allons faire don au Musée académique de ce chapeau rond que nous dirons être le nid d'un oiseau de Zanzibar, dont les œufs se sont cassés en route. À présent, continuons : Vassia, à ton avis, qu'est-ce que j'ai payé cette casquette. Devine un peu le prix ! Nastassiouchka, s'adressa-t-il à la servante, voyant que je me taisais.

– Eh bien... Tu as dû en donner vingt kopecks, fit Nastassia en admirant à son tour la casquette.

– Vingt kopecks ! Idiote ! Soixante kopecks. Est-ce qu'on peut de nos jours acheter une casquette pour vingt kopecks. On m'a promis que si tu usais celle-là au cours de cette année, l'an prochain on t'en donnerait une autre pour rien. Je te le jure. Passons à présent aux États-Unis d'Amérique. Que dis-tu de cette culotte ? Je te préviens : j'en suis fier ! et il déroula devant nous un pantalon gris.

– Pas un seul trou, pas une seule tache, malgré qu'il ait été porté. Gilet assorti : de la couleur du pantalon, comme la mode l'exige, et également usé, mais c'est même préférable : il n'en est que plus souple, plus doux. Vois-tu, Vassia, pour faire sa carrière dans le monde il suffit à mon avis, de se guider sur la saison. Nous sommes en été, aussi ai-je acheté un gilet et une culotte d'été. Évidemment, en automne tes vêtements auront vécu comme le monarque de Babylone, bien que non pas du fait d'un excès de magnificence, ni de troubles intérieurs ; mais la saison alors exigera quand même une étoffe plus épaisse, d'autre part il nous restera des loques très respectables pour confectionner des bandes à remplacer les chaussettes en hiver. Maintenant, devine le prix ! »

Il regarda Nastassia d'un air vainqueur ; mon expression froide et même rageuse devait le troubler.

« Un rouble vingt-cinq kopecks, ni plus ni moins, pour le pantalon et le gilet. C'est vraiment pour rien, d'autant plus qu'on m'a également promis que si tu arrivais à les user, tu aurais le droit de prendre dans la même boutique à ton choix des vêtements en meilleure étoffe anglaise. On te les donnera gratis. Maintenant, passons aux bottes. Vassia, regarde, elles ont été portées mais, qu'en penses-tu ? elles feront encore bien un usage de trois mois. Ça, c'est certain. Je les ai achetées en connaisseur, je suis un spécialiste en matière de chaussures, et j'en suis fier ; cette paire n'a été portée qu'une semaine, elle vient de l'étranger : le secrétaire de l'ambassade anglaise s'en est défait au marché. Il était très à court d'argent. Je l'ai payée un rouble frais de transport compris. C'est de la chance !

– Elles n'iront peut-être pas à son pied, fit Nastassia.

– Et cela, qu'est-ce que c'est ? » et Rasoumikhine tira solennellement de sa poche ma vieille botte, horriblement trouée, desséchée, toute sale et recroquevillée.

« J'ai songé à tout comme le savant naturaliste qui reconstitue un squelette sur un seul os, le boutiquier Fomine a relevé l'exacte dimension de la botte d'après cette ruine, en m'assurant que ça le connaissait, et sachez qu'un naturaliste mentirait plutôt que Fomine. À présent Vassia, passons au chapitre des intimités. Tu n'as pas de chemise – celle-ci ne vaut rien – en voici donc deux en toile avec des devants à la mode. Car, mon cher, le bon linge, plus on le porte, meilleur il devient. C'est un fait connu ; les chemises ont été portées mais elles n'en sont que plus solides : un rouble cinquante les deux ; on m'a donné le caleçon par-dessus le marché, il n'y en a qu'un seul mais il doit te suffire, car c'est un article qu'on dissimule aux yeux des autres, surtout dans la haute société. Donc un rouble cinquante et un rouble font deux roubles cinquante, plus un rouble vingt-cinq et soixante kopecks ; total quatre roubles trente et cinq roubles soixante-dix de monnaie, que voici. (Il posa l'argent sur la table.) Tu es habillé des pieds à la tête, car à mon avis ton manteau palmerston non seulement peut encore servir mais a un certain air d'extrême distinction. Quant aux chaussettes et au reste, envoie-les au diable. À quoi sont-elles bonnes ? Tu y pourvoiras toi-même... Je te conseille de laver la chemise que tu as sur toi et comme elle est depuis longtemps en loques tu n'auras qu'à en confectionner des bandes pour envelopper tes pieds. Il y en aura assez pour deux paires, je n'ai pas besoin d'ajouter qu'à présent ce procédé est très à la mode même parmi les dames. Donne qu'on te change de chemise.

– Je ne veux pas... je ne veux pas, dis-je en le repoussant des mains.

– Il le faut, Vassia, celle que tu portes est tellement sale et imprégnée de sueur, etc., etc., que, si tu la gardais, tu en serais malade trois jours de plus. Laisse-moi t'aider ! Nastenka, ne faites pas la prude, venez me donner un coup de main. » Et, de force, il me changea de linge. Nastassia prit ma vieille chemise pour la laver. Furieux, je me rejetai sur mon oreiller et versai des larmes de rage.

« Voyons ! voyons ! Quel homme ! s'écria Rasoumikhine abandonnant complètement son ton artificiel et enjoué ; il me regarda avec reproche.

– Je n'ai pas besoin de nounous, je n'ai pas besoin de bienfaiteurs ni de consolateurs, laissez-moi, laissez-moi », balbutiai-je d'une voix rauque, en sanglotant.

Cependant Rasoumikhine me contemplait très tristement, d'un air de sincère affliction.

« Pourquoi, continuai-je, la voix empoisonnée de haine, pourquoi causes-tu avec moi ? »

À cet instant la porte s'ouvrit et Bakavine entra dans la chambre. C'était un médecin pour le moment sans travail, un médecin très habile ; il était grand, avait un visage bouffi, des cheveux blonds, des yeux grands mais incolores, un sourire sarcastique. Je l'avais déjà rencontré. Sa présence m'avait toujours été particulièrement pénible.

« Eh bien, fit-il, le regard fixé sur mon visage ; il s'assit sur le lit.

– Toujours hypocondriaque ; il a pleuré parce que nous l'avons changé de linge.

– C'est naturel. »

Il me tâta le pouls et la tête.

« Toujours mal à la tête ?

– Je me porte bien, parfaitement bien, insista Raskolnikov avec irritation en se soule[vant].

– Hum ! Ça va. Bien. Très bien. A-t-il mangé ? »

On lui répondit, puis on demanda ce qu'on pouvait me donner.

« On peut lui donner...

– Du potage, du thé..., tant qu'il voudra. Il a pour ces choses sa propre mesure. Naturellement, les champignons et les concombres lui sont interdits. Donnez-lui du bœuf, quant au reste, nous verrons demain s'il ne faut pas lui enlever sa potion.

– Demain soir, je lui ferai faire une promenade, s'écria Rasoumikhine. Son costume l'attend ; nous passerons au Jardin Ioussoupov et ensuite au Palais de Cristal.

– Demain je ne le dérangerais pas, fit Zossimov sur un ton apathique. À moins que ce soit pour quelques instants seulement... Et si le temps le permet.

– C'est dommage, alors après-demain.

– Après-demain non plus.

– C'est vraiment dommage, je me disposais justement à l'emmener chez Zamiotov. Il connaît tous les endroits intéressants et est accueilli partout comme le maître.

– Ah ! si vous pouviez venir aujourd'hui chez moi, je serai là. Je peux déjà marcher et j'irai n'importe où... si je le veux.

– Qui est-ce que tu attends ? »

Zossimov se taisait.

« Que c'est dommage ! s'écria Rasoumikhine. Aujourd'hui, je pends la crémaillère, c'est à deux pas d'ici, j'aurais voulu qu'il vînt. Tu viendras, toi ? Tu as promis, s'adressa-t-il brusquement à Zossimov.

– Je ne sais pas, peut-être. Qui sera là ?

- Des camarades d'ici ; il m'arrive de n'avoir pas d'amis pendant deux mois, et d'autres fois j'en ai toute une bande.

- Qui est-ce ?

- Un maître de poste de je ne sais quel district. Il y a passé sa vie entière. À présent il touche une pension. Pauvre homme, il ne dit jamais rien, j'aime bien le rencontrer, une fois tous les cinq ans. »

- Des personnes qui ne sont pas d'ici, contempor[?] ! Si ce n'est mon vieil oncle, un vieillard de soixante-cinq ans qui est arr[ivé] à Pétersbourg il y a une semaine pour affaires.

- Peu importe. Tous les autres. Ton ami Porphyre Stepanovitch, le juge d'instruction. C'est bête vraiment, parce que vous vous êtes querellés un jour, tu es capable de ne pas venir.

- Ne parlons plus des endroits, mais à part ça, qu'est-ce qu'il peut y avoir de commun entre vous deux et Zamiotov, demanda Bakavine, en me désignant du doigt, et en esquissant des lèvres un sourire entendu.

- Quel homme ! Toujours ces principes. Quelle bêtise ! Quant à moi, j'aime tous les braves types. Que la personne soit sympathique, voilà mon principe. Pour ce qui est de Zamiotov, nous avons, en effet, entrepris une certaine affaire ensemble.

- Je serais curieux de savoir quoi ? fit Bakavine.

- Mais à propos du peintre en bâtiments. Nous finirons par le faire élargir, du reste, il n'y a pas de mal, on va le relâcher sans notre intervention. À présent, l'affaire est tout à fait claire, nous ne ferons que hâter le cours des événements.

- De quel peintre parles-tu ?

- Je te l'ai pourtant raconté, cette histoire. Non ? C'est vrai, tu ne sais que le début de l'affaire, c'est au sujet du meurtre de la vieille, le cas du peintre n'est venu s'y joindre que plus tard.

- J'ai été au courant de cet assassinat avant que tu m'en aies parlé... j'en ai lu quelque chose dans les journaux, cette affaire m'intéresse particulièrement.

- On a aussi égorgé Lisbeth, l'interrompit tout à coup Nastassia en s'adressant à moi.

– Qui est-ce, Lisbeth ? ne puis-je m'empêcher de balbutier.

– Lisbeth Petrovna, la marchande. Tu devais la connaître. Elle venait ici en bas. C'est elle qui t'a rapiécé ta chemise, celle-ci.

– Cette chemise, répétai-je tout bas.

– Mais oui ! Tu penses peut-être que je m'en suis occupée moi-même ! Je ne sais pas coudre avec une aiguille fine. Elle t'a mis cinq pièces, murmurait-elle en examinant la chemise, tu as là un beau chiffon. Tu devais dix kopecks pour le travail que tu n'as pas encore payé. On l'a tuée enceinte. Elle avait été battue souvent. N'importe qui pouvait la maltraiter.

– Eh bien, et ton peintre, l'interrompit Bakavine en s'adressant à Rasoumikhine.

– Il est tout bonnement accusé de ce meurtre.

– Est-ce qu'il y a des charges ? Comment… donc ? On a trouvé de nouvelles charges ? demanda Bakavine, qui, manifestement, voulait apprendre je ne sais quoi.

– Quelles charges ! Du reste, il y avait justement une charge mais ce n'en était pas une, et c'est ce qu'il s'agit de prouver. Au début, il y a eu des soupçons contre ces…, comment donc s'appellent-ils ? contre Bergstolz et l'étudiant Kopiline. Mon Dieu, que c'est stupide ! Ça m'échauffe la bile. À propos, Vassia, tu es au courant de l'affaire, toi ? En ton absence, c'est-à-dire pendant que tu es resté étendu, on a commis un meurtre à côté d'ici ; qu'est-ce que je raconte ! à cette époque-là tu sortais encore ; mais oui, le jour même où tu es allé au commissariat… tu as entendu tout raconter là-bas, on en a parlé devant toi ; tu as eu un évanouissement. C'était encore avant ta maladie. (La veille du jour où tu es venu me voir. Tu es longtemps resté sans connaissance, on m'a racon[té]… il a eu un évanouissement là-bas.) »

Je me détournai, sans mot dire. Je ne pouvais regarder mes visiteurs, je respirais à peine.

« Eh bien ?

– Eh bien, Bergstolz, le gros, et Kopiline ont fourni des explications satisfaisantes. Porphyre Filipovitch a dû te le raconter. En premier lieu, pourquoi auraient-ils commis le meurtre et amené le dvornik aussitôt après. On dit que la porte était ouverte. Ils sont allés prévenir le dvornik que la porte était fermée à l'intérieur, et en revenant ils l'ont trouvée ouverte. C'est là qu'est la pierre d'achoppement ; cela les a déroutés, eux, ainsi que Bergstolz.

- Je sais, fit Bakavine. Il rachetait à la vieille les objets non dégagés à temps. C'est un filou ; il en est toujours ainsi chez nous, puisque c'est un filou, puisqu'il rachetait des objets non dégagés, on en déduit que c'est lui l'assassin. Pourquoi avoir conclu cela ? Quel baveur !

- Je sais que vous avez failli vous battre avec Porphyre chez les Porochine. C'est vrai qu'il est fier mais il est très doué, il fera un excellent juge d'instruction. Avec les réformes actuelles nous avons besoin de ces hommes pratiques.

- Et qu'est-ce qui est arrivé ensuite ? interrompit Bakavine d'un ton mécontent.

- Voilà. Ces deux types, l'étudiant et Bergstolz, n'ont plus été inquiétés. Des dizaines de témoins les avaient vus pendant la dernière demi-heure. Ils ont présenté pour chaque minute un témoin spécial.

- Je sais tout cela.

- De plus, les dvorniks les avaient vus entrer, d'abord Bergstolz, ensuite l'étudiant. Ce dernier venait dégager un objet, le temps qu'il y est resté, trois minutes au plus, ne pouvait suffire à commettre un meurtre, encore que le dvornik ait trouvé les deux cadavres tièdes. Par conséquent, juste au moment où ces messieurs cognaient à la porte l'assassin se trouvait dans l'appartement. Ils l'avaient surpris, dérangé et l'auraient attrapé comme une souris si Bergstolz, ennuyé d'attendre l'étudiant, n'était pas allé, sot qu'il est, chercher le dvornik lui aussi. L'assassin souleva le crochet et s'enfuit aussitôt.

- (Je connais toutes ces suppositions.) On croit que lorsque les autres sont revenus l'assassin se cachait dans l'appartement vide. Je connais cette hypothèse, ajouta Bakavine, d'un ton moqueur.

- C'est évident, s'écria vivement Rasoumikhine comme s'il prévoyait des objections, sinon on l'aurait rencontré.

– Malheureusement, tout cela, murmura Bakavine en faisant une moue, est beaucoup trop fin. Il y faudrait plus de clarté et plus de consistance.

– Quel type tu fais, Bakavine, s'écria Rasoumikhine avec une expression de douleur et de vif reproche, tu es un garçon sans égal, un cœur des plus nobles, et pourtant tu es rempli d'une haine ! Parce que vous fréquentez, tous les deux dans la même maison et que vous vous êtes chamaillés pour des raisons idiotes, il faut que tu t'obstines à contredire et à ne pas comprendre ce qui est l'évidence même. À mon avis, Porphyre a deviné juste, mais juste !

– Vois-tu, dès le début, se présente un problème qu'il ne peut pas résoudre, dit tranquillement Bakavine : Lisbeth et la vieille se trouvaient-elles ensemble dans l'appartement quand l'assassin les a tuées ou bien les a-t-il égorgées séparément.

– Séparément, séparément, vociféra Rasoumikhine, échauffé. C'est là le point essentiel, toutes les conjectures sont à présent basées là-dessus.

– Séparément ? Donc, il s'est mis à égorger la vieille et a oublié de fermer la porte, puisque l'autre femme est venue plus tard. Sinon, l'aurait-il laissée entrer ? Il aurait eu peur et se serrait caché comme à l'arrivée de Bergstolz.

– C'est que précisément cette porte ouverte est un fait précieux qui aide à établir toute l'histoire.

– C'est bien fini...

– Ce n'est pas fini du tout. Bakavine, mon vieux, il suffit que tu prennes quelqu'un en grippe pour que tu sois prêt à le déchirer. Parce que Porphyre et toi vous faites la cour à la même jeune fille ce n'est pas une raison pour...

– Ne raconte pas de bêtises, répliqua Bakavine en pâlissant mais toujours calme.

– Des bêtises ? Les faits ont démontré que ce ne sont pas des bêtises ni des théories en l'air. À présent tout est reconstitué, cela a dû se passer ainsi. Premièrement, l'assassin, quel qu'il soit, est une personne inexpérimentée.

- Le (juge d'instruction) Simionov affirme que l'homme était habile et expérimenté, habile, le nœud...

- Il ment, il en a menti. Du reste il ne l'avait dit que tout au début, à présent il est de notre avis. L'homme était certainement malhabile et inexpérimenté, c'était là son premier crime. Il était tellement troublé qu'il en a oublié même de refermer la porte. (C'est là, c'est la vérité exacte, le fondement de tout. Question de psychologie. Pourquoi ris-tu ?) Il n'a su que tuer, car il n'a même pas trouvé le temps de prendre l'argent. Les obligations à 5 % étaient là, dans le coffre.

- On a retrouvé près de quinze cents roubles qu'il n'avait pas pris ; il s'est contenté de quelques petites bricoles, bonnes à rien ; il se peut même qu'il n'ait rien pris et notamment non pas parce qu'on l'aurait dérangé mais pour la raison que troublé comme il l'était il ne savait quoi choisir. Il est vrai qu'on l'avait également dérangé. Lisbeth est rentrée ; mais parfaitement, elle n'était pas à la maison et ne pouvait y être, d'ailleurs on a retrouvé auprès d'elle son sac avec lequel le dvornik l'avait vue entrer par la porte cochère et monter chez elle. Cela a eu lieu dix minutes avant qu'on eût trouvé les femmes assassinées. Par conséquent, le coup a été consommé en cinq minutes environ. Le meurtrier, effrayé que la porte fût ouverte, ce qui avait permis à Lisbeth de rentrer, s'enferma dans l'appartement. Remarque : il a lavé sa hache. À cet instant Bergstolz et Kopiline surviennent et se mettent à cogner à la porte ; pourtant le point essentiel c'est que pas plus tard qu'avant-hier matin on a apporté au commissariat de police des boucles d'oreilles, engagées dans le cabaret du paysan Morterine le soir même du crime, et précisément par le peintre qui travaillait dans l'appartement vide. Les boucles se trouvaient dans un étui, qui était enveloppé dans du papier ; la vieille avait l'habitude d'inscrire sur ces papiers le nom du possesseur du gage, plusieurs objets retrouvés dans le coffre étaient enveloppés de la même manière et portaient des noms. L'ouvrier a tout avoué, il a apporté le papier qu'il avait laissé dans l'appartement.

- Il a avoué ? cela veut dire...

- Précisément, cela ne veut rien dire. À votre avis, ce n'est pas... Voilà pourquoi nous nous sommes remués ; il a tout expliqué et a dit la vérité. Cet objet, ces boucles d'oreilles, continua Rasoumikhine d'une voix distincte et solennelle, cet étui il l'a trouvé derrière la porte de l'appartement vide, à l'heure même, presque au même instant où le dvornik, Bergstolz et l'étudiant montaient là-haut et apercevaient les cadavres.

– Comment le prouve-t-il ?

– On l'a vu, on l'a vu ! C'est qu'on l'a vu. Trois témoins qui sont passés dans l'escalier à peu près à ce moment-là l'ont vu. Bergstolz et l'étudiant avaient témoigné, dès le début, lorsque personne ne soupçonnait encore le peintre, que celui-ci se tenait sur le palier quand ils étaient montés l'un après l'autre et avaient trouvé la porte fermée.

– Comment aurait-il pu se trouver en même temps en deux endroits ? Un employé, qui a rencontré Bergstolz dans l'escalier, se rappelle également avoir vu l'ouvrier ; quant à Bergstolz il s'était même arrêté pour demander au peintre à qui appartenait le logement (le logement inhabité que l'on était en train de peindre). Le soir du premier interrogatoire Bergstolz a cité cette question et sa conversation avec l'ouvrier comme une preuve, comme un alibi, car il y était depuis une minute seulement et une minute plus tard il était descendu chercher le dvornik, donc, impossible de tuer en une seule minute. Si même les deux hommes avaient commis le meurtre, ils n'avaient aucun intérêt à appeler le dvornik avant d'avoir vidé le coffre. D'ailleurs il ne s'agit pas d'eux mais de l'ouvrier.

– Lorsque les deux visiteurs sont allés chercher le dvornik, l'ouvrier est parti à la recherche de Mitka, son camarade, ouvrier également, avec lequel il travaillait ; il se heurta en poussant des cris au groupe composé de Bergstolz, de l'étudiant et du dvornik qui remontaient déjà l'escalier. Ceux-ci ont engueulé le peintre qui a continué sans s'arrêter. Il ressort de tout cela que le véritable assassin avait trouvé le temps de sortir sur le palier ; en entendant les dvorniks approcher il s'était glissé dans l'appartement, resté ouvert et vide puisque l'ouvrier venait de le quitter pour rejoindre Mitka ; il y avait attendu que le dvornik et Bergstolz fussent passés près de lui (je m'imagine son ét[at] à cet i[nstant]) et dès que ceux-ci s'en allèrent l'homme se sauva ; pourtant il laissa une trace : l'étui avec les boucles. Un moment plus tard, l'ouvrier, ayant rossé Mitka, revenait dans l'appartement, il aperçut par terre des boucles. Aussitôt il ferma le logement à clé et s'en alla dans le cabaret où il engagea sa trouvaille à Morterine pour la somme de deux roubles. Le bijou est en bon état et vaut bien six roubles. De son côté, Morterine, lorsqu'il eut appris la nouvelle du meurtre, se fit quelques réflexions, après quoi il se présenta au commissariat avec les boucles d'oreilles ; tout cela a eu lieu avant-hier. Il raconta ce qu'il savait, et voilà l'histoire ! Tu vas voir, ils y ont mêlé tout le monde.

– Je l'ignorais, j'avoue que le cas est compliqué, marmotta Bakavine en se levant de sa place.

– Sais-tu que, Rasoumikhine... je dois dire que tu es un grand amateur de potins.

– Je m'en fiche. Peut-être me suis-je échauffé tout à l'heure et ai-je dit quelque chose de vexant pour toi ?

– Que le diable t'emporte ! répliqua Bakavine, qui hocha la tête avec une expression à moitié amicale et sortit.

– Serait-il fâché ? s'écria Rasoumikhine.

– Il vivait avec Lisbeth, déclara Nastassia dès que le médecin fut sorti.

– Comment ? Lui ? C'est pas possible, répliqua Rasoumikhine.

– Oui, lui. Elle lui lavait son linge. Lui aussi ne payait rien à la bonne femme.

– Tu te trompes, dit Rasoumikhine. Elle avait un autre ami. Je le sais.

– Il se peut qu'elle en ait eu également un troisième et un quatrième. » Nastassia se mit à rire. « C'était une fille coulante. Et pas parce qu'elle le désirait ; elle le tolérait par humilité. Tout chenapan s'en amusait. L'enfant qu'on a trouvé était de lui, du médecin.

– Quel enfant ?

– Tu sais qu'on lui a ouvert le ventre. Elle était enceinte de six mois. C'était un garçon. Il était mort.

– Oui..., je m'en souviens, fit Rasoumikhine, pensif. Je ne savais pas que c'était de Bakavine. D'ailleurs, Nastassia, tu dois mentir. Rakhmetov sifflota. Du reste, pourquoi pas, l'un n'empêche pas l'autre, car, vois-tu, Vassia, il est fâché après le juge d'instruction, Porphyre Petrovitch ; ils font tous les deux la cour à la fille des Porochine. C'est tout juste s'ils n'en viennent pas aux mains, ils rivalisent en tout. À présent, il va de nouveau aller chez les Porochine pour se disputer avec l'autre et épancher sa bile. D'ailleurs, c'est un brave garçon, mais oui... Vassia, nous avons dû te fatiguer avec notre conversation. Tu dors ? » Sans mot dire je me tournai vers le mur.

« En effet, je suis un drôle de type, tout m'intéresse, serais-je vraiment une commère ? (fit-il d'un ton songeur et doux). Bien sûr, une commère, Bakavine a dit vrai. Je vais m'en déshabituer, ajouta-t-il avec une bonhomie rêveuse. Eh bien, assez. Nastenka, n'oubliez pas ce que je vous ai dit. Si, si, venez ici de temps en temps. La nuit également. Au revoir, Vassia. Je t'ai remis tes vêtements et ton argent... je n'ai rien oublié, adieu. Nastassia, sors avec moi, j'ai à te dire encore quelques gentillesses. »

Dès qu'ils furent sortis je me rejetai à la renverse et me serrai la tête avec les deux mains.

(Je soupçon[nais] tout le monde... Je me guide sur mes souvenirs pour écrire.)

À l'aube j'étais obsédé à travers une sorte de demi-sommeil par le plan de m'en aller, de m'enfuir, d'abord en Finlande, et ensuite en Amérique...

Cependant la guérison approchait. Trois jours plus tard, tandis que toutes ces souffrances morales, maladie, méfiance, susceptibilité, avaient atteint en moi des proportions monstrueuses ; je sentis les forces me revenir de plus en plus vite ; pourtant je le dissimulais. J'ai trompé tout le monde. J'étais poussé par je ne sais quelle ruse animale : tromper le chasseur, égarer cette meute de chiens. Je ne songeais qu'à moi et à mon salut et j'étais loin de me douter qu'il ne pesait point sur moi de tels soupçons et charges que je me l'étais imaginé, en exagérant tout, et que, en réalité, j'étais presque hors de danger. La conversation au sujet du meurtre qui avait eu lieu entre Rasoumikhine et Bakavine à mon chevet m'avait irrité à un point extrême ; ce qui est remarquable c'est que, assailli par ces souffrances, par cette peur, pas une seule fois je n'ai rien senti, je n'ai point songé au crime que j'avais commis ; une fureur animale et un sentiment de conservation avaient fait taire le reste. Ainsi donc, je les ai trompés tous. Trois jours durant j'ai simulé une faiblesse à ne pouvoir même me remuer afin de leur inspirer confiance. Je n'adressais la parole presque à personne, à Rasoumikhine moins qu'à tout autre. C'est incompréhensible, mes regards, mon attention, ma grossièreté témoignaient d'une telle haine à son égard qu'il aurait bien dû, semble-t-il, m'abandonner. En effet, il avait l'air d'en être vexé à part lui mais ce qui m'irritait le plus c'est que sans doute il attribuait ma conduite à mon état maladif, et supportait tout. On aurait dit qu'il avait juré de me remettre sur pied et de faire, jusqu'à ce moment-là, la nounou auprès de moi, aussi éprouvais-je le désir de les stupéfier afin qu'ils n'attribuassent plus ma rage uniquement à ma maladie...

Le troisième jour, à la tombée du soir, lorsque ce sacré Bakavine qui avait pris l'habitude de venir bavarder chez nous (Dieu, qu'ils sont tous bavards !) se fut retiré je fis aussitôt semblant de m'endormir. Rasoumikhine répéta ses recommandations habituelles et s'en alla après avoir longuement regretté que je ne pusse venir chez lui le lendemain soir à l'occasion de son anniversaire (je savais qu'il rattrapait le temps perdu en ma compagnie en travaillant toutes les nuits jusqu'à quatre heures du matin). À peine fut-il sorti que je me levai, enfilai mes vêtements et partis à la recherche d'un nouvel appartement. J'espérais que l'argent que je possédais suffirait à mon déménagement ; j'aurais sous-loué un coin chez des habitants, de plus je devais recevoir un de ces jours une certaine somme de ma mère. Ce dont je me réjouissais en m'imaginant leur étonnement lorsqu'ils allaient apprendre que le malade qui, la veille, avait de la peine à se remuer venait de changer d'adresse. Je n'arrive pas à comprendre pourquoi j'avais résolu que j'allais me débarrasser ainsi de tout le monde, que je ne les attirerais pas tous, à plus forte raison, dans mon nouvel appartement et que je n'éveillerais pas ainsi en eux des soupçons, cette fois-ci graves. Aujourd'hui en y songeant et en raisonnant en moi-même je me persuade que tous ces jours et surtout ce soir-là j'étais un peu fou. Le lendemain (d'ailleurs), j'en eus comme un soupçon. Je m'en souviens.

Je descendis doucement comme un chat, l'escalier et me dirigeai vers le pont Voznessenski. Je voulais louer un coin dans un endroit éloigné de la Fontankano115 ou même au-delà. Il était près de huit heures. À l'angle de la Sadovaïa et de la perspective Voznessenski j'aperçus un hôtel, comme j'étais sûr d'y trouver des journaux j'y entrai pour lire à la rubrique des faits divers ce qu'on disait du meurtre de la vieille. Encore chez moi j'avais brûlé du désir de lire les journaux mais, par méfiance j'avais eu peur de prier Rasoumikhine de m'en procurer. À peine étais-je entré et avais-je demandé un verre de thé et La Voix que j'aperçus (on dirait un fait exprès) dans la pièce voisine Zamiotov avec un monsieur, très gros. Il y avait devant eux une bouteille de champagne. C'était le monsieur qui payait. Ce n'est pas tout, du premier regard je me rendis parfaitement compte que Zamiotov m'avait aperçu mais ne voulait pas que je le susse. Je décidai de rester exprès, j'allumai une cigarette et m'assis près de la porte, en tournant le dos à Zamiotov. Il ne pouvait pas ne pas passer près de moi en sortant. « Voudra-t-il me reconnaître ou pas ? » pensai-je.

Je trouvai effectivement dans le journal un article, le deuxième sur ce sujet avec des renvois au premier. Je demandai le numéro qui contenait le commencement de l'article. On le retrouva et on me l'apporta. Je n'avais pas peur que Zamiotov remarquât ce que j'étais en train de lire. Au contraire, je voulais même qu'il le sût, et c'est un peu pour cette raison que j'avais demandé le premier numéro. Je ne comprends pas pourquoi j'avais envie de risquer cette bravade, pourtant, j'en éprouvais le désir. Peut-être étais-je poussé par une fureur, fureur animale qui ne raisonne point.

Dans le journal.

---

115 *La Fontanka :* Un des canaux de Pétersbourg ; doit son nom aux fontaines du Jardin d'Été qui l'alimentent.

Vie de Dostoïesvski

1821. À Moscou, le 30 octobre, naissance de Fédor Mikhaïlovitch Dostoïevski. Son père, Mikhaïl Andréiévitch Dostoïevski, médecin militaire, avait épousé en 1819 la fille d'un négociant, Maria Fédorovna Netchaiev. Un premier fils, Michel, le frère préféré de Fédor, était né en 1820. En 1821, le docteur Dostoïevski ayant été nommé médecin traitant à l'hôpital Marie, l'hôpital des pauvres de Moscou, la famille fut logée dans un pavillon de l'hôpital, où naquit Fédor.

1831. Le docteur Dostoïevski acquiert deux villages. Darovoié et Tchermachnia. Sa femme, déjà atteinte de tuberculose, y vivra la plupart du temps jusqu'à sa mort en 1837.

1833-1834. Fédor et son frère Michel sont demi-pensionnaires à la pension du Français Souchard, puis internes à la pension Tchermak.

1837. Le docteur Dostoïevski conduit ses deux fils à Saint-Pétersbourg dans la pension de Kostomarov, qui doit les préparer à l'examen d'entrée de l'École supérieure des Ingénieurs militaires. Fédor est reçu en janvier 1838. Michel ajourné.

1839. En juin, à Darovoié, assassinat du docteur Dostoïevski, par des serfs qu'il avait maltraités.

1842. En août, Fédor passe avec succès l'examen de sortie de l'École supérieure des Ingénieurs militaires, est nommé sous-lieutenant, et entre comme dessinateur à la direction du Génie, à Saint-Pétersbourg.

1843. Dostoïevski traduit *Eugénie Grandet*, en témoignage d'admiration pour Balzac, qui venait de séjourner à Saint-Pétersbourg.

1844. Il quitte l'armée et commence à écrire les *Pauvres Gens*. Criblé de dettes, il mène une vie difficile et est déjà sujet à des attaques d'épilepsie.

1846. Les *Pauvres Gens*, puis *le Double*, paraissent dans le « *Recueil pétersbourgeois* ». En décembre, il écrit *Nietotchka Niezvanova*.

1847-1848. La famille s'installe à Saint-Péterbourg. Il publie *les Nuits blanches, le Mari jaloux, la Femme d'un autre*.

1849. Dès 1846, Dostoïevski entre en contact avec Pétrachevski, fonctionnaire au ministère des Affaires étrangères, et son groupe de jeunes gens libéraux, enthousiastes de Fourier, Saint-Simon, Proudhon, George Sand. Le 23 avril 1849, la police arrêta trente-six membres du groupe, dont Dostoïevski, qui furent tous incarcérés dans la forteresse Pierre et Paul. Le 22 décembre, après un simulacre d'exécution, la peine capitale fut commuée en une peine de travaux forcés en Sibérie, dix ans, réduits plus tard à cinq pour Dostoïevski.

Du 25 décembre 1849 au 15 février 1854. Travaux forcés à la forteresse d'Omsk, puis en 1854, incorporation de Dostoïevski comme soldat au 7ème bataillon de ligne d'un régiment sibérien à Sémipalatinsk. Dostoïevski fait la connaissance de Marie Dmitrievna Issaieva, femme d'un instituteur et en devint passionnément amoureux. Il se remet à écrire et commence en 1855 les *Souvenirs de la Maison des Morts*.

1856. Il est nommé sous-lieutenant. Marie Dmitrievna étant devenue veuve, il la demande en mariage et, après d'orageuses fiançailles, il l'épouse le 6 février 1857.

1859. Après de longues démarches pour quitter l'armée et rentrer en Russie, il obtient finalement cette autorisation le 2 juillet et, quatre mois plus tard, celle de s'installer à Saint-Pétersbourg.

1861. *Humiliés et Offensés* commence à paraître dans le premier numéro de la revue *Vremia* (*le Temps*) que Dostoïevski vient de fonder avec son frère Michel. Mauvaise santé de Dostoïevski.

1862. Les *Souvenirs de la Maison des Morts* paraissent dans *le Monde russe* et ont un grand retentissement. Premier voyage à l'étranger : Berlin, Dresde, Paris, Londres, Genève, Lucerne, Turin, Florence, Venise, Vienne. Retour en Russie au bout de deux mois. Il fait la connaissance de Pauline Souslova, jeune étudiante aux idées très avancées.

1863. Interdiction de la revue *Vremia* à la suite d'un article sur l'insurrection polonaise. Second voyage à l'étranger. Dostoïevski est devenu l'amant de Pauline et la rejoint à Paris. Il partent ensemble en Italie mais alors elle n'est plus sa maîtresse, car elle en aime un autre. Dostoïevski joue à la roulette et perd. Genève, Turin, Rome. Il rentre seul et sans argent à Saint-Pétersbourg fin octobre.

1864. Mort de Marie Dmitrievna. À son chevet, Dostoïevski a écrit *le Sous-sol*. Mort de Michel laissant une veuve, quatre enfants et des dettes que Dostoïevski prend à sa charge.

1865. Dostoïevski signe un contrat avec l'éditeur Stellovski, qui le livre pieds et poings liés à celui-ci ; il paie quelques dettes et part pour l'étranger. Il perd au jeu l'argent qui lui reste. Détresse. Il commence *Crime et Châtiment* qui paraît chapitre par chapitre dans *le Messager russe* au début de 1866.

1866. Succès considérable de *Crime et Châtiment*. Préparation du *Joueur* qui doit être remis à Stellovski le 1er novembre. Il le dicte en vingt-six jours à une jeune sténographe, Anna Grigorievna Snitkine, envoyée par un ami. Il l'aime, le lui dit, et elle accepte de devenir sa femme.

1867. Mariage de Dostoïevski et d'Anna Grigorievna. Départ pour l'étranger. Casinos, roulettes, gains, pertes.

1868. À Genève, naissance et mort d'une première fille. Dostoïevski rédige *l'Idiot* qui paraît dans *Le Messager russe*. Hiver en Italie.

1869. À Dresde, naissance d'une fille. Première idée des *Possédés*. Il écrit *l'Éternel Mari*, terminé en décembre.

1870. *L'Éternel Mari* paraît dans la revue *l'Aurore*.

1871. Retour en Russie grâce à une avance du *Messager russe* sur *les Possédés*. Naissance d'un fils, Féodor.

1872. Fin de la publication des *Possédés* dans *Le Messager russe*.

1873. Dostoïevski devient son propre éditeur, secondé par sa femme, et publie en volume *les Possédés*.

1874. Publication en volume de *l'Idiot*. Dostoïevski peut louer une petite villa à Staraia Roussa et se met à écrire *l'Adolescent*.

1875. Publication de *l'Adolescent*. Naissance d'un second fils, Alexis.

1876. Dostoïevski publie une revue, le *Journal d'un Écrivain*, dont il est l'unique collaborateur et pour laquelle il écrit des articles de critique, de politique et, de temps à autre, des nouvelles : *la Douce, le Songe d'un Homme ridicule, Bobok*.

1877. Le *Journal d'un Écrivain* a trois mille abonnés et quatre mille acheteurs au numéro.

1878. Mort du petit Alexis après une violente crise d'épilepsie. Dostoïevski est élu membre correspondant de l'Académie impériale des sciences. Il interrompt la publication du *Journal d'un Écrivain* pour se consacrer aux *Frères Karamazov*. Il se rend au monastère d'Optina, où il s'entretient avec le starets Ambroise qui deviendra le starets Zosime des Karamazov.

1879. Un fragment important du roman paraît dans *le Messager russe*.

1880. Inauguration du monument Pouchkine à Moscou. Dostoïevski est invité à y prendre la parole et prononce un discours qui lui donne l'occasion d'exprimer en public ses idées sur le rôle de la Russie dans le monde. Le discours soulève un enthousiasme délirant.

8 novembre 1880, Dostoïevski termine *les Frères Karamazov*. Retour à Saint-Pétersbourg en octobre.

27 janvier 1881. À la suite de deux hémorragies, Dostoïevski meurt, après avoir lu dans un Évangile ouvert au hasard ces mots « Ne me retiens pas » (Matt. III, 14).

31 janvier 1881. Enterrement de Dostoïevski, suivi par trente mille personnes.

TABLES

Printed in France by Amazon
Brétigny-sur-Orge, FR